# LES PROMISES

JEAN-CHRISTOPHE GRANGÉ

# LES PROMISES

roman

ALBIN MICHEL

© Éditions Albin Michel, 2021

*Pour Megumi*

# I
# LES RÊVEURS

1.

– Tout se passe à la campagne. Elle arrive un matin d'hiver.
– Vous avez identifié la région ?
– Non. Je vis à Berlin depuis toujours et je déteste quitter la ville.
– Cette petite fille, décrivez-la-moi.
– Elle porte l'uniforme de la *Bund Deutscher Mädel*, avec sa cravate noire, sa jupe longue, son écusson frappé de l'aigle du Reich. Je la vois s'approcher dans la brume. Elle me dit : « Je viens de la part d'Hitler. »
– C'est aussi direct ?
– Oui. Hitler semble être quelqu'un de sa famille, ou un proche, je ne sais pas. C'est absurde. Tout au long du rêve, chaque détail revêt un caractère étrange, inexplicable.
– C'est toujours comme ça dans les rêves, non ?
Simon Kraus lui adressa un sourire qui se voulait complice. La femme ne le lui rendit pas. Elle était belle, élégante, richement vêtue. *Comme toutes les autres.*
– Continuez, s'il vous plaît.
– Elle s'approche encore et je vois mieux son visage. Elle a le teint très pâle et la peau grêlée. Ses cheveux sont blonds. D'un jaune... désagréable. Je ne parviens pas à les regarder.

– Désagréable : qu'est-ce que vous voulez dire ?
– Ils ont la couleur de... l'urine. C'est ce que je me dis dans mon rêve : « Cette fille a des cheveux couleur de pisse. » J'en ressens une violente nausée.

Simon ne prenait jamais de notes. Un micro dissimulé sous son bureau enregistrait chaque séance. En revanche, il aimait crayonner, en douce, les portraits de ses patientes.

Celle-ci était nouvelle. Un défi pour le dessinateur amateur qu'il était. Hauts sourcils (faux, les vrais étant épilés) évoquant des accents circonflexes, petite bouche en pincée de sucre, nez mutin, mains longues et fines... *Concentrons-nous.*

– Pendant qu'elle me parle, je remarque plusieurs détails. D'abord, elle tient une pelle à la main. Ensuite, il y a une brouette à ses côtés. Sans doute l'a-t-elle apportée, je ne sais pas...

Il crayonnait toujours, le carnet incliné vers lui, de manière à ce qu'on ne puisse voir ce qu'il faisait. Il avait l'habitude de ce genre de récit. On venait dans son cabinet pour se confier, décrire ses problèmes, ses névroses – et surtout raconter ses rêves.

Simon Kraus était psychiatre, sans doute l'un des meilleurs de sa génération, mais il préférait se présenter comme un psychanalyste – même si le mot était devenu dangereux, prêter l'oreille aux angoisses de ces dames était bien plus lucratif.

– Vous m'écoutez, docteur ?

Elle le fixait de ses yeux gris qui, malgré leur vivacité, semblaient usés, délavés comme des galets au fond d'une rivière. La fatigue sans doute. En août 1939, à Berlin, personne ne dormait d'un sommeil réparateur.

– Je vous écoute, madame... (il jeta un œil sur sa fiche) ... Feldman.

Durant quelques secondes, elle observa le décor. Simon avait tout conçu lui-même, afin justement de rassurer ses patientes (il n'accueillait que des femmes). Des murs peints, blanc cassé, un fauteuil « éléphant » en cuir brun et une méridienne en guise de divan, un épais tapis de laine aux motifs Kandinsky qui vous donnait l'impression de marcher sur des nuages, une bibliothèque vitrée dans laquelle il avait soigneusement placé ses ouvrages de référence, et surtout, son fameux bureau Art déco à caissons sous lequel, à l'abri des regards, il avait coutume de se déchausser.

– J'aperçois dans la brouette un tas de cendres. Dans la lumière de l'aube, cette masse forme une tache pâle qui rappelle le visage de la fille... Malgré le brouillard, tout a l'air desséché : la cendre, la terre piquetée de givre, la peau de la gosse... Même sa voix. Comme si elle était le produit d'un mécanisme rouillé...

Simon avait presque achevé son portrait. *Pas mal.* Il releva les yeux.

– Revenons à cette pelle. Que fait la jeune fille avec cet... outil ?

– Elle me la tend et m'ordonne de creuser.

Derrière cette scène, Simon ne voyait que la banalité de la peur qui s'était emparée de chaque Berlinois. Depuis l'avènement du nazisme bien sûr, et même auparavant, sous le régime de Weimar...

Ce qui intéressait le psychiatre, c'était le travail souterrain de la dictature sur les consciences. Le NSDAP, le parti nazi, ne se contentait pas de contrôler les cerveaux éveillés, il s'insinuait dans le monde des rêves sous la forme d'une pure terreur.

– Que faites-vous alors ?

– Je creuse. Bizarrement, je ne réalise pas tout de suite qu'il s'agit de ma propre tombe.

– Ensuite ?

– Quand le trou est assez profond, je comprends la situation. Cette gamine va me tirer une balle dans la nuque et verser le contenu de sa brouette sur mon cadavre. Il ne s'agit pas de cendres mais de chaux vive. Justement, à cet instant, la jeune fille rit en dégainant son pistolet et dit : « L'avantage avec l'oxyde de calcium, c'est que ça n'attaque pas les métaux. Vous avez bien des bijoux, non ? Des dents en or ? » Je voudrais me sauver mais mes jambes sont aussi raides que le manche de la pelle.

Simon lâcha son cahier. Il se devait maintenant d'accompagner cette nouvelle venue, de la sortir de là – sans jeu de mots.

– Vous savez comme moi que ce n'est qu'un rêve, Frau Feldman.

Elle parut ne pas entendre. Elle suffoquait presque.

– La fille va m'abattre d'une balle et moi, au fond de la fosse, je… je continue à creuser, comme pour lui montrer que je n'ai pas fini, qu'il faut me laisser encore quelques secondes de vie pour achever mon travail… C'est atroce… Je…

Elle s'interrompit, attrapant dans son sac un petit mouchoir. Elle s'essuya les yeux, renifla. Simon lui laissa reprendre son souffle.

– D'un coup, reprit-elle, je lâche ma pelle et tente d'escalader les bords de la fosse. C'est alors que mon corps se brise.

– Qu'est-ce que vous voulez dire ?

– Ma colonne vertébrale se casse en deux. J'entends distinctement son craquement et je me retrouve le visage contre terre, avec la sensation que les deux parties de mon corps s'agitent indépendamment, comme un ver de terre sectionné. Je lève les yeux et je vois qu'elle me vise avec son Luger (je reconnais l'arme, mon mari a le même). Elle ferme une paupière pour mieux viser – son œil ouvert est jaune lui aussi.

La femme laissa échapper un ricanement entre ses sanglots.

– Couleur de pisse !

À l'acmé d'un songe, le moindre détail pouvait être déterminant – *signifiant*.

– À quoi pensez-vous à cet instant ?

– À mes dents en or.

Elle étouffa un cri et se recroquevilla sur ses propres sanglots. Simon nota qu'elle portait un tailleur qu'il avait lui-même remarqué au Kaufhaus des Westens. Tout ça était de bon augure. À la prochaine séance, il l'interrogerait sur son mari – sa carrière, ses opinions, ses revenus exacts…

– Êtes-vous juive, Frau Feldman ?
Elle se redressa, comme électrocutée.
– Mais... jamais de la vie !
– Communiste ?
– Absolument pas ! Mon mari dirige la Reichswerke Hermann Göring !
Il haussa les sourcils en signe de surprise, nuancée d'un soupçon d'admiration. En réalité, il possédait déjà l'information – l'amie qui lui avait recommandé Frau Feldman avait été catégorique : son mari tenait dans sa main une bonne partie de l'acier allemand.
Simon lui adressa son sourire le plus bienveillant.
– Eh bien, rassurez-vous Frau Feldman, votre rêve n'est que l'expression d'une inquiétude diffuse, liée, disons, au contexte actuel.
– Mais qu'est-ce que ça veut dire ?
*Ça veut dire qu'on va tous crever un Luger sur la tempe*, faillit-il répondre, mais il adopta sa mine spéciale « intra-muros » : tout ce qui se dit dans ce cabinet ne sortira jamais d'ici.
– Votre esprit est soumis à une rude pression, Frau Feldman. La nuit, il se libère de son angoisse au travers de ces scénarios étranges.
– J'ai l'impression d'être une mauvaise Allemande.
– C'est tout le contraire. De tels rêves révèlent votre volonté de vivre heureuse à Berlin, malgré tout. Encore une fois, vous expurgez ainsi vos craintes. Le sommeil, c'est le repos. Et les rêves sont le repos de l'âme, sa récréation si vous voulez. Ne vous inquiétez pas.
Disant cela, il pensa : *Toi, tu ne perds rien pour attendre.* Il se concentrait maintenant sur ses sourcils épilés. Il détestait cette coquetterie. Ce trait sur ces arcades pelées avait quelque chose d'obscène et de factice à la fois. Simon appréciait la beauté naturelle. En ce sens, il était bien allemand, et pas si éloigné des nazis qui n'aimaient que les filles à tresses, sportives et pétantes de santé.

– Excusez-moi... vous disiez ? reprit-il en se redressant sur son siège.
– Je vous demandais si la séance était terminée ?
Il eut un bref regard sur sa montre.
– Absolument.
Il enfila rapidement ses chaussures, encaissa ses marks et raccompagna la femme jusqu'à la porte. Après quelques mots d'encouragement – ils se reverraient la semaine prochaine –, il abandonna l'épouse des aciers Hermann Göring sur son palier. Une image lui traversa la tête comme une balle : une tenaille arrachant les dents en or de Frau Feldman.

Il se passa la main sur le visage et regagna son bureau. Fouillant dans sa poche, il y saisit la petite clé qu'il conservait toujours sur lui, au bout d'une chaîne attachée à son gilet, comme une montre de gousset.

Avec précaution (et toujours la même jouissance), il ouvrit la porte du réduit qui jouxtait son bureau. La porte de son royaume secret.

## 2.

Entièrement lambrissée, étroite et sans fenêtre, la pièce n'excédait pas cinq mètres carrés. Éclairée par une suspension en verre dépoli, elle évoquait une boîte à cigares géante – ou une cabine d'ascenseur.

Sur un guéridon, trônait le gramophone-enregistreur qu'il déclenchait avant chaque séance. Tout autour, des murs de rayonnages sur lesquels Simon archivait ses enregistrements. Des centaines de disques gravés, recelant tous les secrets de sa clientèle. Des années d'écoute, de soins, de chantage...

Il attrapa la nouvelle galette d'acétate et la glissa dans une pochette de papier, sur laquelle il nota le nom de la patiente, le jour et l'heure de la séance. Puis il rangea le disque à sa juste place et recula pour admirer son trésor : trois murailles de songes classés serrés.

Les rêves, c'était la passion de Simon. Il avait consacré sa thèse à une approche biologique du sommeil, puis il s'était lancé dans la psychanalyse. Il avait lu tous les livres disponibles sur la question – les nazis ne les brûlaient pas encore. Plus tard, en 34, il était parti à Paris pour rencontrer les meilleurs spécialistes du champ onirique.

Simon était fasciné par la complexité des rêves, leur puissance d'imagination, de construction. Tout ce que ces écheveaux vous racontaient sur vous-même et sur le monde. Il avait sa théorie : la nuit, le cerveau, libéré de ses censures et de ses craintes, pouvait envisager la réalité telle qu'elle était et atteignait une lucidité singulière. En ce sens, les rêves étaient divinatoires : ils voyaient toujours le pire, traversant nos frêles protections.

Qui sait ? Ilse Feldman finirait peut-être dans une tombe qu'elle aurait elle-même creusée, une balle dans la nuque...

Durant les premières années du nazisme, Kraus s'était risqué à publier quelques articles scientifiques sur le sujet – à l'époque, il était même membre de l'institut Göring, repaire des psychiatres qui n'étaient ni juifs ni freudiens. Puis il s'était fait plus discret, faisant profil bas face à la déferlante brune. Désormais, il soignait simplement des femmes angoissées qui trahissaient dans leurs rêves de forts sentiments anti-hitlériens, donc antipatriotiques.

L'ironie de la situation : le Reich cherchait toujours à savoir ce que vous aviez dans la tête, à contrôler votre psyché, mais c'était lui, dans son cabinet situé près de la *Staatsbibliothek*, qui recueillait les secrets des épouses – et souvent, indirectement, de leurs maris. *Hahaha ! Encore ça qu'Hitler n'aurait pas !*

Avec les années, il en était venu à préciser encore sa théorie. Pour Freud, les rêves étaient exclusivement sexuels. Il n'était pas d'accord. Comme disait Otto Gross, un psychanalyste génial devenu clochard qui s'était laissé mourir de faim en 1920 : « Si Freud voit du sexe partout, c'est qu'il ne baise pas assez ! »

Les rêves étaient *politiques*. Ils traitaient de notre relation aux autres, au pouvoir, à l'oppression. La plupart des siens ne parlaient que de ça, justement : les humiliations du passé (et Dieu sait s'il y en avait eu !) ressassées sous forme d'histoires absurdes, symboliques, malsaines. Chaque nuit, Simon souffrait le martyre en revivant ces blessures, mais c'était le prix de son équilibre.

Il fallait purger la plaie. Cracher, durant le sommeil, ces blessures qui le suffoquaient encore.

Au fond, Simon n'était qu'un revanchard. Il avait beau être brillant, passionné, dévoué même, à ses patientes, à ses recherches sur l'onirisme, il n'en restait pas moins un être cynique, amer, qui avait un compte à régler avec les autres.

La preuve ? Alors qu'il vivait plus que confortablement grâce à ses honoraires de médecin, qu'il profitait joyeusement du système nazi en occupant un magnifique appartement qui avait appartenu à une famille juive, il faisait chanter ses patientes.

En parlant de ça, il se souvint de son rendez-vous de dix-sept heures avec Greta Fielitz. Pas le moment d'être en retard.

La ponctualité, première politesse des maîtres chanteurs.


3.


Simon était beau. Très beau même.
Mais il était petit. Terriblement petit.
Menton levé, sur la pointe des pieds, il annonçait crânement un mètre soixante-dix, mais il préférait ne pas savoir de combien il trichait. Il avait oublié ses derniers passages sous la toise. Il les avait volontairement *effacés*.

Sa taille réduite lui avait conféré une autre force, celle de la volonté. À l'école, alors que ses camarades montaient en graine et que lui ne décollait pas, il avait senti sa force croître autrement, comme si une énergie se développait à l'intérieur de lui-même, prête à exploser.

Il y avait eu des bagarres dantesques, provoquées par des moqueries sur son handicap. Une fois notamment, dans les chiottes à ciel ouvert de son collège, il s'était pris une sacrée raclée, mais il se souvenait encore de son sentiment de libération, du vent qui courait dans les couloirs de ciment, du bruit des cartilages de son nez s'écrasant contre une porte en bois... Il était heureux de se battre, de mesurer le chemin à parcourir pour s'affirmer...

Simon avait un petit corps mais beaucoup d'esprit. Très vite, s'en prendre à lui était devenu dangereux. On ne lui cassait plus la gueule parce qu'on redoutait son intelligence. Il avait pris quelques coups, oui, mais les coupables avaient écopé de surnoms qui ne les avaient plus quittés. Les bleus guérissent, les vannes ne s'effacent jamais.

Son cas s'aggravait d'une autre tare : il était pauvre. Ce qui est une autre façon d'être petit. Mais confère aussi une raison supplémentaire d'en vouloir. Souvent, il pensait à cet acteur qui faisait rire tout le monde et qui était né dans la misère, Charlie Chaplin. Simon l'imitait devant sa glace (comme lui, il possédait une démarche dansante) et se disait, tout en jouant avec sa canne, qu'un jour lui aussi serait au sommet.

Durant ses études, il avait toujours été le premier, sans mal ni efforts, sans bosser plus que la normale. Durant des années, il était ainsi passé pour un génie. Pourtant, à ses yeux, c'était cette putain de taille qui le caractérisait toujours. «Deviens ce que tu es», avait écrit Nietzsche. Il devait être plus grand que Simon parce que, quand on se promène en permanence avec des talonnettes et qu'on se prend des coups d'épaule dans le nez à chaque station de tramway, on est plutôt ce qu'on devient... en dépit de sa taille.

Simon Kraus avait quitté l'Allemagne de 1934 à 1936 pour étudier en France puis il était revenu à Berlin. Il avait connu l'incendie du Reichstag en février 33, les pleins pouvoirs accordés à Hitler un mois plus tard, les autodafés de livres dans la foulée, la Nuit des longs couteaux en 34 et la Nuit de cristal en novembre 38... Le seul événement qu'il avait loupé, c'était les Jeux olympiques. Eh bien, il avait vécu ce torrent de merde dans une parfaite indifférence. Même aujourd'hui, où la guerre était sur la prochaine page du calendrier, il s'en foutait royalement. Il comptait bien survivre au déluge.

Un souvenir le résumait parfaitement. Un après-midi où il travaillait à la bibliothèque, en avril 33, il y avait eu tout à coup du ramdam dans les couloirs. Des claquements de portes, des martèlements de bottes, des cris étouffés : « Ils jettent les Juifs dehors ! » La seule idée qui l'avait traversé alors était : « Tant qu'ils ne s'en prennent pas aux petits... »

Voilà ce que ce genre d'infirmité fait de vous : un monstre. Petit certes, mais un monstre tout de même.

Bon. Simon se décida à ouvrir son armoire. Il tenait à soigner sa tenue face à Greta Fielitz. *Alors, alors...* Il considéra rapidement, à gauche, sa collection de manteaux : alpaga brun à col en pique, noir à double boutonnage en laine cardée, trench-coat en gabardine... Pas de saison. Puis il passa aux costumes : tous revers piqués, en laine, flanelle, lin... Bien sûr, on parlait de trois-pièces, avec des gilets près du corps et des pantalons taille haute – pas trop haute tout de même, sinon, ça lui faisait une salopette.

Leurs lignes étaient beaucoup plus sophistiquées que la normale : il avait conservé des modèles français qu'il soumettait à des tailleurs talentueux – tous juifs, de plus en plus difficiles à trouver.

Il opta finalement pour une veste en tweed et une chemise en oxford à col boutonné. Un pantalon à pinces, des derbys à laçage ouvert, et le tour fut joué. Détail humiliant, ses chaussures étaient truquées – elles avaient des semelles compensées. Simon, qui avait depuis longtemps compris que le meilleur moyen de contrôler les blagues sur soi-même était de les créer, avait inventé celle-ci quand il était interne à l'hôpital de la Charité : « Quelle est la différence entre Joseph Goebbels et Simon Kraus ? Goebbels a un pied bot, Simon en a deux. »

Il s'observa encore dans la glace de son armoire et se fit la remarque que les tons de sa veste – mousse, écorce, bruyère des Highlands – rappelaient ceux des tenues nazies. Très bien, il passerait inaperçu.

Il regarda sa montre et constata qu'il était finalement en avance. Il remonta le couloir et se rendit dans la cuisine pour se faire un café.

L'appartement, de plus de soixante mètres carrés, abritait à la fois son cabinet et ses espaces privés. En réalité, comme il avait consacré deux pièces à son bureau et à sa salle d'attente, son logement personnel se limitait à une cuisine, une salle de bains et une grande chambre. Amplement suffisant.

Comme ses costumes, Simon soignait son mobilier. Dans la salle d'attente, il avait réussi à glisser une table lyre en palissandre, deux fauteuils de cuir brun et un plafonnier carré en verre dépoli. Dans sa chambre, la pièce maîtresse était un paravent signé Jean Lurçat, rien que ça...

Comment pouvait-il se permettre un tel luxe ? Très simple : Leni Lorenz, une de ses patientes, avait un mari banquier spécialisé dans « l'aryanisation » de Berlin. Un mot ridicule pour désigner l'expropriation pure et simple des Juifs et la confiscation de leurs biens, que Hans Lorenz conseillait aux « bons Allemands » de racheter à des prix misérables.

C'est ainsi que Simon avait pu disposer de cet appartement dont il ne payait même pas le loyer. Leni l'avait ensuite accompagné dans les hangars où les nazis entreposaient le butin de leurs razzias et ils avaient fait leur marché, tel un jeune couple qui s'installe. Ils avaient trouvé le moyen de faire l'amour derrière le paravent Lurçat que Simon avait choisi. Tendre souvenir.

Le psychiatre aurait pu être gêné par le côté « cocotte » de sa position (Leni le logeait comme un bourgeois loge sa poule), mais il s'en foutait. Au contraire. Il était un gigolo dans l'âme.

Toutes ses études, il les avait payées grâce à son boulot de danseur mondain – *et plus, si affinités.*

Avant de partir, il ne résista pas à se lorgner encore une fois dans la glace de l'entrée. C'est vrai qu'il était beau. Un front haut, surplombé par des cheveux châtains plaqués en arrière. Le genre gominé, si vous voulez, mais du gominé légèrement indiscipliné, du sauvage domestiqué, quoi. Parfois, une mèche venait même lui balayer le front comme un éclair de génie qui lui aurait traversé l'esprit.

Les sourcils formaient un accent tourmenté au-dessus des yeux. Ajoutez à ça un regard bleu sombre, souligné par des cernes de poète, et quelques coups de pinceau dessinant un nez droit et des lèvres sensuelles, vous obteniez une sacrée gueule d'amour.

Simon choisit, avec grand soin, son chapeau. Sa garde-robe était son trésor, sa collection de chapeaux, son chef-d'œuvre. Il possédait une série de trilbies en feutre à bord serré relevé vers l'arrière. Des hombourgs, d'origine allemande, avec leur fameuse «gouttière» creusée sur le haut. Il les affectionnait parce que leur calotte, semi-rigide, le grandissait un peu. Mais aujourd'hui, il piqua un de ses fedoras, qu'on appelait, à tort, des «Borsalino», un modèle en feutre de poil de lapin. Il en rabattit le bord vers l'avant et se lança un coup d'œil de gangster.

Petit geste sec pour balayer les peluches sur les épaules, et *andiamo!*

## 4.

Simon Kraus n'était pas un Brandebourgeois pur jus : il était originaire de la région de Munich. Pourtant, il s'était toujours considéré comme un Berlinois. Chaque jour, quand il sortait de son cabinet et retrouvait «son» Berlin, il éprouvait, à chaque extrémité de ses nerfs, le charme de cette ville et de son atmosphère si particulière.

Il avait vécu à Paris, séjourné à Londres, et Berlin, sur le plan de la beauté architecturale ou de l'harmonie des espaces, ne soutenait pas la comparaison. Mais il y avait autre chose... Cette ville lourde, plate, noirâtre, recelait une énergie spécifique. On racontait qu'elle avait été construite sur des terrains qui exhalaient des effluves alcalins, des espèces d'émanations toxiques propres à exacerber les passions humaines. Si on en jugeait à la lumière des vingt dernières années, on ne pouvait qu'accorder du crédit à cette rumeur.

Berlin, depuis la fin de la Grande Guerre, avait connu tous les excès, tous les extrêmes. Coups d'État, révolutions, attentats, côté politique; misère, fortunes d'un jour, débauche, côté humain. Aujourd'hui, la mise au pas nazie avait calmé le jeu mais la clameur de la ville ne s'était pas tue.

Après avoir remonté l'Alte Potsdamer Straße, Simon rejoignit la Potsdamer Platz. Toujours le même choc. Cette grande ouverture sur le ciel, cisaillée par les rails des U-Bahnen et leurs câbles électriques, sillonnée par les voitures et les chevaux... Les immeubles qui cernaient la place évoquaient des montagnes surplombant un lac d'acier. Au centre, une espèce d'obélisque noir arborait des horloges et le premier feu rouge de la ville. Au fond, le Vaterland ressemblait, avec son dôme, à une basilique italienne de pacotille – l'édifice abritait des jeux, un cinéma, des restaurants où on traitait les adultes comme des enfants : des trains électriques et des avions miniatures passaient entre les tables.

En ce jour ensoleillé, Simon frémissait en observant la foule – marée de costumes noirs, de petites robes légères (son délice personnel) et ces bons vieux schupos avec leurs képis vernis. Il plongea avec volupté dans le fracas ambiant : claquement des sabots, hurlement des tramways qui ferraillaient entre les pavés, grondement des automobiles...

Comme d'habitude, il s'accorda quelques secondes pour admirer la Colombus Haus, colossal édifice de neuf étages, tout verre et acier, qui venait d'être construite et tranchait sur les bâtiments à l'ancienne. Allez savoir pourquoi, son rêve était d'installer son cabinet dans cet immeuble. Simon était un homme moderne, il voulait accueillir ses patientes dans ce pavé de verre futuriste et ne désespérait pas qu'on en déloge quelques commerçants juifs qui, une fois virés, lui permettraient d'emménager à l'œil.

De l'autre côté de la place, il retrouva une atmosphère plus calme et savoura la douceur de l'air. En cette fin d'été, il suffisait de faire quelques pas sur ces larges trottoirs, à l'abri d'arbres centenaires, pour se convaincre qu'il existait quelque chose de plus puissant que l'oppression nazie ou la menace d'une nouvelle guerre. La délicatesse du vent tiède, le subtil bruissement des feuilles, l'éclat bienheureux du soleil... Et ces ombres si légères qui dansaient la valse sur l'asphalte.

Il croisa des mendiants à croix de guerre (il en restait quelques-uns, vestiges du dernier conflit) et un gros bonhomme en costume bavarois – culotte de peau et galure à plumeau. Simon sourit. Ce genre de silhouette lui démontrait encore que Freud avait raison. La culture allemande était une culture régressive, un rêve de scout où tout le monde aspirait à gambader dans la montagne en culotte courte.

Il enquilla sur la belle et grande Wilhelmstraße (il fallait aimer le genre rectiligne) et sentit l'atmosphère s'assombrir. Si, dans l'agitation de la Potsdamer Platz, on pouvait s'imaginer dans une ville ordinaire, le quartier Wilhelm, avec ses ministères, ses bâtiments officiels et ses multiples QG, vous rappelait que le pouvoir en place n'était pas là pour rigoler.

Délimité par la Prinz-Albrecht-Straße et l'Anhalter Straße, le quartier constituait un pur territoire de terreur, regroupant les forces les plus menaçantes du Reich. Des oriflammes, des colonnes affichaient partout des runes SS, des aigles, et ces putains de croix gammées qui lui sortaient par les yeux.

Son humeur retomba. Pas moyen de rêver ici. La dure réalité vous rattrapait. La guerre n'était plus qu'une question de jours.

Le pacte germano-soviétique avait fait sauter le dernier verrou empêchant l'invasion de la Pologne. Les journaux – tous achetés, ou tous vendus, au choix – avaient beau clamer qu'Hitler voulait à tout prix éviter la guerre, personne n'était dupe. Il avait fait main basse sur l'Autriche, puis sur la région des Sudètes, pourquoi s'arrêter en si bon chemin ?

Simon traversa le quartier en relevant les épaules et en serrant les fesses. À la hauteur du 8, Prinz-Albrecht-Straße, il changea même de trottoir : c'était l'adresse de la Gestapo.

Enfin, sur la Wilhelm Platz, il retrouva une respiration normale. Là, c'était autre chose. Rien à voir avec le tumulte de la Potsdamer Platz ni la pesanteur du quartier Wilhelm : beaucoup de vert, de ciel et d'espace, cadrés par de grands bâtiments austères à l'air tranquille.

La station Kaiserhof, avec ses deux lanternes, ses grilles de fer forgé et sa curieuse colonnade disposée en cercle autour de la sortie du métro, ressemblait à un mausolée.

À cent mètres de là, au numéro 3-5 de la Wilhelm Platz, trônait l'hôtel du même nom, et croyez-moi, avec ses quatre étages massifs, ses fenêtres innombrables, ses balcons ornés et son toit-terrasse à l'italienne, le bâtiment tenait fièrement son rang de palace.

C'était là que Simon avait rendez-vous avec Greta Fielitz.

# 5.

Le hall de l'hôtel était à la hauteur de la façade extérieure. D'un seul tenant, il laissait les rais du soleil entrer avec générosité par de hautes fenêtres verticales, de vraies sentinelles de lumière. Au milieu, entre les tables et les estrades, deux colossales plantes vertes s'élevaient à la manière des colonnes d'Hercule. On pénétrait ici dans un monde feutré, riche, raffiné.

Et agité.

Sous les ruissellements de cristal, ça vaquait sec. Des portiers chamarrés, des grooms écarlates, des serveurs en frac allaient et venaient alors qu'une petite musique de jour courait entre les guéridons et les fauteuils, rythmée par le cliquetis des tasses, le tintement des verres, la rumeur des conversations.

Simon prit le temps d'observer les forces en présence.

Les représentants de la vieille garde prussienne, avec leur monocle et leur menton hautain. Les hommes d'affaires en noir, nerveux, souriants, électriques (ça faisait un moment qu'en Allemagne le business avait repris). Et bien sûr les nazis, avec leurs uniformes couleur de diarrhée et leurs ceintures qui n'arrêtaient pas de couiner, comme un garrot de cuir autour de votre cou.

Heureusement, il y avait les femmes.

Elles étaient aussi souples que leurs maris étaient raides, aussi souriantes qu'ils étaient figés, aussi légères qu'ils étaient lourds. Au sens propre, elles étaient la vie, ils étaient la mort.

Il traversa le lobby pour gagner la véranda où se trouvait le bar. S'installant à une table, il eut l'impression de se glisser dans un vivarium surchauffé, avec quelques officiers nazis, bien verdâtres, dans le rôle des crocodiles.

Par la baie vitrée, on pouvait observer les allées et venues des passants sur la place impériale. Avec un peu de chance, il verrait arriver Greta Fielitz et discernerait ses jambes en transparence, à travers sa robe d'été irradiée de lumière.

Simon vivait pour ce genre de petits moments. Des instants plus denses, plus forts de l'existence. Le désir était la meilleure des drogues. Il commanda un Martini, attrapa son étui à cigarettes (extra-plat, strié d'or et d'argent, de la marque Cartier : un cadeau d'une bonne amie) et piqua une Muratti.

Exhalant lentement la fumée, il considéra encore les uniformes qui l'entouraient. Bon sang, qui avait envie de s'habiller comme ça ? Surtout par cette chaleur... Les nazis n'avaient aucun sens des réalités. Avec leurs galons, leurs médailles et leurs dorures, ils ne faisaient pas plus sérieux que les grooms ou les porteurs du hall.

Il leva les yeux et suivit une volute de fumée dans l'air ensoleillé. Il n'en revenait toujours pas. Si au moins ceux qui les poussaient vers le précipice avaient été brillants et charismatiques... Un peintre raté, un boiteux, un drogué, un éleveur de poules..., bonjour l'équipe. Et encore, on parlait là des chefs. Comme l'avait dit il ne savait plus qui, avant que la peste brune ne se déploie sur l'Allemagne tel un encrier renversé : « L'ivrognerie est un des éléments fondamentaux de l'idéologie nazie. » D'une certaine façon, cette prise de pouvoir forçait l'admiration. Comment une telle bande de clowns avait-elle pu réussir ?

Greta était en retard. Un deuxième Martini. La chaleur de l'alcool sous la chaleur de la verrière commençait à lui dissoudre les idées. Valait-il mieux que les autres ? Certainement pas. Il avait su trouver sa place dans cette société de terreur, jouant les marioles, les bravaches, alors même qu'il se savait protégé par les épouses des salopards. Position ô combien fragile...

Combien de temps cela durerait-il ?

Pas longtemps. Son métier même posait problème. Ces temps-ci, à Berlin, être psychiatre n'était déjà pas un point positif, mais psychanalyste... Lors des autodafés de 1933, tous les ouvrages de Freud y étaient passés. Les nazis détestaient cette idée qu'on puisse soulever la conscience humaine comme un rideau de velours pour y pêcher des secrets cachés.

*Allons*, se dit Simon en s'octroyant une nouvelle Muratti, *pas d'idées noires*. Pas par ce beau temps ensoleillé, à siroter un Martini en attendant une des plus jolies femmes de Berlin, une enveloppe pleine de fric dans son sac.

Il vida d'un coup son verre et en commanda un autre. Seigneur, trois Martini pour le goûter, ça faisait beaucoup.

– *Guten Tag*, petit homme !

Greta Fielitz se tenait devant lui. Perdu dans ses pensées, il ne l'avait pas repérée à travers la vitre. *Dommage*. Comme il l'avait prévu, elle portait une seule pièce ceinturée à la taille, dans une matière qu'il identifia au premier coup d'œil : du lystav, un lin infroissable. La robe était… azuréenne. Cette couleur lui allait au teint, comme le soleil va à la mer.

Hitler, qui se mêlait de tout et considérait la haute couture comme un des innombrables complots juifs, exhortait les Allemandes à porter des tresses et d'atroces robes traditionnelles. Mais il pouvait bien attaquer la République tchèque, la France ou la Russie, il ne gagnerait pas contre les femmes. Jamais une Berlinoise n'accepterait de porter un *Dirndl*.

– Assieds-toi, je t'en prie, murmura-t-il en se levant et en tirant la chaise en face de lui.

Elle s'exécuta dans un froufrou soyeux. Elle était, au pied de la lettre, ravissante. À cet instant, il pensa que lui-même était «ravi des sens».

Le jeu de mots, le tic obsessionnel des psychanalystes.

# 6.

Aussitôt assise, elle ouvrit son sac orné de perles, attrapa une enveloppe et la balança sur la table.

– Tu n'es qu'un petit salaud.

– Arrête avec tes «petit».

Elle croisa les jambes. Simon perçut distinctement le frottement de ses bas sous la robe bleue et il en éprouva un véritable coup au bas-ventre.

Un doigt après l'autre, Greta ôta ses gants blancs en concédant :

– Je t'accorde le grade supérieur : tu es un beau salaud.

– Je préfère. Qu'est-ce que tu bois ?

Il lui prit doucement la main. Caresser ostensiblement l'épouse d'un aristocrate saxon à l'hôtel Kaiserhof tout en laissant traîner sur la table une enveloppe remplie de 2 000 marks, fruit d'un

chantage exercé sur cette même épouse, ce n'était plus de l'audace mais du suicide.
— Un Martini, répondit-elle en lui laissant sa main. Tu ne recomptes pas?
— Je te fais confiance.
— Je devrais te dénoncer à mon mari.
Simon se contenta de sourire. Au début, Greta était venue le voir pour des (faibles) signes de dépression. Abattement, insomnies, crises d'angoisse... Comme à son habitude, il lui avait demandé de lui raconter ses rêves.

Elle s'était aussitôt mise à table et lui avait décrit ses cauchemars récurrents.

Toujours antinazis. Durant sa vie diurne, Greta jouait vaillamment son rôle d'épouse à croix gammée mais dans la clandestinité du sommeil, ses peurs se libéraient et produisaient des scènes insoutenables où les nazis étaient plus atroces encore (si c'était possible) que dans la réalité.

Il n'y avait pas là matière à faire chanter la jeune femme. Seulement voilà, Greta s'était aussi laissée aller à révéler que son mari, comte prussien proche du parti, méprisait cordialement Adolf Hitler et employait toujours à son sujet le surnom dont Hindenburg l'avait affublé : le « caporal bohémien ».

Simon l'avait menacée de contacter la Gestapo, ses disques sous le bras. Greta s'était retrouvée face à un dilemme. Soit elle avouait à son mari qu'elle consultait un psychanalyste, soit elle payait, en piquant l'argent dans les fonds secrets du comte.

C'était cette dernière option qu'elle avait choisie, depuis six mois déjà.
— Merci, dit-il sobrement.

Il empocha l'enveloppe, le plus naturellement possible. L'ironie de l'instant : encaisser le prix d'un chantage exercé sur une épouse nazie, alors même qu'il était entouré de ces uniformes immondes.
— Je t'ai déjà expliqué que ça fait partie de la thérapie, reprit-il

de sa voix la plus douce. Ce dédommagement est la clé de ta guérison. Sigmund Freud a dit...
– *Schnauze!* Tu n'es qu'un sale maître chanteur.
– Pense ce que tu voudras, répondit-il en jouant les offusqués. Je fais ça pour ton bien.
– C'est même pas mon argent, mais celui de mon mari.
– Encore mieux !
– Tu racontes n'importe quoi.
Il se pencha de nouveau vers elle et reprit sa main.
– Greta, je te soigne pour tes cauchemars, non ?
– Oui, admit-elle d'un air boudeur.
– Et d'où viennent ces cauchemars ?
Elle releva la tête et jeta des regards apeurés autour d'elle.
– Tais-toi.
Il s'approcha encore et murmura :
– Ils viennent du NSDAP, ma belle.
– Tais-toi, je te dis !
– Et d'où vient le fric de ton mari ?
Elle se mit à sangloter entre ses doigts. Exactement le même manège que Frau Feldman. Heureusement, dans la rumeur de la terrasse, personne ne le remarquait.
– D'une certaine façon, continua-t-il d'une voix de soie, c'est Hitler qui me paie. Il ne fait que rembourser les dommages qu'il a causés à ton cerveau.
Elle s'essuya les paupières.
– Toujours ta logique de merde.
– Tu fais l'enfant, dit-il en attrapant une nouvelle Muratti. Cet argent servira la science. C'est toujours mieux que de le griller dans une guerre qui s'annonce comme le pire fiasco du siècle. Et qui va coûter des millions de vies !
Greta recula sur sa chaise. Ses traits n'exprimaient plus la tristesse mais plutôt une intense curiosité.
– Je me demande comment tu fais pour être encore en vie.
– C'est grâce à ma taille. Je passe entre les gouttes.
– Les gouttes seront bientôt des obus.

— Ne soyons pas trop impatients. Un autre Martini ?

Elle hocha la tête à la manière d'un coucou de pendule suisse. Elle adorait faire l'enfant, et finalement, elle n'était pas si loin de l'enfance...

Il appela le serveur et passa la nouvelle commande. Ses pensées commençaient à flotter étrangement.

— Comment va ton mari ? demanda-t-il tout à coup, comme s'il s'obstinait à la provoquer.

— Il est dans tous ses états, cracha-t-elle. Cette histoire de Pologne, ça l'excite.

Il but une nouvelle goulée de Martini et sentit le goût caféiné lui passer sur la langue. Aussitôt après, un renvoi de bile lui brûla le fond de la gorge.

— Enfin quelque chose qui le fait bander.

— Je t'en prie, cingla-t-elle. Donne-moi une cigarette.

Simon lui tendit son étui et Greta se servit d'une main nerveuse.

— Pourquoi tu ne viens plus me consulter ? demanda-t-il en allumant sa cigarette (le briquet aussi était plaqué or, un autre cadeau, d'une autre amie).

— Tes séances me reviennent trop cher.

Au moins, Greta avait de l'humour. Elle croisa encore les jambes et, de nouveau, le feulement des bas se fit entendre. Cette fois, ce fut comme une déchirure au fond de son pubis. L'alcool amplifiait ses perceptions.

La jeune femme n'était pas volontairement sensuelle. Son magnétisme sexuel opérait pour ainsi dire malgré elle... Une affaire de proportions dans ses membres et sa taille, quelque chose de lourd qui exerçait une attraction particulière, aussi naturelle que la pesanteur terrestre.

Simon en oublia d'un coup le nazisme, les 2 000 marks, l'heure et le lieu de ce rendez-vous... À quelques centimètres de ses cuisses, il ne pensait plus qu'à y plonger, les sentir, les caresser. Seigneur, l'idée même de leur naissance, cette peau de bébé qu'il avait jadis savourée, le rendait malade.

– Reviens au cabinet, fit-il d'un ton péremptoire.
– Pour coucher avec toi ?
– Peu importe, ça te fera du bien.
Il se sentait partir – les Martini lui embrumaient l'esprit et il commençait à oublier les consonnes de ses phrases.
– Qui tu es exactement ?
– Un médecin, qui veut soigner ses patients le mieux possible.
Disant cela, il s'aperçut qu'il ne plaisantait pas.
– Un médecin et un maître chanteur.
– Disons que j'ai deux métiers. Ou bien un travail et un hobby.
– Je me demande ce que tu considères comme ton hobby…
Il ne répondit pas. Son regard s'était porté, malgré lui, sur la chancellerie, de l'autre côté de la place. À cette seconde, la dictature lui apparut presque agréable. Une sorte de pression constante, comme lorsqu'on plonge sous la mer, qui rend chaque seconde plus rare, plus dense… Tout se mélangeait dans sa tête. Bon sang, ces Martini…
– Tu m'écoutes, oui ou non ?
– Pardon ?
– T'as pas compris que tout ça, tes manières cyniques, ton jeu de séducteur et de voyou d'opérette, c'est plus de saison ?
Elle tendit le bras et lui saisit doucement la nuque, comme elle aurait fait avec un petit chat.
– Réveille-toi, Simon, avant que tes atouts ne deviennent des faiblesses. En camp de concentration, tu seras juste un p'tit bonhomme à hauteur de crosse. Et tu t'en prendras plein la gueule.
Simon frissonna. Greta avait raison : à force de faire le malin, la fine couche de glace sous ses pieds allait craquer. L'intelligence était passée de mode. Quant à sa fameuse protection… Celle de femmes qu'il faisait chanter et avec lesquelles il couchait, on avait fait mieux en matière d'immunité. Les cocus finiraient bien par découvrir le pot aux roses.
– Et si on retournait à l'hôtel Zara, comme à la belle époque ?
Greta sourit.

– Je suis désolée, mon Simon. Sur ce plan-là aussi, t'es passé de mode.
Il lâcha un «Ah» résigné qui ressemblait plutôt à un rot.
– Voyons-nous plutôt au Bayernhof, dit-elle, soudain enjouée. Ça fait longtemps que je n'ai pas mangé leur *Kartoffelsalat*.
Elle avait retrouvé son sourire et il put l'admirer encore. Sa tête de poupée faisait des ravages dans la haute société berlinoise et à cet instant, ses joues ressemblaient à des petites braises – celles qu'elle allumait au fond des pantalons de tous les hommes.
– Va pour le Bayernhof, capitula-t-il. Vendredi, midi et demi ?
– Midi et demi, parfait.
Elle se leva dans un nouveau froissement de ciel.
– Tu me laisseras parler, avertit-elle. Un peu moins de conneries que d'habitude, ça fera pas de mal. *Auf wiedersehen*.
Simon la regarda partir sans frustration. Il se dit qu'il était bien un intellectuel. Plus que ses cuisses, c'était finalement «l'idée» de ses cuisses qu'il aimait caresser.

## 7.

Sur le chemin du retour, il dessoûla un peu. Mais son humeur demeurait allègre. Il sentait l'enveloppe de Greta dans sa poche et sa petite combine lui paraissait imparable. Il gagnait de l'argent en faisant parler ces dames puis il se faisait plus de fric encore en leur promettant le silence. *Reden ist Silber, schweigen ist Gold*. La parole est d'argent, le silence est d'or.
Histoire de se dégriser un peu plus, il s'arrêta devant un marchand ambulant et s'acheta deux *Wiener Würtschen* fumantes. Plaisir acide de Berlin, couleur de chair… Tenant ses saucisses d'une main, il remonta la Wilhelmstraße d'un pas léger. Si léger qu'il jouait, comme lorsqu'il était gosse, à éviter les rainures qui séparaient les dalles du trottoir. *Si tu touches la ligne, tu meurs…*

Il traversa à nouveau la Potsdamer Platz, lançant à la volée son papier gras dans une poubelle. Cette fois, la place rugissante lui parut insupportable. Congestionnée par les tramways, les bus à impériale, les voitures, les carrioles, elle déversait aussi une marée de chapeaux et de canotiers qui ondulaient comme une vague de points mouvants – du pointillisme, asséné staccato. *Tac-tac-tac...*

Son allégresse commençait à se transformer en migraine. Le soleil sombrait quelque part derrière les immeubles, les bruits lui rayaient le cerveau comme des lames de patins la glace d'une patinoire...

S'engageant dans l'Alte Potsdamer Straße, il fut soudain saisi d'un mauvais pressentiment. Greta avait raison : ce funambulisme ne pouvait pas durer. La véritable situation allait le frapper de plein fouet, à la manière d'une *Kriegslokomotive* lancée à fond.

Quand il parvint en vue de chez lui, il faillit éclater de rire. Il aurait pu faire carrière en tant que médium... Devant son immeuble, le spectacle que chaque Allemand redoutait le plus au monde l'attendait.

Une magnifique Mercedes stationnait près de son porche. Adossé au véhicule, un chauffeur en tenue SS fumait une cigarette. À quelques pas, un colosse en uniforme noir et casquette rutilante demeurait immobile, les talons plantés dans le bitume.

*Hahaha!* Le petit Simon qui passait toujours entre les gouttes! *Allez ouste! En KZ, comme tout le monde!*

Il se désintéressa de la voiture et du chauffeur pour se concentrer sur le colosse au brassard à svastika. L'image était si parfaite qu'elle aurait pu servir d'illustration aux livres de propagande. Veste sanglée par une ceinture à bandoulière. Culotte de cheval. Bottes souples cirées miroir. Poignard SS à chaînette. Médaille sportive de la SA à la poitrine. Et bien sûr, des aigles partout – sur la casquette, le col, la boucle de ceinture...

– Docteur Simon Kraus ?
– C'est moi, fit Simon sans pouvoir quitter des yeux les deux runes qui dessinaient le signe SS sur son col.
– Hauptsturmführer Franz Beewen, fit le géant en claquant des talons.
On sentait le salut travaillé devant la glace. Simon s'attendait au traditionnel « Suivez-nous » mais l'homme ajouta d'une voix presque conciliante :
– On peut aller discuter dans votre cabinet ?
L'officier lui tendait une médaille ovale de métal noirci, frappée d'un aigle perché sur une croix gammée. Dessous, un numéro. *La Gestapo, hein ?* Vu son allure, l'insigne tenait vraiment du pléonasme.
– Pas de problème, fit Simon en effectuant lui-même une brève révérence dans une gesticulation plus proche de Charlot que d'Hitler.
Montant les marches de son porche, il ne put s'empêcher d'éprouver une fierté incongrue. L'immeuble en pierre de taille, le portail en fer forgé... Tout de même, ça posait.
Ils grimpèrent en silence. Encore une fois, Simon était fier de l'opulence de son immeuble, du côté raffiné des parties communes. *Pauvre con, c'est sans doute la dernière fois que tu les vois.*
Parvenu au troisième étage, il ouvrit sa porte en lorgnant vers son invité. Il se demanda s'il était aussi grand qu'il lui paraissait. Avec Simon, on passait vite pour un titan.
Ils restèrent quelques secondes dans le vestibule, une petite pièce aux murs peints en beige auxquels répondait un parquet blond en bois du Gabon. Le seul ornement était une série d'esquisses de Paul Klee.
L'Hauptsturmführer les contempla quelques secondes, l'air dubitatif. Simon en profita pour le détailler encore. En plus d'être grand, il était superbe. Une vraie gueule d'Aryen tout juste sortie de la boîte de Meccano. Traits de fer, mâchoires inflexibles, yeux clairs, bouche dédaigneuse... Avec une telle

tronche, il pouvait vous envoyer en camp de concentration d'un simple signe du menton.

Siegfried avait tout de même un défaut. À l'évidence, il souffrait de ptosis, un déficit du muscle releveur de la paupière supérieure qui lui maintenait l'œil droit à moitié fermé. Quand il vous regardait, il avait l'air de vous viser avec son Luger.

– Par ici, s'il vous plaît.

Ils pénétrèrent dans son bureau. L'expression de dégoût que l'autre arbora en découvrant le mobilier Art déco en disait long sur ses positions, disons, culturelles. Encore un qui avait dû griller pas mal de livres le 10 mai 1933 devant l'Opéra de Berlin.

– Qu'est-ce que je peux faire pour vous, Hauptsturmführer ? demanda Simon en s'asseyant derrière son bureau.

Il n'avait pas mis les pieds sur la table, mais c'était l'esprit. Son coup de frayeur passé, entouré de ses livres et de ses meubles, il se sentait de nouveau fort, invulnérable. Sans compter les Martini qui brûlaient encore dans ses veines et continuaient à lui faire croire qu'il disposait de super-pouvoirs.

Sans répondre, l'homme en noir fit quelques pas, observant chaque détail. La Gestapo prenait son temps.

Quand il s'approcha de la porte dérobée de la salle d'enregistrement, Simon toussa pour détourner son attention.

– Asseyez-vous, insista-t-il, je vous en prie.

Le cuir du fauteuil couina douloureusement sous la masse du gestapiste.

– Connaissez-vous Margarete Pohl ?

Simon Kraus sentit quelque chose au fond de lui se détendre. Margarete avait été une de ses premières patientes, une dépressive chronique qui venait encore le voir de temps en temps. Une blonde menue à fesses plates et petits seins têtus avec qui il avait couché aussi, mais cela remontait à plus de deux années.

– Vous êtes sans doute débordé, Hauptsturmführer, répondit-il, regonflé à bloc. Et moi-même, je n'ai pas beaucoup de temps. Si on éliminait tout de suite les questions dont vous connaissez déjà les réponses ?

Simon vit deux choses dans les yeux de l'officier – disons l'œil et demi. La première, une réelle sidération qu'on puisse répondre ainsi à un officier de la SS. La seconde, une sorte d'expression entendue. On avait dû le prévenir : Simon Kraus était le psychiatre personnel d'épouses de hautes personnalités. Il était donc intouchable.

L'idée qu'on puisse être protégé par des femmes devait paraître pathétique à un homme tel que Franz Beewen.

– Répondez à ma question.
– Elle est ma patiente, oui.
– Depuis quand ?
– De mémoire, je dirais mai ou juin 1937.
– Elle vient vous… voir régulièrement ?
– Plus maintenant. Elle est dans une phase de rémission. Cigarette ?

Franz Beewen refusa d'un bref signe de tête. Il observait Simon avec intérêt. Sa nonchalance, sa décontraction devaient lui sembler remarquables – surtout par les temps qui couraient.

Tout au fond de sa pupille vert aquatique, il y avait même une sorte de satisfaction. Simon, qui connaissait les femmes, mais aussi les hommes, sentait le combattant derrière l'uniforme de carnaval et les distinctions à la mords-moi-le-nœud. Beewen aimait qu'on lui tienne tête.

Simon devinait aussi qu'il avait affaire à un cador. Un membre de l'élite de la Geheime Staatspolizei. Pourquoi lui envoyait-on cette machine de guerre ? Qu'y avait-il de si important ?

Comme si le gestapiste avait lu dans ses pensées, il l'affranchit d'un coup :

– Margarete Pohl a été assassinée.

## 8.

Simon Kraus faillit en tomber de sa chaise. À Berlin, tout le monde se faisait assassiner : on appelait ça la «politique». Mais jamais une femme telle que Margarete Pohl n'aurait pu être dans la ligne de mire : cent pour cent aryenne, cent pour cent dévouée au Reich de mille ans, mariée à un Gruppenführer SS ancien compagnon d'armes de Göring.

D'un coup, il revit cette blonde à peine plus grande que lui, qui riait aux éclats en sous-vêtements de soie, dansant sur le lit à la manière d'Anita Berber. Les larmes lui vinrent aux yeux. Des larmes méchantes, corrosives, comme si on lui avait injecté une solution saline sous les paupières.

– Assassinée ? répéta-t-il bêtement. Mais... quand ?

– Je ne peux donner aucun détail.

Simon quitta sa position «spéciale décontraction» et vint planter ses coudes sur le plateau du bureau.

– Vous savez... Enfin, on sait qui a fait le coup ?

Pour la première fois, Franz Beewen eut un sourire, un rictus qui tenait plus du roulement à billes que d'un quelconque sentiment humain. Il avait retiré sa casquette. Sa coupe blonde, aussi courte qu'un pelage de bovin, donnait envie de la caresser.

– L'enquête commence à peine.

Simon était complètement dégrisé. Il cherchait, avec beaucoup de difficulté, à rassembler ses idées.

– Mais... comment a-t-elle été tuée ?

– Je vous le répète, je ne peux rien dire.

Un bref instant, il songea à un crime passionnel. Margarete n'était portée ni sur la fidélité ni sur la chasteté, mais son mari, un général toujours en manœuvres, se foutait d'elle comme d'une guigne. Pas du tout le profil du cocu tourmenté.

*Un nouvel amant ?*

Les jambes croisées, Beewen promenait maintenant un regard

amusé sur le cabinet de Simon et son ameublement recherché. Il semblait jouir d'avoir recadré le petit bonhomme avec ses derbys à bouts fleuris. À Simon les babillages de psy, l'art dégénéré, les livres inutiles. À lui la mort, la violence, le pouvoir. Le monde concret. Le monde actuel.

– Margarete Pohl venait-elle régulièrement vous voir ?
– Je vous l'ai dit. Nous espacions les séances en ce moment. Je l'ai vue il y a quinze jours.
– En quoi consistaient vos soins ?

Simon aurait pu invoquer le secret médical mais c'était un coup à se retrouver dans les sous-sols du 8, Prinz-Albrecht-Straße. Autant éviter le déplacement.

– La parole, fit-il évasivement. Elle me décrivait ses troubles et je lui prodiguais des conseils.
– Quels étaient ses troubles ?

Simon reprit une Muratti. Il l'alluma, histoire de se donner quelques secondes de réflexion.

– Elle souffrait d'angoisses, fit-il en tapotant nerveusement le bord du cendrier.
– Quelle sorte d'angoisses ?

*Après tout, là où elle est, elle ne craint plus rien...*
– Elle avait peur du régime nazi.
– Drôle d'idée.
– Vous trouvez aussi ? C'est ce que je me tuais à lui répéter.

La remarque lui avait échappé. Le grand corps sanglé de noir se raidit d'un coup, comme si un mécanisme se bloquait sous l'uniforme.

– Évoquait-elle ses relations avec son mari ?
– Bien sûr.
– Qu'est-ce qu'elle en disait ?

Simon eut un nouveau flash. Dans la chambre d'à côté, Margaret écoutant sur le gramophone sa chanson favorite, *Heute Nacht oder nie*, en tournoyant pieds nus sur le parquet.

– Elle souffrait de son attitude. Il n'avait jamais de temps pour elle. Toujours en manœuvres...

– Soyez plus précis. Quelle était sa maladie ?
– Son sentiment d'abandon se traduisait par une perte d'appétit, des tremblements, des évanouissements, des crises d'angoisse...

Le gestapiste planta son étrange regard dans celui de Simon. Curieusement, l'asymétrie de ses paupières lui conférait une présence singulière, presque romanesque. Quelque chose de voilé, de clandestin, un air de pirate borgne.

– Vous a-t-elle parlé d'un amant ?

Simon tressaillit – *peut-être un piège*. Il n'avait pas la moindre idée de l'état d'avancement de l'enquête. Il ne savait même pas quand Margarete avait été tuée.

– Jamais, répliqua-t-il. Avant d'ajouter, d'un ton sans appel : Ce n'était pas son genre.

L'officier nazi acquiesça d'un bref signe de tête. Impossible de deviner ce qu'il pensait. Ce gars-là aurait pu perdre sa mère le matin même, il aurait eu le même regard impassible, soutenu par ses mâchoires d'enclume.

– Savez-vous à quoi elle occupait ses journées ?
– Non. Vous devriez plutôt poser la question à son mari.

Beewen se pencha et s'accouda au bureau, provoquant des grincements de cuir et de bois. Jamais le plateau laqué n'avait paru aussi petit à Simon.

– Elle devait bien vous parler de son quotidien, non ?

Simon écrasa sa cigarette et se leva pour ouvrir la fenêtre. Chasser l'odeur du tabac. Ou plutôt libérer la pression de la pièce.

– Je ne veux pas dénigrer une personne décédée, fit-il en feignant l'embarras, mais Margarete menait la vie oisive et futile de l'épouse d'un homme fortuné.

– C'est-à-dire ?

Simon retourna s'asseoir.

– Coiffeur, emplettes, soins... Elle voyait aussi souvent ses amies pour le thé.

– On m'a parlé d'un club...

– En effet, elle appartenait au Club Wilhelm. Une sorte de salon littéraire, ou plutôt mondain. Ses membres se réunissent chaque après-midi à l'hôtel Adlon.

Beewen se recula à nouveau dans le fauteuil.

– Lors de vos dernières rencontres, Frau Pohl vous a-t-elle semblé nerveuse, ou anxieuse ?

– Je vous ai dit que c'était l'objet de nos rendez-vous.

– Ne faites pas l'imbécile. Vous paraissait-elle craindre un danger en particulier ? Avait-elle reçu des menaces ?

– Pas que je sache mais...

Cet interrogatoire à sens unique commençait à lui taper sur les nerfs. D'ordinaire, c'était lui qui posait les questions.

– Peut-être pourriez-vous me donner quelques précisions sur son décès ? Si je savais ce qui est arrivé, je pourrais mieux vous répondre...

– Je n'ai pas vocation à livrer la moindre information.

L'Hauptsturmführer avait noué ses doigts autour de ses jambes croisées. Il avait des mains larges, sèches, mille fois entaillées. Des mains de paysan, mais aussi de SA qui avait dû casser des gueules, des bras, des vitres, et tout ce qui était à portée de ses poings, avant d'obtenir cette sinistre promotion, la Gestapo.

Simon avait aussi remarqué que l'homme était dépourvu d'accent. La pomme ne tombe jamais loin de l'arbre. Il venait de la campagne, oui, mais pas loin de Berlin. Alors que lui, Simon, avait mis des années à effacer son stupide accent bavarois.

– Si j'ai bien compris, reprit le visiteur, la victime venait régulièrement chez vous depuis près de deux ans. Elle vous parlait de ses problèmes personnels, de ses angoisses, de ses doutes, ou de je ne sais quoi. S'il y a quelqu'un à Berlin qui connaît son intimité, c'est vous.

– Encore une fois, Margarete souffrait d'un mal-être... perpétuel. Je ne l'ai jamais entendue évoquer une menace ou un personnage qu'elle aurait considéré comme dangereux.

– Réfléchissez bien.

Simon piqua une nouvelle Muratti et l'alluma le nez en l'air, posture censée exprimer son effort de mémoire. De l'autre côté de la cloison était disposée une rangée de disques correspondant à tous les rendez-vous de Margarete depuis mai 1937.
– Vraiment, je suis désolé. Je ne vois pas.
La plupart des « problèmes » de Frau Pohl méritaient à peine le nom de névroses et ses vagues à l'âme ne dépassaient pas les tourments existentiels d'une épouse délaissée. Son seul ennemi était l'ennui – et elle le combattait à coups d'achats compulsifs, de cocktails corsés dès quatre heures de l'après-midi, et aussi de quelques amants qui parvenaient plus ou moins à la distraire, lui compris.
Simon revint à sa première idée – plutôt à la deuxième. À force de batifoler à tort et à travers, et d'aller s'encanailler dans les bas-fonds de Berlin, elle avait peut-être fini par faire une mauvaise rencontre.
– Vous a-t-elle jamais parlé d'un homme de marbre ?
– Pardon ?
– Un homme de marbre.
– Qu'est-ce que vous voulez dire ? Une statue ?
Franz Beewen souffla avec lassitude. C'était la première fois qu'il sacrifiait à un réflexe humain. D'un coup, son visage prit une autre dimension, moins dure, plus... vivante.
– C'est le seul indice que nous ayons, admit-il. Plusieurs fois, elle a parlé à son mari d'un homme de marbre. Elle semblait le craindre...
– Elle n'a rien dit d'autre ?
Beewen ne répondit pas : il paraissait jauger son interlocuteur. Même son œil de pirate avait l'air moins implacable.
– Non, elle n'a jamais voulu donner la moindre précision, ajouta-t-il. Elle répétait seulement qu'elle avait peur. Très peur. Mais de quoi au juste, on ne sait pas...
Simon ne relança pas. Il espérait que le cerbère allait enfin disparaître. Il voulait se retrouver seul. Danser une dernière

valse avec ses souvenirs. Siroter un vieux cognac en évoquant l'image de Margarete au son des chansons de Mischa Spoliansky.

Comme si Beewen était directement connecté au cerveau de Simon, il se leva spontanément. Le psychiatre ne croyait pas vraiment à sa force télépathique, du moins pas à ce point-là. Plutôt un exemple de synchronicité, comme les aimait Carl Gustav Jung.

L'Hauptsturmführer, qui semblait s'être légèrement amadoué, attrapa le stylo plume de Simon et écrivit son nom et son matricule sur un bristol.

– Réfléchissez, Herr Kraus. Relisez vos notes et contactez-moi.

Le psychiatre ne put que hocher la tête. Ses paupières le brûlaient et ce n'était pas seulement la fumée des Muratti.

– Ne vous dérangez pas. Je connais le chemin.

Il contempla l'imposante carrure franchir le seuil en ébranlant toute la pièce. Il ne recevait jamais de tels personnages. D'ordinaire, c'était plutôt fin lainage, col de fourrure et bas de soie.

Simon attendit que la porte ait claqué puis alla fermer la fenêtre. Le géant montait dans sa Mercedes – « s'encastrait » aurait été plus juste. Il regarda la voiture s'éloigner et se permit un sourire. Une fois encore, il avait un temps d'avance. Un atout dans sa manche.

L'Homme de marbre, hein ? Bien sûr qu'il le connaissait. Margarete lui en avait parlé plusieurs fois. Mais Franz Beewen pouvait bien retourner tout Berlin à sa recherche, jamais il ne le trouverait. Le seul lieu que hantait cette figure de pierre était l'esprit de Margarete. L'Homme de marbre ne lui apparaissait qu'en rêve... C'était une sorte de Golem qui peuplait ses songes.

Kraus possédait un autre élément qui avait peut-être son importance. Margarete Pohl n'était pas la seule atteinte de ce syndrome. Plusieurs autres patientes subissaient ce cauchemar. Il avait analysé ce fait comme un symbole récurrent, celui de l'autorité nazie ou même d'Adolf Hitler. Mais pourquoi une sculpture ? En marbre ? Simon penchait pour une image ou un lieu que ces bourgeoises avaient mémorisé et recyclaient dans leurs songes.

Il doutait que cette création psychique ait un lien quelconque avec l'assassinat de la petite Pohl, mais tout de même, ça valait le coup de creuser.

Il devait bien ça à sa jeune maîtresse. Celle qui chantait *Heute Nacht oder nie* de sa petite voix de crécelle.

## 9.

Franz Beewen détestait ce genre de petite ordure. Un parasite. Un gigolo. Un médecin dégénéré.

Une belle gueule, certes, mais sur un corps de marionnette – et cet avorton le prenait de haut ? Le considérait, lui, comme un péquenaud ? Ça n'aurait tenu qu'à lui, il l'aurait tué, là, tout de suite, dans son appartement bourgeois plein de trucs incompréhensibles (on se serait cru à l'exposition d'art dégénéré dont il avait assuré le service d'ordre, en 1937).

Non, de tels parasites n'avaient pas leur place dans le Reich de mille ans. Ce genre d'esprits tordus ne menaient qu'à la débauche et au vice. *Salopards d'intellectuels*. Ils étaient la lèpre des sociétés nouvelles. À trop réfléchir, ils corrompaient le sens de la vie, ils n'entendaient plus la sourde palpitation, naturelle et essentielle, de la terre...

Le nabot ne lui avait pas tout dit – par exemple, il était évident qu'il avait déjà entendu parler de l'Homme de marbre. Qu'à cela ne tienne, il reviendrait. Il répéterait ses questions, mettrait la pression au psy, lui extirpant son jus comme à un fruit pourri. Sans oublier de fouiller son cabinet de fond en comble quand il ne serait pas là.

Et si la manière douce ne donnait rien, eh bien on lui

travaillerait les rognons à coups de matraque. Beewen avait beau avoir gagné des galons, il n'avait pas perdu la main.
— Nous allons à Brangbo, Hauptsturmführer ?
Il ne regarda même pas son chauffeur.
— À Brangbo, oui.
Quand il était monté pour la première fois dans sa Mercedes-Benz 170, il en avait presque joui dans son froc. La concrétisation, de fer et de cuir, de sa réussite, de son ascension, de son pouvoir.
Maintenant, il n'y faisait même plus attention. On s'habitue à tout, même à la réalisation de ses rêves. Des rêves qu'il avait conquis les dents serrées, les poings noués et la rage au cœur.
Il ne lui restait plus qu'une étape pour atteindre son but, mais voilà que cette enquête lui était tombée dessus.
Ce petit connard gominé ne pouvait se douter de l'ampleur du désastre. Car Margarete Pohl n'était pas la première. Le vendredi 4 août, on avait découvert le corps de Susanne Bohnstengel, vingt-sept ans, sur l'île aux Musées. Éventrée. Charcutée. Sans chaussures.
On avait d'abord confié l'enquête à la Kripo (*Kriminalpolizei*), mais face à l'absence de résultats, puis à l'apparition d'un nouveau cadavre, on avait viré les flics de la Criminelle pour refiler le dossier à la Gestapo.
Et c'était tombé sur lui, Franz Beewen, qui n'avait aucune expérience en la matière. À la Gestapo, on ne cherchait pas les criminels, on les inventait de toutes pièces. Le dossier d'enquête, on le fabriquait tranquillement, au bureau, puis on arrêtait le coupable, qui était le premier surpris d'apprendre sa culpabilité.
Mais cette fois, c'était différent. Un vrai tueur se baladait dans les rues de Berlin, s'en prenait aux épouses de personnalités des hautes sphères nazies, et il était chargé de mettre la main dessus. *Scheiße !*
Le trajet pour Brangbo allait prendre une bonne demi-heure. Il s'enfonça dans son siège et récapitula toute l'enquête.
Le 4 août donc, le cadavre d'une jeune femme avait été découvert à la pointe nord de l'île aux Musées, dans le quartier

de Cölln, au bord de la Sprée. Le corps avait été déposé le long d'Am Kupfergraben, sur le quai en face du Bode-Museum, sur la rive ouest du fleuve.

Aucun problème pour identifier la victime : elle portait encore ses vêtements et son sac était à côté d'elle. Susanne Bohnstengel, née Scheydt, en 1912 à Ansbach, Moyenne-Franconie, en Bavière. Épouse de Werner Bohnstengel, fournisseur de pièces détachées pour la Wehrmacht, l'armée allemande. Très proche du gouvernement SS.

Max Wiener, Hauptmann à la Criminelle, premier responsable de l'enquête, s'était engagé sur des rails familiers : ils avaient ratissé le quartier en quête de témoins, secoué les sorties de prison (même si, à cette époque, on y entrait plus facilement qu'on n'en sortait), retourné les milieux criminels de la ville...

Parallèlement, l'autopsie de la jeune femme avait révélé qu'elle avait subi de sévères mutilations. Son cou portait une plaie béante. L'arme (un couteau ou une dague) avait sectionné la veine jugulaire et la carotide externe ainsi que les vaisseaux laryngiens et thyroïdiens.

La victime était morte de cette blessure qui avait provoqué une importante hémorragie. Mais d'autres coups avaient été portés. Une série de plaies sur le flanc gauche laissaient supposer que la femme s'était débattue et avait cherché à se protéger, alors même que l'assassin lui maintenait les bras au-dessus de la tête – les blessures remontaient jusqu'à l'aisselle. L'intérieur des doigts des deux mains était profondément entaillé. Certaines phalanges ne tenaient plus que par un fil. La femme avait empoigné la lame qui la massacrait.

Le meurtrier s'était acharné sur l'abdomen. Une large entaille oblique partait de sous le diaphragme, à gauche, descendait jusqu'à la fosse iliaque droite. Deux blessures moins profondes suivaient le même parcours, prouvant que l'assassin s'y était repris à plusieurs fois avant de réussir à enfoncer son arme jusqu'à la garde et à ouvrir littéralement en deux l'abdomen de sa victime.

L'étude médico-légale avait également démontré que le criminel avait procédé à une mutilation plus étrange : il avait découpé la région du pubis et en avait extrait les organes génitaux, dont on n'avait retrouvé aucune trace autour du cadavre. L'assassin avait volé les ovaires, l'utérus et son col, ainsi que la vulve dans son ensemble.

Dans de telles conditions, impossible de dire si la victime avait été violée ou non, mais Wiener penchait pour un scénario sans viol. Le tueur trouvait son plaisir avec son couteau, non avec sa bite. Du temps de la SA ou de l'*Unterwelt* – le milieu, la pègre –, Beewen avait connu des gars de ce genre.

Détail bizarre : le meurtrier avait aussi emporté les chaussures de Susanne. Il aimait donc jouer avec les organes et les godasses de ses victimes. Vraiment un cinglé de première.

Wiener avait démarré son enquête tambour battant. Il comptait beaucoup sur le tout nouveau laboratoire médico-légal de Berlin, l'Institut national de chimie, département de chimie médico-légale et de statistiques criminelles, qu'on surnommait le KTI. Au programme : analyse d'empreintes digitales, photographies anthropométriques, portraits-robots, analyse comportementale, balistique, identification des armes utilisées lors des meurtres, identification des fibres et des résidus de matériaux (avec utilisation de microscope), analyse de sang et de sperme, toxicologie, détection d'encres invisibles...

Wiener en fut pour ses frais. La batterie d'analyses n'avait rien donné, pas plus que la recherche de témoins oculaires. Très vite, l'Hauptmann avait vu les limites de son champ d'action se rétrécir. Interdit d'interroger les proches de la victime. Interdit d'évoquer le meurtre. Interdit d'ébruiter l'affaire dans ses propres bureaux... Il était impossible d'avouer qu'un tel meurtre avait été commis et que le Reich avait été frappé d'aussi près.

Wiener avait seulement réussi à reconstituer l'emploi du temps de la victime la veille de la découverte du corps. Le matin, elle avait joué au tennis puis était allée déjeuner avec une de ses amies. Ensuite, lèche-vitrines en solitaire sur le Kurfürstendamm et... disparition.

Wiener pataugeait toujours quand un nouveau corps avait été signalé le samedi 19 août, dans le parc Köllnischer, près de la fosse aux ours, non loin de l'île aux Musées. Margaret Pohl. Vingt-huit ans. Née Schmitz, dans le Wurtemberg. Même mode opératoire. Égorgement. Éviscération. Vol des organes de reproduction et de toute la région du vagin. Pas de chaussures.

La Kripo n'était pas plus avancée – sauf sur un point : les deux victimes se connaissaient. Elles étaient membres du Club Wilhelm, un salon mondain qui se tenait à l'hôtel Adlon. Renseignements pris, ce « salon » n'était qu'une volière, où les jeunes épouses d'industriels millionnaires et de dignitaires nazis parlaient chiffons et commérages. D'ailleurs, ces femmes étaient couramment surnommées « les Dames de l'Adlon ».

Wiener avait écumé le grand hôtel, interrogé le personnel, les habitués, les clients qui y avaient séjourné durant ces dates, tout ça sans jamais évoquer les meurtres. Il n'avait pas non plus eu le droit de cuisiner les autres « Dames » – trop risqué. Il avait tout juste réussi, cette fois encore, à reconstituer la dernière journée de Margarete Pohl. Aucun intérêt.

Les rapports de Wiener étaient devenus de plus en plus vagues, se réduisant à des spéculations sur le profil psychologique du tueur. Il pensait par exemple que l'assassin était cannibale, ou qu'il attaquait ses victimes déguisé. *Que des conneries.*

La Maison brune avait réagi.

Il fallait confier cette enquête à ceux qui, chaque jour, sondaient les rues et les âmes de Berlin : la Gestapo. Le 26 août, l'Hauptsturmführer Franz Beewen, trente-cinq ans, avait été officiellement saisi de l'affaire. Il ignorait pourquoi on l'avait choisi, lui. Il avait de brillants états de service (du point de vue nazi) mais n'y connaissait rien en enquêtes criminelles. La Gestapo était une police politique : elle arrêtait les victimes, pas les coupables.

Son seul atout était le réseau de renseignement de la Geheime

Staatspolizei. Depuis 1933, l'Allemagne n'était plus un pays mais une toile d'araignée. Elle avait été découpée en *Gaue* (régions administratives). Chaque *Gau* était divisée en *Kreise* (cercles). Chaque *Kreis* en *Ortsgruppen* (groupes locaux). Chaque *Ortsgruppe* en *Zellen* (cellules). Chaque *Zelle* en *Blocks*.

La pièce maîtresse du réseau était le Blockleiter. Responsable d'une soixantaine de foyers, c'était un espion de la rue, de la vie quotidienne. Un fonctionnaire au plus bas de l'échelle, dont les renseignements étaient les plus précieux.

Comment, dans un tel écheveau, ces deux meurtres avaient-ils été possibles ? Comment le tueur avait-il pu passer entre les mailles du filet ? Sans compter que pratiquement tout Berlin était sur écoute, que les médias étaient chaque jour filtrés, que chaque travailleur avait un dossier au 8, Prinz-Albrecht-Straße. Durant une semaine, Beewen avait retourné toutes ses fiches, secoué ses mouchards, ses indics, agité ses Blockleiters – il n'avait rien obtenu.

Ce tueur, c'était l'homme invisible.

Autre surprise, quand Beewen avait voulu s'entretenir avec Max Wiener, il s'était aperçu que l'Hauptmann avait disparu. Viré ? Déporté ? Assassiné ? Pas moyen de savoir, mais ce n'était pas de bon augure.

Beewen était retourné au charbon. Il avait de nouveau interrogé les maris des victimes, l'industriel Werner Bohnstengel et le Gruppenführer SS Hermann Pohl. Ça n'avait pas donné grand-chose, sauf ce détail : le général avait révélé que son épouse craignait un homme de marbre. Qu'est-ce que c'était que ces foutaises ?

En grattant un peu, Beewen avait obtenu une autre information : Margarete Pohl, qui n'allait jamais bien, avait fini par avouer à son mari qu'elle consultait un psychiatre. Franz n'avait eu aucun mal à identifier Simon Kraus et il s'était retrouvé nez à nez avec le petit con.

Beewen avait beau être lui-même un criminel, il était perdu, désorienté. Il avait affaire à un meurtrier cinglé, qui s'attaquait à ces femmes et prenait visiblement son pied à les charcuter. Rien à voir avec lui-même, qui était plutôt un assassin pragmatique, professionnel, sans folie ni états d'âme...

Il releva les yeux et s'aperçut qu'ils roulaient maintenant en pleine campagne. Le jour baissait et les champs aux alentours baignaient dans une lumière orange légèrement écœurante.

– Arrête-toi ici, ordonna Beewen.

Avant de gagner Brangbo, l'Hauptsturmführer sacrifiait toujours au même rituel.

## 10.

Debout dans un champ de patates, Franz Beewen commença à se déshabiller. Il dégrafa sa ceinture et ôta sa veste. Il retira ses bottes et se débarrassa de son pantalon. Il pliait ses affaires avec soin, avant de les poser sur le capot de la Mercedes. En se défaisant de ses vêtements couverts de grades, de galons, de croix gammées, il avait l'impression de remonter le temps et de se glisser dans la peau de celui qu'il avait été jadis.

Franz Beewen n'avait jamais fonctionné qu'à un seul carburant, la haine. C'est grâce à cette rage intérieure, cette envie de tuer tout le monde, qu'il avait pu gravir les échelons et devenir celui qu'il était aujourd'hui.

*Mais pas si vite.* D'abord les dates, les lieux. Naissance en 1904, près d'une petite ville du nom de Zossen, à quarante kilomètres au sud de Berlin. Famille de paysans crevards. Ferme désolée, broyée par les tourmentes politiques, mais tout de même : toujours quelque chose à manger au fond du poulailler.

Ses dix premières années, il n'est qu'un gosse de ferme, un môme des cavernes, le genre qui révise ses devoirs assis sur un seau de zinc dans les odeurs de purin et les mugissements des vaches.

Scolarité médiocre, mais une passion pour les romans d'aventures. 1914. La Grande Guerre survient. Son père mobilisé, sa mère et lui doivent s'occuper de la ferme. Il est d'abord plongé dans un tunnel de boulot et d'incompréhension, où il ne vaut pas plus cher que les bêtes de somme qu'il engueule toute la journée.

1917. Son père gazé. Le voyage à l'hôpital militaire d'Essenheim, près de Mayence. Il en revient traumatisé, assourdi de chagrin, ivre de haine. À la ferme, rien n'a changé sauf cette certitude : un jour, il vengera son père.

À ce moment-là, Franz n'a qu'une seule distraction. À dix kilomètres de la ferme, près de Zossen, est installé un camp de prisonniers surnommé le « camp du croissant », parce qu'il abrite pas mal d'Arabes, de Noirs et de Turcs. Dès qu'il trouve un peu de temps, Franz prend son vélo et se rend là-bas – juste pour voir l'ennemi crever à petit feu. À plusieurs reprises, il se faufile sous les barbelés et essaie de foutre le feu aux tentes des prisonniers. Sans succès.

1919. Retour à la normale, ou presque. Son père toujours hospitalisé, la ferme hypothéquée (pour payer les soins de papa), un garçon de ferme embauché. *Mutter* veut maintenant que Franz décroche son *Abitur* et l'envoie en pension au lycée de Potsdam. Nouveaux horizons.

D'abord le sport.

Les travaux de la ferme, ça forge le corps. Jusqu'alors, cette puissance n'a été que le signe de son esclavage. Maintenant, ses muscles sont synonymes de force, de victoire.

Dans la foulée, Franz change d'apparence. Lui dont la tignasse a toujours ressemblé à une poignée de racines terreuses, il opte pour la discipline. Mèche plaquée comme un couvercle, nuque rase.

Franz s'entraîne. Il pense à la Grande Guerre. Il pense à son père empoisonné. Il travaille chaque muscle, chaque cellule de son corps pour devenir une machine de guerre. Un pur outil de vengeance.

Il entend parler des Aryens, de la race des Seigneurs. Ça lui plaît. Un peuple supérieur. Une origine mystique. Fermier ou pas, il comprend qu'il appartient au *Volk*.

1923. Après avoir, contre toute attente, obtenu son *Abitur*, il revient au bercail. Désolation. La situation de l'Allemagne ne cesse d'empirer. Les Français, non contents d'avoir humilié et essoré les Allemands, reviennent occuper la Ruhr, confisquant les sites industriels et volant le charbon.

Dans tout le pays, on a froid, on a faim. La ferme Beewen croule sous les dettes. Sa mère et le commis s'échinent en vain. Mais encore une fois, ici, au moins, on a à manger. Et du bois pour se chauffer.

Bientôt, les Berlinois affamés viennent en bandes piller les campagnes. Franz les reçoit à coups de fusil. Il abat plusieurs hommes. De ces affrontements, il ne retient qu'une chose : il est doué pour le tir. Doué pour le combat. Doué pour la guerre. Il a dix-neuf ans. Il doit passer à l'action.

Il s'inscrit au NSDAP, matricule 24336, abandonne la ferme et s'engage chez les SA, les sections d'assaut (*Sturmabteilung*). Une milice qui tape sur tout ce qui bouge au nom de quelques idées si simples qu'elles feraient rigoler dans une cour de récréation. Pas grave. Son destin l'appelle. Les uniformes, la discipline, les ordres, ça aussi, ça lui plaît. Et ça cadre sa fureur.

Il découvre **Berlin** en brisant tout sur son passage. Les SA déferlent et il est de la fête. Franz ne casse pas des gueules pour le plaisir, il s'entraîne à la guerre. Il sait, il sent qu'il aura un jour une chance de se battre contre l'ennemi.

Sa mère l'exhorte de rester à la ferme, de l'aider, de défendre leur patrimoine. Pour tenter de le raisonner, elle lui révèle la vérité sur le gazage du vieux. Les Français n'y sont pour rien : c'est le vent qui, ce jour-là, a tourné et a renvoyé leurs gaz aux Allemands. « Si tu veux te venger, lui hurle-t-elle, venge-toi du vent ! »

À cette nouvelle, Franz crache sur la bible de sa mère, prend ses affaires et disparaît. Les débuts à Berlin sont difficiles.

Les SA, c'est une bande de brutes, des bons à rien qui, paradoxalement, servent à tout. Ni soldats, ni policiers, ni rien. Une milice de soûlards, un service d'ordre qui attaque plus qu'il ne défend. Lui ne boit pas vraiment, ne rigole pas aux blagues des collègues, n'éprouve aucun plaisir aux tabassages. Vraiment un mec bizarre.

Franz ne reste pas longtemps SA. En novembre, leur chef, Hitler, organise un coup d'État foireux – en quelques heures, tout est plié. Hitler arrêté, les SA démantelés, Franz se retrouve à la case départ. Il revient à la ferme sans prévenir et surprend sa mère dans les bras du commis. Il prend son fusil et abat le type, qu'il donne à manger aux cochons. Avec *Mutter*, ils se mettent d'accord : en cas d'enquête, elle racontera que le commis est reparti dans sa contrée d'origine, mais tout de même, Franz ne peut pas rester là.

Pendant un temps, il vit dans la forêt, comme une bête. Puis il repart à Berlin et fréquente l'*Unterwelt*. Il devient videur, vigile, voleur, tueur même, tout ce qu'on voudra pourvu qu'il soit payé.

1926. Franz a vingt-deux ans. Toujours costaud, toujours la mèche plaquée, mais ses rêves de pureté teutonne ont fait long feu. Dans le milieu, il jouit d'une vraie réputation. Violent, dangereux, incontrôlable. On se méfie de lui : il n'est pas un gangster, pas plus qu'il n'est un nazi. Qui est-il au juste ?

Lui ronge son frein. Régulièrement, il va voir son père, qui croupit dans un asile psychiatrique – sa raison a brûlé avec ses poumons. Il rend visite à sa mère, qui a engagé un nouveau garçon de ferme.

Un an plus tard, elle meurt. Franz traîne aux funérailles son père qui ne cesse d'entendre, durant la cérémonie, le sifflement des gaz et le bourdonnement des avions français. Aussitôt après, il danse au bord de la fosse parce que les Allemands ont gagné la guerre. Quand il se met à pisser sur le cercueil, Franz l'assomme et le ramène à l'asile.

Pas de famille ni de repères, à peine de quoi survivre, et pas le moindre projet. Il réalise alors qu'Hitler est sorti de taule et que les SA ont obtenu le droit de se reformer. Il y retourne. Il est remarqué par ses supérieurs pour son intelligence, ses aptitudes au combat, son engagement – Franz se dévoue corps et âme aux SA, il ne lui reste que ça. De plus, son profil est parfait : un fils de la terre, un père héros de guerre. On l'envoie à Vienne suivre une formation sur les méthodes de propagande du parti et l'organisation des troupes. Très réceptif.

Au printemps 1928, les SA obtiennent l'autorisation de porter de nouveau un uniforme. Ce détail change la vie de Franz. Il défile, marche au pas, dirige sa propre unité – un exemple pour tous. En réalité, il ne croit pas une seconde qu'une telle bande de crétins puisse accéder à des responsabilités politiques. Il faut s'emparer du pouvoir par les urnes, et non pas par la matraque ou le fusil.

La personnalité d'Hitler le laisse aussi perplexe. Ce cinglé éructant, racontant n'importe quoi, avec des roulements de gorge et des mimiques de diva, ça prête plutôt à rire. Mais visiblement, il produit son effet sur les foules. Franz peut en juger : il assure le service d'ordre des meetings.

Un jour, on le convoque pour participer à une mission de confiance : foutre le feu au Reichstag. Pas de problème. Mais cette opération, c'est un coup à se retrouver avec une balle dans la nuque quelques jours plus tard.

On donne à Beewen une mission dans la mission : avant d'incendier le Reichstag, il doit emporter un siège – le siège préféré d'Hermann Göring. Il s'exécute mais avant ça, il prend une photo du meuble «in situ», environné de flammes. Le jour suivant, il livre lui-même le fauteuil à l'adresse personnelle de Göring et, discrètement, en prend une nouvelle photo. Il place même dans le cadre le *Völkischer Beobachter* du jour, qui titre sur l'incendie. Il suffit de placer côte à côte les deux clichés pour tout comprendre.

Sans se dégonfler, il va voir Ernst Röhm, le chef des SA, et lui montre les deux photos en le prévenant que s'il lui arrive quoi que ce soit, ces clichés seront envoyés aux journaux. «On tient la presse », réplique Ernst. « Je parle des journaux étrangers. » Il n'entend plus jamais parler de cette histoire. Il est même promu.

Mais son instinct lui souffle déjà autre chose : Hitler, nommé chancelier, n'a plus besoin des SA. Au contraire, cette armée de brutes de moins en moins contrôlables le gêne. Surtout son chef, Röhm, qui a une bien trop grande gueule et qui, de surcroît, est pédé comme un phoque.

Beewen quitte les SA et devient auxiliaire de police. Chez les flics, Göring remplace les matraques par des pistolets. « Il vaut mieux tuer un innocent que manquer un coupable », prévient-il. Beewen n'est pas dépaysé.

Un an plus tard, c'est la Nuit des longs couteaux, où tous les chefs des SA sont exécutés. Beewen a encore eu du nez. Il progresse dans la police – ex-tueur chez les SA, ex-voyou au sein de l'*Unterwelt*, il a décidément toutes les compétences requises, mais pressent que c'est une nouvelle impasse.

Le pouvoir n'appartient pas à la police. Il appartient aux SS.

Il postule. Dossier mirobolant. Il intègre aussitôt la Schutzstaffel, tendance Gestapo. Il gravit tous les échelons, à la force de son calibre, mais pas seulement. Beewen est un meneur. Il dirige ses équipes de main de maître, n'a pas peur du terrain et n'a rien à voir avec les fonctionnaires qui composent le gros des rangs de la Gestapo. En cas de coup dur, on peut compter sur lui.

Voilà pourquoi on lui avait refilé cette putain d'enquête.

Tout le monde savait que Beewen voulait intégrer la Waffen-SS ou la Wehrmacht. En tout cas monter au front dès que la guerre éclaterait. Franz était un soldat et il voulait se battre.

Pour le motiver, son supérieur, l'Obergruppenführer Otto Perninken, lui avait dit :

– Élucidez cette enquête et j'appuierai votre mutation.

Beewen avait opiné du chef, claqué des talons et levé le bras en braillant : « *Heil Hitler !* » Il l'avait mauvaise. Son destin était donc à la merci d'un tueur cinglé qui charcutait des bonnes femmes au fond des parcs. Mais qu'est-ce qu'il en avait à foutre, nom de Dieu ?

Dans quelques jours, l'Allemagne envahirait la Pologne, cette opération provoquerait la Deuxième Guerre mondiale, et lui, il était bloqué à Berlin, à devoir chercher un psychopathe qui n'avait tué que deux fois. Rien que le chiffre était ridicule. Dans le Berlin nazi, n'importe quel assassin digne de ce nom avait déjà tué des dizaines de fois...
– Herr Hauptsturmführer...
Beewen s'ébroua de ses pensées. Le jour tombait et tout le paysage rougeoyait comme dans un bain de sang. Il s'aperçut qu'il avait fini de se changer, sans même y faire attention.

Il plaça avec soin son uniforme dans le coffre et revint s'installer à l'arrière de la voiture. Il portait un pantalon gris à pinces, une chemise à manches courtes et un blouson de toile. C'était tout ce qu'il avait trouvé dans le vestiaire de la Gestapo, où on conservait les vêtements des fusillés et autres interrogés.

Pour une fois, ni son blouson ni sa chemise n'affichaient la moindre trace de balle ou de sang. Il était fin prêt pour affronter son père.

## 11.

Chaque fois qu'il parvenait aux abords de l'asile psychiatrique de Brangbo, il était saisi par la même sensation physique. Une sorte d'hallucination olfactive : le gaz moutarde.

Il sentait l'odeur de la mort qui avait traversé le caoutchouc des masques et le cuir des bottes, qui s'était infiltrée sous les vareuses et les paletots, qui s'était insinuée dans les tranchées de 14-18 et qui avait détruit son père.

Durant les années du conflit, l'absence du *Vater* avait été comme le silence qui précède l'orage. Franz ne cessait de trimer aux côtés de sa mère. Il ne voyait rien, n'entendait rien, ne parlait pas. Il attendait son père, c'est tout. Il ne parvenait même pas à intégrer les mauvaises nouvelles qui parvenaient au village (les tranchées, les gaz, les morts). À ses yeux, « papa » était Rienzi, Lohengrin, Parsifal. Il était invincible. Il se riait des balles et des obus. Il surpassait la violence des tranchées.

Quand Franz, à douze ans, avait revu son père à l'hôpital militaire d'Essenheim, il ne l'avait pas reconnu. Yeux : brûlés. Il ne voyait plus rien. Poumons : brûlés. Il ne pouvait plus respirer. Muqueuses humides : brûlées. Cet inconnu sur son lit n'était plus qu'un incendie de chair.

Sur les instances de sa mère, il avait dû se convaincre, dans le chaos des cris, des gémissements de l'hôpital, que cette épave était bien son géniteur, son héros. Cette capitulation avait décidé du reste de sa vie. Un mouchoir sur la bouche, il demeurait au pied du lit de son père et voyait de drôles de choses. Des flots de sang d'abord : on pratiquait des saignées pour faire baisser la pression artérielle des gazés. De l'eau bicarbonatée pour rincer les yeux, les bouches, les plaies. De l'eau de Dakin, aux effluves de javel, pour laver les sols souillés par les blessés... Le monde des gazés était liquide – jamais de nourriture, la digestion demandant trop d'oxygène...

Il y avait aussi les mutilés, dévorés par les poux et les tiques, ceux qui n'avaient plus de bras, plus de jambes, plus de visage. Ceux-là puaient plus encore. Leurs pansements suintaient, leurs plaies s'infectaient. Quelques-uns déambulaient dans la salle saturée par la fumée des poêles. Franz, terrifié, gardait les yeux rivés sur le sol pour ne pas les voir. Il se souvenait seulement d'un homme-momie, la tête entièrement pansée, qui ouvrait tous les tiroirs à la recherche de ses oreilles.

Il y avait aussi les lâches, ceux qui s'étaient coupé un doigt ou avaient ingéré de la poudre à canon pour avoir la jaunisse. Ceux-là ne perdaient rien pour attendre. On ne les soignait que pour les fusiller ou les renvoyer au front.

Enfin, il y avait les fous. Ceux qui n'avaient pas résisté au traumatisme des tranchées. Ils tremblaient, gesticulaient, hurlaient. Ils étaient toujours à la guerre. On appelait ça

« l'hypnose des batailles », le « *shell shock* » ou encore « l'obusite ». La plupart guérissaient en quelques semaines mais d'autres, comme son père, sombraient dans la démence.

– Nous arrivons.

Au cœur de nulle part, l'institut de Brangbo n'était qu'une ruine de briques posée au milieu de champs pelés. Un édifice oublié dans une campagne lugubre. Ce simple décor résumait la situation : on laissait crever ici les malades mentaux, pas question de les aider.

Sur la position du parti à propos des déments, Beewen n'avait aucune illusion : il fallait s'en débarrasser. Des hommes dégénérés, des maillons faibles, des bouches inutiles qui coûtaient trop cher à l'État. Il suffisait de sortir dans la rue pour voir les affiches hurlant ce genre de messages ou d'aller au cinéma pour se fader, avant le long métrage, des films de propagande montrant des fous ricanants et des gueules difformes... Les sous-titres insistaient sur le prix à payer pour nourrir ce genre de monstres. Autant de fric que les bonnes familles allemandes n'auraient pas...

Franz avait effectué des démarches pour trouver un meilleur hôpital. Il n'avait rencontré que des psychiatres pressés et méprisants, qui détestaient leurs malades. Il avait cherché une clinique privée mais sa solde de gestapiste ne lui permettait pas de s'offrir ce genre de sites.

Alors, Brangbo...

Le seul point positif du mouroir était sa directrice, Minna von Hassel, une jolie brune qui s'occupait de ses malades comme s'il s'agissait de ses propres enfants. Au début, Beewen avait cru qu'elle était religieuse ou un truc de ce genre mais pas du tout. La Gestapo avait un dossier sur elle : elle appartenait à l'une des familles les plus riches de Berlin. Des aristocrates qui s'étaient recyclés dans le bitume et construisaient les autoroutes du Reich. Née baronne, Minna avait tourné le dos à cette fortune pour devenir psychiatre et se consacrer aux laissés-pour-compte. *Respect.*

En même temps, il se méfiait de cette femme, elle pensait

trop – et elle se croyait plus forte que le régime. Surtout, elle était trop belle : quand il la croisait, son visage étroit, ses yeux noirs, presque orientaux, le faisaient chanceler. Il perdait sa fermeté, sa contenance, il vacillait...

En réalité, s'il se changeait en route avant de se rendre à Brangbo, ce n'était pas pour son père, qui était terrifié par les uniformes, mais pour Minna von Hassel, qui haïssait ouvertement les SS.

La Mercedes franchit le portail – un trou parmi d'autres dans l'enceinte de briques – et stoppa dans la cour. Beewen sortit de la voiture et contempla dans le crépuscule le spectacle habituel. Ce qu'on appelait le « potager » n'était qu'un terrain vague où poussaient toutes sortes de mauvaises herbes, mais peut-être qu'un ou deux cinglés avaient réussi à y planter quelque chose. En parlant de fous, ils étaient là, et bien là, autour de lui, enroulés dans des draps sales ou des camisoles défaites, errant comme des fantômes.

Franz sentit à nouveau l'odeur du gaz moutarde, l'odeur de la folie. Ou de sa propre frousse à l'idée de voir son père. Cet inconnu aux traits émaciés, au corps de squelette, qui l'insultait à chaque fois et déblatérait des délires sans queue ni tête.

Mais le pire était qu'il se voyait en lui comme dans un miroir : après tout, il l'avait appris dans les bouquins, la folie est souvent héréditaire...

## 12.

– Comment il va aujourd'hui ?
– Stable.

Il venait d'apostropher un infirmier qu'il connaissait bien, Albert, le seul nazi du personnel soignant de Brangbo.

– Mais il a fait une crise sévère hier...

Beewen haussa les épaules : des crises sévères, il en avait fait des milliers depuis la Grande Guerre, et ça avait plutôt l'air de le conserver.

Sans autre commentaire, il emboîta le pas au mastard (Albert était presque aussi grand que Beewen et devait peser plus de 120 kilos) qui prenait la direction de l'aile gauche, le bâtiment des cellules. Beewen n'avait toujours pas compris si le fait d'avoir sa propre chambre était un privilège ou une punition.

À l'intérieur, ils s'engagèrent dans un long couloir de ciment où des gravats traînaient par terre. Le mur de droite était percé de petites portes en fer. Pas si loin de la prison domestique de la Gestapo. Il se disait souvent qu'il y avait un rapport de cause à effet entre ces deux sites, il venait payer à Brangbo les péchés qu'il commettait à la Gestapo...

Albert marchait devant lui, en blouse crasseuse, faisant tinter son lourd trousseau de clés dans sa poche. Des fous hurlaient derrière les battants de fer. D'autres, assis par terre, sanglotaient dans la poussière.

Soudain, sans la moindre raison, une image vint lui traverser l'esprit. Une des rares fois où ils étaient «montés» à Berlin en famille. Un magnifique après-midi d'été sur Unter den Linden, l'avenue des Tilleuls. En bras de chemise, son pantalon lui remontant au-dessus du nombril, son père souriait dans le soleil. À ses pieds, les ombres des feuillages frémissaient et c'était comme une secousse légère du temps même. Un éblouissement.

Franz courait vers lui, riant aux éclats – il ne se voyait pas lui-même, mais à son rire il devait avoir huit-neuf ans. Il s'en souvenait encore. Ces escapades étaient si rares. Dans ces moments-là, le bonheur devenait une pure sensation physique, hors de toute conscience.

– Voilà.

Albert avait enfin trouvé la bonne clé. La porte, rouillée, racla sur le sol. Beewen songea au cabinet de Simon Kraus : on était loin de ses tapis moelleux et de ses fauteuils en cuir.

– T'es qui, toi ?

Depuis plusieurs années, son père ne le reconnaissait plus. Ce n'était pas le signe d'une dégénérescence mentale, plutôt celui d'un combat perdu de la conscience contre le cancer de la folie. Cette démence se reproduisait sans fin, faisant proliférer les cellules malades dans son cerveau.
— Papa, c'est moi, Franz, ton fils.
— Mensonge.
Peter Beewen était assis sur sa couchette, le dos coincé dans l'angle de deux murs. Une couverture sans âge ni couleur traînait à ses pieds. Lui-même ne portait qu'une sorte de tunique grisâtre croûtée d'excréments.
Franz avança. Albert referma la porte sur lui. La cellule n'excédait pas dix mètres carrés. Murs et sol de ciment peint. Couchette maçonnée dans le mur. Lucarne à barreaux. Les angles étaient rembourrés avec de la laine de verre. L'environnement naturel de son père depuis vingt ans.
Beewen s'approcha prudemment. Son père était encore capable de lui envoyer un coup de pied dans les couilles. Pour l'instant, il était blotti sur sa paillasse, apeuré et vulnérable, exactement comme tous ces imbéciles que Beewen enfermait chaque jour à la Gestapo.
Curieusement, malgré les ravages des gaz et des années d'asile, son père était toujours aussi beau. Des longs traits réguliers, des yeux clairs qui évoquaient quelque grotte marine, claire et dense, au bleu aussi puissant qu'un pigment pur. Surtout, le *Vater* possédait toujours une épaisse chevelure blanche, qui lui donnait l'air d'un roi viking.
Mais la maigreur gâchait tout. Ce beau visage paraissait livrer ses mécanismes à chaque expression : rides, muscles, os, tout était apparent, comme sur la gueule d'un écorché.
— M'approche pas !
Peter Beewen se recroquevilla sur sa couchette. Il était aussi grand que Franz, mais devait peser la moitié de son poids, peut-être même le tiers. Il évoquait une sorte de pliage compliqué d'os, habillé d'un placage très fin de chair.

– Papa, sois raisonnable.
– M'approche pas, j'te dis. *Mistkerl!* C'est toi qui m'as emprisonné ici.
– Papa...
– Ta gueule! Vous vous êtes tous ligués contre moi...

Il y avait parfois des variantes mais sur le fond, les obsessions demeuraient les mêmes : on l'avait enfermé pour le faire taire, il connaissait des secrets cruciaux sur la Grande Guerre, il savait par exemple qui avait donné le fameux «*Dolchstoß*» (le «coup de poignard dans le dos») qui avait fait perdre la guerre aux Allemands.

C'était un paradoxe mais Franz constatait, à travers ces preuves d'une démence totale, la bonne santé de son père. Tant qu'il délirait avec cette énergie, il était en forme... L'autre bizarrerie était que ce calvaire faisait partie de la vie de Beewen. C'était même la pierre angulaire de toute la fondation. L'amour du gestapiste pouvait s'accrocher à quelque chose, même s'il s'agissait de cette loque haineuse.

– Dans les tranchées, reprit le malade, j'ai vu des hommes qu'en pouvaient plus des détonations, des bruits des obus, y s'tenaient les oreilles, les poings serrés, comme ça...

Il les imita, mains sur les tympans, yeux hors de la tête.

– Mais si on regardait mieux, on voyait que ces gars-là étaient coupés en deux. (Il éclata de rire.) Y s'protégeaient les oreilles mais y z'avaient plus d'jambes !

Une autre rengaine du *Vater* : les atrocités des tranchées qui paraissaient totalement irrationnelles. Pourtant, sur ce coup, tout était vrai.

– J'ai vu des cadavres fondus baignant dans de la graisse humaine, des enfants décapités alors que leurs mères tournaient en rond, devenues folles, des camarades réduits à de la boue rougeâtre...

Franz écoutait distraitement. Que foutait-il là, nom de Dieu ? N'aurait-il pas dû être à Berlin, à la recherche de son tueur de femmes ?

Peter s'interrompit. Sous ses sourcils broussailleux, ses yeux évoquaient la flamme bleue d'un chalumeau prêt à incendier la laine de verre.
– T'es mon fils, c'est ça ?
– C'est ça.
– Comment va ta mère ?
– Elle est morte, papa. Depuis bientôt quinze ans.
– Bien sûr. Ils l'ont tuée, c'était évident. Mais elle a eu c'qu'elle méritait.
– Papa...
La vieille carne se redressa. Cette figure longue, royale, comme coiffée d'une toque d'hermine, aurait pu faire du théâtre.
– Quoi ? Après tout, c'est bien elle qui m'a fait interner.
Sa mère n'avait jamais eu le choix. Quand l'état de santé du père s'était amélioré côté poumons, on avait dû admettre que, côté cerveau, tout était cuit. La litanie des Beewen avait commencé. La maigre pension pour survivre, les journées en autocar pour rejoindre les asiles...
– Mais vous m'aurez pas !
Franz se livra au rituel consacré. Un genou au sol, il prit la main de son père.
– Papa, personne ne te veut du mal. Si tu es ici, c'est que... (à chaque fois, il butait à cet endroit de la phrase)... il fallait le faire, tu comprends ?
Soudain, d'un geste, son père lui intima le silence.
– Tais-toi. Tu entends ?
– Non.
– Écoute !
Beewen ne réagit pas.
– Tu entends maintenant ?
– Quoi ?
– Le bruit... le bruit dans les tuyaux.
Franz était toujours surpris par la richesse de ses divagations. Peter Beewen avait passé la majeure partie de sa vie de paysan à semer et à retourner des mottes de terre mais la démence

avait réveillé une zone insoupçonnée de son cerveau. Il imaginait des scènes impossibles, bâtissait des histoires complexes, faisait preuve d'une créativité débordante.

– Ils ont remis ça, commenta-t-il. Normalement, c'est la nuit.
– De quoi tu parles ?
– Ce sifflement, c'est celui des gaz... Ils nous empoisonnent à petit feu. La nuit, quand on dort, ils lâchent les gaz... Je vais t'montrer.

Il traversa la pièce en deux pas (jambes nues dans des bottes de soldat) et désigna des tuyaux soudés au mur.

– Regarde... (Ses longs doigts ressemblaient aux branches mortes d'un hiver sans fin.) Tu vois, ils balancent le gaz par ces conduits qui sont complètement poreux... Ça nous tue pendant qu'on dort...

Comme d'habitude, le délire était fortement structuré : on aurait pu presque y croire.

– Papa, ne t'inquiète pas. Ces tuyaux sont en mauvais état mais ce sont juste les canalisations du chauffage central.
– Ce que tu peux être con !

Il se releva d'un coup – question taille, il faisait jeu égal avec son fils.

– Mais c'est moi l'con ! s'exclama-t-il sur un ton de farce. T'es des leurs. T'appartiens à cette armée de salopards qu'a décidé de détruire les vaincus, de brûler les inutiles, tous ceux qui s'sont fait griller l'âme au nom de la patrie !
– L'Allemagne a beaucoup changé, papa. Elle s'est redressée, elle...

Le vieillard s'esclaffa : la vigueur, c'était vraiment son point fort.

– L'Allemagne danse sur nos cadavres, fiston ! Et ce sont tes bottes qui écrasent ma bouche. Je mourrai étouffé par les gaz de tes chefs.
– Papa...

Le vieillard cracha par terre : l'entrevue était terminée.

Comme toujours, Franz sortit de là en état de choc. Gorge sèche, paupières attaquées par les larmes. Et comme d'habitude,

il se requinqua en se jurant de venger son père. Monter au front. Tuer des Français...
Les conditions étaient maintenant réunies : l'Allemagne allait attaquer la Pologne. La France et l'Angleterre seraient forcées de réagir. La Deuxième Guerre mondiale commencerait et il serait aux premières loges.
Mais il y avait encore cette enquête à...
– Vous l'avez trouvé comment aujourd'hui ?
Franz se retourna. Minna von Hassel se tenait devant lui, les bras croisés, une veste en daim posée sur les épaules. Une cigarette fumait entre ses doigts menus et écorchés. L'image collait parfaitement au décor : l'enceinte de briques qui coagulait doucement dans le crépuscule rougeoyant.
En un cillement, Beewen comprit que c'était pour la voir, elle, qu'il venait à Brangbo.

## 13.

Mille fois, Beewen avait lu la fiche de Minna von Hassel. Parents aristocrates et communistes (et millionnaires) qui avaient fui aux États-Unis. Études brillantes. Missions ponctuelles dans les différents hôpitaux psychiatriques de Berlin puis ce cadeau empoisonné : la direction de l'asile de Brangbo. En acceptant ce poste, la baronne Minna von Hassel était devenue à la fois la première Allemande directrice d'un hôpital et la plus jeune chef de service de l'histoire. Célibataire, sans enfant, elle était aussi alcoolique au dernier degré.
– Que voulez-vous que je vous dise ? fit-il en ravalant son émotion. Ça fait vingt ans que je vais le voir une fois par semaine où qu'il soit et je n'ai jamais constaté la moindre amélioration. Des aggravations, certainement, mais jamais de mieux.

Minna tirait sur sa cigarette rêveusement. Ces volutes roses paraissaient condenser ses réflexions.

– C'est la malédiction de notre métier, répliqua-t-elle d'un ton à la fois résigné et léger. On ne guérit pas nos patients. On les soulage. Et encore...

– Au moins, vous n'essayez pas de donner le change.

Elle eut un petit sourire en coin qui ressemblait à une virgule.

– Venez, sortons d'ici.

Ils se dirigèrent vers le portail. Dans les jardins, des malades déambulaient, comme s'ils venaient de sortir de leur propre tombe. Certains portaient encore une camisole dont les manches détachées traînaient à terre, d'autres, traumatisés de la Grande Guerre, étaient défigurés.

Franz n'avait jamais vu un endroit aussi sinistre – et il s'y connaissait en lieux maudits. Pourtant, une fois le portail franchi, il se sentit heureux.

Il lançait des coups d'œil discrets à Minna, qui fumait comme une adolescente, les doigts bien droits. Il reconnut la veste qu'elle portait, une espèce d'oripeau de western, avec des franges, qu'elle affectionnait. Ce vêtement si bizarre lui rappelait les romans de Karl May qu'il dévorait quand il était gamin.

Minna von Hassel avait une manière spéciale de s'habiller. Ainsi, ce jour-là, elle portait aussi un denim, un pantalon taillé dans une drôle de toile venue d'Amérique, et des chaussures de poupée avec une lanière en forme de T sur le cou-de-pied.

Beewen ne s'intéressait pas aux femmes. *Temps perdu*. Mais Minna von Hassel était particulière. Au milieu de ce champ de ruines qu'on appelait «institut psychiatrique», avec en toile de fond ces terrains vagues qu'on appelait «potager», elle apparaissait comme la seule personne solide, digne de confiance.

Physiquement, pas du tout son type. Franz fantasmait sur la *Frau* bien de chez lui, la blonde opulente, poitrine souriante, tenant, tant qu'on y était, une chope de bière à la main. Son esprit – son désir – divaguait sur ces voies tranquilles, aussi mornes que les fameuses autoroutes du Troisième Reich.

Or la baronne von Hassel était une frêle silhouette, ne dépassant pas un mètre soixante. Elle avait les cheveux courts, très noirs, et cette tignasse compacte lui faisait toujours l'effet d'un poing serré sur le cœur. Son visage l'hypnotisait. C'était une longue figure ovale, pâle comme du pain, aux contours polis, dans laquelle les yeux noirs ressemblaient à deux taches d'encre qui ne cessaient de s'étendre sur un buvard – le buvard, c'était lui.

– On fait le maximum pour votre père, reprit-elle. Mais tout ce qu'on peut faire, c'est alléger ses souffrances. Le libérer de cet étau qui enserre sa psyché.

Il détestait aussi sa manière de parler. Des mots d'intellectuelle, qui prennent toujours les choses avec des pincettes, sans vouloir se salir les mains. Son père était fou et sa folie était morbide. *Pas de quoi écrire un livre.*

– Aujourd'hui, il m'a parlé de gaz…

– C'est sa nouvelle obsession, oui. On empoisonne nos patients en diffusant du gaz, la nuit, par les canalisations.

– Qu'est-ce que vous en pensez ?

– De cette technique, vous voulez dire ?

Franz ne sut que répondre.

– Excusez-moi, je plaisantais. C'était déplacé. Quand on connaît l'histoire de votre père, il est normal que sa hantise des gaz resurgisse régulièrement, sous une forme ou une autre.

Ils marchaient sur un sentier poussiéreux, traversant des champs secs comme des cendriers. Discrètement, Franz s'emplissait les poumons de cet air fauve imprégné d'argile et d'engrais. Les champs s'étendaient à perte de vue, menant tout droit à l'horizon, qui versait au loin, très loin, dans le bain d'or du ciel. Beewen regardait ce genre de beauté avec dédain : il avait le snobisme des paysans.

La baronne s'arrêta pour allumer une nouvelle cigarette avec la précédente puis leva les yeux vers le ciel. Un vol d'oiseaux migrateurs tournoyait – Beewen était trop loin pour les distinguer mais il penchait pour des cigognes. Leur vol plané, concentrique, ne trompait pas.

— Vous savez quand ça va nous tomber dessus ? demanda Minna en les suivant des yeux.

— De quoi parlez-vous ?

— Des bombes.

— Je suis au bas de l'échelle. J'apprends les nouvelles en même temps que tout le monde.

— Il doit bien y avoir des rumeurs.

— Justement, ce ne sont que des rumeurs. Personne ne sait exactement ce que le Führer a décidé.

Il y eut un silence. L'or. Les oiseaux. Ce profil oriental...

— Vous connaissez un psychanalyste du nom de Simon Kraus ?

— Très bien. On était à l'université ensemble.

— Qu'est-ce que vous en pensez ?

— C'est un génie.

Cette réponse l'énerva.

— Mais encore ?

— Et un beau salopard.

— Il vous a fait du mal ?

Minna sourit — dans ce sourire passaient plusieurs siècles de domination aristocratique. Beewen eut envie de la gifler.

— Pas du tout. Mais quand on est aussi doué que lui, on n'a pas le droit de gâcher son talent en devenant le psychanalyste de ces dames. Il devrait être ici, à mes côtés. Mais c'est plus fort que lui : c'est un gigolo, doublé d'un escroc. À l'époque, il fabriquait des amphétamines qu'il vendait aux autres étudiants.

Après avoir exhalé une longue bouffée, elle poursuivit d'un ton rêveur :

— Simon Kraus... Quand j'ai lu sa thèse de doctorat, j'ai reçu un véritable choc. Je n'avais jamais rien lu d'aussi brillant, d'aussi bien écrit...

Beewen était de plus en plus irrité : il ne pouvait supporter l'idée que ce nabot gominé soit un grand esprit.

— Cette thèse, cracha-t-il, elle portait sur quoi ?

– Le sommeil et les songes. L'approche psychanalytique de Kraus passe par l'analyse onirique.

Encore des mots compliqués...

– Et vous ? demanda-t-il sur une impulsion. Sur quoi portait votre thèse ?

– Sur les tueurs récidivistes.

– Pardon ?

– J'ai travaillé sur la relation entre les experts psychiatriques et les meurtriers compulsifs.

– Vous voulez dire... les tueurs allemands ?

– Oui. Ceux des dernières décennies. Peter Kürten. Fritz Haarmann. Karl Denke. Ernst Wagner. Et aussi quelques autres moins connus. (Elle eut un rire de petite fille.) À l'époque, je passais ma vie dans les prisons.

Beewen remisa cette information dans un coin de son cerveau. Qui sait ? Minna von Hassel pourrait un jour lui être utile. En tout cas, elle était certainement plus qualifiée que lui pour comprendre les motivations de son éventreur...

– Cette thèse, elle date de quand ?

– De plus de dix ans, j'en ai peur.

– Quand vous faisiez vos recherches, vous n'êtes jamais tombée sur un type qui collectionnait les chaussures de ses victimes ?

– Non. Ça ne me dit rien. Pourquoi ?

Beewen ne répondit pas. Il avait beau porter des vêtements civils, il était aussi raide qu'un poteau d'exécution.

– C'est un secret de la Gestapo ? relança-t-elle.

Il la regarda en essayant de sourire, mais ses lèvres restèrent coincées à mi-chemin. Au fond, elle se foutait de sa gueule en permanence, à lui, la brute épaisse, le salopard de nazi.

– Arrêtez de chercher la bagarre, dit-il d'un ton conciliant. Nous sommes ici en terrain neutre.

– Vous avez raison. Excusez-moi.

Minna les avait menés jusqu'au sentier du retour. Elle n'avait pas tant de temps que ça à lui consacrer.

Quand il aperçut à nouveau les ruines rouges de l'asile, il perdit toute inspiration pour nourrir la conversation – inspiration déjà vacillante. Beau parleur, voilà un terme qui lui était totalement étranger. Tout le monde n'était pas Simon Kraus.

Ils se quittèrent, quasiment en silence, sous le portail poudreux de l'enceinte, alors que le moteur de la Mercedes ronronnait déjà. La nuit était tombée.

En la regardant traverser le potager avec sa veste de Davy Crockett sur les épaules, il se demanda soudain s'il aurait ses chances auprès d'elle. C'est sûr qu'avec son passé de SA, son œil droit à demi fermé et son groupe sanguin tatoué sous l'aisselle, il avait vraiment tout pour plaire à l'une des plus riches héritières de Berlin.

## 14.

Avant de pénétrer dans le bâtiment principal de l'asile, Minna regarda sa montre. Presque vingt heures. Les patients avaient déjà dîné et s'apprêtaient à dormir. Elle avait donc le choix : s'occuper de la paperasse que les nazis n'arrêtaient pas de lui envoyer ou rêvasser dans le potager en carburant au cognac. Elle plongea sa main dans la poche de sa veste, attrapa sa flasque et s'enfila une première rasade. Elle avait toujours eu le sens des décisions rapides.

Revenant sur ses pas, elle s'installa dans son fauteuil de jardin préféré, une brouette en bois abandonnée depuis des années. Là, elle était au mieux pour picoler et fumer tout en laissant courir ses pensées.

Sur Beewen, elle ne parvenait pas à se faire une idée. Il était sans doute moins con qu'il en avait l'air, et sans doute aussi brutal que sa carrure le laissait supposer. Elle était touchée qu'il prenne la peine de venir à Brangbo en civil – elle savait que c'était pour éviter toute réaction allergique de sa part. Elle aimait bien aussi son œil fermé, une fissure dans l'armure, et sa coupe de cheveux, qui ressemblait à celle d'Adolf Hitler – *berk* – mais lui donnait plutôt, à lui, l'allure d'un enfant.

Jamais elle n'aurait couché avec un tel mastard. Sa période nymphomane était terminée depuis longtemps et elle n'éprouvait plus de désirs intempestifs. Pourtant, elle devait l'avouer, elle songeait parfois à ce colosse avant de s'endormir, à son corps nu, à ses lourdes couilles de taureau...

Elle s'envoya une nouvelle lampée et considéra les bâtiments en U qui fermaient l'espace des jardins. En héritant de ce poste, elle avait cédé à un enthousiasme coupable. Elle allait sauver l'asile, elle allait tout changer... Quatre ans plus tard, c'est elle qui avait changé. Elle était devenue cynique, désabusée, et carrément alcoolique.

Il n'y avait rien à faire pour Brangbo et les nazis avaient tort de s'acharner sur elle. L'institut fermerait de lui-même, faute de combattants. Ses patients tombaient comme des mouches, et bien souvent, c'était de faim qu'ils s'éteignaient. Quand elle évoquait ses problèmes d'approvisionnement, on pensait qu'elle parlait de médicaments, il s'agissait simplement de nourriture...

Parfois, elle se souvenait de ses illusions lorsqu'elle était en fac. La folie est une fenêtre ouverte sur l'art, l'intelligence, l'imagination. Quand elle pensait démence, elle pensait Robert Schumann, Guy de Maupassant, Vincent Van Gogh, Friedrich Nietzsche... Elle sauverait les génies (et les autres) et libérerait la parole de la folie...

Personne ne lui avait expliqué que le métier de psychiatre s'apparentait à celui de maton. En Allemagne, on gardait enfermés les malades mentaux sans le moindre soin, on protégeait la société de ces anomalies dangereuses, c'est tout. Il n'y avait rien à faire pour ces pauvres bougres prisonniers de leurs délires, et certainement pas à Brangbo où on crevait de diarrhées, d'inanition et de tout un tas d'affections qui n'avaient rien à voir avec les troubles mentaux.

Nouvelle rasade. Seigneur, comment en était-elle arrivée là ? Elle était la fille de millionnaires communistes, ce qui en soi avait déjà l'air d'une blague. Mais la blague continuait quand on savait que ses parents léninistes avaient fui, avec son petit frère, aux États-Unis, la Babylone du capitalisme.

Minna était restée, et ça n'avait pas changé grand-chose à sa solitude affective. Ses parents rêvaient d'un avenir radieux pour tous mais n'avaient jamais embrassé leur fille. Ils se lamentaient sur la misère du monde mais ils ne connaissaient pas sa date d'anniversaire. Ils étaient des généralistes du bonheur. Pendant ce temps, Minna avait grandi parmi des nounous qui l'adoraient et l'étouffaient comme un tas de coussins de velours. La naissance du petit frère, beaucoup plus tard, n'avait pas arrangé les choses : ses parents s'étaient plutôt concentrés sur le cadet. Tant mieux pour lui.

Tout le monde pensait à tort qu'elle était bourrée de fric. Certains insinuaient même qu'elle aurait dû investir dans l'institut, à titre de mécène. Mais ils se trompaient : ses parents étaient partis sans lui laisser les clés du coffre. Ils avaient seulement donné procuration au majordome de la villa pour qu'il s'occupe de Minna. Encore une fois, ils l'avaient traitée comme une gamine de douze ans.

Il faut dire qu'elle les collectionnait. Ses lettres d'insultes à Matthias Göring, cousin du célèbre compagnon d'Hitler et directeur de l'Institut psychiatrique de Berlin, ou à Herbert Linden, responsable des asiles psychiatriques publics au ministère de l'Intérieur du Reich, auraient dû lui coûter un transfert direct en KZ. Mais à chaque fois, « tonton Gerhard », celui qu'on surnommait le « baron du bitume », le frère aîné de son père, faisait cesser toute poursuite.

Même sa rébellion d'opérette, on l'en avait privée...

Dans ces conditions, que lui restait-il ? Le cognac et Brangbo. Du côté de l'alcool, aucun problème : Eduard, le majordome, y pourvoyait. Du côté de l'asile, cent cinquante patients environ, une dizaine d'infirmiers, vingt religieuses et quelques gratte-papier que Minna soupçonnait tous d'être des espions SS. Ce petit monde coulait tranquillement, recevant de temps en temps des ravitaillements de nourriture et, parfois, de médicaments.

Soyons honnêtes, la première à piller la pharmacie, c'était elle-même. Éther, chloroforme, opium, cocaïne, morphine..., ça changeait un peu du Hennessy.

Des pas derrière elle. Rien qu'au poids, elle reconnut Albert, une sorte de monstre obèse qui semblait dormir avec sa blouse. Elle se retourna : c'était bien lui. Il était nazi, à moitié débile, mais on pouvait compter sur lui. Elle avait quelquefois couché avec lui.

– Ils sont arrivés.
– Combien ?
– À vue de nez, plusieurs milliers.
– Y a les œufs aussi ?
– Oui.
– Comment tu les as payés ?
– Avec la morphine qui nous restait.

Minna balança sa clope, rangea sa flasque et s'extirpa de la brouette où elle prenait racine.

Le boulot reprenait.

# 15.

Elle se dirigea vers le bâtiment du fond. On surnommait celui de droite la *Schlangengrube*, la «fosse aux serpents» – un grand espace fermé où on cloîtrait ensemble les malades. Le lieu portait bien son nom.

À gauche, la section des cellules, qu'on aurait aussi pu appeler la «prison» ou le «pénitencier», puisque tout le monde y était enfermé, passant des années à ruminer ses délires et à chier dans un seau.

Mais aux yeux de Minna, le vrai cauchemar était l'édifice du milieu, celui des soins. « Son » bâtiment en somme, qui s'apparentait plutôt à une chambre de torture.

La liste des expériences à Brangbo était longue : cures d'eau glacée, sangsues sur le front, vésicatoires, qui transformaient la peau en un champ d'ulcères atrocement douloureux, lits rotatifs (les gestapistes auraient pu s'inspirer de ces méthodes), marquage au fer rouge (la souffrance était salutaire)... Pour les « trembloteurs », une technique définitive : on les entravait dans des plâtres et des carcans qui stoppaient net toute convulsion. Et pour cause.

Dès son arrivée, Minna avait mis fin à ces méthodes barbares, sauf une : l'hydrothérapie. Bon an mal an, cette technique produisait quelques résultats. Elle risqua un œil par la lucarne. Six baignoires minuscules, trois de chaque côté, se faisaient face. Les malades y restaient au moins six heures, parfois toute la journée. On essayait de maintenir constante la chaleur de l'eau et les déments y retrouvaient un certain calme. Malheureusement, l'eau de Brangbo était croupie et les patients ne cessaient de pisser et de chier dans leur bain. À l'arrivée, on obtenait des malheureux qui grelottaient dans leur eau saumâtre.

Elle rejoignit le vestiaire. Albert se déshabillait déjà. Elle l'entendait murmurer. Non content d'être une brute nazie, l'infirmier était aussi poète. À l'époque de leurs ébats, il lui écrivait des vers de mirliton, du genre : « Je suis ta torche, tu es ma flamme. » Hahaha ! On ne s'ennuyait pas avec Albert.

Elle se déshabilla à son tour.

Depuis plusieurs années, de nouvelles thérapies apparaissaient. Minna tenait à les essayer toutes, même lorsqu'elles s'apparentaient encore à des méthodes de torture – d'une manière ou d'une autre, il fallait « briser » la folie.

Elle avait d'abord cru à la cure de Sakel. Il s'agissait, à coups d'injections d'insuline, de plonger le patient dans un coma hypoglycémique. On le ranimait ensuite en « resucrant » progressivement son sang et on regardait ce que ça donnait. Pas grand-chose.

Elle avait aussi provoqué chez les malades des crises d'épilepsie à coups de Cardiazol. Pas de résultats non plus. On lui avait parlé d'une nouvelle opération qui consistait à percer le crâne avec une mèche pour sectionner les fibres blanches du cortex préfrontal. Elle ne pouvait s'y risquer : elle n'était pas chirurgienne.

Elle envisageait plutôt, quand elle en aurait les moyens, une technique développée en Italie, les électrochocs. Elle avait déjà constaté les bienfaits de cette thérapie quand elle était en stage à l'hôpital de la Charité. Les médecins l'appliquaient aux traumatisés de guerre atteints de tremblements. Bon, on se cassait une dent ou deux, on se mordait la langue, on se déboîtait aussi parfois une épaule sous le choc électrique, mais ça marchait. Après ces violentes décharges, certains soldats retrouvaient leur calme...

Une fois nue, elle enfila une combinaison de chantier en toile imperméable. Son oncle Gerhard avait accepté de lui envoyer du matériel : des bleus de chauffe, des dizaines de paires de gants, une centaine de rouleaux de bande adhésive.

Aujourd'hui, elle concentrait tous ses efforts sur la malariathérapie. Réservée aux malades frappés d'une démence d'origine syphilitique, la cure consistait à inoculer le paludisme aux patients afin de provoquer de violentes poussées de fièvre (qui pouvait monter jusqu'à 41 degrés). Ensuite, on les soignait avec de la quinine. Les pics de température étaient censés faire régresser les crises de démence.

Pour l'instant, elle n'avait obtenu aucun résultat mais elle ne perdait pas espoir. Mieux valait un traitement qui marchait une fois sur dix que pas de traitement du tout. La psychiatrie à Brangbo, c'était la roulette allemande.

Elle enfila ses gants et les solidarisa à ses manches en les entourant de sparadrap. Ne pas laisser le moindre interstice. Puis elle attrapa sa cagoule d'apiculteur qu'elle avait achetée dans une ferme d'abeilles de Michendorf.

Elle était fin prête.

## 16.

Albert finissait de colmater les ouvertures de la pièce avec de la laine de verre. Un autre infirmier disposait le long des murs des bocaux dans lesquels il versait un mélange d'eau et de sucre brun préalablement chauffé. À mesure que la mixture refroidissait, il y ajoutait une pincée de levure. À ses côtés, un autre infirmier déposait près de chaque flacon une lampe à huile dont on avait retiré la cheminée de verre, laissant le bec enflammé à découvert. En tout, une vingtaine de bocaux, et autant de lampes, jalonnaient la salle.

Minna crevait de chaud dans sa combinaison et éprouvait un trac à vomir. Pourtant, elle devait l'admettre, cette pièce vide, éclairée seulement par les flammes mordorées des lampes à terre, était envoûtante. L'ensemble évoquait une chapelle, ou un sanctuaire, où allait se dérouler une cérémonie ésotérique.

En un sens, c'était bien ça.

Minna, sa cagoule d'apiculteur sous le bras, demanda :

– On est bons, là ?

Les infirmiers qui installaient les bocaux et les lampes acquiescèrent. Elle leur ordonna de sortir. D'un regard, elle interrogea Albert : il avait fini lui aussi.

– Va le chercher.

On appelait « paralysie générale » un ensemble de symptômes qui attaquaient, au stade tertiaire de la syphilis, le système nerveux central – altération de la personnalité, troubles visuels, méningite, démence. À Brangbo, on recevait pas mal de patients de ce type, et tout ce qu'on pouvait faire, c'était les regarder pourrir.

La malariathérapie semblait être une alternative.

Minna entendit les roulettes du brancard. Albert poussa la civière dans la pièce. Elle n'avait pas encore mis sa cagoule pour ne pas effrayer le patient mais l'homme attaché à la table n'était pas en état d'éprouver quoi que ce soit. Nu sous les sangles de cuir qui l'immobilisaient, yeux rivés au plafond, bras le long du corps, il paraissait en état de catalepsie.

Pour se convaincre encore une fois du bien-fondé du traitement, Minna se remémora le pedigree du malade : Hans Neumann, quarante-deux ans, stade tertiaire très avancé. Une ou deux années à vivre maximum. Son visage portait les stigmates des ultimes assauts de la tréponématose. Des gommes avaient attaqué ses os et ses muqueuses. Les ulcères lui avaient rongé le nez (réduit à un crochet minuscule) et perforé le voile du palais (sa voix sortait, littéralement, de cet orifice qui jouait le rôle du nez). Bien sûr, complètement fou.

Minna avait fait signer tous les papiers imaginables à la famille – autorisations, décharges, et même permis d'inhumer au cas où les choses tourneraient mal.

– On commence. Ferme la porte.

Albert s'exécuta, vérifiant encore le calfeutrage du châssis. D'un coup, la pièce fut plongée dans une pénombre étrange : les flammes cuivrées des lampes diffusaient une lueur dansante, comme si elles se mouvaient au fond de l'eau.

L'infirmier enfila sa cagoule. Sans un mot, Minna prit le sparadrap et le lui enroula plusieurs fois autour du cou. Elle enfila sa propre cagoule et Albert lui rendit la pareille.

Leur respiration gonflait lentement le voile sur leur visage.

– File-moi le flacon.

Albert lui tendit le récipient où tournoyaient plusieurs milliers de moustiques. À l'Institut de médecine tropicale de Berlin, un des chercheurs était accro à la morphine. Il échangeait ses bestioles infectées (et leurs œufs) contre des doses de drogue.

Minna dévissa le couvercle, libérant d'un coup un nuage noir. En une fraction de seconde, les murs, les plafonds furent mouchetés comme un tableau pointilliste de Georges Seurat. Les moustiques (que des femelles, les seules qui piquent) passaient et repassaient, dessinant des figures chatoyantes et terrifiantes.

Minna recula. Albert s'écarta lui aussi. Ils allaient laisser le patient se faire bouffer par les bestioles enragées. La séance durerait une dizaine de minutes, jusqu'à ce que tous les moustiques se fassent griller par les flammes des lampes à huile – le sucre fermentant au contact de la levure libère du dioxyde de carbone qui les attire.

Neumann semblait couvert de suie. À cet instant, il tourna la tête vers Minna et son regard la bouleversa. Un pur effroi se lisait dans ses pupilles dilatées. La logique aurait voulu qu'il soit anesthésié mais ils n'avaient presque plus de produits sédatifs, hormis une petite réserve qu'ils gardaient pour les patients à traiter en urgence.

Il se mit à hurler et les moustiques s'engouffrèrent dans sa bouche. Minna battit des mains pour les repousser.

– Aide-moi ! cria-t-elle à Albert, qui se précipita pour couvrir la bouche du patient.

Il leur manquait une tapette à mouches. Il y aurait vraiment eu de quoi rire si ça n'avait pas été si tragique. *Um Himmels willen !* Jeune, quand elle rêvait de soigner Friedrich Nietzsche ou d'épauler Carl Gustav Jung, elle n'aurait jamais imaginé se retrouver dans une telle situation. C'était donc ça, voyager dans l'envers de la conscience ?

Les moustiques se plaquaient maintenant sur son masque – ils sentaient, à travers la gaze, le dioxyde de carbone émis par sa bouche. Elle ne voyait plus rien et eut envie de tout laisser tomber, elle comprise.

D'autres bestioles se ruaient maintenant vers les bocaux remplis de sucre et se grillaient les ailes sur les lampes. Un vrai feu d'artifice. Le patient ne cessait de hurler. Albert avait dû relâcher sa pression, sous peine de l'étouffer.

Mais déjà, les moustiques battaient en retraite. Soit les femelles étaient repues de sang, soit la fermentation du sucre avait un pouvoir d'attraction supérieur à la respiration de Neumann.

Un bref instant, elle se dit qu'il était peut-être mort. Elle se pencha et vit que ses lèvres tremblaient – il en sortait, comme des postillons noirs, des insectes alourdis de salive.

Elle baissa les yeux et contempla son corps rougi de piqûres. On distinguait encore les centaines de bestioles agrippées à sa chair. Une sorte de poussée d'urticaire noirâtre. Si avec ça il n'avait pas chopé le palu...

– Je me tire, dit-elle sous son masque.
– Mais...
– On n'a qu'à faire gaffe quand je sors. Après, tu passes la salle à la chaux.
– Je sors le gars avant ?

Voilà le genre de réflexions que pouvait lâcher Albert. Ça donnait une bonne idée du niveau intellectuel des autres infirmiers sous ses ordres.

Dans le vestiaire, elle arracha sa combinaison et la balança dans la chaudière, autant pour griller les moustiques dans les plis que les souvenirs qui y étaient associés.

Quelques minutes plus tard, elle était dans la pharmacie du bâtiment, douchée, parfumée, en sous-vêtements sous une nouvelle blouse blanche. Pharmacie était un bien grand mot pour désigner quelques placards cadenassés, vides pour la plupart. Il y en avait toutefois un dont elle était la seule à posséder la clé.

Elle l'ouvrit et contempla ses munitions : il ne restait plus grand-chose. La morphine avait été troquée, la cocaïne depuis longtemps consommée, quelques amphétamines traînaient... Elle se décida pour une bouteille d'éther.

La drogue, c'était bien son seul point commun avec les nazis. En plus de leurs canons géants, de leurs sous-marins cachés et de leur aviation toute neuve, ils comptaient aussi gagner la guerre grâce aux amphétamines. On racontait même, chez les psys, qu'Hitler avait droit à sa piqûouze quotidienne. *Grand bien lui fasse...*

Elle ouvrit le flacon et la violente odeur vint à elle comme une vieille amie. Elle attrapa un tampon de ouate hydrophile, l'imprégna et prit une grande inspiration, comme elle aurait gobé un œuf en une seule fois.

Minna avait la conviction que l'avenir de la psychiatrie se trouvait dans la recherche chimique. Bientôt, on découvrirait des molécules qui auraient un réel impact sur le cerveau humain. On allait les affiner jusqu'à ce que ces substances puissent soigner telle psychose ou telle maladie avec précision...

Elle avait souvent écrit au consortium chimique allemand IG Farben pour leur suggérer de nouveaux champs de recherche et quelques pistes fondées sur ses propres observations. On ne lui avait jamais répondu. Ces laboratoires étaient bien trop occupés à chercher une molécule capable de décupler les forces et l'énergie – pour ne pas dire la transe – des soldats aryens.

Sans doute après la guerre, ces firmes se mettraient au travail. Alors, on aurait enfin des anxiolytiques dignes de ce nom.

Mais d'abord, il fallait tout balayer.

Elle se releva et attrapa sa bouteille d'éther. Un dernier sniff pour la route.

Elle avait presque hâte que la guerre éclate. Qu'on en finisse.

Une bonne fois pour toutes.

## 17.

Toute la nuit, Simon avait réécouté ses enregistrements. Et pas n'importe lesquels. Ceux des patientes qui avaient rêvé de l'Homme de marbre.

Susanne Bohnstengel, le lundi 27 juillet :

« Il est là, devant moi, aussi inflexible qu'un rocher. Il ressemble à un ange de la mort tout droit sorti d'un tombeau... »

Margarete Pohl, le vendredi 11 août :

« Son visage est en marbre. Un marbre vert sombre traversé de veines noires et blanches. En fait, c'est plutôt un masque, qui lui barre le visage à l'oblique et laisse la bouche libre de parler... »

Ou encore Leni Lorenz, le vendredi 25 août :

« Cette nuit, l'Homme de marbre est revenu. Il était assis derrière un bureau, comme un simple fonctionnaire. Il ne cessait de tamponner des papiers en levant le bras très haut. Chaque fois, la table tressautait. Et le tampon laissait sur le papier une sorte de bavure brunâtre... »

Simon Kraus avait grillé un bon paquet de cigarettes dans son cagibi et avait carburé au café – il ne consommait pas de drogue ni de médocs, rapport à son père qu'il n'avait jamais connu sobre.
Pourquoi ces mêmes rêves ? En l'espace d'un seul mois ? Il avait pris des notes, il avait réfléchi, il s'était enfoncé dans le crâne ces témoignages.
Et il n'avait rien trouvé...
Ces patientes avaient des points communs. Elles appartenaient toutes les trois à la haute société berlinoise et, il s'en souvenait, fréquentaient le Club Wilhelm, qui se réunissait chaque jour à l'hôtel Adlon.
Accessoirement, elles avaient aussi toutes couché avec lui. Pour des raisons différentes, et avec des enthousiasmes très divers.
Susanne Bohnstengel était une grande femme aux pommettes hautes et aux yeux verts. Beauté fatale et autoritaire. Elle souffrait de différentes obsessions et elle était kleptomane. Mariée à un industriel qui fournissait la Wehrmacht en pièces détachées, Susanne avait, disons, « essayé » Simon. Elle s'était révélée lascive et désinhibée mais n'avait pas réitéré. Déçue ?

Il lui avait extorqué un peu d'argent, menaçant de révéler sa kleptomanie à son mari, puis s'était arrêté de lui-même : il se méfiait de cette bourgeoise, trop intelligente pour être docile.

Margarete Pohl était une dépressive chronique (du moins, elle en était persuadée). Son mari était un Gruppenführer SS, compagnon d'armes de Göring en personne. La petite Margarete avait cédé aux avances de Simon par pur désœuvrement. Qu'à cela ne tienne, ils avaient eu de bons moments. *Paix à son âme.*

Il l'avait aussi fait payer – son époux méprisait de toutes ses forces Hitler et, même si le général était intouchable, la révélation de ses propos aurait fait désordre. Margarete avait raqué avec le sourire, Margarete avait toujours le sourire…

Leni Lorenz, c'était différent. Avant d'appartenir à l'élite berlinoise, elle avait eu une autre vie. Née pauvre, elle avait connu des années de famine, s'était prostituée puis, par un incroyable concours de circonstances, avait réussi à se hisser au plus haut. Pour résumer, après avoir divorcé d'un maquereau homosexuel, elle avait épousé un très riche (et très vieux) banquier à lorgnon. Du point de vue de l'école de la vie, une vraie leçon.

Avec Leni, Simon était sur la même longueur d'onde. Deux vrais profiteurs de paix (on verrait ce qu'ils donneraient en temps de guerre). Ils n'avaient aucune morale et n'admettaient qu'un seul but : jouir de la vie. On pouvait dire qu'ensemble, ils s'en étaient payé. Ça datait d'au moins deux ans, puis Leni avait chassé sur d'autres terres. Elle avait continué à le consulter pour ses petites névroses, mais pour la bagatelle, il faudrait repasser.

Simon avait reçu Leni la semaine précédente et elle lui avait semblé en pleine forme, nonobstant ses mauvais rêves…

Il ne l'avait jamais fait chanter – on ne dîne pas là où on chie, ou, pour le dire plus élégamment, on ne mêle pas les affaires aux sentiments.

Du reste, ces femmes étaient bien naïves car le petit jeu de Simon était surtout dangereux pour lui-même. S'il avait donné

ses disques à la Gestapo (ce qu'il n'aurait jamais fait en vérité), il aurait été le premier à être envoyé en KZ...
À huit heures du matin, il partit se refaire du café. Des bribes d'enregistrement lui revinrent en mémoire.
Susanne Bohnstengel, le mardi 1er août :

«Cette nuit, l'Homme de marbre s'est penché sur moi. Je pouvais sentir le froid de son visage sur ma peau. Son masque biseauté ressemblait à une guillotine. D'une voix très douce, il m'a chuchoté : "Tu n'es pas des nôtres."»

Un moment qu'il n'avait pas revu Susanne, elle était partie se reposer dans sa résidence balnéaire, sur l'île de Sylt.
Son café était prêt – il se faisait expédier des grains torréfiés du Piémont, un mélange d'arabica et de robusta, et utilisait une cafetière moka. À ses yeux, les petits plaisirs de la vie devaient s'élever au rang de nectars.
Un autre enregistrement. Quelques jours auparavant, Leni Lorenz :

«Je suis à l'Opéra. Je vois les tentures rouges, le velours des sièges, le bois usé de la balustrade. Sur la scène apparaît le Commandeur. Il chante d'une voix de basse – on joue *Don Giovanni* de Mozart.
Alors que retentissent des accords dramatiques, il lève le bras et me désigne au fond de ma loge. Je le reconnais, c'est l'Homme de marbre. Tous les visages se tournent vers moi – des visages fades, froids, sans expression.
Ceux qui sont assis à côté de moi se lèvent, comme si j'étais atteinte de la lèpre ou d'une autre maladie contagieuse. L'un d'eux, vêtu d'un frac, soulève son haut-de-forme dans un geste de parodie et me crache au visage.»

Pas besoin de s'appeler Freud pour saisir le symbole. Cet Homme de marbre, c'était Hitler, le nazisme, ou simplement ce sentiment d'oppression que le régime faisait naître chez chaque citoyen d'Allemagne :

« Tu n'es pas des nôtres. »

Simon travaillait sur les rêves depuis plus de quinze ans. Il savait que l'esprit humain a besoin d'habiller ses angoisses et ses désirs, de les transformer pour les rendre, disons, présentables à sa propre conscience – Freud l'avait dit avant lui.

Ces trois femmes avaient peur du nazisme. Qui aurait pu les en blâmer ? Même au sommet du pouvoir, elles crevaient de trouille – l'homme à moustache n'était pas un modèle de stabilité.

Mais les inconscients de Susanne, Margarete et Leni avaient eu recours au même symbole, un homme de marbre. Sur ce point, il avait son idée. Il avait remarqué de longue date que le dormeur se servait, au fil de ses rêves, de détails aperçus dans la journée, d'objets qui avaient accaparé son attention durant quelques secondes.

Sans doute ces trois bourgeoises avaient-elles vu la même sculpture, la même image ou le même film avant d'en rêver. Ce n'était pas si étonnant : elles fréquentaient les mêmes lieux et s'occupaient aux mêmes futilités.

Voilà ce que Simon s'était dit à l'époque et, pour être tout à fait sincère, il n'y avait pas fait plus attention que ça. Il faut dire que des cauchemars impliquant le nazisme, il en entendait tous les jours, son réduit à disques en était bourré.

Un jour, Robert Ley, le Führer du Front allemand du travail, avait dit : « Nous allons maîtriser à ce point l'espace mental des Allemands qu'il ne leur restera plus comme moment de liberté que le rêve. » La réalité avait dépassé ses espérances puisque même les rêves, Simon pouvait en témoigner, étaient totalement infectés par le nazisme.

Mais existait-il un lien entre cet Homme de marbre et l'assassinat de Margarete ? Il ne pouvait répondre, il ignorait tout de ce meurtre. Seul, le fait que Margarete ait aperçu cet objet ou cette image dans un lieu que Susanne et Leni fréquentaient aussi pouvait être une information.

Une chose était sûre : il ne dirait rien à Beewen. D'abord, parce que, par principe, il ne parlait pas aux nazis. Ensuite, parce qu'il préférait garder pour lui seul ce détail. Une sorte de coup d'avance. *Sur quoi au juste ?*

À neuf heures, il avait pris sa décision. Il allait annuler ses rendez-vous de la journée et mener sa petite enquête. Il devait bien ça à Margarete.

Il se résolut à dormir quelques heures avant de s'y mettre. Dans l'après-midi, il irait faire un tour au Club Wilhelm. On l'aimait bien là-bas.

Ce n'était pas une nouveauté : toutes les femmes aimaient le petit Simon.

## 18.

– Jamais entendu parler.
– Tu es sûr ? Le nom, c'est Margarete Pohl.
– Ça me dit rien.

Depuis qu'Hitler avait pris le pouvoir, les Allemands ne disposaient plus que d'un seul droit, celui de fermer leur gueule. Les journalistes en premier lieu. Désormais, c'était Joseph Goebbels, ministre de l'Information et de la Propagande (personne ne semblait avoir relevé la contradiction du titre) qui dictait les articles à publier.

Quelques journaux pourtant s'évertuaient à glisser des allusions, à manier un double langage qui, pour le lecteur perspicace, pouvait signifier autre chose. Il y avait un sens caché entre les lignes, et même une forme d'ironie à déchiffrer...

Par chance, Simon connaissait un rédacteur qui travaillait pour l'un d'entre eux, Mauritius Bloch. Il lui avait donné rendez-vous chez Aschinger, sur Alexanderplatz, un des restaurants les moins chers de Berlin. Simon n'était pas à quelques marks près mais il adorait mater les petites secrétaires qui mangeaient là sur le pouce – il reluquait leurs mollets, la naissance de leurs cuisses, leur petite moue quand elles croquaient leurs saucisses, et surtout, cette manière si particulière qu'elles avaient de planter leur fourchette dans leur salade, en haussant le poignet avec une sorte de coquetterie qui l'émouvait jusqu'à la racine des cheveux.

– Ça doit être une histoire politique.
– Je crois pas, non.
– Qui est sur le coup ?
– La Gestapo.
– Eh ben voilà. CQFD.

Mauritius avait raison. C'était la Kripo qui enquêtait sur les crimes, disons, ordinaires. L'implication de la Gestapo dans l'affaire trahissait un lien avec l'État. Mais peut-être avait-on simplement considéré que le meurtre de l'épouse d'un général pouvait être un attentat, ou un acte visant indirectement le Reich ?

– Tu pourrais te renseigner ?
– Je vais voir.

Mauritius Bloch était assez antipathique. Il avait une grande gueule, les poches vides et une sacrée dose d'aigreur qui lui déformait la bouche. C'était un rouquin à peau pâle, mal rasé, coiffé en brosse, avec des yeux très noirs. Une espèce de croisement d'écureuil et de rat.

Il mangeait toujours avec appétit, comme s'il venait de dénicher un scoop le matin même, commentait tout, coupait les cheveux en quatre, les peignait dans un sens puis dans un autre. Surtout, il se donnait toujours des airs d'initié, de quelqu'un qu'Hitler consultait avant de prendre la moindre décision.

– La Pologne, enchaînait-il justement (l'affaire Pohl ne l'intéressait visiblement pas), c'est pour bientôt.
– Tout le monde sait que c'est « pour bientôt ».

Il se pencha au-dessus de son assiette.

– Non, je veux dire, pour ces jours-ci.
– Et alors ?

Simon avait appuyé sur le mauvais bouton. Bloch se lança aussitôt dans de longues explications sur les tenants et les aboutissants, les enjeux et les intérêts de l'invasion à venir. Il donnait l'impression de camper sous la table des négociations.

Simon n'écoutait pas. Dans la grande salle, le brouhaha était intense et la voix de Bloch se perdait dans la mêlée. Au fil de son discours, il alternait saucisses et Löwenbräu en reprenant à peine son souffle entre les mots et les bouchées.

Un déjeuner pour rien.

Mais tout de même, cette entrevue lui avait appris quelque chose : si Bloch ne savait rien, ça signifiait que personne n'était au courant. Soit le meurtre venait de se produire, soit, comme il le pensait, la Gestapo avait étouffé l'affaire.

Simon repoussa son assiette. Il n'avait dormi que trois heures et n'avait aucun appétit. Il se demandait déjà comment écourter ce rendez-vous stérile quand l'autre l'apostropha :

— T'arrêtes de mater, oui ?

Il sursauta à la remarque. Sans doute qu'inconsciemment, son œil traînait encore sous les jupes.

— C'est notre seule source de réconfort.

— On voit bien que t'es pas marié.

Simon ne releva pas. Mauritius, paraissant deviner sa déception, sortit un carnet.

— Bon. Elle s'appelle comment ta bonne femme ? Tu peux m'épeler ?

Kraus s'exécuta.

— Et le mari ?

— Hermann Pohl, Gruppenführer SS.

Bloch émit un sifflement.

— Politique, aucun doute.

— Tu vas te renseigner ?

— J'te dis que oui, assura l'autre en rangeant son bloc.

Simon redoutait que le journaliste commande un dessert mais il regarda sa montre : il avait un autre rendez-vous.

– Allez, c'est moi qui régale, conclut Bloch en sortant de sa poche une carte rose couverte de chiffres et de pointillés.
– C'est quoi ?
Le journaliste leva les yeux, sincèrement étonné.
– Faut sortir un peu de ton cabinet, mon vieux. Depuis le 27 août, on a droit à des tickets de rationnement. Tu peux aussi aller chercher tes 700 grammes de viande et tes 280 grammes de sucre !
Sans répondre, Simon observait la feuille rose avec ses coupons prédécoupés. On aurait dit un billet de loterie ou la grille d'un questionnaire médical.
– Qu'est-ce que je te disais ? se rengorgea Mauritius en brandissant ses tickets. La guerre, c'est pour demain !

## 19.

Trois kilomètres environ séparaient l'Alexanderplatz de l'hôtel Adlon, sur Unter den Linden. Malgré la chaleur, Simon décida de faire le chemin à pied. Il arriverait vers quinze heures – le meilleur moment pour la pêche aux donzelles.
Le manque de sommeil le rendait maussade, ce déjeuner inutile aussi. Il avait annulé ses séances pour rien. *Scheiße !* Berlin lui paraissait aujourd'hui lourd, empesé, mochard. Guillaume II avait construit à tour de bras selon, semblait-il, le précepte du « néo ». La fin du $XIX^e$ siècle avait donc vu fleurir à Berlin quantité d'édifices néo-romans, néo-gothiques, néo-baroques... Même les bâtiments les plus ordinaires s'enorgueillissaient de fioritures, de coquetteries, mêlant les styles et les époques.
L'équipe adverse, celle des pauvres, avait aussi participé à l'effort de guerre. La révolution industrielle avait provoqué un tel afflux dans la capitale qu'il avait bien fallu construire un peu partout des cités dans lesquelles on avait parqué les péquenauds venus tenter leur chance à Berlin.

Et maintenant, les nazis jouaient la troisième manche. On ne connaissait pas exactement les projets d'Hitler concernant la capitale mais il n'en manquait pas, c'est sûr. Toute la ville était en chantier. Pour l'instant, on démolissait : on allait bien voir ce qui en ressortirait.

Simon ne l'aurait jamais avoué en public mais il appréciait l'architecture nazie. Il y avait là-dedans un sens du colossal, du gigantesque, et aussi une sorte de pureté brutale qui le séduisaient. Cette manière de construire semblait tutoyer les dieux...

Justement, il était en train de descendre Unter den Linden. Jadis, cette artère était ombragée par des centaines de tilleuls majestueux qui faisaient frémir l'asphalte et vous enivraient de bonheur. Hitler avait tout rasé. À la place de ces riches frondaisons, il avait planté des colonnes blanches surmontées d'aigles plaqués or et de croix gammées cernées de lauriers. On aurait dit maintenant une perspective sculptée dans un glacier dont les ombres rectilignes étaient prêtes à vous couper en deux. *Pas mal.*

Simon repensa aux déblatérations de Bloch sur la Pologne et l'évolution du Troisième Reich. Depuis longtemps, il ne s'intéressait plus à la politique. Non pas qu'il fasse l'autruche mais il éprouvait désormais un écœurement, une vraie saturation à l'égard de tout ce qui touchait au NSDAP.

Il était né en 1903 à Schwabach, une petite ville de Bavière près de Nuremberg, et on pouvait dire que le nazisme avait été son berceau. D'abord, ces idées nauséabondes, on les lui avait servies dès sa naissance à la maison. Patriote, antisémite, ivre d'une grandeur allemande perdue, son père était un bloc de rancœur. Alcoolique, coléreux, rongé par l'aigreur et la violence, il valait mieux ne pas l'approcher.

Simon avait grandi dans la terreur de ses crises. À l'époque, il ne comprenait rien à ces délires – il n'en retenait que les bruits de gorge, les claquements de mâchoires, les tremblements nerveux, et bien sûr les coups de poing dans la gueule de sa mère. Voilà ce qu'avait été pour lui le grand esprit allemand.

Quand son père avait voulu achever sa femme à coups de pelle à charbon, Simon, onze ans, s'était interposé et s'était pris le tranchant de l'instrument dans le front. Son arcade sourcilière avait éclaté. Dans un voile rouge, il avait vu sa mère se faire rouer de coups jusqu'à n'être plus qu'un corps labouré, une paillasse de chairs retournées. Finalement, le père s'était enfui – et n'était jamais revenu. En réalité, sans que ni Simon ni sa mère le sachent, le salopard avait déjà dans sa poche son ordre de mobilisation. *Par ici les tranchées... Et que les gaz et les obus te fassent crever la gueule ouverte.*

Les prières du jeune Simon avaient été entendues. Peter Kraus était mort enseveli vivant dans une tranchée. L'enfant et sa mère avaient béni la Grande Guerre qui les avait débarrassés du monstre.

Ils avaient déménagé à Nuremberg et, grâce à une petite pension à laquelle s'ajoutaient les revenus des travaux de couture de sa mère, ils avaient survécu. Très vite, Simon avait aussi commencé à travailler, notamment dans les brasseries.

C'est là qu'il avait vu naître le nazisme, le vrai.

Aujourd'hui, il était admis que la Maison brune était née de la capitulation allemande, de cet immonde traité de Versailles, de l'humiliation du peuple germanique. Peut-être. Mais le nazisme était surtout né de la bière. Dans ces relents moisis de houblon et ces vapeurs d'alcool qui faisaient macérer les cerveaux. Dans ces brasseries enfumées qui puaient l'éructation et la pisse, et ressemblaient le soir, sous les chandelles vacillantes, à de gros organes sanglants où germaient ces putains d'idées antisémites, cette aspiration à mettre tout le monde au pas et à écraser les peuples d'Europe...

Faisant des extras à Munich, Simon avait même vu, de ses yeux vu, Hitler dans ses première œuvres. À l'époque, c'était plutôt un clochard à qui on donnait la pièce pour qu'il fasse son numéro. Les gens riaient, certains approuvaient, mais Simon, lui, avait déjà compris : cet homme était une tumeur, et elle n'allait plus cesser de proliférer en métastases terrifiantes...

À la maison, il n'était pas heureux. Sa mère le traitait comme un rescapé de la Grande Guerre. Il était un survivant. Il était un prince. Mais Simon ne voulait pas de cet amour ni de ce régime de faveur. Un prince : là-dessus, il était d'accord. Mais pas seulement pour sa mère. Il montrerait au monde de quel bois il se chauffait. Et il devait faire vite, parce que le nazisme allait faire la même chose.

Dans sa petite tête si belle, il avait toujours envisagé son destin comme une course contre le national-socialisme. Vingt ans plus tard, on pouvait dire qu'il avait gagné – en tout cas, il s'était taillé sa place au soleil avant que le Führer ne détruise tout.

À force d'études brillantes, de coucheries tarifées, de combines rarement catholiques, il avait réussi à se hisser au plus haut de l'échelle. La guerre allait tout anéantir ? Qu'à cela ne tienne, il tirerait encore son épingle du jeu. Il fuirait aux États-Unis ou épouserait une riche veuve. Ou les deux.

Seule certitude, il avait vu naître le nazisme, il le verrait mourir. Le jeu, c'était d'y survivre.

Simon n'était plus qu'à quelques centaines de mètres de l'hôtel Adlon – la porte de Brandebourg était en vue – mais il était trempé de sueur. Il se maudit de ne pas être repassé chez lui après le déjeuner : pour affronter les Dames de l'Adlon, il fallait être au maximum de ses capacités.

Finalement, il se trouva un banc à l'ombre, histoire de sécher un peu, et s'y endormit aussitôt comme un clochard.

## 20.

– Chéri, si je te dis robe du soir et jersey de soie ?
– Blanche ou noire ?
– Blanche.
– Quelle saison ?

– Printemps. Peut-être vingt degrés à la tombée du jour. Qu'est-ce que je porte dessus ?
– Un boléro tricoté. Je dirais, laine angora, rose ou blanc.
– Voilà ! s'écria Magda en se relevant de l'accoudoir du fauteuil de Simon. Qu'est-ce que je te disais !
Elle pointait l'index vers une autre femme qu'il ne connaissait pas, ses yeux lançant des éclairs de triomphe.
– Et avec un nœud immense encore !
Elle se tourna de nouveau vers Simon, mit un genou au sol et posa son menton sur ses mains croisées.
– Mon chou, fit-elle sur un ton de miel, t'es vraiment le meilleur !
Simon accepta le compliment avec modestie, acquiesçant tout de même d'un signe de tête. Il racontait partout qu'il avait assisté à Paris aux défilés de Coco Chanel, de Jeanne Paquin et de Lucien Lelong, ce qui était complètement faux. À l'époque, il vivotait dans une chambre de bonne crasseuse, et franchement, en 1936, à Paris, être allemand n'était pas la meilleure des cartes de visite. Tout juste avait-il réussi à coucher avec quelques vieilles dames rencontrées au dancing de la Coupole pour pouvoir payer son loyer.
Seize heures passées. Simon avait dormi plus d'une heure sur son banc. *Bonjour l'enquêteur...* Il avait tout de même surpris le Club Wilhelm en pleine effervescence et c'était exactement ce qu'il voulait.
Si le Kaiserhof était viennois dans l'esprit, avec son hall immense, ses plantes en pots et ses verrières – on avait l'impression qu'une grande valse était imminente –, l'Adlon sonnait beaucoup plus allemand. Ses hautes voûtes, ses blasons germaniques, ses colonnes de marbre et ses candélabres, tout ça évoquait une sorte de taverne gigantesque, version princière. Ses statues florentines et ses escaliers de marbre ajoutaient une note italienne, tendance Renaissance.
Le Club Wilhelm se réunissait au fond du bar de l'hôtel, dans une petite salle où les Dames aimaient piailler en buvant du

champagne. Simon avait traîné ses guêtres dans d'autres salons – celui de la comtesse von Nostitz, qui collectionnait les artistes nazillons, ou celui de la baronne von Dirksen, qui mélangeait vieux Prussiens et nouveaux riches –, rien ne pouvait rivaliser avec le Club Wilhelm. Pourquoi ? Il regroupait les plus belles femmes de Berlin, c'est tout. Aucune prétention intellectuelle ni artistique, pas la moindre vocation caritative. De la beauté, des rires et des bulles. Pour le reste, allez voir ailleurs.

Parmi la vingtaine de femmes présentes, Simon n'en connaissait que quatre ou cinq. Celles qu'il venait voir – Susanne, Leni – n'étaient pas là. Qu'à cela ne tienne, il pouvait tout de même grappiller quelques informations. Tout de suite, une évidence : personne ici n'était au courant du meurtre de Margarete Pohl.

Les filles l'avaient accueilli comme une bande de poules accueillent leur coq en période de disette. Chacune s'égosillant, s'extasiant sur son costume, son chapeau, et lui roucoulant des mots doux dans les oreilles. Simon, magnanime, s'était laissé faire, même si ces piaillements lui donnaient un peu le tournis.

Magda, celle qui l'avait interrogé sur sa tenue à porter au printemps, pérorait maintenant sur les avantages du nouveau Jantzen, la célèbre marque américaine de maillots de bain. Il remarqua au passage que la plupart d'entre elles étaient bronzées. Elles revenaient de vacances et, guerre ou pas guerre, elles n'allaient pas tarder à y repartir.

Simon sourit et posa ses lèvres sur le bord de sa coupe de champagne. Il était enfoncé comme un pacha dans son gros fauteuil en cuir. Il aimait bien Magda. D'origine polonaise, pas encore la trentaine, on murmurait que c'était une des plus riches femmes de Berlin. Ayant épousé un très vieux prince polonais qui s'était installé en Allemagne, elle s'était retrouvée, à vingt-cinq ans, veuve et héritière d'une immense fortune.

C'était la plus belle, une figure d'ange ingénu, frappée de sourcils clairs qui exprimaient un émoi constant et d'une bouche si sensuelle qu'elle vous faisait baisser les yeux. Ses cheveux, ramenés en petits crans sur ses tempes, n'étaient pas blonds mais blancs. Sa beauté était sidérante. Pour jouer les contrastes, elle aimait porter de petites lunettes noires qui ressemblaient sur sa figure spectrale à deux pfennigs posés sur le visage d'une morte.

Simon aurait adoré fricoter avec elle. Hélas, elle ne l'avait jamais consulté. Pas d'angoisses ni de mauvais rêves à l'horizon. Elle affichait au contraire une forme éclatante – la légende prétendait qu'elle était une athlète accomplie, qui avait failli être sélectionnée dans l'équipe nationale de natation.

– Laisse tomber ces hystériques, dit soudain une voix réprobatrice. Elles vont te violer sur place.

Simon leva les yeux : Sonja Low, la présidente du club, lui prenait la main pour l'emmener vers un coin plus tranquille. Il ne se fit pas prier. Ces robes de mousseline, ces jupes en crêpe de soie, ces chemises de dentelle finissaient par l'hypnotiser. On était loin des restrictions prônées par Göring – « Pas de beurre, mais des canons ! » – et des tickets de rationnement de Bloch.

Simon et Sonja s'assirent dans une alcôve où deux fauteuils de velours leur tendaient les bras.

– Ça fait longtemps qu'on t'a pas vu.

– Le travail. Pas de vacances pour les psys. Au contraire, l'oisiveté favorise les névroses.

– Qu'est-ce que tu viens faire ici ? Tu cherches une nouvelle maîtresse ?

– Non. Vous me manquiez, c'est tout. Susanne n'est pas là ?

– Toujours à Sylt, je crois.

– Et Leni ?

– En vacances aussi. Tu serais pas un peu d'humeur nostalgique, par hasard ?

Tout le monde savait ici que Simon avait eu une aventure avec les deux femmes. Il avait l'air du type qui fouille dans son passé pour trouver du neuf.

Sonja glissa son bras sous le sien et posa sa tête sur son épaule.

– On a un tout nouveau stock, tu sais ! Gertrude, là-bas, devrait te plaire...

Elle lui désignait une jeune femme en robe de style marin avec col à liseré blanc et petite ancre dessinée entre les seins. Son visage, cerné par un carré court et noir, était effilé comme celui de Greta Garbo et marqué par une petite bouche qui tenait bon comme une amarre.
– Pas mal, en effet.
– On a ici aussi Élisabeth…
Celle-là était grande et sculpturale, arborant des épaules larges et des formes rondes. Tête nue, une chevelure comme pailletée d'or, elle ressemblait à une statue d'Athéna en bronze doré qu'il avait vue à Paris.
Simon ne pouvait les admirer toutes et il n'était pas venu pour ça. Avec douceur, il se libéra de l'emprise de Sonja et lui fit face.
– T'as pas de nouvelles de Margarete non plus ?
La question était risquée mais il était curieux de voir sa réaction. La patronne du club ne broncha pas.
– Ma parole, mais tu ne t'intéresses qu'à tes ex ou quoi ? On est pas assez bien pour toi ?
– C'est toi qui as raison, se força-t-il à rire. Je deviens nostalgique.
– Ça fait un moment que je n'ai pas de nouvelles d'elle, consentit à répondre Sonja. Elle doit être en vacances elle aussi..
Simon observa quelques secondes le visage légèrement sévère de Sonja – elle portait un chapeau incliné sur l'œil droit, ce qui accentuait encore son autorité. Aucun doute, elle n'était au courant de rien.
Il ne savait plus trop comment relancer la conversation quand une des filles lui sauva la mise en mettant un disque sur le gramophone, du bon vieux swing, totalement prohibé par le régime nazi.
D'un bond d'un seul, Simon fut debout. Il s'y connaissait en mode et en blagues mais sa vraie spécialité, c'était la danse. Il était avant tout un *Eintänzer*, un danseur mondain. Valse,

tango, charleston, fox-trot, mais aussi balboa, boogie-woogie, lindy hop... Justement, c'était *Tar Paper Stomp* qui démarrait maintenant et Simon attrapa la main de Sonja pour un lindy hop souple et chaloupé.

Le rythme était exactement celui qu'il fallait pour emmener Madame jusqu'au bout de ses déhanchés les plus espiègles. Sonja riait aux éclats en faisant voler sa jupe alors que les autres Dames faisaient cercle autour d'eux en frappant des mains. Il y avait vraiment de quoi jubiler : cette si belle femme au bout du bras, ce rythme qui les portait comme une mer doucement houleuse, cette musique interdite par le Reich qui résonnait au fond du bar de l'Adlon comme une provocation – Dieu que c'était jouissif d'être du bon côté du manche !

Il enchaînait les passes avec une fluidité de reptile. Sa petite taille était un avantage car il pouvait aisément faire basculer sa cavalière sur son dos – *vous voyez ce que je veux dire*. Il acheva justement son numéro par une culbute diabolique qui permit à quelques grooms chanceux d'apercevoir la culotte de l'épouse d'un des plus sinistres généraux de la Wehrmacht.

Quand la musique s'arrêta, Simon se dit qu'il avait gagné la partie. Il n'avait rien appris mais, au moins, Sonja ne soupçonnait pas son enquête.

Les rires succédèrent aux applaudissements et tout le monde se resservit du champagne. Sourire aux lèvres, Simon s'approcha de sa partenaire, comme pour savourer encore sa victoire.

Sonja Low lui balança son sourire de maîtresse femme.

– Toi, tu me caches quelque chose.

# 21.

Lorsqu'il se retrouva sur la Wilhelmstraße (il avait encore opté pour un retour à pied), Simon eut un éclair de lucidité : impossible de poursuivre seul cette enquête. Il ignorait toujours quand et comment Margarete avait été tuée. Il ne savait pas qui était soupçonné, ni même s'il existait le moindre indice. Il n'avait aucune chance de débusquer les faits par lui-même.

Il n'y avait qu'un moyen pour avancer : reprendre contact avec le «*Koloss*», l'Hauptsturmführer Franz Beewen. En signe de bonne foi, il lui dirait ce qu'il savait – l'Homme de marbre n'était qu'un rêve. Peut-être qu'en retour, le gestapiste lui livrerait quelques informations...

Il réalisa alors qu'il ne se trouvait qu'à quelques blocs du 8, Prinz-Albrecht-Straße, peut-être l'occasion d'aller rendre visite à ces messieurs de la Gestapo. *Arrête de déconner.* Jamais il n'aurait ce cran. Il circulait tellement de rumeurs sur ce lieu maudit, dont la principale était qu'il était facile d'y entrer mais impossible d'en sortir.

Il continua prudemment sa marche et retrouva la Potsdamer Platz avec joie. Son quartier. Sa maison. Son périmètre de sécurité. Il allait traverser la place quand il eut une autre révélation.

Ce fut si violent qu'il en eut le souffle coupé et qu'il dut se trouver un banc pour s'asseoir, près d'un kiosque.

Susanne et Leni étaient mortes aussi. On avait caché ces trois homicides – quoi de plus simple que de laisser entendre que ces bourgeoises étaient en vacances sur l'île de Sylt?

Simon se prit la tête entre les mains et en fit tomber son chapeau. Quand il le ramassa, la vérité le cassa en deux, comme une vitre.

Chacune de ces femmes avait rêvé de l'Homme de marbre. Chacune d'elles avait été assassinée.

Simon choisit de faire sauter le dernier verrou de la raison et se dit ceci : le meurtrier était l'Homme de marbre lui-même, jailli du monde des rêves pour perpétrer ses crimes.

Dans ce cas, nul autre que lui, «l'onirologue», le spécialiste des songes, le confident de ces dames, pour identifier un tel assassin.

## 22.

*Scheiße! Scheiße! Scheiße!*
Franz Beewen ne pouvait croire à une telle déveine.
– Qui a découvert le corps ?
L'Unterscharführer Günter Hölm, que tout le monde appelait Dynamo, s'approcha, un minuscule carnet entre ses mains de terrassier.
– Deux promeneurs. Ils se sont perdus près du château de Bellevue, aux environs de quinze heures. Y en a qu'ont pas peur de s'en prendre une dans le cul.
Allusion très fine à la réputation du Tiergarten : la nuit tombée, des partenaires d'un soir venaient y partouzer parmi les buissons touffus.
Beewen toisa Hölm avec toute l'autorité dont il était capable. Peine perdue. Dynamo (personne ne savait d'où lui venait ce surnom) était un élément dissipateur, un clou dans la botte, une tache de jaune d'œuf sur un bel uniforme noir. Mais Beewen le traînait avec lui depuis ses débuts. Chez les Sections d'assaut, puis au sein de la police berlinoise et enfin à la Gestapo. C'était son collègue, son ami, son souffre-douleur, sa mascotte.
– Conduis-moi.
Ils se trouvaient au nord-ouest du Tiergarten, aux abords de la Sprée. Beewen détestait ce parc. Avec ses bois sombres, ses recoins obscurs, ses animaux sauvages, il se serait presque cru chez lui, à Zossen.
Il avait tout fait pour fuir cette nature de merde et voilà qu'elle lui collait encore aux semelles, au cœur de la capitale. Il espérait toujours qu'Hitler, dans ses délires de reconstruction, remplacerait ces espaces verts par des casernes et des blockhaus. *Des runes, des aigles, des croix gammées partout!*
Beewen marchait tête baissée, regardant ses bottes s'enfouir

sous les feuilles craquantes. Il pensait au feu qu'on aurait pu faire avec de telles brassées. Il pensait à l'odeur des fins d'après-midi à la ferme. Il pensait à sa mère tuée par la terre et à son père rendu fou par la guerre.

Un troisième meurtre. *Verdammt !* En fait de front polonais, il allait se retrouver à Oranienburg-Sachsenhausen, oui, à jouer de la pioche et à casser des cailloux. Il fallait qu'il trouve un moyen, n'importe lequel, pour se dépêtrer de cette enquête. Il devait donner, de toute urgence, du grain à moudre à ses supérieurs. Sinon, c'était le KZ.

Ils parvinrent dans une clairière surveillée par des SS, tout près du fleuve. On pouvait entendre son lourd bruissement. Dans un coin, à droite, un cadavre leur tournait le dos, comme en pénitence, le visage écrasé contre la base d'un gros chêne.

La femme était toujours habillée : robe d'été, veste légère. Ses vêtements, lacérés, étaient figés dans du sang coagulé. Le tueur avait pris soin de relever ces plis raidis d'hémoglobine afin d'exhiber ses fesses blanches dans une position obscène et humiliante.

Pas de chaussures, bien sûr.

Dans un cercle d'environ un mètre de rayon, des fragments noirâtres maculaient le sol. Des organes, figés dans leur jus. L'assassin avait dû éviscérer sa victime et balancer les morceaux comme on jette des restes de gibier aux chiens.

– Les schupos nous ont tout de suite appelés, commenta Dynamo.

– Pourquoi nous ?

– Tous les services de police sont au courant. Un tueur cinglé, comme au bon vieux temps de Peter Kürten ? C'est sur notre pomme que c'est tombé.

Franz conserva le silence. La pression exercée sur son cerveau était palpable, comme si on lui écrasait les tempes dans un étau d'acier.

– On a touché à rien, précisa Hölm.

– Vous avez bien fait.

– On savait que tu voudrais t'en charger, ricana-t-il. T'as toujours eu les mains baladeuses.

Beewen n'était pas certain de supporter aujourd'hui les vannes graveleuses de Dynamo. Il lui lança un nouveau coup d'œil. Hölm était une ménagerie à lui tout seul : une grosse tête rouge comme un cul de babouin, deux petits yeux argentés aussi furtifs que des goujons sortant de l'eau, un cou de taureau, des épaules râblées, des jambes et des bras puissants. Et avec ça, poilu comme un gorille.

Du talon de sa botte, Beewen retourna le corps. Dans un feulement de feuilles, celui-ci révéla sa large plaie noirâtre sous la gorge. Son bas-ventre n'était qu'une béance, qui ne donnait pas envie d'y regarder de plus près.

En revanche, son visage, malgré la terre et les cheveux collés, révélait une grâce hors nature. C'était ce genre de beauté qui fait mal aux hommes parce qu'elle leur rappelle leur médiocrité, leur frustration sans fin.

Le tueur s'était acharné sur elle : de nombreuses entailles marquaient son abdomen. On constatait aussi, comme pour les deux précédentes victimes, des plaies de défense, aux doigts, aux bras, au torse.

Beewen nota également des traces de morsures. Le Tiergarten était connu pour sa faune sauvage : renards, fouines, sangliers... Tout ce petit monde se débrouillait pour survivre à l'ombre des promeneurs et de la colonne de la Victoire.

Beewen n'était pas médecin mais il connaissait la nature : à vue de nez, il se dit que la femme avait été tuée dans la matinée. Les animaux n'avaient pas eu le temps d'y aller à pleins crocs.

– On sait qui c'est ?

Dynamo lui tendit un sac à main. Beewen l'attrapa et remarqua la qualité du cuir, les perles incrustées – encore une bourgeoise. Sans doute une épouse de dignitaire. Et pourquoi pas un membre du Club Wilhelm. *Scheiße!*

Il trouva les papiers d'identité au milieu d'un fouillis de

poudriers, de rouges à lèvres et de marks. Le tueur n'était pas un voleur.

Leni Lorenz. Née en 1908. Nom de jeune fille : Klink. Résidant dans le quartier de Grunewald. Il avait déjà lu ce patronyme quelque part. Elle était une amie proche de Susanne Bohnstengel et de Margarete Pohl. Il l'avait sur sa liste de «témoins à ne pas interroger».

Une certitude, le tueur connaissait ces femmes Il fréquentait même leur salon. *Creuse de ce côté.* Mais Beewen n'était pas armé pour ça. Ni pour jouer sur la corde frivole, ni pour intégrer ce club en toute discrétion...

Tout ce qu'il pouvait faire, c'était un boulot de flic standard. Cuisiner le mari. Le chauffeur. Les bonniches. Toutefois, ce nouveau cadavre lui offrait une occasion inespérée de reprendre l'enquête comme il l'entendait – et non pas en suivant les traces de Max Wiener, le flic de la Kripo. Ce qu'il lui fallait d'abord, c'était une belle autopsie, en bonne et due forme.

Il se mit à voir plus grand. Arrêter tous les criminels récemment libérés, tous les fétichistes portés sur les chaussures, tous les employés qui travaillaient à l'hôtel Adlon, tous les promeneurs du Tiergarten, tous ceux ou toutes celles qui avaient parlé à Susanne Bohnstengel, à Margarete Pohl, à Leni Lorenz ce dernier mois, tous ceux qui les connaissaient de près ou de loin ou qui les avaient simplement croisées à l'Adlon, au tennis, dans les boutiques à la mode, au restaurant... Il allait remplir les cellules domestiques du 8, Prinz-Albrecht-Straße ainsi que les prisons de Plötzensee, de Spandau, les camps d'Oranienburg-Sachsenhausen, de Dachau...

Il pouvait le faire.

Il pouvait tout – il était de la Gestapo, nom de Dieu.

– Bon, on l'embarque ou quoi ?

La bouille rouge de Dynamo le calma. Il ne ferait rien du tout. Il fallait au contraire travailler en finesse et ce n'était pas avec des gars comme Hölm qu'il pourrait faire dans la dentelle.

Cela dit, il était injuste. Dynamo plaisait aux filles, beaucoup plus que lui par exemple. Il avait l'humour vif et il trouvait toujours le ton juste pour nouer une complicité. Exactement le contraire de Beewen.

*Ainsi va la vie.* Dynamo, laid comme un cul de singe, levait les *Fräulein*, et lui, Franz Beewen, beau comme une sculpture d'Arno Breker, leur inspirait crainte et mépris. Elles qui aimaient tant la vie flairaient chez lui une odeur de mort, de destruction, de carnage. La virilité, oui. La brutalité, non.

– Alors ? Tu te décides ?

Beewen finit par esquisser un signe de tête.

– Tu diras à Koenig qu'on procède différemment cette fois.

Walther Koenig était le médecin légiste de l'hôpital de la Charité, le plus grand site de soins de Berlin. D'ordinaire, Beewen ou Dynamo se contentaient de lui dicter ce qu'il devait écrire sur le rapport d'autopsie.

– Qu'est-ce que tu veux dire ?

– Il doit faire cette fois une vraie autopsie, tu piges ?

Dynamo eut une grimace ironique.

– Le métier se perd.

Il vint une autre idée à Beewen :

– Dis aussi aux mecs du KTI de venir ici pour voir s'ils peuvent trouver quelque chose...

– Qui ?

– Tu sais bien, les mecs du nouveau labo, là...

Hölm se gratta la tête.

– Ouh là là, j'suis bon pour la retraite, moi...

Franz regardait les SS piétiner joyeusement la clairière : peu de chances que les spécialistes débusquent un indice sur un terrain pareil.

Les gars soulevaient maintenant le corps pour le déposer sur la civière. Il se détourna. En quinze années de SA et de SS, il avait vu des choses immondes, beaucoup, et il avait contribué lui-même à une infinité d'horreurs, mais voir cette femme au ventre ouvert partir sur un brancard, c'était insupportable.

– On a des témoins ?

– Personne, à part les promeneurs. On va gratter encore. On va bien trouver quelques clodos ou quelques pervers. Mais ce coin est vraiment paumé...

Beewen se tourna vers le fleuve.

– Renseigne-toi aussi côté péniches. On sait jamais.

Un goût âpre au fond de sa gorge. Comment ces meurtres avaient-ils pu survenir ? Comment l'enquête pouvait-elle patauger à ce point ? Trois disparitions dans un Berlin truffé d'uniformes et de mouchards aux ordres de la SS...

À moins que l'assassin n'ait pas du tout la gueule de l'emploi – et qu'il connaisse très bien les victimes. Beewen devait éviter ce piège : chercher un mec patibulaire, du genre «vampire de Düsseldorf» et autres «boucher de Hanovre»... Non, l'homme en question était un dandy, un charmeur, un séducteur. Un gars qui avait su enjôler ces épouses désœuvrées et les entraîner sur son terrain.

Il repensa à Simon Kraus. À bien des égards, il avait le bon profil. Il fallait vérifier si Susanne Bohnstengel et Leni Lorenz avaient été aussi ses patientes. Il était certain que le nabot avait ses entrées au Club Wilhelm, il avait bien une tête à ça. Mais un tueur, vraiment ? Avec sa taille de marmouset, les victimes n'en auraient fait qu'une bouchée. Pour tuer, il fallait être fort et implacable, il était payé pour le savoir.

Il songea à une solution plus simple : le meurtrier évoluait parmi les hauts rangs du NSDAP. Les rangs d'élite des SS étaient bourrés de tueurs en série en puissance. C'était presque une des conditions pour accéder au poste. Mais se salir ainsi les mains ? Charcuter le bas-ventre de ces bonnes femmes ? Beewen ne le sentait pas : les assassins du Reich étaient des tueurs de masse. Ils visaient la quantité plutôt que la qualité. Et ils allaient bientôt s'en donner à cœur joie en Pologne...

Dynamo, qui connaissait bien son Beewen, lui envoya une bourrade.

– T'en fais pas. On va le choper. C'est parce qu'on est pas habitués à chercher de vrais coupables.

Il avait raison : ils n'étaient ni flics ni enquêteurs. Ils étaient des persécuteurs, des bourreaux autodidactes, qui ne savaient qu'enfoncer des portes et tirer par les cheveux les suspects qu'on leur servait sur un plateau.

Cette fois, c'était différent. Ils avaient affaire à un vrai coupable. Un prédateur qui chassait lui-même et savait échapper à ses poursuivants.

À travers les arbres, il observa ses hommes – leurs cols et leurs casquettes brillaient au soleil de la fin d'après-midi. On aurait dit qu'un pinceau avait passé au miel chaque galon, chaque visière.

Un tas de bons à rien qui foulaient la zone sans savoir comment agir ni même réagir. L'un d'eux prenait des photos et il ne semblait pas trop sûr du mécanisme de son appareil. Se sentant épié, l'homme lança un coup d'œil à Beewen et il obtint au moins une certitude pour la journée : s'il ratait ses clichés, c'est en KZ qu'il aurait le loisir de se perfectionner.

Beewen s'en alla sans attendre Dynamo, marchant d'un pas vigoureux jusqu'à la grande artère qui traversait d'est en ouest le Tiergarten. Il allait monter dans sa Mercedes quand il vit arriver plusieurs fourgons et voitures de la Gestapo. Pour la discrétion, il faudrait repasser.

La Mercedes démarra et Beewen fut frappé par l'extrême dénuement du paysage. Cette grande avenue rectiligne, bordée seulement des deux côtés par la forêt. C'était glaçant, même si à cette heure-ci, la lumière de la fin d'après-midi venait s'y répandre comme une coulée d'or.

De la discrétion, se répéta-t-il. Lui aussi était un chasseur. Il savait s'approcher au plus près de sa proie. Mais il lui fallait peut-être oublier tout ce qu'il avait appris ces quinze dernières années, ces bruyantes années SA et SS, pour en revenir au gamin qu'il avait été, chasseur hors pair dans la forêt de ses ancêtres.

## 23.

— Je suis déçu, Hauptsturmführer. Vraiment déçu.

À peine revenu à la Gestapo, Beewen avait été convoqué par son supérieur hiérarchique, l'Obergruppenführer Otto Perninken, qui avait l'air d'en savoir déjà autant que lui sur le meurtre de Leni Lorenz. Il fallait reconnaître une qualité à la Gestapo : l'information y circulait à grande vitesse.

— Depuis combien de temps travaillez-vous sur cette enquête ?
— Six jours, Obergruppenführer.
— Et quels sont vos résultats ?

L'officier ne lui laissa pas le temps de répondre :

— Rien. Zéro. Absence totale d'indices, de suspects. Et maintenant, un nouveau meurtre.

Perninken croisa les bras sur le plateau en cuir de son bureau. C'était un national-socialiste pur à cent pour cent. Un précipité sans la moindre scorie ni la moindre corruption. L'officier n'était pas né des flancs d'une femme mais des tranchées de la Somme. Son liquide amniotique avait été le sang de la défaite, la sueur des vaincus.

Mais on aurait pu dire la même chose de Beewen.

Plus profondément, Perninken adhérait à chaque idée du régime hitlérien. Il ne le faisait pas aveuglément, mais parce qu'il partageait, dans sa chair la plus intime, ses idées et ses valeurs.

— Le meurtre du Tiergarten a été commis par le même assassin, non ?
— Aucun doute. Les présomptions...
— Je lirai votre rapport. (Il monta le ton.) Vous vous rendez compte du statut des victimes ?
— Absolument, Obergruppenführer.
— Vous vous rendez compte de la période historique que nous sommes en train de vivre ?

– Je m'en rends parfaitement compte, Obergruppenführer.
– Vous pensez que le moment est opportun pour révéler une faiblesse ? Pour laisser entendre que le Reich ne sait pas protéger les épouses de son élite ?
– Non, Obergruppenführer.

Au physique, Perninken était un chauve royal – comme on dit un « aigle royal ». Un crâne rose, brillant, souverain. Dessous, ses traits exprimaient une puissance dure, quelque chose qui brise le burin et rompt le ciseau. Paradoxalement, sa peau rosâtre évoquait celle d'un bébé et s'harmonisait bien avec son uniforme noir taillé dans un tissu épais, confortable, qui rappelait le feutre des couvertures des soldats.

– Alors, qu'est-ce que vous foutez, nom de Dieu ?
– Obergruppenführer, permettez-moi de vous rappeler que le contexte est difficile.
– Si c'était facile, on aurait laissé le dossier à la Kripo.
– Le fait de devoir dissimuler la réalité des faits complique l'enquête. Nous ne pouvons jamais interroger frontalement les témoins les plus proches des victimes, ni collaborer avec les autres services de police.
– La Gestapo n'a besoin de personne.
– Je vous entends, Obergruppenführer, mais comprenez que ces contraintes ne facilitent pas l'investigation.

Perninken se leva et s'approcha de la fenêtre, les mains dans le dos. Tous les chefs de police, sous toutes les latitudes, à toutes les époques, ont dû faire ce geste. *Une figure obligée.*

– Qu'avez-vous au juste ?

Beewen faillit dire « rien » mais il se rattrapa in extremis :

– Les victimes présentent plusieurs points communs. Elles fréquentaient par exemple le Club Wilhelm, un salon mondain qui réunit...
– Je connais. Quoi d'autre ?

Il n'avait pas grand-chose mais il préféra tout de même garder pour lui l'entrevue avec le petit psychiatre et cette histoire d'Homme de marbre. *On ne sait jamais.*

– Eh bien, fit-il sur un ton évasif, elles se connaissaient et participaient souvent à des événements de prestige liés à notre Reich.

Perninken se retourna. Il était moins grand que Beewen mais tout de même, l'allure générale impressionnait.

– Ne vous avisez pas de soupçonner l'un des nôtres.

*Machine arrière, toute.*

– Ce n'est pas ce que je voulais dire, Obergruppenführer. En réalité, je penche pour un tueur psychopathe, qui choisirait de très belles femmes pour assouvir ses pulsions meurtrières.

– Vous avez trouvé ça tout seul?

Perninken pivota de nouveau vers la vitre. Dans le soleil de la fin d'après-midi, son crâne nu, d'ordinaire menaçant, ressemblait maintenant à un ballon d'enfant près de s'envoler.

Le général avait une particularité : il croyait aux mauvais sorts, aux envoûtements, au magnétisme humain. Afin de se protéger de toute attaque invisible, il avait dissimulé dans son bureau des plaques de plomb qui diffusaient une odeur lourde, amère. Une odeur de soins dentaires.

– Au départ, fit Franz comme s'il n'avait pas entendu, je privilégiais la piste politique.

– Qu'est-ce que vous voulez dire?

Encore un mot qui fâchait. Il rétrograda une nouvelle fois :

– Je me suis vite aperçu de mon erreur.

– Expliquez-vous.

– Eh bien... je me disais que peut-être, les responsabilités des époux des victimes constituaient le mobile des meurtres. À travers ces assassinats, on cherchait à atteindre l'élite de la nation.

– Ridicule.

– C'est bien ma conclusion.

– Donc?

– Je penche plutôt aujourd'hui pour un meurtrier qui n'a pas de mobile, excepté sa pulsion criminelle. Il a repéré ces femmes, il les a suivies ou il les a attirées dans un piège, et il a cédé à ses penchants barbares.

– Dites-moi quelque chose que je ne sais pas.
Franz reprit son souffle. En réalité, il réfléchissait à voix haute :
– Cet assassin connaît ses victimes. Ou du moins il sait les mettre en confiance.
– Et alors ?
– Peut-être s'agit-il d'un membre du personnel de l'hôtel Adlon, ou d'un chauffeur, d'un domestique. Tous ces hommes qui œuvrent dans l'ombre, et qui paraissent familiers à des femmes telles que Susanne Bohnstengel ou Margarete Pohl.
L'Obergruppenführer fit quelques pas.
– Je crois que vous avez raison, Beewen.
Franz sentit l'air s'échapper de sa cage thoracique. Sans même s'en rendre compte, il avait arrêté de respirer.
– Cet assassin est un homme de rien, sans doute de sang impur. Un Juif peut-être.
– J'y ai pensé, Obergruppenführer.
Complètement faux, l'idée ne l'avait jamais effleuré. De son point de vue, les Juifs étaient trop occupés à essayer de survivre pour s'en prendre à quiconque.
– Mais il n'y a plus de personnel juif dans les grands hôtels, les restaurants chics, les lieux de prestige, poursuivit-il. Nous avons travaillé d'arrache-pied et nous avons réussi à débarrasser les rues de Berlin de cette vermine !
Un petit claquement de talons n'aurait pas fait de mal. Perninken acquiesça. Ce genre de périphrases étaient toujours les bienvenues au siège.
– Concrètement, où en êtes-vous ?
– J'ai reconstitué l'emploi du temps de chaque victime et j'ai posté des hommes dans les lieux qu'elles fréquentaient. J'ai également interrogé le personnel de maison, les majordomes et les chauffeurs de chaque victime. Du côté des hôtels et des restaurants, je me suis adjoint l'aide des détectives et des chefs de rang.
Perninken acquiesça encore. Un seul moyen de le calmer : lui faire entendre que ça bougeait, que ça s'agitait, mais toujours en toute discrétion.

– L'étau se resserre, Obergruppenführer, ajouta Franz, se prenant lui aussi au jeu (il parlait comme dans un film). Le meurtrier sera bientôt dans la nasse.

Perninken faisait les cent pas devant lui, toujours au garde-à-vous.

– Ce travail de surveillance va payer, insista-t-il. Il est seul et nous sommes des centaines. Nous tenons Berlin. Notre police est la mieux organisée d'Europe. Il ne peut nous échapper.

Perninken hochait la tête.

– Un homme du peuple, répétait-il à voix basse. (Il tenait toujours ses mains dans le dos et Franz pouvait voir, quand il passait devant lui, qu'il les tournait nerveusement.) Un détraqué, un dégénéré. Peut-être pas un Juif, mais un sang altéré, un bâtard.

Il darda son regard dur sur Beewen.

– Vous avez préparé une fiche sur tous ces gens dont vous me parlez ?

– C'est en cours. D'ailleurs, si on retient l'hypothèse d'un dément, j'ai aussi lancé une recherche dans les instituts psychiatriques d'Allemagne.

– Pourquoi pas, oui.

L'officier avait répondu machinalement mais Beewen sentait que l'idée ne lui plaisait pas. Pour un nazi sans mélange tel que lui, le fait même qu'il reste encore sur le territoire allemand des handicapés, des tarés, des malades mentaux était insupportable.

– Après tout, glissa Beewen, l'Allemagne a déjà connu ce genre de profils...

En 1939, tout le monde à Berlin avait encore en tête les noms de tueurs en série qui avaient défrayé la chronique.

– Non, Hauptsturmführer, coupa soudain Perninken. Vous parlez d'un passé révolu. Aujourd'hui, l'Allemagne est sous contrôle. L'idée qu'un élément monstrueux puisse agir à sa guise au sein du Reich est impossible. Nous sommes une nation forte, parfaite. Nous n'avons pas droit à l'erreur. Il faut donc régler ce problème avant qu'il n'éclate... sur la place publique.

Franz claqua cette fois des talons en signe d'assentiment – en quinze ans de bons et loyaux services, il avait tout de même acquis les réflexes utiles. Pourtant, il enchaîna sur une nouvelle bourde :

– Autre chose, hasarda-t-il, il serait sans doute utile que je puisse rencontrer l'officier de police Max Wiener, qui...

– Pas question. Je vous ai déjà expliqué, Beewen. Wiener ne s'est pas montré à la hauteur de cette enquête. Nous devons l'oublier.

– Bien, Obergruppenführer.

– Je vous donne trois jours, pas un de plus, pour identifier le coupable. Avec des preuves solides de sa culpabilité. Je ne tolérerai pas une seule victime de plus, c'est compris ? Ne m'obligez pas à vous retirer l'enquête.

Franz savait parler le langage Gestapo. Traduction : *Ne m'obligez pas à vous envoyer en KZ. Ou à vous exécuter.*

L'entrevue était terminée. Beewen salua encore son supérieur en tendant le bras droit et en lançant un «*Heil Hitler !*» qu'on aurait pu entendre à trois bureaux de là.

Il tournait la poignée quand Perninken reprit :

– Une chose encore. Quand vous aurez identifié avec certitude le coupable, j'exige que vous me fassiez un rapport aussi précis que possible.

– Bien sûr.

– Je veux dire : avant de l'arrêter.

– Pardon ?

– Je veux être informé de son identité avant son arrestation, c'est compris ?

Face à son silence, Perninken ajouta :

– Nous devons prendre dans cette affaire le maximum de précautions. Encore une fois, vous ne soupçonnez pas l'importance de cette enquête. Le Reichsführer-SS Himmler a les yeux fixés sur nous !

## 24.

Dès 1933, la Gestapo avait investi l'ancienne École des arts décoratifs de la Prinz-Albrecht-Straße. Des locaux somptueux dont le hall principal arborait des voûtes en enfilade dignes d'une cathédrale. Un escalier en pierre de taille, surmonté de balustres renflés façon Renaissance, menait aux étages. Les anciens ateliers de peinture et de sculpture étaient désormais occupés par de petits fonctionnaires assidus, dont le fonds de commerce était la délation, la torture et la mort.

Remontant le couloir du deuxième étage, Beewen entendait le bruit des machines à écrire derrière les portes. La boutique tournait à plein régime, comme n'importe quelle banale administration.

Dans ses rangs, la Gestapo comptait différents profils : il y avait les abrutis (beaucoup), les sadiques (moins qu'on aurait pu croire), les paresseux (la majeure partie) et aussi pas mal de bureaucrates de bonne foi. Ces gars-là s'étaient trouvé un berger et ils le suivaient en bêlant, formant un troupeau noir, stupide et dangereux.

Mais tous ces hommes avaient un point commun : ils savouraient le pouvoir. Tous, ils jouissaient quand ils arrêtaient un innocent ou qu'ils demandaient simplement ses papiers à un passant. Quelques années auparavant, ces gars-là crevaient encore de faim et buvaient l'eau des caniveaux. Maintenant, ils régnaient sans partage. Ils étaient les maîtres. Ils étaient la force. Et ça, ça valait bien qu'on foute ses scrupules au fond des chiottes.

Beewen ne faisait pas exception à la règle. Au contraire, en tant qu'ex-voyou et assassin en parfait état de marche, il se sentait au chaud au 8, Prinz-Albrecht-Straße. On était ici dans un monde à part, hors de portée de voix de l'humanité, de la pitié ou de l'empathie. Un monde de cruauté où les malfrats étaient les bons élèves.

– T'en as encore au coin de la bouche.

Beewen releva la tête : son ennemi juré, Philip Grünwald, se tenait debout sur le pas de sa porte. Une vraie concierge, qui portait des moustaches à la Kaiser et ressemblait à un escrimeur ou à un amateur de boxe française du début du siècle.

– Quoi ?

– T'étais pas en train de sucer Perninken ?

– Je t'emmerde.

Beewen dépassa le connard et sentit son regard le suivre comme la mire d'un fusil K98. À la Gestapo, tout le monde était ennemi. C'était le système qui voulait ça : l'ère du soupçon était également valable intra-muros. Chaque SS surveillait ses collègues et vice versa. Il régnait ici une atmosphère de rivalité et de suspicion asphyxiante.

Parmi ses ennemis ordinaires, il y en avait toujours un ou deux dont il fallait se méfier en particulier. Ainsi, Grünwald, alter ego de Beewen qui occupait le bureau voisin, ne vivait que pour éliminer son rival. Il devait même être jaloux de l'enquête qu'on lui avait confiée. *Quel con.*

Son entrevue avec Perninken avait confirmé ses craintes. Cette affaire était dangereuse. Au-delà des meurtres, au-delà de la personnalité des victimes, il y avait quelque chose qu'il ne fallait pas découvrir.

Beewen n'était pas sûr d'être un funambule assez agile pour ce genre de prouesses. Démasquer un tueur sans deviner son mobile, par exemple. Ou encore cerner le profil des victimes sans éveiller de soupçons parmi leurs proches.

Tout ça était d'un raffinement qui le dépassait. Mais il s'acquitterait de sa tâche, aucun doute. Il apporterait à Perninken le nom du tueur sur un plateau comme on avait apporté la tête de Jean Baptiste au roi Hérode.

Tout ça n'était qu'une étape, un préliminaire. Seule comptait la suite, sa récompense. Son transfert à la Wehrmacht ou à la Waffen-SS. La guerre, le front, la France...

## 25.

Son bureau portait le numéro 56 – *jamais compris pourquoi*. Parquet clair, classeurs vernis, bureau à double caisson : du confort de bureaucrate. Cette pièce lui rappelait chaque jour que le gros du boulot, c'était de rédiger des rapports – vraiment pas sa spécialité. Quant à Dynamo, c'est simple, il était quasiment analphabète. Heureusement, ils avaient un jeune secrétaire, Alfred, qui relevait un peu le niveau et se chargeait de la basse besogne d'écriture.

Il allait s'asseoir quand il perçut des bruits sourds et des éclats de rire derrière la cloison. Il sortit aussitôt et ouvrit sans frapper la porte du bureau que partageaient les deux compères.

Dynamo était en train de faire le pitre, mimant une course, coiffé d'une corbeille à papier, bras tendus devant lui à la manière d'un aveugle.

– Qu'est-ce que tu fous ?

Dynamo, sans se presser, ôta son couvre-chef. Alfred, qui se voulait l'élément sérieux de l'équipe, ricanait derrière sa main.

– Je racontais les championnats nationaux des SA. Quand je courais le cent mètres avec un masque à gaz sur la tête qui m'empêchait de voir la piste.

Une de ses histoires préférées. Les compétitions sportives de la SA : courses de vitesse avec masques à gaz, lancer de grenades... Lorsque Hölm narrait ces bouffonneries, il ajoutait toujours en conclusion que l'épreuve la plus dure, c'était le soir, le concours de bière.

– Tu crois qu'on a que ça à foutre ? répliqua Beewen. Viens avec moi.

À peine la porte de son bureau fermée, il remarqua :
- T'as pas traîné pour rentrer.
- J'ai laissé le merdier aux autres. Les gars de la Charité étaient arrivés. À cette heure, l'autopsie doit avoir commencé.

Dynamo n'était pas doué pour la vie de bureau. Il était fait pour les manifs, les bagarres, les descentes. Pour casser des gueules puis se bourrer à la Löwenbräu, ou l'inverse. À l'origine, Günter Hölm était ce qu'on appelait un « steak », un ancien bolchevik passé à l'ennemi, le NSDAP. « Noir à l'extérieur, rouge à l'intérieur ». En réalité, il n'avait aucune opinion politique. Pourvu qu'on lui assure la pitance, quelques bonnes bagarres et l'assurance de pouvoir s'enfiler toutes sortes de blondes (bières et femmes), tout allait bien.

- Et la recherche de témoins ?
- J'ai mis des gars dessus mais franchement, dans ce coin paumé du parc, y a pas de raison que quelqu'un ait vu quoi que ce soit. Non, c'qui m'étonne, c'est que notre assassin devait être couvert de sang après son carnage. Comment il est rentré chez lui ? Il s'est changé sur place ?

Beewen songea au fleuve, tout proche. Le premier meurtre avait été commis sur l'île aux Musées. Le deuxième, dans le parc Köllnischer, à un bloc de la Sprée. Et maintenant le Tiergarten, à quelques mètres du rivage... Peut-être que cette présence de l'eau jouait un rôle dans la folie du meurtrier – ou dans son rituel. Un truc symbolique ou il ne savait quoi. Peut-être aussi simplement s'enfuyait-il à la nage...

Alors que Beewen s'asseyait, Hölm balança sur son bureau un dossier couleur kraft – une couleur que Beewen connaissait bien, la couleur du renseignement, de la traque, de la stigmatisation Gestapo.

- C'est quoi ?
- Leni Lorenz, nom de jeune fille Klink. Pas du tout une enfant de chœur, si tu vois ce que je veux dire.

Beewen ouvrit le dossier, sans écouter les commentaires de Dynamo.

Le fait est que Leni avait bourlingué. Née en 1908 dans une famille modeste de Rhénanie, elle perd ses parents à dix ans – tuberculose. Après avoir passé trois années dans un orphelinat près de Cologne, elle s'enfuit à Berlin. On la retrouve dans des petits cabarets en 1922. À quatorze ans, elle se produit dans des revues de music-hall. Les années suivantes, elle est plusieurs fois arrêtée pour racolage. Pas très original. On disait alors : « Un kilo de pain vaut un million de marks et une fille, une cigarette. »

Plus surprenant, son mariage en 1929 avec Willy Becker. Voilà un nom qu'il connaissait. Un sinistre personnage qu'il avait croisé du temps de l'*Unterwelt*. Un souteneur homosexuel, mi-artiste, mi-escroc. Willy la Fiotte, Willy le Sodomite, Willy la Carpe. Comment Leni Lorenz avait-elle pu devenir Frau Becker ?

Ils divorcent en 34. Un an plus tard, Leni épouse Hans Lorenz, un des plus riches banquiers de Berlin. Beewen devinait que le divorce entre les oiseaux de nuit avait été décidé pour céder la place à Lorenz, un parti comme il ne s'en rencontre pas deux fois dans l'existence d'une Leni.

Absorbé par sa lecture, Franz réalisa qu'Hölm n'avait pas cessé de parler.

– Tu m'écoutes ou quoi ?
– Excuse-moi. Tu disais ?
– Je disais que Willy Becker ferait un suspect en acier Krupp.

D'un signe de tête, Beewen balaya l'hypothèse :

– Impossible.
– Pourquoi pas ? Becker est une raclure et...
– Pas son style. Jamais il ne se salirait les mains à tuer une femme. Un homme à la rigueur. Et d'ailleurs, pourquoi aurait-il fait ça ?
– Par jalousie.

Beewen sourit.

– Je ne crois pas que Willy et Leni aient eu ce genre de relations.
– Elle ne voulait peut-être plus arroser son ancien maquereau.

Encore une erreur de jugement de Dynamo. Beewen n'était pas sous le lit mais il était certain que Leni et Willy n'avaient pas des rapports exploiteur/exploité. Ils étaient associés, nuance.

— Admettons que Willy ait fait le coup, admit-il. Pourquoi cette sauvagerie ? Et pourquoi en tuer deux autres ?

Hölm s'était installé sur la chaise qui faisait face au bureau de Beewen. Celle des inculpés. Il avait attrapé une bouteille d'encre et ne cessait de la faire passer d'une main à l'autre.

— Peut-être qu'il ne les a pas tuées, justement. Mais qu'il a imité le style du meurtrier pour buter Leni.

— Personne n'est au courant de ces meurtres.

— Un gars comme Willy est au courant de tout.

— D'accord, concéda Beewen. J'irai l'interroger ce soir. Il tient une boîte de pédés sur la Nollendorfplatz.

— Et moi ?

— Tu grattes sur les deux Leni. Frau Becker et Frau Lorenz. Ses contacts de jadis et ceux d'aujourd'hui.

— Ça fait un paquet de monde... Qu'est-ce que je vais leur dire, moi ?

— Je compte sur ta psychologie naturelle. Pas un mot sur le meurtre.

Beewen se leva et se dirigea vers la porte.

— Où tu vas ? demanda Dynamo.

— Annoncer la mort de son épouse à Hans Lorenz.

Hölm éclata franchement de rire.

— Parfois, je me demande si t'as compris dans quel monde on vit. Tu crois vraiment que Lorenz n'est pas déjà au courant ? Mais dès que le corps a été identifié, il a été le premier prévenu. Tout se passe au-dessus de ta tête, Franz.

Beewen acquiesça. Envers et contre tout, il avait conservé une naïveté de paysan. Qu'à cela ne tienne, s'il n'avait rien à apprendre à Lorenz, Lorenz, lui, aurait certainement des choses à lui apprendre...

## 26.

L'hôtel particulier des Lorenz était situé sur le plateau de Teltow, dans le quartier de Grunewald. La majeure partie du coin était couverte par une forêt majestueuse et, dans ce grand vert, seuls quelques îlots d'habitations pointaient leurs toitures.

La villa, construite au sommet d'une colline, dominait un petit lac. Apparemment une bâtisse de type moderne (Beewen appelait «moderne» tout ce qui n'était pas wilhelmien). L'officier SS ne pouvait pas comprendre ces gars friqués qui préféraient les bunkers aux belles demeures pleines de fioritures. De son point de vue, des toits d'ardoises, des ornements, des sculptures, ça vous réchauffait une façade et ça inspirait confiance.

Il sonna à la grille du parc. Une domestique vint lui ouvrir, une jeune femme rondelette, robe noire et tablier blanc : tout à fait son style, mais il n'avait pas la tête à ça. Elle le guida le long d'une allée de gravier. Les tons de vert variaient les nuances, du plus sombre au plus clair, du plus froid au plus chaud.

Du béton brut, un toit plat comme une chape, des baies vitrées qui avaient l'air pas finies : à ses yeux, cette baraque était une illustration parfaite de l'*Entartete Kunst* – l'art dégénéré.

La décoration intérieure n'avait rien à voir avec le modernisme des façades. Du pur teuton, à la santé de Guillaume II. Des pièces pas si grandes que ça, bourrées de bibelots plus clinquants les uns que les autres, et un beau papier peint aux motifs or et argent. Ça, c'était chic.

La bonne le guida dans la première pièce sur la droite, sans doute un salon, ou plutôt une salle à manger, qui s'ouvrait elle-même sur un espace aux fauteuils de cuir rouge, éclairée par une large double fenêtre. Beewen ne fit que quelques pas. Devant lui, le bois noir d'une immense table semblait mouillé tant il brillait.

À droite, une cheminée en marbre supportait une horloge dorée, dont le tic-tac évoquait le tintement d'un triangle minuscule. Partout scintillaient des objets en porcelaine de Saxe, des figurines en verre filé, des bougeoirs ciselés, ainsi qu'une collection de chopes aux insignes de brasseries célèbres.

Si sa mère avait eu de l'argent, c'est sans doute ainsi qu'elle aurait décoré sa ferme. Il avait du mal à faire le lien entre ce style « pittoresque » et le banquier Hans Lorenz, sans doute raffiné et cultivé.

Il l'aperçut à contre-jour, au bout de la table. On aurait pu le prendre pour une figurine parmi d'autres. Son visage, son habillement, sa posture, tout rappelait un santon en argile.

Lorgnon. Moustache. Col cassé. Veste noire aux revers bien rigides. Beewen ne pouvait voir ses chaussures mais il aurait parié pour des guêtres. Il l'imaginait derrière son bureau, dispensant ses conseils et signant des dossiers de crédit. Buvard, registres, chiffres, stylos plume, tout devait être à sa place – sauf que les opérations de Lorenz étaient illégales.

Beewen se présenta et n'obtint pas de réaction. M. Col-Cassé demeurait immobile, les deux mains posées sur la table.

Enfin, il prit la parole :

– Je sais pourquoi vous êtes ici. Asseyez-vous.

*À la bonne heure.* Il n'aurait pas à bredouiller des formules convenues qu'il connaissait mal d'ailleurs. On allait pouvoir entrer dans le vif du sujet.

Beewen choisit une chaise de son côté et s'assit avec prudence. Il avait l'impression qu'une patinoire les séparait.

Maladroitement sans doute, il commença par demander au petit bonhomme si Leni avait des ennemis.

– Vous plaisantez, claqua le banquier. Leni ne menait pas une existence où on a l'occasion de se faire détester.

Beewen se racla la gorge :

– Et par le passé ?

Lorenz eut un bref ricanement, une sorte de caquètement de poule.

– Je ne suis pas né de la dernière pluie, je sais d'où venait Leni. Les mauvaises langues diront du ruisseau. Je dis, moi, d'une manière plus bienveillante, de la crise de 23, ou de 29, je ne sais jamais, ce qui n'est pas très professionnel pour un banquier.
– Vous saviez qu'elle avait été mariée ?
– À Willy Becker, oui.
– Avait-elle encore des contacts avec lui ?
– Je crois. Ils étaient restés amis.
Eh bien, M. Lorgnon était du genre tolérant.
– Elle ne vous a jamais parlé d'un homme qu'elle aurait craint, venant de ce... milieu ?
– Je vous ai dit qu'elle voyait toujours Willy. Je ne vous ai pas dit qu'elle fréquentait encore le monde de la nuit.
Lorenz s'exprimait à coups de petits mots secs, avec une élocution de tiroir-caisse.
Beewen se permit d'en repasser une couche :
– Leni, en vous épousant, aurait pu s'attirer des jalousies.
– Épouser un vieux bonhomme comme moi..., ricana encore le banquier. Je ne sais pas si c'est enviable.
– Je parlais de l'aspect... matériel.
– J'avais bien compris. Mais Leni était d'une telle gentillesse, d'une telle intelligence, qu'elle savait prendre à revers tous les jaloux. Comment dire ? Elle les désarmait...
Beewen commençait à percevoir les signes du chagrin sous ce masque figé.
*Attaquons plus sec.*
– Et vous, vous avez des ennemis ?
– Un banquier en a toujours.
*Mais un banquier nazi les écrase sous la botte de la Gestapo*, faillit-il commenter, mais il s'abstint. Pas l'ambiance.
– En quoi consiste votre activité ?
– Allons, sourit Lorenz, vous devez bien avoir pris vos renseignements.
– Vous possédez une banque privée, c'est ça ?

– Exactement.
– Et vous allouez des prêts dans le cadre du programme d'aryanisation ?
– Nous avons toujours accordé des prêts, c'est notre rôle de banquiers, mais, la situation étant ce qu'elle est aujourd'hui, le gros de notre activité se concentre sur ce type de rachats de sociétés et de patrimoines immobiliers, oui.
– Vous spéculez donc sur des confiscations, des expropriations ?
– On peut dire ça comme ça, oui.
– Vous ne pensez pas que de telles activités pourraient vous attirer des ennemis ? Des gens spoliés par exemple, désespérés, qui chercheraient à se venger...

Lorenz haussa les épaules : premier mouvement perceptible depuis le début de l'entretien.

– Pour dire les choses clairement, mes ennemis pourraient être les Juifs dont nous avons racheté les biens pour une bouchée de pain. Mais honnêtement, je vois mal un Juif, dans le Berlin d'aujourd'hui, en situation d'approcher une Leni Lorenz. Encore moins de l'attirer dans un piège.

Franz était d'accord – on revenait toujours au même postulat : le tueur connaissait la victime. Il appartenait à son milieu. *Pas un Juif.*

– Assumez-vous des... responsabilités politiques, Herr Lorenz ?
– Au sein du parti, vous voulez dire ? Pas du tout. Vous pensez à un attentat ? Vu l'état de Leni, on peut exclure cette hypothèse, il me semble.
– Vous avez vu le corps ?
– Au Tiergarten, oui.

Hans Lorenz occupait une fonction particulière dans la nébuleuse nazie. Il tenait les cordons de la bourse – enfin, d'une des bourses. Hölm avait raison : il avait été le premier prévenu. Il était même venu contempler le cadavre de son épouse, avant que Beewen ne soit appelé. Sous le Troisième Reich, seuls les jeux d'influence comptaient. Les uniformes, c'était pour la parade.

– De toute façon, reprit le banquier, je pense qu'il n'existe plus beaucoup de terroristes à Berlin. Vous n'êtes pas d'accord ?
Beewen reconnut le signal derrière les mots prononcés. Ce genre de phrase n'appelait qu'une seule réplique.
– Nous travaillons dur, fit-il en s'efforçant de ne pas être ironique.
– Par ailleurs, il y a des centaines de personnalités plus cruciales à la tête du parti. Si on avait voulu frapper le Reich, on aurait choisi une autre cible. Ou on s'en serait pris directement à moi.
*Abandonne cette théorie foireuse d'assassinat politique.*
Il préféra en revenir aux fondamentaux :
– Connaissez-vous l'emploi du temps de votre épouse pour la journée d'hier ?
– Je crois qu'elle a déjeuné au Bayernhof avec des amies.
Le Bayernhof était un restaurant huppé dans lequel il n'avait jamais mis les pieds.
– Ensuite ?
– Elle a dû aller à l'hôtel Adlon. Vous savez, je suppose, que Leni appartenait à une sorte de club, non ?
Beewen acquiesça d'un signe de tête.
– Les meurtres…, reprit-il. Je veux dire, le meurtre…
*Bonjour la gaffe.* Même au mari, il était interdit de parler des autres crimes.
– Je sais déjà tout ça.
Sous les moustaches, le sourire gagna en souplesse.
– Himmler me l'a expliqué personnellement, souffla-t-il.
Au fond, ça ne changeait pas vraiment la nature de l'interrogatoire.
– Leni vous avait-elle déjà parlé d'un Homme de marbre ?
– Un Homme de marbre ? Une statue, vous voulez dire ?
– Je ne sais pas. Une autre victime y a fait allusion.
– Non… Jamais. C'est une de vos pistes ?
Beewen éluda. De toute façon, il avait terminé. Il n'avait rien appris, sinon que M. Col-Cassé portait le deuil sans effusion.

– Puis-je voir votre chambre ? demanda-t-il.
– Vous voulez dire celle de Leni ? Nous faisions chambre à part.

Franz dissimula sa surprise. Il ne comprenait pas qu'un couple marié depuis à peine quatre ans puisse séparer leurs lits, qu'entre un homme qui apportait la richesse et une femme la beauté, le contrat ne se matérialise pas toutes les nuits, qu'un homme qui avait l'air d'aimer (et de comprendre) son épouse ne veuille pas partager son intimité ultime, celle des songes et du repos.

– N'ayez pas l'air si choqué, commenta Lorenz. Tout le monde fait chambre à part. Du moins dans sa tête. Après tout, le sommeil est la chose la plus personnelle qui soit. Un bien inaliénable.

D'un geste, il retira son lorgnon. Ses yeux parurent se rétrécir et c'est tout son visage qui se réduisit de moitié. Son expression à nu révélait enfin son chagrin, sa détresse.

– À partir d'un certain âge, poursuivit-il, le mariage repose sur un accord tacite. Chaque partie voit ce que l'autre peut lui offrir et décide si, oui ou non, une telle association a du sens. J'apportais à Leni la richesse, la protection, une vie confortable. Elle m'apportait la beauté, la jeunesse, l'humour – Leni était très gaie, très drôle, vous savez.

Beewen, qui décidément ne craignait plus de jouer les candides, demanda :

– Mais... vous l'aimiez ?
– Hauptsturmführer, vous vous égarez. L'Allemagne nazie n'a plus aucun lien d'aucune sorte avec l'amour. Vous êtes de la Gestapo, non ?
– Exact.
– Vous savez mieux que tout autre que l'Allemagne n'est plus un pays au sens où on l'entend d'habitude. C'est une machine de guerre, une mécanique emballée, qui marchera sans reculer jusqu'à sa perte. Il est d'ailleurs assez singulier que des esprits disons... aussi tourmentés que ceux d'Hitler ou de Göring aient pu mettre en place des rouages aussi efficaces.

Il ne s'attendait pas à un tel discours. Il en avait envoyé en KZ pour moins que ça. Finalement, M. Lorgnon était un être étrange, fonctionnaire à l'extérieur, philosophe à l'intérieur.

Au passage, Beewen devinait pourquoi Leni avait épousé ce petit bonhomme. Il réalisait la quadrature du cercle : riche comme un nazi, intelligent comme un prisonnier politique. Un oiseau rare, vraiment.

– La chambre de Leni est au premier étage, juste à droite de l'escalier.

Franz se leva en essayant de ne pas faire couiner le cuir de son uniforme. Pas facile.

Il marchait vers la porte quand Lorenz le rappela :

– Hauptsturmführer...

Beewen se retourna. L'homme avait remis son lorgnon mais ses verres étaient maintenant embués.

– Retrouvez-le, *s'il vous plaît*. Retrouvez cette ordure et appliquez sur lui, pour une fois à bon escient, vos célèbres méthodes.

## 27.

En pénétrant dans la chambre de Leni, Beewen comprit que c'était elle qui avait décoré le reste de la demeure. Les figurines en verre filé, les chopes de bière, les napperons, c'était elle. Le vieux banquier avait dû se faire construire jadis cette maison d'architecte, des idées modernes plein la tête, puis il avait cédé à l'adorable Leni et l'avait laissée massacrer son rêve d'esthète avec ses bibelots bon marché et son étalage de magasin de souvenirs.

La chambre ressemblait à une bonbonnière remplie de pastilles au lilas. La petite débauchée, qui avait sans doute connu la vie sous toutes ses coutures, n'en était pas moins restée une midinette dont le cœur ressemblait à un coussin de velours rose.

Le lustre de cristal, le lit à baldaquin aux rideaux festonnés, le papier peint à rayures mauves, les lampes aux abat-jour fuchsia, tout ça relevait du conte de fées pour secrétaires. Et comme si ça ne suffisait pas, un lourd parfum de chèvrefeuille rendait la pièce irrespirable.

À la vue de cette chambre portant le mauvais goût à un degré de compétition, Franz Beewen sentit l'émotion l'étrangler. Impossible de ne pas associer ce nid d'amour aux images du Tiergarten, à la femme engluée dans des paquets de sang coagulé, au ventre ouvert comme un sac.

À l'idée de fouiller ce cocon, le gestapiste fut pris d'une espèce de pudeur, de gêne timide. Il enfila pourtant ses gants de cuir.

Il commença par un premier tour d'horizon. Aux murs, Leni avait accroché des affiches de spectacles. Des revues de cabaret où elle avait dû tenir un petit rôle. Des photos étaient également posées sur une commode. Leni en robe d'été. Leni coiffée d'un chapeau de paille, assise dans une barque. Leni en tenue de ski, riant aux éclats, sans doute à Garmisch-Partenkirchen ou en Forêt-Noire...

Elle avait l'air de bien s'aimer et Franz devait admettre qu'il y avait de quoi. Difficile de localiser le point fort de sa beauté, mais disons que son regard, la ligne des sourcils, la lumière des iris cernés par les cils étaient tout en haut de la liste. Le reste coulait de source : nez parfait, bouche exquise... Il reconnaissait le visage maculé du Tiergarten – même morte, Leni avait continué d'être belle.

Il ouvrit les tiroirs de la commode. Bourrés de dessous en soie, de dentelles vaporeuses, de choses dont il ne parvenait même pas à distinguer le haut du bas, l'endroit de l'envers. Il enfouit pourtant sa main parmi ces lingeries – il avait l'impression de plonger dans un bassin de carpes roses et argentées, vivantes encore, insaisissables.

Il ne trouva rien.

Dans l'armoire non plus. Il en inspecta le moindre recoin, souleva chaque objet, ne manqua aucun angle mort. Rien. Il se rendit dans la salle de bains. Parois de marbre, vasques et baignoire de porcelaine, sol de mosaïque... L'ensemble s'inspirait d'un style réputé, Art déco ou Art nouveau, il ne savait pas les différencier.

Ce qui l'intéressait lui, c'était d'ouvrir les coffrages, de sonder les carrelages, de glisser les doigts derrière le poêle de masse. Plutôt plombier qu'architecte, ouvrier que décorateur. Toujours rien.

Il revint dans la chambre et s'observa dans le miroir de la coiffeuse. Il était tout rouge, ruisselant de sueur. Il n'avait pas ôté sa veste et crevait de chaud dans cette chambre trop parfumée. Une brute dans un monde de douceur...

Alors seulement, il remarqua la petite cheminée près de la fenêtre, à demi cachée par les rideaux. Il s'approcha : l'âtre était fermé, comme toujours en été, par une plaque de fonte. Il s'agenouilla et essaya de la faire coulisser.

Aucune résistance : on avait l'habitude d'effectuer ce geste. Une odeur de suie froide lui mordit les narines. Sous la grille du porte-bûches, dans le bac à cendres, il remarqua un éclat coloré qui tranchait sur les scories grises. Il pensa d'abord que Leni avait brûlé un objet à la hâte et que celui-ci ne s'était pas entièrement consumé.

Il se trompait. C'était une boîte de chocolats de la maison Erich Hamann, une confiserie célèbre de la Kurfürstenstraße. Avec précaution, Beewen dégagea le coffret en fer-blanc, souffla dessus et, avec plus de prudence encore, l'ouvrit.

Il contenait des lettres et des photos.

Les photos représentaient Leni dans le plus simple appareil – en tenue de gala, c'est-à-dire avec des plumes dans les cheveux et des bas qui lui remontaient à mi-cuisse, ou bien vraiment toute nue, toute blanche, comme offerte sur son lit de princesse.

Beewen put constater que la silhouette s'accordait au visage :

parfaite, scandaleuse, une véritable offense pour le commun des mortels.

Il feuilleta les lettres qui, surprise, n'étaient pas d'amour. Elles étaient toutes signées par Willy Becker et le ton trahissait plutôt une belle et franche amitié.

Leni l'effeuilleuse et Willy le giton n'avaient jamais formé un couple au sens marital du terme. En revanche, leur complicité transpirait à chaque ligne. Il y avait aussi des chiffres disposés en colonnes, des calculs d'apothicaire. Il lirait ça à tête reposée parce que pour l'instant, pas moyen de saisir qui devait de l'argent à qui, et dans quel sens les marks circulaient.

Franz empocha les lettres et, après une hésitation, se résolut à embarquer aussi les clichés. Avant de les faire disparaître dans sa poche, il les passa une nouvelle fois en revue et tomba sur un tirage qui lui avait échappé la première fois.

*Tiens, tiens…*

Leni était toujours en tenue d'Ève mais cette fois accompagnée. Son amant, nu lui aussi, allongé auprès d'elle (ils avaient mis l'appareil sur retardateur), avait chaussé le lorgnon du mari, alors que Leni, hilare, était coiffée d'un chapeau melon.

Beewen n'eut aucun mal à identifier Simon Kraus et le lieu où avait été pris le cliché : la chambre mauve dans laquelle il se trouvait maintenant.

Ces deux ordures baisaient donc l'après-midi dans l'hôtel particulier de Lorenz pendant que le banquier, aussi couillon que tous les cocus, s'échinait au bureau pour rapporter l'argent à Madame.

Une âcre giclée de haine vint lui brûler la gorge. Il détestait de plus en plus ce gnome qui jouait au tombeur. Un dépravé de la pire espèce, qui ne respectait rien. Un homme brillant peut-être (c'est Minna qui le disait), mais dégénéré, corrompu, sans la moindre valeur.

En même temps, il éprouvait une satisfaction. Le petit connard commençait à bien cadrer dans le tableau.

— Toi, mon salaud, murmura Beewen, j'ai encore quelques mots à te dire...

## 28.

L'autopsie, c'était le temps de la vérité crue. Plus de vêtements, plus de sang, plus de feuilles mortes pour dissimuler les mutilations insoutenables et les béances figées. Du net, du blanc, du noir. La froide brutalité de l'abattoir.

Dans l'amphithéâtre, Leni Lorenz n'avait plus rien d'humain. Elle ne possédait plus la moindre parcelle d'intimité ni de mystère. Elle était désormais un bloc organique, comme taillé dans une carrière de chair glacée. Une forme nette et précise. Minérale.

Franz n'était pas un spécialiste des autopsies. En général, quand il se rendait à la morgue de l'hôpital de la Charité, c'était pour couvrir le meurtre commis par un de ses hommes. Il ne comprenait rien au jargon des médecins et ça ne l'intéressait pas du tout.

Il ne connaissait même pas cette salle ovale, dont une partie était occupée par une série de gradins étagés et l'autre par des baies vitrées révélant les jardins de l'hôpital — plutôt un coin de broussaille assez dense, aux arbres rapprochés, qui occultait tout autre horizon. Sans doute un amphithéâtre où les étudiants assistaient aux cours magistraux. Que foutait là le corps de Leni ? Le cadavre allait-il faire l'objet d'une leçon spéciale ? Impossible. Ce corps était un secret d'État. Une dépouille qui, sous le règne autoritaire du Troisième Reich, n'existait pas.

La première plaie qui lui avait sauté à la face était celle qui entaillait la gorge d'une oreille à l'autre. Elle avait été rincée, nettoyée, et offrait un curieux liseré cranté (comme le sourire des épouvantails bricolés par son père quand il était gamin).

Ensuite, la plaie la plus basse, d'au moins trente centimètres de large, qui se découpait d'une hanche à l'autre. La peau du ventre, flottante, laissait supposer qu'il n'y avait plus grand-chose là-dessous.

Enfin, une vingtaine de blessures sur le thorax et les bras. Beewen ne les avait pas remarquées sous la robe parce qu'elles avaient été portées post mortem et qu'elles n'avaient pas saigné. Maintenant, elles ressemblaient à de grosses sangsues noires. De la gorge à l'abdomen, le corps de Leni était tavelé comme celui d'un lynx.

Beewen était dépassé. Il s'y connaissait pourtant en meurtres, en tortures, en mutilations, mais il était un tueur de la rue, un voyou de nécessité publique. D'une façon ou d'une autre, il trouvait toujours, au fond de lui, une excuse à sa violence.

– Impressionnant, n'est-ce pas ?

Walther Koenig, dégingandé dans sa blouse blanche, semblait satisfait de son macchabée comme un sculpteur de sa nouvelle œuvre. Il était le chef de l'Institut für Rechtsmedizin de l'hôpital de la Charité, le responsable de la médecine légale. C'était du moins ce qu'indiquait, en lettres gaufrées noires, sa carte de visite.

En réalité, son métier était tout autre.

Même mort, un homme a encore quelque chose à dire. Walther Koenig était là pour le faire taire. Quasiment salarié à plein temps de la Gestapo, il était payé pour écrire ses rapports sous la dictée de la police secrète.

Pour quelques centaines de marks, le médecin oubliait son serment d'Hippocrate et vous transformait un homme en robe de chambre éliminé de deux balles dans la nuque en coupable « abattu alors qu'il tentait de fuir », ou un homme torturé portant encore les marques de brûlures d'un fer à repasser en un « noyé accidentel ».

À la Charité, le vrai service des urgences était celui des permis d'inhumer. On signait le rapport et on se dépêchait de visser le couvercle – si on pouvait incinérer, c'était encore mieux.

L'effaceur en chef, Walther Koenig, était un homme courtois

et sympathique. Toujours le mot pour rire, toujours une question sur votre santé, votre famille, rien à voir avec son métier sinistre d'embaumeur administratif.

Il commença son exposé comme il aurait attaqué un cours magistral – il avait une petite tête de volaille, posée sur un long cou incurvé :

– La cause de la mort est la plaie à la gorge. L'assassin a attaqué la victime par-derrière, il l'a saisie par les cheveux (il était plus grand qu'elle) et il lui a renversé la tête. Il a alors sectionné la région du larynx et la trachée en cisaillant le cou comme il aurait fait avec un animal.

Koenig s'approcha du cadavre.

– Concernant la région pelvienne, il a d'abord découpé une large surface de peau puis il a plongé ses mains dans la cavité...

Il souleva, de deux doigts gantés, la chair du ventre. Beewen détourna les yeux mais eut le temps d'apercevoir des muscles violacés, des fibres noirâtres, des os pâles. Même un néophyte pouvait comprendre que l'assassin avait « vidé » la plaie, au sens strict du terme.

– Il a prélevé l'ensemble de l'appareil génital mais aussi le foie, une partie des intestins et de l'estomac...

– Il est du métier ? Je veux dire : médecin ?

– Ou boucher. Ou chasseur. Il connaît l'anatomie des mammifères. La manière de trancher...

– Pourquoi fait-il ça ?

La phrase avait échappé à Beewen.

– Aucune idée. (Koenig pointa un index sanglant vers Beewen.) Ça, c'est ton boulot. Après tout, c'est un peu votre spécialité à la Gestapo, la psychologie.

Beewen ne releva pas le sarcasme.

– Qu'est-ce que tu peux me dire sur l'arme du crime ?

Le médecin se mit à marcher près du corps, comme une sentinelle faisant sa ronde.

– Lame fine. Trente centimètres de long, neuf de large. Notre assassin est droitier.

– C'est la même à chaque fois ?
– Aucun doute.
– T'as une idée du type de couteau ?
– J'ai beaucoup mieux que ça. Tu permets ?

Tendant le bras par-dessus le cadavre, il attrapa le manche du poignard à chaînette de Beewen. Le SS n'eut pas le temps de l'en empêcher.

Aussitôt, en un geste répugnant, le légiste plongea la dague dans l'une des plaies de la poitrine. La lame s'enfonça si parfaitement que Beewen songea à une murène retrouvant sa faille rocheuse.

– Qu'est-ce que… ?

Koenig retira la lame et la rendit à Beewen, poignée en avant. Le nazi se précipita vers un évier pour la rincer. Il était en sueur, affolé. Il se passa même un coup de flotte sur le visage.

– Ta lame correspond parfaitement à la profondeur et à la forme de la plaie, reprit Koenig quand Beewen revint près de lui. Il y a même plus confondant encore. Regarde ici…

Courbé en deux, le légiste l'exhortait à se rapprocher.

– Tu peux remarquer que, de part et d'autre de chaque plaie, il y a deux petites marques verticales, perpendiculaires à la blessure.

Quiconque avait déjà observé une dague SS de près savait que la partie inférieure de la garde portait, de chaque côté de la lame, deux entailles. Beewen n'avait d'ailleurs jamais compris leur raison d'être.

Oubliant sa répulsion, il se pencha enfin. Indiscutable : chaque blessure de Leni était encadrée par ces marques, deux à droite, deux à gauche.

Une dague SS comme arme du crime, ça n'était pas rien. Beewen se souvenait encore du rite d'initiation au cours duquel on lui avait remis son poignard. Il avait dû prêter serment à la lueur des flambeaux : « Je te jure, Adolf Hitler, Führer et chancelier du Reich, fidélité et vaillance. Je te promets solennellement, ainsi qu'à ceux que tu m'as donnés pour chefs, obéissance jusqu'à la mort, avec l'aide de Dieu. »

– Lorsque j'ai autopsié le premier corps, reprit Koenig, je

n'étais pas sûr. Et je n'avais franchement pas envie d'avoir raison... Mais quand Margarete Pohl est arrivée ici, j'ai procédé à un test pratique. Il n'y avait aucun doute. La largeur de la lame, sa longueur, les quatre crans autour de la plaie démontrent que l'assassin de ces femmes utilise une dague SS.
 Impossible d'imaginer qu'on ait volé son poignard à un officier SS ou qu'il l'ait égaré. Plus qu'une arme, c'était... un objet liturgique. «Ceci est mon corps, ceci est mon sang.»
 – Je l'avais déjà dit à Wiener.
 – Dès le premier meurtre?
 – Non, après l'autopsie de Margarete Pohl.
 – Je n'ai rien lu là-dessus dans ton rapport.
 Koenig éclata de rire.
 – Joue pas au con, Beewen. C'est pas le genre d'information qu'on laisse traîner, et surtout par écrit. J'avais d'ailleurs conseillé à Wiener de faire gaffe. À mon avis, il n'a pas écouté mes conseils parce qu'il a disparu du jour au lendemain.
 – T'as pris des photos des plaies?
 – Pas encore.
 – Fais-le tout de suite et fous-moi ces tirages sous scellés. Dès que c'est prêt, tu préviens Dynamo.
 Malgré le froid de la salle, Beewen transpirait sous son uniforme. Un assassin SS. *Putain de Dieu*. C'était un coup à se retrouver promu, ou au fond d'un trou. Tout dépendait de comment on gérait l'information.
 – J'attends ton rapport le plus vite possible. Pas un mot à quiconque.
 – À propos de la dague, tu veux dire?
 – À propos de tout. Personne ne doit savoir que Leni Lorenz a été assassinée.
 – J'avais la même consigne pour les deux autres.
 Beewen retira son gant, fouilla dans sa poche et trouva une poignée de marks qu'il enfourna dans la poche de poitrine de la blouse du médecin.
 – Eh bien, continue à la fermer et tu resteras vivant.

## 29.

Marchant à travers le parc de l'hôpital, il s'emplit les poumons de l'odeur des tilleuls et des marronniers qui semblaient s'alanguir aux quatre coins de la cour centrale.
*Un assassin SS.*
Il ne pouvait s'arracher ces mots de la tête. L'avertissement dont il avait gratifié Koenig valait pour lui aussi. Il fallait garder cette révélation bien planquée jusqu'à être certain de la maîtriser.

Il se choisit un banc et s'installa après avoir observé les alentours : pas un rat dans les jardins. Il huma encore une fois les lourds parfums et observa les bâtiments de la Charité. Tout en briques rouges, avec tourelles et redents, la forteresse avait des faux airs d'édifice flamand. Il se souvenait qu'on l'avait construite au $XVIII^e$ siècle pour se protéger de la peste...

Une phrase de Perninken lui revint en tête : « Quand vous aurez identifié avec certitude le coupable, j'exige que vous me fassiez un rapport aussi précis que possible... Je veux dire : avant de l'arrêter. »

L'Obergruppenführer savait déjà que le tueur était un SS. C'était lui qui avait escamoté les conclusions de Koenig sur Margarete Pohl. Lui encore qui avait éliminé Max Wiener. Il ignorait qui était au juste le tueur, mais l'information était d'ores et déjà taboue. Voilà pourquoi on avait mis la Gestapo sur le coup : pour la discrétion, on pouvait compter sur eux. Et aussi pour rendre les choses présentables, post mortem.

Celui qui découvrirait l'identité du tueur était certain d'être exécuté. L'Ordre noir ne connaissait qu'une méthode pour conserver un secret.

Mais Beewen serait plus malin. D'abord, parce qu'il était familier du système. Ensuite, parce que ça faisait plus de quinze ans qu'il participait aux coups tordus des SA ou des SS. Il saurait manipuler ce matériau hautement toxique.

*Résumons-nous...*

L'assassin, sans doute un haut gradé, repérait ces femmes durant un dîner, un gala ou même lors d'une réunion à l'Adlon. L'une après l'autre, il les éliminait. Fort de sa position et de ses galons, il réussissait à gagner leur confiance et les attirait dans son piège...

Trop tôt pour conjecturer sur son mobile – et Beewen n'avait pas assez d'imagination pour ça, mais désormais, il tenait un indice concret : l'arme du crime, ou du moins son modèle.

Grâce à elle, il pourrait remonter jusqu'à son propriétaire...

Cette révélation n'était finalement pas un problème, mais une solution. Quand il avait vu la dague pénétrer la plaie noire, il avait immédiatement compris que cette image résumait sa propre situation – un indice qui lui allait comme un gant, une culpabilité qui allait servir ses plans.

D'abord, identifier le coupable et garder le secret pour lui. Pas d'arrestation, pas de rapport, rien. Puis, avec prudence, chuchoter le nom du coupable à l'oreille de Perninken avec en prime une stratégie pour régler cette affaire le plus discrètement possible.

Personne ne souhaitait une arrestation pour meurtre au sein de la SS. Personne ne tenait à voir un nom d'officier sali par de telles accusations. Tous les SS, sans exception, étaient des assassins, mais il y avait façon de faire. Aller égorger des femmes dans un parc, des épouses de nazis importants de surcroît, vraiment, ce n'était pas possible.

Que restait-il ? Une élimination discrète... Beewen pouvait s'en charger, et il savait déjà de quelle manière. Il allait proposer à Perninken de s'occuper lui-même du coupable – de boucler pour ainsi dire le dossier à lui tout seul.

Il ferma les yeux et s'étira sur son banc. Il allait peut-être enfin sortir du traquenard.

## 30.

Dans sa brouette, Minna von Hassel voyait la vie en rose. C'était la teinte du crépuscule sur les terres sèches autour de l'asile de Brangbo (elle avait sorti son fauteuil d'occasion hors de l'enceinte) et celle des reflets du cognac qu'elle s'enfilait depuis plus d'une heure.

Il faisait un peu frais et Minna s'était enfouie sous une couverture écossaise. L'heure magique. L'heure de la trêve. Les patients avaient dîné, ils allaient dormir. La folie soufflait un peu. Et ma foi, la journée n'avait pas été si horrible...

En tout cas, pas plus que d'habitude.

Elle avait usé sa salive à rassurer des familles en visite, déboussolées – la guerre arrivait, les bombes allaient pleuvoir, qu'allait-on faire des malades ? Hans Neumann, de son côté, se remettait de ses piqûres et incubait dans sa cellule. La fosse aux serpents s'était tenue à peu près tranquille. Quant au père de Beewen, il avait absolument voulu la voir pour lui expliquer encore une fois son histoire de gaz dans les tuyauteries. La routine, quoi...

Elle était également satisfaite parce qu'un nouveau stock de morphine et de somnifères était arrivé. Un miracle. Et aussi parce que quelques paysans du coin s'étaient décidés à venir lui vendre le fruit de leurs récoltes. Elle allait peut-être finir par réussir à faire tourner Brangbo comme un institut normal...

Maintenant, elle était là, elle était bien, les narines pleines d'odeurs de terre et d'herbages coupés, face aux champs tout juste moissonnés qui offraient une surface noire piquetée de fétus de paille. Bien sûr, par les lucarnes du mur d'enceinte, par les grilles du portail, il y avait bien quelques malades qui l'observaient, lui lançant des obscénités ou des phrases

incompréhensibles, mais elle avait l'habitude : ils faisaient partie de son quotidien. Ils étaient ses patients, ses enfants, ses repères.
Soudain, un détail vint perturber la perfection de l'instant : un nuage de poussière moutonnait à l'horizon. La diligence qui arrivait, ou une horde de Cheyennes assoiffés de sang. Ça tombait bien, Minna portait encore sa veste de cow-boy.
La colonne de fumée se précisait. Elle sortit de sa brouette, cachant la bouteille de cognac parmi les plis de son plaid. La main en visière, elle observait la scène, attendant de voir ce qui allait émerger du nuage.
Elle distingua avec surprise un side-car, un BMW R12, modèle militaire, plus de toute première jeunesse. D'abord, elle paniqua : les SS lui tombaient dessus. Mais en regardant mieux, elle constata que ni le pilote ni le passager ne portaient de casque de l'armée. Enfin, ils ne furent plus qu'à quelques dizaines de mètres, arrivant dans un tumulte de moteur et de fumée.
Le premier coupa le contact et le second s'extirpa avec difficulté du panier du side-car. C'était un homme trapu, dépassant à peine un mètre soixante-cinq. Il releva ses lunettes de moto et ôta son casque en cuir. Il portait, comme l'homme aux commandes, un long manteau noir et ça, ce n'était pas de bon augure – un des accoutrements préférés de la Gestapo.
À mesure que les particules retombaient, l'homme ôtait sa pelure et la pliait pour la fourrer au fond du siège passager. Il était vêtu d'une veste militaire ouverte sur sa bedaine, d'un pantalon d'équitation et de bottes blanchies de poussière. Avec précaution, il chaussa des petites lunettes de vue puis se dirigea vers elle.
Il avançait tel un taurillon, jambes arquées, épaules lourdes, tête baissée comme s'il portait un joug. La cinquantaine, avec un ventre qui valait son pesant de choucroute, il était roux et arborait un air jovial qui semblait incorruptible.
Sous ses lunettes rondes qui ressemblaient à deux bulles de verre, on aurait dit un personnage de livre pour enfants. Le teint carotte, la mine réjouie, il avait, au beau milieu d'une

figure replète encadrée par de larges favoris, un nez bosselé qui s'achevait curieusement par une petite boule plus sombre, presque violette.

Il lui fit signe comme s'ils se connaissaient très bien, un sourire lui passant d'une oreille à l'autre.

– Fräulein von Hassel !

Elle s'avança, le pas incertain – elle avait vraiment abusé du cognac.

– C'est moi.

Il opta pour une longue poignée de main, un geste étonnant pour un militaire, même débraillé. À cette époque, on saluait plutôt en tendant le bras à s'en décrocher l'épaule.

– Je suis le professeur Ernst Mengerhäusen.

– Que puis-je faire pour vous ?

Elle sentait sa main à elle, toute molle dans la patte de l'animal. Il n'était maintenant qu'à quelques centimètres d'elle. Derrière ses verres, ses yeux noirs, mobiles, évoquaient les pépins d'une pastèque.

– Je dirige la commission d'hygiène et d'éthique des hôpitaux du Reich.

– Je ne sais pas ce que c'est.

L'homme fit un pas en arrière et plaça, à la façon de Minna une minute auparavant, sa main en visière comme pour mieux détailler le champ de ruines qu'elle s'obstinait à appeler « institut ».

– Nous sommes chargés de vérifier les conditions sanitaires des hôpitaux du Brandebourg.

– Vous êtes... aliéniste ?

– Pas du tout, pouffa-t-il. Gynécologue et obstétricien !

– Je ne vois pas le rapport avec...

– C'est simple. Nous avons commencé par les services d'obstétrique des hôpitaux publics et les maternités privées. Maintenant, les autorités du Reich nous ont confié l'inspection d'autres sites.

Minna était tout à fait dégrisée à présent. Elle avait toujours redouté une visite de ce genre. Il était impossible qu'on la laisse ainsi, livrée à elle-même, dans son trou. Ils allaient fermer Brangbo.

Par réflexe, elle jeta un œil au pilote de la moto, qui fumait, appuyé contre son engin. Une vraie baraque, le genre garde du corps, mais avec une tête d'intellectuel, lunettes cristallines et mèche bien peignée sur le côté. Ces deux visiteurs étaient étranges.

– Vous… vous voulez entrer ?

– Je vous remercie, non. Les rapports que nous avons reçus sont éloquents.

– Des rapports ?

– De parents d'aliénés, principalement.

Minna étouffa un juron : elle qui transpirait sang et eau pour offrir un quotidien décent à ses patients, elle qui recevait chaque jour ces familles larmoyantes, s'était fait, en guise de remerciements, dénoncer comme une vulgaire trafiquante de cigarettes.

Mengerhäusen souriait toujours. Son épaisse chevelure et ses favoris imposants moussaient autour de son visage comme de la bière rousse.

– Ne soyez pas déçue, fit-il sur un ton plein de bonhomie. Les familles sont toujours ingrates. Elles ne voient jamais que le verre à moitié vide.

Dans son cas, le verre était brisé depuis longtemps et cet homme allait lui signifier qu'elle n'avait plus que quelques jours pour balayer les tessons.

– Je vous ai apporté des photos, ajouta-t-il en extrayant de sous son bras une serviette poussiéreuse.

Il prit d'abord soin d'en épousseter le rabat puis souffla dessus. À mesure que la couleur chamois apparaissait, Minna était frappée par la similitude de ton avec sa chevelure. *Un petit homme de cuir.*

Il plongea la main dans le cartable et en ressortit une série de clichés. Ils représentaient un imposant bâtiment, d'inspiration baroque, planté en pleine campagne.

– Le château de Grafeneck ! commenta-t-il. Près de Gomadingen, en haute Souabe.

– Et alors ? demanda-t-elle froidement.

– C'est la providence qui m'envoie, Minna. Je peux vous appeler ainsi, n'est-ce pas ? Au départ, le château était un centre d'accueil pour handicapés mais nous l'avons entièrement rénové pour recevoir de nouveaux patients.

– Quel genre de patients ?

Mengerhäusen désigna du menton le rempart délabré dont les lucarnes étaient comme ornées par des gargouilles naturelles – les fous qui, à travers les barreaux, se décrochaient le cou pour tenter de voir ce qui se passait.

– Des malades mentaux !

Minna ne répondit pas. La tête lui tournait. Elle sentait l'angoisse se dilater en elle et l'imprégner peu à peu. Ce petit homme était un messager de la mort.

– Finalement, je vais accepter votre invitation.

– Mon invitation ?

– Allons à l'intérieur.

Il lui reprit d'autorité les tirages des mains et s'achemina vers l'enceinte. Minna lui emboîta le pas. Elle espérait que la plupart des patients étaient déjà au lit et que le potager n'aurait pas son habituelle allure de cour des Miracles. Hélas, beaucoup de malades étaient encore là, à errer parmi les arbustes mal taillés et les plants à l'abandon.

Mengerhäusen ne parut pas les voir. Il avisa plutôt une table de jardin en fer peinte en blanc, dont les pieds de guingois étaient à moitié enfoncés dans la terre meuble. Il attrapa une chaise de métal pour s'installer. Minna l'imita.

– Vous voulez un café, quelque chose ? demanda-t-elle d'un ton hésitant.

– Je vous remercie, tout va bien.

Il avait déjà disposé ses photographies sur la table devant lui.

Du coin de l'œil, Minna aperçut deux autres malades, torse nu, qui marchaient le nez en l'air.
— Nous attendons de nouvelles blouses, hasarda-t-elle.
Mais tout ça ne semblait pas du tout intéresser Mengerhäusen. Que l'asile de Brangbo soit un immonde cloaque tout juste bon à accueillir du bétail était un fait entendu. Cette sinistre farce appartenait au passé. Il était venu parler de l'avenir.
— Je vous ai apporté une liste, confirma-t-il en sortant de son cartable des feuillets agrafés.
De deux doigts, elle prit le document et y jeta un coup d'œil. Elle reconnut aussitôt les noms.
— Nous allons bientôt organiser un premier transfert. Nous viendrons chercher ces malades d'ici quelques jours, dans des cars spécialement conçus à cet effet.
— Vous allez les transférer dans... (elle désigna les tirages sur la table)... votre château ?
— Exactement. Nous vivons une période particulière, Minna, ce n'est un secret pour personne. Si la guerre est déclarée, il faudra protéger nos patients. C'est notre devoir de médecins. Vous n'avez pas oublié votre serment d'Hippocrate, tout de même !
Cette scène tenait du grotesque. Le grotesque nazi, où chaque mot signifiait son contraire, où chaque mimique, chaque expression était d'un comique consommé, sauf que le thème du spectacle était toujours le même : la mort.
— Ils seront beaucoup mieux à Grafeneck. Regardez. Des chambres confortables. Des salles de bains impeccables. Des infirmières souriantes. Sans oublier une nourriture saine et délicieuse !
— Vous allez les tuer ?
La phrase lui avait échappé. Les pires rumeurs lui revenaient maintenant en mémoire. Les nazis haïssaient les déments. À leurs yeux, il n'y avait qu'une solution à leur sujet, et cette solution était définitive.
Mengerhäusen afficha une franche surprise, une expression

étudiée qui se résumait à des sourcils en petits ponts et à une bouche en «o». Puis il éclata franchement de rire en secouant la tête, l'air de dire : «On me l'avait jamais faite celle-là.»

Palpant les poches de son gilet, il en sortit une longue pipe d'ivoire jauni et une blague à tabac, puis, avec des gestes patients, empreints de douceur, il entreprit de la préparer.

– Vous fumez?
– Un peu.
– Vous avez tort. (Il alluma sa pipe en faisant jaillir de lourds nuages de fumée, puis reprit d'un ton alerte :) Mais qu'allez-vous chercher, Fräulein von Hassel? C'est incroyable, les idées qui circulent dans votre jolie tête.

Les premières bouffées de tabac semblaient avoir accentué son teint carotte. Durant une ou deux secondes, il observa sa pipe entre ses doigts de bébé.

– Joli objet, n'est-ce pas? (Il braqua ses pupilles noires sur Minna.) C'est moi qui l'ai sculptée, dans un fémur de soldat français. Dans les tranchées, entre deux assauts, il fallait bien s'occuper...

Minna resta interdite, sans savoir quoi répondre. Cet homme agissait comme un poison rapide. À chaque seconde, son effet toxique augmentait.

Il s'esclaffa encore et se frappa la cuisse en signe d'hilarité.
– Je plaisante, bien sûr.
Redevenant sérieux, il prit soudain un ton grave :
– Il n'empêche, votre réflexion est intéressante. Il y a cette belle idée que toutes les existences sont égales. C'est beau, mais c'est faux. Que vaut par exemple une destinée sans but, sans accomplissement? Ou pire encore, une vie de souffrance, sans le moindre espoir d'amélioration? Elle ne vaut rien, Minna. Et même, elle coûte... Elle coûte aux autres, ceux qui travaillent, ceux qui fondent une famille. N'y aurait-il pas une sorte de devoir à abréger tant d'inutilité, tant de douleur?

*Ils vont les tuer. Toutes les rumeurs sont vraies...*
– C'est à Dieu de décider de la mort des êtres humains,

répliqua-t-elle. Nous sommes là pour préserver la vie, la soutenir, l'améliorer. Le serment d'Hippocrate, c'est vous qui l'avez évoqué. C'est notre devoir absolu, qui coïncide avec le message d'amour des Saintes Écritures.
– Vos convictions chrétiennes vous honorent, Minna. Je n'en attendais pas moins d'une von Hassel. Mais justement, je vous prends au mot. Ne lit-on pas dans l'évangile de saint Matthieu : «Heureux les pauvres d'esprit, car le royaume des Cieux est à eux. Heureux les affligés, car ils seront consolés...»? N'est-ce pas plutôt notre devoir d'abréger ces souffrances sur terre, d'accélérer la libération de ces malheureux ? Une éternité bienheureuse les attend...

Minna se sentait lourde, engourdie. Comme ça arrive parfois lorsqu'on a bu de l'alcool au déjeuner. Elle subissait maintenant une seconde vague, non plus une ivresse, mais une sorte d'alanguissement du corps et de l'âme. Elle avait juste envie de dormir, là, maintenant, peut-être même sous la table.

– Regardez le dossier, reprit Mengerhäusen, comme s'il sentait qu'il était en train de perdre son interlocutrice. Considérez les photos. Lisez la brochure. (Il promena son regard sur les jardins désolés qui les entouraient.) Je crois que vos patients se sentiront mieux là-bas qu'ici.

Comme une ponctuation parfaitement calée, la moto dehors se remit à pétarader. Mengerhäusen se leva et ferma son cartable. Pas un mot sur le nombre de ses patients ni sur les pathologies traitées entre ces murs. Aucune curiosité à l'égard des méthodes de Minna ou de ses résultats.

Il était venu la prévenir, c'est tout.

– Je vous ferai signe, confirma-t-il. Nous sommes en train d'affréter des autocars. Tout se passera comme nous savons le faire. À la perfection !

Elle le regarda s'en aller, dos voûté, jambes arquées, agitant la main comme s'il disait au revoir à une enfant sur le quai d'une gare.

Elle l'aperçut encore, à travers les grilles du porche, disparaître dans un nuage de poussière, lui, sa moto, son pilote énigmatique et ses projets funestes.

Elle regarda autour d'elle et se rendit compte qu'il y avait maintenant pas mal de malades qui erraient dans les jardins. On appelait ça la «balade du soir». Bientôt, Albert et ses acolytes allaient sonner le repli.

Une journée de plus, une journée de moins à l'hôpital de Brangbo.

Elle considéra la liste qu'elle tenait toujours dans ses mains. Et elle fondit en larmes.

## 31.

MIRIAM WINTER
WERNER STEIN
HANS SCHUBERT
CONRAD GROTH
KATRIN DISSEN
ALEXANDER HOFFMANN
RUDOLF GOETTER
SEBASTIAN RITSCH
LUDWIG WERNINGER...

L'énumération continuait comme ça, éveillant des souvenirs, des images, et pas mal de désespoir aussi. Cette liste de trente noms comprenait des schizophrènes, des trisomiques, des retardés, des paranoïaques... Son asile n'était pas un hôpital psychiatrique au sens classique du terme mais plutôt un fourre-tout ou même, si on voulait être méchant, une poubelle... La vocation de l'asile n'était pas de soigner ces malades, encore moins de les guérir, simplement de les conserver à l'écart.

Après avoir séché ses larmes, Minna se raisonna. Ce qui se

passait aujourd'hui était dans l'air depuis des années. Cette campagne d'anéantissement des malades mentaux était sortie du bois dès 1935 et les lois de Nuremberg. Explicitement, on prônait la stérilisation des handicapés, des déments, de tout ceux que les nazis considéraient comme des anomalies de la nature. De la stérilisation à l'exécution, il n'y avait qu'un pas. Tout petit, le pas...

Au cinéma, Minna avait vu ces films de propagande qui passaient avant le long métrage et dont le message était limpide. *Leben ohne Hoffnung* («Vie sans espoir»), qui exhibait des monstres hébétés, des êtres difformes ricanants, au crâne rasé, s'agrippant au grillage des enclos, comme dans un zoo. *Opfer der Vergangenheit* («Victimes du passé»), qui projetait d'une manière obscène des visages atrophiés de malades, les mettant en parallèle avec des jeunes athlètes de la Hitlerjugend (les Jeunesses hitlériennes).

Ce qui était terrifiant, c'était l'absence absolue de pitié, de bienveillance, de ces images. Ou même de gêne, face à cette volonté affichée d'en finir. Aux yeux du pouvoir, ces malheureux étaient déjà morts.

Elle considéra encore la liste : le protocole d'élimination commençait, et c'était sur elle que ça tombait. *Scheiße!*

Elle se demanda quel recours elle pouvait avoir. L'institut Göring ? C'était sans doute cette association qui supervisait le plan. Le ministère de la Santé ? Il était maintenant rattaché au ministère de l'Intérieur, parce que tout, désormais, était sous le contrôle du pouvoir SS. Elle songea à quelques-uns de ses anciens maîtres, mais soit ils étaient juifs et ils avaient disparu, soit ils étaient aryens et ils avaient retourné leur veste en 33. «Les violettes de mars...»

Soudain, un nom lui traversa l'esprit : Franz Beewen.

C'était le seul nazi qu'elle connaissait et il disposait sans doute d'un certain pouvoir. À la Gestapo, on savait tout, on pouvait tout.

Mais comment le convaincre de l'aider ?

Elle sentait depuis longtemps que le cyclope l'avait à la bonne mais ça ne serait pas suffisant.
Elle regarda encore une fois la série de noms et eut une idée. Oui, c'était le seul moyen...

## 32.

– Salut, ma puce.
Simon Kraus, qui s'était installé au bar bondé du Nachtigall, se retourna : Willy Becker, tout en os et paillettes, se tenait devant lui. Un mètre quatre-vingts, une cinquantaine de kilos à tout casser, une carne longue et dure comme du bois. Il portait un smoking cintré en taffetas lie-de-vin à col châle noir. Ses paupières étaient maquillées de khôl jusqu'en haut des sourcils.
– Si tu pouvais éviter de m'appeler comme ça.
Willy lui posa sa longue serre sur l'épaule.
– Toujours ton complexe de Lilliputien. Qu'est-ce que t'as commandé ?
– Un cosmopolitan.
Willy se pencha – il sentait un fort parfum de bois de santal et aussi une autre odeur, indéfinissable, quelque chose de puissamment masculin.
– Frère, je ne devrais pas te le dire mais c'est une boisson de lopette.
– C'est pour ça qu'on la sert ici, non ?
Willy bomba la poitrine, qu'il avait creuse et sans doute encore infectée par la tuberculose.
– Qu'est-ce que tu crois ? Moi, j'aime les hommes, les vrais, les durs, les tatoués !
Simon éclata de rire. Le poète, en guise d'œillet à la boutonnière, avait glissé une orchidée. Sur sa veste d'un bordeaux brillant, cette fleur sensuelle avait quelque chose de mortifère.

– Je vais te chercher ça, fit-il en fendant la foule.
Dans les années 20, Berlin avait été la capitale européenne de l'art, du music-hall et de la débauche. Nulle part ailleurs autant de génies, de cabarets, de bordels. Et ce, malgré la misère et le chaos ambiants. Les coups d'État et les famines avaient beau pleuvoir comme des grêlons, quand venait la nuit, la ville était prise de convulsions, transgressant au passage toute morale.
Durant ses études, Simon avait connu la fin de cette période. Aujourd'hui, le national-socialisme était passé par là et les héros de la nuit étaient rentrés dans leurs cavernes.
Mais des foyers mal éteints perduraient...
La Nollendorfplatz, dans le quartier de Schöneberg, recelait ainsi encore quelques pépites sombres. Le Nachtigall par exemple, une boîte homosexuelle qui survivait, le diable sait comment, à l'ombre du métro aérien de la grand-place.
Son patron, Willy Becker, valait à lui seul le détour. Danseur, acteur, écrivain, il était aussi homosexuel, drogué, maquereau et escroc. À l'époque, il avait fait les belles heures de cabarets littéraires, joué dans des films d'horreur, dansé pour tout un tas de spectacles, écrit des poèmes dans des revues obscures, avant de devenir l'imprésario d'Anita Berber, célèbre artiste qui aimait danser nue partout où ça lui prenait, et qui avait fini par mourir dans l'indigence, droguée et alcoolique jusqu'à la moelle.
La légende : Willy, soûl comme un cochon et tuberculeux comme un poète, était venu aux funérailles à moitié nu, en larmes sous la pluie, une fleur entre les dents. En ce temps-là, Berlin avait de la gueule...
Mais pourquoi le petit Simon ramenait-il ce soir sa fraise pâle et mignonne dans ce cabaret crépusculaire ? Parce que, après la mort d'Anita Berber, Willy s'était trouvé une nouvelle associée en la personne de Leni, danseuse elle aussi, mineure, mais pas moins délurée. À eux deux, ils avaient dû arnaquer pas mal de bourgeois, jusqu'à ce que Leni décroche le gros lot, le banquier Hans Lorenz.
Encore maintenant, les deux oiseaux de nuit faisaient la paire

et il y avait fort à parier que c'était le vieux banquier qui finançait le club du poitrinaire.

– Voilà, monseigneur, fit Willy en posant le verre devant Simon. Un cosmo soigneusement préparé pour un invité de marque !

Ses grands yeux de chat-huant observaient Simon qui, par réflexe, rentra la tête dans les épaules.

– Merci.

– Qu'est-ce qui t'amène, ma poule ? T'as viré ta cuti ?

– Je voulais prendre des nouvelles de Leni.

Le maquereau esquissa une moue dédaigneuse.

– Je la vois plus en ce moment, on s'est engueulés.

– À quel sujet ?

– L'homme aux rognons, pardon, au lorgnon.

– Tu devrais prendre de la hauteur, conseilla Simon. Chacun survit à Berlin comme il peut et Leni ne s'en est pas trop mal sortie.

– Tout de même, ce banquier... Sa bite doit être aussi petite qu'un pfennig usé.

– C'est peut-être au goût de Leni.

Il but une lampée. Gin, Cointreau, jus de citron, sirop de framboise... Dégueulasse en effet.

Des musiciens arrivaient sur scène. Saxophone, contrebasse, guitare, cymbales. Les artistes – qui avaient dépassé la quarantaine – portaient tous l'uniforme de la Hitlerjugend. Chemise brune, brassard rouge à croix gammée, ceinture à tête d'aigle, culottes courtes et hautes chaussettes.

Vraiment, Willy n'avait pas froid aux yeux. Par les temps qui couraient, ce genre de blagues pouvaient vous propulser directement devant un peloton d'exécution.

– T'occupe, sourit le tenancier en voyant la mine anxieuse de Simon. La moitié des *warme Brüder* ici sont nazis. C'est une vieille tradition depuis les SA. Si Hitler a besoin de quelques bites pour défendre son espace vital, qu'il vienne les chercher ici.

Le Nachtigall était vraiment un des seuls endroits à Berlin où

on pouvait oublier les champs de croix gammées et les mines patibulaires des SS.
— Donc, pas de nouvelles ? relança Simon.
— Non.
— Depuis combien de temps ?
— Une semaine, je dirais.
Willy fronça soudain un sourcil — c'était difficile à discerner sur fond de son maquillage de quartz noir.
— Je dois m'inquiéter ?
— Pas du tout. Simplement, elle n'est pas venue à sa dernière séance.
Il goûta à nouveau l'élixir rose. Willy avait décidément raison : une boisson de gonzesse. Trop sucrée, et même, sur la fin, carrément écœurante.
— Elle doit en avoir marre de te raconter des histoires salaces et de te payer à la fin du show. Y a quelque chose qui cloche avec la psychanalyse. Quand on va au théâtre, c'est le spectateur qui raque, pas l'acteur.
Simon hocha la tête sur le mode bienveillant — s'il avait dû consigner toutes les critiques prononcées devant lui à propos de la méthode de Freud, il aurait pu remplir une bibliothèque.
— En tout cas, j'aimerais tout de même la voir. En tant qu'ami.
— Tiens. Quand on parle des louves…
Willy venait d'apercevoir de nouveaux clients franchissant l'épais drapé de velours noir qui doublait la porte d'entrée.
— Excuse-moi. Je dois m'occuper de la Maison brune.
Simon suivit le regard de Willy et reconnut, ou crut reconnaître, des personnalités du régime. Des gueules qui avaient régulièrement les honneurs des pages de torchons tels que le *Völkischer Beobachter* ou *Der Stürmer*. Mais pas moyen de se rappeler leurs noms. Il y en avait tant…
Willy lui cria à travers la cohue :
— Éclate-toi à ma santé !
À cet instant, la Hitlerjugend attaqua *It Don't Mean a Thing If it ain't Got that Swing*, au mépris de tout ce qui pouvait se

jouer à Berlin en ce temps-là. Après le *Tar Paper Stomp* de l'après-midi, c'était vraiment sa journée jazz.

Aussitôt, des dandys en costume, des dames aux mollets trapus, des matelots à col marin et pompon vermeil, des androgynes aux sourcils épilés et rouge à lèvres noir improvisèrent une minuscule piste de danse entre les tables pour gesticuler en cadence. Les cris de liesse se mêlaient aux stridences du sax.

Simon avait assez traîné ses guêtres dans ces milieux pour en reconnaître chaque caste : les « garçons d'étage », qui faisaient le tapin en bande dans les lobbys d'hôtels, les « *bad boys* », vêtus de couleurs criardes, les poches remplies d'aphrodisiaques, les « gamins sauvages », sans le sou ni logis, qui rôdaient aux abords du Musée anatomique, près du passage des Tilleuls, et qu'on pouvait avoir pour quelques cigarettes...

Il s'éclipsa en direction de l'escalier qui menait aux toilettes, remontant à contre-courant les rangs serrés qui se précipitaient vers la piste de danse.

Becker n'avait pas lésiné sur le décor. Il avait récupéré des éléments des cabarets des années 20 et avait tenté d'harmoniser ces purs fragments de kitsch. Des murs pailletés évoquaient des voies lactées, violemment éclairés par des projecteurs bleus ou violets, des balcons mauresques dissimulaient des box, des découpes de stuc en forme de dômes et de minarets surplombaient les tables, des banquettes brodées d'or et des amoncellements de coussins parsemaient la salle. Le Nachtigall se voulait maure, ou turc, ou arabe – en tout cas lascif et exotique...

Simon descendit au sous-sol. Une zone dangereuse pour les jolis garçons. De part et d'autre du couloir tendu de satin rouge, des salles obscures remplies d'alcôves, de matelas, d'hommes superposés...

– Qu'est-ce que tu fous là, toi ? éructa une voix, alors qu'une poigne de gorille le collait contre le mur.

Il mit une seconde à reconnaître l'Hauptsturmführer Franz Beewen en personne. Le Koloss avait troqué son uniforme à runes SS contre un smoking noir et moiré de très bonne tenue, sans doute piqué à un Juif quelconque. Il s'était aussi façonné une coiffure dorée sur tranches, mèche blonde plaquée sous une tonne de brillantine.

— Réponds ! hurla l'hercule de foire, le poing levé.

Simon parvint tout juste, sinon à respirer, du moins à sourire.

— Tu sais ce que disait Freud ? « La violence, c'est un manque de vocabulaire. »

Plus forte que la peur, plus forte que la raison, sa manie de jouer au plus fin l'avait encore une fois rattrapé. Beewen laissa partir son poing. Simon ferma les yeux. Le choc eut lieu tout près de son oreille. Il rouvrit les paupières. Le nazi grimaçait de douleur après avoir frappé le mur.

N'a-qu'un-œil le relâcha comme on remet un poisson à la baille.

— Qu'est-ce que tu fous là ? répéta-t-il. T'es pédé ?

Simon rajusta sa veste.

— Pas trop, non. À mon avis, on est ici tous les deux pour la même raison.

— C'est-à-dire ?

— Leni Lorenz.

— Leni est morte, connard.

Kraus encaissa. Il le sentait depuis cet après-midi mais la nouvelle lui provoqua une douleur aiguë, quelque part dans la région du foie.

— Assassinée ?

Franz Beewen acquiesça en fermant très fort les mâchoires. On aurait dit qu'il broyait son « oui » comme une noix entre ses dents.

— Susanne Bohnstengel aussi ? demanda Simon.

L'œil du Cyclope s'alluma d'une lueur féroce.

— Je crois qu'on a des choses à se dire, toi et moi.

## 33.

Après s'être déchaussés, ils s'installèrent dans une alcôve à peine éclairée en bordure de la grande arène sexuelle, une salle circulaire occupée au centre par une piste de danse. Tout autour, des box s'égrenaient, surplombés par de petites lampes à pétrole évoquant des lucioles têtues et vicieuses.

Simon et Beewen, sans se concerter, avaient tourné le dos à la piste et aux alcôves voisines. Des garçons s'y embrassaient à pleine bouche, se prenaient en file indienne ou se goûtaient les uns les autres, comme on goûte une série de sucres d'orge à la fête foraine.

Kraus préférait ne pas imaginer le tableau qu'ils offraient ensemble : un nain et un titan, tous deux en tuxedo et chaussettes, raides comme des chandeliers, entourés d'homosexuels qui forniquaient joyeusement dans des odeurs de pissotière.

– Pourquoi t'as prononcé le nom de Susanne Bohnstengel ? attaqua Beewen.

– Parce qu'elle aussi rêvait de l'Homme de marbre.

– Quoi ?

– Je dis : elle aussi rêvait de l'Homme de marbre.

Simon s'expliqua. S'il voulait vraiment avancer dans son enquête, il avait besoin d'aide, et seul le gestapiste pouvait lui apporter ce coup de pouce.

Un gramophone diffusait quelque part des chansons de Marlene Dietrich. Un lien avait toujours existé entre ces romances poisseuses, chantées par une femme à voix d'homme, et la mélancolie homosexuelle. Il n'aurait su expliquer lequel.

*Ich hab' noch einen Koffer in Berlin,*
*Deswegen muss ich nächstens wieder hin.*

Quand Simon eut achevé ses explications, il était en sueur. Il régnait là une chaleur étouffante, pleine de miasmes et de miaulements. Il devinait que Beewen n'avait pas vraiment compris ses hypothèses : un homme qui apparaissait d'abord en rêve à ses victimes puis les assassinait dans la réalité.

Ça n'avait pas de sens. Mais comment seulement croire à une coïncidence ? En tout cas, Kraus avait parlé, c'était maintenant au tour de Beewen. Allait-il jouer le jeu ? Les gestapistes ont le culte du secret.

Simon dut lui tirer un peu l'oreille :

– Toi aussi, t'as besoin d'aide. Tu es fait pour cette enquête comme je suis fait pour défiler en uniforme nazi.

La bouche de Beewen se tordit et il était difficile de dire si cette idée le dégoûtait ou lui donnait envie de rire.

Enfin, il se décida et balança tout ce qu'il savait sur la série de meurtres. Les noms. Les dates. Le mode opératoire. Et surtout, la pièce maîtresse des indices : l'arme du crime était une dague nazie.

Simon était dans un état d'excitation aiguë. À eux deux, il en était sûr, ils pouvaient identifier le tueur. Beewen disposait des moyens logistiques de la meilleure police du monde. Lui naviguait dans le monde des victimes (et sans doute du tueur) comme un poisson dans l'eau.

Restait que leurs deux théories étaient incompatibles. Pour Beewen, le tueur était un officier nazi qui avait repéré ses victimes dans un gala quelconque. Pour Simon, c'était une créature à moitié fantastique, jaillie des songes pour infliger un châtiment.

D'un côté, le pragmatique.

De l'autre, l'onirique.

Mais Simon possédait un argument pour mettre tout le monde d'accord :

– L'Homme de marbre peut nous renseigner sur ton officier nazi.

– Comment ?

C'était sans doute le dernier lieu au monde pour se livrer à une explication psychanalytique des rouages des songes mais Simon se lança :

– Dans la journée, ton cerveau s'attarde un bref instant sur un détail. Ce détail est stocké dans ta mémoire à court terme, un compartiment où tu places les éléments en apparence anodins. Pourtant, la nuit, c'est ce genre de souvenirs que le rêve utilise pour élaborer son scénario. Ce fragment devient un vecteur pour l'angoisse à exprimer. Tu comprends ?

– Pas très bien, non. Donne-moi un exemple.

– C'est la fin de l'hiver. Tu te promènes dans Berlin et tu remarques que les pétunias sur les balcons fleurissent tôt cette année. Cette réflexion occupe ton cerveau un dixième de seconde. Mais durant ce dixième, cette idée règne totalement sur ton esprit et tranche sur tes préoccupations habituelles. Ce qui lui donne une importance particulière.

– Et alors ?

– La nuit suivante, tu rêves que tu as quatorze ans. Tu appartiens à la Hitlerjugend et tu es mort de trouille parce que le Führer va passer en revue ton unité. À cette occasion, tu dois lui donner un bouquet de fleurs, un bouquet de pétunias. Durant tout ce rêve, ton angoisse va être véhiculée par cette plante. C'est l'élément porteur.

– Très drôle.

– Je ne plaisante pas. La figure de l'Homme de marbre, dans notre histoire, joue le même rôle. Les victimes ont aperçu cette figure quelque part – une sculpture, une gravure, ou même un homme qu'un détail associe à la pierre.

– Quel intérêt pour l'enquête ?

Les frottements de chair, les râles et les gémissements remontaient jusqu'à eux comme les sombres gargouillis d'un marécage.

– D'après mes dates de séances, les Dames de l'Adlon ont toutes rêvé de l'Homme de marbre la semaine précédant leur

meurtre. Ça signifie que, chacune à leur tour, elle ont vu un détail qui a provoqué ce rêve.
— Je te suis toujours pas.
— Il faut retracer leur emploi du temps la semaine précédant leur assassinat et visiter les endroits où elles sont passées : le meurtrier se cache dans un de ces lieux. Peut-être une église ou un musée, ou simplement une boutique...
Beewen ne paraissait pas convaincu. Il comptait sans doute sur Simon pour traîner l'oreille au Club Wilhelm, pas pour orienter l'enquête vers ce genre d'élucubrations.
— T'as trop d'imagination, finit-il par répliquer.
— Ça me fait un point commun avec le tueur.
Simon se leva. Son col de chemise était trempé, la puanteur du sous-sol lui violentait les narines. Il ne pouvait plus rester dans un tel cloaque.
— Je te préviendrai si j'apprends quoi que ce soit, conclut-il. Et un conseil : continue à t'habiller en civil pour mener cette enquête. L'uniforme SS, on fait mieux pour la discrétion.
Le Cyclope lui attrapa le poignet.
— Très bien, mais n'oublie jamais une chose.
— Quoi ?
— À mes yeux, tu restes un suspect.
— Tu peux fouiller chez moi. Je n'ai pas de poignard nazi.
— Non, mais tu es le seul à avoir couché avec les trois victimes.
Simon se figea.
— Comment tu le sais ?
— Simple intuition.
Le psychanalyste préféra désamorcer la menace par une vanne :
— T'as raison. Qui sait ? C'est peut-être moi, l'homme à la bite en pierre.
— C'est vrai, on dit toujours que les nains en ont une énorme.

## 34.

En sortant du Nachtigall, Franz Beewen décida d'aller aux putes. Une urgence : il voulait se débarrasser de toutes ces odeurs mâles qui lui collaient à la peau.

Il retrouva sa voiture – il avait donné congé à son chauffeur – et prit la direction du sud-ouest, vers Neukölln, où se trouvait la Clara Haus, bien connue des officiers SS. Pas à proprement parler un bordel mais un bar fondé sur une nazimania débridée, où les filles ne vous demandaient ni argent ni sentiments pourvu que vous portiez l'uniforme.

Beewen avait la tête qui tournait – pas à cause de l'alcool mais des révélations de Kraus, qui l'avaient plus embrouillé qu'aidé. Alors qu'il avait enfin déniché un indice solide, voilà que le petit homme venait lui parler de rêves et d'inconscient…

Après son départ, il avait interrogé Willy Becker. Le gars était louche, très louche même, mais il ne pouvait avoir tué ces pauvres filles, encore moins mutilé Leni Lorenz qui, de toute évidence, était sa meilleure amie.

Sur ses lettres et ses comptes, Becker était resté évasif – sans doute un trafic quelconque, sans intérêt pour son enquête, mais qui l'étonnait tout de même de la part d'une femme matériellement comblée. C'était ce qu'on appelait «avoir le vice dans la peau».

Beewen avait apprécié leur petit entretien. Willy était un pédé dur à cuire, qui lui rappelait le temps des SA. Il aurait plu à Röhm et à sa clique d'invertis casseurs de gueules. *Paix à leur âme…*

Il était parti avec un remords au cœur : il ne lui avait pas annoncé la mort de Leni. Son devoir de réserve primait sur tout.

Depuis Nollendorfplatz, Neukölln, ça faisait une trotte – au moins six bornes. Mais la nuit était calme à Berlin, et déserte.

Avec sa Mercedes, il couvrit la distance en moins d'une heure. Bientôt, il fut en vue de la Clara Haus.

Il détestait cet endroit mais il n'avait ni femme ni temps libre pour régler ce problème. Il fallait bien, d'une façon ou d'une autre, passer au portillon.

En se garant, il songea encore au Nachtigall, à ce magma d'hommes enlacés qui l'avait tellement écœuré. On lui avait raconté que du temps des Grecs antiques – un sommet de culture, donc –, tout le monde était sodomite. *Bonjour la civilisation.*

Il prit la Rykestraße, puis la petite rue perpendiculaire où Clara et ses filles avaient élu domicile. Le seuil de la maison, calfeutré, était gardé par des sentinelles en uniforme. Vraiment un club très privé.

Il dut montrer sa médaille pour entrer – il était toujours en civil. Une fois dans le claque, il se dit que Simon Kraus avait raison : il nageait complètement dans cette enquête. Il s'accrochait à cette histoire de dague car c'était un indice matériel. Il ne cherchait pas à piger les motivations du tueur parce qu'il en était incapable. Il n'était qu'un péquenaud recyclé en galonnard. Pour comprendre un tel meurtrier et flairer son sillage, il aurait fallu être comme Kraus. Complexe, vicieux, familier des psychoses.

En pénétrant dans la salle principale il fit son petit effet. Il était le seul en smoking. Cela aurait pu être un atout, mais pas dans un bouge où les filles mouillaient exclusivement pour les casquettes et les feuilles de chêne. Heureusement, sa gueule était le plus sûr des uniformes.

Il n'avait pas souvenir que le lieu ait été si glauque. C'était une grande pièce aux murs gris, dans laquelle on avait installé un bar sur la gauche et des tables en cercle pour ménager une piste de danse au centre. Une épaisse fumée stagnait au plafond et une puanteur de bière, tirant sur l'urine, voilait tout. Le mobilier était bon marché, des couvertures crasseuses occultaient les fenêtres, le sol luisait de taches humides. Au fond, un escalier menait aux chambres.

Beewen s'orienta vers le bar, cherchant à retrouver son souffle dans cette puanteur. La fumée était si dense qu'on y voyait à peine à trois mètres. Il commanda un schnaps et se retourna, accoudé au comptoir, pour évaluer le théâtre des opérations.

Vraiment horrible. Un officier bourré harcelait une petite blonde pour savoir si elle pétait quand elle pissait, un autre débraillé fourrageait l'entrejambe de sa compagne en cherchant à dégainer de l'autre main – il semblait hésiter entre sa braguette et son étui à revolver. Quelques couples, à moitié nus, dansaient ou plutôt titubaient au son d'une chanson paillarde. Il était question de chasseurs et de belettes, mais la qualité du gramophone était si mauvaise qu'on ne comprenait rien aux paroles.

Le commentaire de Lorenz, le petit banquier à lorgnon, lui revint en mémoire : l'amour n'existait plus en Allemagne. Quand le veuf avait prononcé ces mots, le gestapiste avait failli rire face à tant de naïveté. Il disait pourtant vrai. Même la haine, sa haine à lui, qu'il protégeait comme un trésor, avait perdu en intensité. Tous les sentiments, bons ou mauvais, étaient désormais recouverts par une boue immonde.

Il plaqua une pièce sur la table et gagna la sortie. Rien ne valait la peine de brûler là ne serait-ce qu'une minute de sommeil. Au moment où il écartait le rideau de la porte, il fut bousculé par un nouvel arrivant.

– Qu'est-ce que tu fous là ? s'exclama-t-il en reconnaissant Dynamo.

– Je viens te chercher.

– Comment tu savais que j'étais ici ?

– Espionner son chef, pour un gestapiste, c'est un réflexe professionnel.

– Qu'est-ce que tu veux ?

– On a retrouvé l'Hauptmann Max Wiener.

– Où ?

– Dans un champ de patates. Il était enterré pas très profond.

## 35.

Deux cadavres en une journée, même pour un gestapiste, ça faisait beaucoup.
Ils roulèrent durant une demi-heure et se retrouvèrent bientôt, plein sud, en rase campagne.
Beewen connaissait les cycles de la terre. En descendant du véhicule, la pestilence qui l'accueillit ne l'étonna pas. On était en plein déchaumage. Après la moisson, on enterrait les restes de paille pour accélérer leur décomposition. On labourait aussi pour aérer la terre puis on l'enrichissait avec des engrais – d'où la puanteur environnante.
– J'sais pas comment les mecs d'ici font pour supporter une telle infection, commenta Dynamo.
– Où est le corps ? rétorqua Beewen.
Hölm tendit le doigt et ils se mirent en route en s'enfonçant dans la terre meuble. L'équipe de la Gestapo avait joué la discrétion. En tout et pour tout, un seul fourgon était stationné au bord de la route, phares éteints. Quelques hommes en civil faisaient le pied de grue à proximité. On aurait pu croire des voleurs de légumes...
Dynamo avait parlé d'un champ de patates mais il n'y connaissait rien. On avait moissonné ici de l'orge ou du blé, rien à voir. Du reste, ça ne changeait pas grand-chose au problème.
– Pourquoi la Gestapo et pas la Kripo ? demanda soudain Beewen.
– Un coup d'chance. Un paysan a découvert le corps en fin d'après-midi en labourant. Il a aussitôt prévenu le responsable SS du village. Le gars savait pas trop qui appeler. Ils s'sont concertés avec le maire, un nazi qu'a un cousin chez nous, à la Gestapo. Finalement, ils lui ont téléphoné et voilà.
Ils marchaient toujours lourdement, et rien que cet effort

procurait maintenant à Beewen une secrète satisfaction. Avec cette glaise retournée, c'était toute son enfance qui refaisait surface. Et aussi cette idée : il s'en était sorti. *Putain de Dieu.* Il avait laissé derrière lui toute cette merde et cette vie d'esclave.

– Là-bas, fit Dynamo.

À cent mètres à gauche, on distinguait une toile grise étalée entre deux sillons. Les flicards avaient placé des pierres aux quatre coins du tissu pour l'empêcher de s'envoler. Vraiment du rudimentaire.

Dynamo écarta le tissu et alluma sa torche électrique, une Daimon Telko Trio dont il était très fier. Dans la lumière verdâtre, le corps nu apparut. Tout de suite, Beewen repéra les signes de torture. Il prit la torche des mains d'Hölm et s'agenouilla afin d'y voir de plus près.

Ongles des mains et des pieds arrachés. Orteils brûlés – sans doute avait-on glissé des cotons entre ces derniers avant de les enflammer. Marques de cigarette dans le cou et autour des tétons. Stigmates d'électrocution sur les organes génitaux. Des bleus en légion. Tous les os de la figure semblaient avoir été fracassés.

– Comment sait-on que c'est Wiener ?

– Un des types dépêchés sur place est un ancien de la Kripo. Il l'a reconnu.

Beewen se releva et s'attarda avec sa lampe sur le visage tuméfié.

– Il a l'œil, ton gars. Avec toutes ces blessures…

– De toute façon, y a d'grandes chances que ça soit lui, non ?

– On connaît la cause de la mort ?

Hölm reprit sa lampe et retourna le corps d'un coup de talon. Deux traces de balle dans la nuque.

– Du boulot de pro.

Sans doute faillit-il ajouter «du boulot de chez nous» mais il s'abstint.

D'ailleurs, ils n'avaient pas besoin de parler. Ces tortures, ils les connaissaient tous deux par cœur. Cette technique d'élimination aussi. Les méthodes de la Gestapo – celles qu'ils pratiquaient à longueur d'année, en chœur et en sous-sol.

Au bout du champ, des phares apparurent, venant araser la surface d'argile. En plissant les yeux, Beewen reconnut la Merco noire de Perninken.

– *Scheiße*. Qui l'a prévenu ?

Hölm se contenta de ricaner en donnant un coup de pied dans une motte.

Beewen avait décidément le sentiment d'être toujours le dernier averti, comme les cocus. À la Gestapo, une enquête était toujours doublée d'une autre, celle qui portait sur les enquêteurs eux-mêmes. La Geheime Staatspolizei n'était qu'un réseau de taupes, d'indics, de mouchards. Un nid de vipères qui s'entre-dévoraient.

Hölm sortit une flasque de sa poche.

– Un coup de schnaps avant le grand oral ?

– Ça ira, merci.

Il leva les yeux vers le ciel et respira les effluves de l'ombre. Une odeur de merde, certes, mais familière. Au-dessus de lui, les étoiles brasillaient sur l'indigo du ciel. N'importe qui se serait extasié sur la majesté de ce tableau. Pas Beewen. Enfant, la voûte céleste l'écrasait, lui collait le vertige, le faisait paniquer même.

Il avait toujours perçu les étoiles comme des signaux de détresse venus d'un autre monde. Un univers qu'on ne pouvait envisager, qu'on ne pouvait pas même penser. Un abîme dans lequel, un jour ou l'autre, il verserait lui aussi.

Dans ces moments-là, il se promettait de retourner à l'église, de parler à un prêtre, seul réconfort pour les esprits limités tels que le sien. Il rit dans son col cassé. Un prêtre, lui ? Chaque jour qui passait le rapprochait plutôt de l'Enfer...

Perninken avançait vers eux, vêtu, à une heure du matin, comme pour une parade à l'Olympiastadion.

– Laisse-moi, souffla Beewen.

Sans un mot, Hölm replaça les pierres sur la toile qui dissimulait Max Wiener et s'éclipsa.

En découvrant la tenue de Beewen, Perninken émit un sifflement sarcastique. Sèche ironie des officiers de la Gestapo.
- Expliquez-moi, ordonna-t-il.
L'Obergruppenführer était déjà au courant de tout, et peut-être même d'un peu plus, mais Franz se plia à son devoir. Il résuma les informations, plutôt succinctes, que venait de lui livrer Hölm.
Perninken ne demanda pas à voir le corps. Avec sa casquette sur la tête, il était privé de la moitié de sa personnalité : son crâne royal.
Beewen, pour le provoquer, décrivit le mode opératoire de l'exécution - parce que c'en était une - et donna les détails des tortures subies par le malheureux flicard.
L'Obergruppenführer ne moufta pas. Il conservait la tête baissée, à un mètre à peine de Beewen, et il était impossible de distinguer les traits de son visage. En revanche, ses galons, ses grades et ses médailles brillaient à la lune.
- Comment expliquez-vous qu'un officier de la Kripo puisse se retrouver enterré ici, abattu de deux balles dans la nuque après avoir été torturé ?
*Je vous pose la question*, faillit répliquer Beewen, mais une telle insolence n'aurait servi à rien.
- Trop tôt pour le dire, Obergruppenführer, mais l'enquête...
- Il n'y aura pas d'enquête, coupa le gradé d'une voix calme.
Il alluma une cigarette et se livra à sa manie des cent pas. Pas facile dans la glèbe. Le voyant trébucher, Beewen considéra son supérieur d'un autre œil. Jamais il ne lui avait semblé si réel... et si vain.
- La vraie question, c'est : qui a fait le coup ?
- Oui, qui ? répéta malgré lui Beewen sur un ton de théâtre.
- Ça peut être vous, ça peut être moi, fit Perninken sans sourciller. Ou ces salopards de la SD. Ou même, pourquoi pas, la Kripo elle-même.
- L'enquête...
- Je vous répète qu'il n'y en aura pas. Personne ne perdra

du temps avec un dossier qui, de toute façon, sera enterré. Si Wiener est ici, à nos pieds, il ne peut s'en prendre qu'à lui-même. Les voies du Führer sont... impénétrables.

Nulle ironie dans cette réflexion. Chez les SS, l'affaire était entendue : Adolf Hitler était un dieu.

Beewen préféra changer de sujet :

– J'ai vu Herr Koenig ce soir.

– Je sais. Il m'a téléphoné.

– Pourquoi l'avez-vous laissé me livrer l'information sur la dague ?

– Je ne vois pas comment vous pourriez enquêter sans avoir tous les éléments du dossier.

Cette fois, il faillit hurler : *N'insultez pas mon intelligence !* Mais il préféra prendre un ton soumis, presque cauteleux, pour répliquer :

– C'est pourtant la première fois que j'entends parler de cet élément capital. Il n'en est fait nulle mention dans...

– Nous devions nous assurer d'abord de votre fiabilité.

– Dans quel sens ?

– On vous a observé ces derniers jours, Beewen. Nous pensons maintenant qu'avant d'appréhender l'assassin, vous saurez réagir d'une manière adéquate.

– En vous laissant le tuer ?

Beewen avait été trop brutal. Même à la Gestapo, il fallait mettre des formes.

– Si j'arrête cet homme, rétrograda-t-il, personne n'aura intérêt à un procès, ni à une condamnation. Une histoire pareille ternirait grandement l'image du Reich, sans même parler de la presse étrangère.

Perninken ne fit aucun commentaire. Au fond de ce silence, un assentiment.

– On pourrait évidemment régler la chose le plus discrètement possible, intra-muros, continua Beewen, mais ça aussi, ça ferait du bruit. La disparition d'un gradé SS ne passerait pas inaperçue. Les rumeurs commenceraient...

– Venez-en au fait, Hauptsturmführer.
Beewen prit une inspiration et sauta dans l'inconnu :
– Il existe un terrain où un officier SS pourrait disparaître le plus naturellement du monde.
– Lequel ?
– La guerre, le front polonais.
– Qu'avez-vous en tête, au juste ?
Il lâcha d'un trait :
– Je trouve l'assassin, je vous livre son nom et vous l'envoyez au front. Là-bas, il pourrait être discrètement... exécuté. Quoi de plus naturel que de mourir sur un champ de bataille ?
– Et qui se chargerait de cette... exécution ? Vous ?
– Exactement.
Perninken sourit dans le clair-obscur.
– Toujours votre obsession de la mobilisation.
– Nous en avions déjà parlé, Obergruppenführer, nous...
– Je vais en référer en haut lieu, coupa Perninken. Mais il vous manque toujours la pièce maîtresse de votre plan : l'identité de l'assassin.
– Ce nom, je l'aurai bientôt, Obergruppenführer.
– Je l'espère pour vous.
Otto Perninken reprit sa déambulation laborieuse parmi les mottes de glaise. Il ne réalisa sans doute pas l'ironie de ses paroles quand il ajouta :
– Mais attention où vous mettez les pieds, Beewen.
– Je serai prudent.
– Vous me rappelez un officier de la SS que j'ai connu. Il pensait pouvoir utiliser le régime nazi à des fins, disons, personnelles.
– Qu'est-il devenu ?
Le général considéra les champs qui se perdaient dans l'obscurité.
– Si mes souvenirs sont bons, il est enterré pas loin d'ici.

## 36.

L'entrevue avec Ernst Mengerhäusen n'avait pas été brillante, la suite non plus. Après avoir pleuré tout son soûl en rêvant d'emmener ses «enfants» au-delà des mers et du nazisme, Minna von Hassel s'était endormie, comme une pochetronne, dans sa brouette. Elle ne s'était réveillée que vers onze heures pour vomir un bon coup – avec le cognac, ça finissait toujours comme ça, KO par nausée aiguë et brûlures bilieuses.

Alors, contre toute attente, le téléphone de l'hôpital avait sonné...

Le quartier de Moabit, situé à l'ouest de Berlin-Mitte, était autrefois connu pour deux choses à parts égales, sa prison et ses idées rouges. Après six années de national-socialisme, la balance avait changé : plus la moindre idée coco à l'horizon et des geôles saturées de prisonniers politiques.

Moabit était une grande île encadrée par la Sprée au sud, le canal de Charlottenbourg à l'ouest, le canal de Westhafen au nord-ouest et le canal de navigation Berlin-Spandau au nord-est et à l'est. Une sorte de monde en soi né de l'industrialisation du XIX$^e$ siècle, dont les habitations ouvrières, bourrées ras la gueule, trouvaient encore la nuit des locataires supplémentaires – quelques marks pour une paillasse.

Autant dire qu'à une heure du matin, dans la zone nord de Moabit, près du port fluvial de Westhafen, il n'y avait pas une seule lumière allumée ni le moindre frémissement dans les ruelles. Les ouvriers dormaient du sommeil du juste.

Donc, Ruth Senestier l'avait appelée. Il y avait au moins deux ans qu'elle n'avait pas entendu parler d'elle. Peintre, sculpteure, gauchiste et lesbienne, on se demandait toujours comment elle survivait sous le national-socialisme.

– Qu'est-ce que tu deviens ?

La femme n'avait pas répondu. Elle lui avait simplement

demandé de la rejoindre au plus vite au Gynécée, une boîte saphique située le long d'un des bassins du Westhafen. *C'est urgent.*

Ni une ni deux, Minna avait pris une douche, s'était habillée et avait filé dans sa bonne vieille Mercedes Mannheim. Une heure encore pour atteindre la civilisation, c'est-à-dire Berlin-Mitte, puis elle avait suivi les quais de la Sprée jusqu'à la centrale thermique de Moabit (HKW).

Une fois garée au pied de l'imposant complexe, avec sa tour en forme de clocher et ses cheminées évoquant des obusiers géants, elle emprunta plusieurs ruelles biscornues puis se glissa dans la grande artère qu'elle cherchait. Des pavillons en briques s'y alignaient comme des tranches de pain d'épice. Pas de réverbères, de la terre battue : un désert aussi acéré qu'une machette.

Minna n'en menait pas large. Elle priait pour qu'on la prenne pour un homme. Pantalon large, veste de velours côtelé, sur lesquels elle avait enfilé un imper serré à la taille. Sans oublier le fameux béret de peintre, *à la française...* Ça pouvait faire illusion.

Enfin, apparut l'entrepôt qui abritait le Gynécée. Les fenêtres étaient calfeutrées et pas une enseigne n'en signalait l'entrée. Seule une lanterne – une veilleuse – vous faisait de l'œil. Un coup de génie d'avoir installé cette boîte près des docks. Personne ne serait allé chercher le gratin des gouines de Berlin parmi les caisses de bois et les déchargeurs tatoués du port.

En réalité, sous le Troisième Reich, les lesbiennes n'étaient pas persécutées comme les homos. À cette époque, le paragraphe 175 du Code pénal allemand ne condamnait que les relations sexuelles entre hommes. Le délit de lesbianisme n'existait pas. Mais bon, on n'était jamais trop prudente...

Minna frappa. Un œil dans une lucarne, un verrou qui glisse, un rideau qui se soulève et elle fut à l'intérieur. Le lieu lui parut plus pittoresque que dans son souvenir. Murs en briques laqués de blanc, tables éclairées par des suspensions fonctionnant au gaz de houille. Les flammes des becs papillons semblaient folâtrer dans l'air enfumé comme des feux follets. En appoint, des petites chandelles au ras des nappes...

Ruth n'était pas dans la première salle. L'artiste ne lui avait donné aucune explication. Pas un mot sur la raison de ce mystérieux rendez-vous, pas un commentaire sur cette «urgence». Mais Minna la connaissait assez pour savoir qu'il ne s'agissait pas d'un caprice.

Plus petite, la deuxième salle était compartimentée en alcôves fermées par des rideaux blancs, sur lesquels leurs occupantes projetaient des ombres chinoises envoûtantes. Le rade semblait peuplé de fantômes.

Soudain, un des rideaux s'ouvrit et Ruth Senestier apparut, un large sourire éclairant son visage de poupée vieillissante. Elle portait le même béret que Minna.

– Bonjour, Fräulein ! dit-elle sur un ton affectueux.

Minna se coula derrière la table et annonça dans un rire :

– Tellement contente de te voir !

– Ça fait un bail, dis donc. Toujours à la campagne avec tes fous ?

Minna ne répondit pas mais son visage, malgré elle, marqua le coup.

– Bon, fit Ruth en se levant, je vais nous chercher de l'absinthe.

Elle disparut dans un claquement de toile. Minna contempla par le rideau entrouvert la clientèle standard du Gynécée : femmes en smoking, apaches à mèche huilée, créatures à moitié nues arborant des masques d'oiseaux ou de renards, et bien d'autres curiosités encore, comme ces couples femme-femme qui se galochaient à pleine langue.

– *Madame est servie !* dit Ruth en français alors qu'elle se glissait dans le box.

Elle apportait sur un plateau d'argent une bouteille d'absinthe, une carafe d'eau glacée, deux cuillères ajourées, un sucrier et deux petits verres gravés.

On prétendait servir au Gynécée la meilleure absinthe de Berlin mais, d'après ce que savait Minna, c'était le seul endroit où on pouvait encore en trouver.

Elle observa Ruth se livrer au fameux rituel. D'abord une dose d'alcool dans les verres en travers desquels elle posa la «pelle» à absinthe ajourée. Elle y plaça un morceau de sucre puis versa dessus, lentement, l'eau glacée. À mesure que le sucre fondait, l'absinthe au fond des verres se troublait.

Contemplant les nuages opaques se former dans l'alcool vert, Minna songea au destin de Ruth. Elle l'avait connue dans les années 20, à l'hôpital de la Charité, au début de ses études, quand l'artiste sculptait encore des masques en cuivre pour les défigurés de la Grande Guerre. Minna était tout de suite tombée amoureuse – de son art, de sa personnalité.

À ses yeux, Ruth, son aînée d'une dizaine d'années, était un modèle. À la fois créatrice et altruiste, elle était aux antipodes de l'artiste solitaire enfermée dans sa tour d'ivoire. Pour survivre, elle avait longtemps publié des dessins dans des revues comme *Die Dame* ou *Simplicissimus*. Par ailleurs, dans son atelier, elle sculptait de curieux petits animaux qui commençaient à avoir du succès à l'étranger.

Ruth Senestier était allée comme à rebours de Berlin la décadente. Quand la ville était celle de toutes les perversités, ployant sous le poids de ses péchés, Ruth menait une existence monacale, vouée à son art. Puis, lorsque le nazisme avait mis tout le monde d'accord, elle avait reconnu ses propres tendances et s'était orientée vers le saphisme. Aujourd'hui, Ruth collectionnait les aventures féminines. Une manière bien à elle de marquer sa révolte et sa singularité d'artiste.

Elle tendit à Minna un verre d'où s'échappait une forte odeur d'anis.

– *Na zdarovie!* cria-t-elle à la russe. À nous!

Minna acquiesça et but une lampée en rejetant la tête en arrière. Elle n'était pas fanatique de ce breuvage liquoreux mais à chaque fois qu'elle se colletait à la fée verte, elle avait la sensation

d'être propulsée dans le Paris de la fin du siècle dernier, celui de ses poètes préférés, Baudelaire, Verlaine, Rimbaud...
Elle reposa son verre avec précaution, le pinçant entre le pouce et l'index, et demanda :
– Alors, c'est quoi cette urgence ? Raconte-moi tout.

## 37.

Ruth Senestier n'eut pas le temps d'ouvrir la bouche que le rideau s'écartait à nouveau. Surgit une tête de fennec dont les grandes oreilles étaient dessinées par une chevelure hirsute couleur sable. L'homme – pardon, la femme – avait les dents serrées sur une pipe à la manière de Popeye. Elle était si soûle que la bouffarde semblait être son seul point d'équilibre.
– On te cherche partout ! grogna l'intruse avec un fort accent slave.
– Casse-toi.
Loin d'obtempérer, la femme se glissa dans l'isoloir en titubant.
– Tu m'présentes pas à ta copine ?
Tendant le bras pour que l'autre ne s'écroule pas sur leur table, Ruth murmura à Minna :
– Ivana Kuokkala, peintre russe.
La femme de paille ricana – elle portait un caban au col relevé.
– Et toi, comment tu t'appelles ?
– Minna von Hassel.
Elle avait une solide pratique des déments et de leurs comportements imprévisibles. Par ailleurs, elle-même était la moitié du temps complètement soûle ou défoncée. Malgré ça, la promiscuité avec une personne ivre la mettait toujours mal à l'aise.
– Qu'est-ce que tu fais comme boulot ?
– Je dirige un asile d'aliénés.

Elle avait répondu le plus sérieusement du monde. Face aux poivrots, elle éprouvait une honte sourde, pour eux, pour elle, pour l'humanité. Ce soudain affranchissement des convenances ne ressemblait ni à une liberté ni à une victoire, mais à un relâchement d'entrailles, un écoulement d'eaux usées.

– Comment vous les tuez ?
– Pardon ?
– Vos patients, comment vous les tuez ?

Minna blêmit.

– Casse-toi, répéta Ruth.
– Gaz ou radioactivité ?
– Je te dis de dégager !

D'un coup de pied, Ruth poussa l'artiste hors de l'alcôve. Minna se sentit mal : ainsi donc, le projet d'élimination était de notoriété publique. La visite de Mengerhäusen n'était pas un signe avant-coureur mais une confirmation.

– D'abord les fous, ricana la peintre derrière le rideau. Ensuite les artistes !
– Oublie cette conne, fit Ruth. Pas méchante, mais elle a le vin mauvais.

Minna acquiesça et s'envoya une gorgée. Elle avait l'impression d'avaler une liqueur phosphorescente. Elle ne devait pas céder à sa propre détresse et d'ailleurs, elle n'était pas là pour ça.

– Alors, répéta-t-elle avec effort, pourquoi tu m'as appelée au milieu de la nuit ?
– J'avais besoin de parler.
– De quoi ?

Ruth hésita. Elle regarda le fond de son verre comme pour y trouver un encouragement. Elle avait un visage tout rond qui jadis lui conférait un air de jeunesse éternelle. Aujourd'hui, malgré tout, la pomme était flétrie et son teint jauni comme un os à moelle.

– J'ai fait une connerie.
– Quel genre ?
– J'ai revu quelqu'un que je n'aurais pas dû revoir.

Minna essaya de plaisanter :

– Ho ho ho, une nouvelle passion à Berlin ?
– Non. Il ne s'agit pas de ça. Pas du tout.
– De quoi alors ?
Ruth eut un mouvement d'épaules, comme si elle s'ébrouait sous la pluie.
– En fait, je ne peux pas en parler.
– Pourquoi ?
– Trop dangereux.
– C'est lié à la bande à Hitler ?
– Si c'était que ça...
Minna commençait à vraiment s'inquiéter : elle ne voyait pas ce qui pouvait être pire que la menace SS.
Ruth se servit à nouveau. Cette fois, le cérémonial fut expédié en quatrième vitesse. Il fallait boire – boire au plus vite.
– Je sais pas pourquoi je t'ai fait venir. C'est égoïste. J'avais simplement envie d'échanger...
Minna lui prit la main.
– Je serai toujours là pour toi.
Ruth essaya de sourire mais le mécanisme, comme celui d'une pendule, parut se bloquer d'un coup. Minna réalisa qu'elles étaient habillées exactement de la même façon. Non seulement le béret sur les cheveux courts, mais aussi la veste d'homme et le pantalon. Sur la banquette de skaï, elle repéra le trench-coat qui complétait la panoplie.
Minna se dit que, dans leur compartiment, l'une était le reflet de l'autre. Elle reprit son verre et laissa l'absinthe s'épancher dans sa poitrine. Son cerveau lui paraissait se liquéfier.
– J'ai accepté une commande..., murmura Ruth, la voix rendue râpeuse par l'alcool. C'était une erreur.
– Une sculpture ?
– Un genre de sculpture, oui.
– Qui est le commanditaire ?
Ruth sourit comme on jette le savon, la serviette et le bébé avec l'eau du bain.
– Le diable.

## 38.

Quand elle quitta le cabaret, Minna était de nouveau bourrée. Deux fois en une nuit, elle battait ses propres records. Mais elle ne regrettait pas son périple nocturne. Ruth l'avait appelée au secours et finalement c'était elle qui sortait de là réconfortée. Elle n'avait pas vraiment saisi le problème de son amie mais, les vapeurs herbacées de l'absinthe aidant, elles avaient fini par retrouver, ensemble, leur bonne humeur. Durant deux heures, elles avaient refait le monde sans se préoccuper des spectacles que le Gynécée, à intervalles réguliers, proposait à ces dames.

Maintenant, localiser sa voiture. Si elle se rappelait bien, il lui suffisait de suivre l'artère de terre battue délimitée par ces pavillons rougeâtres – au bout, la tour de la centrale thermique se découpait sur le ciel. *Pas de problème.*

Minna connaissait ce quartier. Moabit était un fournisseur non négligeable de cinglés et de dépressifs, des ouvriers à la chaîne qui avaient perdu toute force ou toute raison de vivre, les nazis ayant bien assimilé les leçons du taylorisme. Des hommes-machines qui perdaient facilement la boule à force de visser des boulons. Le jeu de mots la fit rire – toute seule : signe infaillible qu'elle était bien cuite par l'alcool.

Les maisons d'ouvriers, toutes semblables, répétaient leurs façades mornes avec, parfois, un petit jardin sombre qui évoquait plutôt une fosse mortuaire. Toutes les fenêtres étaient bouclées. La nuit semblait avoir exproprié les habitants. Seule, une odeur était présente, des relents lourds et méphitiques amplifiés encore par l'été. Elle commença à avoir peur. Ses pas, absorbés par la terre grasse, semblaient s'effacer au fil de sa progression.

Soudain, elle se retourna. Un tressaillement, une crispation plutôt, l'avait avertie : elle était suivie. Personne. Elle accéléra le pas. Pas évident, avec la tête qui tournait et ses chaussures de poupée. La tour se rapprochait. Dans quelques centaines de mètres, elle atteindrait sa bagnole.

De nouveau, le signal. Cette fois, elle surprit une ombre furtive. Il était plus de trois heures du matin. Elle songea à l'horrible peintre, la Popov, qui l'avait insultée, mais la fille était bien trop soûle pour emboîter le pas à qui que ce soit...

*Plus vite encore.* Parvenue dans les parages de la centrale, elle tourna à droite, puis à gauche, sans être bien certaine de se rapprocher de son objectif. Les toits des pavillons, se resserrant, lui occultaient maintenant la vue. Pas moyen d'apercevoir la *Kraftwerk*. Des murs aveugles, des volets clos, des portes noires...

*Avance encore et trouve les quais.* Il suffirait alors de remonter les bassins. Elle tourna à nouveau, vraiment à l'intuition. Le sol ne lui avait jamais semblé aussi dur, aussi plat.

Soudain, mue par une nouvelle intuition, elle jeta un regard par-dessus son épaule et elle le vit. Manteau ceinturé, mains dans les poches, chapeau baissé sur les yeux. Il marchait droit devant lui, dans sa direction.

Minna étouffa un cri et ôta ses chaussures. Elle les fourra dans ses poches et se mit à courir, pieds nus sur la terre battue. Le contact froid lui fit du bien. Elle augmenta sa vitesse tout en sentant sa lucidité revenir avec l'adrénaline.

Elle piqua un sprint et, tout à coup, s'arrêta. Des rails lui barraient la route. Des rails à perte de vue, qui se nouaient et se dénouaient comme un réseau d'anguilles sous la lune. Au fond, les masses sombres des gares de triage, des entrepôts, des hangars. *Les bassins sont au-delà des voies.* Elle se lança sans réfléchir. Chaque pas lui écorchait les pieds – il ne s'agissait plus de terre mais de ballast, rocailles roulantes aux arêtes affilées.

Elle se glissa entre deux wagons et risqua un nouveau regard derrière elle. L'homme était toujours sur ses traces. Les mains enfoncées dans les poches, il avançait très rapidement, d'un pas saccadé. Large d'épaules, du souffle à revendre.

Elle renfila ses chaussures et s'élança vers les masses noires des hangars. Elle trébuchait sur les lits de pierre mais au moins, elle ne se blessait plus. Tout en courant, elle eut une vision d'elle-même, prise de haut. Une petite silhouette chancelante, trench-coat et béret, se tordant les chevilles dans un labyrinthe de voies ferrées.

Un bref instant, elle ne vit plus rien. Un trou noir au goût de rouille. *Scheiße !* Elle s'était cassé la gueule. Elle se redressa et cracha du sang. Peut-être un morceau de lèvre. *Allez, debout.* Il était toujours là, plus près, comme si rien ne pouvait ralentir ses pas. Dans quelques secondes, il serait sur elle – et, elle n'avait plus de doute, il lui trancherait la gorge pour le compte.

Elle voulut hurler, pas possible. Elle voulut réfléchir, encore moins. Elle se traîna, boitant, crachant, gémissant, vers les entrepôts. D'une seconde à l'autre, un couteau allait se planter dans son dos ou lui passer autour du cou comme une écharpe en forme de rasoir.

Le sol trembla. Les rails se mirent à vibrer, le ballast à frémir. Un train. Un train arrivait. Sur une voie qui devait se trouver à quelques mètres devant elle. Ou derrière. Elle pouvait encore courir et dépasser le fouillis de rails. Ça serait à un cheveu mais elle devait le tenter. La masse grondante et sifflante du convoi couperait la route à l'assassin.

Elle se mit à courir. Ses chevilles suppliciées, sa poitrine torturée… L'acide lactique l'inondait, la rongeait. Plus assez d'oxygène, trop de sucre consommé par ses cellules. Elle n'était pas toubib pour rien. Elle savait qu'elle était en train de fermenter comme du lait.

Elle tomba à nouveau. L'alternative : mourir sous les coups du tueur ou sous les roues du train. Un nuage, plutôt une convulsion de fumée, accrocha l'éclat de la lune. C'était maintenant le ciel qui semblait se fissurer, se lézarder en un éclair vaporeux. Et le cliquetis des roues qui suivait une cadence assourdissante…

Elle avait perdu une chaussure. À tâtons, elle palpa le ballast, voyant soudain dans cette disparition le signe de sa perte, de sa mort… Sa main étreignait le cuir quand, enfin, ses yeux lâchèrent la locomotive pour regarder à droite. L'homme était à quelques dizaines de mètres, les mains toujours dans les poches. Elle vit le bord de son chapeau coupant la vapeur et la lumière, une lame circulaire qui fendait tout obstacle, toute barrière...

Le train est là. Tout ce qu'elle réussit à faire, c'est rouler sur le côté en fermant les yeux. Un monstrueux rythme ternaire ébranle la terre, un chuintement fou couvre tout, l'espace et le temps. À ce moment, il n'y a plus que cette cadence qui hache le monde en giclées de vapeur, souffles graves et cadences d'acier...

L'homme n'avait pas eu le temps de passer. Elle était sauve. À cloche-pied, elle avança encore tout en essayant d'enfiler sa chaussure. Enfin, le rempart des hangars à locomotives. Sans aucun doute, les bassins étaient derrière.

Elle trouva un passage et obtint confirmation. L'eau. Les quais. La lumière. Des projecteurs à incandescence détachaient chaque élément : grues mobiles, treuils, crochets de levage, péniches... Malgré sa panique, elle n'oubliait pas son but, la *Kraftwerk*.

Aucune tour en vue. Gauche ? Droite ? C'était quitte ou double : l'une des extrémités du bassin rejoignait le canal de navigation qui la mènerait à la centrale. Elle prit à droite et ralentit, cherchant son souffle. Ne pas réfléchir à ce qui venait d'arriver. Pas avant d'être dans sa Merco. Pas avant d'être sur la route.

Soudain, la silhouette se profila devant elle, au pied d'une grue. Le manteau. Le chapeau – un fedora, elle le distinguait à présent. Elle n'eut le temps ni de hurler ni de réfléchir : elle tourna les talons et s'enfuit dans la direction opposée. C'est la fatigue qui allait la tuer. Elle allait renoncer, faute de sang, faute de forces, tout simplement. Vaincue par abandon.

Elle attendait presque la lame du bourreau comme un soulagement, quand elle repéra une voiture. Pas la sienne, une Mercedes 170 V. Une bagnole de flics, ou de soldats, ou de n'importe quoi portant des galons.

Elle voulut hurler mais ses cordes vocales avaient brûlé dans l'effort. Un homme en uniforme était adossé à la carrosserie, il fumait comme s'il vivait dans un autre monde, insouciant, inoffensif. Il paraissait observer quelque chose à travers la fente d'une palissade défoncée.

— Herr Offizier ! hurla-t-elle enfin. Herr Offizier !

L'homme balança sa clope. Il était tête nue, ce qu'elle trouva bizarre. Pas moyen de discerner la couleur de son uniforme – vert, noir, gris. Orpo, SS, Wehrmacht… De toute façon, elle les confondait tous.

Elle continua d'avancer. Dans le hangar, deux soldats, de dos, achevaient un homme en chemise. À genoux, couvert de sang, il semblait avoir la mâchoire inférieure déboîtée. Des fragments de verres de lunettes brillaient au fond de ses yeux comme du mica.

Déjà, le chauffeur dégainait. Comme dans un cauchemar, elle pivota et repartit au pas de charge.

— Arrête-toi ! hurla l'homme. Arrête-toi !

Elle aperçut une tour, vit une porte entrouverte, s'y engouffra. Escalier en colimaçon, odeur pestilentielle. Elle était dans un four. Au bout de quelques marches, elle baissa le regard. Le nazi était là, Luger au poing, inspectant les lieux avant de s'y risquer.

Retenant son souffle, elle le vit s'engager dans l'escalier. Par réflexe, elle leva les yeux et ne discerna que les marches qui disparaissaient dans l'ombre. Une fois en haut, elle serait acculée à sauter dans le vide ou à se prendre une balle dans le ventre.

Elle grimpa tout de même, longeant la paroi circulaire comme si elle pouvait s'y encastrer, s'y perdre. L'odeur âcre s'accentuait. Elle s'approchait d'un balancier, d'une machine. *Tic-tac-tic-tac…* C'était comme une horloge, mais très puissante, qui n'avait qu'une vocation, sonner l'heure de sa propre mort.

Elle se pencha encore et vit une main qui serrait la rampe. Tenter le tout pour le tout, redescendre tête baissée et jouer les béliers ? L'homme aurait le temps d'appuyer sur la détente.

Elle montait à reculons, le crâne saturé par le déclic du mécanisme qui était devenu un compte à rebours. 10-9-8-7… Soudain, dans son dos, le mur s'effaça et elle faillit tomber à la renverse. Elle se retourna, comprenant qu'elle s'appuyait sur les rebords d'une niche – conduit d'aération ou autre. Elle grimpa et s'accroupit dans l'orifice.

Les bottes s'approchaient, à contretemps du cliquètement qui s'amplifiait toujours. Une personne raisonnable aurait laissé le nazi passer en priant pour qu'il ne la remarque pas. Minna n'était pas une personne raisonnable. Quand elle aperçut l'uniforme, si proche qu'elle pouvait distinguer sa ceinture brillant dans l'obscurité, elle détendit les jambes, propulsant le soldat contre la rampe. Il ne bascula pas comme elle l'avait prévu. Elle n'eut que le temps de s'extraire de la niche, de s'agenouiller et d'attraper les mollets du nazi entre ses bras serrés.

Elle hurla en se relevant, mais moins fort que l'homme qui tombait dans le vide. Elle ne prit même pas la peine de vérifier l'ampleur des dégâts – le gars avait fait une chute d'au moins dix mètres, soulevant un épais nuage de poussière alcaline. Elle descendit l'escalier en sautant les marches trois par trois, s'agrippant à la rampe comme dans une attraction de fête foraine.

Pas un regard pour le corps. Pas un coup d'œil en arrière. Sur le quai, elle retrouva l'air frais avec euphorie, vérifiant tout de même si d'autres hommes n'étaient pas à ses trousses. Personne.

Elle prit une direction au hasard, sans se soucier d'où elle allait exactement. L'urgence était de mettre une distance maximale entre elle et les assassins. Elle courait ainsi depuis quelques secondes quand une main l'attrapa violemment et l'attira dans un recoin de structure métallique.

Ce n'était pas un nazi mais son assassin, le visage toujours dissimulé par son chapeau. Stupidement, Minna se dit : « Pas un fedora, un homburg. » Il releva la tête et pressa sa dague sur la gorge de Minna. D'une certaine façon, cette seconde était passionnante pour une psychiatre. Que pense-t-on à l'article de la mort ? Pas l'ombre d'une vie ne défilait sous ses yeux, pas la moindre pensée pour ses êtres chers – *vous avez dit qui ?* Rien qu'une attente blanche, un éblouissement, une sorte de mort déjà, mais comme inversée.

Alors, il se passa quelque chose d'extraordinaire. L'homme stoppa son geste, baissa son poignard, libéra son emprise. La seconde suivante, il avait disparu.

Minna se laissa glisser le long d'un pylône d'acier, se retrouvant le cul sur les pavés mouillés. Elle sanglotait. De joie, de soulagement, d'humiliation. Elle ne comprenait rien.

Pourtant, à travers ses larmes, un élément surnageait. Un élément stupéfiant, qui balayait presque le cauchemar de la poursuite.

Le visage de l'homme.

Elle ne l'avait pas bien vu, certes, il faisait sombre, mais tout de même, aucun doute : ce visage était en marbre.

# II

# L'HOMME DE MARBRE

39.

La pluie le réveilla. Aucun souvenir de la manière dont il était rentré chez lui mais au moins, il était dans son lit. Pas la moindre trace de rêve non plus – et ça, il n'aimait pas. Il avait dormi comme on plonge la tête dans une chape de ciment frais qui aussitôt « prend » sur vos tempes...
Le Nachtigall, l'alcool, Beewen... Simon en avait trop entendu la veille pour se rappeler quoi que ce soit. Pour l'instant, tout se réduisait à un magma confus, sans la moindre cohérence. Il se redressa dans son lit et, tendant le bras, parvint à ouvrir la fenêtre.
La pluie sur Berlin.
Une pluie d'été, légère, aérée, parfumée, une invitée-surprise qui s'attire tous les regards, raflant la mise avec son charme singulier. Il tendit l'oreille, percevant le claquement net des gouttes sur les pavés, la résonance plus longue de celles qui glissaient sur les toits ou de celles, plus sourdes, plus graves, qui crépitaient sur les capots des voitures stationnées dans la rue. Il écoutait aussi le bruissement aigu, frétillant, des éclaboussures sur les cimes : un bruit vert, laqué, allègre, qui semblait se faufiler jusqu'au ciel.
Enfin, tout lui revint. Trois meurtres. Susanne Bohnstengel. Margarete Pohl. Leni Lorenz. Trois patientes. Trois amies. Trois

maîtresses... Elles étaient venues dans son cabinet, elles s'étaient allongées sur son divan, afin de s'épancher. Toutes, elles avaient rêvé de «l'Homme de marbre»...

Il se leva et se rendit à la cuisine. Il n'avait aucune idée de l'heure. Un coup d'œil à la pendule au-dessus de la gazinière le renseigna. Onze heures du matin. Pas grave. Il n'avait pas de rendez-vous et les morts violentes avaient ce pouvoir : elles disqualifiaient tous les autres événements de l'existence.

Café. Moulin. Cafetière. D'un geste distrait, il alluma sa petite radio cadrée de bakélite – un VE 301 (*Volksempfänger*), un modèle bon marché développé par Joseph Goebbels, qu'on avait fini par surnommer «la gueule de Goebbels».

D'un coup, tous les grains de café se répandirent sur le sol.

Le moulin lui avait échappé des mains sous l'impact de la nouvelle. Ce matin, à l'aube du 1er septembre 1939, l'Allemagne avait attaqué la Pologne. Ou plutôt avait répondu à une agression visant un poste émetteur radio à Gleiwitz. Face à cet acte de provocation, la Wehrmacht avait réagi dans les grandes largeurs, ripostant par le nord, le sud, l'ouest et marchant déjà vers Varsovie. *Rien que ça.*

Personne ne croirait jamais à cette histoire de poste émetteur, sans doute montée de toutes pièces par Himmler et sa clique. C'était un détail. Le fait majeur était que l'Allemagne entrait en guerre...

Comme hypnotisé, Simon fixait les grains de café éparpillés sur le carrelage. La voix monocorde poursuivait ses commentaires sur cette «intolérable agression de la Pologne» et le «droit légitime de l'Allemagne à répliquer».

La guerre. Il se souvenait que la France et l'Angleterre avaient promis leur soutien à la Pologne, ce qui signifiait que ces deux pays allaient enquiller sur le mode belliqueux.

Bon Dieu, en ce matin du 1er septembre, c'était ni plus ni moins que la Deuxième Guerre mondiale qui venait d'éclater.

Une fois encore, il ouvrit la fenêtre. La fraîcheur de l'averse, le tableau bleu-gris de la ville détrempée, miroitante comme de l'ardoise, le rasséréna. Il ramassa son café, reprit son moulin et se fit un petit nectar avec sa cafetière Bialetti Moka Express.

Soudain, il se souvint qu'il avait un déjeuner. Greta Fielitz. Le Bayernhof. Midi et demi. Pas question d'annuler. Au contraire, ce rendez-vous allait inaugurer son enquête : Greta connaissait bien les victimes.

Il vida sa tasse cul sec et fila sous la douche.

40.

Dehors, l'averse avait cessé. C'était maintenant la chaleur de la journée qui s'annonçait. Dans l'air encore humide, on pressentait cette masse lourde et moite qui roulait sur Berlin comme pour l'étouffer.

Dès que Simon mit un pied dans la rue, des avions bourdonnants traversèrent le ciel. La guerre. Bon Dieu. Impossible de l'oublier. Potsdamer Platz, il vit passer des troupes qui partaient à l'Est – des blindés, des camions de déménagement, des véhicules à plateforme... Tout avait été réquisitionné pour transporter les soldats vers la Pologne.

Sous le ciel encore orageux, ce cortège était magnifique. Comme un fait exprès, le soleil se frayait à cet instant un chemin parmi les nuages, frappant précisément le convoi lustré de pluie. Le doigt de Dieu...

Dans les rues, il s'attendait à une véritable effervescence – panique ou enthousiasme. Ce n'était ni l'un ni l'autre. Personne en train de lire le journal debout au milieu de la rue, en état de sidération. Pas d'attroupement où les esprits s'échauffaient, le ton montait. Et sans doute aucune manifestation devant les ambassades ennemies. Soit les Berlinois n'y croyaient pas, soit ils y croyaient trop, et la lassitude était leur réponse.

À midi et demi pile, le petit Kraus déboula au Bayernhof.

Malgré tout, il avait pris le temps de soigner son allure et avait choisi un homburg orné du *Gamsbart*, la «barbe de chamois» qui décore les chapeaux des Bavarois. C'était le moment ou jamais d'arborer une allure patriotique.

Le Bayernhof, au 10-11 de la Potsdamer Straße, datait du début du siècle. C'était un immense restaurant, démodé, plus proche de la curiosité historique que de la bonne adresse gastronomique. Jardins avec fontaines de pierre, salle aussi spacieuse qu'un hall de gare, lustres colossaux, mosaïques au plafond représentant des ménestrels et autres troubadours des cours germaniques...

Greta Fielitz était déjà là. Il la repéra, droite sur sa chaise, à l'ombre de la cheminée. Il remonta l'une des trois rangées de tables alignées comme des jetons de backgammon. Elles étaient toutes occupées et le brouhaha ambiant rappelait le tintamarre d'une fanfare, scandé par le cliquetis des fourchettes.

Greta tirait la gueule. Sa petite mine de fruit rouge était sombre, comme si la saison était passée pour cette cerise. Sa bouche ronde, ces fameuses lèvres qui faisaient courir tout Berlin, étaient crispées, ses yeux voilés et – sacrilège – des rides marquaient les coins de ses paupières. De là où il était, il pouvait voir la poudre accumulée entre ces plis. Il songea, et s'en voulut, à de la poussière sur un masque égyptien.

– Ça n'a pas l'air d'aller, dit-il en s'asseyant.
– T'as entendu les nouvelles ?
– On s'y attendait, non ?
– Tout de même... Qu'est-ce qui va se passer ?

La jeune femme piocha dans son sac un poudrier qu'elle ouvrit d'un coup de pouce. Elle s'observa dans le miroir puis se mit à se tamponner nerveusement le visage avec la houppette comme on assécherait une plaie sanglante.

Simon n'était pas prêt à se lancer dans de vagues commentaires géopolitiques et ce n'était pas le sujet du déjeuner. Surveillant Greta du coin de l'œil, il se demanda quelles étaient ses relations avec Susanne, Margarete, Leni... Au Club Wilhelm, elles se prétendaient toutes amies mais leurs liens étaient plus complexes. Chacune d'elles y faisait souvent allusion sur le divan. Un mélange de jalousie, de rivalité, d'admiration et... de désir.

Il songea au bouleversement de Greta si elle apprenait leur mort... *Beaucoup plus violent que les nouvelles du jour, crois-moi.* Sa gorge était sèche. Il attrapa la bouteille d'Adelholzener, l'eau gazeuse préférée des Berlinois, remplit son verre et s'envoya une longue gorgée pleine de bulles.

D'abord, il opta pour son numéro habituel, un mélange de blagues, de potins et de flatteries qui d'ordinaire faisait son effet. Pas ce jour-là. Greta ne se déridait pas. Il comprit qu'elle avait une autre raison d'être si maussade. Elle était avant tout une Dame de l'Adlon, pour qui la politique n'était qu'une toile de fond anecdotique.

Le garçon arriva. Greta commanda sa *Kartoffelsalat* – tout de même – et Simon la suivit sur ce terrain frugal.

– Qu'est-ce qui se passe ? demanda-t-il enfin sur un ton bienveillant. Tu peux tout me dire. Je reste ton psychanalyste.

– Tu vas pas commencer !

Simon se tut. Elle était mûre. Il n'y avait plus qu'à attendre que le fruit tombe.

– Depuis deux nuits, commença-t-elle, je fais un rêve... horrible.

Simon tressaillit.

– Je vois un bureau... Je suis là, tremblante, avec mon certificat d'aryanité à la main. Un homme me regarde. Il ne bouge pas, ne dit rien, mais je peux sentir son pouvoir...

Simon se pencha, poussant par mégarde son assiette et renversant son verre.

– Cet homme, demanda-t-il en le remettant d'aplomb, à quoi ressemble-t-il ?

– Je préfère... ne pas en parler.

– Essaie de te souvenir. C'est important.

Elle leva les yeux. Ses sourcils, délicatement épilés, aussi clairs

que sa chevelure, dessinaient deux anses de rotin sur son front de porcelaine.
— Qu'est-ce que tu veux dire ?
— Décris-le-moi.
Elle baissa de nouveau la tête et eut un mouvement buté, un « non » boudeur, puis laissa échapper :
— Il portait un masque. Un masque... terrifiant.
Simon serra les poings. *C'est pas Dieu possible...* Il discernait dans ses pupilles de très fines encoches d'argent. Avec un peu d'imagination, on pouvait y voir des runes SS.
— Un masque en marbre, continua-t-elle. Avec des veinules blanches et noires et...
— Excuse-moi un instant.
Simon s'était déjà levé.
— Je reviens tout de suite.
Il traversa la salle au pas de charge — cette cantine de luxe où on bâfrait alors que la guerre venait d'éclater lui paraissait répugnante.
À l'entrée, il demanda à téléphoner. On lui indiqua une cabine. Il donna son numéro et fonça à l'intérieur.
— Quoi ? se contenta de répondre Beewen, après que Simon lui eut expliqué la situation.
— Viens. On est au Bayernhof. Y a pas un instant à perdre.
— Venez plutôt ici.
— À la Gestapo ? Certainement pas. Elle ne dirait plus un mot.
Beewen paraissait réfléchir. Simon imaginait la tête de cet escogriffe, avec son œil qui faisait relâche, face à cette enquête qui dépassait à la fois son intelligence et son imagination.
— J'arrive, lâcha-t-il enfin.
— Viens en civil, ajouta Simon. N'aggrave pas ton cas.
De retour à la table, Simon était tout sourire, pas question d'éveiller les soupçons de Greta.
Il devait maintenant gagner du temps — et surtout, ne plus la laisser parler. Chaque mot de son témoignage devait être entendu par Beewen. Il ignorait comment il s'y prit, mais il

parvint à occuper une demi-heure de *small talk* et de babillages sans le moindre intérêt.
Soudain, Greta se raidit.
– T'as appelé les flics ?
Elle avait les yeux braqués sur l'entrée de la salle. Simon se retourna et aperçut Beewen qui les cherchait du regard. Il avait enfilé un costume d'été mais ça ne trompait personne. C'était comme s'il avait eu marquées sur le front les lettres «GESTAPO». Et clignotantes, encore.
Simon prit la main de Greta.
– T'en fais pas. Tout va bien se passer.

## 41.

Simon leva le bras et le gestapiste les aperçut enfin. Sur son passage, il y eut une rumeur, un imperceptible frémissement. Beewen était le genre de gars qui ne pouvait provoquer que la terreur. Et à Berlin, en septembre 1939, ce sinistre pouvoir paraissait décuplé.
Greta s'était déjà levée.
– Qu'est-ce que ça veut dire ? Comment tu as pu me faire ça ?
Elle tendit la main vers son sac mais Simon la saisit et enchaîna, le plus naturellement du monde :
– Je te présente Franz Beewen, un ami à moi. Tu n'as rien à craindre.
Greta ne quittait pas le géant des yeux. Sa peur lui donnait une arrogance inattendue.
– Vous êtes un SS ? lui demanda-t-elle comme elle lui aurait craché au visage.
Simon balaya le restaurant du regard – tous les yeux convergeaient vers eux. Il attrapa une chaise de la table voisine et incita Beewen à s'asseoir.

— Je suis de la Gestapo, confirma Beewen en s'installant, mais je suis venu ici en ami.
— Tu n'as rien à craindre, répéta Simon.
Greta se laissa choir sur son siège, l'air épuisé. Elle était toute rose et sa petite mèche crantée paraissait vibrer sur son front.
— Ce que j'aimerais, poursuivit Franz d'une voix chaleureuse, c'est que nous parlions ici, maintenant, entre nous, et d'une façon informelle.
— De quoi ?
— De votre rêve. De l'Homme de marbre.
Greta chercha le regard de Simon.
— Je ne comprends pas.
Simon en rajouta sur le mode réconfortant :
— C'est tout simple. Ce rêve nous intéresse. Ne me demande pas de t'expliquer pourquoi mais cet Homme de marbre joue un rôle dans une enquête à laquelle je participe.
— Quel rôle ?
— Greta, détends-toi. Et décris-nous simplement ce personnage...
Elle jouait maintenant nerveusement avec sa fourchette, les yeux baissés. Les secondes paraissaient brûler dans cette atmosphère de tension aiguë.
— Pour commencer, reprit Simon comme pour l'empêcher de gamberger, dis-nous exactement quand tu t'es mise à rêver de lui.
— Avant-hier. Le jour où nous nous sommes vus.
— Et tu as recommencé hier ?
— Cette nuit, oui.
— Son visage est en marbre, c'est ça ?
— Non. Je te l'ai déjà dit, il porte un masque. Une sorte de loup, biseauté, laissant le bas du visage à découvert... La pierre est lisse, verdâtre...
— Comment fait-il pour voir ?
— Il y a une rainure au niveau des yeux...
— Il te dit quelque chose ?

– Non. Il ressemble à un simple fonctionnaire. Il est... indifférent.
– Tu m'as parlé d'un bureau. Te souviens-tu de détails dans le décor ?
– À côté de lui, il y a une chaudière.
– Tu veux dire un poêle ?
– Non, une chaudière en fonte, comme dans la cabine d'une locomotive. Sa porte est ouverte et on peut voir les flammes s'y tordre en craquant. Dans mon rêve, cette bouche de feu n'est pas un chauffage, c'est une poubelle. L'homme va peut-être y jeter mon certificat, ou peut-être moi-même s'il considère que je ne suis pas une bonne Allemande...

Bref silence. Un garçon arriva et interrogea du regard Simon : personne n'avait touché à son assiette. Le psy lui fit signe de débarrasser.

– Ensuite ? insista Simon, quand le serveur eut disparu.
– C'est tout. La scène se répète, j'arrive, l'Homme de marbre me demande mon certificat d'aryanité, mon rêve ne va jamais plus loin. Je ne sais si mon document est conforme ou non, si moi-même je suis conforme ou non. Je regarde la chaudière et je m'imagine brûler vivante...

Kraus lança un coup d'œil à Beewen. Impassible, inflexible même, il semblait observer Greta avec curiosité : il ne devait pas souvent rencontrer de femmes aussi belles que Frau Fielitz.

– As-tu une idée d'où tu as déjà aperçu cet « Homme de marbre » ?
– Qu'est-ce que tu veux dire ?

Simon se lança dans une de ces brèves explications dont il avait le secret :

– Je ne pense pas que ce personnage ait été inventé par ton subconscient. C'est ta peur, ton angoisse qui l'ont placé au centre du scénario. Mais à mon avis, cette figure s'inspire d'un souvenir. Tu as vu récemment une sculpture, ou une image...
– Je ne me rappelle pas.

– Réfléchis. Où aurais-tu pu croiser un individu aussi étrange ? Dans un livre ? un musée ? un hôtel ?
– Je ne passe pas ma vie dans les hôtels, protesta-t-elle d'un ton offusqué.
– Une galerie ?
– Je te répète que je ne sais pas.
Simon glissa sa main sous sa veste et en sortit un stylo à piston Dia. D'un geste, il poussa les verres, la bouteille d'eau, les serviettes.
– Reprenons tout. Tu vas nous décrire en détail cet homme et je vais faire un dessin.


## 42.

Il détestait cette enquête. Bon Dieu, il la haïssait. Ce matin encore, à son réveil, tout lui semblait bien parti. Avec tout de même un troisième meurtre sur les bras et un cadavre de flic à oublier d'urgence.

Mais enfin, l'arme du crime était identifiée. Un profil de suspect se précisait. Un assassin SS, ce n'était pas une bonne nouvelle mais on pouvait gérer le problème. Beewen avait même trouvé une parade et Perninken n'y semblait pas opposé.

Mais voilà que le nabot avait encore fait des siennes, lui sortant du tiroir une nouvelle « rêveuse », qui avait elle aussi une bonne tête de victime potentielle. Greta Fielitz. Trente et un ans. Mariée à Günter Fielitz, un aristocrate saxon pronazi. Et bien sûr, membre du Club Wilhelm.

Bringuebalé dans sa Mercedes, il baissa les yeux vers le dessin qu'il tenait entre ses mains. Beewen devait l'admettre : Simon Kraus avait un sacré coup de patte. Il semblait donc avoir tous les dons, ce con.

*Concentre-toi.* L'homme en costume strict, assis derrière un bureau, portait une sorte de casque rappelant les heaumes du Moyen Âge dotés d'un ventail, cette visière perforée qui s'abaissait sur le visage et dessinait un bec. Ici, point de trous pour ménager le champ de vision, mais une fente horizontale qui traversait de part en part la paroi biseautée.

*Absurde.* D'autant plus absurde que Simon, suivant les indications de Greta, avait donné de la matière au masque en esquissant à sa surface des veines brunes et blanches caractéristiques du marbre...

Beewen avait envie de balancer cette aberration par la fenêtre. Ainsi, tel était leur suspect – ou du moins le passager des songes qui annonçait sa prochaine exécution à la victime...

Bon, il n'y avait pas trente-six solutions. Soit, et on sortait du champ du rationnel, ce personnage s'échappait réellement des rêves pour éventrer ses victimes, soit, c'était la théorie de Kraus, ces femmes avaient aperçu l'Homme de marbre au détour d'une visite de musée, d'un dîner, d'un film ou d'une promenade entre amies.

Il achetait cette deuxième hypothèse mais elle ne leur apprenait rien. Même si on admettait que Susanne, Margarete, Leni et Greta étaient passées au même endroit, ensemble ou séparément, qu'elles avaient vu la même figure et qu'elles s'en étaient souvenues pour nourrir leurs rêves, qu'est-ce que ça disait sur le meurtrier? Absolument rien.

– Nous arrivons, Herr Hauptsturmführer...

Beewen avait décidé de faire un détour par son appartement. Après sa macabre balade nocturne, il était retourné directement à la Gestapo, avait enfilé un uniforme et s'était plongé dans son dossier d'enquête, cherchant à lire entre les lignes pour deviner ce que Wiener avait bien pu découvrir pour écoper de deux balles dans la nuque.

– Tu m'attends. J'en ai pour dix minutes.

Beewen s'achemina vers l'immeuble décrépit qui lui servait de domicile. Il avait toujours refusé de vivre en caserne – il voulait son indépendance, ses propres quartiers libres. Résultat, avec sa maigre solde, il n'avait pu se payer qu'une chambre dans cette pension délabrée, au sein de Prenzlauer Berg. Toute cette zone était dominée par une brasserie dont les cuves de fermentation crachaient jour et nuit leurs vapeurs. La puanteur jouait beaucoup pour les loyers réduits... Et l'été, Seigneur, on aurait dû en faire cadeau aux habitants tant les miasmes vous asphyxiaient.

Beewen abandonna l'enquête un instant pour se concentrer sur la nouvelle du jour, la vraie : la guerre était déclarée. Et il était fin prêt. Il pourrait bientôt s'engager et transmuer son grade de la Gestapo en galons de la Wehrmacht. D'abord le front polonais, puis la France. Enfin !

Pourtant, il n'éprouvait aucune joie ni même aucun intérêt pour cet événement capital. *Mein Gott.* Mille fois, il avait imaginé cette guerre. Il l'avait conçue, patiemment, dans ses moindres détails. Il l'avait modelée tel un métal ardent poussé à mille degrés. Il en connaissait les moindres ressorts, les moindres possibilités... Et voilà que maintenant, il s'en foutait, ou presque. C'était cette enquête qui l'obsédait. Régler ce dossier, c'était l'urgence. Il s'occuperait de la guerre plus tard.

Beewen faisait salle de bains commune avec les locataires de son étage mais à cette heure-ci – près de quinze heures –, la voie était libre. Dans cette pièce d'eau, il y avait la faïence, le lavabo, une cabine de douche, un bidet même... Mais rien ne fonctionnait, le sol était glacé et l'humidité suintait de partout, sauf des robinets ou du pommeau de douche.

Ce jour-là, un filet saumâtre répondit à ses espérances. Là-dessous, il put se laver et se repasser la fin du rendez-vous avec Greta Fielitz. Devant le Bayernhof, ils l'avaient poussée dans sa voiture avec chauffeur en essayant de la rassurer – Beewen avait déjà décidé de la faire protéger en lui collant des gestapistes aux jupons.

Avant qu'ils se séparent, il avait demandé à Kraus :

– Tu connais une psychiatre du nom de Minna von Hassel ?

– Bien sûr. On était à la fac ensemble.

– Qu'est-ce que tu penses d'elle ?
– Rien.
– Tu dis ça comme si tu venais d'avaler de travers.
– J'aime pas les petites-bourgeoises qui jouent aux saintes.
– Tu préfères les épouses de banquiers nazis ?
Kraus l'avait fixé sombrement.
– Peut-être que Leni ou Margarete ne soignaient pas des fous dans un institut ravagé, mais tout ce qu'elles avaient, elles s'étaient battues pour l'avoir. Minna von Hassel est née avec une cuillère d'argent dans la bouche et elle se donne des airs de martyre.
– Elle t'admire beaucoup.
Simon avait froncé les sourcils.
– Tu la connais ?
– Elle soigne mon père.
Beewen ignorait pourquoi il avait lâché cette information. Il avait toujours considéré la maladie de son père comme un handicap, un secret honteux.
Simon était bien trop malin pour poser des questions.
– Tu savais qu'elle a fait une thèse sur les assassins récidivistes ? avait repris Beewen.
– Une référence dans le domaine, paraît-il, mais je ne l'ai pas lue. Pas du tout mon truc. Je crois me souvenir qu'elle a travaillé avec un psychiatre qui a étudié les cas de plusieurs tueurs en série et qui a même pu les interroger.
– Et ce psychiatre, où je peux le trouver ?
– Nulle part. Il est juif. Et mort, sans doute.
Il fila dans sa piaule et sortit son plus bel uniforme, avec galons argentés, pattes d'épaules étincelantes, dague d'honneur au bout de sa chaînette.
Rejoignant sa Mercedes, il percevait le regard des passants posé sur lui, mi-effrayé, mi-admiratif. Il adorait ça. Soudain, il entendit la voix du petit Kraus au Nachtigall : « Et si je peux te donner un conseil, continue de t'habiller en civil pour mener cette enquête. L'uniforme SS, on fait mieux pour la discrétion. »

S'habiller en civil ?
Et puis quoi encore ?

43.

Il se sentait bien dans son uniforme, il se sentait bien au 8, Prinz-Albrecht-Straße. Ce grand édifice de pierre de taille – presque un musée – était sa vraie maison. Un manteau qui l'enveloppait et le protégeait. On a la famille qu'on peut, et il acceptait cette vérité avec fatalisme : il appartenait au camp des méchants.

Chaque fois qu'il arrivait là-bas, Franz songeait à ce qu'avait été ce bâtiment avant que les nazis s'en emparent : ateliers, salles de classe, bibliothèque... Tout ça bourré d'œuvres d'art, de théories esthétiques et d'espoirs d'artistes. C'était le monde de Kraus et de Minna qui avait cédé le terrain à celui de Beewen. *Place aux jeunes !* Hahaha !

Contrairement à la croyance répandue, on interrogeait plutôt les suspects dans les bureaux que dans les cellules du sous-sol. C'était donc en montant qu'on percevait les cris, les gémissements, les coups secs et les supplications... Depuis longtemps, Beewen n'y faisait plus attention. Comme lui, la plupart de ses collègues étaient des anciens SA et chacun avait l'habitude de ces bruits sinistres. C'étaient les grincements de drisses et les claquements de voiles du navire.

Un sifflement d'admiration le secoua de ses pensées. Il était parvenu à son étage, sans même s'en rendre compte, et Grünwald, cet enfoiré de SS frustré, toujours sur son pas de porte, mains dans le dos, faisait mine d'être ébloui par son uniforme.

– Tu t'es fait belle.

– Tout le monde ne peut pas avoir de la merde au cul.

Grünwald et son équipe étaient réputés pour leur crasse et leur laisser-aller. Beewen les imaginait bien au front, errant,

débraillés comme des épouvantails. Ils allaient se dissoudre là-bas, très loin, dans le froid et les bombes...
— Fais attention à ce que tu dis.
Beewen sourit. Peut-être aurait-il mieux valu qu'ils règlent leurs comptes dans la cour une bonne fois pour toutes, à coups de poing et de matraque, plutôt que de se chercher chicane dans les couloirs comme des fonctionnaires timorés. Il fit un pas vers le moustachu puis renonça, esquissant un geste de lassitude. Il y avait plus urgent.
Au 56, Dynamo était affalé dans son propre fauteuil. Il avait posé une gibecière graisseuse près de la machine à écrire de Beewen.
— C'est quoi, ça ?
Hölm se leva en exagérant un soupir de fatigue, saisit deux coins de toile et tira vers le haut : une cascade de poignards se déversa sur le bureau, poussant dossiers, tampons et stylos jusque par terre.
— Ho, ho, ho, calme-toi ! cria Beewen en essayant de limiter les dégâts.
— C'est ce que tu voulais, non ? rigola l'autre. J't'ai apporté pas mal de dagues de chez nous, mais c'est vraiment pour t'faire plaisir. Y a rien à pêcher de ce côté-là.
— Explique-toi.
— J'ai appelé le Reichszeugmesterei (RZM), le bureau de contrôle du matériel de nos troupes.
— Je connais, merci.
— Contrairement à ce que tu croyais, il est courant que nos gars cassent leurs poignards, les abîment, les égarent, les revendent même, mais faut pas le dire. L'administration suit les commandes, les livraisons, et fait mine de traquer les coupables. Mais autant chercher une aiguille dans une pelote d'aiguilles.
Beewen regardait le fatras de couteaux répandu sur le plateau en cuir. Il y en avait de toutes sortes : les manches, les gardes, les lames, les fourreaux, les attaches, les chaînettes, tous ces détails présentaient des différences infimes.

– On a ici des poignards SS modèle 33 et modèle 36, des exemplaires de la SA, de la Wehrmacht, des SS-TV, des dagues d'honneur, des pièces de collection, dont certaines signées par Ernst Röhm ou Heinrich Himmler eux-mêmes... Mais tout ça ne sert à rien. La seule chose qui nous importe, c'est la forme de la lame et les marques sur la garde. Or, de ce point de vue, tous ces poignards ont les mêmes caractéristiques.

Beewen observait ces objets meurtriers aux prétentions artistiques et y voyait désormais le naufrage de son seul indice : impossible de remonter la moindre piste à partir des blessures des victimes.

– J'ai contacté plusieurs boîtes à Solingen. Jacobs, Carl Eickhorn, Karl Böcker... Ils ont été formels. Impossible de distinguer un de ces poignards d'après une empreinte. À quelques micro-détails près, toutes les lames sont identiques.

Avec un peu de recul, cet indice lui paraissait maintenant trop évident, trop théâtral. Et ce geste du légiste qui avait enfoncé sa propre dague dans une des blessures... Tout ça, c'était du flan. Un tueur qu'aucun témoin n'avait jamais vu, qui ne laissait aucune trace et qui semblait pouvoir se dématérialiser sur commande ne lui aurait jamais servi un tel indice sur un plateau.

*Retour à la case départ.*

Allongeant le bras, Beewen fit basculer tout le barda dans son sac d'origine.

– J'ai une mission pour toi, fit-il en se redressant. Il faut mettre deux gars sur les traces d'une femme, Greta Fielitz. On a sans doute un dossier sur elle.

– Elle est suspecte ?

– Non, elle est menacée. Il faut la protéger.

– Comment tu sais qu'elle est en danger ?

– Si je te le disais, tu ne me croirais pas...

Alfred passa la tête par l'entrebâillement de la porte après avoir frappé.

– Un message pour vous, Hauptsturmführer.

– Je verrai ça tout à l'heure.

– C'est un message personnel, une femme…
Dynamo ricana, Beewen se raidit.
– Une femme?
Toujours dans l'encadrement de la porte, Alfred lut son petit papier – il portait des lunettes à très fine monture qui évoquait les antennes d'une sauterelle.
– Minna von Hassel. Elle a dit que c'était à propos de votre père.

## 44.

Les flonflons résonnaient sous le kiosque à musique. Tout autour, des tables, des chaises blanches, des treillis faisaient cercle sous des ballons suspendus. Au milieu, les couples valsaient avec une légèreté souriante, satisfaite, comme imbue d'elle-même. Il régnait là une ivresse d'été pleine de parfums de fleurs et d'odeurs de bière.
Voilà des années que Beewen n'avait pas mis les pieds dans un *Biergarten*, ces brasseries en plein air ne l'avaient jamais enthousiasmé. À ses yeux, ce mélange de soleil, de musique, de bière et de saucisses ne collait pas. La nature n'avait rien à foutre de ces rythmes de valse et de ces relents de flammekueches. Les arbres, avec leur noble hauteur et leur feuillage luxuriant, lui semblaient regarder avec pitié ces petits humains s'agiter comme des insectes sur la piste de danse ou se goinfrer sur un coin de table.
Ce *Biergarten*, situé au nord du Tiergarten, ne dérogeait pas à la règle mais Franz était frappé par l'affluence et la liesse générale. La guerre venait d'être déclarée, l'apocalypse était en marche, mais sous les marronniers, tout le monde était là à tournoyer, à sautiller, à galoper sur les rythmes ternaires de Josef Lanner.

Beewen était vexé que Minna lui ait donné rendez-vous là. C'était sans doute une attention de sa part – il n'aurait pas à se déplacer jusqu'à Brangbo –, mais ce lieu bondé lui faisait penser à ces endroits publics qu'on choisit pour ne pas rencontrer son interlocuteur seul à seul.

Il l'aperçut, assise seule à une table, aussi déplacée ici avec sa veste en daim et son béret qu'une tache de moutarde sur une nappe blanche.

Repoussant les ballons, écartant les serveurs et les danseurs qui piaffaient de rejoindre la piste, Beewen se dirigea vers elle. Avec son uniforme noir, sa poitrine chamarrée et sa dague cliquetante, lui-même n'était pas franchement au diapason de la petite fête champêtre.

– Qu'est-ce que c'est que ces conneries ? demanda-t-il en guise de bonjour.

Minna tournait sa petite cuillère si nerveusement dans sa tasse que son café débordait. Ses yeux étaient vitreux et sa peau tirait sur le gris. Elle avait l'air complètement droguée.

– Asseyez-vous, ordonna-t-elle.

– Vous pensez que c'est un lieu approprié pour parler de mon père malade ?

– Votre père va très bien.

– Quoi ? Votre message…

– C'était pour vous faire venir.

Beewen était partagé. Il l'aurait bien collée en cellule histoire de lui apprendre à vivre. En même temps, il était soulagé qu'elle ait menti – au moins son père était indemne. Au fond de lui, il admirait aussi le cran de cette femme qui utilisait tous les «moyens possibles et nécessaires» pour parvenir à ses fins.

– Vous croyez que j'ai que ça à foutre, fit-il en s'asseyant à contrecœur. Boire des cafés dans un *Biergarten* en plein après-midi ?

– Je voulais vous parler de plusieurs choses, en urgence.

Beewen regarda sa montre.

– Je vous écoute, mais je vous jure que si vous m'avez fait me déplacer pour...
– La loi du 14 juillet 1933, ça vous dit quelque chose?
– Vous n'allez pas jouer aux devinettes en plus.
– La loi sur la stérilisation forcée.
– Stérilisation de qui?
– Des handicapés, des patients incurables, des malades héréditaires, des simples d'esprit, des fous...
Il lança un coup d'œil autour de lui : les danseurs ne débandaient pas. Les musiciens – une fanfare d'instruments à vent – attaquaient maintenant un galop. Cavalcade sous les arbres au rythme d'accords pétaradants et de couinements cuivrés. On aurait dit une danse macabre pleine de ricanements sarcastiques.
– Vous m'avez fait venir pour me parler de ça?
– Non. Je voulais savoir si vous aviez entendu parler d'un autre programme.
– Quel genre?
– Un programme plus... radical, qui viserait à éliminer les malades mentaux.
Bien sûr qu'il en avait entendu parler. Une simple rumeur, comme celles qui prêtaient aux nazis l'intention d'exterminer tous les Juifs ou de faire couler les Gitans au large de Kiel.
– Des bruits de chiottes.
– Vous connaissez un dénommé Ernst Mengerhäusen?
Le nom lui disait vaguement quelque chose mais il n'aurait su dire où ni quand il l'avait entendu.
– Non, préféra-t-il répondre. Qui c'est?
– Un gynécologue. Il est venu me voir hier, avec une liste.
– Une liste?
– Des malades que le pouvoir nazi veut transférer dans un hôpital modèle, en haute Souabe. Le château de Grafeneck.
Le serveur arriva. Beewen commanda un café. Le garçon acquiesça et déposa avec précaution des *Mohrenköpfe* devant Minna.

Elle se jeta dessus comme si elle n'avait pas mangé depuis plusieurs jours. Il y avait quelque chose d'écœurant à la voir massacrer avec sa cuillère ces boules de génoise fourrées de crème anglaise.

Franz congédia le garçon d'un coup de menton et reprit :

– Vous en étiez au château de Grafeneck. Plutôt une bonne nouvelle, non ?

– Vous êtes décidément naïf pour un gars de la Gestapo. Les patients seront mieux traités là-bas parce qu'ils n'y resteront pas longtemps.

– Comment ça ?

– On va les y éliminer.

Beewen s'agita sur son siège – il pensait à l'enquête, au temps qui filait. Qu'est-ce qu'il foutait là, à écouter les foutaises d'une psychiatre déguisée en cow-boy ?

– Vous avez des preuves de ce que vous avancez ?

– Non. C'est pour ça que je vous ai demandé de venir. Vous, vous pouvez vous renseigner.

Elle dévorait toujours ses *Mohrenköpfe*, non pas comme une petite fille gourmande, mais comme une droguée, une déséquilibrée qui oublie la plupart du temps de se nourrir mais qui est prise de temps en temps d'une fringale irrationnelle.

– Désolé. Je n'ai pas le temps.

– C'est important.

– En ce moment, croyez-moi, il y a beaucoup de choses qui sont importantes.

– Je veux dire, pour vous.

– Pour moi ?

– Votre père est sur la liste.

Beewen se tut. La nouvelle ne l'étonnait pas. Au sein du Troisième Reich, que faire d'une épave délirante telle que son père ? La supprimer, bien sûr.

Peter Beewen ne méritait aucun traitement de faveur : voilà vingt ans qu'il coûtait de l'argent à l'État, qui de son côté avait

largement remboursé sa dette, rapport à la Grande Guerre. Maintenant, le mieux, c'était de plier les gaules...
– Je vais voir ce que je peux faire, dit-il en se levant.
D'une certaine façon, il attendait cette situation depuis longtemps. L'Ordre qu'il servait allait bientôt devenir son ennemi. Ou plutôt, pour être plus juste, il allait, lui, devenir l'ennemi de la patrie. Car il ne laisserait jamais ses propres collègues embarquer son père pour lui injecter un produit létal quelque part en haute Souabe.
Il pivotait quand Minna l'attrapa par la manche.
– Vous allez vous renseigner ?
– Je vous ai dit que...
– Il faut faire vite. Mengerhäusen a parlé de cars, de transfert. Vous devez empêcher ça !
Beewen baissa les yeux : Minna ne lui lâchait pas le bras.
– Asseyez-vous, répéta-t-elle. S'il vous plaît. Je n'ai pas fini.
Il s'exécuta.
– Quoi encore ?
– J'ai été agressée cette nuit.
– À l'institut ?
– Non. À Moabit, près d'un club appelé le Gynécée.
– Je connais.
Minna marqua sa surprise. Beewen faillit ajouter : « La Gestapo connaît tout », mais il s'abstint. Le fait que Minna von Hassel soit lesbienne ne l'étonnait pas.
– J'avais rendez-vous avec une amie.
– Bien sûr.
– Ce n'est pas ma tendance, si c'est la question.
– Je n'ai rien demandé.
– J'ai dû mal entendre, alors.
– Que s'est-il passé ?
– Il était environ trois heures du matin, un homme m'a suivie...
– Un voleur ?
– Non. Un assassin.
Beewen était doué d'une faculté d'adaptation raisonnable,

mais là, il devait bien dire qu'il était dépassé. Que venait foutre cette tentative de meurtre dans le tableau ?
– Il m'attendait à la sortie de la boîte et il m'a poursuivie jusqu'aux quais de Westhafen.
– Vous l'avez semé ?
– Non. Il m'a coincée sur les docks mais, au dernier moment, il m'a épargnée.
– Pourquoi ?
– Je crois que...
– Oui ?
– Il m'avait confondue avec quelqu'un d'autre. Quand on a été face à face, il a réalisé son erreur.
– Avec qui aurait-il pu vous confondre ?
– L'amie avec laquelle j'avais rendez-vous au Gynécée. On était habillées exactement pareil.
– Avez-vous une autre raison de penser qu'elle était visée ?
Minna hésita. Elle avait englouti ses génoises et bu son café. Pourtant, elle continuait à tourner sa cuillère dans la tasse. L'agression pouvait expliquer sa nervosité mais son attitude générale trahissait plutôt le manque – sa fiche stipulait que la petite-bourgeoise était alcoolique, mais elle devait carburer aussi à d'autres produits.
– Je sais pas. Ruth... cette amie... elle m'avait appelée pour me parler d'un problème mais finalement, elle ne m'en a pas dit grand-chose. En revanche, elle paraissait très inquiète. Elle se sentait menacée...
Beewen ne s'attendait pas du tout à ça. Si le régime nazi était le plus dangereux au monde pour ceux qui ne filaient pas droit, la crapulerie ordinaire avait quasiment disparu des rues de Berlin. Quand les assassins étaient au pouvoir, les voyous n'avaient pour ainsi dire plus de raison d'être.
– Ce type, vous l'avez vu de près ? Vous pourriez le décrire ?
Elle se prit la tête entre les mains. Sous son petit béret, elle ressemblait à un morceau de bois flotté – gris et vide.
– C'est ça le plus fou...

– Quoi?
– Son visage... Son visage était en marbre.
Beewen, le seul homme en deuil dans cette assemblée de joyeux inconscients, faillit faire un salto sur sa chaise.
– QUOI?
– Je vous jure. Il portait un masque qui avait l'air en marbre. C'était... insensé.
D'une main maladroite (il dut s'y reprendre à deux fois et finalement retirer ses gants), Beewen attrapa dans sa poche le dessin de Simon Kraus.
Il déplia la feuille devant Minna :
– Votre bonhomme, il ressemblait à ça?
Du gris terne, Minna passa au blanc médicament.
– Où avez-vous eu ce dessin? Y a déjà une enquête sur lui?
– Il ressemblait à ça, oui ou non?
– Oui. C'est exactement lui.

## 45.

Minna n'en attendait pas tant. Sans lui donner d'explication, Beewen l'avait aussitôt embarquée dans sa Mercedes et lui avait ordonné de l'emmener chez Ruth Senestier. Minna avait imaginé que le nazi paniquerait à l'idée que son père figurait sur une liste noire et qu'il écouterait à peine son histoire d'agression. C'était exactement le contraire qui s'était produit.
Beewen connaissait déjà l'existence de l'assassin de marbre – il avait même son portrait-robot dans la poche! Minna l'avait assailli de questions, il n'avait pas répondu à une seule.
Était-ce une bonne idée d'accompagner ce tortionnaire chez Ruth l'indocile, qui collectionnait les ennuis avec le pouvoir? Oui. Il fallait en priorité la protéger. Non pas des nazis, un

mal récurrent, mais de cet assassin qui sans doute avait voulu lui faire la peau la nuit précédente...

– Parlez-moi de votre amie, ordonna Beewen.

Ils avaient contourné le Tiergarten du côté du jardin zoologique, puis ils étaient descendus plein sud et avaient dépassé la Kaiser-Wilhelm-Gedächtnis-Kirche («l'église du Souvenir de l'empereur Guillaume») jusqu'à rejoindre le Kurfürstendamm, que tout le monde appelait le Ku'damm.

Jadis, cette avenue de plus de trois kilomètres était synonyme de joie et d'élégance, mais aujourd'hui, après la Nuit de cristal et toutes les agressions que les commerçant juifs y avaient subies, elle n'était plus qu'un lieu de honte et d'abjection. On pouvait toujours lécher les vitrines mais il fallait avoir le goût du sang.

– Parlez-moi de Ruth Senestier, répéta l'officier SS avec impatience.

– Je la connais depuis la fin des années 20. À l'époque, j'étais encore étudiante. On s'est rencontrées à l'hôpital de la Charité. J'étais stagiaire au service des *Kriegstraumas*, les soldats de la Grande Guerre souffrant de troubles mentaux. Ruth travaillait dans le service voisin.

– Vous ne m'avez pas dit qu'elle était artiste ?

– Si, mais à cette époque, elle collaborait avec la Croix-Rouge. Elle fabriquait des prothèses faciales pour les soldats défigurés.

– Vous êtes des amies proches ?

Minna répondit sans hésiter – elle était heureuse de pouvoir s'exprimer sur Ruth. La peintre avait été, et était encore, une sorte de marraine spirituelle.

– Très proches. C'est elle qui m'a imprégnée de l'esprit de Berlin.

– Quel esprit ?

– Laissez tomber.

– Elle est communiste ?

– Pas spécialement, non.

– De quoi vit-elle ?

– Pas réellement de son art, du moins pas de ses peintures

ni de ses sculptures. Elle a longtemps collaboré à des magazines où elle dessinait des esquisses de mode, des caricatures, mais elle a dû arrêter...
– Pourquoi?
– Pourquoi? répéta Minna sur un ton de mépris. Parce que la maison d'édition de *Die Dame* est d'origine juive et n'a cessé d'être persécutée depuis 1933. Parce que *Simplicissimus* a dû s'aligner sur la ligne idéologique nazie et que Ruth ne voulait pas de ça.
– C'est une femme entière, commenta Beewen sur le mode ironique.
Minna allait répliquer mais elle se retint : assez perdu de temps. D'ailleurs, Beewen semblait du même avis.
– Pourquoi porte-t-elle un nom français?
– C'est celui de son mari. Elle a fait ses études à Paris, à l'Académie Julian notamment.
– Connais pas.
– C'est une des meilleures écoles d'art d'Europe. Des peintres comme Pierre Bonnard ou Emil Nolde ont été élèves là-bas.
– Connais pas non plus.
Minna soupira :
– On dirait que vous en êtes fier. Finalement, Ruth a épousé un de ses professeurs de dessin, André Senestier. Bien sûr, ça n'a pas marché.
– Pourquoi bien sûr?
– Ruth préfère les femmes.
– Je vois.
Minna réprima un souffle d'agacement. Avec ses airs entendus, Beewen commençait à lui taper sur les nerfs. Il se la jouait grand spécialiste de la vie berlinoise mais avec son boulot de nervi et son uniforme grotesque, il était complètement en dehors du coup.
– Sur cette menace dont elle vous a parlé, qu'a-t-elle dit exactement?
– Je vous l'ai déjà raconté. Elle regrettait d'avoir accepté une commande.

– Une peinture ? Une sculpture ?
– C'est ce que j'ai pensé mais ça semblait être autre chose.
– Quoi ?
– Je ne sais pas.
– Elle n'a pas donné d'autres précisions ?
– Elle m'a juste dit que son commanditaire était... le diable.
– Eh ben avec ça...

Minna se retourna vers Beewen et parla plus fort qu'elle ne l'aurait souhaité :

– Vous êtes bouché ou quoi ? Je suis sûre que Ruth est en danger !

S'en voulant d'avoir cédé à son irritation, elle se rencogna sur la banquette en marmonnant un « Je m'excuse » trop faible pour que Beewen puisse l'entendre. En réalité, Minna était pas mal chargée. Après l'agression, elle avait retrouvé sa voiture et elle était rentrée à la villa de ses parents. Elle y avait dormi d'un sommeil fracassé.

Quand elle s'était réveillée, elle s'était souvenue qu'elle avait planqué, comme un oiseau dans la forêt, des réserves aux quatre coins de la villa : éther par-ci, morphine par-là... Elle s'était assommée avec ces substances, s'était rendormie puis réveillée sur un des canapés du salon à plus de deux heures de l'après-midi...

– Minna, attaqua Beewen sans la regarder, si vous voulez vraiment que je vous aide, il va falloir cesser vos provocations et quitter ce ton de petite-bourgeoise révolutionnaire avec moi. Vous n'avez pas l'air au courant mais l'Allemagne ne tolère plus ce genre de fantaisies. Et croyez-moi, ni votre nom ni votre argent ne pourront éternellement vous protéger.

– Vous me menacez ?

Il se contenta de sourire.

– On arrive, non ?

## 46.

Minna sortit dans le soleil et respira le grand air chargé du parfum des arbres et des gaz des voitures. Elle en ferma les yeux de plaisir. Ce bonheur valait bien d'avoir voyagé dans une Mercedes nazie et d'être escortée par un SS bas de la casquette.

Elle devait en convenir : malgré les ignominies dont le Ku'damm avait été le théâtre, l'artère conservait son charme. Cette rumeur des voitures, des passants, des frondaisons, c'était la vie même qui s'instillait dans vos veines. Quelques milligrammes de Ku'damm par jour et on pouvait (presque) oublier les nazis.

Ruth avait hérité de cet appartement par une tante éloignée. Une vraie aubaine. Le Ku'damm, ce n'était pas rien ! Un immeuble en bon état et un espace d'au moins cinquante mètres carrés divisés en un salon et un atelier – Ruth n'avait pas besoin de chambre, elle dormait par terre, au pied de ses sculptures.

Traversant la cour avec l'autre colosse sur ses pas, Minna se réjouissait de retrouver ce lieu charmant, qu'elle n'avait pas visité depuis au moins deux ans. En fait, cloîtrée à Brangbo, elle ne profitait plus de Berlin.

L'escalier tournait autour d'une trouée de lumière. En montant, on avait l'impression de s'enrouler dans un manteau de soleil. Un rêve de vie, une vie de rêve, façon bohème, avec peu de besoins, et beaucoup de désirs. C'était la vie d'artiste fantasmée par une fille à papa mais une existence pas si éloignée du quotidien de Ruth.

L'appartement se trouvait au cinquième, sous les combles de l'immeuble.

– Vous êtes sûre qu'elle sera là ?
– Sûre. Je connais son programme. L'après-midi, elle se consacre à ses œuvres personnelles.
– Vous ne m'avez pas dit ce qu'elle peint, ce qu'elle sculpte.

– Vous allez voir.

Ils s'acheminèrent dans un étroit couloir. Pas le grand confort, loin de là. Les toilettes étaient sur le palier et Minna se souvenait que sa cuisine était si petite qu'on ne pouvait y faire que des crêpes. Le vrai luxe était ailleurs : vivre au-dessus du Ku'damm, pratiquer son art en toute liberté, observer les Berlinois du haut de sa fenêtre et percevoir l'agitation de la foule sous ses pieds...

Ils frappèrent plusieurs fois. Pas de réponse.

– On n'a qu'à l'attendre. Je suis sûre qu'elle ne va pas tarder. À moins que je redescende et demande à la concierge. On...

Beewen venait de sortir de la poche de son bel uniforme un trousseau de passes. Sans un mot, il s'attaqua à la serrure, comme un vulgaire cambrioleur.

Dans cette scène, Minna vit la vérité profonde de tous ces nazis endimanchés. Une bande de voyous méprisables, qui avaient raflé le pouvoir et pillaient maintenant le pays dont ils s'étaient rendus maîtres.

– Voilà, fit Beewen, sans pouvoir ravaler un petit sourire de satisfaction.

Le nazi pénétra dans l'appartement mais Minna, par une pudeur inexplicable, le bouscula et passa devant lui. Ruth Senestier disait toujours : « Quand la police est criminelle, la moindre trace d'innocence devient coupable. »

Elle s'engouffra dans le petit salon et s'arrêta net. Sur le mur qui lui faisait face – un mur où Ruth avait encadré quelques-unes des caricatures dont elle était le plus fière –, une longue traînée de sang, verticale, s'élevait jusqu'au plafond.

Dessous, le corps de Ruth, tout tordu auprès de la table basse. Elle avait la gorge ouverte. Ses chairs violentées riaient d'un rire épouvantable, dont les dents auraient été ses cervicales qu'on distinguait au fond de la plaie. La tête, près de se décoller, ne tenait plus au reste du corps que par la nuque.

Ruth semblait avoir été figée dans une convulsion : les jambes groupées contre le torse, le bras droit à la retourne, main ouverte,

l'autre reposant selon un angle perpendiculaire au torse dans la mare de sang qui s'étendait sur plus d'un mètre de rayon.
– Touchez à rien, ordonna Beewen.
Ça ne risquait pas : Minna était tétanisée. Parcourant du regard le salon comme si elle pouvait y trouver une source de réconfort – ou de démenti : tout ça n'était qu'un cauchemar –, elle aperçut le manteau et le béret suspendus à une patère. C'était bien Ruth que l'Homme de marbre voulait tuer la nuit précédente. Et il était revenu achever ce qu'il avait raté la veille.
Minna s'effondra sur le sol.
– Reprenez-vous, nom de Dieu. C'est bien Ruth Senestier ?
Elle ne put qu'acquiescer. Il la saisit par le bras et la remit sur ses pieds d'une seule traction.
– Asseyez-vous et ne bougez plus. Je vais vous chercher de l'eau.
Elle vit qu'il avait dégainé son arme et elle se laissa glisser, sans force, sur une chaise. Au fond, elle n'avait pas vraiment réalisé ce qui lui était arrivé, ce à quoi elle avait échappé. Le cadavre de Ruth était là pour lui remettre les idées en place.
Revenant avec son verre, Beewen s'arrêta net.
– C'est quoi ça ?
L'officier fixait, droit devant lui, la porte entrouverte.
– Son atelier.
– Je vous parle du mur.
Il lui donna son verre et s'approcha. Minna but une longue gorgée et lui emboîta le pas. Ils s'arrêtèrent sur le seuil. La pièce n'était pas très grande et encombrée par tout un tas d'œuvres plus ou moins achevées, qui traînaient parmi les chiffons et les bâches du sol.
Sur des chevalets, des peintures, ou plutôt des dessins, représentaient des femmes pâles, diaphanes même, esquissées d'un trait léger. Les sculptures n'avaient rien à voir : des petits animaux en plâtre, en bronze, en bois peint, perchés sur leur piédestal et comme prisonniers de leur vertige.
Mais Beewen regardait autre chose : sur le mur, étaient accrochés une série de masques en plâtre. Des visages d'hommes

défigurés, aux chairs trouées, crevassées, ravagées. Des amas monstrueux de peau, de muscles et d'os déchiquetés, inversés, amalgamés.

– Je vous ai dit que Ruth avait travaillé à la Croix-Rouge, répéta Minna. Ce sont des moulages de soldats défigurés.

– Vous m'avez parlé de prothèses...

– Exactement. À partir de ces moulages, elle fabriquait des masques en cuivre pour...

– Leur redonner figure humaine ?

– C'est ça.

Minna pouvait voir, pour ainsi dire à fleur de front, les réflexions circuler à mille à l'heure dans la tête de Beewen. Elle devinait que lorsqu'elle avait évoqué les prothèses, le nazi avait imaginé des glissières de caoutchouc, des bielles de métal, des mécanismes compliqués permettant aux handicapés de retrouver l'usage de leurs mâchoires ou un équilibre sommaire dans leur visage.

– Vous pouvez marcher ? lui demanda-t-il soudain.

– Oui, je crois.

– Alors, vous allez m'aider.

– À quoi ?

– Je vais vous expliquer, lui souffla-t-il en lui tendant une paire de gants.

## 47.

– Qu'est-ce que vous foutez là ?

Sur le seuil de sa porte, se tenaient Beewen et la petite von Hassel qui, malgré des vêtements d'artiste de pacotille, était toujours aussi ravissante.

– Tu es avec une patiente ? demanda le nazi.

– Bien sûr. Pourquoi ?

L'officier le poussa pour entrer.

– Fous-la dehors. Il faut qu'on parle.
Simon regarda Minna suivre docilement le gestapiste. Elle semblait hébétée, comme si elle venait de se prendre un fragment du Reichstag sur la tête. Beewen n'avait pas l'air dans son assiette non plus. Que lui voulaient ces deux oiseaux de mauvais augure à dix-huit heures ?
– Dans la salle d'attente, ordonna-t-il.
Il congédia sa patiente, une névrosée de Charlottenbourg dont il n'enregistrait même pas les confidences – c'est dire si elle était intéressante.
Quand il revint, il baissa les yeux et contempla les grosses bottes du nazi écraser son tapis cubiste et les chaussures de poupée de Minna flotter sur les formes symétriques.
– Qu'est-ce qui se passe ? demanda-t-il.
Il n'était pas du tout d'humeur à leur offrir du café ni quoi que ce soit. Aucun des deux ne répondit.
– Suivez-moi.
Ils allèrent dans son cabinet. D'office, Beewen s'installa dans le fauteuil et Minna se posa, toute légère, sur le divan. Elle opta pour une position modeste, genoux serrés, mains glissées entre les cuisses. Elle avait vieilli mais pas trop. En réalité, on pouvait surtout constater les ravages de l'alcool et de la drogue sur son tendre épiderme.
Simon ne résista pas à la tentation de l'asticoter un peu :
– Comment va notre bourreau de Brangbo ?
– Très bien merci. Et le gigolo de ces dames ?
– Je me demande comment tes patients survivent à tes traitements barbares.
– J'essaie au moins de les soigner. Je ne les rackette pas.
– Holà ! les stoppa Beewen. Vous avez quel âge, à la fin ? Y a plus urgent à voir, croyez-moi.
Assis à son bureau, Simon alluma une cigarette et posa ses pieds sur le plateau – il voulait signifier qu'il était chez lui et qu'il était à la coule. Mais peut-être en faisait-il trop.

Dix minutes plus tard, ses pieds étaient retombés d'eux-mêmes et sa Muratti, oubliée, s'était éteinte toute seule dans le cendrier.

Beewen venait de lui raconter une invraisemblable histoire où se mêlaient une tentative d'assassinat sur la personne de Minna von Hassel, un meurtrier à tête de marbre (bien réel), un autre assassinat (réussi, celui-là) ayant mis fin aux jours d'une dénommée Ruth Senestier, artiste de son état, qui avait fabriqué jadis des prothèses faciales pour les gueules cassées de la Grande Guerre.

Si on y ajoutait le témoignage, quelques heures plus tôt, de Greta Fielitz, quatrième victime potentielle, c'était ce qu'on appelait une journée bien remplie.

– Hier soir, continuait Beewen comme s'il réfléchissait à voix haute, Ruth a expliqué à Minna qu'elle regrettait d'avoir accepté une commande. « Un genre de sculpture. » Pourquoi pas la confection d'un masque ?

– Elle aurait fabriqué le masque du tueur ?

– Ruth a ajouté que son commanditaire était le diable.

Minna prit la parole :

– Peut-être que ce « diable » est un homme défiguré que Ruth a connu à l'époque où elle confectionnait des prothèses. Peut-être qu'il est revenu lui demander de fabriquer un masque « imitation marbre ».

– Peut-être qu'Hitler porte une fausse moustache et qu'il est une femme.

Beewen foudroya Simon du regard. Le psy alluma une autre Muratti et considéra ses deux interlocuteurs : le colosse en uniforme noir (il avait repris son vice) et la petite psychiatre, si belle, si brillante, mais déguisée ce jour-là, allez savoir pourquoi, en trappeur canadien.

– Quelle est votre idée ? demanda-t-il enfin. Le tueur serait un soldat défiguré de la guerre 14-18 ?

– C'est une hypothèse plausible.

– Et pourquoi aurait-il tué Ruth ?

– Parce qu'elle s'apprêtait à parler. Elle a bien failli le faire avec Minna...

Simon tira une bouffée qui lui parut brûler non seulement sa gorge, mais aussi son cerveau.

– Dans l'atelier de Ruth, vous avez trouvé des traces de ce travail ? relança-t-il. Je veux dire, des détails qui prouvent qu'elle s'était remise à faire des masques ?

– Non.

– Les prothèses étaient fabriquées dans un lieu spécifique, précisa Minna.

– Comment tu sais ça, toi ?

– J'ai connu Ruth à l'hôpital de la Charité, dans les années 20.

– Dans les années 20, on commençait tout juste nos études de médecine.

– J'essayais déjà de me rendre utile.

– Bien sûr. Toujours le syndrome du saint-bernard.

– Toi, pendant ce temps, tu fabriquais des amphétamines pour nous les vendre et tu couchais avec des vieilles comtesses qui...

– Vous allez pas recommencer ! hurla Beewen en se levant.

Il fit quelques pas en silence.

– Ruth travaillait à l'époque au Studio Gesicht, reprit Minna. Je ne sais pas s'il existe encore mais il suffit de contacter la Croix-Rouge.

– En quoi consistait ce travail au juste ?

Beewen se rassit comme se rassoit un maître d'école pour céder la parole à un de ses élèves.

– Pour élaborer ce genre de prothèses, commença Minna, il faut d'abord prendre une empreinte du visage défiguré. On reconstruit ensuite les traits d'après des photos ou d'après ce qu'on peut déduire des « restes » de la figure. Avec de la pâte à modeler, Ruth ajoutait les os, les muscles, les chairs manquants. Après cette étape, elle faisait un nouveau moulage en cire puis pratiquait l'opération de galvanoplastie.

– Qu'est-ce que c'est que ça ? demanda Simon.

Toujours sur le divan, Minna avait libéré ses doigts et agitait ses mains – des mains si fines qu'on aurait dit des ailes.

Simon préférait ne pas trop la regarder. Sa beauté lui blessait le cœur. D'abord, parce qu'il ne l'avait pas possédée. Ensuite, parce qu'il avait toujours senti chez elle, à son égard, un sourd mépris, une position hautaine qui le mortifiait. La jeune baronne n'avait jamais marché dans ses combines. Elle n'avait jamais écouté ses grands discours de génie en devenir. Elle ne lui avait jamais acheté sa came, alors qu'elle était déjà une défoncée notoire. Et bien sûr, elle ne l'avait jamais considéré comme un prétendant sérieux.

Il était un nain, un marginal, un bouffon.

– Pour recouvrir le masque, il faut le plonger dans un bain de sulfate de cuivre alimenté par un courant continu. Sous l'effet de l'électricité, les particules de cuivre viennent se plaquer sur la surface. Une fois cette étape achevée, on obtient l'épithèse, c'est-à-dire la prothèse faciale. Tu suis ?

– Je ne suis pas si con. Et le gars portait ce truc sur la figure ad vitam æternam ?

– Pas le choix. Ruth peignait la matière avec soin. Elle trouvait le ton exact, ajoutait des détails, comme les pores de la peau ou les poils de barbe. L'illusion était extraordinaire. Les cils étaient découpés dans un métal fin, les yeux façonnés en verre ou en bois. Pour terminer, elle ajoutait souvent une moustache ou une barbe postiche. Enfin, elle fixait le masque avec des fils métalliques très discrets, ou encore grâce aux branches de lunettes intégrées au masque. À l'époque, elle en a fabriqué des dizaines.

Il y eut un silence. Simon soufflait lentement la fumée de sa cigarette vers le plafond. Toute cette histoire lui mettait la tête à l'envers. D'abord, il n'était pas trop habitué à voir se multiplier ainsi les cadavres autour de lui, même sous le régime nazi. Ensuite, les pistes qui s'ouvraient maintenant étaient plus folles encore que les meurtres eux-mêmes. Quant à retrouver la petite baronne von Hassel assise là, sur son divan, à jouer les détectives amateurs, on n'en parlait même pas...

– Donc, reprit-il sur un ton sarcastique, un assassin défiguré rôde dans Berlin. Il y a peu de temps, il est revenu voir celle qui lui avait confectionné son masque après la guerre, Ruth Senestier. Pour une raison qu'on ignore, il lui en a commandé un nouveau ayant cette fois l'aspect du marbre.

– Ce n'est qu'une hypothèse, commenta Beewen.

– Pourquoi aurait-il demandé ça?

– Un caprice de tueur.

Simon aurait plutôt imaginé le gestapiste mal à l'aise dans un tel univers. Mais il semblait avoir trouvé sa place. Ce que Kraus sentait en souterrain : le géant nazi était excité à l'idée de faire équipe avec Minna von Hassel.

– Et pourquoi Ruth Senestier aurait-elle accepté?

– On peut tout imaginer, fit Minna en se levant.

Ces deux-là lui paraissaient sous amphétamines. Mais peut-être n'était-ce que l'effet de l'adrénaline. Après tout, ils venaient de découvrir un cadavre. L'enchaînement des événements les avait plongés dans un état proche de la transe.

Minna s'approcha du bureau et, d'un geste, ouvrit l'étui à cigarettes de Simon. Elle en piqua une, l'alluma avec son propre briquet et repartit comme elle était venue.

Simon croisa les bras.

– Tout ça ne m'explique pas pourquoi vous êtes ici, maintenant, à me raconter vos salades.

Beewen et Minna échangèrent un rapide coup d'œil. Simon y lut une complicité qui l'exaspéra. Voilà des années qu'il n'avait pas vu Minna von Hassel et il la retrouvait aujourd'hui à faire des œillades à un paysan nazi.

– On veut monter un groupe d'enquête avec toi, asséna Minna.

## 48.

Il envisagea encore les deux visiteurs. Un colosse nazi à moitié borgne, comme encastré dans son fauteuil, et une fille à papa fébrile qui faisait les cent pas derrière lui. C'est sûr que pour traquer un tueur en série à Berlin, il ne leur manquait plus qu'un psychiatre escroc monté sur talonnettes.
– Sur un coup comme ça, se justifia Beewen, pas la peine d'envoyer mes gars.
– Ça doit leur passer au-dessus de la casquette, c'est sûr.
– Tu es avec nous ou non ? demanda Minna.
Il revit Susanne, Margarete, Leni. Il songea à Greta, elle-même menacée. Ses patientes, ses maîtresses, ses victimes : il leur devait sa réussite, son confort, ses meilleurs moments à Berlin. Il leur devait leur silence – elles ne l'avaient jamais dénoncé.
– Pourquoi moi ? se contenta-t-il de répondre.
– Tu as tes entrées chez les Dames de l'Adlon. Tu es un spécialiste des rêves.
– Je ne vois pas le rapport.
– On le trouvera. C'est une des clés de l'enquête.
Simon se cassait la tête pour ne pas accepter aussi sec :
– Je ne suis pas flic.
– Minna non plus. J'ai besoin de vous en tant que conseillers. Pour le reste, faites-moi confiance. La Gestapo a tous les moyens nécessaires.
Un bref instant, Simon observa Minna, qui faisait mine de lire les dos des livres dans la bibliothèque. Ce détail lui serra l'estomac. Elle avait sans doute lu tous ces bouquins. Ils partageaient les mêmes connaissances, la même passion pour la folie, la même vocation pour cette marge de l'esprit. Pourquoi ne s'étaient-ils jamais entendus ? Pourquoi n'avaient-ils même jamais réussi à avoir ne serait-ce qu'une conversation apaisée, sans vannes cinglantes ni réflexions acerbes ?

La lutte des classes, songea-t-il bêtement. En vérité, c'était lui, par ses magouilles minables, mais aussi par son attitude toujours provocante, qui avait creusé un fossé entre eux. Le complexe de sa taille. Le complexe de ses origines...

Ses réflexions se muèrent en colère :

– Et toi, demanda-t-il à Minna, que vont devenir tes loqueteux de Brangbo ?

– Ils m'attendront. Tu me l'as souvent répété, ils sont incurables. Pour le moment, je veux retrouver l'assassin de Ruth. C'est ma priorité.

Il prit sa décision. À l'heure de la dictature nazie, de l'injustice à chaque coin de rue, à l'heure où la guerre allait déferler sur toute l'Europe, il devait cesser de se préoccuper uniquement du choix de son chapeau ou de l'argent qu'il soutirait à ses patientes.

– Je marche, dit-il enfin. Quel est votre plan ?

– Dès ce soir, répondit Beewen, je fonce à la Croix-Rouge pour consulter les archives du Studio Gesicht et lister les patients traités par Ruth Senestier.

– Pourquoi pas Minna ?

– Ils ne la laisseront même pas entrer. Depuis la Grande Guerre, la situation a beaucoup évolué au sein de la Croix-Rouge allemande.

– Tu veux dire qu'ils sont tous nazis ?

– À peu près, oui.

Simon s'adressa à Minna, qui avait retrouvé sa place sur le divan :

– Et toi ? Tu pourrais peut-être rencontrer quelques défigurés. Les incurables, c'est ton truc.

– Je vais commencer par fouiller dans mes propres archives, répondit-elle d'une voix posée, ignorant l'ironie de Kraus.

– Celles de Brangbo ?

– Celles de ma thèse. Tu ne t'en souviens peut-être pas mais j'ai travaillé sur...

– Je m'en souviens. Ça ne fait pas de toi une spécialiste de ce genre de tueurs.

– Non. Mais durant mes études, j'ai étudié quantité de profils, parlé à des psychiatres, des juges, des gardiens de prison. J'avais même dressé, à l'époque, une liste des psychopathes assassins ayant sévi en Allemagne depuis le début du siècle. Peut-être que certains d'entre eux ont été libérés. Ça vaut le coup de vérifier.

Simon reprit une cigarette et les engloba d'un seul regard en s'enfonçant dans son fauteuil.

– Et moi, là-dedans ?

Minna fut la plus rapide à répondre :

– On t'a laissé le versant mondain de l'enquête.

Il eut envie de la gifler. Mais il n'était pas du genre à frapper les femmes.

– On compte sur toi pour traquer le tueur chez les Wilhelm, expliqua Beewen. Pour une raison qui m'échappe, tout est parti de là. Notre gars connaît ces femmes et il peut les approcher sans problème.

– Ce qui est incompréhensible, ajouta Minna, si on admet qu'il est défiguré.

Simon n'écoutait plus. Il commençait à en avoir marre de leurs théories, de leurs conseils : trop de mots, trop d'hypothèses. S'ils lui confiaient une mission, il fallait maintenant le laisser la mener à sa guise.

Il se leva pour leur signifier que la récréation – pardon, la présentation – était terminée. Il en avait assez entendu.

Sur le seuil de son cabinet, il prévint Beewen :

– Une dernière chose, je ne bougerai pas un doigt sans avoir lu le dossier d'enquête complet.

Sortir des rapports d'enquête pour les confier à un civil était un véritable outrage à la souveraineté de la Maison SS. Un blasphème, au sens religieux du terme. Ou, si on voulait, un tabou, au sens freudien.

– Tu l'auras demain première heure.

## 49.

Une fois seul, Simon alla se faire un café. Besoin de réfléchir. Il les avait laissés divaguer à propos de masque électrique, d'artiste exécutée par son commanditaire, de soldat défiguré capable de se glisser parmi les plus belles femmes de Berlin, tel un prince charmant.
Tout ça ne tenait pas debout.
En réalité, ils écartaient l'aspect le plus passionnant de l'histoire : pourquoi cet Homme de marbre apparaissait-il dans les rêves ? Pendant que le SS et la psychiatre déliraient sur Ruth Senestier et la galvanoplastie, il avait eu une autre idée. Si on se résumait, il y avait maintenant deux voies d'enquête : d'un côté, l'officier SS et sa dague meurtrière (mais Beewen semblait avoir lâché cette piste), de l'autre, le tueur défiguré et son masque.
Simon s'intéressait à une troisième voie : un assassin capable de s'annoncer dans les songes. Au mépris de toute vraisemblance, il se dit qu'avec un peu de chance, lui aussi pourrait rêver de l'Homme de marbre. Après tout, les songes sont à tout le monde...
Il éclusa son jus bien noir puis fila dans le cagibi où il planquait ses trésors – ses disques bien sûr mais aussi, sous les étagères, un engin auquel il tenait particulièrement. Il l'appelait sa « machine à lire les songes ». C'était très présomptueux car l'appareil ne produisait que des électroencéphalogrammes durant le sommeil.
L'engin avait été inventé dans les années 20 par un psychiatre allemand du nom de Hans Berger, que Simon avait eu la chance de rencontrer durant ses études. Malheureusement, Berger était devenu un *förderndes Mitglied der SS*, un FM-SS, c'est-à-dire un bienfaiteur de la SS, un genre de mécène qui donnait son temps et son argent au NSDAP.
*Passons.* Dès 1930, Simon avait eu l'idée d'utiliser cette

machine capable de transcrire l'activité électrique du cerveau (grâce à des électrodes posées en de multiples points de la calotte crânienne) sur des sujets endormis. Il avait même perfectionné la machine afin qu'elle puisse enregistrer aussi les mouvements des muscles du visage et ceux des globes oculaires, ainsi que la respiration et le rythme cardiaque.

Grâce à ces expériences, Simon avait pu observer, presque de l'intérieur, le sommeil de ses patients. Il avait distingué différentes phases. Après l'endormissement, le sujet glissait dans un sommeil léger, puis de plus en plus profond, caractérisé par des ondes lentes et une désynchronisation du cerveau. Enfin, survenait ce qu'il avait appelé le « sommeil transversal », qui était l'espace des rêves. Toutes les quatre-vingt-dix minutes environ, l'homme rêvait – l'activité de son cerveau s'intensifiait, ses yeux bougeaient, sa voix s'élevait, sa température corporelle, sa pression artérielle, sa respiration, tout était chamboulé... Puis retour au calme avec le cycle suivant...

Il installa sa machine et s'équipa avant de se coucher. Dormir avec des électrodes sur la tête le rassurait : il se sentait surveillé, presque protégé. Si jamais l'Homme de marbre le visitait, eh bien il en garderait des traces sur son papier millimétré...

Il s'allongea et éteignit la lumière tout en repensant à ses deux visiteurs. Vraiment, ils faisaient la paire. Qu'ils partent à la chasse au criminel défiguré. Lui s'acquitterait de sa mission d'espion au sein du Club Wilhelm, comme il l'avait promis.

Mais il était certain, c'était presque une intuition scientifique, qu'une révélation allait aussi surgir du fond de la nuit.

Il allait rencontrer l'Homme de marbre. De l'autre côté du sommeil...

## 50.

Il y avait deux Croix-Rouge. La maison mère suisse, le CICR (Comité international de la Croix-Rouge), et la Croix-Rouge allemande qui, depuis l'avènement d'Hitler, était devenue un nid de nazis, parrainée par le Führer en personne. Les deux institutions se méfiaient l'une de l'autre et, depuis que les Suisses avaient demandé à visiter les camps de concentration allemands, elles étaient carrément ennemies. *Crime de lèse-majesté.*

Quand Beewen arriva au siège de la Deutsches Rotes Kreuz, il ne fut pas dépaysé. L'institution avait élu domicile dans un bâtiment de style wilhelmien qui aurait très bien pu abriter un ministère du Reich ou même la Gestapo elle-même. Surtout, dans la cour pavée qui se déployait devant l'édifice, elle-même ceinturée par un mur aveugle, des camions à plateforme bâchée, d'allure militaire, stationnaient. Des hommes en vareuse grise y chargeaient des cantines métalliques, des boîtes en planches, des sacs de toile.

On partait pour la Pologne. La Croix-Rouge n'était qu'un département de l'infirmerie de la Wehrmacht – peu de chances que les soldats polonais voient la couleur d'une quelconque aide de cette Deutsches Kreuz-là.

À l'intérieur, l'air de famille continuait : on aurait pu être dans le hall du quartier général de la Sicherheitsdienst (SD) ou dans celui des bureaux du Reichsführer-SS. Toujours cette grandeur des lieux qui avaient jadis abrité de glorieuses activités et qui se retrouvaient maintenant réduits à héberger une bande de barbares.

Sur cette piste du soldat défiguré, Franz n'était pas sûr de son coup. Mais depuis le début de l'enquête, il n'était sûr de rien. Avait-il été embrigadé par la psychiatre ? Elle n'avait pas inventé son agression de la veille et ils avaient bien découvert le cadavre de Ruth Senestier. Les Dames de l'Adlon. Le masque de marbre. Le meurtre de la sculpteure. Tout ça formait un ensemble. Il fallait creuser...

Franz n'eut pas à montrer son badge – son uniforme faisait foi. Un *Heil Hitler!* sonore l'informa qu'il était en terrain de connaissance. Il demanda les archives et on le guida, tout bonnement, à la cave. Marches noires, odeur de moisi, puis une vaste salle d'un seul tenant, dont les néons semblaient se pencher pour lire les milliers de classeurs et dossiers qui s'accumulaient sur des étagères branlantes.

Pas une pièce ne manquait au décor. Pas même l'archiviste en blouse usée qui sommeillait dans un coin. Aucune feuille sur son bureau, encore moins de déchets dans la corbeille à papier. À l'évidence, ce gardien du temple allait repartir comme il était venu, en ayant conservé toute la journée les mains dans ses poches.

Beewen se présenta et comprit qu'il était tombé sur le premier os. L'homme, la soixantaine, leva à peine un sourcil et l'uniforme noir ne parut lui faire ni chaud ni froid.

Le bonhomme appartenait sans doute aux pacifistes de la première heure. Il était sûrement aussi un ancien combattant. Ces vieilles carnes – du même cuir que son père – étaient les seules qui ne s'en laissaient pas conter par le nouveau régime. Le sang qu'ils avaient versé ou la croix de fer qu'ils avaient gagnée les immunisaient contre la lèpre nazie.

– Je suis à la recherche des archives du Studio Gesicht, annonça Beewen.

– De l'histoire ancienne.

– Elles sont ici ou non ?

– Elles sont ici.

Beewen soupira.

– Où exactement ?

– Je vais te montrer.

Le tutoiement marquait son absence de crainte. En attendant, il n'esquissait pas le moindre mouvement. Ses pieds croisés dépassaient du bureau et semblaient faire la nique aux bottes cirées de Beewen.

– Qu'est-ce qu'on attend ?
– Pourquoi tu veux les voir ?

Beewen n'était pas d'humeur. Pourtant, ce bonhomme tout gris (de la blouse aux favoris) lui inspirait de la sympathie. Son père, s'il n'avait pas perdu la raison, aurait pu devenir ce fonctionnaire retors.

– Je recherche un criminel, expliqua-t-il. Il a été défiguré durant la Grande Guerre et le Studio Gesicht lui a confectionné un masque de cuivre.

– Tu parles d'un vrai criminel ou de ce que vous appelez, vous, un « ennemi de la patrie » ?

– Il en est à sa quatrième femme assassinée.

L'homme siffla avec une admiration feinte.

– Ça vous fait de la concurrence.

Le gestapiste se contenta de sourire. L'archiviste daigna enfin se lever. Ils marchèrent lentement, l'un derrière l'autre, au fil des allées – les rayonnages ne laissaient que peu d'espace.

Alors, l'homme parla. Comme Franz s'y attendait, c'était un vrai puits de mémoire, le genre qui connaissait l'histoire de la Croix-Rouge allemande sur le bout de ses doigts tachés d'encre.

– Les gens du Studio Gesicht ont fait du bon boulot, concéda-t-il. De 1920 à 1929, ils ont produit des centaines de masques. L'atelier était dirigé par un chirurgien hors norme, une sorte de génie d'origine lituanienne, mi-scientifique, mi-artiste, du nom de Ichok Kirszenbaum.

– Vous savez ce qu'il est devenu ?

L'archiviste laissait filer ses doigts sur les classeurs au dos rouge et mordoré en produisant un léger claquement de moteur.

– Il a disparu. Il était juif. En ce moment, beaucoup de Juifs disparaissent. T'as remarqué ?

– Ruth Senestier, ça te dit quelque chose ?

– Bien sûr. Une gouine qui l'aidait à faire les masques.

Beewen s'arrêta au milieu d'une allée.

– Comment tu sais tout ça ?

– À l'époque, j'étais le coursier. C'est moi qui faisais la navette entre le siège et l'atelier. J'portais les dossiers de ces pauvres gars qu'avaient laissé leur visage dans les tranchées. Le studio était au 11 de la Lindenstraße, dans le quartier de Kreuzberg. J'peux te dire que j'pédalais sec.

Ils étaient parvenus au bout de l'allée. Beewen s'apprêtait déjà à enfiler la suivante quand son hôte balança un coup de pied dans une cantine de fer-blanc posée par terre.

– Tout est là-dedans.
– Tu m'aides à la porter ?
– Holà, rien ne sort d'ici.
– Je parlais juste de l'emporter jusqu'à ton bureau.

Cinq minutes plus tard, Beewen était plongé dans les dossiers poussiéreux. À vue de nez, plusieurs centaines. Même dans ses rêves les plus optimistes, il n'aurait pu rêver d'archives mieux ordonnées. Surtout, les dossiers étaient classés selon le sculpteur qui avait traité les patients.

Trois albums à couverture toilée regroupaient ceux de Ruth Senestier. Chaque page de gauche comportait une photo du soldat, celle de droite indiquait son nom, son âge, le lieu, la date et les circonstances de sa blessure. On pouvait aussi y lire un résumé du diagnostic, sans doute extrait du dossier médical. Enfin, quelques lignes étaient consacrées aux précautions à prendre lors de la confection du masque (modelage, essayages).

L'écriture de Ruth – à la plume et à l'encre violette – était stricte, raide, très lisible, ce qui plut à Beewen. Il prit le temps de feuilleter un des albums et de regarder les photos. Il n'avait jamais vu quelque chose d'aussi abominable. Une sorte de labourage de la chair, de travail insensé sur les tissus mous et les os durs, quelque chose qui n'avait pas de nom. Les éclats d'obus, les impacts d'explosion avaient mis à nu les muscles et les tissus, à la manière d'un soc de charrue, les avaient creusés, retournés, écartés. Mais rien d'autre ne pourrait pousser désormais au sein de ces faciès d'épouvante.

Beewen, quand il allait voir son père à l'hôpital, avait croisé beaucoup de défigurés, mais ils étaient alors dissimulés sous leurs bandages. Il se souvenait juste que la plupart étaient équipés d'un sac sous-mentonnier pour recueillir leur salive. Franz, encore gamin, était frappé par leur ressemblance avec les chevaux de la ferme qui bouffaient leur avoine dans un sac suspendu à leur cou.

Depuis, il avait lu une multitude de livres sur 14-18, il avait compris la raison de ces blessures. Ce conflit avait été une guerre de tranchées qui exposait en priorité les têtes, c'est-à-dire les visages des soldats. Une sorte de jeu de massacre, mais long de huit cents kilomètres. Les progrès de l'artillerie avaient fait le reste.

Franz se souvint tout à coup que ce salopard de Clemenceau, au moment de la signature du traité de Versailles, avait exigé la présence de cinq gueules cassées françaises, comme si ces blessures étaient le seul apanage des poilus. *Enfoirés de Français.* Il avait hâte de monter au front pour leur montrer...

Il referma les classeurs. Il allait embarquer ces dossiers. Avec Hölm et Alfred, ils listeraient tous les noms des blessés soignés par Ruth et vérifieraient, dans un premier temps, si certains d'entre eux avaient eu des problèmes avec la justice. Ou simplement un dossier à la Gestapo. C'était vague, mais c'était un début.

Il fila en douce, en évitant l'archiviste, avec ses classeurs sous le bras. Encore une fois, il se dit que la piste de Minna était bien mince. Mais après la déception des dagues nazies, c'était la seule.

## 51.

Le soir, le hall de la Gestapo était à peine éclairé. Restaient la pierre, le silence, les ombres des rampes sur les dalles. On surprenait alors l'intimité d'une église déserte ou d'un château endormi dont on s'amuse, gamin, à longer les murs, à respirer l'odeur des moellons humides, à sentir sous ses semelles les dalles mal ajustées...

Dans ces moments-là, Beewen oubliait totalement la nature maudite du lieu. Il se disait qu'il était chez lui, qu'il était un seigneur (ou un évêque, tant qu'on y était) et qu'il ruminait des secrets d'importance dans une solitude de commandeur.

C'était en général à cet instant que deux gestapistes déboulaient avec un bonhomme ensanglanté, qu'une porte claquait lourdement ou qu'un hurlement déchirait les étages, ce genre de détails qui vous remettaient les idées en place. Ni seigneur ni commandeur, tout juste inquisiteur, si on voulait garder la rime.

Il gagna son étage. Sous les portes, des rais de lumière. Pas de repos pour les tortionnaires. On ne chômait pas à la Gestapo. On pouvait reprocher beaucoup de choses aux petits soldats du Reich, sauf de manquer de zèle.

Malgré lui, Beewen souleva ses bottes pour ne pas faire couiner le parquet devant le seuil de Grünwald et voir apparaître sa face de merlan cru. Il ouvrit son bureau, lança sa casquette sur le portemanteau (il aimait ce geste, un truc à l'américaine) et envoya un coup de pied dans les bottes de Dynamo qui dormait dans son propre fauteuil, les pieds sur le bureau.

Hölm grommela. Beewen repoussa ses jambes et posa les cahiers gondolés de Ruth Senestier sur le plateau de cuir.

– C'est quoi ?
– Des archives de la Croix-Rouge.
– Mais encore ?
– Y a peut-être là-dedans notre assassin.

D'un doigt circonspect, Dynamo ouvrit un des cahiers et coula un œil entre les pages.

– Berk ! Qu'est-ce que c'est que ces horreurs ?
– Des soldats défigurés de la Grande Guerre.
– C'est sûr qu'ils ont la gueule de l'emploi.
– Ne parle pas comme ça. Ces types sont des victimes et tu le sais.

– Des héros ! ricana Hölm.
– Exactement.
Dynamo leva les bras en signe d'amendement – il savait qu'on ne pouvait pas déconner avec Beewen sur le sujet.
– Il y aurait notre client dans ces faces de jambon ?
– Peut-être.
Hölm soupira bruyamment, s'étira.
– Je sais pas ce que tu fous dans cette enquête.
Franz ne put s'empêcher de rire.
– Moi non plus. Tu t'es rancardé sur le cadavre du Ku'damm ?
Sur le chemin du cabinet de Kraus, Beewen avait eu le temps de téléphoner à Dynamo et de lui donner les détails. Le fidèle second s'était chargé de passer un coup de fil anonyme à la Kripo pour que ces messieurs aillent « découvrir » le cadavre qu'on leur servait sur un plateau.
Franz ne tenait pas à ce qu'on puisse établir un lien entre ce meurtre et les assassinats de l'Adlon. Avec l'aide de Minna, il avait effacé toutes leurs empreintes, fouillé l'atelier et vérifié si rien, absolument rien, ne pouvait relier cette mort avec Minna von Hassel ou une quelconque femme du Club Wilhelm. Il n'avait rien trouvé. Tant mieux. Tant pis.
Mais il ne désespérait pas que la Kripo déniche un détail qui puisse leur servir. Il avait demandé à Hölm de garder un œil sur cette enquête – Dynamo connaissait tout le monde.
– T'as appelé tes potes de la Kripo ?
– Ils n'ont rien. Mais ces gars-là sont nuls.
Beewen n'était pas d'accord. Ces officiers avaient été mis au rancart, voilà tout. Dans un État comme celui du Reich, où l'idée même de meurtre civil ne pouvait exister, on n'avait pas besoin d'une police criminelle, qui n'était d'ailleurs plus que l'ombre d'elle-même. Depuis 1933, les nazis avaient investi ses rangs et ne se préoccupaient plus que de persécuter les innocents.
Beewen conserva deux dossiers pour lui, en donna deux autres à Hölm et lui expliqua de quoi il retournait, avant de le renvoyer dans son bureau comparer les noms des soldats

soignés avec leurs archives intra-muros. Si la Gestapo avait vraiment des fiches sur tout le monde, ils auraient bien quelque chose sur ces gars-là.

Une fois seul, Franz s'effondra dans son fauteuil, harassé. L'après-midi était passé si vite qu'il n'avait pas eu le temps de revenir sur l'incroyable hasard qui avait marqué aujourd'hui l'enquête. Minna von Hassel, la psychiatre qui s'occupait de son père, lui avait ouvert une nouvelle piste. C'était incroyable et Beewen, qui était superstitieux, y voyait plus qu'une coïncidence : un coup de pouce du destin.

Avait-il raison de faire équipe avec ces deux psychiatres qui ne pouvaient pas se supporter ? Il verrait bien. Cette partie de l'enquête était clandestine et, de toute façon, personne ne saurait jamais qu'il était allé chercher de l'aide hors des murs de la Gestapo.

Son esprit s'attarda quelques secondes sur Minna, qui s'avérait vive et brillante. Ça ne le surprenait pas, mais il n'était pas loin de penser comme Kraus : pourquoi, quand on était richissime et baronne, intelligente et médecin, s'enterrer dans un mouroir tel que Brangbo ?

Cette dernière idée lui rappela son père et la liste dont lui avait parlé Minna. Ernst Mengerhäusen. Le château de Grafeneck. Il avait complètement oublié ce premier problème. Quel piètre fils il faisait…

Il tendit la jambe et frappa plusieurs fois du talon dans la cloison. Quelques secondes plus tard, Dynamo se matérialisa sur le seuil de son bureau.

– Qu'est-ce qui se passe ?
– T'as pu te renseigner sur Ernst Mengerhäusen ?
– Qui ?
– Le toubib dont je t'ai parlé cet après-midi. Un gynécologue.
– Pas eu le temps.
– Mets-y-toi tout de suite ! On doit avoir ici quelque chose sur lui.

Hölm grogna :

– Faudrait savoir, j'm'occupe de tes défigurés ou de ton toubib ?
– Dynamo, je te confie un secret : le cerveau a deux hémisphères.
– C'est ça, et moi, j'en ai deux dans le pantalon.

## 52.

Les parents de Minna avaient fait construire leur hôtel particulier dans le quartier de Dahlem, au sein du district de Zehlendorf, à l'ouest de Berlin. Une zone à la fois universitaire et résidentielle qui avait connu à partir de 1933 un vaste appel d'air : tous les Juifs fortunés en avaient été chassés et les célébrités du monde nazi avaient pris leur place. Martin Bormann, Heinrich Himmler, Leni Riefenstahl...

Les von Hassel ne les avaient pas attendus pour édifier, dans les années 20, leur « temple » selon les préceptes du Bauhaus. En bons intellectuels révolutionnaires, ils s'étaient très tôt intéressés à ces architectes géniaux qui avaient décidé d'en finir avec les pièces montées du style wilhelmien.

Les von Hassel n'avaient pu obtenir les services des « maîtres » Walter Gropius et Ludwig Mies van der Rohe, trop occupés à développer leur école, mais ils avaient engagé un de leurs disciples. L'architecte avait fait naître, parmi les pins et les bouleaux, un bloc de béton armé. Parements de briques, immenses baies vitrées, toits-terrasses asphaltés : le bâtiment était pur et magnifique.

Minna se retrouvait donc avec une villa de style *entartet* (dégénéré) sur les bras, évoluant en solitaire dans un décor fantômatique – tous les meubles, chefs-d'œuvre signés Mies van der Rohe ou Wilhelm Wagenfeld, étaient recouverts de housses blanches, les longues tentures imaginées par Anni Albers moisissaient et les fenêtres à motifs géométriques de Josef Albers évoquaient désormais les barreaux d'une prison.

Les principes du Bauhaus avaient été suivis à la lettre et les murs de béton armé étaient restés bruts. Par ailleurs, les lignes étaient d'une simplicité déconcertante. Finies les formes florales, curvilignes. Oubliés, l'Art déco, l'Art nouveau. Seuls comptaient la forme, le matériau, la couleur...

Jeune, Minna craignait cette maison mais à présent, elle s'y sentait bien, lovée au creux de ce blockhaus comme une zibeline dans son tronc d'arbre.

Avant d'embarquer pour le Nouveau Monde, ses parents lui avaient donné de strictes consignes d'entretien et lui avaient même laissé un pécule pour payer les gages des domestiques. Minna s'était empressée de claquer cet argent en diverses drogues et en cognac. Elle avait renvoyé le personnel et regardé les toiles d'araignée gagner du terrain. Seul, Eduard, le majordome, luttait contre la décrépitude ambiante.

De toute façon, Minna estimait qu'elle était ici en sursis. Un de ces quatre, ces messieurs du national-socialisme se rendraient compte qu'un espace conséquent – plus de quatre cents mètres carrés au sol – était vacant dans un des quartiers les plus chics de Berlin. Ils y installeraient un ministère ou une quelconque entité administrative. *Dehors la poivrote!*

Quand Minna sortit de sa voiture, elle sursauta : dans la pénombre du garage, un grand homme pâle se tenait debout, immobile.

– Eduard ? Tu m'as fait peur.

– Je suis content de vous voir, madame la baronne.

Eduard était au service des von Hassel depuis le règne de Guillaume II, c'est dire s'il faisait partie des meubles. Depuis que la villa était désertée, il passait tout de même chaque jour, pour veiller au ravitaillement et au ménage.

– Moi aussi, fit-elle sèchement (sa présence silencieuse l'horripilait).

Eduard, qui tenait au protocole, était vêtu d'une veste blanche et d'un nœud papillon encastré sous un col cassé – il lui rappelait les serveurs des bars chics où elle avait erré durant tant de

soirées avant de s'acheter une conduite en dirigeant l'institut de Brangbo.
Il tenait dans ses mains des sortes de filets noirs, qui évoquaient des nuages compacts de mouches contre sa veste blanche.
– C'est quoi ? demanda-t-elle.
– De la gaze, madame la baronne, pour vos phares. Ils en donnent à la mairie. Vous savez sans doute que l'Allemagne a attaqué la Pologne la nuit dernière. C'est le couvre-feu. Désormais, il ne doit plus y avoir de lumières allumées à Berlin. Et tous les phares doivent être occultés.
Ce simple détail lui fit réaliser la situation : Berlin était susceptible de se prendre sur la tête les bombes des avions français ou anglais. Elle avait complètement oublié cette nouvelle. *Il faut le faire.*
Minna avisa une dizaine de bidons d'essence de vingt litres chacun.
– L'essence est aussi rationnée, madame la baronne, enchaîna le croque-mort. Il n'y a plus qu'une douzaine de stations-service ouvertes à Berlin. J'ai pensé à constituer un stock de carburant.
– T'as bien fait, dit-elle pour lui faire plaisir.
– J'ai fait également provision de torches électriques et...
– C'est bon, Eduard, tu m'expliqueras ça plus tard.
En sortant du garage, elle repéra une série de masques à gaz suspendus sur une patère. Elle prit la fuite. Elle n'avait pas envie qu'Eduard, avec sa tête de spectre et ses annonces de Cassandre, lui file encore les jetons.
Sans allumer, elle traversa le salon et se rendit à la cuisine. Là, elle se prépara du thé – le cognac attendrait encore un peu – dans la fameuse théière en verre à feu de Wilhelm Wagenfeld.
Elle avait peu de souvenirs dans cette grande baraque. Quand la famille y avait emménagé, elle venait d'attaquer ses études de médecine et passait le plus clair de son temps dans sa chambre, à réviser. Elle ne découvrait que maintenant ces espaces inhabités, où la poussière limitait un peu la résonance et où tout lui rappelait la nature funeste de son avenir. Avec un peu de chance, elle

mourrait dans ce sanctuaire, soit sous les bombes, soit d'une overdose d'éther ou d'un coma éthylique.

Le thé infusé, elle prit son globe de verre transparent et alla s'asseoir par terre, aux côtés, ironiquement, d'une chaise longue signée Mies van der Rohe qui, paraît-il, valait une fortune mais dont les nazis auraient joyeusement fait du petit bois pour le feu.

Tenant sa tasse à deux mains comme pour se réchauffer, elle appela de toutes ses forces un miracle qui vint presque aussitôt : une averse. C'était, dans cette grande maison, ce qu'elle préférait : écouter la pluie résonner aux quatre coins de l'espace, variant les rythmes et les timbres, mais qui toujours chantait le même thème – celui de la vie, de la fertilité, de la purification.

Elle ferma les yeux. La pluie sur Berlin... Dans ces moments-là, elle reprenait espoir. La force de vie serait toujours là, insufflant une énergie nouvelle aux survivants de cette période atroce et balayant la tourbe nazie. C'était ce qu'elle voyait sous ses paupières closes, c'était ce qu'elle espérait.

Soudain, elle prit conscience que, déjà, la mort de Ruth s'éloignait en tant qu'événement réel pour devenir un élément parmi d'autres de l'enquête. Elle devait se l'avouer : cette investigation l'excitait. Elle en oubliait presque le danger qui pesait sur Brangbo...

Elle but une nouvelle gorgée de thé – un thé anglais, c'est-à-dire indien, collecté sur les contreforts de l'Himalaya, plus précieux, par les temps qui couraient, qu'un vin français. Elle comprenait aussi, avec un effet retard, qu'elle avait été heureuse de revoir Simon Kraus. Ce petit homme tellement obsédé par sa taille qu'il avait occulté toutes les raisons qu'il possédait de devenir plus grand. Le genre qui préférait porter des talonnettes plutôt que d'écrire le livre crucial qu'il avait au bout des doigts. Un avorton gominé, sarcastique et prétentieux, qui fumait des Muratti à la chaîne et arborait des costumes d'une qualité dont pas dix Berlinois ne pouvaient se vanter...

Oui, elle se réjouissait de chercher un tueur à ses côtés, à défaut de mener avec lui des recherches psychiatriques. Au fond, c'était un peu la même chose et elle jubilait de pouvoir côtoyer cet esprit si brillant. Elle voulait retrouver l'assassin de Ruth bien sûr, mais elle voulait aussi être à la hauteur de son coéquipier, un bouffon qui n'était pas le fou du roi mais le roi des fous.

Elle se leva en se disant qu'il fallait qu'elle se secoue. Comme chaque fois à la tombée de la nuit, elle se trouvait à la croisée de deux chemins, travail ou défonce, concentration ou dérive... Le cognac attendrait encore : pour ce soir, elle avait un programme.

## 53.

En montant au premier étage, un miroir qui passait par là retint son reflet. Quelle tête elle avait... Ce visage trop long, ces yeux cernés, plus noirs que de la laque, et ce teint, mon Dieu! Un rose pâle tirant sur le gris, de la cendre entre les doigts du crépuscule...

Elle gagna une remise qui faisait office de grenier. Sans difficulté, elle y dénicha les caisses qui contenaient ses archives personnelles – de ses premiers journaux intimes aux notes rédigées durant ses études. Elle trouva la documentation qu'elle avait accumulée sur les assassins allemands en vue de sa thèse. Elle avait écumé les palais de justice, épluché les annales des journaux et les rapports psychiatriques.

Elle en avait ressorti un instantané étrange des premières décennies du XXe siècle en Allemagne. À l'ombre de la Grande Guerre, qui comptait les cadavres par millions, il y avait eu bien d'autres crimes. Les attentats, les assassinats crapuleux, bien sûr, mais aussi des sortes de pépites noires : des meurtres commis pour le seul plaisir, ou sous l'emprise d'une pulsion irrépressible – les homicides des psychopathes.

Il y avait eu les vedettes : Peter Kürten, le «vampire de Düsseldorf», qui dans les années 20 avait tué et violé enfants et adultes. Condamné à mort (et exécuté) en 1931, après avoir avoué quatre-vingts crimes et confessé avoir bu le sang de ses victimes, il était passé à la postérité la même année grâce au film de Fritz Lang, *M le Maudit*, inspiré par ses crimes.

Fritz Haarmann, le « boucher de Hanovre » (les Allemands aimaient donner des surnoms à ces monstres), qui, entre 1918 et 1924, avait tué près d'une trentaine d'hommes, la plupart prostitués. Pourquoi « boucher » ? On prétendait qu'il vendait au marché noir des morceaux de chair humaine. Guillotiné en 1925.

Karl Denke n'était pas mal non plus. Surnommé « Papa Denke », l'homme offrait volontiers un repas chaud aux sans-abri. Ce que les malheureux ignoraient, c'est que leur propre chair constituerait l'essentiel de son prochain repas à lui. Lors des perquisitions, on avait retrouvé à son domicile quantité de dents et d'ossements, ainsi que des conserves de restes humains. Pendu dans sa cellule peu après son interpellation, en 1924, il n'avait pas eu le loisir de s'expliquer sur ses goûts cannibales.

Il y en avait eu d'autres... En exhumant ces documents, Minna était encore surprise par le nombre de criminels qui avaient tué, mutilé, dévoré leurs victimes en Allemagne durant ces trois décennies. Elle était aussi étonnée – et touchée – par son écriture d'écolière. On aurait dit le journal manuscrit d'une adolescente, alors qu'il n'y était question que de monstres meurtriers, sujet qui, elle devait l'admettre, l'avait toujours passionnée. Notamment ce qu'elle appelait les « tueurs purs », ces hommes qui substituaient la mort à l'amour, le désir meurtrier au désir sexuel...

En feuilletant de vieilles coupures de journaux, elle tomba sur un cas intéressant. Albert Hoffmann, né en octobre 1894, avait tué deux femmes entre 1911 et 1912 à Berlin. Signe particulier : il leur avait volé leurs chaussures.

Le jeune mineur avait déjà été incarcéré deux fois pour agression sexuelle et tentative de viol (sur sa propre mère). Libéré en 1910, il avait d'abord tué Martha Weber, vingt-sept ans, modiste. Il l'égorge, l'éviscère et lui dérobe ses chaussures dans le Tiergarten. Comme il lui a également volé son argent, les enquêteurs ne prêtent pas attention aux pieds nus de la victime. L'année suivante, Hoffmann récidive : il tue Helena Koch, vingt-deux ans, couturière, sur les bords de la Sprée, à la pointe nord de l'île aux Musées. Même modus operandi, mais cette fois, il ne touche pas à l'argent de la victime.

Malgré les points communs entre les deux meurtres – l'éviscération, le vol des chaussures –, les enquêteurs n'ont aucune piste. C'est un coup de chance qui leur permet, en 1913, de mettre la main sur l'assassin. Au mois de juillet, un homme est surpris à la morgue de l'hôpital catholique St. Hedwig, dans le quartier de Spandau, en train d'ouvrir l'abdomen d'un cadavre de femme.

Arrêté, Hoffmann avoue les meurtres de Martha Weber et d'Helena Koch. Il livre certains détails que seule la police connaît – ou qu'elle ignore parfois, comme les circonstances exactes dans lesquelles l'homme a surpris les jeunes femmes.

La guerre n'est pas encore là. La machine administrative allemande marche au petit trot. Hoffmann est jugé. Il a dix-neuf ans. Il n'est pas condamné à mort. Vingt ans ferme. Fin de l'affaire.

Minna ne savait rien de plus sur le triste sire. Ce cas était resté parmi ses notes marginales, toute cette masse d'informations qu'on collecte au début de ses recherches et dont on ne se sert finalement pas. Elle avait interrogé de nombreux assassins, écumé les prisons de Berlin et même de toute la Prusse. Mais elle n'avait jamais rencontré Albert Hoffmann, qui à l'époque purgeait sa peine à la prison de Moabit.

Minna relut une nouvelle fois les articles. Puis une autre, et encore une autre. Les chaussures. L'éviscération. Les lieux des meurtres – le Tiergarten, l'île aux Musées... Si ses calculs étaient exacts, Albert Hoffmann avait dû être libéré en 1933. Ça pouvait coller. Un os toutefois, et un gros : comment l'assassin aurait-il pu être blessé au front s'il purgeait sa peine de prison à Berlin ?

Elle regarda sa montre : vingt-deux heures. Elle avait des

fourmis dans les jambes et des étincelles dans la tête. Se pouvait-il qu'elle ait déjà trouvé son tueur ? *Tout doux, ma belle.*

Elle songea au seul lieu qui était encore ouvert cette nuit – parce que, paradoxalement, il était toujours fermé. La prison de Lehrter Straße, au nord-ouest de Berlin, dans le quartier de Moabit. C'était là que se perdait la trace d'Albert Hoffmann. C'était de là qu'elle devait partir.

## 54.

Eduard avait raison : le couvre-feu avait été instauré à Berlin. Plus une seule lumière dans la ville. Les réverbères, les néons des restaurants, les monuments habituellement éclairés, tout était plongé dans l'obscurité. Peu de voitures circulaient et, avec leurs phares occultés, il était difficile de les discerner. Les bus n'avaient pour se guider qu'une seule lanterne bleutée et les feux des tramways étaient eux aussi enveloppés de gaze noire. Quant aux fenêtres des immeubles, elles étaient toutes voilées par des tissus ou des couvertures.

Les piétons, et ils étaient nombreux (personne ne croyait encore à un bombardement), utilisaient des torches à ampoule bleue. Le résultat était une espèce de Voie lactée couleur saphir, une myriade de pierres précieuses répandues çà et là au pied des immeubles de Berlin, virevoltantes comme des lucioles.

Minna prit la direction de l'arrondissement de Moabit.

L'idée d'y retourner ne l'enchantait guère, après la poursuite de la veille et la mort du soldat. Mais Lehrter Straße était loin des bassins de Westhafen et, pour cause de journée trépidante, elle avait à peine eu le temps de repenser à l'agression de la veille.

Elle conduisait avec prudence. Dans la journée, on avait pris la précaution de peindre les bornes d'angle et les trottoirs en blanc pour que voitures et piétons puissent se repérer. Minna avait l'impression de suivre un labyrinthe dessiné à la craie sur un immense tableau noir.

Berlin ne manquait pas de prisons : il y avait la Columbia Haus, la prison de Spandau, la caserne de Lichterfelde et la plupart des châteaux d'eau où, dans chaque quartier, les SA avaient installé leur centre d'interrogatoire. Sans compter des lieux comme la Gestapo ou la SD qui possédaient leurs propres geôles...

La prison de Moabit occupait une place particulière. Modèle de modernité, elle était la seule à offrir des cellules individuelles – même si, à présent, chacune d'elles devait être bourrée ras la gueule de prisonniers politiques.

Six hectares d'un seul tenant à quelques pas de la gare centrale de Berlin, répartis en cinq ailes «panoptiques». L'idée : construire une enceinte circulaire, au centre de laquelle une tour permettait aux gardiens de surveiller toutes les cellules à la fois. Mieux encore (ou pire), les détenus ne savaient jamais quand ils étaient observés. Un concept anglais, «laisser la surveillance aux surveillés», c'est-à-dire faire croire aux détenus qu'ils étaient toujours espionnés.

La prison avait beau avoir été construite voilà près d'un siècle, son esprit et sa logique répondaient parfaitement aux préceptes du régime nazi qui, d'une certaine façon, était un État panoptique. Exactement le but des Hitler, Göring, Himmler et consorts : donner l'impression à tous les citoyens du grand Reich qu'ils étaient observés en permanence.

Minna se gara non loin du bâtiment et put admirer le morceau. De l'extérieur, la prison évoquait une immense forteresse de briques formée de plusieurs corolles à ciel ouvert, où s'enroulaient une infinité de cellules. Au centre de chaque cercle, un phare dardait son projecteur, non pas pour guider les marins perdus mais pour maintenir les prisonniers dans une paranoïa obsédante.

Grâce à sa carte de médecin, elle pénétra sans problème dans la prison. Après avoir passé la première porte, elle se retrouva à attendre dans un hall de ciment peint où s'alignaient quelques chaises et une table revêtue de plastique stratifié. Les murs étaient d'une obscène couleur chair. La texture en était particulière : une sorte d'enduit trop épais qui couvrait d'un seul tenant murs, sol et plafond. Cette matière vous donnait l'impression de se trouver dans une cavité creusée dans un seul bloc de peau humaine.

– *Heil Hitler !*

Un homme en uniforme SS se tenait sur le seuil de la caverne. Vêtu de noir, il se détachait très nettement sur les murs beiges.

– Minna von Hassel, fit-elle en se levant et en tendant ses papiers.

– Qui vous a appelée au juste ? demanda le SS après avoir observé attentivement sa carte d'identité et son attestation de médecin.

– Sebastian Liebermann.

Elle avait appris quelques noms avant de venir.

– Ça m'étonnerait. Il a pris sa retraite voilà trois ans.

Sa technique était vouée à l'échec. Tous les gardiens qu'elle avait croisés à l'époque avaient dû être remplacés par des nazillons de ce genre. Des trentenaires qui avaient biberonné à la Hitlerjugend et juré allégeance au Führer pour cinquante ans.

– Excusez-moi, j'ai dû confondre. Carl Janowitz ?

L'homme fronça les sourcils et serra sa ceinture des deux poings. Sans doute un truc qu'il avait appris à l'école des officiers.

– Il vous a contactée aujourd'hui ?

Un coup de chance. Non seulement le gars travaillait encore ici, mais il était présent ce soir. Comme un bonheur n'arrive jamais seul, en prononçant son nom, son image lui revint en tête : un petit homme replet aux cheveux blonds qui bouffaient sur son crâne.

– Il a téléphoné à mon institut. Il voulait que je passe à propos d'un de vos... détenus.

– Nous avons nos propres médecins.

– Je suis psychiatre. Il a besoin d'un avis sur un prisonnier...

– Comment s'appelle-t-il ?
– Il ne me l'a pas précisé. Il m'a simplement demandé de faire vite. Mais je viens de Brangbo et...
– Attendez ici.

Elle se souvenait maintenant du maton avec précision, un briscard désabusé qui avait gagné une croix de fer dans les tranchées et qui, malgré tout, gardait le sourire. Son espoir : que la curiosité l'emporte et que le bonhomme vienne jusqu'ici voir ce que cette psychiatre lui voulait...

– Minna von Hassel.

Carl Janowitz se tenait devant elle. Ses cheveux, pourtant peu nombreux, formaient toujours au-dessus de sa tête un nuage vaporeux, façon barbe à papa. De blond, ils étaient passés à blanc mais c'était le même esprit : une brume légère survolant une tête bosselée. Dessous, des traits tout ronds barrés d'une moustache dense, autoritaire.

Il ne bougeait pas, les pieds joints, les mains dans le dos. Son uniforme paraissait trop petit, comme s'il avait gardé celui de l'époque où il pesait quelques kilos de moins. Avec ses boutons dorés et ses croquenots vernis, il ressemblait à un soldat de plomb qui aurait pris un coup de marteau sur la tête.

– Vous... vous souvenez de moi ?

Il eut un sourire qui ressemblait à une jugulaire.

– On voit pas souvent des femmes par ici. Qu'est-ce que c'est que cette histoire de détenu qui aurait besoin d'un psychiatre ?
– Je voulais vous voir en urgence. J'ai inventé cette histoire.
– En urgence, hein ? répéta-t-il d'un ton à la fois sec et pensif.

L'homme était du genre compressé. Pas seulement par le costume mais aussi par la discipline, la prison, les années de surveillance. Il donnait l'impression d'être son propre maton.

– Café ? proposa-t-il en sortant enfin ses mains de son dos.

Il tenait un pot à bière en porcelaine doté d'un couvercle en étain et deux petits verres à rhum. L'ensemble hétéroclite évoquait les razzias que les matons ont l'habitude d'effectuer dans les cellules.

— Avec plaisir.

Ils s'assirent en chœur et Janowitz servit son café. Sur la chope de porcelaine étaient dessinés un homme en culotte courte et une femme en *Dirndl* dont les gros seins débordaient du corsage. Ils dansaient un *Schuhplattler* endiablé.

Ils burent en silence leur breuvage, délicieux mais plus épais que du goudron.

— Minna von Hassel, répéta-t-il sur le même ton rêveur. La p'tite étudiante...

Il leva les yeux comme s'il avait pris soudain conscience que son souvenir était assis en face de lui.

— Que devenez-vous ?

— Je suis psychiatre aujourd'hui. Je dirige un asile d'aliénés à Brangbo.

Il eut un petit rire à couvert, sous sa grosse moustache.

— Je savais que vous réussiriez.

— Et vous ? demanda-t-elle par politesse.

— Oh moi... J'suis toujours là, dans cette taule immense. Les murs ont pas bougé mais pour le reste, tout s'est inversé.

— Qu'est-ce que vous voulez dire ?

Il leur servit une nouvelle rasade de café.

— Jadis, les méchants étaient derrière les barreaux et les gentils les surveillaient. Aujourd'hui, c'est le contraire.

Janowitz devait s'estimer à l'abri de toutes représailles nazies. Son vaccin, il l'avait accroché à sa poitrine. Sa croix de fer, qui brillait aussi intensément qu'une étoile solitaire sur le tissu sombre de sa veste.

— Mademoiselle, reprit-il après un silence, il est près de minuit. Vous avez pas fait tout ce voyage simplement pour prendre de mes nouvelles. Qu'est-ce que vous voulez ?

— Je suis venue m'enquérir d'un de vos détenus. Albert Hoffmann.

— J'en connais au moins deux, rien que dans cette aile.

— Il a été condamné en 1913 pour meurtre.

– 1913 ? Mais c'est Mathusalem ! Je travaillais même pas encore ici.

Son histoire remontait à vingt-six ans et, depuis, il y avait eu la Grande Guerre, la république de Weimar, le national-socialisme...

– Je vous parle d'un criminel très dangereux. À l'époque, il a été arrêté pour les meurtres de deux jeunes femmes.

– Il a pas été condamné à mort ?

– Il était mineur. Il a pris vingt ans ferme.

Elle se pencha vers lui. Tout cela ne partait pas très bien mais cette table revêtue de plastique, ces murs englués de peinture trop épaisse, l'odeur de mastic qui planait dans l'air lui paraissaient tout à coup chaleureux, réconfortants – porteurs d'espoir.

– Écoutez, Herr Janowitz. J'ai des raisons de penser qu'Hoffmann a tué de nouveau. Tout récemment. En même temps, je pense qu'il a participé à la Grande Guerre.

– Comment ça ?

Elle se recula sur sa chaise et ouvrit ses mains :

– Je comptais sur vous pour me répondre.

Janowitz baissa la tête. Son menton se plissa contre son col comme un drapé de soie. Sa position évoquait la réflexion mais aussi, il faut bien le dire, le bon vieux roupillon du maton.

– Attendez-moi ici, fit-il enfin en se levant.

Il disparut d'un pas sautillant et Minna se retrouva seule dans cette boîte nue et vide. En attendant le petit soldat, elle observa l'espace et constata que tout était propre, et même impeccable. Ce simple fait l'emplit de tristesse : même les prisonniers du nazisme étaient mieux lotis que ses propres patients.

– Vous aviez raison, confirma le gardien, déjà de retour.

Il portait sur ses bras repliés un dossier cartonné sur lequel était posé un petit sac de toile. Il revint s'installer en face d'elle et Minna dut se faire violence pour ne pas se jeter sur le dossier et l'ouvrir d'un geste.

– Votre Albert Hoffmann a été mobilisé en 1917, fit-il en dénouant la courroie du dossier.

– Comment c'est possible ?

Janowitz humecta son doigt et se mit à feuilleter les pages.

– Cette année-là, les troupes allemandes ont manqué d'hommes. Ils ont engagé des gamins, des réformés, des malades mentaux. De la pure chair à canon. On a aussi proposé aux taulards de partir au front en échange de remises de peine. Pourquoi pas ? Ils se tournaient les pouces pendant que nos p'tits gars se faisaient décapiter par les obus français.

– C'est ce qu'a fait Albert Hoffmann ?

Janowitz planta son index sur une feuille manuscrite.

– Le 10 mars 1917, oui. Il a été mobilisé mais il a pas eu de chance. (Le maton passa à une autre page.) Il est mort à la bataille d'Arras le 22 avril suivant. J'y étais. Les obus explosifs et les shrapnels pleuvaient à verse. Un vrai merdier. Les gars tombaient comme des mouches.

Minna sentait que ces informations confirmaient et contredisaient à la fois ses hypothèses. Hoffmann était vivant : elle en était certaine.

– Comment est-il mort ? demanda-t-elle.

– Y a rien d'écrit là-dessus, poursuivit le gardien. La plupart du temps, on savait même pas comment les gars y passaient. Dans le cas d'Hoffmann, y a pas non plus d'précisions sur le lieu où il a été enterré. Faut resituer comment ça s'passait à l'époque. C'était des milliers de macchabées par jour...

– Ce petit sac, c'est quoi ?

Elle ne pouvait quitter des yeux la besace de toile que Janowitz avait déposée à côté du dossier.

– Ses effets personnels. Il avait pas de famille. On nous les a retournés ici, à Moabit.

– Je peux ?

Janowitz acquiesça. Minna s'empara du sac et l'ouvrit. Elle en renversa le contenu sur la table : un briquet, une médaille de la Sainte Vierge, la plaque d'identité du tueur mort au combat.

On pouvait lire, distinctement gravé sur la tôle de zinc :

ALBERT HOFFMANN
BERLIN
15-9-1898
1067543914
Ersatzdivision, IX. A.K.
Reservekorps : R.K.

Minna tenait la petite plaque ovale entre ses doigts tremblants. Tout au fond de son cerveau, quelque chose se dessinait...
Janowitz poussa le dossier, le sac et son fourbi vers la psychiatre.
– Cadeau, fit-il, la mine réjouie.
– Vous voulez dire...
– Embarquez-moi tout ça. Si ce gars-là vous intéresse, ça vous servira plus qu'à nous.
– Merci, Herr Janowitz. Je ne sais pas comment...
– Eh bah dites rien et laissez-moi retourner roupiller. Content de vous avoir revue, Fräulein !

## 55.

– Tu dors avec ta gomina sur la tête ?
– C'est pas de la gomina.
Sur le pas de sa porte, Simon était à la fois gluant et décoiffé. À peine réveillé, ses yeux étaient enfoncés dans leurs orbites comme des rivets.
– C'est quoi ? demanda Minna.
– Du gel pour des électrodes.
– Des électrodes ?
– Il est deux heures du matin. Qu'est-ce que tu veux ?
– Je crois que j'ai identifié l'assassin.
Elle entra d'autorité. Dans la pénombre, elle aperçut les esquisses de Paul Klee, le tapis cubiste. Elle aimait cet

appartement. L'alliance du goût et de l'audace. Un dernier bastion pour l'art de demain.

– Beewen arrive. Tu nous fais du café ?

Une heure plus tard, ils étaient tous les trois installés dans le cabinet. On prend les mêmes et on recommence : Simon derrière son bureau, Beewen dans le fauteuil et Minna sur le divan, les mains dans les poches, jouant la réserve alors que c'était elle qui tenait la révélation de la nuit.

Elle n'avait eu aucun mal à trouver Beewen : il était toujours à la Gestapo. Elle se demandait même s'il possédait un véritable appartement.

Simon avait pris quelques minutes pour s'habiller et se recoiffer : les cheveux plaqués comme une quille peinte, il portait un pull de yachting bleu ciel et un pantalon de toile qui donnaient l'impression que son voilier mouillait non loin de là.

En quelques mots, Minna résuma sa découverte. Albert Hoffmann. Son profil correspondant à celui de leur tueur. Sa mobilisation. Sa disparition.

– Où tu veux en venir ? demanda Simon avec humeur. (Il leur avait fait du café, mais sans enthousiasme.) Si ton gars est mort, où ça nous mène ?

– Justement. Je pense qu'il n'est pas mort.

– En quel honneur ?

– Hoffmann a disparu à la bataille d'Arras. Un véritable charnier. Il lui était facile d'échanger sa plaque contre celle d'un cadavre.

– T'as pas l'impression de pousser un peu ?

– Laisse-la parler, ordonna Beewen, qui semblait beaucoup plus intéressé que Simon par sa théorie.

Minna finit par se lever et se mit à marcher dans le dos de Beewen. Elle avait l'impression d'évoluer à l'ombre d'une colline.

– J'imagine la scène, fit-elle sur un ton qu'elle aurait voulu moins prétentieux. Un obus emporte le visage d'Hoffmann. Il survit à l'impact. Toute la journée, il reste dans la boue.

– Pourquoi «toute la journée»? demanda Simon en allumant une Muratti.
– Parce que les brancardiers ne pouvaient récupérer les blessés que la nuit, intervint Beewen. Le jour, ils se faisaient tirer comme des lapins.

Simon leva les sourcils : mi-«je ne savais pas», mi-«ça reste à prouver».

– Donc, enchaîna Minna, il agonise dans la boue et le froid. Voilà ce qu'il se dit : s'il s'en sort, il aura un nouveau visage. En tout cas, une gueule différente. Or, qu'est-ce qui l'attend au terme de la guerre? La taule. Il aura une remise de peine bien sûr, pour services rendus à la patrie, mais il n'échappera pas à encore quelques années de cabanon. Sans compter sa triste notoriété de tueur de femmes. Que fait-il? Il prend la plaque d'un des soldats morts près de lui et lui fout la sienne dans la poche. Cette boucherie est une opportunité inespérée pour changer d'identité. Et d'existence.

Beewen prit la parole. Il avait l'air d'humeur à soutenir Minna, vaille que vaille.

– À mon avis, c'est arrivé plus d'une fois. Dans le chaos des champs de bataille, beaucoup ont déserté ou se sont fait passer pour morts. Quand on est en enfer, on n'a rien à perdre.

Simon parut considérer le gestapiste avec surprise – de telles réflexions, avec une nuance d'empathie dans la voix, ne ressemblaient pas à l'officier inflexible qu'il connaissait.

Minna faillit en rougir : ce soir, elle avait un allié. Beewen la soutenait, même si elle sentait qu'il n'était pas vraiment objectif.

– Bref, continua-t-elle, il choisit un camarade de même gabarit ou avec lequel il possède une vague ressemblance et il échange les plaques d'identité. Ni vu ni connu. Il devient un autre, défiguré certes, mais au casier vierge.

– Donc? demanda Simon, qui fumait avec une sorte de hargne ostentatoire.

– Donc, Albert Hoffmann est aujourd'hui en circulation à Berlin, défiguré et avec un nouveau nom.

Simon cracha :

— Tout ça, c'est du roman. Tu n'as aucune preuve de ce que tu avances.

— Je n'ai aucune preuve mais on peut vérifier quelque chose.

Minna se leva, fouilla dans sa poche et déposa sur le bureau la médaille ovale en tôle de zinc.

— La plaque d'identité d'Albert Hoffmann. Avec son matricule et son numéro de bataillon.

— Et alors ?

— Et alors, Franz a récupéré ce soir la liste des blessés dont s'est occupée Ruth Senestier.

— Comprends toujours pas.

— Il faut la comparer avec celle du bataillon d'Hoffmann. Si on y trouve un nom en commun, alors il n'y a pas de doute : ce sera celui qu'a pris Hoffmann pour changer d'identité.

Il y eut un silence. Minna n'était pas sûre qu'ils aient bien compris le tour de passe-passe d'Hoffmann. Il avait usurpé l'identité d'un soldat mort et, sous ce nouveau nom, s'était fait hospitaliser. Il avait fini par atterrir au Studio Gesicht où Ruth Senestier, dans les années 20, lui avait confectionné un masque.

Un nouveau nom. Une nouvelle gueule.

— Ok, concéda Simon. Va plus loin dans ton raisonnement.

— J'ignore ce qu'a fait Albert Hoffmann durant toutes ces années mais son désir de tuer s'est réveillé et il a voulu frapper à nouveau en portant un masque spécifique. Celui de l'Homme de marbre. Il est retourné voir Ruth et il lui a demandé de le lui fabriquer. Voilà pourquoi Ruth m'a dit qu'elle avait accepté une commande « dangereuse » et que son commanditaire était le « diable ». Albert Hoffmann, sous son nouveau nom et son visage rafistolé, demeurait un assassin menaçant.

— Toujours du roman, conclut Simon.

Beewen se leva brusquement du fauteuil.

— Minna a raison, il y a une façon très simple de vérifier. On récupère la liste des soldats du bataillon d'Hoffmann et on la compare avec celle des « opérés » de Ruth. Si un nom identique apparaît, on tient notre homme. Un gars qui est mort aux côtés d'Hoffmann et dont Hoffmann a usurpé l'identité...

Minna sourit : elle n'aurait pas dit mieux. Elle n'éprouvait aucun orgueil à avoir dégoté cette piste, ni aucune irritation face à Simon qui freinait des quatre fers. Ce qu'elle voulait, c'était identifier le salopard. Peu importait qui faisait quoi. Peu importait comment, plus tard, on raconterait l'histoire.

Beewen la considéra de son œil ouvert – l'autre semblait finir sa nuit.

– Minna, vous auriez fait une gestapiste redoutable.
– Dieu m'en préserve. Mais tu peux me tutoyer.

Spectateur de cet échange complaisant, Simon Kraus leva les yeux au ciel.

– Allez dormir, Minna, souffla Beewen, de plus en plus doucereux. Vous l'avez bien mérité. Nous, on fonce aux archives.

Kraus parut se réveiller de son accablement :
– Nous ? Quelles archives ?
– Celles de la Deutsches Heer !

## 56.

Simon Kraus naviguait en plein cauchemar. Il y avait d'abord eu l'autre pimbêche, là, qui l'avait réveillé à deux heures du matin, excitée comme un électron. Puis le Koloss qui s'était pointé pour, semblait-il, boire les paroles de la baronne. Ensuite, cette histoire abracadabrante d'un tueur en série emprisonné, puis libéré, puis mort, puis ressuscité. *N'importe quoi.*

Mais le cauchemar continuait. Il roulait maintenant dans la Mercedes de Beewen, du transport cent pour cent nazi, avec des aigles et des svastikas partout, en direction du quartier de Kreuzberg, où se trouvait, selon le gestapiste, la NSKOV, l'association national-socialiste des victimes de la guerre. Rien que l'acronyme lui filait la migraine.

Dire qu'il était de mauvaise humeur était un euphémisme. Quand Minna avait sonné, il avait dû arracher ses électrodes, son capteur de pouls et de paupières, sans même prendre le temps de jeter un œil à ses diagrammes. Il ignorait à quel moment du cycle de sommeil elle l'avait interrompu mais il n'avait souvenir d'aucun rêve. *Scheiße!*

Ensuite, il avait dû supporter ses élucubrations en tirant sur ses Muratti comme sur une pompe à oxygène. Quelque chose clochait dans cette enquête. Que Minna ou lui-même veuillent se rendre utiles, soit. Mais que Beewen, Hauptsturmführer à la Gestapo, n'ait rien trouvé de mieux pour l'épauler que deux psychiatres marginaux, sans la moindre expérience en matière d'enquête criminelle, était une absurdité. L'officier leur cachait quelque chose. Simon en était certain : Beewen courait pour ses propres couleurs, en douce et en loucedé…

– On y est, fit l'autre en tapotant la vitre de ses doigts gantés.

Ils découvrirent un bâtiment sans la moindre lumière, déployant devant sa façade une vaste pelouse. Le temps que leurs yeux s'habituent à l'obscurité et ils eurent une surprise : des centaines de caisses en bois, de coffres, de cantines jonchaient le sol, ménageant à peine un chemin jusqu'au perron de l'édifice. Le tout était gardé par deux sentinelles somnolentes.

– Ils sont en plein déménagement, expliqua le SS en descendant de la voiture et en allumant sa torche électrique.

*Deux millions de morts, ça prend de la place.* Noms, dates, circonstances du décès, ça vous remplissait des kilomètres de rayonnages, de classeurs, de papiers gribouillés, signés, tamponnés. À quoi s'ajoutaient les quatre millions de blessés qui avaient eu droit, eux aussi, à leur fiche, leur bilan, leur historique. Tout ça aurait pu occuper plusieurs étages, constituer une colline de papier, mais pour l'instant, les «morts pour la patrie» et autres survivants de 14-18 gisaient dans cette cour sous la forme d'un monceau de caissons entreposés à la va-vite, façon docks du Westhafen.

Beewen trouva un archiviste de garde avec lequel il s'entretint dans un langage codé incluant chiffres, dates, noms de régiments, de bataillons, d'escadrons. Simon n'y comprenait rien et il s'en foutait. Il s'assit simplement sur une caisse, à la manière d'un môme qui regarde passer les trains.

Pendant que le SS et son nouveau camarade de jeu sillonnaient les allées improvisées (on voyait les faisceaux de leurs torches s'entrecroiser), Simon commençait à se sentir oppressé par tous ces morts enfermés entre leurs planches de bois. Il imaginait des tranchées débordant de sang, de glaise et de souffrance, pullulant de rats et de moustiques, l'eau polluée par les fragments de chair, l'air infesté par le typhus, la tuberculose. Il voyait des visages crasseux aux cheveux et aux sourcils grouillant de poux, des faces ravagées par des éclats d'obus, des gueules suffoquées de boue...

Il lui semblait même entendre le sifflement des bombes, le fracas des explosions, la cadence des tirs automatiques... Et tout ça résonnait entre ces caisses et ces coffres accumulés comme au fond d'un tunnel.

Il n'était pas un spécialiste de l'histoire mais il savait ce que tout le monde savait. Ce qu'on appelait pompeusement la « guerre de position » s'était résumé à des gars qui se balançaient des grenades ou des explosifs tassés dans des boîtes de conserve, ficelés au bout d'une raquette. Ça pouvait faire rire, mais c'était comme ça que de pauvres bougres, qui n'avaient rien demandé à personne, voyaient leur corps exploser et leur visage voler en éclats.

– Je l'ai !

Entre deux piles de cantines, Beewen brandissait un dossier qui semblait être pour lui, à cet instant précis, aussi précieux que le Graal.

– Tous les morts et les blessés du 22 avril 1917 dans le seul bataillon d'Hoffmann ! hurla-t-il en s'approchant.

Il paraissait se réjouir de tant de sang en si peu de pages. Ayant roulé le dossier dans son poing ganté, il l'agitait sous le nez de Simon qui avait bien du mal à partager son enthousiasme.

– On va pouvoir comparer les noms avec les défigurés soignés par Ruth et…

– J'ai bien compris.

Le gestapiste changea d'expression (il tenait toujours dans son autre main sa torche allumée, s'éclairant lui-même par en dessous, façon film muet expressionniste).

– Tu n'y crois pas ?

– J'y crois comme les enfants croient au Père Noël. C'est une belle histoire, ou plutôt sinistre, mais franchement, faut être de bonne composition pour l'avaler.

Beewen fit encore un pas vers lui. Toujours assis, Simon recula tout de même, par mesure de précaution.

– J'ai exploité toutes les pistes. J'ai appliqué toutes les méthodes de recherche, et avant moi, la Kripo avait fait pareil. Le KTI, le meilleur laboratoire scientifique criminel d'Europe, a tout passé au crible. Personne n'a rien trouvé. Minna est la première personne à me proposer quelque chose de nouveau.

– Minna…, répéta Simon, le sourire aux lèvres.

– Qu'est-ce qu'il y a ?

– Rien.

Beewen glissa son dossier sous son bras et braqua brutalement sa lampe sur Simon – un truc bien agressif, qui devait être une pratique de la Gestapo.

Simon s'attendait à se prendre un coup sur la tête, quand Beewen demanda d'une voix timide :

– Tu crois que j'ai mes chances ?

– Quoi ?

Beewen éteignit sa lampe.

– Avec Minna, tu crois que j'ai mes chances ?

Simon resta quelques secondes incrédule. Puis ce fut plus fort que lui : en guise de réponse, il partit d'un grand éclat de rire.

## 57.

Lorsque le téléphone sonna, Simon crut qu'il n'avait pas eu le temps de dormir. En réalité, il était sept heures du matin. Il avait donc roupillé deux heures...
– Allô ?
La voix de Beewen, chauffée à blanc. Une voix de drogué – Simon se demanda si le nazi ne prenait pas une substance particulière. Il avait bien une tête de volontaire pour essayer une nouvelle amphétamine *made in Germany*.
– Qu'est-ce qui se passe ?
– Qu'est-ce qui se passe ? répéta plus fort Beewen. Il se passe que j'ai trouvé le tueur ! Je l'ai identifié et je l'ai localisé !
Simon, un goût amer dans la gorge, songeait à ses rêves. Cette fois, il s'en souvenait. Il avait eu le temps de faire un cycle entier – endormissement, sommeil léger, sommeil profond... Le coup de fil l'avait surpris en plein songe.
Bien sûr, pas l'ombre d'un Homme de marbre.
– Je te donne l'adresse. Tu me rejoins.
– Quoi ?
– C'est à la Meyers Hof, 132, Ackerstraße, dans le quartier de Wedding.
Simon ne comprenait pas cette volonté de l'impliquer à chaque étape de l'enquête. Il pouvait aider éventuellement Beewen à interroger les Dames de l'Adlon ou à étudier le profil psychiatrique du meurtrier, mais certainement pas à arrêter un gars défiguré sous la pluie – une averse fouettait les vitres.
L'esprit d'équipe, peut-être, hérité de la Hitlerjugend, mais Beewen était trop vieux pour avoir fait ses classes chez ces horribles scouts.
– Je t'attendrai sur le trottoir d'en face.
– Mais... on y va juste tous les deux ?
– Y aura aussi mon adjoint, Dynamo, et un assistant, Alfred.

Pas la peine de discuter. On n'arrête pas une *Kriegslokomotive* lancée à pleine vitesse. Simon s'habilla rapidement – ce qu'il ne faisait jamais –, enfila son trench-coat, attrapa au hasard un fedora et en route Helmut !

Berlin en cette fin d'été aimait la pluie. Ou le contraire. En tout cas, Simon, lui, adorait ça. Mais ce matin-là, nauséeux, épuisé, il ne profitait pas à plein de la liesse de l'averse.

Sous son parapluie, il rejoignit en courant l'Alte Potsdamer Straße dans l'espoir de trouver un taxi mais aucune voiture n'était en vue – depuis la veille, et la guerre en marche, les taxis se faisaient rares.

Il repéra alors une carriole tirée par un cheval qui avançait tête baissée, indifférent à la saucée, aux voitures, aux passants. Il fit signe à l'homme ensommeillé qui conduisait l'attelage.

La charrette s'arrêta : une plateforme bâchée sous laquelle des navets ou des pommes de terre s'amoncelaient en une montagne poussiéreuse. Simon lui demanda de l'emmener à Wedding contre une poignée de marks. Un peu plus de quatre bornes, au trot, c'était jouable en quarante minutes.

Le gars, à peine plus bavard que son cheval, accepta et Simon se retrouva à ses côtés, protégé du déluge. Rire ou pleurer, il hésitait. Sous l'averse et dans l'odeur terreuse des légumes, au rythme paisible des claquements de sabots, il était en route pour sa première arrestation. Pourtant, sous la toile martelée par les gouttes, un curieux sentiment de bien-être le gagnait. Les cahots des pavés, les secousses des nids-de-poule, la cadence lancinante du trot…, tout ça commençait à l'ensuquer. Ses paupières s'affaissaient.

Il offrit une Muratti au paysan et ils fumèrent en silence, voyant la longue Bellevue Straße tressauter devant eux. Simon réfléchissait au songe qu'il avait fait le matin, dont des fragments flottaient encore dans sa tête comme des scories dans de l'eau. Ses rêves étaient toujours tourmentés, complexes, douloureux. Il se réveillait épuisé, essoré même, se demandant comment, après de telles épreuves, son esprit pouvait repartir.

Ces deux heures de sommeil n'avaient pas failli à la règle – il avait vu sa peau blanchir, briller même comme de la nacre, et des écailles lui pousser. Entre ses doigts, des palmes reliaient ses phalanges. Sans savoir comment ni pourquoi, il se retrouvait sur une table d'opération, aveuglé par une puissante lampe scialytique. Il ne distinguait ni les médecins ni les infirmières mais entendait le cliquetis des instruments...

Baissant les yeux, il vit des mains gantées qui lui prélevaient avec précaution quelques écailles. Ça lui faisait mal et ça le chatouillait en même temps. Surtout, il se sentait humilié, comme si un secret honteux avait été soudain exposé aux yeux de tous.

Il était nu, vulnérable, monstrueux. Il voyait les pinces lui décoller les plaques blanches, vernies comme des ongles, puis les déposer dans une coupelle « pour analyse ». Le plus horrible, c'était que ces pièces détachées continuaient à lui faire mal quand on les touchait, même à distance.

– Ça va, monsieur ?

Simon sursauta. Il venait de rêver à nouveau. Il tremblait et sentait la sueur lui couler dans le dos – malgré l'orage, il faisait déjà très chaud. Il offrit une nouvelle cigarette à son chauffeur. Il était soulagé d'être vivant. Malgré lui, il regarda ses mains : pas une écaille...

– On est arrivés.

Simon paya le paysan et bondit sous la pluie.

## 58.

Les *Mietskaserne* étaient des immeubles construits à la fin du xix$^e$ siècle pour loger les familles misérables qui affluaient par milliers vers la capitale. Ces « casernes locatives » n'avaient rien à voir avec un quelconque confort ou la moindre préoccupation sanitaire. De la pure spéculation immobilière fondée sur un concept simple : comment loger le maximum de gens dans un minimum d'espace. Ça donnait ces barres d'immeubles en béton, elles-mêmes organisées autour de patios – les *Höfe* – qui évoquaient une cour des Miracles sans fin, morcelée et labyrinthique.

Si on était d'humeur marxiste, on pouvait dire que ces cages à lapins criblées de fenêtres et de pavés, où les égouts se confondaient avec les soupiraux des caves habitées, étaient l'œuvre d'un Minotaure nommé capitalisme. Si on était pressé, on devenait simplement cinglé en essayant de trouver son chemin dans ce dédale de blocs, de cours en enfilade, de porches identiques…

La Meyers Hof était sans doute une des *Mietskaserne* les plus connues de Berlin. Et une des plus vastes. Plus de deux mille personnes concentrées dans à peine deux cent cinquante appartements, ce qui faisait une moyenne de huit occupants par logement. *Pas mal.*

Beewen n'était pas encore là. Comme convenu, Simon se planta sur le trottoir d'en face et, sous son parapluie, s'alluma une Muratti. Que foutait-il là, nom de Dieu ?

Il regardait sa cigarette se consumer péniblement au bout de ses doigts en songeant à son destin, à sa carrière. Tout ce chemin pour se retrouver là, les deux pieds dans une flaque, à attendre le bon vouloir d'une bande de gestapistes sortis des clous… On était loin de son cabinet prospère, de ses recherches sur « les rêves et la psyché humaine », de son départ aux États-Unis…

Beewen arriva. Il était accompagné d'un gars costaud et court sur pattes et d'une grande asperge affublée de lunettes énormes. Ils étaient vêtus en civil. Enfin, en civil… Long manteau de cuir et chapeau mou, le déguisement standard qui avait valeur d'uniforme à la Gestapo.

Sur un ton précipité, le SS présenta ses troupes : l'homme au physique de coffre-fort s'appelait Dynamo et l'efflanqué Alfred. Serrements de pinces sous le déluge.

– Tu nous suis et tu la boucles, ordonna Beewen.

Simon acquiesça machinalement.

– T'as une arme ?
– Mais... non, bien sûr.
Beewen adressa un coup d'œil à Dynamo qui portait en bandoulière une gibecière dans laquelle il aurait pu glisser plusieurs lièvres morts. Il en sortit un pistolet, un Luger PO8. Simon connaissait ce modèle parce qu'il avait couché avec une comtesse qui en faisait collection.
– Je ne veux pas d'arme.
– Fais pas le con, ordonna le nazi.
Il prit le calibre des mains de Dynamo et le plaça d'autorité dans celles de Simon.
– Tu sais tirer ?
– Non.
– Très bien. En cas de problème, tu sors ton arme et tu l'agites. Ça suffira amplement.
Simon sentait la crosse de bois quadrillée dans sa paume. L'objet était lourd, et rassurant. Son canon évoquait une petite cheminée d'usine pleine d'énergie funeste.
– Notre bonhomme s'appelle Josef Krapp.
– Comment tu le sais ?
Beewen regarda sa montre. Il avait la tête d'un officier qui devait se fendre de nouvelles explications auprès de ses troupes avant une opération.
– Joseph Krapp a été blessé la nuit du 22 avril 1917 à la bataille d'Arras. La même nuit où Albert Hoffmann est soi-disant mort. Ils appartenaient au même batailllon.
– Et alors ?
Le SS soupira, fourrant nerveusement ses mains dans ses poches.
– Et alors, c'est Krapp qui est mort cette nuit-là. Hoffmann, blessé au visage, a pris sa plaque d'identité et il est devenu Josef Krapp. *Verstanden ?*
– T'as conscience que toute cette histoire ne repose sur rien ? Ce n'est que la théorie d'une fille à papa qui a lu trop de romans.

– Ta gueule. Josef Krapp vit dans cette *Mietskaserne*. On l'arrête et on l'interroge. À la Gestapo, on sait faire.

Simon acquiesça encore, sans la moindre trace d'ironie. L'excitation qu'il percevait chez les trois lascars commençait à le gagner.

– Il habite l'immeuble à droite de la troisième cour, droit devant nous. Au deuxième étage. (Beewen se recula et s'adressa à ses trois interlocuteurs :) Moi et Simon, on monte. Dynamo et Alfred, vous restez en bas pour cueillir l'oiseau au cas où il sauterait par la fenêtre.

Le gestapiste s'exprimait comme un héros de roman de Karl May, un cow-boy qui n'aurait jamais franchi le Rhin.

– Simon, arme tout de même ton Luger.

Kraus n'eut pas le temps de demander de plus amples informations – il lui suffit d'imiter le geste sec du nazi qui avait lui aussi son calibre à la main. Une tirée brusque sur la culasse, qui curieusement se leva et se replia comme un bras mécanique, et le tour était joué : une balle s'était glissée dans le canon.

Les deux autres les imitèrent et, une nouvelle fois, en entendant le déclic des armes, Simon tressaillit. Maintenant, il avait vraiment hâte d'y aller.

## 59.

La pluie était leur chance – on pouvait voir, en lançant son regard au fond des cours en enfilade, que tout était désert. D'ordinaire, une *Mietskaserne* était une ville en soi. On y vivait, on y mangeait, on y dormait, et on y travaillait aussi. La plupart du temps dehors, dans les cours. Des artisans, des commerçants, des pourvoyeurs en tout genre avaient pignon sur cour, alors qu'ils remisaient leur matériel et leur marchandise dans leur

appartement. Un vrai cloaque puant le fer chauffé à blanc et les légumes pourris. À cela s'ajoutaient des hordes de mômes et de rats...
Mais aujourd'hui, *nichts*.
Tout le monde s'était mis à couvert. Ils traversèrent une première cour, puis une deuxième. La résonance de la pluie était incroyable, lourde et grave sous les porches, claire et pailletée dans les patios. Chaque cour ne dépassait pas trente mètres carrés. Simon se souvint que c'était la surface minimale pour manier une lance d'incendie...
À l'orée de la troisième *Hof*, Beewen s'arrêta, et sa troupe avec lui. Ils avaient déjà de la flotte jusqu'aux chevilles. Baissant les yeux, Simon aperçut leur reflet : trois hommes en manteau de cuir et un autre en trench-coat, tous coiffés de chapeaux – ils avaient de la gueule.
Beewen scruta les façades, les fenêtres, les échoppes fermées. Toujours pas un rat pour se mouiller le pelage. D'un signe de tête, il exhorta Simon à le suivre. Les deux autres restèrent à couvert.
Ils traversèrent la cour à l'oblique et plongèrent dans l'entrée de l'immeuble. L'odeur les arrêta. Une puanteur de pisse, d'ordures, de décomposition qui faisait bloc pour vous empêcher de passer. Simon mit plusieurs secondes pour accommoder sa vision. Une dizaine de paires d'yeux les observaient en silence. Des gamins assis sur les marches de l'escalier, accroupis par terre, adossés à la rampe. Des visages minuscules, étrécis par la faim et l'ennui, pâles comme des tubercules.
D'un coup de pied, Beewen en dégagea plusieurs sur son passage – les bons vieux réflexes SA – puis attaqua les marches. Simon se dit que jamais cet escalier ne tiendrait le choc des 120 kilos du bonhomme, mais les structures résistèrent. Simon enquilla.
Encore quelques marches et les gamins fantômes étaient oubliés. Le nouvel obstacle était l'obscurité. Aucune source de lumière dans ce gourbi. Rien que le matraquage incessant de la

pluie qui battait les façades, les fenêtres, et semblait aussi couler à l'intérieur de l'immeuble. À tâtons, ils progressèrent vers les étages. Simon avait l'impression de remonter un puits inversé.

Premier. Ils ne prirent pas la peine de jeter un regard sur le couloir qui s'ouvrait à gauche et à droite. Nouvelles marches. Simon grimpait dans le sillage du nazi, Luger au poing, totalement incrédule.

Deuxième. À ce moment-là, il vit devant lui les chaussures de Beewen – des derbys marron clair, qui juraient avec son pantalon noir. L'image de ce plouc si mal attifé et possédant pourtant le droit de vie ou de mort sur pas mal de Berlinois lui arracha un rire nerveux.

Beewen fit un signe explicite : à droite. Ils se glissèrent dans le couloir et eurent, malgré eux, un moment d'hésitation. Le spectacle qui les attendait ne ressemblait à rien de connu, à moins d'avoir été troglodyte dans une ville bombardée.

L'enduit des murs partait en lambeaux, des trous étaient colmatés avec du carton, le couloir lui-même, encombré de carcasses de vélos, de plantes mortes, était parsemé de seaux qui recueillaient les eaux du ciel.

Beewen enjamba le premier récipient et s'avança. Simon était sur ses pas.

– Krapp habite au fond, cracha Beewen en tenant une espèce de plan délavé de la main gauche.

Ils croisèrent les premiers logements, porte ouverte. La population grouillante du bâtiment était là, agglutinée par cinq, six, huit, dix… avec leurs lits, leurs meubles, leurs souvenirs et leurs pots de chambre…

Le coup de feu les prit par surprise. Beewen se jeta sur sa gauche, dans une pièce. Simon brandit son arme, ferma les yeux et tira. Incroyable geste, qui venait de nulle part et avait eu la fulgurance d'un réflexe oublié, celui de ses ancêtres guerriers ou chasseurs.

Alors il le vit : Luger braqué, uniforme SS, les deux tiers supérieurs du visage barrés par une sorte de tulle noir, une

voilette de deuil qui laissait percer un seul œil. Un œil de cauchemar qui vous regardait du fond des tranchées, de la mort refusée, de la chair labourée. Simon tira encore.
Krapp avait disparu.
Pris, ou plutôt possédé, par la violence de l'instant, Simon se précipita au moment où Beewen ressortait de son trou. Ils se percutèrent. Le psychiatre fut projeté sur la droite, dans une pièce dont il ne vit rien. Des bruits de casseroles, le treillis d'une chaise lui tombant sur la tête, et des petites galoches en série, des gamins qui avaient tout juste eu le temps de s'écarter pour éviter cet adulte en trench-coat catapulté dans leur maison.
– *Scheiße!* hurla Simon en se relevant.
Il avait un pied dans une poussette, un bébé hurlait, un vieil homme semblait mort dans un lit-caisson, alors que des mômes grouillaient partout, façon rats au fond d'une cale.
Simon s'extirpa de ce chaos et partit en courant vers le bout du couloir – Beewen l'avait précédé dans la thurne du tueur. Tout ce qu'il découvrit, ce fut une fenêtre ouverte, de guingois sur son châssis, des rideaux qui claquaient, et la pluie, toujours, qui s'engouffrait là comme une lame dans une soute.
Il bondit et s'accrocha à la barre de rebord.
Beewen venait de sauter dans le vide sur le toit du zinc d'une remise. Au moment de l'impact, ses jambes se replièrent avec violence au point de lui faire rentrer les genoux dans le menton. Au même instant, Krapp disparaissait déjà dans le passage.
– Beewen! hurla Simon, alors que les jambes du nazi, dans une réaction purement mécanique, se détendaient et le propulsaient en avant.
Après un magnifique salto, il atterrit sur le dos dans une brouette bâchée. Alfred, arme au poing, paraissait tétanisé. Dynamo était déjà parti sur les traces du fuyard dans le boyau menant à la cour suivante.
Simon sortit de la thurne, trébucha contre un seau, repartit en sens inverse – les détonations avaient eu l'effet d'un coup de pied dans une fourmilière, des mômes couraient partout,

des femmes hurlaient, des hommes se bousculaient, armés de bâtons ou de couteaux.

Simon tira en l'air encore une fois, au risque de décrocher le plafond déjà bien imbibé, et parvint à l'escalier. Il perdit l'équilibre, glissa, dégringola un étage sur le dos. Il se ramassa sur le palier et parvint à se remettre debout – ses os semblaient toujours en place, son Luger toujours dans sa main droite. Il le fit passer dans la gauche et s'accrocha à la rampe pour terminer sa descente.

Sous la pluie, Alfred désencastrait Beewen qui ne cessait de jurer. Tout le monde était à sa fenêtre. Pas tous les jours qu'on assistait à un tel spectacle, un enfoiré de la Gestapo coincé dans une brouette.

Simon n'avait ni peur ni mal – ni rien. Un flot d'adrénaline le galvanisait et, à cet instant, il se demandait qui il poursuivait au juste. Le tueur Hoffmann ou peut-être lui-même, un Simon Kraus un peu moins salaud que d'habitude, un petit mec courageux qui en voulait, et qui allait s'en sortir.

Il prit la même direction que Dynamo. Les murs du passage étaient fouettés par les rafales. Derrière lui, il percevait les appels de Beewen : « Simon ! » Mais cette voix lui semblait trop lointaine, irréelle, alors que les inflexions de la pluie lui devenaient intimes, un gage de vérité.

Simon traversa une cour puis une autre. Maintenant, sur chaque pas de porte, des grappes de gamins pointaient leur nez comme des petits animaux curieux. Il ne voyait toujours pas Dynamo, encore moins Krapp/Hoffmann. Étaient-ils entrés dans un immeuble ? dans une cave ?

Un coup de feu claqua. Il se remit à courir, provoquant devant lui un vrai débordement de gouttière – juste la flotte accumulée sur le bord de son chapeau.

Le patio. Une nouvelle fois, il ne comprit pas tout de suite ce qu'il voyait : plantée dans la façade, une poutre de levage. Au bout de cette poutre, une corde, et au bout de cette corde, Dynamo, le visage en sang, qui gesticulait en essayant désespérément de desserrer l'étau qui était en train de le tuer.

À droite, le tueur achevait d'assurer la corde à l'un des anneaux d'attache scellés dans le mur. Premier geste de Simon : tirer sur l'assassin. Il le manqua. En retour, Josef Krapp, Albert Hoffmann pour les intimes, le visa et Simon put deviner, à la manière dont l'homme braquait son calibre, que pour lui, on était loin d'une première fois. Il recula dans le passage et, comme de juste, s'étala dans le caniveau, sentant aussitôt une masse d'eau qui s'engouffrait entre sa peau et ses vêtements.

Avec peine, il se releva. Il ne pensait pas à Dynamo qui était en train de crever. Ni à Beewen qui l'appelait, quelque part, du fond du labyrinthe. Il ne pensait à rien. Il *voyait*. L'œil – l'œil du Monstre, du Mal, enveloppé dans son linceul noir. Le corps de cet homme, son visage en charpie, son âme défaite, tout appartenait à cet œil. C'était lui qui commandait et concentrait toute la violence de l'instant, comme un paratonnerre attire la foudre.

L'homme aurait pu encore faire feu mais il tourna les talons et disparut dans le passage suivant. Simon se précipita. Dynamo s'agitait encore. Simon avisa un tonneau qu'il fit rouler jusqu'à lui. D'une poussée, il le remit d'aplomb, juste en dessous du pendu qui retrouva aussitôt son équilibre. Il était sauvé.

Simon ramassa son Luger et repartit vers l'allée – il ne restait plus qu'une cour. Krapp se retrouverait acculé là-bas. Tout ce qu'il découvrit, ce furent trois façades lessivées par l'averse, des seuils d'entrée noirs comme des trous de taupe, un mur d'enceinte qui dissimulait sans doute d'autres terrains, d'autres immeubles…

Simon tomba à genoux : ils avaient raté la Bête. Non seulement aujourd'hui, mais pour de bon, car désormais le prédateur serait sur ses gardes.

## 60.

Les explications de Dynamo étaient confuses : le tueur l'avait attendu en embuscade dans une cour, il l'avait frappé avec une planche de coffrage puis l'avait traîné jusqu'à la corde et... Beewen n'avait pas écouté. Trop occupé à fouiller la chambre de Josef Krapp.

Une vingtaine de mètres carrés au plafond noirci par la fumée d'un poêle qui trônait au milieu de l'espace. Un lit, une table, une chaise, une armoire, une commode, et c'était tout. Pas vraiment une suite royale. Encore moins un nid d'amour. Un gourbi pour célibataire défiguré, qui survivait sans doute grâce à une pension des SS...

Mais ça, c'était avant la visite de l'Hauptsturmführer Franz Beewen. Maintenant, la pièce ne ressemblait plus à rien. L'officier, fou de rage, avait renversé tous les tiroirs, jeté à terre le contenu de chaque étagère, soulevé et éventré le matelas. Il avait désossé le sommier et s'en était pris au petit évier qui faisait office de cuisine. Il l'avait arraché du mur et l'avait réduit en miettes, laissant échapper un mince filet d'eau de la canalisation béante. Il avait lardé de coups de poignard les livres qu'il avait trouvés, il avait déchiré des papiers, des photos, des brochures...

À coups de pied et de poing, il avait aussi sondé les murs à la recherche d'une éventuelle planque. Résultat, tous les objets, fragments de vaisselle, lambeaux de tissu qui jonchaient le sol étaient maintenant comme givrés par le plâtre.

Peut-être que dans le langage nazi, on appelait ça une perquisition, mais pour le citoyen ordinaire, ça ressemblait plutôt à une crise de démence. Simon, à peine remis de ses émotions, regardait l'animal à l'œuvre. Combien d'appartements avait-il ainsi détruits ? Combien de couples éveillés en pleine nuit, le faisceau d'une torche électrique dans les yeux ? Combien de parents tabassés devant leurs enfants ? de femmes traînées par les cheveux à travers leur appartement ?

Maintenant, l'officier nazi s'acharnait sur le parquet, arrachant à mains nues les lattes et dévoilant les solives. À sa suite, Dynamo et Alfred les empilaient le long des murs.

Soudain, Beewen poussa un hurlement de triomphe. Il venait de découvrir des chaussures de femme cachées sous les poutres qui soutenaient le parquet. Il se mit à les extraire de leur cachette en poussant de petits jappements de satisfaction. Il les balançait derrière lui dans une espèce de joie hystérique.

Il y en avait de toutes sortes : des bottines, des escarpins, des sandales, des ballerines, des bleues, des noires, des rouges, des modèles en cuir, en daim, en toile, en tissu…

Après l'accueil au Luger, cette trouvaille confirmait bien la véritable identité de Josef Krapp. Mais était-il pour autant l'Homme de marbre ?

Franz Beewen, lui, en tout cas, était bon pour la camisole.

## 61.

En gravissant l'escalier principal du siège de la Gestapo, il avait l'impression de monter à l'échafaud. Dix heures du matin mais le regard de ses collègues en disait long : tout le monde était déjà au courant. Et les *Heil Hitler!* qu'on lui adressait sonnaient comme des adieux, pas spécialement chargés d'empathie.

Il remonta le couloir d'un pas rapide, afin d'éviter de nouveaux coups d'œil réprobateurs, voire les sarcasmes de ses habituels rivaux, Grünwald en tête, et parvint à son bureau sans faire de mauvaises rencontres.

Soudain, Hölm bondit derrière lui, le poussa à l'intérieur et referma la porte en douceur.
- Tu ne devais pas rester à la Meyers Hof ? s'étonna Beewen.
Dynamo, un pansement sur la tempe, balaya la remarque d'un coup de patte.
- J'ai délégué. Pas besoin de moi pour interroger des clampins qu'ont rien vu, rien entendu. (Sans respirer, il enchaîna :) On nous a piqué notre dossier.
- Lequel ?
- À ton avis ?
- Alfred est rentré avec toi ? Il l'a peut-être...
- Alfred est planqué sous son bureau. Il craint pour lui et sa famille. On va tous morfler, Franz, et tout ça à cause de tes petites idées géniales.
- Calme-toi, on en a vu d'autres.
- Cette fois, c'est la der.
Dynamo disait vrai : son équipe n'allait pas survivre à un tel fiasco. Improviser une arrestation sans en informer sa hiérarchie. Impliquer un civil par-dessus le marché. Laisser échapper l'objet de l'intervention. On ne comptait plus les erreurs de Beewen...
- T'inquiète pas, assura-t-il. Je vais tout prendre sur moi.
- Tu parles. On est dans le même bain et on n'a plus pied.
- Attends-moi ici.
Beewen sortit de son bureau et rejoignit en quelques pas celui de Perninken.
Après avoir braillé un *Heil Hitler!* qui ressemblait à un cri de guerre, il attaqua aussi sec :
- Obergruppenführer, où est mon dossier d'enquête ?
Même ici, dans cette maison de fêlés, l'attaque pouvait devenir la meilleure défense. Perninken se leva, ne trahissant pas la moindre émotion. Ni surprise, ni mécontement, ni... rien.
- Je l'ai fait transférer.
- Où ?
- Je vous rassure. Pas loin.
- Vous me retirez l'enquête ?

L'Obergruppenführer prit le temps de contourner son bureau puis, mains dans le dos, fit face à Franz. Il ne paraissait pas s'offusquer de l'insolence de son officier. On peut être magnanime avec un condamné.

– Parlez-moi plutôt de ce qui s'est passé ce matin à la Meyers Hof.

Beewen essaya de déglutir : sa gorge lui parut produire le bruit d'une lame sur une pierre à aiguiser. En quelques mots, il résuma l'affaire. Il omit plusieurs faits importants : l'assassinat de Ruth Senestier, l'Homme de marbre et son masque, la substitution des personnalités, la participation à l'enquête de deux psychiatres civils.

– C'est tout ? s'enquit l'Obergruppenführer, après que Beewen eut monologué durant cinq minutes.

Perninken savait reconnaître les foutaises quand on lui en servait.

– Non, s'empressa Beewen. Nous avons retrouvé des chaussures de femme chez Josef Krapp.

– Et ça vous suffit pour penser qu'il est notre assassin ?

– Il s'est enfui à notre arrivée, Obergruppenführer.

– Tout le monde s'enfuit à votre arrivée.

– Il était armé, Obergruppenführer. C'est un officier SS. Il utilise sa dague pour éliminer ses victimes.

Perninken se mit à marcher devant Beewen, raide comme un porte-drapeau. Son petit manège habituel. Franz sentait les effluves de plomb. Toujours ces trucs de magnétiseur. Toujours cette odeur de dentiste.

– Donc, vous êtes allé ce matin arrêter ce Krapp ?
– Exactement.
– Sans m'en avertir.
– J'ai agi dans l'urgence, j'ai eu tort.
– Sans un minimum d'hommes avec vous.
– J'ai voulu intervenir le plus discrètement possible.
– Pour arrêter un tueur de ce calibre ? Vous auriez dû prendre un bataillon !

Beewen inclina la tête d'un coup sec. En langage nazi, l'expression de la contrition.
– Je le répète : c'était une erreur. (Il prit le risque de se justifier :) Mais dans cette enquête, les ordres ont toujours été d'agir avec réserve.
– Résultat, le suspect vous a échappé. Combien étiez-vous ?
– Moi, mon adjoint, Günter Hölm, et mon assistant, Alfred Mark.
– On m'a parlé aussi d'un civil...
Qui l'espionnait ? Son chauffeur ? Était-il suivi par d'autres types de la Gestapo ? Beewen aurait parié sur le *Blockleiter* de la Meyers Hof.
– Je ne vois pas de qui vous parlez, mentit-il avec conviction.
– Laissons ça. Votre suspect, vous savez où il est maintenant ?
– Non.
– Comment comptez-vous le retrouver ?
Beewen choisit de jouer franc jeu. Au point où il en était...
– Le problème est son visage, Obergruppenführer. Josef Krapp est défiguré.
– Il sera d'autant plus facile à retrouver.
– Il porte un masque.
– Un masque ?
Franz préféra rester évasif :
– Certains blessés de la face ont bénéficié d'un service de la Croix-Rouge : on les a équipés d'une prothèse en cuivre pour les rendre présentables.
– Quel est au juste le problème ?
– Nous ne savons pas à quoi ressemble ce masque.
Beewen s'attendait à ce que le couperet tombe mais Perninken se contenta de dire :
– Josef Krapp est un officier SS. Défiguré ou non, il ne devrait pas être trop difficile à retrouver.
Derrière ce constat, pointait un espoir : Beewen était toujours dans la course.

– D'accord avec vous, Obergruppenführer. Mais après cette opération... malheureuse, Krapp va se cacher et...
– Personne ne peut échapper à la Gestapo.
Beewen claqua des talons et faillit lâcher un *Heil Hitler!*, histoire d'exprimer son approbation.
– Mais vous avez raison, l'enquête est désormais plus complexe puisque vous avez stupidement perdu l'avantage de la surprise. Voilà pourquoi j'ai décidé de vous adjoindre une autre équipe. Elle sera dirigée par l'Hauptsturmführer Grünwald.
Beewen faillit hurler. Dans l'ordre des possibles mauvaises nouvelles, celle-là était la pire.
– Je sais ce que vous pensez de Grünwald, poursuivit Perninken sur un ton presque amusé.
Derrière sa morgue, planait l'expression d'un enfant qui s'amuse à agiter un chiffon rouge devant un taureau – derrière la clôture, bien sûr.
– C'est pourtant un officier dévoué et consciencieux. Il apportera à votre enquête la rigueur dont vous manquez.
– Oui, Obergruppenführer!
– Au moment où nous parlons, il est en train d'étudier le dossier. Je vous attends tous les deux ici à midi pour faire le point et décider des manœuvres à mettre en place.
– Oui, Obergruppenführer.
Beewen essayait d'injecter le maximum de vigueur dans ses acquiescements. En réalité, il sentait la coulée glacée de la sueur dans son dos. Dans ce dossier, il n'y avait rien, absolument rien, sur les raisons qui lui avaient fait porter ses soupçons sur Josef Krapp.
Grünwald ne mettrait pas cinq minutes à comprendre qu'il existait une autre enquête – cachée, menée avec des civils, des psychiatres en plus.
– Je vous donne encore quarante-huit heures, conclut Perninken. Prenez les hommes qu'il vous faut, quadrillez Berlin, faites passer le mot dans nos rangs, interrogez les *Blockleiter*,

et surtout, jouez la transparence avec Grünwald. Je veux des équipes solidaires.

— Obergruppenführer, cela signifierait que chacun sera au courant de...

Perninken frappa du poing le plateau de son bureau — en général, il était si calme et si froid qu'il évoquait un pain de glace rosâtre mais chacun savait qu'il était aussi capable de colères à la limite de la transe.

— Vous ne comprenez pas qu'il est trop tard, Hauptsturmführer ? Si Grünwald confirme la solidité de vos éléments, alors nous lancerons le grand jeu.

Beewen revoyait l'homme en uniforme, le visage voilé de noir. Une ombre, un fantôme.

— Vous avez franchi la ligne, asséna encore Perninken. Si l'affaire éclate au grand jour, ce sera votre faute. Espérons que nous saurons au moins empêcher que le scandale se répande hors de nos murs. Prenez des hommes, activez vos indics, retournez-moi Berlin et ramenez-moi ce monstre ici, dans ce bureau. Et n'oubliez pas : je le veux vivant.

— Et... les « Wilhelm », Obergruppenführer ?

L'homme le regarda sans comprendre.

— Ces femmes qui ont fondé un club, vous savez, à l'hôtel Adlon. Le tueur semble choisir ses victimes parmi elles et...

— Ne leur dites rien. Les maris des victimes sont au courant, et c'est déjà de trop. N'allez pas jeter la panique dans cette volière !

Beewen songea à Greta Fielitz. Il avait déjà demandé à Hölm d'organiser une protection rapprochée. Le pire de tout serait une nouvelle victime.

Perninken avait retrouvé son calme :

— Concentrez-vous sur Krapp, *mein Gott* ! Une chasse à l'homme à Berlin, ça devrait vous exciter !

## 62.

Franz Beewen n'attendit pas que Grünwald ait achevé d'«étudier» son dossier et vienne lui poser des questions vicieuses. Il expliqua la situation à Dynamo et lui ordonna de jouer les imbéciles jusqu'à son retour. Puis il fila par un des escaliers de service – discret, poussiéreux, obscur, tout ce qu'il lui fallait – et traversa la cour intérieure au pas de charge, omettant de balancer ses habituels *Heil Hitler!*

Il grimpa dans sa Mercedes – il avait choisi de faire confiance à son chauffeur, pas le choix – et donna l'adresse de la caserne du SS-Untersturmführer Josef Krapp, dans le quartier de Friedrichshain.

Il avait fait remonter son dossier des archives et s'y plongea. Il aurait dû le faire bien plus tôt : vérifier le pedigree du bonhomme, découvrir qu'il était SS, donc armé, mieux connaître son passé, etc. Krapp, le vrai, était né en 1895 à Leipzig. Fils de fonctionnaires. Marié en 1914. Mobilisé en 1915. Blessé en 1917. Sa seule expérience d'adulte se limitait aux tranchées. Ensuite, Hoffmann avait pris le relais. Il avait survécu et cicatrisé, avant le Studio Gesicht et le masque de Ruth Senestier...

Durant des années, Krapp/Hoffmann avait vécu à l'hôpital de Dresde, dans le quartier des invalides. Puis il était revenu à Berlin et avait rempilé dans la SS-Verfügungstruppe. L'homme avait le moral : après ce qu'il avait enduré en 17, choisir de devenir SS était vraiment couillu. Quand la guerre éclaterait, défiguré ou non, il serait le premier à monter au front. Sans compter qu'il était un vétéran. Qu'on l'appelle Krapp ou Hoffmann, l'homme avait dépassé la quarantaine et, pour un SS, ça signifiait qu'il était un vieillard.

– On arrive, Herr Hauptsturmführer.

En tant qu'Untersturmführer, Krapp aurait dû vivre en caserne mais il avait sans doute obtenu, en raison de son infirmité, une dérogation. Avec sa pension d'invalidité et sa solde de soldat, il se payait le minable appartement qu'ils avaient visité le matin. Beewen comptait interroger son supérieur direct, l'Hauptsturmführer Hermann Fuchs, et lui tirer les vers du nez. Nul doute qu'il connaissait en profondeur son lieutenant.

Beewen referma la chemise : ces feuillets ne contenaient aucune photo. Ce n'était pas réglementaire, mais encore une fois, on avait dû faire une fleur à Krapp, le pauvre soldat défiguré.

Avec une Mercedes telle que la sienne, ils n'eurent aucune difficulté à pénétrer dans l'enceinte de la caserne. Les bâtiments, qui formaient un fer à cheval autour d'une vaste esplanade, étaient tout noirs.

Malgré les efforts du nazisme, les édifices de Berlin portaient toujours la trace des deux décennies précédentes. Années de famine, années de misère, à brûler du mauvais charbon dans des appartements surpeuplés où tout le monde crevait de faim et de froid. Les casernes ne faisaient pas exception. Noires comme des terrils, ces façades percées d'innombrables fenêtres donnaient l'impression d'avoir été construites en roches volcaniques.

Valait-il mieux vivre dans les *Mietskaserne* de ce matin ou dans ce genre de garnisons noirâtres ? Lui, depuis longtemps, avait fait son choix. Pas question de rejoindre les soldats de la Schutzstaffel, qui étaient obligés de vivre en communauté.

Pour lui, le monde SS n'était ni une corporation ni une armée. Plutôt un élevage.

Heinrich Himmler, éleveur de poulets de formation, l'avait voulu ainsi : ses ouailles devaient être nourries, éduquées, reproduites selon un seul et même modèle, celui qu'il avait imaginé. On ne visait pas la reproduction d'hommes, mais de surhommes.

Côté formation, on connaissait la musique : la Hitlerjugend pour les plus jeunes et pour les autres, des formations, des sessions d'entraînement, des séminaires. Des cours qui se donnaient des airs de leçons universelles mais qui ne faisaient que ressasser les délires racistes de *Mein Kampf.*

L'entraînement physique était raccord. Le SS était sportif, aucun doute, et suivait l'adage «un esprit sain dans un corps sain». Seul problème, les idées nazies n'étaient pas très saines et la plupart de ces petits soldats étaient déjà défoncés aux amphétamines. *Passons.*

La bouffe était un autre problème. Fini le café du matin, on avait renoué, dans les casernes, avec le bon vieux petit déjeuner germanique – lait et bouillie de céréales. Les menus des déjeuners et des dîners étaient conçus par des experts en eugénisme, et le moins qu'on puisse dire, c'est qu'ils n'étaient pas experts en gastronomie.

Dernier os, les femmes. Le maître Himmler prétendait aussi régenter les unions de ses petits. Pas de mariage sans l'aval du *Hauptamt,* c'est-à-dire de la direction centrale. La future épouse devait prouver son ascendance aryenne et passer des examens médicaux, démontrer qu'elle était sportive et de parfaite constitution physique – rapport aux petits Aryens qu'elle allait donner à son SS de mari. Enfin, elle devait suivre une formation «philosophique» à base de racisme et de mégalomanie et se farcir, sur un tout autre plan, des cours de puériculture, de cuisine, d'enseignement ménager. Une bonne épouse tricotait, cuisinait et ouvrait les jambes – point barre.

Les SS étaient des cobayes humains et le plus incroyable était qu'ils en étaient fiers.

Pour toutes ces raisons, Beewen, qui désirait plus que tout faire la guerre, avait pourtant préféré l'Allgemeine SS à la SS-Verfügungstruppe, dont la vocation était de monter au front.

Il ne voulait pas être un poulet élevé au grain. Et encore moins un poulet à qui on impose ses poules.

– Herr Hauptsturmführer, Herr Hauptsturmführer vous attend.

Le monde militaire n'avait pas peur des répétitions... Beewen suivit le soldat le long d'un escalier étroit – noir lui aussi – jusqu'au premier étage. Air de famille : il retrouvait ici la même ambiance neutre et chichiteuse qu'à la Gestapo. Parquets grinçants, bureaux exigus, buvards tachés, petites lampes parcimonieuses. À l'ombre des aigles souverains et des svastikas colossaux, c'était toujours la même topographie mesquine, le même mobilier bon marché, le même air vicié des fonctionnaires qui signent et qui tamponnent.

Enfin, il parvint dans le bureau d'Hermann Fuchs. Ils se présentèrent l'un l'autre et claquèrent joyeusement des talons. En revanche, pour le salut hitlérien, Beewen devrait repasser : l'Hauptsturmführer n'avait qu'un bras.

## 63.

D'emblée, Fuchs lui plut. L'homme, d'une cinquantaine d'années, n'avait pas une tête de SS mais de guerrier. Un crâne carré, une coupe en brosse grise comme de la paille de fer, et là-dessous, un paquet de rides et une bouche arquée aux lèvres fines qui ressemblait à un sourire inversé. Pour une raison inexpliquée, Fuchs sentait le vinaigre.

– Je connais bien Krapp, commença-t-il sans la moindre question sur l'enquête que menait Beewen (à l'évidence, il n'était pas au courant de la cavalcade à la Meyers Hof). Quand il n'est pas dans un jour de déveine, c'est qu'il est dans un jour de poisse.

Fuchs tendit une chaise au gestapiste : il en avait pour longtemps. Franz s'installa et décida d'oublier Grünwald, Perninken et leurs histoires de mise au point à midi. Qu'ils se démerdent sans lui.

– Krapp a été blessé à Arras. Il a reçu pas moins de quatre éclats d'obus en plein visage. Vous êtes trop jeune pour avoir connu la guerre de 14-18.

*Pas si jeune que ça*, pensa Beewen.

– Les brancardiers ne l'ont pas ramassé, parce qu'ils ont cru qu'il était décapité. Sa tête avait disparu sous la gadoue.

Fuchs attendit quelques secondes pour que ses paroles fassent leur effet. Mais pour ce genre d'abjection, Beewen était un fin connaisseur.

– Krapp ne pouvait pas crier. La bouche remplie de boue, le nez arraché, les muscles du visage en lambeaux, il a trouvé la force de se relever et de se traîner jusqu'aux tranchées en soutenant son visage ensanglanté.

*Et de piquer la plaque d'identité de son voisin*, faillit ajouter Beewen.

Fuchs poursuivait son histoire mais Beewen écoutait à peine. Un autre fait le fascinait : sans doute l'officier avait-il perdu un bras au combat et il était en train d'évoquer un soldat qui y avait laissé son visage, mais rien n'y faisait. On sentait que Fuchs aimait la guerre. Il en parlait comme d'une puissance à respecter, à vénérer.

Dans ses yeux clairs, comme fondus dans le même acier que ses cheveux, on lisait l'effroi, mais aussi une attraction irrésistible pour le combat, la destruction, l'excès de vie que constitue la guerre.

Sur un coup d'instinct, Beewen devina qu'Albert Hoffmann, alias Josef Krapp, était de la même trempe. Il piaffait de retourner au front – et en attendant, il charcutait les Dames de l'Adlon.

– J'ai lu que Krapp s'était marié en 1914...

– Quand son épouse est venue le voir à l'hôpital, elle s'est enfuie. Ils ont divorcé l'année suivante. Après la guerre, il y a eu des milliers de cas semblables. Les femmes ne voulaient plus entendre parler des monstres qu'étaient devenus leurs maris.

Beewen ne cessait de lire les sous-titres : pour Hoffmann, ce visage en charpie était le meilleur des déguisements. Il lui avait permis, véritablement, de reprendre de zéro son existence.

– Quel est son boulot ici ?

– Des missions administratives, principalement. Mais quand on va être mobilisés en Pologne, croyez-moi, il ne sera pas le dernier.

– Comment est-il ? Je veux dire : quelle est sa personnalité ?

– Un solitaire. Il fuit le contact mais c'est un officier consciencieux.
– Vous n'avez jamais eu de problèmes avec lui ?
Le silence de Fuchs était un début de réponse. Beewen attendit.
– On a reçu des plaintes, lâcha enfin l'Hauptsturmführer, comme à regret.
– Quel genre ?
– Des femmes... Ou plutôt leurs maris. Krapp les avait soi-disant agressées.
– De quelle manière ?
Fuchs parut soudain fatigué. Son visage se creusa, ses rides s'approfondirent.
– Y a jamais eu de preuves formelles...
– En quoi consistaient ces agressions ?
– Pelotage, harcèlement... Mais il est difficile de faire la part des choses. Quand on a son genre de gueule, on est facilement accusé du pire...
– Vous avez rédigé un rapport ?
– On a préféré calmer le jeu, le réprimander, sans faire de vagues.
– Comment a-t-il réagi ?
– Il a nié, bien sûr, prétextant qu'il ne pouvait pas faire un pas dans la rue sans semer la panique.
– Je ne comprends pas. Josef Krapp porte un masque, non ?
– Vous ne l'avez jamais rencontré ?
La silhouette en uniforme, l'œil perçant la voilette noire. Un pur ange de la mort.
– Non, mentit-il.
– Son masque peut faire illusion à distance, mais de près... Un de ses yeux est en bois, le masque est en cuivre peint, les lunettes servent à tenir l'ensemble, et tout ça est complètement figé.
– Avez-vous une photo de lui ?
– Non. On a toujours respecté son refus d'être photographié.
Ce discours plein d'empathie était touchant mais Beewen connaissait la vérité du monde SS : les nazis protégeaient les leurs. Du temps des SA, Franz ne comptait plus les viols,

les extorsions, les assassinats qu'il avait dû couvrir. Tous les dirigeants SS avaient déjà fait de la taule. Leur conception de la loi était donc particulière...
– Y a eu aussi cette histoire de patinoire.
– Racontez-moi.
– Krapp a été surpris dans les vestiaires des femmes en train de voler des chaussures.

Beewen sentit une onde de chaleur dans ses veines. Voilà comment Krapp s'était procuré sa collection de chaussures. Les vestiaires. Patinoires, piscines, centres sportifs...

Tout à coup, il préféra trancher dans le vif :
– Nous avons tenté de l'interpeller ce matin.
– Pour quel motif ?
– Vous connaissez les règles : je ne peux rien dire.

Fuchs acquiesça d'un hochement de tête. Pour ce genre de militaire, « secret » et « respect » étaient synonymes.
– Il vous a échappé ?
– Oui.
– Je ne suis pas étonné. Malgré son handicap et son âge, Krapp reste un très bon SS. Rapide, intuitif, toujours sur ses gardes. Difficile de le surprendre.

*On est toujours sur ses gardes quand on a assassiné quatre femmes.*
– Avez-vous une idée de l'endroit où nous pourrions le trouver ? Des amis chez qui il se cacherait ? des collègues ?

Fuchs se leva. Sa manche droite, repliée et fixée par une épingle à nourrice, pendait comme une écharpe sur une patère.
– Je vous le répète, c'est un solitaire. Il n'a ni amis ni famille. Pas non plus d'argent. La pension qu'il touche de l'État est dérisoire et sa solde d'officier ne va pas chercher bien loin. En vérité, Krapp n'a que nous. La SS-Verfügungstruppe.
– Vous pensez qu'il pourrait venir se cacher ici ?
– J'en doute. Encore une fois, ce n'est pas un SS ordinaire. Il est expérimenté, intelligent. De plus, son visage l'a maintes fois amené à se cacher, à trouver des astuces pour rester discret.

– Son visage et ses vices.
– Si vous voulez.
– Vous n'avez vraiment aucune idée ?
– Si.

Beewen avait posé la question au flan. Il n'espérait pas une réponse positive.

– Demain, dimanche, un défilé d'anciens combattants est organisé à Wittenau. Une manifestation de solidarité envers nos gars qui sont en Pologne.
– Vous pensez que Krapp y sera ?
– Aucun doute. Depuis que je le connais, il n'a jamais raté une de ces parades.
– Il ne prendra pas un risque pareil.
– Vous avez son signalement ?
– Non.
– Alors il défilera.

## 64.

– Y a une bonne femme pour toi.
– Qui ?
– Je sais pas. Je crois que c'est la fille qu'a appelé hier.

Beewen empoigna Dynamo par le bras et le poussa dans le premier bureau venu.

– Qu'est-ce que tu racontes ?
– J'te jure. Elle est arrivée y a une demi-heure. J'sais pas ce qu'elle a dit aux gars d'en bas mais elle a réussi à monter. J'l'ai installée dans ton bureau. Tout ça tourne au vinaigre, Franz. Grünwald est venu trois fois et...

Beewen sortit du bureau comme une bourrasque et pénétra dans le sien plus violemment encore.

– Qu'est-ce que tu fous là ? hurla-t-il.

Il était passé au tutoiement sans même y penser. Minna bondit de sa chaise, une lueur de panique dans les yeux. Malgré sa colère, Beewen capta des signaux contradictoires : elle portait une robe de jour plissée aux minuscules motifs en zigzag et un rouge à lèvres qui tenait à la fois du sang et de la cerise. En même temps, son visage semblait ravagé, comme si elle avait pleuré des heures.
– Ils les ont emmenés, Franz.
– Qui ?
– Ils les ont emmenés et je n'étais pas là.
– De qui tu parles, nom de Dieu ?
– De la liste ! La liste de mes patients ! Ils sont venus les chercher ce matin dans des cars spéciaux !
Beewen dut faire un effort pour rembobiner le film. Brangbo. La liste. Mengerhäusen. Grafeneck.
– Mon père est avec eux ?
Elle était debout face à lui, mi-pomponnée, mi-dévastée, et elle ne lui arrivait pas à la poitrine.
– Je t'ai menti, Franz, fit-elle en baissant les yeux.
– C'est-à-dire ?
– Ton père n'a jamais été sur cette liste.
Beewen n'avait plus de jus pour gueuler encore.
– Pourquoi tu as fait ça ?
– Pour te motiver. (Elle l'attrapa par les deux revers de la veste.) Il faut les arrêter, tu comprends ?
Le gestapiste se libéra de son emprise et l'assit avec douceur. Sous sa robe d'été, son corps chétif semblait près de s'effriter.
Beewen passa derrière son bureau et demanda :
– Tu sais où ils sont partis ?
– Grafeneck, je pense.
Il pouvait passer des coups de fil. Peut-être ralentir la machine, mais en aucun cas la bloquer. Il en était un des rouages.
– Je vais voir ce que je peux faire.
– Tu m'as déjà dit ça une fois. Tu t'es renseigné sur Mengerhäusen ?

– Pas encore.
– Salaud.
– C'est en route. J'ai demandé son dossier. On va trouver un moyen de...
– Tu mens.
Beewen se tut. Sa colère était déjà retombée. Minna portait un chapeau qu'il remarquait seulement, une sorte de bonnet de toile légère, peut-être du lin, richement brodé. C'était un appel pour le regard, mais pour mieux descendre ensuite vers ce mince visage tout en yeux. Une langueur venue de quelque harem...
– J'ai un marché à te proposer, fit-elle soudain.
– Un marché?
– J'ai téléphoné à Kraus. Il m'a raconté votre expédition de ce matin.
– Et alors?
– Et alors, le type vous a échappé et vous ne savez pas à quoi il ressemble.
– Exact.
– J'ai un moyen pour connaître son visage.
– Quel moyen?
– Les moulages dans l'atelier de Ruth. Je suis sûre qu'on peut trouver son registre et dénicher le moulage de Krapp parmi ceux qui sont accrochés au mur.
Nouvel assaut de colère.
– Mais on s'en fout! rugit-il. C'est l'empreinte de sa gueule défigurée! Ce qu'il nous faut, c'est son masque!
– Je connais quelqu'un qui, d'après cette empreinte, pourrait reconstituer la prothèse qu'il porte aujourd'hui.
– Qui?
Minna ne répondit pas. Sa détermination effaçait les traces des pleurs et de l'angoisse. Elle était aussi ravissante qu'une Dame de l'Adlon.
– Promets-moi que tu vas aller voir Mengerhäusen.
– Minna, ne joue pas à ça avec moi.
– Promets-le-moi.

Franz songeait au temps qui filait : Perninken à deux doigts de le destituer, Grünwald qui allait lui sauter sur le poil, la *Veteranenparade* du lendemain, et Krapp qui allait défiler sous son nez parmi des milliers d'estropiés et de défigurés...
– Je te le jure.
– Aujourd'hui ?
– Minna, tu peux pas...
Elle se leva et attrapa son sac.
– Aujourd'hui, fit-il, je te le jure.
Elle se rassit et noua son regard au sien.
– À l'époque, au Studio Gesicht, Ruth Senestier travaillait sous les ordres d'un chirurgien de grand talent, qui était aussi sculpteur à ses heures.
Beewen comprit que Minna parlait du « génie » évoqué par l'archiviste de la Croix-Rouge. Elle lui apportait la solution sur un plateau.
– Tu sais où il est ?
– Oui.
Il regarda sa montre.
– Il pourrait reconstituer le masque en moins de vingt-quatre heures ?
– Je ne sais pas. Il faut le lui demander.
– Où est-il, Minna ?
– Pour Mengerhäusen, j'ai ta parole ?
Il serra les poings : il y avait bien longtemps qu'une civile n'avait pas osé lui parler de cette façon. Peut-être même jamais.
– Tu l'as.
Elle ouvrit son sac comme si elle allait en extraire un poudrier. À la place, elle en tira un petit papier plié en quatre qu'elle fit glisser sur le bureau dans la direction de Beewen.
Il l'ouvrit et lut. C'était l'adresse de l'homme dont il avait besoin.
– C'est une blague ?
– Non.
Il se leva.
– Il faut que je me change. Attends-moi ici.

## 65.

C'était un monde de troc et de rabais. Une sorte de marché aux puces, où on vendait toujours à perte. Ces dernières années, plusieurs ghettos juifs avaient éclos dans Berlin. On poussait les *Juden*, on les parquait dans des zones coupées du monde aryen. Au pied de ces immeubles, les murs étaient placardés d'annonces, ventes aux enchères improvisées, liquidations sauvages... Il y avait toujours des stands, des auvents, des tapis déroulés par terre, où ces marginaux involontaires cédaient leurs biens à des prix dérisoires pour tenter de fuir l'Allemagne.

Ces marchés étaient d'autant plus pathétiques aujourd'hui que les Juifs n'avaient plus aucune chance de sortir d'Allemagne – depuis le 1er septembre, les frontières du pays étaient fermées.

Le professeur Ichok Kirszenbaum ne vivait pas dans le Scheunenviertel (le « quartier des granges ») même, près du faubourg de Spandau, mais à côté, à quelques rues de là. Minna et Beewen étaient d'abord passés chez Ruth Senestier et n'avaient eu aucune difficulté à trouver le bon masque – chaque prothèse portait un numéro, consigné dans un carnet et associé au nom d'un blessé.

Minna avait été surprise par l'état de l'appartement de Ruth. Tout était en place. À se demander si la Kripo, après avoir récupéré le corps, avait procédé à la moindre fouille. Elle aurait préféré retrouver un atelier en vrac, ça aurait été le signe d'un intérêt de la police. En réalité, tout le monde s'en foutait.

Sur la route de Spandau, Minna s'était remémoré le profil du professeur, un chirurgien plasticien de génie – au dire de Ruth – capable de reconstituer un visage en glaise et de réaliser d'extraordinaires prothèses faciales. Pour le retrouver, elle n'avait pas eu à chercher loin : elle avait de nombreux amis juifs, dont certains tenaient une sorte de registre parallèle, consignant les nouvelles adresses de chaque famille, de chaque commerçant, de chaque médecin... Un livre sur lequel la Gestapo aurait aimé mettre la main.

Elle songeait aussi au transfert de ses patients. Combien de temps resteraient-ils vivants ? À quelle méthode d'élimination auraient recours leurs tortionnaires ? Et il n'y avait pas que ça. Hans Neumann, son patient soigné à coups de fièvres, était finalement mort de la malaria. Des déments, effrayés par l'arrivée des cars SS, avaient pris la fuite et on ne les avait pas retrouvés. Aucun doute, c'était la fin de Brangbo.

Et pendant ce temps, elle était à Berlin, en robe à zigzags (un modèle français), sur les traces d'un assassin aux côtés d'un tortionnaire borgne. Absurde. Sa vie lui échappait. Au début, la perspective de retrouver le meurtrier de Ruth Senestier lui avait semblé être un devoir, une obligation morale. Mais maintenant... Elle-même n'était plus convaincue de son histoire de substitution d'identité et elle craignait d'avoir mis Beewen sur de mauvais rails. De son côté, le SS collectionnait les erreurs et semblait englué dans cette enquête comme une mouche dans de la colle.

– C'est ici.

Le bâtiment n'était pas un édifice en ruine comme elle l'aurait cru, c'était un immeuble de rapport, plutôt vaillant, dont la pierre blanche brillait encore au soleil. Les angles de l'édifice se détachaient, très nets, sur le bleu du ciel.

À l'intérieur, c'était une autre histoire. Dans le hall, tout avait été volé ou arraché, dépouillé. Les murs ne portaient plus d'enduit. De la poussière de plâtre s'accumulait sur le sol, dont on avait retiré les dalles de marbre. Pas de lumière dans la cage d'escalier, pas de rampe non plus, pas d'ornements ni de décorations nulle part.

Plus rien, mais partout des valises. Sur le sol, le long des murs, sur les marches. L'immeuble semblait lui-même construit en malles de fer, bagages de cuir, coffres de bois... Des boucles d'argent brillaient dans l'ombre, des courroies lançaient des reflets chamois, des sacs ventrus semblaient dormir dans les coins. Des vies agglutinées, avec des poignées mal ficelées, des souvenirs serrés comme des morceaux de charbon dans de la toile de jute...

Et bien sûr, les hommes, les femmes, les enfants qui allaient avec. Des visages hâves, des traits brisés, des yeux écarquillés. Ces êtres appartenaient à un exode en forme d'impasse, sans but ni horizon. Les immeubles des ghettos ressemblaient à des embarcadères, mais sans le moindre bateau à quai.

D'un signe, Minna ordonna à Beewen de rester où il était. Sa carrure, son allure avaient déjà provoqué un émoi dans le hall. Elle se renseigna, montrant au passage sa carte de médecin : Ichok Kirszenbaum vivait au troisième étage, appartement 34.

Ils se taillèrent un chemin dans les escaliers. Elle maudissait cette idée d'avoir enfilé une robe – n'importe lequel de ces laissés-pour-compte aurait pu voir sa culotte. Mais personne ne levait les yeux. La lassitude écrasait tout. Le désespoir et le renoncement étaient à tous les étages.

Parvenue au deuxième, Minna lança un regard par-dessus son épaule. Beewen suivait. Ce qu'elle lut dans ses yeux la surprit : pas le moindre remords ni la moindre compassion. Plutôt une sorte de crainte souterraine. Comme s'il avait peur qu'on le reconnaisse ou que le poids de ses péchés l'engloutisse, ici, parmi ces passagers qui n'allaient nulle part mais dont lui ou l'un de ses congénères avait signé l'ordre de départ.

À cet instant, elle éprouva pour Franz Beewen un sentiment mitigé. Il y avait quelque chose d'attachant chez ce colosse, quelque chose de hanté et de fragile. Mais pas moyen d'oublier sa brutalité, son aveuglement, son indifférence. Comme tous les SS, Beewen était une figure du mal.

Au troisième étage, même rengaine : des fantômes au coude à coude, des valises empilées, des objets accumulés. Elle s'orienta vers la droite, essayant de progresser sans trop déranger. Derrière elle, elle entendait les pas lourds de Beewen qui faisaient osciller les lattes du plancher.

Enfin, le 34. Elle allait frapper quand la porte s'ouvrit. Un vieil homme, deux enfants et une adolescente en sortirent en file indienne. Elle s'écarta pour les laisser passer et les regarda se faufiler parmi les autres. Elle avait déjà compris que les habitants de cet appartement devaient se compter comme des pinces à linge sur un fil.

Sans un regard pour Beewen, elle pénétra dans l'appartement.

Après le monde des valises, elle découvrait le monde des draps.

## 66.

L'appartement devait compter quatre ou cinq pièces – l'ancien foyer d'une riche famille –, mais on avait divisé chaque chambre en deux ou trois compartiments à l'aide de draps tendus. C'était un labyrinthe de tissus blancs, parfois de couvertures, qui délimitaient de petits abris aux murs souples dissimulant chacun un monde spécifique : une famille, des meubles, des bibelots.

– Professeur Kirszenbaum ? cria-t-elle à la cantonade.

Pas de réponse. Ils avancèrent dans le couloir et croisèrent des visages, des valises encore, des chaussures.

– Professeur Kirszenbaum ?

– Ici.

La voix provenait d'une pièce à droite. Minna se glissa entre les parois légères et les caissons de cuir, entendant toujours Beewen sur ses pas, dont les larges épaules bouleversaient cet univers aussi fragile qu'un château de cartes.

Elle souleva un drap rapiécé et découvrit un homme assis, en chemise bleu pâle, en train de se faire du thé sur un réchaud. Elle se souvenait du professeur, et surtout de sa beauté.

Il était toujours magnifique, peut-être même plus encore, avec ses cheveux blanchis et ses rides qui circonscrivaient ses traits impeccables. Dans son souvenir, le chirurgien était grand, fin et... narquois. Il avait toujours sur les lèvres un sourire moqueur qui semblait dire : « J'ai traversé les horreurs de la guerre, les amputations à ciel ouvert, le cauchemar des hôpitaux sur le front, alors, ne me la faites pas. »

Privilège d'un ancien, il avait pu installer sa paillasse près du poêle. En été, ça n'offrait pas un grand intérêt. Au contraire, il devait dormir dans les odeurs de cendre froide et les miasmes de charbon. Mais cet hiver, cette place s'avérerait stratégique. Si toutefois il était encore là pour en profiter.

– Bonjour, professeur. Je suis Minna von Hassel, vous vous souvenez de moi ?

Le sourire gagna en ferveur.

– Bien sûr, Minna... C'est gentil de venir me voir dans ma nouvelle retraite. Un peu surpeuplé pour un ermitage, mais bon, il faut s'adapter... Il s'est passé tellement de choses depuis notre dernière rencontre ! Que me vaut le plaisir de votre visite ?

La voix du médecin allait avec la douceur de ses traits. Avec Kirszenbaum, tout glissait, tout fondait, du miel au fond de la gorge.

Minna n'avait pas le temps pour les préambules et autres salamalecs. Elle ne prit même pas la peine de présenter Franz, qui s'était accroché au fil du drap – il se débattait avec la corde comme un morse dans un filet.

En quelques mots, elle résuma la situation – et son urgence. Elle sortit de son sac le moulage emmailloté. Kirszenbaum observa la tête ravagée d'un œil expert.

– En somme, résuma-t-il, vous voudriez que je vous aide à identifier un tueur de femmes nazies ?

– Exactement.

– Et vous, demanda-t-il à Beewen enfin libéré, qu'allez-vous faire pour arrêter les tueurs de femmes et d'enfants juifs ?

Franz ne daigna pas répondre. Il avait l'expression hébétée d'un bourreau qui voit soudain une tête coupée se mettre à parler dans son panier. Minna n'aurait jamais dû venir avec lui. Effet cent pour cent négatif.

– Vous me demandez de l'aide, reprit le chirurgien. Que me proposez-vous en échange ?
– Rien, intervint Beewen.
Le colosse avança d'un pas. Son genou cognait déjà le poêle et il n'était qu'à quelques dizaines de centimètres du chirurgien.
– Nous ne vous proposons rien car quoi que nous disions, ce seraient des mensonges.
Kirszenbaum secoua doucement sa jolie tête blanche :
– Dans ce cas, je crains de ne pas pouvoir vous aider.
– En revanche, je peux accélérer les choses, reprit Beewen d'une voix plus forte. Je ne sais pas pour combien de temps vous en avez ici, mais je peux régler votre sort dès demain. Un mot de moi et...
– Des menaces ? (Kirszenbaum rit franchement.) Mon cher monsieur, on peut utiliser des menaces avec quelqu'un qui a encore quelque chose à perdre. Pas avec des morts-vivants dans notre genre. Vous croyez nous faire peur, mais nous sommes déjà morts et le monde dans lequel nous avions foi est mort lui aussi.
Minna intervint – la manière forte de Beewen ne rimait à rien –, songeant à un nouvel argument :
– Professeur, le tueur que nous cherchons a assassiné Ruth Senestier. Elle lui avait confectionné un nouveau masque. C'est celui qu'il porte quand il élimine ses victimes. Il a tué Ruth pour la réduire au silence.
Le sourire était toujours là, mais figé, suspendu, desséché.
Minna poussa son avantage :
– Vous ne me connaissez pas très bien, professeur, mais moi, je vous connais depuis longtemps. Lorsque je travaillais à l'hôpital de la Charité, je vous ai vu à l'œuvre, sauver des centaines de patients, de visages. J'ai pu éprouver votre compassion, votre générosité. Quelle que soit la situation aujourd'hui, vous ne pouvez pas refuser de nous aider. Vous êtes notre seul espoir.
Kirszenbaum réfléchissait. Il attrapa le moulage et l'observa de nouveau.

– Je n'ai plus d'atelier.
– Vous pouvez utiliser celui de Ruth.
L'idée lui était venue spontanément.
– J'aurais besoin d'une semaine. Au moins.
– Vous avez la nuit.
– Pardon ?
– Demain midi, cet homme va participer à un défilé d'anciens combattants. Nous devons connaître son visage d'ici là. À cette seule condition, nous pourrons l'arrêter.

Le médecin posa les mains sur ses genoux pointus et se leva en prenant appui dessus. Il était aussi grand que Beewen.

– Conduisez-moi chez Ruth. Je ne dois être dérangé sous aucun prétexte.

## 67.

Histoire de ne pas rester inactif (on était samedi, il n'avait aucun rendez-vous), Simon Kraus avait décidé de jouer les gardes du corps auprès de Greta Fielitz.

Après la course-poursuite de la Meyers Hof et la crise de Beewen dans l'appartement de Krapp, Simon était rentré chez lui. L'image persistante du tueur, avec son voile noir sur le visage et son uniforme nazi, ne cessait de le tarauder.

Il avait pris une douche, puis deux, puis trois... Toute la matinée, il avait essayé de se débarrasser de ces images. Le criminel au visage ravagé, Dynamo pendu à sa potence, lui-même brandissant un Luger, prêt à répandre mort et désastre autour de lui...

À onze heures du matin, Simon était revenu à sa piste préférée : même si Albert Hoffmann/Josef Krapp était bien leur meurtrier, qu'en était-il de l'énigme des rêves ? Comment expliquer que le tueur se manifeste à ses victimes durant leur sommeil ?

Retour à sa première théorie : l'Homme de marbre s'était « sédimenté » dans l'esprit des Dames de l'Adlon, après qu'elles avaient vu un objet ou une image ayant cette apparence. Il était trop tard pour interroger Susanne, Margarete et Leni, mais Greta pouvait se souvenir.

Surtout, elle pouvait le guider à travers Berlin et les lieux qu'elle fréquentait, à la recherche d'un indice. Mais Simon avait omis un fait notable : Greta ne sortait plus de chez elle. La veille encore, Beewen et lui l'avaient convaincue qu'elle était en danger de mort. En conséquence de quoi, la jeune femme avait décidé de se barricader dans sa villa. Dans le même temps, Beewen lui avait alloué deux cerbères qui faisaient les cent pas sous ses fenêtres.

Simon avait essuyé un premier refus au téléphone. Mais il ne s'était pas découragé et avait filé à son domicile, un hôtel particulier près du Ku'damm.

– Faire le tour des boutiques, avait hurlé Greta, alors que je suis menacée par un tueur ? Je t'ai déjà dit non !

– Nous serons protégés par tes gardes du corps. Tu ne risques rien.

– Pourquoi tu veux faire ça ?

Simon lui avait pris les mains – elles étaient très chaudes. La fièvre peut-être.

– Je suis sûr qu'avant d'en rêver, tu as vu quelque part l'Homme de marbre.

– Et alors ?

– Pour le retrouver, nous devons refaire tes déplacements habituels et...

– *Mein Gott...*

Elle avait porté la main à son visage comme si les paroles de Simon suffisaient à lui rappeler l'horreur de la situation.

– Ça te fera du bien, avait-il insisté. Tu ne peux pas rester cloîtrée ici.

– Mon mari ne sera jamais d'accord.
– Ton mari a voix au chapitre maintenant ?
Greta avait été forcée de rire.
– Attends-moi une minute.
Simon avait poireauté une demi-heure mais l'attente valait le coup.
Greta s'était changée de la tête aux pieds. Robe d'après-midi en crêpe rose, col ajouré de georgette brodée, chaussures de toile ouvertes, lacées façon cothurnes. Comme victime potentielle, elle se posait là.
Dans la voiture, la jeune femme avait murmuré :
– Je n'ai pas dormi de la nuit. Hier soir, Himmler m'a téléphoné.
– Heinrich Himmler ?
– T'en connais d'autres ? C'est un ami de mon mari.
– Qu'est-ce qu'il t'a dit ?
– Il appelait pour me rassurer. Selon lui, l'affaire est sous contrôle. Tous les services de police du Reich sont sur le coup. Mais il m'a aussi conseillé d'être prudente.
S'il avait besoin d'une confirmation, cet appel en était une : l'affaire de l'Adlon préoccupait l'État au plus haut. Paradoxalement, c'était sans doute pour ça que Beewen menait son enquête au plus bas, c'est-à-dire avec des civils qui n'avaient pas le moindre grade.
– Où on va ? demanda Simon.
– Chez le coiffeur.
Il avait marqué son étonnement.
– Tu veux faire le tour de mes adresses, oui ou non ?
Après le salon de coiffure, ils étaient allés dans les grands magasins, puis chez un marchand de bretzels. Ils avaient sillonné le centre de Berlin en tous sens et Simon avait tout observé, la moindre vitrine, le moindre recoin de galerie, la moindre colonne d'affiches... Pas une image, pas une silhouette qui rappelât l'Homme de marbre...
– Et maintenant ?

– Manucure.
Simon ne s'attendait pas à un périple culturel mais tout de même... Il connaissait bien Greta. Elle était sa patiente depuis quatre années et ils avaient couché ensemble, de loin en loin, histoire de «dénouer les derniers nœuds gordiens de ses névroses». C'était du moins ce qu'il lui avait vendu.
Il savait que la jeune femme était intelligente mais d'une intelligence animale, appliquée aux petites choses qui composent le quotidien et aux relations humaines. Greta était d'une grande perspicacité quand il s'agissait de percer les autres à jour. Pour le reste, elle était quasiment illettrée.
C'était pour ça qu'il l'aimait. Les intellectuels comme lui étaient souvent fatigués d'eux-mêmes et de leurs palabres. Quand il rencontrait un petit animal du type Greta, parfaitement adapté à son biotope, il savourait sa simplicité, sa spontanéité qui ne s'embarrassaient jamais de circonlocutions.
– Tu aimes ?
Elle lui tendait ses mains aux serres délicatement vernies.
– Superbe.
Il était sincère. Greta soignait sa beauté comme un soldat affûte ses armes et elle avait raison. Après tout, Beewen devait lui aussi, chaque soir, démonter entièrement son Luger et l'astiquer, pièce par pièce.
Ils montèrent dans la voiture et le chauffeur, aussi silencieux qu'une boîte à gants, se remit en route.
– La prochaine étape ?
Greta, qui avait vraiment repris du poil de la bête, fit mine de réfléchir :
– Hmmmmm... Ma journée touche à sa fin.
– En général, il n'y a pas un dernier arrêt ?
– Café Kranzler.

68.

Situé au coin d'Unter den Linden et de Friedrichstraße, le café Kranzler était un des plus populaires de Berlin et Simon était surpris que Greta goûte cet endroit – beaucoup trop ordinaire pour un membre du Club Wilhelm.

Simon, lui, aimait le lieu – pour son enseigne lumineuse, ses lettres ourlées sur fond de stries verticales. Il y voyait comme une promesse de joie et de légèreté, malgré les sempiternels étendards à croix gammée qui flottaient au-dessus.

Ils s'étaient installés en terrasse et Simon observait, placide, les passants rouler sur l'avenue comme des cailloux au fond d'une rivière. On aurait pu croire qu'à l'ombre de tous ces aigles, ces svastikas, toutes ces colonnes en forme de potences, les Berlinois longeraient les murs avec une mine exsangue.

Pas du tout.

Ça pérorait dans tous les sens, ça s'esclaffait dans le crépuscule, tandis que les lourds bocks claquaient col contre col au son des *Prost!* insouciants. Toute la terrasse semblait boire l'été par longues goulées de lumière.

Des soldats allaient et venaient, des fourgons passaient, chargés de matériel militaire, mais loin d'oppresser ce petit monde, ces signes de guerre semblaient rassurer les Berlinois. L'ordre était là. Tous ces automates, noirs, verts, gris les protégeaient. *On allait voir ce qu'on allait voir.*

– Je préfère encore rester à la maison que trimbaler un croque-mort pareil, fit Greta.

Simon leva un sourcil.

– Pardon ?

– Tu ne dis plus un mot.

– Excuse-moi.

– Tu penses à quoi ?

– Je pense que j'ai perdu mon temps.
Elle regarda ses ongles d'un air dédaigneux.
– Charmant.
– Du point de vue de l'enquête, je veux dire.
– Parce que tu es enquêteur maintenant ? Tu t'attendais à quoi ? À voir surgir d'un porche le gars de mon rêve ?
– T'es sûre que tu ne t'es pas promenée ailleurs, ces dernières semaines ?
– Je suis désolée de ne pas être plus distrayante.
– Réfléchis bien. Ce salon de coiffure, ces magasins, t'es sûre que vous y êtes toutes allées ?
– Plus ou moins. On a nos habitudes mais chacune a ses préférences. Je t'ai emmené dans les lieux obligés.
Elle but une goulée de sa Löwenbräu – cette balade l'avait revigorée, elle ne semblait plus craindre le tueur, ni même songer à ses amies assassinées.
– Faut que j'y aille. Günter n'aime pas que je ne sois pas là à son retour.
Simon acquiesça, laissant sur la table quelques marks.
– Je te laisse ici, prévint-il d'une voix lasse. Je rentre à pied.
– Tu veux qu'on aille jeter un œil au passage des Tilleuls ?
– Pourquoi ?
– Parce qu'on l'emprunte *toujours* pour rentrer.
Le psychiatre haussa les épaules.
– Si tu veux.
Ils se mirent en route, suivis toujours par les gardes du corps – on finissait par les oublier.
Le passage des Tilleuls était méconnaissable. Jadis, c'était une sorte de galerie poussiéreuse multipliant les vitrines crasseuses, les piliers épuisés, les ornements faussement Renaissance. Il y régnait une ambiance louche qui vous donnait l'impression de pénétrer dans une caverne d'Ali Baba en toc.
Tout avait été rénové. La verrière qui couvrait l'allée était impeccable, un revêtement de marbre faisait le joint entre les

vitrines trop éclairées. La galerie était devenue une sorte de palais des Glaces scintillant et épuisant de reflets.

Soudain, il la vit.

Dans la vitrine d'une boutique qui vendait des affiches de cinéma, Simon aperçut celle d'un film de science-fiction, *Der Geist des Weltraums* («Le fantôme de l'espace»), avec Kurt Steinhoff en vedette. Derrière le profil du grand acteur se détachait un monstre portant un casque verdâtre qui ressemblait au masque qu'il avait dessiné.

Il fut persuadé d'avoir vu juste. Si des Dames de l'Adlon étaient passées là, elles avaient croisé, elles aussi, ce «fantôme de l'espace». Son casque, barré par une rainure horizontale, bombé comme une cagoule d'aviateur, semblait sculpté dans un marbre précieux et ce qu'on discernait du bas du visage n'était pas très engageant : lèvres noires, larges et épaisses comme un fruit sombre, mâchoires en tenaille, qui paraissaient partager la dureté minérale du casque.

Simon saisit Greta par le bras.

– Regarde cette affiche. Ça te dit quelque chose?

– *Mein Gott...*, murmura-t-elle. C'est lui... l'homme de mon rêve!

– Tu ne te souviens pas de l'avoir vu auparavant?

– Non.

Simon regarda autour de lui. Un tailleur pour hommes. Une oisellerie. Un marchand de pipes. Plus loin, l'entrée du Musée anatomique, qui était devenu, depuis quelques années, le «Musée du Surhomme». Un bistrot servant des saucisses et de la bière à la tireuse. Une librairie qui semblait spécialisée en livres anciens...

Le tueur travaillait-il dans un de ces commerces? Un livreur? Un vigile? Un officier nazi dont les bureaux se trouvaient à proximité? En tout cas, lui aussi avait vu cette affiche. Et sans doute même avait-il vu les Belles de l'Adlon la voir aussi... *Josef Krapp, vraiment?*

– Attends-moi, ordonna-t-il à Greta.

Il pénétra dans la boutique et acheta l'affiche, interrogeant, l'air de rien, le marchand. Cet exemplaire était-il unique ? En avait-on déjà vendu d'autres ? Quelqu'un s'intéressait-il à ce film ou à cette image ? L'homme répondit distraitement – et ses réponses étaient plus distraites encore. *Der Geist des Weltraums* était une série B de 1932. Une incursion sans suite du cinéma allemand dans le domaine de la science-fiction. Il avait mis en valeur cette affiche parce qu'il la trouvait bien meilleure que le long métrage – elle possédait en tout cas un vrai pouvoir de suggestion.

Simon était d'accord. Elle avait même «suggéré» au-delà de toute espérance. Pendant que l'homme roulait le petit document (la reproduction n'excédait pas soixante-dix centimètres sur quarante), Simon ne cessait de lancer des regards autour de lui. Il avait l'impression de voler un objet sacré, de ravir la Toison d'or.

Un miroir se dressait derrière le comptoir de bois. Simon pouvait y observer Greta qui l'attendait dehors, les badauds indifférents... Il cherchait une silhouette, un regard. Il imaginait un tueur aux aguets voyant avec horreur son fétiche s'envoler.

Soudain, il repéra, adossé à un pilier décoré d'ornements de stuc, un homme qui l'épiait dans l'ombre de son chapeau. Il portait un manteau de cuir et c'était comme une pancarte : Gestapo. Beewen avait-il placé un autre garde du corps aux basques de Greta ? Non, l'homme ne s'intéressait pas à la belle Berlinoise, qui n'était qu'à quelques mètres de lui.

Il fixait sans ciller Simon dans son costume de flanelle.

C'était lui qu'on surveillait.

## 69.

– J'ai rien compris à ton dossier.

Avec sa mèche ondulée, ses moustaches retroussées et sa silhouette cambrée, Grünwald appartenait à une autre époque. De plus, il aimait adopter une pose d'officier prussien, mains dans le dos, jambe droite en appui, l'autre fléchie. Dans ses grandes bottes vernies, il rappelait un cavalier de 1870 qui aurait laissé son cheval dehors pour se pavaner à la cour de Guillaume II.

En apparence, l'Hauptsturmführer n'avait rien d'un nazi. C'est dans sa tête que la folie criminelle s'épanouissait. Alors là, oui, pas de doute, il était bien de la Maison brune.

Il était un des officiers les plus violents de la Gestapo – et cette distinction se disputait âprement. C'est à lui par exemple qu'on devait les premiers essais de torture à l'électricité. Il aimait aussi jouer des chansons de cabaret durant les séances.

– Il faudrait que tu m'expliques.

*Peine perdue.* D'abord parce que l'intelligence de Grünwald pouvait passer sans problème sous les portes. Ensuite, parce que le dossier d'enquête était un ramassis peu convaincant de pièces diverses : fragments de l'enquête de Max Wiener, vérifications standards de la Gestapo, confidences de *Blockleiter*, témoignages sans intérêt...

Le principal était ailleurs.

Le principal était mené en douce par Beewen, Minna et Simon. Le principal était tout ce qu'il ne pouvait pas dire et qui les avait menés, lui et ses comparses, à la Meyers Hof dans la matinée.

– Interroge-moi, fit-il, conciliant. Je t'expliquerai.

Grünwald prit la peine de saisir de deux doigts le dossier toilé et le laissa retomber sur son bureau avec dédain.

– Je n'ai qu'une question : d'où tu sors que Josef Krapp est notre tueur ?

Le « notre » ne laissait plus de doute : Grünwald était monté à bord. Peut-être même s'était-il installé à la barre. Patiemment, Beewen expliqua, ou tenta d'expliquer, qu'il avait enquêté du côté des fétichistes des chaussures. Josef Krapp arrivait en tête du peloton.

– Ah bon ? Je n'ai rien lu là-dessus.

– Je conserve les pièces importantes en lieu sûr.

– Qu'est-ce que tu racontes ? Il n'y a pas plus sûr que le siège de la Gestapo.

Pour couper court, Beewen décida de lui filer la frousse :
– Tu ne t'es pas demandé ce qui est arrivé à Max Wiener, le *Kriminalinspektor* chargé de l'enquête ?
– Il a été viré. Les gars de la Kripo sont tous des nuls.
– Wiener était un des meilleurs éléments du service. Il n'a pas été viré. Il a disparu.
Les moustaches de Grünwald frémirent.
– On m'a dit qu'il avait été muté.
– Six pieds sous terre, oui.
L'Hauptsturmführer accusa le coup. À la Gestapo, on n'était pas assis sur un siège éjectable, mais plutôt sur sa propre tombe.
– Wiener est mort parce qu'il a échoué dans son enquête. Le Reich n'aime pas les perdants.
– Je pense plutôt le contraire.
Grünwald, qui n'avait pas inventé le schnaps, se tortilla encore, comme si son uniforme le grattait. Il n'aimait pas cette façon de s'exprimer. Les paradoxes, les mystères...
– Wiener est mort parce qu'il a découvert ce qu'il n'aurait pas dû découvrir.
– Tu veux dire que si on réussit, on finira nous aussi par jouer les engrais ?
– C'est ce que je voudrais éviter mais a priori, cette enquête est un jeu perdant-perdant. Si on échoue, on se retrouvera en KZ. Si on réussit, c'est le champ de patates.
Silence de Grünwald. Ses moustaches lui dessinaient au-dessus de la bouche deux petites cornes de vachette. Il ne lui manquait que le monocle.
– As-tu la moindre idée de ce qui est si dangereux ?
– Non. Mais il y a un scandale derrière tout ça. Un scandale qu'on ne doit pas soulever.
– Ça ne peut être le fait que Krapp est des nôtres.
Beewen était d'accord – un nazi tueur de femmes, ça la foutait plutôt mal. Mais ce n'était pas la fin du monde.
Grünwald fit quelques pas, tête baissée, la main droite sur

la garde de son poignard. Une imitation réussie de Perninken, qui lui-même s'inspirait du Führer bien-aimé.

– Quel est ton plan ? demanda-t-il enfin.

– Nous devons lancer des avis de recherche. Mettre tous nos hommes sur le coup. Informer les *Blockleiter*. Krapp ne peut pas passer entre les rets de l'Ordre noir.

Grünwald ne parut pas convaincu. Beewen avait semé le doute dans son esprit.

– Si on le coince, demanda-t-il, que comptes-tu faire ?

– Le remettre à la justice afin qu'il ait droit à un procès en règle.

– Je parle sérieusement.

Il ne voulait surtout pas révéler son plan d'exécution sur le front polonais. *Affaire personnelle.*

– L'abattre comme un chien et prier pour qu'on ne nous réserve pas le même sort.

Grünwald marchait toujours, l'air perplexe. Les lattes du plancher grinçaient sous ses semelles.

– Depuis que tu enquêtes sur ce dossier, reprit-il, tu n'as pas la moindre idée de ce que ça cache ?

– Non. À moins bien sûr que Krapp ne soit pas notre tueur.

– Quoi ?

Grünwald avait brusquement relevé la tête, interloqué. Puis il se reprit, fronçant de nouveau les sourcils.

– C'est une possibilité, admit-il. Je développe moi-même d'autres pistes.

Ce fut au tour de Beewen d'être surpris :

– Lesquelles ?

– Tu le sauras bien assez tôt.

Il ne pouvait laisser passer un tel sous-entendu :

– Tu viens de lire le dossier et tu comptes exploiter d'autres directions ? Les idées te sont venues comme ça, d'un coup, à la seule lecture des rapports ?

Le sourire du cloporte s'élargit.

– Qu'est-ce que tu crois ? Que nous commençons seulement

à nous intéresser à cette affaire ? Que personne ne t'a à l'œil depuis que tu y travailles ?

Beewen était parfois un peu lent à la détente. Bien sûr, depuis le départ, Grünwald était son *Doppelgänger* – une ombre qui collait à ses pas.

Beewen avala la bile qui lui brûlait l'œsophage. Il songeait à Minna, à Simon. Que savait au juste cette raclure de tranchée ?

– Quelles sont tes autres pistes ? insista-t-il. Nous devons jouer en équipe sur cette affaire. C'est ce que Perninken attend de nous.

– Je t'informerai en temps utile, répondit mystérieusement Grünwald.

Beewen regarda sa montre : il perdait son temps avec cet abruti. Qu'il fasse ce qu'il voulait...

– Je retourne à mon bureau, fit-il en claquant des talons. Quand tu auras décidé d'être plus clair, tu sais où me trouver.

## 70.

Beewen avait fait une promesse à Minna, il devait la tenir. Il avait donc mis la pression à Dynamo pour qu'il se procure le dossier « Ernst Mengerhäusen ».

– Un nazi de la première heure, expliqua Hölm. Il a participé au putsch de la Brasserie. Il montre à tout le monde sa carte du parti, elle porte le numéro 16. Tu vois le genre.

– Il exerce en tant que médecin ?

– Non. C'est plutôt un chercheur. Très brillant, si j'ai bien compris.

– Dis-m'en plus.

Hölm, assis face au bureau de Beewen, fit claquer ses feuillets.

– Il a cinquante-quatre ans. C'est un pur *Volksdeutsch*. Originaire de Karlsruhe, études de médecine à l'université d'Heidelberg. Au départ, il a une formation de gynécologue-obstétricien mais il n'exerce plus dans aucun hôpital. Il a enseigné à l'université de la Charité et il a mené des recherches sur les hormones, en collaboration avec la société pharmaceutique Schering-Kahlbaum, au début des années 30. Ces recherches ont donné naissance au... (Dynamo dut s'arrêter pour lire avec son doigt :) Progynon et au Proluton.

— Qu'est-ce que c'est ?

— Des produits pour lutter contre la stérilité. Très réputés pour leur efficacité, paraît-il. Ce gars-là est vraiment un pionnier.

Mengerhäusen, qui semblait si pressé d'éliminer les « bouches inutiles », avait donc d'abord travaillé à donner la vie. Ce n'était pas si contradictoire, tout dépendait de la vie en question.

— Aujourd'hui, c'est une sorte de fantôme dans le monde SS. Il va, il vient dans son side-car et personne ne sait ce qu'il fait exactement.

— À quel organisme est-il rattaché ?

— Peut-être la KdF (la chancellerie du Führer), mais c'est même pas sûr.

— Aujourd'hui, quel est son titre ?

— On sait pas trop. On pense qu'il est à l'origine du programme *Gnadentod*.

— C'est quoi ?

— La « mort accordée par pitié », ou « mort miséricordieuse ». Les nazis veulent en finir avec les handicapés, les malades mentaux.

Beewen était sidéré. Minna. La liste. Le château de Grafeneck. Tout ça était donc déjà (presque) de notoriété publique.

— Il existe un programme officiel ?

— Tu connais les SS. Ce sont des noms qui circulent sous le manteau, mais Ernst Mengerhäusen semble impliqué dans ce projet, pas de doute.

— C'est tout ce que tu as récolté sur lui ?

— Non. Avant cette histoire de mort miséricordieuse, il a beaucoup travaillé sur la stérilisation des malades mentaux et des

Tsiganes. Un vrai cinglé. Dans le sillage des lois de Nuremberg, il a pratiqué de nombreuses opérations... (Dynamo se mit de nouveau à lire sa fiche :) Ligatures des trompes, vasectomies, castrations, ablations de l'utérus... Mais son truc, paraît-il, c'est les radiations. Exposer les mauvais numéros de série aux rayons gamma, au radium, et brûler tous ces organes génitaux dangereux. Un cinglé, j'te dis.

Un nouveau dément dans le paysage, pas de quoi casser une patte à un aigle SS, mais celui-là rôdait autour de Minna, de son père...

– Il a bien un bureau, non ?

Dynamo sortit un petit papier de sa poche.

– V'là l'adresse. Un comité consultatif, je sais pas quoi. Comme toujours, le titre est ronflant : « Comité du Reich pour le recensement scientifique des maladies graves héréditaires et congénitales ». Mais pour les intimes, on appelle ça le « Comité du Reich ». En réalité, ça n'a pas vraiment d'existence officielle mais le siège est à cette adresse. On dit qu'il a un bureau là-bas.

Beewen ouvrit la feuille et lut : 13, Enkircher Straße, à Frohnau. Banlieue nord de Berlin. À plus de quinze kilomètres. Il allait perdre au moins deux heures pour faire l'aller-retour mais pas le choix – une promesse est une promesse.

Il glissa l'adresse dans sa poche.

– Je te laisse la boutique. Gratte encore sur Krapp et ses habitudes.

– Pas de problème.

– T'as des potes dans l'équipe de Grünwald ?

– Aussi potes que peuvent l'être deux gestapistes.

– Il suit une autre piste dans l'affaire de l'Adlon. Essaie de savoir de quoi il s'agit.

Beewen allait ouvrir la porte quand Hölm le rappela :

– Une dernière chose.

– Quoi ?

– Mengerhäusen a un garde du corps, Hans Wirth. Une baraque avec une tête d'instituteur.

– Et alors ?
– Un gars de Stuttgart. Un ancien de la Kripo. En fait, un fanatique, aussi froid qu'une poignée de main d'Hitler.
– On en a vu d'autres, non ?
– Je veux juste te prévenir. Je connais le gars. Vraiment dangereux.

Pas le genre de Dynamo de dramatiser, mais Beewen chassa aussitôt cette nouvelle menace. Il allait secouer un peu Mengerhäusen et rentrer dare-dare au bercail.

## 71.

Pour se rendre à Frohnau, à l'extrême nord de Berlin, il préféra prendre le train. Pas de chauffeur, pas de mouchard. Et l'idée de se fondre, en civil, dans le monde ordinaire des Berlinois qui rentraient chez eux après une balade lui plaisait bien. Il avait lui-même fait un effort côté apparence : knickerbockers, chemise blanche, cravate courte et veste en tweed.

Il filait maintenant sur la ligne nordique, celle qui vous emmène jusqu'à la mer Baltique et vous colle le frisson rien qu'à vous y asseoir. Depuis l'enfance, Beewen aimait les trains. Les voitures qui bringuebalaient, les bancs en bois (qui lui paraissaient curieusement chics), le fracas des roues... Il éprouvait toujours, au fond de lui, l'excitation du voyage – c'était d'autant plus paradoxal qu'il n'avait jamais voyagé.

Au fil des stations, ses pensées s'assombrirent. Le profil de Mengerhäusen le préoccupait. Il représentait à lui seul la haine pure et dure des nazis à l'égard de tout ce qui n'était pas conforme. Handicapés, aliénés, asociaux... Or, lui, avec son père fou et son sang peut-être corrompu, ne valait pas cher sur la balance du NSDAP. Peut-être même se trouvait-il déjà sur une liste quelconque...

Frohnau était une cité-jardin au nord de Reinickendorf, dont la construction avait commencé au début du siècle. Ensuite, avec la guerre, les coups d'État, les crises politiques, on avait oublié le projet, dont il subsistait seulement une grande forêt parsemée de villas et surplombée par une tour dont Beewen ignorait la fonction.

Une chose était sûre : ce soir-là, le crépuscule donnait un air enchanté à ce petit village. On se serait cru très loin de Berlin, en Forêt-Noire ou en Bavière. Il était près de vingt heures, on était samedi, et Beewen se demandait s'il avait une chance de trouver quelqu'un dans les bureaux du «Comité du Reich».

Sans surprise, le 13, Enkircher Straße était une villa aux murs blancs et au toit rouge, avec cette bonne mine teutonne, teint pâle et joues rubicondes. Non pas une maison de poupée, une poupée de maison...

Il remarqua le side-car devant le jardin. Bon signe. Pas de sentinelles. Pas même de drapeau nazi. Mengerhäusen la jouait profil bas. Il était l'homme invisible, le pur esprit dont le nom n'apparaît sur aucun organigramme. Il fallait tout le talent de Dynamo, vrai chien truffier quand il s'agissait de dénicher une proie, pour avoir dégoté ces informations.

Il sonna, montra sa carte et passa dans une petite salle d'attente, comme chez le docteur. Il se demandait combien de familles étaient venues ici pour discuter de l'élimination de leur enfant malformé, soit qu'on les ait convoquées, soit qu'elles aient devancé l'appel, ne supportant pas l'idée d'élever un enfant handicapé sous l'œil réprobateur du Reich.

– Hauptsturmführer ! tonna soudain une voix qui tenait à la fois du clairon et du klaxon.

Un petit rouquin, quasiment aussi large que haut, se matérialisa dans la pièce. Il portait une blouse blanche ouverte sur une veste militaire usée jusqu'à la trame.

– En un sens, je vous attendais. Suivez-moi.

Mengerhäusen avait l'air de sortir d'un conte pour enfants. Sa chevelure rousse, très épaisse, partait en vagues tourmentées et était prolongée par deux épais favoris qui lui descendaient jusque sous le menton. Ses traits rougeauds avaient quelque chose de guilleret, d'amical.

Beewen suivit le bonhomme dans un couloir, croisant des bureaux où on travaillait encore. Pour l'instant, ils n'étaient qu'une dizaine de gratte-papier. Bientôt, ils seraient une centaine. Puis le service deviendrait tentaculaire et responsable de la mort de milliers, voire de millions de personnes. Malgré lui, il était fasciné par cette bureaucratie appliquée, méthodique, qui avait substitué à la barbarie hurlante une cruauté apaisée, à manchettes de protection et petites lunettes.

Ils s'installèrent dans une pièce qui semblait hésiter entre le cabinet médical et l'étude de notaire. Une table d'examen, une lampe scialytique, une armoire vitrée remplie d'instruments chromés pour le versant toubib. Des piles de dossiers, une énorme machine à écrire et une bibliothèque de droit (certains dos affichaient même des titres en latin) pour le côté homme de loi.

Mengerhäusen s'installa derrière son bureau et attrapa dans sa poche de poitrine une longue pipe d'ivoire. Beewen avait déjà renoncé à essayer d'intimider cet énergumène qui devait tutoyer Heydrich ou Himmler, voire Hitler en personne.

Le médecin posa ses petites mains potelées sur sa machine à écrire, qui évoquait un orgue de Barbarie.

– Que me vaut le plaisir de votre visite, Herr Beewen ?

– On m'a parlé de différents transferts de malades…

– Ho ho ho, je vois que les nouvelles vont vite.

– Herr Mengerhäusen, j'appartiens à la Gestapo. Mon rôle…

Le rouquin l'arrêta en levant sa petite patte.

– Je doute que les transferts que vous évoquez concernent vos services.

– Il n'existe rien en Allemagne qui ne concerne la Gestapo.

– Sauf quand les ordres se situent, comment dire, au-dessus de vous.

La messe était dite : Mengerhäusen n'allait pas perdre son temps à se justifier auprès d'un officier subalterne.

Il bourra sa pipe et lui lança un sourire, histoire d'alléger un peu la menace sous-jacente de sa réflexion.

– Comprenez-moi bien, fit-il en l'allumant. Nous sommes à la veille d'une vaste opération ordonnée par les plus hautes instances de l'État. Et bien sûr, totalement secrète. Vous comprendrez donc que je ne puisse m'étendre sur le sujet...

Beewen se dit qu'il avait fait le voyage pour rien. Qu'allait-il raconter à Minna ?

– Toutefois, reprit Mengerhäusen en se levant, je ferai un effort pour vous.

Une bouffée.

– Pourquoi ? demanda Beewen, intéressé.

– Votre père.

Franz déglutit. Les fiches. Les putains de fiches de la Gestapo qui formaient la trame invisible de la vie quotidienne du peuple allemand. Il eut soudain une vision irréelle : un monde où les gens ne produisaient plus d'ombres sur les trottoirs, mais un bruissement de papier, un reflet dactylographié qui s'attachait à chacun de leurs pas.

Quoi qu'il dise, quoi qu'il fasse, l'Hauptsturmführer Franz Beewen serait toujours le fils de Peter Beewen, un soldat décoré certes, mais aussi un malade mental croupissant dans un asile.

– Vous n'avez pas à vous inquiéter, reprit le médecin face à l'expression de Beewen. Votre père ne sera jamais sur nos listes. Nous savons faire des exceptions quand un intérêt supérieur est en jeu.

– Vous allez donc tuer tous les autres ?

Mengerhäusen eut un sourire, qui évoquait le mécanisme d'une petite montre en or.

– J'ai déjà eu cette conversation avec votre amie, Minna von Hassel.

Beewen hocha la tête. Il devait s'en convaincre : la Gestapo ne le renseignait pas sur Mengerhäusen, elle renseignait Mengerhäusen sur lui.

Une bouffée.

– Il faut en finir avec la sempiternelle pitié chrétienne et cette idée d'un nécessaire amour du prochain, continua le médecin en se levant.

Il contourna son bureau et s'appuya dessus, croisant ses petits bras autour de sa brioche.

– Il faut plutôt admettre que Dieu, dans Son œuvre infinie, a pu faire des erreurs. Après tout, Il ne peut penser à tout. D'ailleurs, la Genèse ne dit-elle pas qu'Il a créé l'homme à Son image ? Quand la réplique ne ressemble plus à son modèle, n'est-il pas louable de l'éliminer ? d'abréger ses souffrances ?

– La fameuse « mort miséricordieuse »...

Beewen avait pris un ton sarcastique qu'il regretta aussitôt. Il n'y avait pas de quoi rire.

– Il faut restaurer les lois du Créateur et accepter la sélection naturelle, asséna Mengerhäusen. C'est dans cette sélection que l'esprit de Dieu s'exprime, pas dans chaque créature. À nous de lui donner un coup de pouce.

Tirant toujours sur sa pipe, il désigna des sacs postaux qui traînaient dans un coin du bureau.

– Que contiennent ces lettres à votre avis ? Des demandes d'euthanasie, adressées à notre Führer. Chaque jour, nous en recevons des centaines. Des parents qui seraient heureux d'être libérés du fardeau que constitue un enfant anormal. Des familles qui prient pour que ce « poids inutile » ait une « mort sans souffrance »...

Franz observait les sacs de toile en se disant que l'Allemagne avait totalement perdu le nord. L'aspiration à la perfection du sang avait gagné tous les cerveaux, tel un poison toxique.

Mengerhäusen se redressa et contourna le siège de son interlocuteur.

– L'esprit *völkisch*, Beewen. Les citoyens du Reich savent

qu'au-delà de leurs sentiments, de leur attachement à leur progéniture, un plus grand dessein est en marche.

Il se pencha par-dessus son épaule comme pour lui parler à l'oreille :

– L'eugénisme est une science, mon ami. Améliorer les naissances, éliminer les déchets... Nous considérons l'État comme un corps humain, dont les éléments indésirables constituent un véritable danger. Nous avons commencé par la stérilisation. Il nous faut maintenant agir d'une manière plus radicale. Des parasites vivent dans le corps de la nation. Nous sommes l'antidote. Nous sommes le remède !

Beewen se leva d'un bond et se tourna pour lui faire face.

– Quel est votre rôle dans tout ça ?

Malgré lui, Mengerhäusen recula – il n'arrivait pas au nœud de cravate du gestapiste.

– Je n'ai aucun titre, aucune responsabilité... officielle. Je suis plutôt un initiateur... (il agitait ses petites mains)..., un poète, une source d'inspiration...

Franz l'empoigna par les deux pans de sa blouse et le souleva comme s'il ne pesait pas plus lourd qu'une barbe à papa. La pipe tomba à terre en projetant des étincelles.

– Ne t'approche plus de Brangbo ni de Minna von Hassel.

– Hohoho, ricana l'autre qui passait au rubicond. Je soupçonne un attachement déraisonnable...

– Je suis sûr que tu connais mes états de service.

Les jambes dans le vide, Mengerhäusen fanfaronna encore :

– Bien sûr. Un pur assassin. Une brute hors norme. Dans une société ordinaire, vous croupiriez en prison depuis longtemps !

Beewen plaqua le rouquin contre le mur et parla d'une traite :

– On appartient au même système, toi et moi. Une dictature qui nous a donné, pour un temps limité, un pouvoir extraordinaire. Je ne pèse pas lourd face à toi mais tu sais que si je le décide, je trouverai bien le moyen de te régler ton compte, d'homme à homme. Et le Reich n'y pourra rien.

Mengerhäusen était passé au teint betterave.

– Qu'est-ce... qu'est-ce que vous voulez ?
– Tu rayes Brangbo de ta liste, et tu oublies Minna von Hassel.
– Je vous répète que votre père...

Le lâchant d'une main, Franz lui envoya un coup de poing dans le nez puis l'écrasa encore contre sa bibliothèque de petit notaire.

– Je te parle pas de mon père. Je te parle de tous les malades de Brangbo. Tu passes à autre chose, c'est tout.

Mengerhäusen pissait le sang par les narines. Cette couleur lui fit penser à Minna et à ses lèvres écarlates. « Ni sang ni cerise », songea-t-il, puis il envoya valdinguer Mengerhäusen contre sa machine et ses dossiers qui s'écroulèrent sur sa tête.

Il attrapa des feuillets – sans doute les fiches des prochains pensionnaires du château de Grafeneck – et s'essuya les mains avec. Mengerhäusen s'était recroquevillé dans un coin de la pièce.

– Et n'oublie pas de renvoyer à Brangbo ses pensionnaires !

Beewen partit sans se retourner. Dans le couloir, il croisa les fonctionnaires qui accouraient, mais reculèrent aussitôt en l'apercevant.

Sa réaction était une folie. Pire qu'une folie, un arrêt de mort. L'Ordre noir ne pourrait pas l'empêcher de régler ses comptes ? Haha ! Quelle blague ! Demain, il serait arrêté et fusillé.

Une fois dehors, il prit une grande bouffée d'air rouge sombre. La vie, la vraie, était toujours là, indifférente à l'Allemagne nazie, roulant ses saisons sur ce tas d'immondices.

Sa seule chance pour se faire pardonner était d'arrêter le tueur des Dames de l'Adlon et d'offrir sa dépouille au Führer.

Dans la rue, le side-car était toujours là. À cheval sur l'engin, un homme fumait une cigarette. Une baraque dans le genre de Beewen mais avec une curieuse tête d'intellectuel. Des traits carrés, des petites lunettes cerclées d'or, une mèche blonde, comme plaquée avec du beurre, et un sourire d'une douceur désarmante. Le sourire d'une puissance paisible, d'une indifférence meurtrière.

Beewen le reconnut sans l'avoir jamais vu. Hans Wirth, l'ancien flic de la Kripo, le garde du corps venu de Stuttgart.

Franz comprit le message. S'il voulait tuer Mengerhäusen, il faudrait d'abord lui passer dessus. Et si Beewen pouvait étrangler le gynécologue d'une seule main, il aurait plus de difficulté avec ce géant doré sur tranches. Ils se saluèrent au passage puis Beewen, en repartant vers la gare, sentit le regard de l'autre le suivre à la manière d'un viseur de Mauser.

Il songea au défilé militaire du lendemain.

Arrêter Josef Krapp.

C'était ça ou mourir.

## 72.

Aux environs de vingt-deux heures, on sonna encore chez elle.

«Encore» parce que deux heures plus tôt, Franz Beewen avait déjà débarqué. Avec ses knickerbockers et sa veste en tweed, il ne lui manquait plus que la pipe en écume de mer et le Langhaar pour une randonnée en Forêt-Noire.

– Tu n'as plus à t'en faire pour Mengerhäusen, avait-il prévenu.

– C'est-à-dire ?

– Il ne s'approchera plus de Brangbo.

– Mais... et les autres asiles ? Il y a bien un programme d'euthanasie ?

– Oui.

– Il faut arrêter ça, il faut...

– Tu m'emmerdes.

Ils avaient bu du schnaps. Lui, avec ses chaussettes montantes et son moral en berne. Elle, déjà passablement bourrée – après sa visite-surprise à la Gestapo, elle n'avait pas eu le cran de repartir pour Brangbo.

Beewen n'avait pas tardé à s'endormir sur un canapé. Elle était allée lui chercher une couverture (à carreaux, assortie à sa veste en tweed) et elle l'avait regardé dormir en sirotant.

Mais voilà que Simon Kraus se tenait à son tour sur son seuil, brillant comme un sou neuf.

– Comment tu as trouvé mon adresse ? demanda-t-elle.

– Tout le monde sait que les von Hassel, la branche communiste, habitent une villa Bauhaus à Dahlem.

– Entre.

– Je dérange ? demanda-t-il en apercevant Beewen sur le sofa.

– Sois sérieux. Qu'est-ce que tu veux ?

– Peut-être la même chose que lui, fit-il en lui lançant un clin d'œil.

Minna préféra se taire.

– T'as quelque chose à boire ?

– Toujours.

Elle lui servit un verre d'eau-de-vie pâle et ambrée.

– Beewen a essayé de te joindre tout l'après-midi.

– J'étais en balade.

– On a peut-être trouvé le moyen de coincer Josef Krapp.

Elle résuma les événements de l'après-midi. La parade militaire. Kirszenbaum. La possibilité d'avoir le visage de Krapp à temps pour l'identifier. Simon émit un sifflement admiratif, une admiration largement chargée d'ironie.

– C'est quoi ? demanda-t-elle en remarquant le tube cartonné sous son bras.

Il s'enfila une nouvelle lampée et secoua la tête comme un cheval qui s'ébroue. Il était adorable. Elle se défendait toujours d'accorder trop d'importance à la beauté physique, elle, sainte Minna-des-Siphonnés. Mais tout de même, ce visage... L'exquise proportion des traits, ces yeux brasillant doucement à l'ombre des sourcils infléchis comme des signes de calligraphie japonaise...

Sans un mot, il déballa le tube et déroula l'affiche en couleur d'un film de science-fiction des années 30. *Der Geist des Weltraums.*

Elle mit quelques secondes à comprendre. Derrière le profil parfait de Kurt Steinhoff en premier plan, la plus grande star du cinéma allemand de l'époque, un extraterrestre verdâtre s'avançait, semblant menacer le monde des foudres de sa planète.

L'Homme de marbre.

Le même masque exactement, couvrant à l'oblique le haut du visage, sur fond de veinules blanches et noires. Celui de son agresseur sur le Westhafen.

– Seigneur...

– J'en étais sûr! s'exclama Simon, frappant dans ses mains d'un coup sec.

Minna lui fit signe de faire moins de bruit : elle ne voulait pas réveiller Beewen. D'abord, pour le laisser se reposer. Ensuite, pour qu'il n'intervienne pas dans les explications de Simon, qui promettaient d'être compliquées.

Et en effet : il lui conta son après-midi avec Greta, sa découverte de l'affiche, son hypothèse selon laquelle chaque victime avait aperçu cette tête lugubre, aussitôt recyclée dans ses rêves...

– Et le tueur?

– Il a sans doute lui aussi vu cette publicité.

– Dans la galerie?

– Ou ailleurs. Ce film lui a inspiré son apparence.

– T'y vas pas un peu fort?

– Ce n'est pas moi qui ai été agressé par cette gueule de pierre.

– Donc, le rêve des victimes n'aurait aucun rapport avec l'assassin?

– Aucun, sauf le masque, justement, qui n'est peut-être qu'une coïncidence.

L'histoire de Simon ne tenait pas debout mais, comme toujours avec lui, son intelligence, son élocution, sa vivacité la rendaient tout à fait digeste, et même convaincante.

– Mais alors, Josef Krapp ?
Simon but une nouvelle goulée de cognac.
– C'est le problème. Si on admet ma théorie, mais qu'on y ajoute en plus un soldat défiguré, ça commence à faire beaucoup. Trop, en vérité...
– Krapp ne serait pas le tueur ?
– Je sais pas... Finalement, tout est parti de ta double supposition qu'Hoffmann était notre assassin et qu'il avait usurpé l'identité de Josef Krapp. Mais au fond, on n'a aucune preuve directe que ça soit la vérité.
– Krapp est un officier nazi, il possède une dague.
– Comme tous les officiers nazis.
– Et les chaussures ?
– Peut-être que Krapp et Hoffmann ne font qu'un, d'accord, mais rien ne dit qu'il soit le tueur des Dames. D'ailleurs, avec sa gueule, je ne vois pas comment il aurait pu les approcher. Je les connaissais bien. Pas le genre à suivre n'importe qui dans les bois.
– Krapp s'est enfui à votre arrivée.
– Filer quand un type comme Beewen frappe à votre porte ? C'est juste du bon sens.
– Il a essayé de tuer Dynamo.
– Légitime défense.
Elle aurait dû perdre son calme face ce petit homme gominé qui démontait pièce par pièce son raisonnement. Elle était heureuse au contraire de trouver à qui parler. Un homme d'une puissante intelligence, qui avait toujours un coup d'avance sur vos réflexions et une compréhension innée de chaque personnalité.
Ce soir-là, quand Beewen était arrivé, elle avait admiré sa force physique et éprouvé une attirance magnétique pour ce bloc de minerai brut. Maintenant, elle se rendait compte que le petit Simon était en fait bien plus fort que le SS. Elle avait beau dire, beau faire, jouer les dépravées attirées par la bestialité, elle demeurait une cérébrale. Rien de plus séduisant à ses yeux

qu'une intelligence virtuose. Rien de plus envoûtant qu'une pensée supérieure.

– De toute façon, conclut Simon en rangeant son affiche, on aura notre réponse demain.

– Tu veux dire... quand on arrêtera Krapp ?

– Tu n'y crois pas ?

– Beewen n'a rien dit à sa hiérarchie, répondit-elle d'une voix pensive. Il veut encore tenter une opération commando.

Simon lança un regard au nazi qui en écrasait sous sa couverture à carreaux.

– J'arrive pas à comprendre ce type... Pourquoi nous impliquer à ce point ? Pourquoi ne pas plutôt appeler ses amis de la Gestapo ? Il nous connaît à peine...

– Je n'en sais rien mais je suis à fond avec lui. On a tué Ruth et je veux la peau de l'assassin.

– Bien sûr. Mais parfois, il ne suffit pas de serrer ses petits poings de bourgeoise pour être efficace.

Minna le considéra avec curiosité.

– Toi non plus, je ne t'ai jamais compris... À la fac, tu étais le meilleur d'entre nous. Tu avais l'étoffe d'un futur chef de service.

– Tu as oublié comment on considère les psychiatres en Allemagne.

– Tu aurais pu faire avancer la science, soigner des milliers de...

Il la stoppa d'un regard. On pouvait apercevoir au fond de ses pupilles des poussières d'argent.

– Trop tard pour changer le cours des choses, ma belle. Aujourd'hui, en Allemagne, tout ce que tu peux faire, c'est suivre le mouvement. Vouloir protéger ceux qui sont déjà condamnés est un luxe que je ne peux pas me permettre.

– Alors quoi ? On baisse les bras ?

Simon soupira. Sous ses cheveux gominés, il avait vraiment une tête de poupée, gracieuse, délicate. Mais avec cette ombre tourmentée dans le regard qui vous faisait tressaillir. Les mots qui lui vinrent furent « envolée féline ». Ça ne voulait rien dire.

– Tu es née du côté du pouvoir, de l'argent, de l'aristocratie. Tu n'as jamais lutté pour quoi que ce soit et, d'une certaine façon, tes forces de combat sont intactes. Mais nous, les gars comme moi ou Beewen, on a dû user de toute notre énergie pour monter en grade.

– Ça vous a rendus indifférents, cyniques, insensibles ? C'est ça votre excuse ?

– Quand un pauvre lutte pour s'en sortir, il a toujours raison, il est dans son bon droit – le droit du pauvre, de la justice, des humiliés.

– C'est sans doute ce que se dit Hitler.

Simon sourit et elle se sentit fondre comme un bonbon sous la langue.

– J'avais oublié ton sens de la réplique.

– C'est parce que tu n'écoutes que les tiennes.

Il leva son verre.

– Trinquons à nos causes perdues !

– Tu veux dormir ici ?

– Avec toi ?

Elle eut un sourire nerveux, maladroit, mais elle devinait qu'il ne plaisantait qu'à moitié et que ses propres frissons n'étaient pas feints non plus. Elle s'enfonçait dans l'alcool, dans cette facilité chaleureuse où plus rien ne compte, où les désirs se dilatent au point de tout annihiler.

– Rentre plutôt chez toi, parvint-elle à dire. Tu viendras au défilé demain ?

– Je ne rate jamais une fête qui promet.

Elle le précéda jusqu'à l'entrée et se dépêcha d'ouvrir la porte. Il disparut dans la nuit – il avait une démarche sautillante, presque dansante –, son affiche sous le bras.

Minna referma la porte et libéra ses poumons de l'air qu'elle conservait malgré elle depuis plusieurs secondes. Kraus ou Beewen : dans les deux cas, une très mauvaise idée…

## 73.

Deux heures plus tard, elle ne dormait toujours pas.

Elle enfila un manteau – il était temps de faire chauffer la Mercedes et d'aller rendre visite à l'une des seules personnes à Berlin qui, comme elle, était encore éveillée. Elle prit la direction du Ku'damm, sillonna des avenues désertes. Il n'y avait plus ni phares tamisés ni lumières bleutées. Sur le ciel indigo, seuls des aigles et des croix gammées se détachaient comme des ombres solides, des marques menaçantes qui attendaient leur heure.

Même le Kurfürstendamm, à cette heure-là, était mort. Le couvre-feu ne donnait qu'un avant-goût de ce que serait bientôt l'existence des Berlinois : vivre dans l'écho des affrontements et des massacres perpétrés aux quatre coins de l'Europe, jusqu'à ce que ces carnages, remontant jusqu'à leur source, les emportent à leur tour.

Minna n'était pas rassurée. Tout le monde savait que le black-out favorisait les vols, les viols, les meurtres. Il n'y aurait personne pour la ramasser si on l'agressait – et elle avait déjà eu une terrifiante expérience en la matière.

Longeant l'avenue, elle discerna tout de même quelques putes, dont les torches bleues imprimaient sur les ténèbres leurs sillages d'étoiles filantes. Cette image la rassura. Elle n'était pas seule à Berlin.

L'immeuble n'affichait aucune lumière mais Minna savait qu'un appartement au moins était encore allumé. Elle se gara puis monta au cinquième étage.

Elle frappa en douceur à la porte de Ruth Senestier et attendit. Au bout de quelques secondes, Ichok Kirszenbaum lui ouvrit, sans marquer la moindre surprise. Il était vêtu d'une blouse, non pas de médecin mais d'artiste, une sorte de grande robe grise fermée par un nœud en forme de lavallière. Minna songea

à un homme de loi. Un avocat de la dignité humaine et des visages restaurés.
— Je n'ai pas fini, prévint-il.
— Je suis venue vous encourager.
Il s'effaça pour la laisser entrer. Il avait placé de lourdes couvertures sur les fenêtres afin que personne à l'extérieur ne puisse remarquer la lumière. Minna lui emboîta le pas jusqu'à l'atelier en évitant au passage la flaque de sang qui avait séché sur le tapis du salon.
Le visage de Krapp était presque achevé. Sur le moulage de plâtre, Kirszenbaum avait restauré l'orbite droite, non pas en plaquant une masse de glaise modelée mais en ajoutant, touche après touche, des muscles, des ligaments, et sans doute l'équivalent d'os qu'elle ne pouvait voir. Il avait ensuite placé deux yeux de verre d'un éclat intense. Leur brillance, leur concentration avaient quelque chose de troublant, comme le regard des animaux naturalisés qui semblent à la fois pétrifiés et prêts à vous bondir dessus.
Il avait aussi redonné leur volume aux joues, reconstruit le nez, formé les pommettes. À quelques mètres, l'illusion était impressionnante, sauf que le visage était bicolore, rouge et blanc, argile et plâtre, comme celui d'un malade frappé d'une affection de la peau.
Installé sur son siège, Kirszenbaum avait repris le travail. À ses pieds, une valise ouverte débordait de perruques, de barbes, de lunettes... L'artiste-chirurgien avait donc conservé du matériel de jadis.
— J'ai été plus vite que prévu, expliqua-t-il, en me fondant à la fois sur mon expérience et sur ma mémoire. Je me rappelle le boulot que Ruth avait fourni à l'époque. Une tâche ardue, parce que le milieu du visage, au sens propre du terme, n'existait plus...
Minna contemplait la tête qui semblait la défier en retour : elle était aussi calme et immobile que celle des soldats blessés lorsqu'ils prenaient la pose pour les sculpteurs.

– En fait, je n'ai pas reconstitué le visage de Krapp mais le masque que Ruth lui avait façonné. C'est bien le principal, non ?
– Absolument.
– Alors, j'avance sur le bon chemin. Ruth avait une approche... poétique de sa mission. Quand elle reconstruisait un visage, elle exprimait aussi une âme.

*Quelle âme derrière un cerveau malade tel que celui de Krapp/ Hoffmann ?*

Le chirurgien, cambré sur son tabouret, paracheva son œuvre en quelques coups de spatule. Fascinée, Minna l'observait comme on admire un musicien virtuose ou un acrobate virevoltant. Déjà, il avait ouvert un petit pot de peinture beige et unifiait l'ensemble, lui donnant la couleur de la chair.

– L'avantage de cette peinture est qu'elle sèche en quelques secondes et...
– Excusez-moi, l'interrompit soudain Minna.

Sans s'expliquer, elle tourna les talons et se mit en quête de toilettes. Ce fut vite fait : il n'y en avait pas. Titubante, elle sortit sur le palier, sentant son estomac se soulever comme une vague glacée et noire.

Même pour elle, la jauge de cognac avait été dépassée cette nuit.

Au bout du couloir, elle trouva ce qui faisait office de lieu d'aisances pour l'étage. De bonnes vieilles chiottes à la turque en émail fissuré, encadrées par trois murs de ciment. La puanteur coupait court à toute pensée, toute considération.

Elle ferma les yeux et fléchit les jambes, tête baissée, mains serrées sur les genoux. Elle vomit toute sa soirée, paroles, épanchements et coups de trop compris – les verres de cognac s'entrechoquaient encore dans son cerveau. Sous ses paupières brûlantes, elle avait l'impression d'exorciser un démon.

Quand Minna revint dans l'atelier, elle était totalement dégrisée.

Et le miracle s'était produit. Josef Krapp se tenait devant elle, sourcils et lunettes complétant le moulage.

– Vous ne lui ajoutez pas une barbe ?
– Je ne pense pas qu'il en porte. Le bas de son visage est intact : il n'a aucune raison de le cacher.

Minna était déconcertée. Sans masque, l'ancien soldat n'avait plus de visage. Mais avec, il n'en avait pas non plus. Sa figure était si banale, si ordinaire, qu'elle pouvait passer absolument inaperçue, dans une foule, un bureau, dans la nuit...

– C'est magnifique, murmura-t-elle, faisant référence au travail de l'artiste.

Kirszenbaum ne put cacher sa fierté.

– Je n'ai pas perdu la main ! fit-il en s'essuyant les doigts sur sa blouse. Vous n'aviez pas parlé de photos ?

Minna attrapa son sac et en sortit un Voigtlander Avus 9 × 12 à soufflet. Son deuxième trésor après sa Mercedes. Ils orientèrent les projecteurs vers la tête et cherchèrent la meilleure exposition.

Elle prit plusieurs clichés. Tout en appuyant sur le déclencheur, elle goûtait la subtile ironie de la situation. Elle était en train de prendre des photos d'un masque afin de pouvoir retrouver l'homme caché dessous.

Dans la villa de ses parents, elle possédait un laboratoire photo. Il lui restait encore quelques bidons de révélateur et d'acide acétique. Elle avait aussi conservé du papier argentique noir et argent. En moins d'une heure, elle pouvait préparer les bains, révélateur et fixateur, et réactiver tout son labo. Son but secret : développer les photos avant le réveil de Beewen...

Quand elle eut fini, Kirszenbaum, de son côté, avait déjà plié bagage : blouse, postiches, spatules, tout était dans sa petite valise. Il enveloppait maintenant la tête dans un torchon.

– Cadeau, dit-il en lui tendant l'étrange objet.

Minna ne sut quoi répondre. Il avait retrouvé son sourire narquois et elle avait déjà compris que ce bref moment de partage, au cœur de la nuit, entre une Aryenne et un Juif, était terminé.

– Gardez-la en souvenir, insista Kirszenbaum. Peut-être qu'un jour, quand tout ça sera fini, vous en rirez.

Elle saisit la tête, qui était moins lourde qu'elle ne l'aurait cru.
– Ça m'étonnerait.
– Moi aussi, sourit-il. En tout cas, nos routes se séparent ici. J'espère que vous attraperez votre tueur.
Elle aurait voulu trouver quelques mots de réconfort à son intention, mais franchement, rien ne lui vint.
Il sourit encore et lui pressa amicalement le bras.
– Retournez à votre cauchemar. Je retourne au mien.

## 74.

Devant la mairie du district de Reinickendorf, le long du Rathauspark, non loin du quartier de Wittenau, était érigé un monument dédié aux morts de la guerre 14-18. Traditionnellement, les anciens combattants choisissaient ce lieu pour défiler, avec la bénédiction des nazis, qui eux aussi utilisaient ce cénotaphe à des fins de propagande guerrière.

C'était une sorte d'arche en briques abritant un soldat solidement campé, qui exprimait une force et une agressivité impressionnantes – rien à voir avec un monument aux morts pleurnichard. L'ensemble avait un petit quelque chose d'oriental, d'ésotérique, comme si ce soldat de fonte, casqué et armé, était une divinité indienne ou un oracle perse capable de vous prédire des lendemains de fureur et de victoire.

Il était midi et le soleil frappait tout le quartier avec une égale violence : il n'y aurait pas de jaloux. Comme toujours, Simon Kraus se demandait ce qu'il foutait là. Beewen avait repiqué à son vice, organisant une nouvelle opération avec son équipe habituelle : Dynamo, son adjoint, Simon, sa mascotte, et ce jour-là Minna, dans le rôle de l'égérie.

Ils étaient passés le chercher à dix heures puis avaient roulé plein nord jusqu'à ce quartier d'usines et de terrains vagues, zone désolée où surnageaient tout de même le bâtiment flambant neuf de la mairie et cet étrange monument aux morts.

Avec ce soleil, et malgré la guerre en marche, de nombreux Berlinois devaient déjà se promener au Tiergarten ou se baigner dans les lacs qui entouraient la ville – mais pas eux. Eux, ils attendaient le défilé hebdomadaire des anciens combattants qui ce dimanche menaçait de casser la baraque, histoire de soutenir les forces vives de la nation qui marchaient sur Varsovie.

Encore une fois, Minna von Hassel avait été plus rapide, plus astucieuse que ses associés. Ce matin-là, chaque membre de l'équipe avait dans sa poche un portrait de l'assassin – de quoi le repérer parmi le cortège des gueules cassées.

Il y avait foule et Beewen, Simon, Minna et Dynamo s'étaient placés de part et d'autre de l'axe où allaient défiler les soldats d'hier, de manière à coincer Krapp quand il apparaîtrait.

Bientôt, une musique se fit entendre. Quelque chose de cuivré, de flûté, et en même temps scandé par des basses sourdes et lancinantes. Dans ses études sur les rêves, Simon Kraus avait consacré une place spécifique à la musique. Le monde des songes était-il sonore ? Dans certains cauchemars, oui, une musique dissonante, vicieuse, se faisait entendre. Une musique dans le genre de celle qui arrivait... Une fanfare jouant faux et mal, minée de bruits de ferraille, rythmée de *boum-boum* qui ne toléraient pas de discussion.

Simon reconnut *Erika*, la marche militaire du Troisième Reich. Ça changeait un peu de l'hymne officiel nazi, *Horst Wessel Lied*, une mise en musique d'un poème de Horst Wessel, un petit maquereau assassiné que le Reich s'obstinait à présenter comme un martyr politique.

Sous une floraison de drapeaux noirs et d'aigles agressifs, une force élémentaire avançait – une force malade. Simon reconnut d'abord les hommes de la NSKOV : uniforme de couleur bleue, chemise brune, cravate noire, casquette frappée de l'insigne de la *Nationalsozialistische Kriegsopferversorgung*, l'aide sociale aux anciens combattants, glaive à la ceinture...

Dans les films de propagande, les défilés nazis avaient toujours la même allure : beau, blond, costaud, chaque figurant semblait avoir été choisi par Leni Riefenstahl en personne. Dans la réalité, c'était différent. Simon ne voyait que des hommes malingres, des silhouettes atrophiées, des visages d'une laideur repoussante. N'en déplaise à Hitler, telle était la jeune garde SS : des adolescents nés dans la famine, de faible constitution et au regard débile. Ils étaient beaux, les Aryens...

Mais voilà les anciens du front...

Huit cent mille amputés, ça fait du monde. Heureusement, ils n'étaient pas tous là. Mais ceux qui avançaient formaient tout de même une sacrée masse. Une foule, une houle même, qui ne racontait qu'une chose : la souffrance.

D'abord, les hommes roulants. Des carrioles, des chaises, des tricycles, n'importe quoi pourvu que ça roule... Des hommes-troncs, mi-chair, mi-cycles, qui ne portaient pas les uniformes actuels, la fameuse garde-robe signée Hugo Boss, mais les vêtements de la Grande Guerre, couleur de boue et de défaite.

De l'autre côté de cette sarabande de roues grinçantes, de chaînes graisseuses, de moignons pendants, Simon apercevait Minna, cachée derrière ses lunettes noires et son inévitable béret. Un peu plus loin, Beewen, habillé en civil, son unique œil frémissant. Kraus se mordit la joue : cette fois, ils n'auraient pas droit à l'erreur.

Après les roues, les prothèses – ceux-là tenaient debout, mais étaient tout de même tronqués. Ils évoquaient des histoires de membres arrachés, sectionnés, amputés... Simon songea au tableau d'Otto Dix, *Les Joueurs de skat*, qui représentait de pauvres créatures bricolées, appareillées, jouant aux cartes en usant de leurs orteils.

Enfin, les «faciaux» apparurent. Simon se souvenait des photos qu'il avait aperçues aux archives de la NSKOV mais en vrai, c'était autre chose. La plupart cachaient leurs plaies. Bandeaux, pansements, foulards, parfois blancs, souvent noirs, zébrant leurs faces ravagées, voilant l'insupportable.

D'autres portaient des masques, comme Josef Krapp, et présentaient une meilleure apparence. Mais une fois les premières secondes passées, le malaise s'installait. Les figures étaient figées. Les chairs étaient sèches. Les yeux ne cillaient pas... Simon songeait à l'affiche de *Der Geist des Weltraums*. En un sens, eux aussi étaient des extraterrestres.

Soudain, la musique s'interrompit et les haut-parleurs prirent le relais pour donner des nouvelles. L'Angleterre venait de déclarer la guerre à l'Allemagne et la France n'allait pas tarder. Toutes les négociations avaient échoué. Le Führer bien-aimé partait aujourd'hui même sur le front...

À cet instant, Krapp apparut.

Pas besoin de sortir la photo de sa poche : elle était imprimée dans la tête de Simon. Le médecin-sculpteur ne s'était pas trompé de beaucoup : c'était bien le même visage. Une figure tristement banale, et en même temps pétrifiée comme un masque mortuaire. Ses traits communs mais légèrement détraqués (l'œil de verre brillait anormalement derrière les carreaux des lunettes, les sourcils ressemblaient à du crin de cheval) pouvaient faire illusion à condition de ne pas regarder trop près.

Par réflexe, Simon lança un regard à Minna et à Beewen : ils l'avaient repéré eux aussi. Il pouvait sentir dans ses nerfs leur propre excitation – et c'était sans doute la même chose pour Dynamo, qui était de son côté, mais qu'il avait perdu de vue.

Krapp arrivait maintenant à leur hauteur. Beewen semblait s'interroger : lui sauter dessus, là, tout de suite ? Simon fulminait. Pourquoi cet idiot s'était-il vêtu en civil ? En uniforme, il aurait pu intervenir. Ses galons auraient fait autorité. Ou du moins lui auraient laissé le temps de s'expliquer. Mais en civil ? Le service d'ordre le matraquerait sur-le-champ, ou même l'abattrait – on n'était plus à ça près en 1939...

Beewen bondit mais Josef Krapp avait déjà disparu, comme dissous parmi les monstres et les automates du défilé. Sans réfléchir, Simon se précipita lui aussi, fendant les rangs des défigurés. Des masques tombèrent, dévoilant des visages sans mâchoire ni menton. Le psychiatre voulut crier mais une autre gueule, aux plaies violacées et bourgeonnantes, lui coupa la chique. Il tomba. Un genou à terre, tête baissée, il voyait des figures basculer sur lui, des yeux de bois rouler dans la poussière.

Soudain, une main puissante le saisit par le col et le souleva comme s'il avait été un lièvre, et tout chavira autour de lui. Il mit une seconde à voir qu'on tendait, à la manière d'un flambeau, une médaille de la Gestapo pour se frayer un chemin. Une autre seconde pour réaliser que c'était Dynamo en personne, rouge comme une brique, qui le poussait parmi les rangs apeurés du public violenté par le soleil.

Quelques secondes encore et ils furent hors de la plèbe, à courir après Beewen et Minna, qui eux-mêmes poursuivaient Josef Krapp.

Alors, la voix s'éleva dans l'air ensoleillé. La voix rugissante du Führer, radiodiffusée aux quatre coins de la place :

« NOUS AVONS TOUT TENTÉ POUR ÉVITER LA GUERRE... »

## 75.

Krapp courait maintenant à travers le terrain vague vers les voitures stationnées à l'autre bout de l'esplanade – avait-il un véhicule ? Sur ses pas, Beewen gagnait du terrain. Derrière lui, Minna trottinait comme une gerbille. Restaient les outsiders : Dynamo et Simon, pas bien hauts ni l'un ni l'autre, cavalant tête baissée, l'un façon sanglier, l'autre plutôt dans le style pelote basque.

Au-dessus d'eux, comme le vol d'un oiseau de mauvais augure, planait la voix du Führer :

« L'ANGLETERRE A REFUSÉ TOUTES NOS PROPOSITIONS... »

Simon n'était plus qu'à quelques mètres de la route. Krapp

venait de passer la ligne des voitures. Beewen et Minna se glissaient entre les pare-chocs. Quand Kraus et Hölm y parvinrent à leur tour, ils étaient dans le même état : à bout de souffle, en train de brûler sur pied, noyés dans leur propre sueur.

Soudain, dans un nuage de poussière, une ambulance fonça sur eux. Ils n'eurent que le temps de s'écarter. Levant les yeux, Simon aperçut le visage rigide au volant – Josef Krapp sans voilette.

« L'ALLEMAGNE NE PEUT PLUS SUPPORTER DE TELLES HUMILIATIONS ! »

– Ma voiture ! hurla Minna.

Les autres se regardèrent – Beewen, courbé en deux, rengainant à l'aveugle son Luger, Dynamo, tombé le cul par terre, à bout de souffle, Simon, interrogeant le ciel, la lumière, l'instant, sur la décision à prendre. Sans se concerter, ils pivotèrent et se remirent à courir sur les traces de Minna.

Ils furent arrêtés, le long des véhicules, par des soldats – on ne perturbait pas ainsi impunément la parade des anciens. Brandissant sa médaille de la Gestapo, Beewen se mit à vociférer des ordres, ou des insultes, Simon n'était pas sûr. Il ne comprenait rien à cet allemand de combat, braillé en lettres gothiques. Les troufions reculèrent et ils purent reprendre leur course.

« L'ALLEMAGNE NE SE LAISSERA PAS DICTER SA LOI PAR DES PAYS ÉTRANGERS ! »

Toujours la voix gutturale d'Hitler, qui éructait plus qu'il ne parlait, vomissait plus qu'il ne pensait...

Quand ils rejoignirent Minna, elle avait déjà mis le moteur en marche. Ils bondirent à l'intérieur et virent passer la mairie de Reinickendorf, flanquée de son beffroi au toit vert-de-gris.

– J'ai dû rater un épisode, dit Simon, assis à l'arrière. Où on va ?

– Aucune idée, répliqua Beewen.

– Moi, je sais, cingla Minna, en pilant devant la gare de Wittenau.

L'ambulance de Krapp y était garée de travers. Un train s'en allait.

– Il est monté, assura la jeune femme. Cette ligne va directement à la gare de marchandises d'Eberswalder Straße, près de la Gesundbrunnen. Avec un peu de chance, il ne sautera pas en marche et on pourra le choper à l'arrivée.

« NOTRE FORCE DE FRAPPE EST REDOUTABLE. NUL NE PEUT… »

Sans doute n'étaient-ils pas convaincus mais personne n'avait de meilleure idée. Minna repartit à fond. Ils roulèrent ainsi, cramponnés comme ils pouvaient, les crissements de pneus et les furieux coups de klaxon de Minna faisant office de bande-son. Elle roulait parfois sur les trottoirs, parfois à contresens, mais sans jamais ralentir.

Chacun dans l'habitacle ruminait la même pensée : il n'y aurait pas de troisième chance. Ils l'avaient manqué à la Meyers Hof. Ils l'avaient raté à Wittenau. La gare de marchandises serait leur baroud d'honneur.

Ils s'engageaient maintenant sur un pont en ferraille. Berlin Nordbahnhof offrait une plaine lacérée de rails qui devaient s'étendre de la Bernauer Straße jusqu'au Ringbahn, une autre ligne qui tournait autour de la ville comme un anneau de Saturne.

– Le train arrive, avertit Minna, qui avait stoppé la voiture sur le pont.

Les quatre paires d'yeux se braquèrent sur l'immense réseau de rails et de wagons – seule, une rame était en mouvement, lourde, lente, à l'extrême gauche du tableau. C'était bien le train qui leur était passé sous le nez à Wittenau, certains de ses wagons étaient peints en rouge et des voitures-citernes portaient les initiales KAT.

Minna redémarra sur les chapeaux de roues. Au sortir du pont, elle braqua à droite et prit une route pavée qui descendait en pente raide jusqu'à la gare de triage. Dans la Merco, chacun s'accrochait. Les cahots de la route les secouaient comme des dés dans un gobelet.

Minna ne lâchait pas sa vitesse. Simon ignorait que la petite von Hassel se prenait pour Bernd Rosemeyer. Zigzaguant parmi les voitures et les chariots, la psychiatre fonçait, le poing sur le klaxon. Maintenant, il s'agissait de survivre dans cette poursuite qui virait à la course d'obstacles. Des cheminots s'écartaient en hurlant, des chevaux se cabraient en hennissant, Minna braquait, contre-braquait, accélérait, tout ça dans un poussier épouvantable.

Simon mit un certain temps à saisir ses intentions – au-delà des rames à l'arrêt et des locomotives stationnées, elle suivait du regard le convoi aux voitures rouges qui avançait toujours. Si elle parvenait à maintenir sa trajectoire, ils pourraient cueillir Krapp à sa descente du train.

Minna ne cherchait même plus de passage et traversait directement les rails dès qu'elle découvrait un espace entre les wagons, sautant lourdement au-dessus des voies pour s'écraser en dérapant sur le ballast.

Enfin, ils parvinrent à hauteur de la rame, qui progressait maintenant au pas et allait bientôt frapper le heurtoir. Un sifflement retentit – un chef de gare invisible gérait la manœuvre. Minna pila. En un seul mouvement, les quatre membres de l'équipée sortirent de la voiture. La locomotive les surplombait, noire, énorme, drapée dans de longues écharpes de vapeur blanche.

D'un signe, Beewen ordonna à Simon et à Dynamo de passer de l'autre côté afin d'inspecter le flanc opposé. Ils se mirent à remonter le train au pas de course, arme au poing, guettant l'assassin.

Simon se disait encore que tout ça ne rimait à rien. Krapp avait pu sauter en marche avant la gare, ou au tout début de la station, à plusieurs kilomètres de là. Il pouvait aussi rester terré dans un des wagons – au bas mot, la rame en comptait une trentaine. Peut-être même n'était-il jamais monté dans ce convoi.

Soudain, un éclat jaunâtre trancha les nuages de vapeur. Une détonation claqua aussitôt après. Ou bien avant. Les sensations étaient si violentes que l'esprit de Simon ne s'y retrouvait pas.

Il appela Hölm. Pas de réponse. Il ne voyait rien. La vapeur. Les larmes. L'état de choc.

Il buta contre un corps. Hölm se tenait recroquevillé entre les traverses, plié en deux, les mains serrées sur le ventre. Simon s'agenouilla et ouvrit sa vareuse. Une balle l'avait atteint au flanc gauche. Il ôta son blouson et pressa le tissu contre la blessure.

– C'est grave ?

Beewen venait de jaillir entre deux wagons.

– Faut appeler des secours.

– Où est ce salopard ?

Simon tourna machinalement la tête vers le terrain vague qui s'ouvrait sur leur gauche. Un homme en uniforme courait à toutes jambes. De loin, il ressemblait à un « virevoltant », ces plantes sèches qui roulent sans fin dans le désert.

Minna les rejoignit. Elle voulut prêter main-forte à Simon mais Beewen ne lui en laissa pas le temps.

– Retourne à la bagnole, ordonna-t-il en lui lançant sa médaille de la Gestapo. Contourne la gare, préviens des schupos sur ta route et rejoins-moi à la station Eberswalder Straße. Cette fois, il ne nous échappera pas.

Simon vit disparaître Minna entre les tampons et les crochets de l'attelage, tandis que Beewen partait dans le sens opposé. Il baissa les yeux vers Dynamo, cherchant dans son regard une réponse.

– Vas-y ! murmura le gestapiste.

Simon se releva et partit à fond sur les pas de Beewen. Il ne comprit ses ordres qu'en arrivant à la station. La ligne de métro, la U-Bahn 2, était aérienne et offrait au regard une gigantesque structure en arches. Un pont bow-string visible des quatre coins du quartier – Minna n'aurait aucun mal à repérer Krapp... s'il prenait bien cette direction.

Il rattrapa Beewen au pied des colonnes du viaduc. Au-dessus de leurs têtes, le métro passait dans un raffut de tremblement de terre. Les voitures jaunes évoquaient un trait de soleil compact

et dense, une masse d'étoiles en fusion emportée par son propre élan.
— Et maintenant ? Qu'est-ce qu'on fait ?
— Là-bas.

Simon tourna la tête et vit Josef Krapp, en tenue d'apparat, qui montait les escaliers menant à la plateforme. Son visage — son masque — apparaissait dans toute sa fixité. Simon et Beewen connaissaient la figure d'origine du soldat, ou plutôt ce que la guerre en avait laissé. Le masque lui donnait un air de terreur différent. Une apparence figée, hautaine, inhumaine.

Ils coururent vers l'entrée de la station — Minna ne serait pas de la fête. Beewen lui ayant donné sa médaille, il dut parlementer avec les contrôleurs. Sa gueule était son meilleur atout, les gars de l'U-Bahn se laissèrent convaincre.

— Maintenant, pas de conneries, ordonna-t-il entre ses lèvres serrées, légèrement rentrées dans une expression de fureur. Tu prends la plateforme de gauche, moi celle de droite. Je le veux vivant, je...

Le grondement au-dessus de leurs têtes annonçait l'arrivée d'une nouvelle rame. Ils s'élancèrent, chacun de leur côté, grimpant les marches quatre à quatre. Simon sentait son Luger dans sa poche cogner contre sa hanche. Il entendait aussi résonner la dernière phrase de Beewen : «Je le veux vivant.» Il en avait de bonnes...

Sous la voûte boulonnée du quai, les Berlinois entraient dans les voitures ou en sortaient. Beaucoup d'uniformes : en ce beau dimanche, Berlin regorgeait d'officiers sur leur trente et un. Simon aperçut Krapp qui montait, à deux cents mètres de là. Il n'eut que le temps de s'engouffrer dans la première voiture qui se présentait. Où était Beewen ?

À cet instant, à travers la vitre du wagon, une scène lui coupa le souffle. Sur le quai d'en face, en dépit d'un convoi qui arrivait en sens inverse, le gestapiste venait de se jeter dans la fosse et traversait les rails. La lumière de la verrière semblait le surexposer, l'isoler dans une blancheur irréelle.

On repartait déjà. Simon avait toujours le visage collé contre la vitre. Il ne voyait plus rien, sinon la rame opposée faire son entrée en gare. Beewen avait-il été écrasé ? Avait-il réussi à s'accrocher à la voiture de queue ? Simon devait rejoindre Krapp, un point c'est tout. Peut-être pourrait-il se contenter de le suivre à bonne distance, sans se faire remarquer.

Il remonta les bancs en jouant des coudes. Il se prenait dans le visage les dos, les épaules, et dans les narines les effluves d'aisselles de tous ceux qui se cramponnaient, bras levé, aux poignées. *Maudit soit le monde des petits...*

Parvenu au bout du wagon, il saisit la poignée de fer, ouvrit le sas et affronta le fracas du dehors. Le bruit des structures bringuebalantes lancées à pleine vitesse était assourdissant. Il passa et referma la porte avec son dos.

De nouveau, il se poussa de l'avant à travers une foule de plus en plus compacte, de plus en plus puante. Il allait atteindre l'extrémité du wagon quand le métro s'arrêta dans un sifflement de furie. Les panneaux sur le quai le renseignèrent : Schönhauser Allee.

Les sièges se vidèrent et Simon franchit un nouveau sas. Les portes de la rame se refermaient déjà. Selon ses calculs, Krapp était dans la voiture suivante. Il devait maintenant redoubler de prudence. Il avança, essayant de conserver son équilibre, s'accrochant aux poignées et se concentrant sur la vitre du fond. Encore un palier et...

La porte s'ouvrit, pétrifiant Simon en plein élan. Josef Krapp était là, le visage immobile, mais la bouche haletante, baveuse. Beewen avait donc réussi à grimper à bord. Il avait été plus rapide que lui et avait remonté tous les wagons jusqu'à acculer le fuyard.

Krapp tenait son Luger pointé vers le sol mais le brandit dès qu'il reconnut Simon. Sans hésiter, il tira, indifférent aux passagers et à leurs hurlements. Simon s'écroula – il s'était laissé tomber par pur réflexe, il n'était pas touché. Il se glissa derrière les bancs de bois et réussit à sortir son arme. Il se souvint du mécanisme du Luger et fit monter une balle d'un coup sec.

Le temps que le canon claque sur la munition, une ombre le couvrait. Il leva les yeux : Krapp au-dessus de lui, prêt à tirer le coup de grâce. Il ferma les yeux. Pas de détonation. Au lieu de ça, un hurlement de bête. Quelque chose d'aigu, de viscéral et d'effrayant.

Il dut ciller plusieurs fois pour se persuader de ce qu'il voyait : Beewen venait de plaquer Krapp face contre la vitre et tentait de le désarmer. Dans la bousculade, le masque du tueur s'était arraché, révélant un cratère organique cerné par des chairs mal ramifiées.

Mais le pire fut ce que Simon comprit, ou crut comprendre : Krapp ne hurlait pas par la bouche mais par le trou de sa figure. Le mugissement s'échappait de ces cartilages à nu, de cette bouche d'ombre située au-dessus de ses lèvres.

Krapp tira. La balle alla se perdre dans le plafond. Les passagers rampaient, se cachaient sous les sièges avec des couinements d'animaux paniqués. Simon se demandait s'il devait intervenir, mais le duel entre le géant et le monstre appartenait à une dimension qui lui était inaccessible, Thésée contre le Minotaure, Persée contre Méduse... Pas moyen d'y glisser ne serait-ce que le petit doigt.

Nouveau coup de feu. Cette fois, Beewen parut reprendre son élan, ou son souffle, et se mit à cogner la vitre avec la tête défigurée de Krapp/Hoffmann. Il semblait vouloir briser le verre à l'aide de ce crâne et c'est ce qu'il parvint à faire.

La vitre explosa, le visage disparut, une rafale striée de lumière et une longue giclée de sang vinrent achever l'instant, tout ça dans un brutal déchaînement de bruit et de vent.

À l'instant où la tête de Krapp traversait la paroi, une rame arrivant à pleine vitesse en sens inverse, direction Pankow, avait décapité l'assassin et mis fin, façon couperet, à l'enquête sur les Dames de l'Adlon.

## 76.

Une fois chez lui, Simon Kraus se rendit compte qu'il était couvert de sang.

Il ne savait pas comment il était parvenu à rentrer – en taxi, sans doute. Il se souvenait tout juste que Beewen l'avait éjecté de la rame à la station suivante en lui murmurant : « Disparais. » Le bon gestapiste souhaitait assumer seul les conséquences du carnage de la matinée. *Grand bien lui fasse.*

Dans un état proche de la transe, Simon avait donc retrouvé son cabinet. D'un pas mécanique rappelant les ouvriers du *Metropolis* de Fritz Lang, il s'orienta vers la salle de bains, s'accroupit dans la baignoire et ouvrit le jet de la douche. Il mit plusieurs minutes à se rendre compte qu'il avait oublié de se déshabiller.

Il se remit debout, toujours sous l'eau crépitante, et retira avec grande difficulté son costume – un drape cut en lin foutu pour de bon. Nu, il se rassit au fond de sa baignoire, comprenant qu'il ne valait pas plus cher que ces pauvres aliénés qu'on laissait des journées entières dans une flotte tiédasse et souillée.

Ce fut le manque d'eau qui l'arrêta.

Il sortit de son sarcophage et attrapa un peignoir. Il n'avait plus qu'une envie : dormir. Sans rêves ni électrodes. Simplement s'assommer avec quelques heures de coma. Qui sait, peut-être que ce gouffre noir effacerait, ou du moins atténuerait, la violence de ce qu'il venait de vivre.

C'est en fermant les yeux qu'il réalisa que ses paupières étaient brûlantes. Non, pas ses paupières : son cerveau, ses pensées. C'était comme si elles lui remontaient par les yeux, chauffées par la fièvre et la peur. Il tint bon. Il avait souvent pratiqué l'autohypnose. Encore un truc de maître Sigmund.

Il finit par s'endormir, et rapidement encore, mais la sonnette de la porte retentit. Il ouvrit les yeux, éprouvant cette stupeur étrange que confère un réveil soudain. Un bref instant, il avait tout oublié, l'enquête, les Dames de l'Adlon, Krapp décapité, mais le temps qu'il se lève, les souvenirs terrifiants revenaient déjà.

Il serra la ceinture de son peignoir et s'achemina vers la porte. Il n'attendait personne. Quelques pas encore suffirent à faire jaillir un tas d'inquiétudes. Tout ce qu'il obtint fut un uniforme noir. Un beau tissu prussien, sombre comme de la gouache, profond comme un velours. Simon Kraus souffla – Beewen lui avait déjà fait le coup et il n'était pas d'humeur à répondre à la moindre question.

L'homme, qui était accompagné de deux gaillards du même style, tendit sa médaille. Simon ne prit même pas la peine de la regarder.

– Hauptsturmführer Grünwald, annonça le visiteur, Geheime Staatspolizei. Vous êtes en état d'arrestation.

– Pardon ?

– Ne faites pas d'histoires. Habillez-vous.

Alors seulement, Simon considéra le visage de l'homme. Une figure longue comme une pierre à aiguiser, des moustaches effilées qui lui remontaient en virgules jusqu'aux pommettes. Il n'avait pas le physique de l'emploi. Plutôt celui d'un danseur mondain de la Belle Époque.

– Vous pouvez me dire au moins ce qu'on me reproche ?

– Change-toi. On n'a pas le temps.

– C'est mon droit de...

– Tu es accusé des meurtres de Susanne Bohnstengel, Margarete Pohl, Leni Lorenz. Ça te va comme ça ?

– Quoi ? Mais...

Grünwald lui balança de toutes ses forces une gifle qui le propulsa contre ses cadres de Paul Klee. Les lèvres en sang, Simon partit dans sa chambre et s'exécuta. Impossible d'ordonner ses pensées. Il se dit que le nom de Beewen aurait toutes les vertus. Il leur expliquerait leur erreur, il...

Dans l'entrée, il retrouva les trois lascars, dont le chef, les

mains dans le dos, semblait apprécier les esquisses de Klee. Il n'avait pas l'expression d'un connaisseur, plutôt celle d'un prédateur qui se réjouit de son butin à venir.
– L'Hauptsturmführer Franz Beewen va tout vous expliquer, murmura Simon.
Le gestapiste éclata de rire.
– Qu'est-ce qu'il y a de drôle ?
– Toi. Lui. Vraiment, vous me faites ma journée, Herr Simon Kraus !

# 77.

– On a dénombré une vingtaine de blessés – parmi des mutilés de guerre, il faut le faire. Différents commerces et boutiques ont été endommagés – et je parle de magasins allemands, pas juifs. On compte aussi du matériel public, propriété du Reich, détérioré. Sans parler de la destruction des équipements de l'U-Bahn.
L'Obergruppenführer Perninken reprit son souffle. Avec son teint rose, ses sourcils en traits de fusain et son crâne nu, il avait une tronche de dessin d'enfant. Debout face au bureau, Beewen avait l'air d'un coupable dans le box des accusés.
– Et derrière cette longue suite de problèmes, qui trouvons-nous ? Vous.
– Obergruppenführer…
– Fermez-la. Nous sommes une puissance au-dessus des lois, au-dessus du peuple, au-dessus de l'économie. Nous sommes l'ordre et l'autorité. Si nous sommes certains de notre cause, c'est-à-dire la protection de la patrie, nous pouvons tout nous permettre. Mais de quelle cause s'agit-il ici au juste ?
Beewen déglutit et se risqua à glisser une réponse :
– L'assassin des Dames de l'Adlon a été neutralisé.

– Je n'ai entendu parler que d'un handicapé, un pauvre malheureux défiguré, victime de la Grande Guerre, que vous avez décapité en le projetant sur les voies de l'U-Bahn.
– Obergruppenführer…
– J'ai les gars de la NSKOV sur le dos, qui prétendent que vous avez brutalisé des anciens combattants, des infirmes, des estropiés. J'ai aussi les chefs de la SA en charge du service d'ordre du défilé – vous auriez frappé leurs membres. J'ai la police de la route qui s'est manifestée – votre course-poursuite a créé des problèmes de trafic – et la police ferroviaire qui estime que vous avez enfreint la loi de multiples façons sur son territoire. Je continue ? Même des particuliers ont osé monter au créneau et demander des indemnités. À la Gestapo !

Perninken soupira et glissa ses pouces dans sa ceinture.

– Vous pouvez vous vanter d'avoir mis tout le monde d'accord. Ils veulent votre tête.

*Pour l'instant, aucune mention de Simon et de Minna. Toujours ça de gagné.*

– Obergruppenführer, attaqua-t-il, tout porte à croire que Josef Krapp était bien notre homme. En réalité, il s'appelait Albert Hoffmann et…

– Où sont vos preuves ? Quand les meurtres se succèdent et qu'on provoque un bordel comme aujourd'hui, il faut posséder du concret, du solide…

– J'en ai plus qu'il n'en faut, Obergruppenführer.

Le bluff, seule porte de sortie possible.

– Je l'espère pour vous. Comment va Hölm ?

– La blessure est superficielle. Selon les médecins, il s'en remettra rapidement.

Bref silence, de nature menaçante. Beewen sentait qu'il allait s'en prendre encore une sur la gueule.

– Qui est la femme ?
– Quelle femme ?
– Ne jouez pas au con, Beewen. Qui conduisait la Mercedes ?
– Une conseillère.

– Une conseillère ? répéta Perninken en se levant. (La colère revenait lui chauffer le sang. Son visage rose prenait la teinte d'une betterave bien juteuse.) Vous vous croyez où ? Dans une commission d'experts ?
– Elle est médecin. Elle m'a apporté son avis dans le cadre de l'enquête.
– Et vous m'apprenez ça maintenant ?
– Ses conseils n'ont porté leurs fruits que ces derniers jours.
– De quel genre de médecin s'agit-il ?
– Une psychiatre.
Perninken grimaça.
– On m'a aussi parlé d'un homme de petite taille.
– Un autre conseiller, psychiatre lui aussi.
– Qu'est-ce que c'est que ce cirque ?
Beewen vit que Perninken tenait devant lui le dossier des Dames de l'Adlon. Dans une situation telle que celle-ci, une seule solution, l'attaque.
– Obergruppenführer, murmura-t-il en se penchant vers le bureau, on n'arrête pas ce genre d'assassins avec l'aide des SA et quelques pistolets rouillés.
Perninken leva les yeux.
– J'attends votre rapport demain première heure.

## 78.

Beewen appela son chauffeur et fila à l'hôpital de la Charité où Hölm avait été transféré. Quelques mots dans un couloir très blanc suffirent à le rassurer. Dynamo avait été opéré et était encore inconscient. Mais le toubib semblait optimiste – cette vieille barrique s'en sortirait.

Beewen tourna quelques idées dans sa tête comme un croupier lance sa roulette et dut se rendre à l'évidence : ni rouge ni noir, ni pair ni impair, son après-midi s'achevait en forme de néant. Son seul programme était de rentrer au bureau, de s'enfermer et de noircir des kilomètres de paperasse afin de tenter d'expliquer en quoi le chaos de ce matin-là était un succès.

Très peu pour lui.

Pas question de prendre racine devant sa machine comme un bureaucrate à tête de mort – ce qu'ils étaient tous. Il confierait cette tâche à Alfred, mais seulement quand il aurait les idées assez claires pour tout lui expliquer.

Il retourna à sa Mercedes, vira son chauffeur d'un coup de pied au cul – il était désormais certain que cet esclave était une taupe de Perninken – et mit le cap vers la villa des von Hassel. Après tout, Minna lui semblait la meilleure partenaire pour boire un coup et affronter, droit dans les yeux, les innombrables questions qui se posaient encore.

Il sonna, frappa, fit le tour de l'hôtel particulier. Minna était partie, sans doute à Brangbo. Il prit la route, d'humeur joyeuse. Le crépuscule baignait sa course dans un lac de sang tiède. Il avait laissé la Mercedes décapotée. Le vent, la chaleur... Cette expédition solitaire (sur une autoroute construite par la famille von Hassel) lui rappelait un long coup de ciseaux dans une toile écarlate, quand la trame du tissu capitule face au métal. Il était la lame argentée. L'éclair dans le magma pourpre.

Un soir d'été à la Beewen, avec encore du sang sur les mains, où l'on s'arrêtait dans un champ pour se changer, jeter son uniforme maudit et retrouver visage humain. Il fourra ses frusques militaires et son arme dans le coffre, éprouvant un étrange soulagement.

Il respira à pleins poumons l'odeur de terre et d'engrais qui l'entourait et en tira – c'était rare – une vraie jouissance. Pas celle du souvenir, certainement pas, mais celle de la libération, du simple grand air. C'était bon de se sentir minuscule, maillon d'une chaîne qu'on ne comprenait pas, et non plus rouage d'un système sinistre qu'on comprenait trop bien.

Il repartit dans un tourbillon de poussière. Il avait acheté une bouteille de cognac, concession honteuse au vice de Minna, mais sans la moindre arrière-pensée. D'abord, à ce petit jeu, la jeune femme le battrait largement et il serait le premier à rouler sous la table. Ensuite, s'il devait un jour se passer quelque chose avec elle, ça ne serait pas dans cet horrible asile ni à proximité de la cellule de son père.

Parvenu aux abords de Brangbo, une autre odeur familière le saisit, celle de l'écobuage. À la fin de l'été, les paysans avaient coutume d'arracher les herbes sèches et de les brûler avant de répandre leurs cendres sur la terre pour l'enrichir.

Beewen aimait ce parfum, non pas celui de la destruction, mais au contraire celui d'une promesse de fertilité. À chaque fois, il en frissonnait. Il y voyait une sorte de condensé des nombreuses sensations que la nature pouvait lui offrir, réunies et exacerbées dans ce brasier. Ça vous passait dans le sang, ça vous serrait la gorge et vous donnait envie de hurler d'allégresse. Un vrai feu de joie.

Très vite, il distingua dans cette odeur, densifiée encore par la vitesse (elle lui giflait la face, lui montait à la tête comme un sniff d'éther), des relents qui n'avaient rien à faire là. Goudron fondu, pierre calcinée, kérosène, et même puanteur de chair grillée...

Il accéléra en réalisant que le crépuscule était en train de s'épaissir – sa couleur rouge devenait un pigment sombre, compact. Quand il atteignit la petite route qui menait à l'institut, il n'eut plus de doute : c'était l'asile qui brûlait.

## 79.

Les bâtiments étaient presque complètement consumés. Les toitures avaient sombré, les embrasures des fenêtres, éclaté, les murs semblaient avoir coulé comme des flots d'asphalte. Les derniers craquements à l'intérieur de l'enceinte évoquaient des luttes intestines, quelque chose de violent et de très privé qui se déroulait au-delà du regard.

À cent mètres de là, on pouvait à peine respirer. Des nuages épais aux plis sombres s'élevaient lentement et donnaient l'impression que le parc de l'asile était devenu une gigantesque marmite nauséabonde, d'où s'échappaient les vapeurs d'une substance toxique. La nébuleuse noire montait à l'assaut du ciel rouge et... c'était magnifique.

Beewen connaissait le feu. Des baraques de suspects, des immeubles de Juifs, des synagogues, il en avait cramé des tas. À commencer par le Reichstag lui-même, qu'il avait allumé bille en tête. Il pressentait que cet incendie n'était pas un accident. Il y avait eu ici plusieurs départs de feu, simultanés et raisonnés, qui n'avaient laissé aucune chance ni aux bâtiments ni à leurs occupants.

Sans parler de son père (il n'avait déjà plus d'espoir de le retrouver vivant), il imaginait ces pauvres diables, qu'il avait fini par reconnaître et même par aimer, se tordre dans les flammes, cuire dans leur camisole, hurler derrière leurs barreaux. Le summum de l'abjection. S'attaquer aux plus faibles parce que, justement, il s'agissait des éléments déficients de la société.

L'avant-bras plaqué sur la bouche, il avança dans la cour. Ce qu'il découvrit le bouleversa. Des sœurs, noircies de la tête aux pieds, couraient en portant des seaux, des infirmiers chancelants vomissaient, asphyxiés par les miasmes. Pas l'ombre d'un malade dans le potager carbonisé. La scène se passait de commentaire. Ne restait que la carcasse des édifices près de s'effondrer et bouillonnant de fumée. Et cette odeur de cochon cuit qui saturait l'air du soir...

Il repéra Albert, prostré sur les marches d'une serre dont les vitres avaient explosé.

– Qu'est-ce qui s'est passé ?

L'infirmier se tourna vers lui sans paraître le reconnaître. Ses yeux cernés de suie lui donnaient l'air d'un acteur de film muet.

– Putain, dis-moi ce qui s'est passé !

La dernière façade de la serre s'effondra, se mêlant au ruissellement de verre qui cernait l'abri.

– Ils sont arrivés en début d'après-midi... Ils étaient une trentaine... Des camions à plateforme, des voitures, des side-cars, des chiens... Beaucoup de chiens... Ils ont enfermé tous les malades... Ils avaient des lance-flammes...

– Les soldats, à quoi ils ressemblaient ?

– À vous.

Beewen voulut le rappeler à l'ordre mais un paquet de fumée s'engouffra dans sa gorge et le fit simplement tousser.

– Ils étaient en civil ?

L'autre acquiesça de sa tête pantelante.

– Des gueules à uniforme... sans uniforme.

Beewen baissa les yeux sur ses propres vêtements, pitoyable déguisement pour cacher ce qu'il était vraiment. Un de ceux qui étaient venus l'après-midi, capables d'arroser au lance-flammes des gars en camisole ou coincés dans des baignoires fêlées.

– Après ?

– C'est tout. Ils ont empêché les malades de sortir pendant que tout brûlait. C'était... comme une exécution.

Beewen imaginait les gars armés de leurs Flammenwerfer 35, un nouveau modèle qui allait sans doute faire des ravages durant la guerre à venir. Il les voyait, oui, avec leurs deux réservoirs sur le dos (l'un pour le combustible, l'autre pour le gaz propulseur), braquant leur buse hurlante crachant à plus de vingt mètres de distance une mort portée à plus de mille degrés.

– Mon père ?

Albert désigna l'établissement central, dont les fenêtres bavaient encore une salive noirâtre. Les derniers fragments étaient entrés en combustion lente. Parfois, d'une porte, d'une fenêtre, des fragments calcinés s'envolaient puis retombaient en longues traînées d'étincelles.

– Donne-moi d'autres détails, insista-t-il comme quelqu'un qui fourrage sa propre blessure.

L'infirmier baragouina quelques mots à propos d'une moto.

Puis les choses se précisèrent : le chef était un homme roux, d'une cinquantaine d'années, passager d'un side-car, qui observait la scène pendant que son pilote faisait des tours dans le patio.
Mengerhäusen.
Se complaisant dans un cynisme lugubre, Beewen ne put s'empêcher de rire à l'idée de la pauvre Minna qui redoutait une opération secrète. Mais le nazisme n'avait pas besoin de programme occulte ni d'actions masquées pour éliminer les parasites de son territoire. Il lui suffisait d'envoyer une bande de soudards pour tout détruire. Il serait facile ensuite d'évoquer un accident, un sabotage, une faute professionnelle.
C'était Perninken qui l'avait dit : « Nous sommes une puissance au-dessus des lois, au-dessus du peuple, au-dessus de l'économie. Nous sommes l'ordre et l'autorité. Si nous sommes certains de notre cause, c'est-à-dire la protection de la patrie, nous pouvons tout nous permettre. » Le nazisme était juge et partie, le moyen et la fin.
On ne pouvait survivre à ce système qu'à une seule condition, respecter les règles du souverain et ne jamais le provoquer. Telle avait été son erreur : Beewen avait frappé Mengerhäusen, il l'avait menacé, il avait commis un crime de lèse-majesté – c'était lui, et lui seul, le responsable de ce désastre.
Il chercha du regard Minna. Il ne voyait que les bonnes sœurs qui continuaient à se démener, des infirmiers hagards à la blouse souillée et quelques malades agonisant parmi les herbes.
Enfin, il la repéra, recroquevillée dans sa brouette comme une élève punie dans un placard. Ton sur ton, elle ressemblait à un paquet de haillons qu'on porte à bouillir. Même son visage charbonné ne se distinguait plus de ses vêtements gris.
Il s'approcha. Elle ne pleurait pas. Elle avait le visage aussi sec que les murs qui s'effondraient derrière eux. Ses yeux noirs, mouillés malgré l'âcreté de l'air, étaient exorbités dans son visage maculé. Des yeux de nègre, effarés, sidérés, sans la moindre connexion avec le monde qui l'entourait.

Ironie de la scène, elle fumait une cigarette, dos tourné à l'autodafé.
– Minna...
Pas de réponse.
– Minna, je suis désolé.
Elle leva les yeux, comme si elle se souvenait, non pas de lui, mais de sa propre existence à elle.
– Mengerhäusen..., murmura-t-elle. Il m'a dit en partant : « Tu peux remercier ton ami Beeween. »

80.

Il ôta ses chaussures et celles de Minna, des espèces de ballerines à talons courts, comme on dit pour une arme : un canon court. Il ne trouva pas la lumière, mais la lune dehors les éclairait suffisamment – les espaces, les meubles couverts de housses, les baies qui encadraient les jardins taillés et les sculptures incompréhensibles, tout était dessiné avec précision, à la craie bleue.
Ils montèrent l'escalier. Beewen d'un pas ferme, soutenant Minna qui glissait, effleurant chaque marche de ses pieds nus. Entre ses bras, elle était aussi molle qu'une poupée de son, et à peine plus lourde.
Il la poussa dans la première salle de bains venue et, sans pudeur aucune, ni même la moindre idée de pudeur, la déshabilla. Il ne prêtait aucune attention à ce corps frêle, presque squelettique. Il remarquait plutôt les détails luxueux du décor – carrelage noir et blanc, robinetterie stylisée, sans doute en cuivre mais qu'il voyait, lui, avec ses yeux de péquenaud, en or, serviettes si épaisses que chez lui on appelait ça des couvertures...
Dans la baignoire, il la doucha comme on rince une tenue de plongée imprégnée d'eau de mer. Sa peau grise de scories

retrouva sa blancheur naturelle, mais pas son éclat. Minna lui faisait penser à une sculpture en verre dépoli. Une transparence opaque qui semblait abriter une vie secrète, étouffée. Et pourtant coriace, obstinée.

Il frottait sec, se concentrant sur les taches de suie qui résistaient. Le corps de Minna n'était ni décevant ni émouvant – il *était*, tout simplement, stoppant net, à la manière d'un coup de couteau, tout désir, tout fantasme.

En réalité, Beewen pensait à son père.

La mort du vieux.

Il comprenait maintenant qu'il s'était totalement trompé sur ses sentiments. Cette mort, qu'il croyait tant redouter, il l'avait en fait espérée. Rendant visite à son père, dépensant toute sa solde pour faire survivre ce vieillard, il avait vécu sa dévotion comme un bon petit Germain, avec une « docilité de cadavre ». Sans jamais s'interroger sur ses propres émotions. Tête baissée, cœur calcifié, cerveau réduit au minimum syndical : chez l'Allemand, le sens du devoir occultait tout le reste.

À présent, il n'était pas bouleversé. Pas même triste. Soulagé, oui. Ce père qui avait transformé son enfance en cauchemar et son adolescence en révolte, ce père qui était devenu un fardeau, scandant son existence et l'écrasant un peu plus à chaque visite… Non, il n'éprouvait ni chagrin ni manque. Comme disait Hitler, il était temps de conquérir son propre espace vital.

Il trouva la chambre de Minna, se repérant non pas aux objets intimes, mais aux dossiers accumulés. Il déblaya le lit de ce fatras poussiéreux et y déposa la jeune femme en robe de chambre avec des précautions de prince de conte de fées.

Il la regardait mais il voyait son père à sa place. Ce visage plâtreux, strié, maléfique, qui avait hanté sa jeunesse. Jamais il ne pourrait se recueillir devant la dépouille de Peter Beewen, croix de fer et crâne de pierre partis en fumée. Pas plus mal. Il se serait encore inventé des pensées émues, des réflexions solennelles, et tout ça aurait été bidon.

Minna dormait d'un sommeil de droguée, sans l'ombre d'un

mouvement ni d'une expression. Comme morte. Au fond, elle cuvait le choc, l'abominable tragédie, et sans doute aussi le vide à venir. Il espérait (pour elle) qu'elle n'allait pas se lancer dans une croisade contre Mengerhäusen ou, pire encore, contre l'État nazi. Quels que soient les accusations ou les témoignages qu'elle pourrait apporter, elle serait broyée par la machine administrative aussi sûrement que par un Panzer IV. Il fallait plutôt prier pour qu'on ne l'accuse pas, elle, de négligence ou de faute professionnelle pour ce « malheureux accident ».

Minna n'avait plus de présent, et lui n'avait plus d'avenir. Son père mort, sa colère retombant brutalement, son grand dessein – la guerre, la vengeance – devenait stérile. Qui allait-il venger au juste ? Un soldat de la Deutsches Heer qui avait inhalé des gaz allemands ? Un ancien combattant devenu fou puis brûlé par les nouveaux représentants de l'armée allemande ?

Tout ça était absurde. Bien qu'assis, il se sentit chanceler. Ses pensées versaient : il voyait s'ouvrir devant lui un vide bien plus vaste encore que les maigres perspectives de Minna. Il mesurait maintenant à quel point la guerre à venir n'était plus sa guerre. La conquête de l'espace vital, la destruction des races inférieures, l'avènement d'une race de surhommes nordiques... Tout ça, il n'en avait rien à battre.

Il borda la jeune femme et se dirigea vers la porte. Il dut se tenir à un meuble puis étouffa un rire. Il songeait aux dessins animés américains qu'on pouvait encore voir au cinéma – et qui le réjouissaient. Il y avait toujours ce personnage qui se retrouvait au-delà du précipice, à courir les pieds dans le vide. Il s'écoulait toujours quelques secondes avant qu'il ne comprenne ce qui lui arrivait.

Puis c'était la chute.

Et le grand éclat de rire dans la salle.

Il en était là de son existence.

Plus de père, plus de tueur, plus de guerre : il pouvait encore pédaler quelques secondes mais le piqué était imminent...

## 81.

Un premier objet faillit l'atteindre au visage. Un tampon porte-buvard qui finit contre la porte. Le deuxième, un épais Code civil, alla briser la vitrine d'une bibliothèque. Le troisième, un dossier que Perninken avait empoigné des deux mains, se fracassa contre le mur.
Tout s'était passé très vite.
À peine arrivé à la Gestapo, on l'avait prévenu que Perninken voulait le voir – *séance tenante*. Beewen n'avait eu le temps ni de s'inquiéter ni même de s'interroger. Il avait frappé, était entré, et avait évité le premier projectile.
Maintenant, l'Obergruppenführer continuait avec un coupe-papier, des porte-plumes, un téléphone... Il se dit que, quand il n'aurait plus que le portrait du Führer à lui balancer, il se calmerait de lui-même.
Les colères de Perninken étaient légendaires. Il avait beau avoir une tête de dessin satirique, quand il s'emportait, on n'avait plus du tout envie de rire. Sa peau se violaçait, de grosses veines saillaient sur son front, ses yeux s'injectaient de sang et sa voix devenait une sorte de raclement qui soutenait la comparaison avec les discours d'Hitler. Dans ces moments-là, elle semblait lui sortir par les yeux, et le cœur par la bouche. Ses sourcils, réunis au-dessus de son nez, se tordaient comme une chenille noire sur un gril. Sa gorge se gonflait tellement qu'on aurait pu croire qu'un goitre ou un phlegmon lui avait soudainement poussé, charriant des paquets de rage ou des litres de fiel.
Beewen, qui en avait déjà beaucoup vu dans la journée, glissa :
– Obergruppenführer... vous pouvez m'expliquer ?
– Vous expliquer ?
Avec des mouvements à peine synchronisés, Perninken

se mit à farfouiller parmi les dossiers qui restaient sur son bureau, provoquant encore des envolées de papier, des chutes de crayons.
Enfin, il trouva une enveloppe kraft dont il renversa le contenu.
Cette fois, Beewen crut défaillir pour de bon.
Les clichés montraient le corps de Greta Fielitz au pied d'un arbre, tordu dans une dernière convulsion d'agonie. Une sorte de collerette noire – comme ces fraises qu'on portait au XVIe siècle – barrait sa gorge. La robe était ouverte, déchirée à partir du nombril, et révélait une cavité répugnante – entrailles, muscles, fibres...
Pas de chaussures.
– Qu'est-ce que...
– Qu'est-ce que quoi ? hurla Perninken. Il a remis ça, bougre de connard ! Pendant que vous couriez après des infirmes, que vous perturbiez un défilé d'anciens combattants et que vous semiez la panique dans le métro de Berlin, l'assassin, le vrai, exécutait une quatrième victime ! Comment êtes-vous passé à côté de ça ? Je vous avais ordonné de protéger Greta Fielitz !
– Elle l'était, Obergruppenführer...
– Fermez-la, putain de Dieu.
Il s'écroula sur son siège, soudain abattu, et Beewen l'aurait bien imité. Mais avant de s'affaisser et de prendre la mesure de son échec, il voulait être tout à fait sûr de la situation.
– On sait à quelle heure elle a été tuée ?
– Cet après-midi.
– Au début ou à la fin ?
Perninken se passa la main sur le visage.
– Qu'est-ce que ça peut foutre de toute façon ? Vous avez tué, oui, je dis bien tué, un pauvre bougre aux alentours de midi, un innocent qui n'a sans doute jamais approché ces femmes. Et pendant ce temps, le véritable assassin poursuivait son œuvre.
Surtout ne pas craquer. Ne pas hurler. Ne pas frapper le bureau ou, tant qu'on y était, Perninken lui-même. Il avait faux sur toute la ligne et le poids de son erreur lui enfonçait

littéralement la tête dans les épaules, à la manière d'un carcan invisible.
– Où sont Hiller et Markovics ?
– En cellule. Je les ai mis au frais pour les faire réfléchir.
– À quel titre, Obergruppenführer ?
– Au titre de suspects, ça vous va comme ça ? Ces deux cons sont les dernières personnes à avoir vu Greta vivante. On en a exécuté pour moins que ça. Et ici même encore !

Il connaissait les deux types, pas du tout du genre distrait... Il fallait qu'il leur parle.
– Je suis désolé, finit-il par dire, vraiment pas très inspiré.
– Moi aussi, je suis désolé, répliqua Perninken. Pour vous. Vous êtes dégradé.

Cette mesure, digne d'une cour martiale, était disproportionnée. Mais il savait qu'à sa façon Perninken lui faisait là une fleur – il aurait pu se retrouver en KZ. Ou dans un champ en friche, aux côtés de Max Wiener.
– Débarrassez vos affaires au plus vite. On vous dira demain ce qu'il en est. Pour l'instant, vous intégrez le service de Kochmieder. Effet immédiat. Corvée de morts, Beewen !

Sur l'échelle déjà peu reluisante de la Gestapo, le groupe de Kochmieder, les *Totengräber*, « les fossoyeurs », se trouvait tout en bas.

Alors qu'il sortait, Perninken le rappela :
– Où étiez-vous ce soir ? On vous a cherché partout !
– J'étais à l'asile de Brangbo.
– En quel honneur ?
– Mon père est mort, Obergruppenführer.

Perninken eut un geste de lassitude, comme pour dire : « Au point où vous en êtes... »

## 82.

Quand il pénétra dans la villa, le silence lui parut d'une nature singulière.
– Minna ?
Aucune réponse. Sans doute dormait-elle encore. Mais une voix lui chuchota : « Non, autre chose... » Il monta au premier et gagna la chambre.
– Minna ?
Elle était cambrée sur son lit telle une statue suppliciée. Il reconnut aussitôt cette position, figure blême, bouche béante, ouverte sur la mort qui avait pris possession de la place.
Suicide.
Dans son métier, on était habitué à ce genre de situation. Certains Juifs, sachant ce qui les attendait, préféraient en finir tout de suite. On ne comptait plus les pendus, les gazés, les empoisonnés...
Mais au premier coup d'œil, Franz vit que tout n'était pas fini pour Minna. Il se précipita, prit son pouls, chercha ce qu'elle avait ingéré. Il trouva plusieurs boîtes de comprimés sur la table de nuit – les noms ne lui disaient rien.
De deux choses l'une, soit elle avait vraiment décidé de tirer sa révérence et, avec ses connaissances de médecin et son passé de toxico, aucun risque qu'elle se rate. Soit tout ça était du bluff, ou disons un appel au secours, version dure.
Beewen trancha : on pouvait encore la sauver.
Mais il fallait agir – c'est-à-dire, surtout, ne rien faire. Ne pas lui donner à boire. Ne pas la faire vomir. N'agir en aucune manière sur la digestion du poison.
La seule urgence était de la transporter à l'hôpital.
Elle lui parut bien plus lourde qu'au retour de Brangbo – sans doute le poids de la mort qui s'épanchait. Il descendit les escaliers en évitant de lui cogner la tête contre les murs ou contre ces

étranges meubles qu'il ne comprenait pas. En quelques pas, il était dans sa Mercedes, toujours décapotée, et démarrait, sans un regard pour la villa qui, avec ses quelques fenêtres restées allumées, semblait l'observer.

Il roula à bonne vitesse, mais sans trop forcer. Au fond de lui-même, il sentait que Minna tiendrait le coup. Il sourit. Le gestapiste, le salopard, secourait la petite droguée, la psychiatre paumée qui avait vu tous ses rêves brûler au lance-flammes.

Mais il n'y connaissait rien en matière d'hôpitaux. La Gestapo n'était pas le genre de boutique où on s'empressait de soigner ses clients. Au 8, Prinz-Albrecht-Straße, les médecins attachés au service des interrogatoires n'avaient qu'un seul rôle, faire durer le suspect afin qu'il parle.

Cette dernière réflexion lui donna une idée : il y avait toujours là-bas un toubib de permanence, pour les interrogatoires nocturnes. Un gars qui avait l'habitude de sauver les suicidés qui tentaient de se soustraire à la torture. Il prit la direction du quartier Wilhelm.

Berlin lui semblait ouvrir ses places, ses rues, ses avenues. Cette fluidité dans la douceur de l'air nocturne lui parut relever de la même logique que le reste : tout le monde était d'accord pour qu'il sauve Minna. Et d'une certaine façon, pour qu'il se sauve lui-même.

Il se mit à chantonner dans le vent la vieille chanson d'un film du début des années 30, *Das Lied einer Nacht* :

> *Heute Nacht oder nie sollst du mir sagen nur das Eine :*
> *Ob du mich liebst...*

« Ce soir ou jamais tu ne devrais me dire qu'une chose : que tu m'aimes... »

Son état d'esprit était étrange, d'une légèreté incompréhensible.

En quelques heures, il avait perdu son père, son boulot et tout espoir de partir à la guerre. Et il venait d'apprendre que son enquête était le plus grand fiasco de sa vie – il avait consacré toutes ses forces à traquer un innocent, en tout cas pas son coupable. Pendant ce temps, le véritable Homme de marbre continuait son carnage.

Pas de présent, aucun avenir : qui dit mieux ?

Il jeta un regard à Minna, inanimée à ses côtés, dont les cheveux courts oscillaient nerveusement dans le vent tiède de la nuit.

Nouveau sourire : il allait la sauver, il en était certain.

Et ça, c'était le plus important.

## 83.

Quand elle se réveilla, elle crut qu'elle avait été arrêtée. Quatre murs de ciment, une couchette à la dure, une couverture crasseuse. Une ampoule nue au plafond diffusait une lumière blanche, hostile. Était-elle à la Gestapo ? Prisonnière ? Pensionnaire ?

Une perfusion était plantée dans son bras. L'odeur du vomi la renseigna aussi. On l'avait soignée. On l'avait purgée. On l'avait nettoyée. Mais cet hôpital avait vraiment une drôle de gueule.

Alors tout lui revint.

L'incendie. Les médocs. Le coma. Beewen avait dû penser qu'elle avait tenté de se suicider. Elle n'avait cherché qu'à dormir un bon coup... Tout oublier... et ne pas se réveiller.

Bon, autant ne pas jouer sur les mots.

Elle avait vu brûler son institut. Elle avait entendu les chairs craquer sous la morsure du feu, les os éclater face à la montée des degrés. Les hommes de Mengerhäusen l'avaient retenue. Elle avait fait une sorte de crise de nerfs puis s'était effondrée dans sa brouette. Sans bouger, sans penser. En catalepsie. Et l'asile qui brûlait toujours...

Mais pourquoi avaient-ils fait ça ?

« Tu peux dire merci à ton ami Franz Beewen. »
Malgré sa nuit en forme de coma, elle ne pouvait oublier cette phrase. C'était donc sa faute...
Justement, il dormait à son chevet, assis par terre, un coude replié sur sa couchette, la tête nichée à l'intérieur. Son sommeil lui rappelait celui d'un animal. À la fois profond et léger, réparateur et alerte.
En vérité, elle ne pouvait lui en vouloir. C'était elle qui l'avait appelé au secours, elle qui l'avait poussé à l'affrontement avec Mengerhäusen. D'ailleurs, tout ça remontait à bien plus loin et pour tout dire les dépassait totalement. Ils étaient emportés par une crue d'horreurs et d'abjections et quoi qu'ils fassent, cela ressemblerait aux vains efforts d'un homme en train de se noyer.
– Tu es réveillée ? demanda Beewen en relevant la tête.
– Depuis un moment, oui. Où je suis, là ?
Son œil valide était à peine plus ouvert que l'autre.
– À la Gestapo.
– Pourquoi ?
– Ici au moins, j'avais un médecin sous la main. Comment tu te sens ?
– Mieux que toi, à mon avis.
Des souvenirs, par lambeaux. Les gestes bienveillants de Beewen, la Mercedes, le vent sur son visage...
– Comment savais-tu qu'il ne fallait pas me faire vomir ?
– Chez les SS, on nous donne des notions de secourisme.
– Pour vos victimes ?
Il sourit. Elle sourit. Il y avait, dans cette écorce d'instant, quelque chose de doux, de furtif, comme un bref bonheur retenu par un miroir.
– Qu'est-ce que tu crois ? lui demanda-t-elle soudain, choisissant de rompre le charme. Que j'ai tenté de me suicider ?
– Je ne crois rien.
– Je n'ai pas tenté de me suicider.
– Très bien, d'accord.

Il avait repris son ton ironique qui avait le don de l'agacer.
- Tu n'y connais rien, lâcha-t-elle avec mépris.
Il s'approcha et osa lui prendre les mains.
- Écoute. On va dire que tu ne t'es pas suicidée, mais en le voulant tout de même un peu. On n'est jamais à l'abri d'une bonne surprise.
- En tout cas... merci.
Des flashs de l'autodafé l'assaillirent – les hurlements, les crépitements, alors que la toiture s'affaissait en une pluie de braises. Mengerhäusen l'avait forcée à regarder. Il l'avait acculée face à sa responsabilité, son inconscience, son arrogance. On ne s'oppose pas au Troisième Reich. On ne contrarie pas les desseins de Dieu.
«Tu peux dire merci à ton ami Beewen.»
Le gestapiste s'était levé et s'ébrouait pour faire tomber encore des scories des plis de son blouson et de son pantalon.
- Je vais aller te chercher du café.
- Je préférerais du cognac.
- C'est pas au menu.
- Je plaisantais.
- Bien sûr. Une plaisanterie de poivrote.
Il avait dit ça sur un ton dur, chargé de reproche. Si elle le laissait trop approcher, il sortirait toute sa quincaillerie de remarques, d'interdictions, d'odieuse bienveillance. Très peu pour elle.
- Tu peux marcher? demanda-t-il.
- Je crois, oui.
Beewen ramassa par terre une pelure brunâtre qu'il lui tendit. Elle mit quelques secondes à reconnaître sa fameuse veste de Davy Crockett, calcinée sur les bords, trouée au milieu.
- On va à la morgue, lui lança-t-il, ça te changera les idées.

84.

Un lundi matin à Berlin.
Ils roulaient cheveux au vent et la journée promettait d'être belle. Déjà, le soleil se glissait au-dessus des toitures, vernissant la ville à l'encaustique. Encore groggy, Minna se laissait flotter dans l'aube aux couleurs contrastées. Dans les rues, chaque objet, chaque détail semblait se réveiller et lutter déjà pour exister dans le jour naissant.
Minna ferma les yeux et se crut en Inde. Elle n'y était jamais allée mais avait vu des photos – en couleur, les photos. Elle en avait conclu que tous les hommes et femmes étaient noirs, qu'ils portaient des tenues chamarrées et tenaient toujours des fleurs dans les mains. Éblouissement des sens. Un bain de pétales aux effluves pourris. Elle rouvrit les paupières : ce matin-là, elle voyait ainsi Berlin.
Entre les cafetiers en tablier blanc qui balayaient leur trottoir, les enseignes qui scintillaient déjà au soleil, les femmes qui trottinaient vers leur travail, elle surprenait les mêmes contrastes. Des visages nimbés d'ombre, des éclats de couleur partout, allumés par l'aurore, comme pour bien montrer que le nazisme n'avait pas encore tout repeint en gris.
Beewen, le regard rivé sur la route, y alla de son résumé des derniers faits, sa spécialité apparemment. Une nouvelle femme avait été tuée. Josef Krapp/Albert Hoffmann n'avait jamais été l'Homme de marbre. Il était mort pour rien – en tout cas, pas à cause de sa culpabilité dans cette série de meurtres. Ils étaient les pires enquêteurs que la terre ait jamais portés, Minna en tête, qui était à l'origine de cette fable à propos d'Hoffmann.
Bien sûr, Beewen avait été viré de l'enquête et était voué aux basses-fosses de la hiérarchie SS. Simon et elle allaient retourner à leur métier de psychiatre – plus ou moins, puisqu'elle n'avait

plus d'institut. Ils avaient eu leur chance, ils l'avaient gâchée. La Gestapo trouverait d'autres limiers pour identifier le coupable.

Aux abords de l'hôpital de la Charité, Beewen se gara et mit les choses au point :

– Nous n'avons aucun droit d'aller voir le légiste. Et je ne dirais pas que c'est un ami. Mais Koenig, c'est son nom, ne peut pas savoir que j'ai été déchargé de l'enquête. On doit obtenir un maximum d'informations ce matin. C'est notre dernière chance.

Minna écoutait à peine. Quelle allait être sa réaction face à ce cadavre ? Sa spécialité, c'était les déments sous-alimentés. Cette nouvelle victime, sans doute aussi belle que les autres, bien nourrie, délicatement proportionnée, allait être bien pire à contempler que ses cadavres habituels. La mort sacrilège, celle qui viole la beauté et la jeunesse...

Beewen se tourna vers elle, un coude sur le dossier de son siège à elle, une main sur le manche du boîtier de vitesses.

Il puait la cendre, il puait la sueur, il puait la nuit blanche.

Et ma foi, elle aimait ça.

– Finissons-en avec l'incendie, ordonna-t-il. Avant-hier, je suis allé secouer Mengerhäusen. Je l'ai menacé. Je l'ai frappé. Grave erreur. Je raisonne encore comme si nous étions dans un monde normal, où mes poings peuvent effrayer n'importe qui. Mais pas des types comme Mengerhäusen. Ce sont eux qui ont créé la peur, ce sont eux qui m'ont créé, moi, et les autres abrutis de la SS.

Cette façon de présenter les choses ulcéra Minna.

– Tu parles que de toi. J'en ai rien à foutre de tes états d'âme de SS. Quand on naît du fumier, faut pas s'étonner de se réveiller la tête dedans. Mes patients sont morts. Personne ne pourra les faire revenir.

– Ils étaient condamnés, tu le sais bien. Un programme d'élimination est lancé. Je ne sais pas comment ils vont procéder exactement mais ils t'en ont donné un avant-goût avec leur château en haute Souabe. Des centres d'extermination vont pousser un peu partout en Allemagne.

– C'est Mengerhäusen qui est aux commandes ?
– Plus ou moins. Il a un statut très obscur. Il est là sans être là. Il inspire les décisions mais ne dirige rien. À mon avis, il est impliqué dans bien d'autres activités, dont le but est toujours le même.
– Lequel ?
– Éliminer les anomalies, consolider les maillons forts.
– Comment ça ?
– Je ne peux pas m'avancer sur ce terrain. Le mieux est d'oublier cette ordure.

Beewen avait raison – mais comment effacer un salopard pareil, avec sa pipe en os humain ? Comment effacer les hurlements des malades à travers les flammes ?

– Tu n'as rien à boire ?
– Ce n'est certainement pas la solution.
– Réponds à ma question.

D'une poussée, il ouvrit la boîte à gants : une bouteille de whisky en guise de réserve cachée. Elle l'ouvrit et but directement au goulot.

Première gorgée d'alcool à huit heures du matin. Elle avait déjà fait pire. La brûlure lui ferma les yeux et elle laissa aller sa tête en arrière.

– Ça va mieux ?

Elle ne répondit pas. Elle ne pouvait pas penser plus loin que cette gorgée au goût caramélisé. L'existence idéale. Un point de vue animal sans conscience ni réflexion. Vivre dans l'instant, et si l'instant était une goulée d'alcool, c'était encore mieux.

– Où est Simon ? demanda-t-elle soudain.
– Aucune idée. Après le coup du métro, il est rentré chez lui. En état de choc. J'espère que la Gestapo ne va pas l'emmerder.
– Ils savent qu'il était avec toi dans l'U-Bahn ?
– Ils savent tout. Un autre gars est chargé du dossier. Philip Grünwald. Il est à peu près aussi stupide que cruel. Un vrai danger public. Après ça, on ira chez Kraus voir si tout va bien.

Ils marchèrent à travers les jardins. Minna avait glissé son bras sous celui de Beewen et s'accrochait à lui. Ils prirent des couloirs, croisèrent des portes. Enfin, ils tombèrent sur un petit amphithéâtre dont le mur du fond était vitré. La salle d'anatomie, Minna la connaissait par cœur.

– Je vous attendais, fit l'homme en blouse blanche.

Ils s'approchèrent. Koenig écarta le drap et découvrit le corps. Aussitôt, le médecin se réveilla en Minna. Elle ne s'attarda pas sur la plaie béante qui offrait des torsades abominables, ni sur le visage angélique qui semblait figé comme celui d'une caryatide.

Elle se concentra sur l'ensemble du corps. La texture de la peau, la proportion des membres... Elle vit d'abord, sur les hanches, les fines craquelures des vergetures. Puis les dessins, à peine plus marqués, des varices naissantes à l'intérieur des jambes.

Elle vit les œdèmes qui marquaient les cuisses et les genoux.

Elle remonta jusqu'au visage et repéra sur les tempes des chloasmas – des taches dues au soleil.

– Cette femme était enceinte, déclara-t-elle.

Koenig la considéra d'abord d'un regard méfiant puis parut se détendre. Il avait reconnu en elle une collègue, une initiée. Le serpent autour de la baguette d'Esculape est le plus sûr lien entre les toubibs. Ils sont tous frères, ou du moins compagnons.

Il ouvrit ses mains gantées dans un geste d'évidence.

– Bien sûr, dit-il sobrement. Comme les trois autres.

# III

# LES BERCEAUX

85.

Simon Kraus n'avait rien compris à ce qui lui était arrivé. Il avait suivi les SS sans discuter, s'était retrouvé dans un fourgon, puis dans une cellule de la Gestapo. Il ne respirait plus, ne pensait plus, s'attendant à tout moment à prendre un coup ou, pourquoi pas, une balle dans la tête.
Il ne s'était rien passé.
Même les locaux étaient moins impressionnants que prévu. Il imaginait du sang sur les murs, des hurlements dans les couloirs, des détonations dans la cour. *Nada.* Cette nuit-là, dans les geôles de la Geheime Staatspolizei, tout était resté calme.
Pourtant, il n'avait pas dormi. Carré dans un angle de son cachot, il avait attendu. La peur avait fait le reste, paralysant son corps, pourrissant la moindre de ses pensées. Toute la nuit, il avait sursauté, épié, tremblé.
À l'aube seulement, sa raison avait repris le dessus. Avec les premiers rayons du jour – sa prison comportait une lucarne, située en hauteur –, il avait commencé à analyser la situation.
Quelque chose avait merdé. Le dénommé Grünwald lui avait déclaré qu'il était accusé des meurtres des Dames de l'Adlon. Bien sûr, il avait un bon profil : analyste (et amant) de chaque victime, il avait ses entrées au Club Wilhelm. Un homme tel

que lui aurait pu emmener Susanne, Margarete ou Leni sur l'île aux Musées ou au fond du Tiergarten… Mais comment pouvait-il encore être soupçonné, alors que le vrai tueur, Josef Krapp, était mort sous ses yeux le matin même ?

En y réfléchissant bien, Grünwald devait être le rival que les supérieurs de Beewen lui avaient imposé. Mais en quoi consistait sa contre-enquête ? Pourquoi était-il visé, lui ? Il n'y avait plus qu'à prier pour que Beewen fasse clairement la démonstration de la culpabilité de Krapp…

Il en était là de ses conjectures quand on l'avait libéré aux premières heures du jour. Sans un mot d'explication. Simon s'était retrouvé dehors, ruminant toujours ses hypothèses. Beewen avait dû rédiger un rapport à sa hiérarchie. La mort de Krapp/Hoffmann avait coupé court à tout autre soupçon. Simon était blanchi. Il était presque déçu. Il avait passé une nuit dans un lieu de terreur et il n'avait absolument rien à raconter…

Et voilà qu'il marchait, dans le Berlin de l'aube.

Il atteignit son cabinet à l'instinct, à la manière d'un vieux cheval aux œillères de cuir. Douche. Vêtements. Café. Sa conscience commençait à identifier chaque objet, chaque détail comme autant de messages positifs : il avait échappé à la torture, à la mort. Il avait évité ce que chaque Berlinois redoutait le plus : finir sous les coups des gestapistes ou suspendu aux barbelés d'un KZ. Il était sauvé ! Il aurait pu embrasser sa cafetière italienne, ses esquisses de Paul Klee, ses meubles marquetés…

Il fermait les yeux, à la manière d'un gros chat, au fond d'un de ses fauteuils quand on sonna à la porte. Il avait parlé trop vite. Le cœur serré – pas plus gros qu'un morceau de charbon tiède –, il alla ouvrir, se demandant déjà si cette fois, il devrait emporter une valise.

Beewen et Minna se tenaient sur le seuil, bras dessus, bras dessous – mais impossible de les prendre pour un couple. Physiquement et, disons, esthétiquement, ils ne pouvaient être plus éloignés. Lui dans ses fringues de civil qu'il avait l'air d'avoir piquées à un cadavre de vagabond, elle avec sa veste de trappeur brûlée (allez savoir pourquoi) et son minois si séduisant, si langoureux, mais qui semblait avoir encore réduit de volume.

L'idée qu'ils venaient sabrer le champagne – celui de la victoire – lui effleura l'esprit et il en ressentit une prémigraine. À huit heures du matin, il n'était vraiment pas d'attaque. Mais leurs visages démentaient tout triomphalisme. Que se passait-il encore ?

On s'installa et on opta pour du café. Il s'empressa de raconter son arrestation. Le nom de Grünwald n'eut pas l'air de plaire à Beewen.

– Mais ils m'ont libéré, non ? dit Simon sur un ton de clairon. Je croyais que tu leur avais remis un rapport et...

– Je n'ai rien remis du tout et, s'ils t'ont libéré, c'est qu'il y a eu du nouveau...

Dix minutes plus tard, c'était Simon qui avait rapetissé au fond de son fauteuil. Lui qui pensait détenir l'anecdote de la nuit avec son arrestation... L'institut de Minna avait brûlé. *Bon.* La von Hassel était tombée dans le coma. *Un miracle que ça ne lui arrive pas plus souvent.*

Mais surtout, un autre meurtre avait été commis. Greta Fielitz, la dernière femme à avoir rêvé de l'Homme de marbre, la quatrième de la liste, était morte...

*Greta, ma chère Greta...* Il la remisa dans un coin de sa tête pour pouvoir la pleurer plus tard, en solo et en silence.

Ils s'étaient donc plantés sur toute la ligne.

Simon n'eut même pas le temps de savourer l'ironie de la situation : alors qu'il attendait son exécution capitale dans une cellule du 8, Prinz-Albrecht-Straße, Beewen et un médecin soignaient Minna à quelques portes de là. *Quelle blague!*

Mais ses visiteurs avaient gardé le meilleur pour la fin : Greta Fielitz, comme les trois autres victimes, était enceinte.

Curieusement, ce qu'il retint à cet instant, ce fut à quel point ces quatre femmes s'étaient foutues de lui. Il les avait écoutées, analysées, il les avait séduites, manipulées, il les avait fait chanter... mais il ignorait ce fait capital : ces derniers mois, elles s'étaient métamorphosées, elles allaient enfanter et lui, il en était encore à les menacer de les dénoncer à la Gestapo.

*Toujours à côté de la plaque...* Mais pourquoi alors étaient-elles venues aux séances ? Pourquoi ces confidences tronquées ? Elles n'avaient pas inventé leurs rêves menaçants. C'était peut-être là la clé. Elles étaient enceintes. De leur mari. De leur amant. Ça les regardait... Mais l'Homme de marbre, lui, venait les visiter dans leurs songes. Et leur terreur expliquait leurs visites régulières – elles voulaient s'en libérer. Attendre leur enfant en toute tranquillité. Purifier leur âme...

– Qu'est-ce que vous voulez au juste ? demanda-t-il pour couper court à ses propres réflexions.

– Reprendre l'enquête de zéro.

## 86.

Simon n'était pas sûr de vouloir être du voyage. Le quatrième meurtre, s'il avait bien compris, était survenu pendant sa détention. D'où sa libération du matin. Mais il avait vu passer le couperet très près... Il n'avait plus envie de provoquer le monde SS.

Beewen ne le laissa pas réfléchir :

– Avec Minna, on pense que ces grossesses sont le mobile des meurtres.

– C'est-à-dire ?

– D'après le légiste, le tueur vole à chaque fois le fœtus.

Simon se souvenait des clichés qu'il avait aperçus. L'assassin avait plongé ses mains dans les entrailles de ses victimes. Il les avait charcutées, triturées, profanées. Mais ce n'était pas de la pure cruauté ni un rite abject – il cherchait les fœtus.

– C'est un gynécologue ? hasarda Simon.

– Peut-être, répliqua Minna. En tout cas, il sait comment opérer, ce qui n'est pas donné à tout le monde.
– Pourquoi fait-il ça?
– Aucune idée, répondit Beewen, mais il était informé de ces grossesses qui étaient pourtant un secret bien gardé.
– Qu'est-ce qui te fait dire ça?
– Toi.
– Comment ça, moi?
– Tu étais au courant?
– Non.
– Si même leur analyste ne savait rien, ça signifie que ces femmes ne voulaient vraiment en parler à personne.

Minna alluma une cigarette et déclara, le plus sérieusement du monde :

– Après tout, c'est peut-être leur propre gynécologue.
– Il faut vérifier en priorité qui les suivait, dit Beewen. Y a des chances pour que ça soit le même.

Simon se glissa derrière son bureau et attrapa une Muratti. Ces deux-là commençaient à lui taper sur les nerfs. Avaient-ils déjà oublié à quel point leurs premières hypothèses s'étaient révélées fausses? Qu'un homme était mort à cause de leurs délires? Le cadavre à peine froid, ils remettaient déjà le couvert...

– Attendez un peu, les recadra-t-il. Vous jetez un peu vite tout ce qu'on prenait pour argent comptant hier encore. Donc, le meurtrier n'est plus un tueur fétichiste des chaussures? Il n'est plus attiré par la Sprée? Son masque n'a plus aucune importance?

Minna se leva et fit mine d'observer, comme la première fois, les dos des ouvrages de psychiatrie alignés dans sa bibliothèque.

– On n'a rien jeté du tout, fit Beewen, mais on a vu où tout ça nous a menés. On doit s'accrocher maintenant à ces nouveaux indices. Le tueur savait que ces femmes étaient enceintes. Soit c'était leur médecin, soit c'était un proche, soit, pourquoi pas, c'était un seul et même amant. Il faut gratter de ce côté...

Minna se tourna vers Simon.

– Qui sait ? C'est peut-être toi le père...

Il y avait déjà pensé. C'était hors de question pour Susanne et Leni, avec qui il n'avait pas eu de rapports depuis au moins un an. Avec Margarete, ça remontait à six mois...

Quant à Greta... Non, Greta non plus.

– Pourquoi les pères ne seraient-ils pas leurs maris, tout simplement ?

En fait, Simon était le mieux placé pour répondre : entre l'industriel Werner Bohnstengel, qui devait peser plus lourd qu'une livraison d'essieux, le général Hermann Pohl, perpétuellement en manœuvres, et le banquier Hans Lorenz, qui avait dépassé les soixante-quinze ans, aucun n'avait vraiment le profil du géniteur idéal, mais après tout...

Restait Günter Fielitz, aristocrate d'une cinquantaine d'années, sans doute prêt à assumer son devoir d'époux. Mais Greta ne semblait pas franchement épanouie de ce côté. En vérité, quand ces quatre-là lui parlaient de leur vie sexuelle, sur le sofa de son cabinet, ou même dans son lit, elles répétaient toujours qu'il ne se passait rien.

– C'est quoi votre idée au juste ? relança-t-il. Quatre femmes avaient le même amant et il s'est amusé à récupérer ce qu'il avait oublié dans leur ventre ? Vous n'avez rien de plus malin à proposer ?

Personne ne répondit. Dans ce silence s'accumulaient leurs échecs individuels, leur propension à lancer des hypothèses gratuites, leur légèreté quant à leurs soupçons, jusqu'à leur défaite commune – la mort de Josef Krapp.

L'histoire était belle, ça oui. Minna avait un vrai talent pour construire un château de cartes et Beewen, la brute de service, semblait toujours prêt à suivre sans poser de questions. Au fond, Simon n'avait rien à leur envier : ses suppositions à propos d'un homme qui pouvait passer indifféremment du rêve à la réalité n'étaient pas mal non plus.

– Une chose est sûre, dit enfin le SS, cette histoire de grossesses ne peut pas être une coïncidence. On doit repartir

de là. Retrouver les pères. Interroger les gynécologues. Y a forcément un lien avec les meurtres.
— Elles ne voulaient pas d'enfants.
— Quoi ? demanda Minna en sursautant.
— Ces femmes, elles ne voulaient pas d'enfants, répéta Simon. Elles remplissaient leur devoir conjugal, prenaient leurs précautions, c'est tout. Elles avaient peur de l'avenir, du monde qu'Hitler veut construire. Elles ne voulaient pas de ça pour leur progéniture.
Beewen haussa les épaules.
— Elles t'ont simplement menti. J'ai l'impression qu'elles ne te faisaient pas confiance...
Du sel sur une plaie à vif.
— En parlant de confiance, contre-attaqua-t-il, comment expliques-tu que le légiste te parle de ces grossesses seulement au quatrième meurtre ? Et encore, parce que Minna était là pour s'en rendre compte ?
L'ex-officier eut une grimace.
— Koenig, le légiste, m'a avoué qu'il avait des consignes. Ni moi ni Max Wiener ne devions être au courant de ce fait essentiel.
— Pourquoi ?
— Aucune idée. Peut-être que mes supérieurs considéraient qu'il s'agissait d'un scandale supplémentaire. Dans le monde nazi, on ne touche pas aux *Mütter*.
Simon se leva, contourna le bureau et alluma une nouvelle cigarette en s'appuyant sur un angle du plateau.
— Avancez si vous voulez sur vos histoires de fœtus, moi, je reste concentré sur le masque.
— C'est-à-dire ? demanda Minna d'un air qui révélait tout de même une vraie curiosité.
— Souviens-toi, lui répondit-il. C'est bien toi qui nous as dit que Ruth Senestier travaillait dans le cinéma.
— C'est vrai. Elle fabriquait des décors, des objets.
— Et si c'était elle qui avait confectionné le masque de *Der Geist des Weltraums* ? Ruth connaissait l'assassin, aucun doute

là-dessus. Et c'est la seule à avoir été tuée pour des raisons, disons, objectives. On voulait la faire taire. Il y a une vérité à tirer des plateaux de cinéma.

Beewen frappa ses cuisses des deux mains, dans un geste de paysan qui ne cadrait pas avec ce qu'il était devenu mais qui sonnait curieusement juste.

— Bon. On s'y remet tout de suite. Je suis de corvée dès midi mais d'ici là, je peux avancer.

— Quelle corvée ?

— Un nouveau boulot à la Gestapo. Je préfère ne pas en parler.

— Encore une noble tâche...

— Pire encore que tu ne crois. Mais je vais d'abord aller récupérer mon dossier d'enquête au siège.

— On te laissera faire ? demanda Minna.

— Bien sûr que non. Je vais simplement photographier les pièces principales et c'est toi qui les développeras.

Beewen et Minna échangèrent un regard complice. Simon serra les poings. *C'est pas Dieu possible...* Non seulement ces deux idiots se prenaient pour de fins limiers mais peut-être pensaient-ils même être amoureux.

Simon se tenait toujours appuyé sur son bureau, l'œil fixé sur la porte : claire invite à débarrasser le plancher.

— Ensuite, poursuivit Beewen comme s'il n'avait pas remarqué son attitude, Minna se lancera à la recherche des gynécologues des victimes.

Simon se rappela soudain qu'on était lundi et qu'il avait des rendez-vous tout l'après-midi. S'il voulait se rancarder sur Ruth Senestier et les studios de cinéma, il allait devoir les annuler. Bon sang, cette histoire allait le foutre sur la paille.

Les mains dans les poches, il se dirigea vers l'entrée pour les raccompagner.

— Dernière chose, avertit Beewen, méfie-toi de Grünwald. Il n'est pas du genre à lâcher ses proies comme ça.

— Qu'est-ce que je peux faire ? Si je ne suis pas le tueur de Greta, il ne peut plus rien contre moi !

– Reste sur tes gardes, c'est tout.

Pour qu'un professionnel de la terreur lui donne de tels conseils, ça signifiait que le nazi de la veille était vraiment effrayant. *On verra bien.*

Il referma la porte sur ses visiteurs et alla s'effondrer dans un de ses fauteuils. Il revenait toujours à la même idée, la même humiliation : les mensonges de ses patientes. Comment avait-il pu passer à côté de ça ? Comment n'avait-il rien senti ? Des amants. Des grossesses... Il songea à ses disques, son « temple de la vérité ». Il eut un ricanement amer.

Ce qu'il ne comprenait pas, c'était la raison profonde de ces mensonges. Pourquoi venir le consulter si c'était pour lui servir des bobards ou lui cacher la vérité ? Aucun doute, elles l'avaient manipulé. Mais pourquoi ? S'agissait-il d'une action concertée ?

Il se dit qu'il avait encore besoin d'un verre de schnaps mais il ne décolla pas de son fauteuil. Il venait de s'endormir comme un cadavre au fond d'un lac.

87.

– Continue de rouler.
– Jusqu'où ?
– Un peu plus loin. Tu reviendras me chercher dans une demi-heure.
– Ça sera suffisant ?
– T'en fais pas. Arrête-toi.

Beewen sortit de la Mercedes, attrapa le Voigtlander Avus 9 × 12 et salua Minna d'un bref signe de tête. Il remonta la Prinz-Albrecht-Straße au pas de course, croisant les plantons qui ne lui servirent aucun coup d'œil oblique ni messes basses dans le dos. Peut-être qu'après tout, la nouvelle de sa destitution n'avait pas encore fait le tour des bureaux, ou que la mort de Krapp n'était toujours pas officielle. Bizarre.

Il traversa le hall baigné de lumière et attrapa les larges marches. Il s'attendait à ce que le siège de la Gestapo lui semble étranger, voire hostile. Pas du tout. Cette bonne vieille école des beaux-arts l'accueillait toujours comme un prince dans son château.

Au deuxième, Beewen accéléra encore, sans susciter le moindre regard. La porte de son bureau était fermée à double tour. À cet instant, le jeune Alfred déboula de son pas léger – il tenait plus du coléoptère que du soldat aux bottes ferrées.

– Hauptsturmführer ? Mais qu'est-ce que...
– J'ai oublié des affaires. T'as les clés de mon bureau ?
– Oui, mais...
– Vas-y, ouvre.

Alfred s'exécuta.

– Qu'on me dérange pas, ordonna-t-il comme s'il était toujours le maître des lieux.

Il rafla le trousseau dans la main d'Alfred, referma la porte, la verrouilla. Enfin, il respira, dos à la paroi. Il prit même le temps de s'asseoir – non pas à sa place habituelle, derrière le bureau, mais sur la chaise des suspects. Ce lieu allait-il lui manquer ? Certainement pas. Ses responsabilités ? Encore moins. Ses galons ? Finalement, ces histoires de distinctions n'étaient que des chimères. D'une certaine façon, on remplissait plus sûrement son devoir tout en bas de l'échelle. *La gloire des sans-grade...*

Il attrapa l'appareil photo de Minna. Grünwald n'avait pas encore envoyé ses sbires faire une razzia dans ses classeurs. Il sélectionna rapidement les documents majeurs – il n'avait pas le temps de tout photographier et, de toute façon, Minna ne lui avait fourni que trois bobines de vingt-quatre vues chacune. Il étala les feuilles sur son bureau et se mit au boulot.

Trempé de sueur – la chaleur, la trouille, la poignée qui pouvait tourner d'un instant à l'autre –, il opéra à toute vitesse. Quand il eut fini, il regarda sa montre : vingt-trois minutes. Il était en avance sur l'horaire qu'il avait donné à Minna. Il rangea les dossiers et risqua un œil dehors. La voie était libre.

Il fourra les pellicules dans ses poches, cacha l'appareil sous son blouson et sortit. Les rares uniformes qu'il croisa ne semblaient pas le remarquer. Peut-être était-il simplement devenu invisible.

Il rendit les clés à Alfred et reprit sa marche. Il atteignait l'escalier quand une voix l'interpella :

– Beewen.

Il se retourna et découvrit un type trapu, serré dans un uniforme fripé. Son visage avait la couleur d'un navet (et la forme aussi). Ses cheveux étaient hirsutes et ses yeux vitreux affichaient une teinte gris clair. L'un d'eux était voilé par une taie blanchâtre – un regard d'aveugle. Ce bonhomme ne devait pas voir grand-chose.

– J'suis l'Untersturmführer Kochmieder. Ton nouveau chef, mon gars.

L'homme lui serra la main comme s'il s'agissait de la dévisser.

– Enchanté, répondit Beewen.

L'homme se fendit d'un rire féroce – ses dents imposaient le silence : toute ruine, quelle qu'elle soit, mérite le respect. Le « enchanté » de Beewen avait valeur de provocation. On ne s'exprimait pas ainsi chez les SS.

– Commence pas à jouer au con, répliqua Kochmieder. Le camion est derrière, dans la cour. On part dans dix minutes.

– Quelle est la mission ?

– J'te dis de pas jouer au con.

Beewen considéra l'Untersturmführer. C'était avec ce genre d'épaves qu'il allait désormais passer ses journées. Les *Totengräber*. Les ramasseurs de cadavres. Les charognards de la SS.

– Vous n'avez pas répondu à ma question.

Kochmieder prit une inspiration et adopta un ton sentencieux :

– Je dirais qu'notre mission d'aujourd'hui sera sensiblement la même qu'hier et demain. (Son expression devint soudain

carnassière.) On va ramasser tous les putains de macchabées de Juifs qui traînent à Berlin. Voilà c'qu'on va faire.
— Un service après-vente en somme.
Kochmieder lui fit un clin d'œil – la taie blanchâtre disparut sous une paupière blême.
— Je sens qu'tu vas m'plaire, toi, fit le nazi en crachant par terre. Tu vas faire exactement c'qu'on t'dit et tu vas oublier tes grands airs. C'est fini tout ça. D'ailleurs, tu vas m'retirer vite fait tes galons. Maintenant, t'es à ma botte et prie le ciel pour que j'te demande pas de lécher les deux.
Beewen claqua des talons.
— Bien, Untersturmführer !
— C'est ça, connard, rétorqua Kochmieder. Mais j'vas t'dire un aut'truc : c'est plus l'moment de faire ta duchesse. Les *Juden*, y sont pas toujours morts quand on arrive. On est là pour les finir, tu piges ? Quand on aime, on compte pas.
Soudain, un souvenir lui revint en un éclair : dans un roman d'aventures de sa jeunesse qui se passait en Inde, il était question d'une caste particulière (en fait, pas même une caste), les intouchables, les seuls à pouvoir toucher les cadavres – et les brûler le long du fleuve.
Il avait rejoint les intouchables du nazisme. *Bravo Beewen.*
— Dans cinq minutes en bas. *Heil Hitler !*
Il ne prit pas la peine de répondre. Il tourna les talons et dévala les escaliers – il avait maintenant trois minutes de retard sur l'horaire. Minna ne pourrait pas l'attendre longtemps devant la Gestapo. Dire qu'il était interdit de stationner devant le 8, Prinz-Albrecht-Straße tenait du pléonasme. Les braves gens évitaient même d'y passer...
Quand il sortit sur le trottoir, la Mercedes avançait au pas. Il traversa la rue et contourna le véhicule. Minna ralentit à peine. Il sauta à l'intérieur.
— Ça fait trois fois que je fais le tour du bloc ! glapit-elle. Ils étaient prêts à me tirer dessus !

Beewen lui fourra les bobines dans la main et lui rendit son appareil.
– Tu peux avoir quand les tirages ?
– Cet après-midi.
– Je te rejoins chez toi ce soir.
Elle fit demi-tour au carrefour et reprit le chemin du 8, Prinz-Albrecht-Straße. Au moment où elle stoppait devant le portail, Beewen lui sourit et bondit dehors. En pénétrant à nouveau dans le hall, il se souvint que les gardes du corps de Greta, Hiller et Markovics, étaient emprisonnés au sous-sol.
Ni une ni deux, il prit cette direction et se retrouva dans l'étroit couloir des geôles. Il se fit ouvrir leur cellule. On les avait enfermés ensemble, et même enchaînés l'un à l'autre, comme un bilboquet et sa boule.
– Vous êtes fiers de vous ? attaqua Beewen.
– On l'a perdue, Hauptsturmführer, fit l'un d'eux d'un ton contrit. Y a rien à dire de plus.
L'énoncé de son grade lui fit chaud à l'entrejambe.
– Où ça ?
– À l'hôtel Adlon.
On revenait toujours au même lieu, à la même logique. Pourquoi n'avait-on rien pu tirer de ce putain de club qui était la cible du tueur ?
– À quelle heure ?
– Environ dix-neuf heures.
– Pourquoi « environ » ?
– Greta Fielitz est arrivée à dix-huit heures. À tour de rôle, avec Markovics, on la gardait à l'œil. La porte était pas fermée. On pouvait clairement voir c'qui se passait à l'intérieur.
– Après ?
– Rien. Quand les Dames de l'Adlon ont quitté les lieux, Greta Fielitz était plus là.
C'était si simple que ça lui agaçait les nerfs, comme une démangeaison ou une rage de dents. Greta s'était simplement tirée par une autre porte.

S'ils avaient tant de mal à retracer les dernières heures des victimes, c'est parce que toutes, elles cachaient quelque chose. Elles étaient peut-être même complices, d'une certaine façon, de leur prédateur.

Il songea à leurs grossesses – sans doute l'indice le plus fort jusqu'à ce jour. Quel lien entre ces gestations (secrètes) et leur disparition ? Le tueur était-il gynécologue ? Un amant ? Le géniteur ? Ou au contraire un homme qu'elles avaient contacté pour se débarrasser de leur « paquet » ?

Depuis plusieurs années, la politique démographique du Reich était drastique. Il fallait faire le plus d'enfants possible – c'était la voie royale pour envahir l'Europe et asseoir sa puissance. Autant dire qu'un avortement à Berlin, en 1939, c'était une aussi bonne idée qu'une conversion au judaïsme.

Un faiseur d'anges... Peut-être une piste.

– On va être libérés ? demanda Hiller.

Beewen frappa la porte de fer pour qu'on vienne lui ouvrir.

– On verra ça, cracha-t-il comme s'il avait encore le moindre pouvoir.

Il remonta le couloir, grimpa les escaliers, courut jusqu'à l'arrière-cour. Il arrivait à point. On était en plein appel, comme à l'école.

Himmler, pour les boulots les plus abjects, avait libéré quantité de prisonniers de droit commun, notamment des SA qui, à force de viols, de meurtres et de pillages, avaient fini au gnouf.

Les voilà qui réapparaissaient, frais comme des bébés dans leurs langes, la gueule déformée par un rictus de mort, confortés par le régime dans leurs vices et leur brutalité. Plus que jamais, ils avaient le vent en poupe et carte blanche pour tuer tout ce qui ne leur plaisait pas.

Ils étaient peut-être une douzaine. L'un d'eux était très jeune, un gamin, les cheveux presque blancs, l'uniforme si empoussiéré qu'il paraissait sortir d'un sac de farine. Un autre portait un manteau de cuir qui lui tombait aux pieds – du vice par cette chaleur – et des bottes d'assaut à boucles. Un troisième avait

sa veste ouverte sur un torse nu et crépu, arborant une chaîne d'argent de *Zuhälter*, dans le plus pur style des maquereaux du Ku'damm.
— Ah te v'là, toi ? Mets-toi dans l'rang, comme tout le monde. *Schnell!*
Avec ses yeux couleur de vodka, Kochmieder ne voyait finalement pas si mal.
Beewen obtempéra. Il avait trouvé le temps d'arracher ses grades et ses galons. Avec son uniforme décousu, trempé de sueur, il ne jurait pas dans le décor.
Des intouchables.
La lie de la lie.
Et lui au milieu.


88.


Malgré les consignes de Beewen, Minna n'était pas allée directement à la villa pour développer les photos. Elle avait préféré foncer à Brangbo pour faire le point avec Albert, l'infirmier poète.
Quand elle découvrit les ruines noirâtres de l'institut, de nouveaux sanglots lui montèrent et elle resta de longues minutes à chialer comme une gamine dans sa voiture. Les bonnes sœurs avaient disparu, Albert avait rameuté des paysans du coin pour déblayer les décombres et autres vestiges des bâtiments.
Finalement, il lui expliqua la situation (il était aussi noir qu'un ramoneur) : aucun corps n'avait pu être identifié et d'ailleurs, on ne possédait pas les patronymes complets des pensionnaires. Les archives avaient brûlé. Les déments avaient disparu pour de bon, physiquement, administrativement. Mission accomplie pour les nazis. Pour un coup d'essai, c'était un coup de maître.
Minna songeait aux parents. Comment les prévenir ? Elle ne

se souvenait même plus de leurs noms, et encore moins de leurs adresses. Il fallait attendre qu'ils se manifestent – ce qui arrivait rarement. Brangbo, l'asile des oubliés, un point effacé sur la carte.

En désespoir de cause, elle demanda à Albert de s'arranger avec le village : une boîte aux lettres, un numéro de téléphone, les familles finiraient bien par écrire ou appeler. On leur expliquerait alors la « situation ».

Fallait-il organiser une cérémonie funéraire à la mémoire de toutes ces âmes perdues ? Elle décida que oui, et en même temps, à cette seule idée, elle sentait ses forces la quitter.

Elle embrassa ce bon vieil Albert qui allait devoir se trouver un nouveau poste dans un autre asile et même, pourquoi pas, dans un de ces nouveaux instituts à la Grafeneck. Plus confortable, mieux payé, le boulot aurait ses avantages. Et si on brûlait, ou on gazait, ça serait dans des pièces isolées, à l'écart du « personnel soignant ».

Avant de monter dans sa Mercedes, elle déglutit encore. Un goût de brûlé emplissait sa gorge. Elle avait l'impression de sucer du charbon de bois. Elle cracha par terre, grimpa derrière son volant et démarra sans se retourner.

Elle parvint à la villa Bauhaus sur le coup de dix-sept heures. Après cette expédition lugubre, elle était heureuse de s'enfermer dans son laboratoire et de consacrer, bouteille à la main, plusieurs heures à traiter ses tirages sous la veilleuse de lumière inactinique.

La première étape exigeait le noir complet – c'était ce qu'elle préférait, agir comme une aveugle, perdre un de ses sens, alors que les autres étaient déjà troublés par l'alcool. Elle avait l'impression de s'atteler à une tâche d'artisan tout en dérivant dans un gouffre.

À tâtons, elle rembobina soigneusement les pellicules sur une spire qu'elle plaça ensuite dans une cuve cylindrique. Une fois les images ainsi isolées, on pouvait rallumer la lumière. Elle versa le révélateur. Compte tenu de la sensibilité DIN (Deutsches

Institut für Normung) des films utilisés par Beewen, il fallait développer à vingt degrés durant huit minutes et demie.

Elle commença à agiter le cylindre à la manière d'un barman secouant son shaker. De temps en temps, elle le frappait sur le fond de l'évier pour éliminer toute bulle à l'intérieur.

La comparaison avec le shaker lui donna soif et elle s'accorda quelques secondes pour boire une rasade de whisky. Elle sentit la brûlure délicieuse se concentrer dans sa gorge, comme un péché murmuré dans un confessional. Elle en ferma les yeux de plaisir.

*Ressaisis-toi.* Les huit minutes écoulées, elle sortit les films qu'elle rinça à l'eau courante afin de stopper les effets du révélateur. Elle les immergea ensuite dans un bain de fixateur. Enfin, elle vérifia les négatifs. Parfaits. Au moins, Beewen avait réussi à faire des photos nettes.

Auparavant, elle avait allumé le poêle afin qu'une intense chaleur se diffuse dans toute la pièce. Sur un fil, elle suspendit les films avec des pinces à linge. Elle sortit de cette étuve comme une braise projetée du foyer et se souvint de son autre mission : dénicher les gynécologues des quatre victimes.

Pour un médecin, la tâche était aisée. Le NSDAP avait repris la Sécurité sociale allemande, créée à la fin du siècle précédent. En téléphonant au Bureau principal de la santé du peuple, elle parvint à trouver un interlocuteur au service des registres. Chez les nazis, tout était consigné, et particulièrement tout ce qui avait trait à la natalité, la moelle épinière du Reich. À chaque femme fichée était associé le nom de son gynécologue.

Minna eut de la chance : elle tomba sur une femme accommodante qui semblait décidée à ne pas raccrocher tant qu'elle n'aurait pas obtenu ces renseignements. En réalité, ce fut vite réglé : ni Susanne Bohnstengel ni les autres n'avaient de gynécologue traitant. Un non-sens pour des femmes adultes, surtout enceintes.

Minna n'insista pas et retourna à ses fourneaux, pardon, à son labo. Elle éteignit le poêle puis ouvrit la porte pour aérer la pièce brûlante. Elle installa l'agrandisseur et glissa les négatifs dans le cadre sous l'objectif. Enfin, elle referma la porte et alluma la lampe inactinique, dont l'éclat rouge n'avait aucun effet chimique sur les sels d'argent. Elle fixa dessous le papier photosensible grâce aux margeurs, puis commença à y projeter les photos. Elle avait déjà préparé les trois bains – exactement les mêmes que pour le développement des négatifs : révélateur, eau, fixateur...

Encore une étape qu'elle affectionnait : laisser flotter le papier imprimé et voir apparaître les détails de l'image sous la lumière écarlate, à la manière d'une chevelure de noyée qui remonterait à la surface de l'eau.

Pas de gynécologue... Qu'est-ce que ça signifiait ? Elles étaient sans doute soignées par une sommité du Reich, qui n'apparaissait pas dans les registres. Ernst Mengerhäusen ? Non. Pourquoi le rouquin se serait-il intéressé à ces quatre bourgeoises ? D'ailleurs, il n'exerçait plus...

Elle avait opté pour un format 13×18. Le premier bain serait suffisant pour développer une trentaine de clichés. Elle observait les tirages se former – on pouvait lire distinctement les rapports tapés à la machine et les résultats des différentes analyses, voir les photos des cadavres.

Une nouvelle fois, elle se trouvait plongée dans l'enquête... Elle préféra ne pas s'appesantir. Pour l'instant, les tâches manuelles lui suffisaient amplement. Les tirages étaient prêts, elle avait bien travaillé. Elle les laissa finir de sécher et sortit dans le parc pour prendre une grande bouffée d'air frais.

Elle marcha jusqu'au bord de la piscine. Chaise longue. Whisky. Soleil. Elle sourit au ciel. Quoi qu'elle fasse, quoi qu'elle dise, elle resterait toujours une fille à papa isolée sous une cloche de Reichsmarks.

## 89.

Ses coups de fil aux studios de cinéma n'avaient rien donné. À l'évidence, il y avait plus urgent que de répondre à ses questions. Quant à Ruth Senestier, on ne l'avait pas vue depuis des mois. La liste des films sur lesquels elle avait travaillé ? Il fallait se déplacer pour consulter les registres de l'Universum Film AG (UFA), son principal employeur.

Simon n'insista pas et se dit que, en cette fin d'après-midi, il devrait plutôt filer à l'Adlon pour prendre la température du salon le plus frivole de Berlin.

Il se prépara et, fait rarissime, se choisit un costume de lin clair. Il voulait en rajouter dans le genre « léger et insouciant ». Le genre qui n'aurait pas entendu parler de l'invasion de la Pologne ni du fait que désormais, non seulement le Royaume-Uni, mais aussi la France, la Nouvelle-Zélande et l'Australie étaient entrés en guerre contre l'Allemagne. Vraiment le genre distrait.

Ainsi, ce jour-là, le thé dansant avait un drôle de goût.

Un goût de veillée funèbre.

Tout le monde était vêtu de noir. Simon, avec son panama blanc et son costume bleu ciel, faisait carrément tache. Il ressemblait à un homme qui, venu pour un mariage, se retrouvait à des funérailles.

Dans le salon réquisitionné par les Dames, l'atmosphère était aux larmes et aux chuchotements. Simon s'approcha et, passé le premier étonnement, prit tout de même un instant pour s'émerveiller de son destin : quelques heures auparavant, il croupissait dans les geôles nazies et il était à présent entouré des plus belles fleurs du Reich, dans un climat de luxe et de raffinement unique à Berlin.

De tels hauts et bas étaient sans doute liés au climat de l'Allemagne nazie. Un climat hypercontinental, très sec, sujet à de brutales variations de température...

Sonja lui sauta sur le poil. Elle portait toujours son chapeau incliné sur les yeux.
— Qu'est-ce que t'en penses, toi ?
— Heu...
— Qu'est-ce qu'on va devenir ? Le monde entier est contre nous !

Simon sourit avec bienveillance, comme pour rassurer une enfant. Il admirait la liberté qui régnait au Club Wilhelm. Ces Dames, qui ne connaissaient rien à la politique et qui savaient à peine où était Dantzig, pouvaient douter, s'interroger, critiquer – et, d'une façon générale, tenir des propos que la Gestapo aurait qualifiés d'« antipatriotiques » – sans craindre la moindre représaille.

Mieux encore, si elles voulaient Goebbels « *Kopf und Schwanz* » (« tête et queue ») parce qu'il avait des maîtresses un peu partout, ou s'il leur prenait l'envie d'imiter Hitler en se collant l'index sous le nez, elles le pouvaient. Il n'y avait rien à dire. Elles étaient au cœur du cercle, là où le pouvoir ne pouvait même pas se retourner contre vous.

Pour l'heure, Sonja était partie dans un discours anxiogène sur la guerre, que Simon écoutait à peine. Personne n'avait donc remarqué l'absence de Greta ? ni celle des autres ? On ne se posait aucune question ? Ces femmes avaient bien d'autres raisons de s'inquiéter que la guerre...

Il repéra Magda Zamorsky, assise dans un coin, l'air bouleversé. Il était toujours attiré par cette déesse aux cheveux blancs, et en même temps intimidé, comme tenu à distance.

— Tu penses que j'ai raison ?

Sonja l'observait de ses yeux noirs. Sous son chapeau, son regard chargé d'encre semblait conserver une copie carbone du moindre instant.

— Je crois qu'il est trop tôt pour se lancer dans de telles analyses, hasarda-t-il.

— T'as pas d'avis, quoi.

Simon éclata de rire et se mit debout.

— Exactement ! Excuse-moi.

Il alla s'asseoir près de Magda et déposa sur le bras de son fauteuil une coupe de champagne.
— T'as pas une bière plutôt ?
Simon fonça aussitôt au bar. Le visage de Magda l'accompagnait, exaltant son cœur et ses nerfs. Elle avait toujours l'air de sortir d'une eau vive, qui faisait perler ses cheveux blancs et briller ses yeux gris.
— Ça ne va pas ? demanda-t-il en revenant avec une Löwenbräu.
— Je vais quitter Berlin, répondit-elle après avoir bu quelques goulées.
Une très fine frange blanche marquait ses lèvres, comme de l'écume. En plus d'être princesse, Magda Zamorsky était une des plus riches veuves de Berlin – son mari avait été jusqu'à sa mort un puissant FM-SS, un bienfaiteur du parti nazi. Il avait financé, dès le début, les sections d'assaut et le parti national-socialiste à travers un consortium de banques d'apparence américaine. On disait même qu'il avait effectué des virements sur les comptes privés de dignitaires nazis, Hitler inclus.
— Pourquoi partir ?
— Bientôt, il ne fera pas bon d'être polonaise à Berlin.
— Tu vas retourner là-bas ?
Magda lui lança un regard consterné.
— Si je rentre à Varsovie, on dira que je suis allemande. Si je reste à Berlin, on dira que je suis polonaise. Et tout le monde aura vite fait d'oublier les millions donnés à Hitler par mon mari.
Magda, qu'il avait toujours connue futile et rigolarde, semblait avoir gagné des points dans l'ordre de la profondeur et de la sagacité. D'ordinaire, ses sujets préférés étaient les étoles et les maillots de bain.
— Où tu comptes aller ?
— Aux États-Unis. (Elle eut une grimace de mépris.) Comme une Juive.
Depuis toujours, on entendait circuler des histoires drôles sur l'antisémitisme polonais qui, disait-on, était pire encore que celui des Allemands.

– Greta n'est pas là ? demanda-t-il en promenant un regard distrait sur l'assistance.
– Greta qui ?
– Fielitz.
– Apparemment, non. (Elle sourit, ses yeux étaient secs maintenant.) Tu voulais la voir ?
– Ça m'aurait fait plaisir, oui. On ne voit plus trop non plus Susanne ni Leni ces derniers temps.
– Elles sont en vacances, sur la Baltique, je crois.
Il fallait attaquer de manière plus directe :
– J'ai appris un drôle de truc sur Greta. Tu savais... Enfin, on m'a dit qu'elle était enceinte.
– Greta ? répéta Magda, l'air sincèrement surpris. Ça m'étonnerait.
– Pourquoi ?
– Tu la connais, non ? Pas le genre à faire péter les coutures de ses jupes avec un mouflet dans le placard.
On ne pouvait résumer la situation d'une manière plus pragmatique.
– À moins que..., murmura-t-elle.
– T'as une idée ?
Magda le fixa intensément puis, comme par réflexe, attrapa ses lunettes noires. Elle avait les yeux fragiles. Souvent, le bord de ses paupières était rougi. D'autres fois, le blanc était injecté de sang.
– Greta n'est pas tout à fait comme nous.
– Qu'est-ce que tu veux dire ?
– Elle est beaucoup plus... convaincue.
– Convaincue de quoi ?
Magda désigna la porte du salon entrebâillée. Simon suivit son regard – ou du moins l'écran noir de ses lunettes. Des officiers nazis discutaient, debout, cambrés comme des étalons en pleine saillie.
– C'est une nationale-socialiste ?
La question n'avait pas de sens : à Berlin, en 1939, tout le

monde était national-socialiste. Mais Greta était peut-être une militante, voire une fanatique. Sur le divan, elle n'avait jamais eu un mot sur ses opinions politiques. Elle semblait subir le nazisme comme une fatalité dangereuse, dont elle se tenait à distance grâce à son existence frivole et... à la fortune de son mari.

Greta lui avait peut-être aussi caché ça... Plus il avançait, plus son activité de psychanalyste lui apparaissait comme une mascarade. Ses séances, ses enregistrements n'avaient attrapé que du vent. La petite Fielitz et les autres lui avaient joué la comédie. Mais dans quel but ?

– Quel rapport avec sa grossesse ?

– T'as jamais entendu parler du Führerdienst ?

– Le service du Führer ?

Ce n'était pas à proprement parler une loi mais une règle fortement conseillée : chaque femme devait concevoir un enfant spécialement pour Adolf Hitler. Souvent le petit dernier. Une sorte d'« effort de paix » qui s'ajoutait à une marmaille déjà conséquente.

– Tu veux dire que Greta aurait fait un enfant pour... le Führer ?

Magda ne répondit pas. Elle semblait avoir repéré un détail intéressant, ou une arrivante, de l'autre côté du salon. La jeune veuve avait bien d'autres soucis que les tocades de Greta pour Hitler et ses démons.

– Magda...

La princesse aux lunettes noires parut se souvenir de Simon.

– Le mieux, conclut-elle en se levant, c'est que tu ailles aux vêpres.

– Aux vêpres ?

Elle attrapa un bloc-notes siglé aux initiales de l'hôtel Adlon et griffonna une adresse.

– La chapelle de Kampen, près d'Alexanderplatz. Chaque jour, en fin d'après-midi, y a une messe. Vas-y demain. Tu comprendras.

– Mais...

Magda lui posa une main sur l'épaule en guise d'au revoir et se dirigea vers un autre groupe. L'audience était terminée. Il observa quelques secondes la feuille entre ses doigts, l'empocha puis termina la bière de la veuve polacke.

En sortant de l'Adlon, Simon était abasourdi. Sa démarche dansante s'était transformée en lourd vacillement, le soleil de la fin d'après-midi s'enfonçait dans ses orbites comme de la cire brûlante, et son cerveau était aussi desséché que la carapace d'un scorpion.

Greta Fielitz enceinte d'une énigme.

Greta Fielitz en fanatique nazie.

Greta Fielitz en catholique fervente.

Il observait Unter den Linden qui semblait désormais taillée dans un glacier légèrement azuré. Les aigles. Les croix gammées. Les ombres. La guerre lui apparaissait soudain comme une vague inéluctable et imminente, un raz de marée qui allait tout emporter dans son sillage.

Son Berlin n'existait plus.

Et celui d'Hitler n'existerait jamais.

Entre ces deux vides, restait l'enquête. À défaut d'empêcher la Deuxième Guerre mondiale, Simon et ses complices pouvaient au moins arrêter un tueur de marbre qui s'acharnait sur une escadrille de beautés. *Déjà pas si mal.*

# 90.

– Cherche là-dedans, dit Kochmieder, ton gamin est vivant.

L'homme ne bougeait pas, le visage en sang. Un œil s'était décroché d'un centimètre alors que l'autre n'était qu'une tuméfaction. Le nez avait été brisé à plusieurs reprises. Ses lèvres tremblantes produisaient un curieux sifflement entre ses

dents fracassées. Avant de les éliminer, les *Totengräber* aimaient « préparer » leurs Juifs, c'est-à-dire leur « faire rentrer leur putain de pif dans leur sale gueule ».
— Cherche, j'te dis. Tu peux encore le sauver.
L'homme se tenait face à la plateforme d'un camion remplie de cadavres. Le sang dégorgeait du plateau. S'écoulait le long des rainures. Débordait sur les côtés des parois. À leurs pieds, la boue était rougeâtre, les flaques vermeilles. Beewen n'avait jamais vu autant de sang à la fois — et il n'était pas un puceau dans ce domaine.
— Vas-y, j'te dis ! Ton fils est là !
Kochmieder attrapa l'homme par la nuque et le força à grimper sur les cadavres amoncelés. Sans un mot, le détenu tenta une première fois de prendre appui sur le plateau mais il glissa. Gros éclats de rire quand il s'étala dans la boue.
En s'y reprenant à plusieurs fois, il parvint enfin à s'accrocher aux frusques des victimes et à se hisser sur le charnier. Les SS contemplaient avec délectation le pauvre bougre, à quatre pattes sur le monticule de corps. Au milieu des rires, les encouragements et les insultes fusaient.
Beewen n'était pas dépaysé. Ça lui rappelait ses boulots de jadis, quand il était SA et qu'il s'agissait de cogner sur tous ceux qui n'étaient pas en noir, en attendant de les repeindre avec des rayures bleues. À l'époque, ce genre de tortures constituait la routine. Mais on sentait maintenant une motivation différente chez ces bourreaux. On ne luttait plus comme au temps de la milice, on nettoyait, tout simplement. On évoluait en terrain conquis.
En début d'après-midi, le premier boulot les avait amenés dans des marécages, près d'un lac, au nord de Berlin. Ils avaient dû charger une dizaine de cadavres qu'on avait oubliés là. La tâche avait été retardée par des Juifs audacieux venus marchander les corps de leurs proches. Kochmieder, en habitué, avait tranquillement négocié, à la manière d'un maquignon dans une foire aux bestiaux. À raison de plusieurs centaines de marks, les parents pouvaient emporter un mort ou deux...

Beewen n'avait jamais été antisémite mais il commençait à devenir antinazi... Sans un mot, il avait inhumé avec ses collègues ces cadavres anonymes dans une fosse commune dont le sol, amolli et visqueux, provoquait à chaque pelletée d'infâmes bruits de succion.

Ils n'étaient pas les premiers à venir. Chaque fois que sa botte s'enfonçait, des nuées de mouches jaillissaient de la terre gluante. Beewen pouvait sentir sous ses semelles les visages, les épaules, les torses d'autres suspects enterrés là, à quelques centimètres de la surface.

La mission suivante avait été de déloger des Juifs d'un immeuble marqué «*Juden*», puis de les traîner à la gare centrale pour les entasser dans un train de marchandises. En plus de l'odeur de la sueur – la peur, l'été –, celle du plomb tiède était asphyxiante. Devant chaque wagon, un cheminot attendait la fin de l'opération pour sceller les portes avec du métal fondu.

À présent, ils terminaient leur journée à Hellersdorf, dans cette cour d'immeuble où un homme à moitié vivant cherchait un enfant à moitié mort parmi un amoncellement de macchabées.

Des applaudissements fusèrent, l'homme avait trouvé le gamin. Les genoux calés contre deux dos inertes, il redoublait d'efforts pour tirer le petit corps de la mêlée. Pas un des salopards n'aurait bougé. Au contraire. Le tableau les faisait littéralement bander.

Quand enfin l'homme parvint à extraire le gamin des bras et des jambes qui le retenaient, il l'observa – et alors seulement, une lueur s'alluma dans son œil valide. Une lueur terne, voilée : ce n'était pas son fils.

Sans un mot, sans un cri, il poussa l'enfant, le fit rouler jusqu'au bord de la plateforme. Malgré ses efforts, le petit lui échappa des mains et s'écrasa au pied du camion.

L'homme descendit à son tour, chancelant, hagard.

– T'as l'air déçu, mon grand, commenta Kochmieder. C'est pas lui, c'est ça ? J'me suis gouré ?

Il avait déjà dégainé. La seconde suivante, il tirait à bout touchant dans la tempe de l'enfant.

– J'suis désolé, mon gars. Je peux même pas te dire que j'essaierai de faire mieux la prochaine fois parce qu'y en aura pas.
L'homme tomba à genoux, attendant le coup de grâce.
Kochmieder se tourna vers Beewen.
– À toi de jouer, camarade !
Franz redoutait cette épreuve depuis le début de l'après-midi. Le baptême du feu. Ou plutôt du sang.
Il dégaina son PO8, fit monter une balle dans le canon et tira. Le crâne de l'homme vola en éclats. Dans le vide laissé par la détonation, le gestapiste crut tomber dans un gouffre. Il songea aux Dames de l'Adlon et comprit qu'il ne lui restait plus que l'enquête. Peut-être une excuse à sa lâcheté, mais en tout cas une vraie raison de rester vivant.
Il tira une nouvelle balle sur l'homme déjà mort pour Susanne.
Une autre pour Margarete.
Une autre pour Leni.
Une autre pour Greta.
Kochmieder s'esclaffa :
– Eh ben toi, mon gars, on dirait bien que t'aimes pas trop les Juifs !

# 91.

– Prépare-toi. On sort ce soir.
Beewen joua de l'épaule et pénétra chez Simon. Ses vêtements étaient encore tachés de sang. Il empestait la charogne et de la boue lui remontait jusqu'aux genoux.
– Qu'est-ce que c'est que cet accoutrement ?
Malgré lui, Simon avait fait un écart, à la fois pour le laisser passer et pour éviter l'odeur pestilentielle.
– Ma tenue de travail. Je peux me laver chez toi ?
– Heu... oui, bien sûr.

Beewen tenait un sac siglé de deux runes nazies. Il avait eu le temps de passer au siège de la Gestapo pour prendre une tenue de soirée. Il avait encore accès au vestiaire. Plusieurs jours qu'il n'était pas allé chez lui – et qu'il s'habillait, quand il ne portait pas son uniforme, avec les fringues de morts. Il ne ressemblait pas à un vagabond. Il en était un, à l'ombre de la croix gammée et de la porte de Brandebourg.

– Où est la salle de bains ?

Simon ne répondit pas tout de suite, il paraissait effaré. Peut-être dormait-il déjà : il n'était que vingt-deux heures mais son visage était froissé comme une de ces lettres que les Juifs leur envoyaient chaque jour pour demander des nouvelles de leur famille. Des lettres que Beewen balançait dans sa poubelle sans les lire.

Enfin, son hôte le guida. Beewen plongea sous la douche en craignant de casser quelque chose. La salle de bains de Simon était plus raffinée encore que celle de Minna. Des carreaux immaculés qui lui rappelaient ceux du métro, des ferronneries sombres, du marbre en veux-tu en voilà. Le lavabo et la baignoire rappelaient des images de temples grecs qu'il avait vues jadis et les robinets étaient aussi travaillés que des nœuds de cravate.

Il se lava en se disant que Simon avait sans doute volé cette salle de bains (et l'appartement avec) à une famille juive. Il était exactement comme lui, à une autre échelle : Beewen portait des costumes de disparus, Kraus habitait l'appartement de déportés. Deux parasites, deux hyènes vivant des restes des persécutés.

– Je t'ai fait du café.

– Merci.

Beewen avait enfilé le smoking qu'il avait apporté. Il venait de s'apercevoir que sa veste portait deux orifices de balle aux contours brûlés, dans le dos, à hauteur du cœur.

– C'est quoi encore, ce costume ?

– Je t'ai dit qu'on sortait ce soir.

Simon avait préparé des tasses en porcelaine rehaussées de

liserés d'or. Beewen avait envie de tout casser ici : c'était le butin de guerre d'un homme qui n'avait même pas combattu.
– Où va-t-on?
– Au Nachtigall.
– Pourquoi?
Franz reposa sa tasse en la serrant trop fort. L'anse de porcelaine lui resta dans la main.
– Désolé.
– Pas grave. J'en ai d'autres.
*Bien sûr.* Des services entiers, tous piqués à des familles innocentes aux bouches remplies de terre.
– Pourquoi le Nachtigall? répéta Simon.
– Je veux te montrer quelque chose.

92.

– Une table pour trois!
Beewen avait lancé son ordre comme il aurait beuglé : « Fusillez-les! » Le loufiat – un éphèbe déguisé en petit page – s'exécuta en express. Ils étaient passés chercher Minna – *plus on est de fous...* – et avaient rejoint le cabaret de Willy Becker à deux heures du matin. L'heure du coup de feu dans la boîte de la Nollendorfplatz. On dansait sur les tables, on buvait, vautrés sur les canapés, on s'embrassait avec la langue, comme si on devait mourir demain – ce qui, pour la plupart de ces homosexuels, était vrai.
Ils s'installèrent dans un des box aux allures de balcon mauresque et admirèrent le décor. L'esprit du lieu était les *Mille et Une Nuits* ou *Ali Baba et les quarante voleurs*. Des projecteurs ne cessaient de tournoyer comme les canons antiaériens de la FLAK (la DCA de la Wehrmacht). Des lustres en forme de

lampes d'Aladin, travaillés et ajourés, envoyaient des éclats de lumière aux quatre coins de la salle.

– Franz, qu'est-ce qu'on fout là ? demanda Simon en hurlant (un numéro de strip-tease masculin était accompagné par une fanfare tonitruante).

Beewen promena sur la foule un regard amusé : les tapettes se trémoussaient sur le parquet ciré comme des grenouilles dans de l'eau bouillante. Certains se la jouaient front laqué et tuxedo miroitant (un peu comme lui-même), d'autres avaient franchi le Rubicon et étaient travestis en femmes. D'autres encore portaient des masques – des becs d'oiseau, des dominos, des loups, des grimages. *Qu'importe le giton pourvu qu'on ait l'ivresse...*

Après la journée qu'il venait d'endurer, c'était vraiment l'apothéose. L'ultime ricanement du cauchemar. En réalité, Beewen, après ces heures passées avec les *Totengräber*, aurait voulu aller se coucher avec une dalle sur le visage en guise d'oreiller, mais un de ses *Blockleiter* lui avait laissé un message. Une nouvelle information qu'il voulait vérifier par lui-même.

Beewen cadra ses complices – disons ses partenaires. Il commençait à bien les aimer. Quoiqu'il ne soit pas trop familier avec ce mot, il avait conscience que l'attention qu'il leur portait était spéciale. À Simon, il accordait un mélange de dédain et d'affection qu'il aurait pu réserver à un petit frère. Un p'tit gars à qui on pardonne pas mal de choses, parce que les dégâts qu'il cause sont toujours moindres que l'émotion qu'il sait faire naître, d'un regard ou d'un sourire.

Minna, c'était autre chose. Il était attiré par elle, bien sûr. Banale attraction physique, et même intellectuelle, pour une femme au visage mystérieux et à l'esprit complexe. Mais cette attirance était devenue plus large, plus ample qu'il ne l'aurait voulu. Il ne parvenait plus à en faire le tour et il avait maintenant l'impression de s'y perdre.

Une voix retentit au-dessus d'eux – le hululement d'un rapace nocturne.

– Qu'est-ce que je vous sers, mes canards ?

Ils levèrent les yeux et découvrirent Willy Becker, en smoking blanc à col moiré dont les bords festonnés dessinaient des notes de musique. Son visage s'aiguisait comme toujours à l'ombre de ses orbites charbonnées. Deux ailes noires au fond desquelles des yeux d'hématite vous fixaient comme ceux d'un masque antique.
Beewen plaqua un billet sur la table.
– Schnaps pour tout le monde.
– Où tu t'crois, mon gars ? répliqua Becker en changeant de ton. À la Brasserie de Munich ? Nazi ou pas, ici on sert que des cocktails. L'élégance a ses devoirs.
Franz considéra la faune bigarrée autour de lui.
– C'est sûr qu'on est ici dans un club de l'élite.
– Exactement. N'oublie pas l'Antiquité grecque, ducon. À moins qu'un cul-terreux comme toi n'en ait jamais entendu parler, ce qui est probable.
Beewen serra les poings mais ce n'était pas le moment de céder à la colère. Il préféra sourire pour désamorcer toute tension.
– Alors je te laisse choisir. Tu vas bien payer ta tournée.
Willy Becker trouva au fond de son faciès d'aigle un air de bonhomie inattendu.
– C'est mon plaisir, monseigneur, fit-il en singeant une révérence.
D'un coup, les projecteurs s'éteignirent. Le taulier disparut comme un souvenir déplaisant. De nouveaux canons à lumière s'allumèrent et se concentrèrent sur la scène – Beewen se réjouissait, avec une joie malsaine, de choquer encore ses compagnons.
Une femme se balançait maintenant sur une escarpolette, en bustier, porte-jarretelles et chapeau claque. Une curieuse Marlene Dietrich qui fredonnait, tout en allant et venant, la fameuse chanson de *Der blaue Engel* :

*Ein rätselhafter Schimmer*
*Ein je-ne-sais-pas-quoi*
*Liegt in den Augen immer*
*Bei einer schönen Frau...*

Marlene n'avait jamais eu la voix aussi grave, ni les mollets si épais. L'homme qui tenait ce rôle n'offrait, hormis le costume, aucune ressemblance avec elle. Son visage était plâtré de blanc. Malgré l'épaisseur du maquillage, ses traits négroïdes ne faisaient vraiment pas l'affaire et sa bouche – immense, provocante, transgressive – s'ouvrait comme un bec de pélican pour entonner d'une voix de basse :

> *Doch wenn sich meine Augen*
> *Bei einem vis-à-vis*
> *Ganz tief in seine saugen*
> *Was sprechen dann sie ?*

Les boissons arrivèrent et Beewen, les yeux rivés sur la scène, vida son verre cul sec. Les travelos l'avaient toujours mis mal à l'aise et ce n'était pas celui-là qui allait arranger les choses. Ses jambes poilues, moulées dans des bas blancs de jeune mariée, sa taille trop fine rehaussée par une sorte de tutu, ses mains noueuses, compliquées, agrippées aux cordes de la balançoire, tout ça offrait un spectacle sinistre, hors nature, mortifère.

– Tu vas nous expliquer ce qu'on fout ici, oui ? demanda encore Simon à voix basse.

Beewen sourit et leva son verre en direction de Lola-Lola.

– Je vous présente Günter Fielitz, le mari de Greta.

## 93.

Du temps de Ruth Senestier, Minna avait souvent visité des loges de cabaret. Une autre époque. Berlin explosait littéralement sous la pression des sens et de la création. Les danseuses s'affichaient nues, les artistes étaient tous éthéromanes, les hommes renouaient avec les joies d'Éros et finissaient phtisiques, jouant les Dames aux camélias dans des hôtels miteux, pendant que les femmes buvaient du cognac au goulot et s'embrassaient à pleine bouche. Débauche, oui, mais pas seulement. Les plus grands peintres d'Europe officiaient dans des mansardes, l'expressionnisme s'illustrait partout, le cinéma donnait la parole à l'inconscient et aux songes...

Minna avait vécu cette queue de comète, et elle avait connu, au sens littéral, l'envers du décor. Quand elle accompagnait Ruth dans les coulisses, après avoir été émerveillée par une pièce ou un spectacle (la danse surtout lui paraissait féerique), elle découvrait une réalité miteuse. Un monde de misère et d'abandon, où les artistes se droguaient sur un coin de table et où les bouteilles de schnaps roulaient sur le sol comme sur un pont de navire à la dérive.

C'était exactement l'émotion qu'elle ressentait ce soir-là en suivant Beewen et Simon à travers le dédale de couloirs peints en noir. Elle vivait cette escapade nocturne comme un tunnel sans rime ni raison – les deux lascars étaient venus la chercher, Simon était impeccable dans un smoking sur mesure, alors que Beewen explosait dans le sien.

Elle s'était farci le sinistre numéro de Günter Fielitz, qui ressemblait, déguisé en Lola-lola, au dernier aristocrate victime d'un monde ravagé par la débauche et le cynisme – un monde qui s'était détruit de l'intérieur, à force de vice et de mépris.

La question implicite de Beewen était claire : avec un mari pareil, qui avait engrossé Greta ? Et l'interrogation était aussi valable pour les trois autres Dames.

Avant d'ouvrir la porte de la loge, Beewen frappa son poing dans sa paume (il avait enfilé des gants).

– Ce soir, on joue le coup à ma façon.

*Toc-toc-toc*, Beewen poussa la porte sans attendre de réponse. Drapé dans un peignoir de soie, Günter Fielitz, assis face à une coiffeuse dont le miroir était encadré de petites ampoules, venait d'ôter sa perruque, révélant un crâne aux cheveux plaqués, tenus par une résille.

Son visage n'exprimait plus la moindre féminité. Plutôt le drame intime d'un clown triste. Une face tragique, impuissante à faire rire, trop pitoyable pour faire pleurer. Sur son sourcil droit, des traces de crayon avaient coulé, exactement comme sur le visage d'un auguste.

– Holà, fit Günter d'une voix de basson, qu'est-ce qu'il y a là ?

Ses lèvres épaisses barraient son visage étroit à la manière d'un mollusque, son nez épaté était cadré par deux rides d'amertume, profondes, poudreuses. Quant aux yeux, ils semblaient profondément enfoncés dans les orbites, suant le khôl et le mascara.

Beewen laissa entrer Simon et Minna puis referma la porte avec son dos.

– On est venus te présenter nos condoléances, Fielitz.

– Qu'est-ce que ça veut dire ?

Beewen sortit sa médaille de la Gestapo et la rempocha aussitôt. Impossible de lire ce qui était gravé dessus. Mais le message était passé.

– C'est la Reichszentrale, camarade !

## 94.

L'Office central du Reich pour la lutte contre l'homosexualité et l'avortement, créé au milieu des années 30, était le cauchemar du milieu artistico-littéraire berlinois. Depuis 1936, la chasse aux pédés redoublait sous l'impulsion d'Himmler, qui les détestait tout particulièrement – en tant qu'anomalies de la nature d'abord, en tant que freins à la reproduction de la race aryenne ensuite.

Quand cette brigade vous tombait dessus, ça signifiait votre mise au ban immédiate de la société. Dans le meilleur des cas, vous perdiez tout et votre vie s'effondrait. Dans le pire, c'était le camp de concentration, ou la castration maison, lors d'une visite-surprise à votre domicile.

– Vous ne savez pas à qui vous avez affaire, répliqua Fielitz d'un ton d'autorité, en bombant le torse.

Mais avec son maquillage de bouffon, la posture n'avait rien d'imposant.

– Je vais en référer au Führer et...

– Laisse notre Führer bien-aimé où il est. Il a d'autres chats à fouetter en ce moment.

– Vous..., commença Fielitz en se levant.

D'une main, Beewen le força à se rasseoir.

– Tu sais qu'avec mes amis ici présents, on trouve que t'as une drôle de façon de porter le deuil.

– Mon chagrin ne regarde que moi.

– Ton chagrin ? Ta femme vient de se faire charcuter par un fou sadique et toi, tu te trémousses déguisé en femme devant une bande de tapettes ?

Beewen lui mit la main au paquet et lui tordit les organes génitaux. Fielitz hurla. Le gestapiste lui écrasa le visage dans un poudrier ouvert.

L'homme s'accrocha à la coiffeuse et Minna put voir la chevalière qu'il portait, le chaton sur lequel étaient gravées les armoiries de la famille Fielitz.

Beewen lui releva le visage : sous la poudre, la peau du travesti rougissait à vue d'œil.

– Écoute-moi bien, *Schwanzlutscher*, tu peux sucer toutes les bites que tu veux, on en a rien à foutre. On est seulement venus te parler de ta défunte épouse.

Fielitz toussa puis vomit quelques giclées de bile rosâtre. Son rouge à lèvres bavait aux commissures des lèvres, lui dessinant une plaie béante.

– Tu réponds à nos questions et on disparaît dans cinq minutes. Tu fais ta tête de con et tu te retrouves à la Gestapo, où on te fera péter la rondelle à coups de matraque.

Beewen lui caressait le crâne dans une parodie de geste langoureux.

– Crois-moi, un triangle rose, ça t'ira bien au teint.

Minna était révulsée, tout en étant impressionnée par cette science abjecte dont Beewen se révélait être un expert. La science de la violence et de l'humiliation. Du mot qui frappe et du coup qui porte. Chaque syllabe était un coup de boutoir dans les fondations de la dignité humaine.

En tant que psychiatre, Minna considérait l'état mental de Beewen avec intérêt. C'était de l'ordre du précipité chimique. Au fond de l'âme du SS, s'était cristallisé un mélange de négativité, de haine, de cruauté. Une force à rebours, toxique et corrosive.

Fielitz finit par marmonner :

– Vous savez pas qui je suis...

– On sait parfaitement qui tu es et, comme on dit dans mon village, plus on tombe de haut, plus on se fait mal au cul. T'as entendu parler du paragraphe 175, chérie ?

Beewen se pencha vers lui.

– On l'a considérablement enrichi, tu peux nous faire confiance. De nos jours, quand on est un monsieur respectable, il fait pas bon sucer des queues, crois-moi. Himmler parle même de tous vous castrer. J'suis sûr que tu l'connais personnellement, alors je te fais pas un dessin : quand il a une idée derrière la tête, notre éleveur de poules, c'est difficile de lui retirer.

Fielitz grommelait des mots inintelligibles, la tête toujours baissée entre ses cuisses comprimées par les jarretelles.

Beewen l'attrapa par le col de son peignoir.

– Qu'est-ce que tu dis ? J'entends pas !

– Laissez Greta où elle est et allez vous faire foutre. Désormais, elle repose en paix. Dieu...

– Dieu ?

Beewen lui enfonça ses pouces dans les yeux.

– Dieu ? Qu'est-ce que vient faire ce mot dans ta bouche à pipes ? Putain d'enculé, tu n'es qu'un blasphème en marche, une offense au ciel, une raclure de foutre !

Beewen pressa encore ses pouces à lui faire jaillir les globes oculaires comme des palourdes de leurs coquilles.
– Tu vas nous dire ce que tu sais, putain de tafiole. Sinon, je m'en vais expérimenter sur toi les idées d'Himmler sur la castration !
Il le balança au sol, renversant au passage tous les accessoires de maquillage. Par réflexe, Fielitz se roula en boule pour parer les coups à venir.
– Mais qu'est-ce que vous voulez que j'vous dise ? gémit-il.
– Comment ta femme a pu tomber enceinte, par exemple. C'est pas avec ta queue à fions que t'as pu la féconder !
Fielitz releva la tête : le sang et les larmes se mélangeaient sur sa face blanche, dessinant des rigoles rosâtres.
– Greta ? Enceinte ?
– Tu l'savais pas peut-être ?
– Mais... jamais de la vie ! Elle ne voulait pas entendre parler d'enfant !
– C'est sûr qu'avec toi, elle était mal partie. Comment t'expliques ce prodige ?
À cet instant, la porte s'ouvrit – un danseur glissa un œil et poussa un petit jappement de frayeur. Beewen, décidément survolté, dégaina et braqua son arme sur le visiteur.
– Casse-toi.
L'homme ne bougeait pas. Il tremblait comme une vieille image de cinéma dans l'entrebâillement de la porte. Beewen tira dans l'embrasure.
– CASSE-TOI J'TE DIS !
L'homme disparut. Les secondes passèrent. Suffisantes pour que chacun saisisse qu'un bruit ne collait pas dans cette caisse de résonance. Fielitz, toujours à genoux au sol, se balançait d'avant en arrière, se tapant la tête contre le mur. Il semblait avoir perdu la raison.
– Greta, enceinte, répétait l'aristocrate saxon en ricanant.
– Ça te fait rire ?
Il leva son visage de martyr.

– Enceinte! rit-il sur un ton d'incrédulité.
Beewen le gifla.
– Elle avait des amants?
Fielitz ne répondit pas. On ne voyait plus ses pupilles. Seul le blanc des yeux jaillissait entre les paupières cernées de noir. Un regard révulsé de chamane en transe.
– Non, finit-il par cracher.
– Qu'est-ce que t'en sais?
– Je... je savais tout sur ma femme.
Disant cela, Fielitz posa un regard lourd sur le petit Simon. Minna comprit que Simon couchait avec Greta et que son mari était au courant. *Quelle équipe!*
– Comment ça, tu «savais tout»? Tu la faisais suivre?
– Pas besoin. Son chauffeur me faisait un rapport tous les jours. Greta n'avait pas d'amants... Du moins pas ces derniers mois.
– Elle était enceinte, fils de pute. Il a bien fallu qu'on la lui mette!
– C'est impossible.
– C'est un fait. Le légiste est formel. Elle avait les tripes à l'air sur la table d'autopsie. Y a plus de secret quand on en est arrivé là.
– Elle ne voyait personne. Je le sais.
– Sur son meurtre, qu'est-ce que tu peux me dire?
Le visage blafard parut se figer une seconde puis, soudain, se brisa comme un vase de porcelaine. Il éclata en sanglots.
– Réponds! hurla Beewen.
– Je ne sais rien!
– Tu viens de me dire que tu savais tout.
– Pas sur le meurtre de Greta.
– Elle était surveillée par deux de mes gars. Elle a disparu au beau milieu de l'hôtel Adlon, comment tu expliques ça?
– Je ne l'explique pas.
– Avait-elle manifesté des craintes ces derniers jours? T'avait-elle parlé de quelque chose qui l'inquiétait?

– Laissez-moi...
– Laissez-moi quoi ?
– Avec mon chagrin.
Beewen éclata de rire.
– T'as pas fini de pleurer, mon salaud. Entre toi et la Reichszentrale, y a plus qu'un fil. Ta prochaine destination de vacances, c'est le KZ.
Le SS mit un genou au sol et ordonna :
– Le chauffeur, donne-moi son nom !
– Weber. Hans Weber.
Beewen sortit un petit carnet et nota le patronyme avec soin.
– Il ne vous dira rien, murmura Fielitz. C'est mon homme, c'est...
Beewen lui décocha un coup de poing dans la mâchoire.
– Me dis pas que tu lui fous aussi ta bite dans le cul ! fulmina-t-il.
Il lui cracha dessus et tourna les talons. Il paraissait avoir totalement oublié Simon et Minna, qui lui emboîtèrent le pas.
– Enceinte, Greta... Enceinte ! hurlait Fielitz.
Son rire désespéré s'étouffait maintenant dans un gargouillis de sang.
– C'est la Sainte Vierge !

## 95.

Après avoir déposé Simon, Minna reprit la direction de la villa. Beewen, resté dans la Mercedes, fumait cigarette sur cigarette, l'air renfrogné. Le gestapiste habitait dans le quartier de Prenzlauer Berg – pas du tout le chemin. Il lui avait demandé de le laisser devant chez elle. Il se débrouillerait pour rentrer par ses propres moyens.
Minna était écœurée. Beewen n'était qu'une brute, doublée d'un assassin. Qu'avait-elle espéré ? Il avait été SA, puis gestapiste.

Il avait gravi les échelons d'une association de malfaiteurs. Sa nature première – et dernière – était la violence. Sang pour sang, la brutalité fait loi. Il était le loup des fables, le tueur des mauvais romans, le salopard qu'on adore haïr. Un vaccin radical contre toute velléité d'attachement ou d'amitié.

Comment avait-elle pu s'embarquer à ses côtés ? Comment avait-elle pu lui demander de l'aide et se laisser séduire par son allure d'ogre borgne ?

Quand elle parvint à Dahlem, il commençait à pleuvoir. Elle s'arrêta devant son portail pour replacer la capote avec l'aide de Beewen. Il s'activait sans desserrer les dents, tremblant encore de sa colère mal digérée.

*Pourvu qu'il ne me demande pas à rester dormir...*

Beewen fit bien pire : il essaya de l'embrasser. Après son comportement immonde au Nachtigall, c'était bien la dernière chose à tenter.

Minna le repoussa gentiment, en secouant la tête. Son mouvement, malgré sa douceur contrainte, était saturé de mépris, et même de consternation. *Pas de ça entre nous.*

Beewen étouffa un juron qui venait de très loin. Un grognement dans lequel s'exprimait toute son amertume, toute l'acrimonie d'une vie – peut-être même le ressentiment immémorial de l'homme envers la femme.

– Tu n'en as même pas envie toi-même, murmura-t-elle pour le calmer.

– Qu'est-ce que t'en sais ?

– Ça fait des semaines que tu y penses, et tu attends justement le soir où tu as tabassé un pauvre type innocent pour agir.

– Tu me considères comme un salaud ?

Minna sourit.

– Commence par te considérer toi-même. On en reparlera.

Nouveau juron, mais c'était l'écho du premier. Plus léger, moins convaincu.

– Les intellectuels me fatiguent, marmonna-t-il.

– C'est toi qui te fatigues à jouer les simples d'esprit. Il n'est

pas honteux de réfléchir. Encore moins d'avoir des principes et de les respecter. Tu ne pourras pas rester toute ta vie l'homme de main d'un pouvoir pourri.
Beewen eut un rire sinistre.
– Ce pouvoir-là ne durera pas longtemps.
– Je l'espère. De toute façon, tu ne peux pas continuer à être fossoyeur.
– Comment tu sais ce que je fais ?
– L'odeur.
Il passa ses pouces derrière les revers de son smoking, dans une posture parodique. Ils se tenaient toujours devant le seuil du parc de la villa, sous une pluie fine.
– Même à travers mon costume de soirée ?
– Tous les pores de ta peau suintent la mort.
Une escadrille traversa les ténèbres, très haut dans le ciel. Toujours cette menace, ce sentiment que de grands mouvements se déroulaient à leur insu. *Un séisme en marche.*
Il hocha la tête avec consternation.
– Je suis vraiment parvenu au bout de... l'humain.
– Non. C'est justement maintenant que tu dois faire preuve d'humanité.
– Toi aussi, tu me dégoûtes. Tu joues avec les mots. Pour toi, rien ne porte à conséquence. Tout est bavardage. Tu parles comme une fille à papa qui a toujours eu le choix. Ton institut et ses malades ont flambé ? En quoi ça va changer ta vie ?
Minna ne se départit pas de son ton de douceur :
– Oublie-moi. Oublie tes colères. Agis au présent. Ne pense plus au passé ni même à l'avenir.
– Tu m'emmerdes.
Il fourra les mains dans ses poches comme si sa veste de smoking était devenue une vulgaire parka militaire et tourna les talons. Elle considéra sa haute carrure qui se fondait dans l'obscurité comme un noyé dans des rouleaux sombres. Elle venait de surprendre une fragilité, une vulnérabilité sous la peau

de bête, qui lui rappelait celle de ses aliénés, à la fois violents et impuissants, agressifs et démunis.
– Attends !
Il se retourna. Elle lui sourit dans le noir.
– Si tu veux, tu peux dormir ici.
Il revint sur ses pas, tête dans les épaules, mains dans les poches. Pas vraiment mûr pour les bals de l'aristocratie berlinoise, mais il en aurait fait frissonner plus d'une.
– Vraiment ? demanda-t-il du fond de son col cassé.
– Vraiment. Mais il ne se passera rien.
Beewen finit par sourire à son tour.
– Il se passera que nous dormirons sous le même toit.
– Déçu ?
– Pour moi, ça a plus de valeur que tout le reste.

## 96.

Son visage ruisselait de pluie mais il était dans son lit. Le ciel perlait de milliards de gouttes mais il était dans sa chambre. La foudre déchirait ses draps, transformant leurs plis en fissures bleuâtres, comme saisies par des ampoules-flashes à l'aluminium. Il rêvait bien sûr. Mais il rêvait si violemment que son corps se tordait comme une vipère sous le talon d'une botte, que sa tête frappait son oreiller aussi fort qu'un marteau sur la pierre. Seigneur Dieu, cette tempête en noir et blanc, avec ces lézardes de lumière et ces rafales de pluie, avait la puissance d'un fait réel requérant tous ses sens…

Soudain, il ouvrit les yeux et se redressa dans son lit. L'orage était là. Le tonnerre faisait vibrer les vitres, la foudre éblouissait la rue.

À cet instant, il le vit.

Debout dans l'embrasure de la porte, trench-coat ruisselant

et homburg à large bord, il se tenait immobile, mains dans les poches. À chaque éclair, son masque apparaissait. Verdâtre, biseauté, macabre. Un loup en marbre qui lui dissimulait les yeux.

Taille moyenne, carrure raisonnable, le tueur ne ressemblait pourtant à rien de connu. Mi-humain, mi-extraterrestre, il évoquait une créature androïde sur laquelle se seraient greffés des fragments de chair, des morceaux d'organisme vivant. Ou bien l'inverse...

Simon était à la fois terrifié et émerveillé. Était-il en train de rêver ? Avait-il réussi, enfin, à attirer l'Homme de marbre dans les rets de ses songes ? Ou n'était-ce qu'une hallucination provoquée par l'orage ?

Il se passa la main sur le visage comme on tourne la page d'un livre pour en connaître la suite. L'apparition avait disparu. Simon bondit de son lit, arrachant d'un geste les électrodes collées sur sa tête. Il passa dans la pièce voisine – la salle d'attente : personne. Dans son cabinet non plus.

Il courut vers l'entrée et aperçut la silhouette qui s'enfuyait par la porte ouverte. Simon allait s'élancer quand il réalisa qu'il était en caleçon. Par un stupide automatisme, un conditionnement moral ou il ne savait quoi, il retourna dans sa chambre pour enfiler une tenue décente.

Dehors, l'averse était pire que dans son rêve. La rue semblait en lévitation, se dématérialisant en une ondée crépitante. On ne pouvait plus dire si les gouttes martelaient le sol ou si une marée de flaques, de ruisseaux, d'écoulements, était en train de soulever le bitume comme un vulgaire tapis.

Pas une voiture, pas un passant – et bien sûr, pas d'Homme de marbre. Déjà réduit à l'état liquide, Simon s'accrochait à la raison et repoussait les idées qui l'assaillaient, aberrations où une chimère passait du songe à la réalité, avant de s'évanouir dans une rue de Berlin.

Il fit quelques pas dans l'artère déserte quand il aperçut entre deux voitures stationnées une bouche d'égout ouverte dont la plaque de fonte reposait sur le trottoir.

L'Homme de marbre s'était glissé dans ce puits. Il avait fui par ces tunnels remplis d'eaux furieuses. Prenant appui sur les bords de la cavité, Simon laissa pendre ses jambes dans le vide jusqu'à trouver une échelle à crinoline. Il se retourna, attrapa les montants et descendit, pris en tenaille entre l'averse et la flotte qui bouillonnait en bas. Il comprenait l'inconcevable : il pénétrait, physiquement, dans les rêves des Dames de l'Adlon.

Le contact glacé lui coupa le souffle – il fut d'abord saisi aux chevilles, puis aux genoux, ayant l'impression qu'une scie lui séparait les os. Immergé à mi-corps, bon an mal an, il s'adapta à la brûlure sidérante du froid.

Il lui sembla distinguer une silhouette à deux cents mètres. Oui, ça bougeait là-bas, au fond du tunnel : des clapotis, de l'écume... Simon, oubliant l'étau qui le saisissait jusqu'à la taille, s'arc-bouta et se mit à avancer à la manière d'un homme dans des marécages, chaque muscle freiné par le courant qui allait contre lui. La pluie se déversait dans le boyau par les avaloirs et les grilles d'égout. De vraies cascades qui remplissaient la galerie à toute vitesse.

Maintenant que ses yeux s'habituaient à l'obscurité, il remarquait un fait singulier : ce tunnel était rouge. La voûte, les parois, entièrement en briques, viraient à l'écarlate, imprimant aux flots noirs des reflets sanglants.

Simon progressait avec difficulté. Le plafond était arrondi, le sol aussi. Il ne cessait de perdre l'équilibre tout en luttant contre le courant. Il ne gagnait pas du terrain, il en perdait plutôt, mais il discernait mieux l'homme au chapeau qui progressait devant lui.

Il avait maintenant de la flotte jusqu'aux coudes – la masse glacée, toujours alimentée par les orifices, ne cessait de monter. Il allait perdre la course par abandon. Dans quelques minutes, il n'aurait plus pied. Depuis son enfance, il était toujours le premier à «ne plus avoir pied».

Serrant les dents, il se jura que cette nuit, sa taille ne serait pas un handicap. Se propulsant d'une poussée, il se mit à nager, tout simplement. Sa progression devint d'un coup plus facile, la force du courant s'amenuisant à la surface.

Il vit que l'autre avait fait la même chose. Il avait perdu son chapeau et Simon pouvait distinguer le dos de son masque – en réalité une sorte de casque, qui lui descendait sur la nuque comme un heaume du Moyen Âge.

Maintenant qu'il nageait, alternant la brasse et le crawl, il était carrément distancé. L'Homme de marbre était un athlète d'exception, ce qui confirmait ce qu'il avait toujours pressenti : l'assassin avait opéré à proximité de la Sprée – l'île aux Musées, le parc Köllnischer, le nord du Tiergarten – ou aux abords du lac Plötzen pour mieux s'enfuir à la nage. L'eau était son élément, son royaume.

L'eau et les songes...

Le flux souterrain se transformait en une crue indomptable... Simon releva la tête pour ne pas perdre sa proie de vue. À ce moment-là, elle disparut sur la gauche, balayée par une puissance invisible. Il ne lui fallut que quelques secondes pour parvenir au même point et être emporté à son tour comme une feuille de journal dans un caniveau. Une galerie perpendiculaire charriait à ce croisement d'autres eaux de ruissellement, bouillonnant d'écume jaunâtre, qui entraînaient tout sur leur passage. Simon n'avait plus froid. Il se débattait dans un torrent, aspiré, avalé, submergé par la déferlante.

Le long des parois, il repéra les tubes du système pneumatique – la fierté de Berlin –, les lignes téléphoniques, les fils électriques... Il eut un sursaut et parvint à s'accrocher à l'un des câbles. Il ne se souciait plus maintenant de l'Homme de marbre. Sous la voûte, l'eau atteignait sa bouche. À chaque brasse, il buvait la tasse, crachant, toussant, expectorant... Et l'eau montait toujours, ne lui laissant plus que quelques centimètres d'air libre.

Tout à coup, il songea aux avaloirs. Il prit une goulée d'oxygène et lâcha le tuyau. Il fut aussitôt emporté sous l'eau mais se força à garder les yeux grands ouverts. Même dans cette opacité, il pouvait discerner la vague lueur qui filtrait par les ouvertures...

Soudain, un halo. Simon tendit le bras et trouva le rebord de ciment. Il s'agrippa et s'immobilisa dans le courant. D'une traction, il revint vers la cavité et puisa de l'air entre les ruissellements de l'averse. Oh, pas beaucoup, juste un mince filet, de quoi ne pas crever tout de suite.

Il ferma les yeux, prit une nouvelle inspiration et lâcha prise. Aussitôt aspiré, il rouvrit les paupières, toujours en quête de la prochaine faille. L'apnée lui étreignait les poumons. Combien de temps pourrait-il tenir ainsi ? Il n'avait pas calculé (il n'y avait même pas pensé) la distance séparant deux avaloirs.

Une lumière, ou plutôt une pénombre moins dense...

En une seconde, la fente fut à sa main. Encore une fois, il réussit à coincer son poignet dans l'orifice. De ses doigts, il se cramponna et tendit la tête, alors que toute la flotte du monde s'engouffrait dans l'espace, dans sa bouche. Il leva le menton et parvint à gober quelques millilitres d'air.

C'était la vie même qu'il suçait là, lèvres tendues, gueule dressée comme une bête aux abois. Les flots du caniveau se déversaient sur son visage, dans ses oreilles, dans ses yeux... mais il respirait. Et il ne lâchait pas sa nouvelle idée. Au fil du tunnel, au-dessus de lui, apparaîtrait tôt ou tard une grille. Il pourrait peut-être la pousser et s'échapper de cet enfer.

Une nouvelle fois, il inspira une goulée d'oxygène et retourna à son courant. Une nouvelle fois, il fut emporté comme une particule. C'était presque grisant de flotter ainsi dans sa propre mort. Après tout, pourquoi résister ?

Une grille, enfin. Simon parvint à l'empoigner et à coller sa bouche entre les barreaux. Les mains serrées sur le métal, ses lèvres cherchaient la vie. Il buvait la nuit au goulot, léchait les barres de fonte comme un ivrogne sa bouteille vide.

Il commença à secouer le châssis des deux mains. Il n'aurait jamais cru avoir autant de force, avec aussi peu d'air comme carburant, mais c'était ça ou la mort. *Tant qu'il y a de l'espoir, il y a de la vie.* Il cognait, poussait, faisait pression avec ses poings, sa tête, ses épaules. Il se démenait avec l'énergie de ceux qui n'ont plus rien à perdre.

Soudain, un déplacement. Il insista encore et cette fois, ce fut la bonne. La grille sauta. Il l'écarta et prit une énorme goulée d'air détrempé.

Il était sauvé.
Il était vivant.
Il était la pluie et la vie.
Il était l'air et la nuit.

97.

Rentré chez lui, grelottant, hagard, épuisé (ce qui lui avait semblé une course exténuante, au bout de la nuit, ne l'avait éloigné que de trois ou quatre cents mètres de son domicile), Simon fila directement sous la douche qu'il régla au maximum de sa chaleur.

Sous le jet brûlant, il revint sur les révélations de la nuit.

D'abord, l'Homme de marbre n'était ni Josef Krapp ni un être imaginaire jailli des songes. C'était un homme masqué, de taille moyenne, portant chapeau et imper, qui pouvait s'introduire chez vous, à votre insu.

Simon se sécha (ses tremblements s'atténuaient) et alla se préparer du café. Il était trois heures du matin mais son excitation aurait pu faire péter toutes les horloges du quartier.

Autre information : le tueur était un nageur hors pair. De ce point de vue, Simon avait beau être entraîné – souvent, le dimanche, il allait aux lacs Müggel, Weißen, Schlachten, Plötzen... –, il ne faisait pas le poids face à un athlète de cette trempe.

Ainsi, l'Homme de marbre avait emmené ses victimes au bord

de la Sprée ou du Plötzen afin de pouvoir s'enfuir à la nage. Ce n'était pas une composante de sa psychose criminelle, c'était une stratégie. Tout simplement.

En réalité, cet indice n'était pas déterminant – surtout dans une Allemagne qui prônait l'exercice physique et les joies du plein air. À cette époque, la moitié de Berlin s'ébattait chaque dimanche dans les innombrables lacs et rivières de la capitale. Le nazisme était une dictature pleine de vitalité, qui faisait sa gymnastique chaque matin.

Arabica. Moulin. Cafetière moka. Il enchaînait les gestes avec allégresse. Une nouvelle fois, comme après sa libération, il éprouvait une gratitude vague, universelle, à l'égard de tout ce qui l'entourait, du carrelage de la cuisine à la flamme bleue de la gazinière. Il se sentait redevable au ciel et à la terre qui l'avaient accueilli au sortir de l'égout. Bon sang : il était vivant. Il fonctionnait encore...

Mais attention. Après avoir survécu aux geôles de la Gestapo et échappé à la noyade, son capital chance en avait pris un sacré coup – il n'aurait bientôt plus de coupons...

Soudain, il se souvint d'autre chose. Sa machine. Son *Elektroenzephalogramm*. Il posa sa tasse de café et retourna dans sa chambre. D'un geste nerveux, il attrapa les mètres de papier couverts de sinuosités qui résumaient, du point de vue des ondes cérébrales, la visite de l'Homme de marbre.

Ces lignes exprimaient une vérité capitale : quand le visiteur était apparu, Simon ne rêvait pas. Il était en état de sommeil profond, ce qui signifiait qu'il n'avait pas rêvé de l'orage ni de l'Homme de marbre : il les avait vus... Le tonnerre l'avait réveillé et, dans une demi-conscience, il avait amalgamé les éléments du réel à son sommeil...

Il comprit alors comment l'Homme de marbre apparaissait en rêve à ses victimes. Il leur rendait simplement visite au cours de la nuit. Il les réveillait, peut-être une fraction de seconde, de manière à imprimer son image sur leur cerveau (trop lourd, trop ensommeillé pour se réveiller complètement). Il se glissait pour ainsi dire dans une faille de leur conscience. L'esprit de ces femmes faisait le reste. L'homme avec son loup en marbre se développait comme une graine au fond de leur esprit...

Il avait exactement procédé ainsi avec Simon. L'orage, la foudre, la silhouette, tous ces éléments se seraient retrouvés dans ses rêves s'il ne s'était pas réveillé et avait laissé le meurtrier pénétrer dans son cerveau. Mais c'était lui au contraire qui s'était arraché au sommeil pour rejoindre son agresseur dans la réalité...

Pourquoi cette visite ? L'Homme de marbre voulait-il l'assassiner ? Voulait-il lui faire peur ? Ou le mettre sur une voie quelconque ?

Il tenait toujours le ruban de son électroencéphalogramme, considérant distraitement les courbes de son activité cérébrale, quand il réalisa soudain que quelque chose ne collait pas depuis son retour dans son appartement.

Un détail, un élément sonnait l'alerte, mais il ne voyait pas quoi. Il quitta sa chambre et rejoignit la salle d'attente : tout était en ordre. Dans la cuisine, à part l'odeur des grains de café brûlés, rien à signaler. Il revint dans l'entrée, où rien, hormis ses fringues trempées qu'il n'avait pas encore ramassées, ne faisait désordre.

Il termina par son cabinet, songeant à ses disques – l'Homme de marbre lui avait peut-être volé des enregistrements. Non, le cagibi était toujours fermé à clé.

Alors quoi ?

Il se retourna et promena lentement son regard sur chaque élément du bureau : le divan, la bibliothèque, les tableaux, le plateau de bois verni sur lequel se déployaient ses stylos à plume, ses buvards, son agenda, son carnet de notes...

Tout était en ordre.

Tout, sauf un élément.

Cette découverte faillit le faire hurler et il n'aurait su dire si c'était de détresse ou de triomphe. Le tube de carton dans lequel il avait glissé l'affiche de *Der Geist des Weltraums* avait disparu.

C'était cet objet que l'Homme de marbre était venu chercher. Son fétiche. Son modèle. Ainsi, Simon avait vu juste : l'image dans le petit magasin du passage des Tilleuls était un objet de vénération pour le tueur. Par discrétion, ou même par crainte sacrée, il ne l'avait pas achetée. Il préférait l'admirer à travers la vitrine, comme une icône au fond d'une église.

Il hésitait toujours : crier victoire ou gémir de dépit (il avait perdu sa seule pièce à conviction) ?

Finalement, Simon opta (ou plutôt ses mâchoires) pour une troisième voie. Il éclata de rire tout en ne pouvant, lui semblait-il, réprimer ses sanglots.

Vraiment à bout, le petit Kraus.

À bout, mais toujours vivant…


98.


Ils s'étaient réveillés à l'aube et, d'un commun accord, avaient filé chez Günter Fielitz, à Charlottenbourg. Non pas pour cuisiner encore la Folle de Berlin mais pour interroger le chauffeur de Greta – le dénommé Hans Weber. Les domestiques leur avaient appris que, depuis le décès de sa patronne, l'homme était retourné vivre chez sa mère, du côté de Wandlitz, au nord de Berlin.

Ils étaient maintenant en poste d'observation, la Mercedes dissimulée au coin du chemin de terre qui menait à la ferme, à attendre l'apparition du héros du jour. Beewen connaissait les usages de la campagne. Il savait que Weber était déjà au boulot depuis plusieurs heures et qu'avant de s'enfiler un petit déjeuner de paysan, il irait faire sa toilette sur le perron de la baraque.

Le décor ressemblait à une gravure traditionnelle, de celles qui étaient accrochées aux murs de sa ferme natale. Dans la lumière orangée du lever du soleil, on distinguait sur fond de plaines une longère typique du Brandebourg, avec son toit de chaume mansardé, ses bardeaux couvrant la façade, ses fenêtres encadrées de rondins. Tous les éléments baignaient dans les mêmes tons – brun, gris, rouge, terre de Sienne... La paille qui s'accumulait au pied des murs, les seaux qui traînaient là, les outils rouillés, la boue même et ses flaques..., tout avait l'air passé au brou de noix.

Minna lui avait prêté un des costumes de son père, qui était visiblement aussi baraqué que lui. Un peu juste aux entournures peut-être, mais ça passait. En secret, Beewen était impressionné de porter un tel costard : soie à chevrons, revers piqués, pantalon taille haute. Il se sentait presque gêné d'endosser les vêtements du baron von Hassel et, pour une fois, de ne pas se coltiner le complet-veston d'un mort.

À huit heures pétantes, Hans Weber apparut, en culottes d'équitation et chemise épaisse, emballé-pesé avec de grosses bretelles de toile.

– Beewen, avertit Minna, aujourd'hui, c'est moi qui mène l'interrogatoire. Je ne veux pas te voir lever la main sur ce gamin.

Franz grogna un assentiment – il se demandait bien quelle pouvait être la stratégie de Minna. *Encore du temps perdu...*

Weber remplit un seau au puits puis s'installa près du seuil de la ferme. Assis sur un tabouret, il plongea la tête dans l'eau froide. Quand il la releva, Minna von Hassel et Franz Beewen se tenaient devant lui.

Hans était un jeune homme au tendre minois et à la silhouette longiligne. Une vraie gueule de fiotte vissée sur un corps androgyne. Franz n'aurait fait qu'une bouchée d'une telle lopette mais il laissa agir Minna. Il serait toujours temps de recourir aux bonnes vieilles méthodes.

Sans un mot de présentation, Minna ordonna :
– Suis-nous.

Avec stupeur, Beewen vit qu'elle pointait sur le môme un

Luger. D'où tenait-elle cette arme ? Les méthodes de la baronne ne différaient pas tant des siennes.

Un arbre solitaire se dressait au sommet de la petite colline qui surplombait la longère. Un tilleul au tronc cendré et aux feuilles claires. Ils prirent cette direction. Beewen s'attendait à voir d'un instant à l'autre sortir la mère, un fusil en main. Mais non, elle devait être occupée à traire quelque vache au fond d'une grange.

– Assieds-toi là.

Hans s'exécuta, s'effondrant au pied de l'arbre.

– Vous êtes qui ? demanda-t-il enfin d'une voix timide. Qu'est-ce... qu'est-ce que vous allez me faire ?

Il ne cessait de lancer des regards paniqués à Beewen – le borgne costaud, qui ne dit rien mais cogne en cas de besoin. Puis il considéra Minna et parut plus terrifié encore : elle venait de sortir un stérilisateur de son cartable et préparait une injection.

Weber se mit à pleurer, comme un gosse. Frêle et délicat, le chauffeur paysan devait être plus à son aise sous les draps de Günter Fielitz qu'au labour.

– Qu'est-ce que vous allez me faire ? répétait-il entre ses larmes.

Minna vissa une aiguille sur la seringue et brisa l'extrémité d'un flacon. En un mouvement très fluide, qui respirait le calme et l'expérience, elle y planta l'aiguille et pompa le produit. Puis elle expulsa quelques gouttes afin de chasser tout l'air de la seringue.

Beewen observait son manège. La substance qui perlait était épaisse comme de l'huile, pourpre comme la pulpe d'un fruit.

– Relève-lui sa manche, ordonna Minna.

Cette fois, c'est Beewen qui céda à la curiosité :

– C'est quoi ?

– Quelque chose qui va t'éviter de lui taper dessus.

L'autre se débattit à peine quand Beewen lui dénuda l'avant-bras – il ne luttait pas plus qu'un enfant chez le dentiste.

Beewen détestait les piqûres. Cette aiguille qui traversait les tissus graisseux ou perçait une veine lui paraissait plus violente que toutes les tortures qu'il infligeait à la Gestapo.

Pourtant il resta concentré – il était l'assistant de Minna, pas question de détourner les yeux. Weber grelottait. L'atmosphère bucolique ajoutait encore à l'étrangeté de la scène. Les oiseaux chantaient, la rosée brillait, les feuillages chuchotaient. Un jour splendide s'annonçait.

Tenant sa seringue entre ses dents, Minna serra autour du biceps du «patient» un garrot de caoutchouc. Tapotant le pli du coude afin de faire saillir une veine, elle ordonna :
– Compte.
– Mais qu'est-ce que vous m'injectez ?
Elle enfonça l'aiguille dans la veine bleue, bombée sous la peau.
– Compte.
Weber étouffa un gémissement. La douleur le fit se cambrer et sa nuque vint frapper l'écorce du tilleul.

Il fut pris de violents tremblements et se mit à tressauter dans l'herbe comme un moteur à explosion. Beewen le maîtrisa tandis que Minna appuyait toujours sur le piston. À mesure que le produit disparaissait dans le sillon bleuâtre, Beewen l'imaginait circuler dans le corps de Weber, s'enfouir dans son réseau veineux.

Soudain, la nuque de l'homme se raidit pour de bon et son torse se bloqua. Sur son visage congestionné, une poussée de sueur jaillit, aussi violente qu'une crise de larmes.

Une puissance intérieure paraissait s'être emparée de sa poitrine pour remonter jusqu'au cerveau. Beewen voyait passer cette force toxique à travers sa gorge, son visage, tel un serpent visqueux qui poussait ses tissus et l'étouffait.

Minna retira l'aiguille et appuya un coton dans le pli du coude.
– Compte, répéta-t-elle encore, apparemment indifférente au martyre de Weber.

Le regard du gamin se voila. Ses yeux roulèrent vers le haut et disparurent sous ses paupières à demi affaissées.

– Compte ! ordonna Minna en changeant de bras.

Elle carra à nouveau sa seringue dans sa bouche et noua le garrot à une vitesse fulgurante. La seconde suivante, l'aiguille avait trouvé une nouvelle veine.

Les tremblements reprirent. Beewen se dit qu'il aurait mieux valu quelques baffes plutôt que cette torture chimique – mais Minna paraissait sûre de son coup.

Enfin, Weber se détendit.

– Compte, fit-elle une dernière fois.

D'une voix de sépulcre, Weber commença :

– *Eins, zwei, drei…*

Beewen observait, fasciné, la métamorphose. Les deux mains posées dans l'herbe, paumes tournées vers le ciel, Weber semblait fondre dans la lumière du jour.

– *Vier, fünf, sechs…*

Il n'alla pas plus loin : il s'était endormi.

– Bon sang, murmura Beewen, qu'est-ce que tu lui as injecté ?

– Thiopental sodique, ça te dit quelque chose ?

– Non.

– Penthotal ?

– Non plus.

– C'est un anesthésiant. Utilisé à une certaine dose, il déprime le système nerveux central, annihile la résistance de la volonté. On appelle ça le « sérum de vérité ». Ça m'étonne que vous ne l'utilisiez pas à la Gestapo.

Il n'osa pas lui répondre que leurs méthodes étaient plus… rudimentaires. Pourtant, on parlait à la Geheime Staatspolizei d'utiliser des produits chimiques pour venir à bout des plus récalcitrants. Minna aurait fait une conseillère de premier ordre au 8, Prinz-Albrecht-Straße.

Elle gifla avec violence Hans Weber et se mit à lui parler avec douceur, simulant une complicité de longue date. L'homme paraissait à peine conscient. Des larmes ruisselaient sur son visage. Ses yeux, frémissants, exprimaient un profond apaisement.

– Ça va bien ?

Pas de réponse. Le corps de Weber se liquéfiait toujours dans la lumière, devenant lui-même une flaque d'énergie molle, languide, rougeâtre.
– Ça va bien ?
– Oui, finit-il par murmurer.
– Nous sommes tes amis. Nous sommes là pour t'aider.
Weber fit l'effort de les regarder mais il ne paraissait pas les voir.
– Tu vas nous dire tout ce que tu sais ?
– Oui...


99.


– Comment tu t'appelles ?
– Hans Weber.
– Quel est ton métier ?
– Chauffeur.
Minna n'eut pas le temps de poser une nouvelle question, Weber reprit la parole, volubile cette fois :
– Ce qui compte, c'est le code de la route. Il faut connaître le code sur le bout des doigts !
– Tu le connais, toi ?
– Mieux que personne.
– Quelle voiture conduis-tu ?
Weber ne répondit pas. Il paraissait chercher de l'air, ouvrant la bouche à la manière d'un poisson hors de l'eau. Un filet de bave séchait aux commissures de ses lèvres.
– C'est le code de la route, répéta-t-il, plus doucement.
– Bien sûr. Parle-moi de Greta Fielitz.
Des mouches voletaient devant ses yeux. Certaines se posaient même sur sa figure poisseuse de sueur.

– Les réflexes aussi…, continua-t-il comme s'il n'avait pas entendu Minna. Sur la route, les réflexes, c'est la clé…

Sa voix s'éteignit. Beewen attendait le moment où le pauvre gars se répandrait dans l'herbe à la manière d'un seau renversé.

– Hans.

Weber s'était de nouveau endormi.

– Hans !

Nouvelle gifle. L'homme revint à lui. Ses pupilles, qui avaient encore une fois disparu, tombèrent des paupières et fixèrent l'horizon.

– Parle-moi de Greta Fielitz.

– Ma patronne.

– Que peux-tu me dire sur elle ?

– Elle est morte. Assassinée.

Le chauffeur était donc dans la confidence – sans doute à cause de ses relations « privilégiées » avec le mari. Quel sac d'embrouilles !

– Tu la conduisais partout à Berlin ?

– Partout.

– Elle avait des amis ?

– Plein.

– Des femmes ou des hommes ?

Weber ricana. Son rire léger, dispersé, paraissait provenir des frondaisons du tilleul, du ciel qui virait au bleu marine.

– Les deux…

– Elle les voyait où ?

– Hôtel Adlon, café Zigler…

Il continua à énumérer des noms à mi-voix. Son élocution était si pâteuse qu'elle en devenait presque inintelligible.

– Elle allait parfois chez eux ?

– Parfois.

– Elle avait des amants ?

– Non, pas d'amants.

– T'es sûr ?

– Certain.

410

– Pourquoi tu en es si sûr ?

Hans Weber renversa la tête. De loin, on aurait pu penser qu'il se remémorait un poème, bougeant à peine les lèvres, les yeux levés vers la cime ensoleillée du tilleul.

Beewen percevait dans la chaleur naissante une forme de torpeur. Vraiment une scène étrange. Un interrogatoire alangui, à ciel ouvert, à l'heure où la nature s'éveille. Rien à voir avec les séances musclées de son bureau.

– Interdit…

– Par son mari ?

Il ricana encore puis tendit mollement son bras droit, dans une parodie de salut hitlérien.

– Par le Führer !

La psychiatre ne releva pas : il fallait laisser se dérouler les divagations de l'homme et attraper les bonnes réponses au passage. Beewen devinait que Minna était experte dans ce genre d'auditions. Elle avait sans doute traqué, en utilisant ce barbiturique, des traumatismes anciens, des symptômes cachés au fond de l'inconscient de ses patients.

Hans dressa son index et ajouta :

– Très sérieux, notre Führer…

– Et si je te disais que Greta était enceinte ?

Il tourna la tête et considéra Minna. Il paraissait déçu. Par son ignorance. Sa stupidité. Ou simplement son innocence.

– Vous ne savez rien. Hitler veut que toutes les femmes aient des enfants. Il faut avoir des enfants.

– Nous savons toi et moi que le père n'était pas Günter Fielitz.

– Bien sûr que non.

– Sais-tu qui il était ?

– Non.

– Parmi ses amis, y a-t-il un homme qu'elle voyait plus souvent ? As-tu souvenir de l'avoir emmenée un jour dans un lieu spécial ?

Weber fut pris d'un fou rire. Minna se mordit la lèvre inférieure. Même elle commençait à perdre patience. Beewen, n'en parlons pas. Écouter les délires d'un chauffeur drogué ne rimait à rien. Avec ses poings, il aurait obtenu des résultats plus rapides.

Hans continuait ses singeries. Il dressait son index devant ses lèvres.

– Chhhhuut, fit-il, c'est un secret.
– Greta avait un amant ? Tu connais le nom de cet amant ?
– Pas d'amant. En Allemagne, aujourd'hui, pas besoin d'amant ni de mari pour faire un enfant.

Minna lança un bref regard à Beewen. Ils ne comprenaient pas le sens de cette phrase mais ils saisissaient, intuitivement, qu'ils se tenaient au bord d'une révélation.

Hans chuchotait maintenant :
– Il suffit de prononcer le mot magique...
– Quel mot ?
– *Lebensborn*...

## 100.

Heinrich Himmler avait un problème. La Grande Guerre avait décimé la population allemande puis, durant la république de Weimar, la misère, les conditions de vie effroyables, le pessimisme ambiant avaient provoqué une véritable chute des naissances – les couples répugnaient à faire des enfants, le nombre des avortements n'avait jamais été aussi élevé...

Avec l'arrivée du Troisième Reich, un autre danger menaçait la nation : la guerre. Sans compter les innombrables meurtres du régime, les conflits à venir allaient provoquer des millions de morts. Le Reich de mille ans devait donc trouver un moyen de renflouer ses rangs. Il n'y aurait pas de domination nazie sans un atout essentiel : le nombre. Pour envahir l'Europe, voire le monde, il fallait que les Allemands soient nombreux, tout bêtement.

Dès 1933, Heinrich Himmler avait lancé une campagne de propagande pour les encourager à procréer. Affiches, messages radio, films, mais aussi lois, avantages, allocations... Objectif visé : quatre enfants par famille, dont un spécialement conçu pour Adolf Hitler. Le Führerdienst, le « service du Führer ».

Cette stratégie ne suffisait pas. Après la saignée de la Grande Guerre, l'Allemagne des années 30 comptait beaucoup plus de femmes que d'hommes. Or toutes ces *Mütter* en puissance devaient procréer. Himmler balaya les sacro-saintes valeurs bourgeoises et chrétiennes. Le mariage, la fidélité, le foyer, toutes ces balivernes égoïstes et antipatriotiques. Le Reichsführer-SS prônait désormais l'adultère, la polygamie, l'échangisme. Il fallait baiser, *Mensch Meier* ! Cela seul comptait.

Les filles-mères représentaient une difficulté particulière : ces jeunes femmes enceintes, abandonnées par le géniteur, n'avaient de cesse de faire passer leur erreur. Il fallait stopper, de toute urgence, ces avortements.

Himmler eut donc l'idée des Lebensborn – un nom qui associait « *Leben* » (vie) et « *Born* », un vocable ancien signifiant « source » ou « fontaine ». Ces « fontaines de vie » étaient conçues pour venir en aide aux filles-mères, aux femmes adultères et à toutes celles qui pouvaient avoir la mauvaise idée d'interrompre leur grossesse.

Créées en 1935 sous l'égide de l'Office central de la race et du peuplement, ces cliniques proposaient à la fois des soins prénatals, une assistance à l'accouchement et un suivi après la naissance de l'enfant. Ainsi, les Lebensborn offraient une sérieuse alternative aux femmes qui ne souhaitaient ni élever ni reconnaître leur enfant – le Reich était là pour elles, ou plutôt pour eux, ces gamins sans parents : il les reconnaissait et en faisait, au sens propre, des « enfants de la nation ».

C'était à peu près tout ce que Minna savait de ces lieux entourés de mystère. Car Himmler avait fait une erreur – il avait toujours refusé de mener une campagne d'information claire sur ces cliniques. Résultat, des rumeurs circulaient.

— Tu sais ce que c'est, toi, les Lebensborn ? demanda Minna sur la route du retour.

— On en parle souvent entre collègues, ricana bêtement Beewen. Ce sont des sortes de bordels, je crois. Des bordels pour les SS.

Beewen était parfois si prévisible — si ridiculement prévisible — qu'il en devenait touchant.

— Donc, Greta était une pute ?

— C'est pas moi qui le dis.

— Et pourquoi pas Susanne, Margarete, Leni ?

Le SS ne répondit pas. Hans Weber leur avait simplement expliqué qu'il avait conduit secrètement plusieurs fois sa patronne dans un Lebensborn situé au sud de Berlin, la clinique Zeherthofer.

Ses informations n'étaient pas très précises — c'était l'inconvénient du Penthotal — mais révélaient un point décisif : Greta Fielitz avait contacté une fontaine de vie *avant* sa grossesse, dès le mois de mars ou d'avril.

Ce dernier fait confirmait peut-être un bruit persistant à propos des Lebensborn. On racontait que ces cliniques d'un genre spécial procuraient parfois un géniteur aux candidates à la maternité. D'où les légendes assimilant ces foyers à des bordels...

Greta s'était-elle adressée à la clinique Zeherthofer pour trouver un père parce que son homosexuel de mari ne pouvait pas la fertiliser ? N'avait-elle aucun amant pour lui rendre — volontairement ou non — ce service ? Simon Kraus, par exemple ?

— Arrête-moi là, ordonna Beewen.

Ils n'étaient pas encore parvenus au 8, Prinz-Albrecht-Straße mais le gestapiste ne tenait pas à ce qu'on le voie se faire raccompagner en Mercedes Mannhein WK10 par une femme aux cheveux courts. Il devait la jouer profil bas.

Minna stoppa et se tourna vers lui. Alors seulement, elle

remarqua son expression ravagée – comme s'il était en route pour un enfer bien précis, connu de lui seul. Il avait de nouveau enfilé son uniforme sans galons ni distinctions, puant la viande froide et le sang coagulé. Il ressemblait à un clochard assassin.
– Ça va ?
– Laisse tomber.
– C'est quoi, ce nouveau boulot ?
– Laisse tomber, je te dis.

Impossible de s'apitoyer sur son sort. Pour Minna, dans cette Allemagne nazie de merde, c'était *salopard un jour, salopard toujours*. Beewen tapait sur des Juifs, des communistes, des Tsiganes, des homos depuis des années. Il était soudain pris de remords ? Il ne supportait plus d'abattre froidement des hommes innocents, en état de parfaite vulnérabilité ?

Ce ne serait pas elle qui pleurerait sur son sort. Pourtant, malgré ce dégoût, cette répulsion, qui la prenait par moments à son sujet, elle se surprit à acquiescer de la tête quand il murmura :
– À ce soir.

On aurait presque dit un vieux couple.

Quelle blague.

Elle redémarra sans attendre qu'il ait claqué la portière.

Maintenant, il lui fallait en apprendre un peu plus sur les Lebensborn.

Rien de plus facile.

Elle connaissait l'un des principaux mécènes de l'Ordre noir. Le *förderndes Mitglied* en chef de ces messieurs. Ce généreux donateur, bienfaiteur occulte des nazis, n'était autre que son oncle, le frère de son père – celui qu'on appelait dans la presse allemande le «baron du bitume».

Ou, si vous préférez, au sein du clan von Hassel, «tonton Gerhard».

## 101.

Gerhard von Hassel habitait un vaste manoir non loin de la villa Bauhaus, aux abords de la forêt de Grunewald. Comme les parents de Minna, il n'avait pas attendu que le quartier de Dahlem soit à la mode pour y élire domicile. En réalité, cette demeure avait été construite par son père au début du siècle.

Au fond d'un parc ombragé planté d'arbres aux frondaisons gazouillantes, une des plus grandes fortunes industrielles de l'Allemagne prospérait tranquillement. Rien ni personne, et certainement pas le nazisme, ne pouvait ébranler tonton Gerhard au fond de sa forteresse.

Enfant, Minna avait peur de cette maison. Ce bâtiment néogothique ou néo-Renaissance, impossible à dire, était encadré par deux ailes aux nombreuses fenêtres et tourelles. L'ensemble pesait de tout son poids sur la terre, se mirant dans un lac de gravier dont les crissements frémissaient encore au bout des pieds de Minna.

Bien sûr, une fontaine trônait au centre, où des anges semblaient se faire la courte échelle parmi les murmures de l'eau. Le long d'une des deux ailes, une galerie aux colonnes de bois abritait des box où des chevaux vivaient comme des papes. C'était le seul souvenir heureux que Minna gardait de la maison de son oncle. Des longues promenades à cheval sur les terres familiales, si vastes qu'on aurait pu se croire en pleine campagne.

Minna ne s'était pas annoncée mais elle connaissait les habitudes de Gerhard. L'homme, veuf ou divorcé, elle ne s'en souvenait même plus, aimait rester chez lui le matin, à gouverner son royaume par téléphone, pneumatiques, télégrammes et autres lettres cachetées. La voix de Gerhard n'était pas celle d'un dictateur mais celle d'un dictaphone – sur cylindres de cire, s'il vous plaît.

Dès l'entrée, on pénétrait dans l'âge du marbre. Dureté et reflets étaient les maîtres mots. Marbre au sol. Marbre habillant un large escalier dont les marches étaient tout aussi froides. Lambris de marbre pour encadrer ce hall qui vous glaçait comme un tombeau. Vos pas semblaient y sonner votre propre glas.

Mais Minna n'était pas si intimidée – elle avait usé ses chaussures de petite fille sur ces surfaces laquées, elle y avait fait des glissades, joué à la marelle, fait du vélo...

Le vantail vitré du salon s'ouvrit sur un majordome dont elle avait oublié le nom. Le personnel de ces grandes maisons se tenait à la croisée de l'être humain et de l'automate. Quelque chose de rigide, de mécanique, les animait tous, aussi précis que les rouages d'une pendule de commode.

Minna était une fille de riche. Elle était attachée à ces gens de maison (ceux de son oncle aussi bien que de sa propre famille), mais comme on aime des bibelots, des objets, des détails dans une demeure familiale. Parfois, ils étaient remplacés. Au bout de quelques jours, elle les avait déjà effacés de sa mémoire.

– Herr von Hassel va vous recevoir.

Le domestique s'adressait à elle comme à une diplomate étrangère en visite chez un souverain. Ils n'en méritaient pas tant : ni elle, psychiatre au chômage, ni son oncle, industriel dans les goudrons se compromettant chaque jour un peu plus avec les nazis.

Le salon rappelait le lobby de l'Adlon : mêmes voûtes bavaroises, mêmes tableaux sinistres aux murs, même aspect de caverne sortie tout droit d'une légende wagnérienne. En guise de touche personnelle, Gerhard avait ajouté quelques armures anciennes et suspendu des hallebardes aux murs. Comme il se doit, une cheminée se dressait sur la droite, si imposante qu'on aurait pu y faire cuire un cheval. Des fauteuils en cuir, des tables de chêne, des tapis turcs complétaient ce décor aux couleurs sombres et rouille.

— Ma chérie, fit soudain une voix grave, qui sonnait ici aussi familièrement que le bourdon d'une église.

*Sacré Gerhard.* Un corps large et puissant qui partait à l'assaut de l'espace, un visage carré aux angles durs, comme taillé au burin. Le mot qui venait à l'esprit était «densité». Tout son être respirait une intensité particulière, comme s'il avait été composé d'un magma dont le refroidissement avait entraîné un phénomène de rétractation. En le regardant, Minna songeait aux cœurs des étoiles mortes, dont on disait (elle se demandait bien qui avait fait le calcul) qu'une cuillère à café de leur matière pesait le poids d'une Mercedes.

Son visage, comme prisonnier de sa propre masse, avait la solennité d'un défilé militaire. Ses expressions, c'était assez curieux à observer, ne s'enchaînaient pas d'une manière fluide mais par déclics, comme si sa figure n'était pas composée de chair et de muscles mais d'acier et d'engrenages crantés. Son rire surtout, gueule de loup, dents éclatantes, restait toujours coincé un dixième de seconde de trop, juste le temps de bien vous faire peur.

Ses yeux clairs, au contraire, exprimaient une souplesse particulière, où chaque émotion, chaque sentiment, brillait avec fluidité. Ce n'était pas un regard froid, mais au contraire brûlant, dont le bleu rappelait l'extrémité des flammes, là où la chaleur est la plus élevée.

Ce qui était agréable chez tonton Gerhard, c'était sa profonde cohésion physique et sociale. Il ressemblait, jusqu'à la moindre couture de son costume, à ce qu'il était : un homme solide, un des industriels les plus influents du Troisième Reich, dont chaque décision faisait trembler l'économie de l'Allemagne.

Rien à voir avec ces dirigeants nazis qui, non contents d'appliquer leurs principes incohérents et meurtriers, étaient physiquement des usurpateurs. *Comment reconnaître l'Aryen idéal ? Facile. Il est blond comme Hitler, grand comme Goebbels, svelte comme Göring.*

Minna n'était pas médium mais devant cet homme tout sourire, qui lui ouvrait les bras, elle devinait que la famille von Hassel survivrait au nazisme, à la guerre, à la débâcle. Un jour, il n'y avait pas si longtemps, Gerhard lui avait dit : « Nous œuvrons pour un autre Führer, ma chérie, beaucoup plus puissant que l'homme à la moustache. Un dieu qui dépasse toutes ces pathétiques tentatives pour changer le cours de l'histoire : l'argent. Le monde est fondé sur le premier capitaliste de l'histoire : l'homme. C'est la meilleure valeur, jamais en baisse, jamais déficiente : l'égoïsme forcené de l'être humain. »

– Que me vaut le plaisir de ta visite ?

Il l'avait serrée si fort qu'elle en avait les épaules endolories. Il sentait un curieux parfum – un mélange de bois de santal, de lavande, mais aussi d'effluves de petit déjeuner : café, tartines grillées...

Sans lui laisser le temps de répondre, il enchaîna :

– Comment va ton hôpital ?

La question n'était pas ironique. Dans toutes les grandes familles, il y a un marginal, un artiste, un original – le péché mignon de toute dynastie digne de ce nom. Chez les von Hassel, c'était Minna.

Elle n'eut pas le cœur de lui expliquer que l'institut avait brûlé, que les auteurs du crime étaient précisément financés par les dons des von Hassel.

– Tout va bien.

Il lui posa les mains sur les épaules – la différence d'échelle était prodigieuse. Elle lui arrivait à la poitrine et on aurait pu en glisser quatre ou cinq comme elle, de profil certes, dans sa veste à lui.

– Cognac ?

Gerhard connaissait les vices de sa nièce. Elle accepta avec empressement. Il était onze heures du matin.

L'industriel s'approcha d'une desserte chargée de bouteilles et de carafes. Il lui tournait le dos et Minna admira la cohésion de l'instant : la large carrure, le décor mordoré, le son grave du bouchon de verre qui tintait contre le goulot de la carafe.

Elle se prit à imaginer l'alcool coulant en transparence, épais comme de l'ambre. Elle en eut une montée de désir qui lui picota le cuir chevelu.
— Alors, ma petite ? Qu'est-ce qui t'amène ?
Lui tendant un verre, il l'assit de force dans un fauteuil.
— Je suis venue te parler des Lebensborn, dit-elle d'une voix assurée.

## 102.

— Les Lebensborn ? répéta-t-il avec étonnement. Tu n'as pas fait de bêtises au moins ?
— C'est pour une amie.
— C'est justement ce qu'on dit quand on a fait des bêtises.
— Je te jure qu'il ne s'agit pas de moi. Mon amie a contacté la clinique Zeherthofer, près de Berlin. Je voudrais être certaine qu'elle ne risque rien. On raconte tout et n'importe quoi sur ces foyers. Je suis sûre que toi, tu connais la vérité.
— Tu me flattes, ma chérie.
Il s'assit lourdement dans le fauteuil qui lui faisait face. Les nuances de son costume, brun, vert bouteille, chocolat, donnaient envie de s'y frotter et de s'y endormir. Le bon tonton bitume, chaleureux et dangereux à souhait.
— Tu supposes sans doute que je finance ces bonnes œuvres, et tu supposes bien. En fait, tous les SS sont obligés de cotiser pour les Lebensborn. L'avenir de la patrie en dépend, tu comprends ?
Toujours ce ton ironique. Il portait sur le revers de son col une épingle ovale argentée. Six feuilles de chêne soulignées par l'inscription : « Remerciement de la SS pour l'aide fidèle dans les années de combat ». Une distinction réservée aux donateurs d'avant 1933. À l'époque, von Hassel devait financer autant les nazis que les communistes. Au cas où...

– Par quoi veux-tu que je commence ?
– Par le début, ça me semble pas mal.

Il but une gorgée de cognac puis attaqua de sa voix de baryton :

– Au départ, c'étaient de simples maternités initiées par les SS. Des foyers qui aidaient les filles-mères à accoucher en toute discrétion. Une alternative aux avortements, si tu veux, très nombreux à cette époque. L'originalité des Lebensborn, c'était que, le cas échéant, on proposait de garder l'enfant. On le donnait alors à une bonne famille allemande qui avait des problèmes de stérilité. Tout le monde était content.

– C'est tout ?

– Pas tout à fait. Le phénomène a pris de l'ampleur quand Himmler a commencé sa propagande à propos du Führerdienst. Tu sais que l'Allemagne est le pays où on baise le plus, non ?

Minna, afin d'être le plus lucide possible, s'efforçait de ne pas toucher à son verre. Mais elle avait des fourmis dans les doigts.

– Le pays est aujourd'hui en proie à une véritable hystérie sexuelle. On baise à la *Hitlerjugend*. On baise dans la *Bund Deutscher Mädel*. Chaque rassemblement du Reichsarbeitsdienst tourne à l'orgie. Et tout ça dans la bonne humeur ! Tu penses, c'est pour faire plaisir à notre Führer...

Difficile de faire la part entre la vérité objective et le goût de la provocation de son oncle. Minna ne bougeait toujours pas. Son verre lui faisait de l'œil et ses lèvres étaient presque collées à force de sécheresse.

– Aujourd'hui, les Lebensborn sont florissants. Pour l'instant, il y en a une vingtaine je crois. En Bavière, en Saxe, dans le Brandebourg... Les nazis visent cinq cents naissances par an et par maternité. Himmler, qui pense plutôt en termes militaires, imagine déjà l'Allemagne, d'ici vingt ans, enrichie de six cents régiments. Dans les années 80, d'après ses calculs, cent vingt millions d'Allemands régneront sur le monde !

Enfin, Minna s'accorda une lampée. La douceur de l'alcool, à la fois âcre et ouatée, la fit frémir des pieds à la tête.
— Parfois, les Lebensborn gardent les enfants, non ?
— De plus en plus souvent, oui.
— Je suppose qu'ils suivent alors un apprentissage... particulier ?
— Bien sûr. Tout est conçu pour produire de bons petits nazis. D'ailleurs, le processus commence avant, au moment de sélectionner les futures mamans. Tout le monde n'est pas le bienvenu. Il faut être blond, avoir les yeux bleus et répondre à pas mal d'autres critères physiques. Himmler n'a jamais lâché son idée de race aryenne. Repeupler l'Allemagne, oui, mais avec des colosses blonds et des Fräulein athlétiques !
— Comment se passe la sélection ?
— Des spécialistes de la race reçoivent les filles enceintes. On les mesure, on les examine, on les interroge. On enquête sur leurs origines et sur celles du père (il est toujours identifié). On ne retient que les cas où l'enfant a de vraies chances d'appartenir à la race nordique.
— Il doit y avoir pas mal de rejets, non ?
Gerhard eut un ricanement moqueur.
— Surtout en Bavière, où les Allemands sont petits et bruns ! Ce que Himmler ne veut pas comprendre, c'est que son modèle est plutôt suédois ou polonais. À mon avis, quand l'Allemagne aura conquis ces pays, on ira se servir là-bas. Ce qui est assez ironique. Nourrir le sang des vainqueurs avec celui des vaincus.
— Et l'éducation en elle-même ?
— Himmler a pensé à tout. Il surveille les menus, les discours à infliger aux enfants, les livres à étudier. Tu sais qu'il élevait des poulets avant de diriger la SS, non ? Tout ça serait dérisoire, si ce n'était pas si... tragique.

La position exacte de Gerhard était décidément incertaine. Dans l'intimité familiale, il avait toujours affiché un profond mépris pour les nazis mais il traitait avec eux et construisait avec zèle leurs autoroutes.

– Tu as fait ta propre enquête ? le relança-t-elle.
Il remplit de nouveau leurs verres. Il ne se formalisait pas de l'alcoolisme de Minna. À ses yeux, cette addiction faisait partie de « l'originalité » de sa nièce.
– J'aime bien savoir où va mon argent. J'ai engagé des détectives pour qu'ils fouinent un peu.
– Plutôt dangereux.
– Ils sont payés en conséquence.
– Qu'as-tu appris d'autre ?
Gerhard croisa les jambes, aussi à l'aise dans son fauteuil en cuir de python que dans son costume qui paraissait en feutre, puis éclata de rire.
– Que tout ça, c'est la façade. En réalité, comme tout ce que font les nazis, les Lebensborn sont un chaos absolu. À force de virer tous les médecins juifs et de décourager ceux qui restent fidèles à leur serment d'Hippocrate, ils ne trouvent personne pour diriger leurs fontaines de vie. Parfois, le chef de la clinique n'est qu'un dentiste. Les mères aussi sont spéciales. La plupart sont des fanatiques illuminées. Certaines filles, en accouchant, ont les yeux rivés sur le portrait d'Hitler comme s'il s'agissait d'un dieu. D'autres font de simples grossesses nerveuses provoquées par leur obsession de rendre « service » au Führer. Quelques-unes au contraire ne jouent pas le jeu. Dès qu'elles ont accouché, elles courent avec leur bébé sous le bras dans la première église venue pour le faire baptiser. Ou elles ne sont là que pour profiter du régime de faveur dont on bénéficie dans ces cliniques. Café et chocolat à gogo... De leur côté, les infirmières et les puéricultrices volent les médicaments, les draps, pillent les réserves, piquent les bas des pensionnaires, leurs bijoux.
» Mes gars étaient sidérés. Derrière l'apparence d'ordre et de rigueur, c'est le bordel total. On confond les bébés au moment d'enregistrer les naissances. On retrouve des clous dans les bouillies, des rats sous les lits. Les gardiens essaient de se taper les mères, avant ou après l'accouchement. Leurs chiens

deviennent cinglés quand les menstrues des femmes reviennent. On m'a parlé aussi de bébés oubliés au soleil, étouffés dans leur lit, ou encore d'épidémies qui avaient décimé des couvées entières de mouflets... Tout le nazisme se trouve résumé ici : un projet délirant mis en œuvre par une bande de voyous analphabètes. Les hommes du Reich ont beau se pavaner dans de beaux uniformes et se distribuer des médailles, ils ne s'élèveront jamais au-dessus des brasseries rances d'où ils viennent.

La messe était dite.

Restait la question majeure :

– Certaines rumeurs, reprit Minna, décrivent les Lebensborn comme des lupanars pour officiers SS. Des lieux où des femmes volontaires iraient se faire sauter par des géants aryens. Qu'en penses-tu ?

Gerhard sortit de sa poche de poitrine un cigare de la taille d'un obus. Sa mise à feu prit plus d'une minute. Minna attendait ce rituel depuis son arrivée. Elle avait toujours connu son oncle entouré d'un épais nuage de fumée.

– Toujours ces rumeurs..., dit-il enfin dans un panache bleuâtre. On ne peut rien y faire.

– Ces histoires sont fausses ?

– Mes détectives n'ont rien trouvé dans ce sens mais on ne peut pas exclure une « procréation dirigée ».

Von Hassel cracha sa fumée et lâcha un nouvel éclat de rire.

– Himmler serait bien capable d'inventer un truc pareil. Un élevage humain, où les femmes viendraient se faire engrosser par des *Zuchtbullen*, des taureaux d'élevage... Au fond, je pense que c'est son rêve, sa passion secrète. Créer une super-race !

Gerhard se leva et ouvrit les bras – un peu de théâtre ne pouvait nuire à l'exposé.

– Mais après tout, pourquoi pas ? Si tout le monde est d'accord...

– Je voudrais que tu appuies ma candidature.

Cette phrase avait fusé, sans qu'elle prenne le temps d'y réfléchir.

– Pardon ?
– Je voudrais me porter volontaire pour rencontrer un géniteur aryen.
– Qu'est-ce qui t'arrive ma chérie ? Tu es en manque ? Si c'est le cas, je peux te présenter une légion de jeunes héritiers pleins aux as, ça te changera de tes artistes poitrinaires...
– Non. Je veux entrer en contact avec ce bureau caché des Lebensborn.

Gerhard agita la main comme pour faire claquer ses étendards de fumée bleue.

– Je viens de te dire qu'il ne s'agit que d'une hypothèse !
– Ce bureau existe, tu le sais comme moi. Je veux rencontrer les hommes qui supervisent ce... cet élevage. Je veux me proposer pour une fécondation.

Les sourcils de l'aristocrate se froncèrent.

– Qu'est-ce qui te prend ? Tu veux faire un enfant avec un de ces SS bas de la casquette ? Ça ne te ressemble pas.
– Je n'irai pas jusqu'au bout mais je veux savoir comment ça se passe.
– Pourquoi ?
– Parce que mon amie a suivi ce chemin, j'en suis sûre.

Ses pensées se mettaient en ordre. Greta n'avait eu besoin ni d'un amant ni de son mari pour tomber enceinte. Elle avait fait appel aux Lebensborn. Un jour de mars 1939, elle s'était rendue dans une clinique de la banlieue de Berlin et s'était proposée pour porter un « enfant d'Hitler ».

Une telle hypothèse cadrait mal avec le profil de Greta. Pourtant, Minna sentait qu'elle touchait là une vérité. Frau Fielitz avait voulu contribuer au repeuplement de l'Allemagne...

– Je ne comprends pas, reprit Gerhard en se rasseyant. Si tu penses que c'est ce qu'a fait ton amie, pourquoi tu ne lui demandes pas ?
– Parce qu'elle est morte. Elle a été assassinée.

À travers la fumée, le baron prit une expression contrariée.

– Fais attention où tu mets les pieds, ma petite. Berlin est devenu une ville très dangereuse. On y meurt facilement.
– Je veux savoir ce qui lui est arrivé.
– Tu penses que sa mort est liée aux Lebensborn ?
– Je n'en sais rien. Mais je veux entrer en contact avec ces gens.

L'oncle se cala au fond de son fauteuil.
– Désolé, Minna, Je ne peux pas t'aider.
– Tu ne peux pas ou tu ne veux pas ?
– Trop risqué, désolé.
– Dans quel sens ?
– Avec des gars comme Himmler, on ne sait jamais ce qui peut arriver.

Elle se leva sans insister. Elle se débrouillerait. Elle demanderait de l'aide à Beewen et, pourquoi pas, à Simon.

Son oncle la raccompagna jusqu'au hall de marbre, il avait l'air inquiet.
– Cette amie, comment s'appelait-elle ?
– T'en fais pas, lui répondit-elle en lui déposant un baiser sur la joue. Oublie cette histoire. Ce n'est pas si important.

Traversant la cour où la petite fontaine roucoulait toujours, elle pénétra dans sa Mercedes. Une chaleur particulière l'emplissait, qui n'avait rien à voir avec le cognac ingéré de bon matin. Elle tenait une piste, elle en était certaine.

Le mobile des meurtres était lié aux Lebensborn.

## 103.

Les studios de Babelsberg étaient situés à Potsdam, dans la banlieue sud-ouest de Berlin. C'étaient les seuls en Europe qui pouvaient rivaliser avec Hollywood et on y avait écrit la légende du cinéma allemand. C'est là qu'avaient été tournés *Nosferatu le vampire* et *Metropolis*.

Une idée répandue voulait que les studios aient ralenti leur activité depuis l'avènement du nazisme. C'était inexact. Le pouvoir du Reich avait mis la main sur la production cinématographique mais pas pour l'éteindre, bien au contraire. Depuis 1933, les studios de Babelsberg tournaient à plein régime et produisaient près de cent films par an.

On pensait aussi que tous les talents avaient fui le nazisme – encore une erreur. Bien sûr, Fritz Lang, Robert Wiene, Marlene Dietrich, Peter Lorre ou Samuel Wilder s'étaient fait la malle. Mais un nombre conséquent d'acteurs et de réalisateurs étaient restés. Acquis aux valeurs nazies ou par simple opportunisme, ils travaillaient comme jamais et, sur le territoire allemand, demeuraient des stars adulées. Emil Jannings, Lil Dagover, Kurt Steinhoff, Gustav Fröhlich étaient toujours là et des réalisateurs comme Georg Wilhelm Pabst ou Veit Harlan ne chômaient pas...

Simon connaissait bien le cinéma allemand. D'abord, parce qu'il adorait les films. Ce plaisir inouï d'admirer ces êtres géants, demi-dieux argentés, qui exprimaient des sentiments universels sur fond de décors splendides et de musique romantique... Ensuite, parce qu'il avait eu parmi ses patients de nombreux acteurs et autres figures du milieu. Comme toujours, il n'avait pas respecté une des règles élémentaires de la psychanalyse – tenir à distance ses patients – et avait joyeusement accepté leurs invitations à venir visiter les studios de Babelsberg ou ceux de la UFA à Tempelhof.

Aujourd'hui, il n'était pas là pour flâner. Flanqué de Minna, ils étaient à la recherche de Sylvia Müthel, costumière de longue date pour la UFA, qui avait notamment travaillé sur le film d'Albrecht Wegenner, *Der Geist des Weltraums* («Le Fantôme de l'espace»), sorti en 1932.

Neubabelsberg était une grande plaine ponctuée de gigantesques hangars aux murs aveugles, les studios proprement dits. Selon ses informations, Frau Müthel travaillait sur le tournage de *Ça ne répond pas, monsieur*, un film de chansons et de ballets comme on en produisait alors des flopées.

Encore une idée reçue : les nazis ne tournaient que des films de propagande. Au contraire, ils préféraient abrutir leur public avec des comédies sentimentales et des opérettes à l'eau de rose. Pour un film comme *Triumph des Willens* («Le triomphe de la volonté») de Leni Riefenstahl ou *Hitlerjunge Quex* («Le jeune Hitlérien Quex») de Hans Steinhoff, on comptait des légions de films légers où tous les problèmes se réglaient en chansons.

Le plateau de *Ça ne répond pas, monsieur* était installé dans le troisième studio à gauche. Ils empruntèrent la grande artère, croisant des camions à plateforme supportant des projecteurs ou quelques soldats à casque à pointe de la guerre de 1870.

Simon et Minna étaient arrivés le matin, chacun avec sa révélation sous le bras – l'un avait poursuivi l'Homme de marbre, le vrai, l'autre avait acquis la certitude que Greta était passée par un Lebensborn pour tomber enceinte. Qui dit mieux ? Scoop contre scoop, les deux partenaires s'étaient affrontés. Leurs informations s'étaient comme qui dirait annulées et ni l'un ni l'autre n'en avait retiré le prestige escompté. Surtout, leurs découvertes ne présentaient aucune connexion. Pas moyen de dresser un ensemble cohérent.

Ils parvinrent au studio recherché. La porte était ouverte et ils s'enfoncèrent dans l'immense obscurité du hangar. Seul le décor était éclairé et, dans ce grand espace de ténèbres, il ressemblait à une maquette en balsa, ce qu'il était plus ou moins. Ils trébuchèrent (on trébuche toujours dans un studio) sur des câbles et des boîtes à lumière.

Ils s'excusèrent, demandèrent à voir Sylvia Müthel – malgré eux, ils parlaient à voix basse comme s'ils étaient à l'église. Un machino leur désigna une loge coincée dans l'angle le plus éloigné du studio, une sorte de caravane perdue dans l'obscurité.

LES PROMISES

Ils frappèrent, pas de réponse, puis entrèrent. L'espace était divisé en rangées serrées de vêtements – habits de la cour de Frédéric II, frusques du Moyen Âge, redingotes de l'aristocratie russe... Une odeur étrange planait, un mélange de sciure, de poussière, de moisissure. Une odeur de mort et d'oubli.

Ils se glissèrent entre deux portants et parvinrent aux tables de coupe et de couture. Une femme travaillait, manipulant un tas d'étoffes près d'une machine à coudre si massive qu'elle ressemblait à une pièce d'artillerie.

– Bonjour.
– C'est pour quoi ?

Sylvia Müthel ressemblait à une institutrice. Front haut, grosses lunettes, cheveux gris noués en chignon au-dessus de la nuque. Elle portait une blouse de peintre avec des manches très amples, qui rappelait celles des enchanteurs des contes.

Ils se présentèrent. Deux psychiatres en quête de renseignements sur le tournage de *Der Geist des Weltraums* et le rôle joué par Ruth Senestier dans la confection du masque du fantôme.

– Pourquoi voulez-vous savoir tout ça ?
– Parce que Ruth Senestier est morte, répondit Minna sans hésiter, qu'elle était mon amie et que nous avons la conviction que sa disparition est liée, d'une manière mystérieuse, à ce film et au masque qu'y portait le Fantôme.
– À quel titre menez-vous cette enquête ?
– À titre amical. Au nom de la mémoire de Ruth.
– Qu'est-ce que vous voulez savoir ?
– Tout ce dont vous pourrez vous souvenir.
– Je me souviens de tout. On surnommait ce film *Le Grand Maudit*.

## 104.

– Ce fut un tournage particulier, commença-t-elle. Le décorateur avait mis au point un système qui imitait un ciel étoilé et qui nous obligeait à tourner dans l'obscurité toute la journée. Ensuite, les acteurs qui jouaient le rôle des navigateurs de l'espace portaient des casques qui amplifiaient leur respiration. Sur le plateau, on entendait toujours ce souffle inquiétant, qui se répercutait sur les parois du studio...
– C'est pour ça que vous parlez de «malédiction»? demanda Minna.
– Non. Dès le début du tournage, il y a eu des accidents. Un plateau, c'est comme un bateau. Le soupçon de malchance se propage très vite. Il suffit d'un ou deux événements dramatiques pour que tout le monde soit persuadé que le mauvais œil est sur le film.
– Qu'est-ce qui s'est passé? demanda Simon.
Ils restaient debout, face à la table, à écouter cette femme assise au milieu d'un fouillis de tissus et d'échantillons. L'odeur de poussière rendait l'atmosphère épaisse, presque matérielle. On percevait quelque part les soupirs d'un fer à vapeur.
– Y a d'abord eu un machino qui s'est pris un projecteur brûlant sur la tête. Ses cheveux ont flambé comme de l'étoupe. Ensuite, un électricien a fait une chute de plus de cinq mètres. Les deux jambes brisées. Il en fallait pas plus pour que ça commence à jaser.
– Mais pourquoi une «malédiction»? insista Minna.
Sylvia Müthel eut un geste d'insouciance.
– Le monde du cinéma est très superstitieux, je vous le répète. Y a toujours des histoires de fantômes, de mauvais sort, qui traînent dans les studios. Ça fait partie du folklore. Mais ce qui a achevé tout le monde, c'est le personnage d'Edmund Fromm.
– Qui est-ce?

– L'acteur qui jouait le Fantôme face à Kurt Steinhoff, le héros cosmonaute, notre vedette nationale.

Kurt Steinhoff était un jeune premier qui avait fait fondre des générations d'Allemandes avec son visage de torero et sa coupe gominée. Simon ne connaissait pas Edmund Fromm. Sans doute une gueule de méchant parmi d'autres. Mais à l'évocation de cet acteur qui portait le masque du Fantôme, il ressentit des picotements sur la nuque. Il se revoyait, lui, la nuit précédente, pataugeant dans les égouts saturés d'eau de pluie. *Tout ça va trop vite.*

– Qu'est-ce qu'il avait de particulier ? interrogea Minna.

– À peu près tout. Déjà, son visage. Fromm a toujours joué des monstres ou des spectres, souvent sans maquillage. Du temps de l'expressionnisme, il était d'équerre avec les décors en anamorphose et les lumières en clair-obscur.

– C'est tout ?

– Non. Sa personnalité était plutôt... spéciale.

– Expliquez-vous.

– Par exemple, il ne quittait jamais son masque.

– Attendez, coupa Minna. On a d'abord besoin d'une précision. C'est bien Ruth Senestier qui avait confectionné ce masque ?

– Absolument. À partir d'une sculpture élaborée dans son atelier. Ensuite, elle avait utilisé la technique de la galvanoplastie. C'est un truc qu'elle avait employé après la guerre pour...

– Nous sommes au courant.

La costumière tiqua – elle n'aimait pas qu'on lui coupe la parole. Mais elle repartit sur le même ton sec, décrivant ces événements sans la moindre nuance ni inflexion pouvant trahir un sentiment.

– Bon. Donc, elle avait conçu ce masque, absolument terrifiant je dois dire, afin que Fromm puisse le conserver plusieurs heures d'affilée. Elle avait ménagé par exemple des failles pour l'aération et l'avait doublé de feutrine pour absorber la sueur. Tout était donc parfait, sauf que Fromm ne quittait plus son masque. Il l'emportait même chez lui le soir !

Simon et Minna se regardèrent : après l'affaire Krapp, il fallait se garder de sauter sur le premier suspect venu, mais un gars bizarre s'identifiant à un Homme de marbre faisait tout de même un bon candidat.

– Avait-il d'autres... comportements étranges ? demanda Simon.

– Il était complètement fêlé, vous voulez dire. On l'a comparé à Max Schreck, l'acteur qui jouait Nosferatu, mais je peux vous assurer que Schreck était un type charmant. En revanche, je ne serais pas étonnée que Fromm, lui, ait été un véritable vampire.

– Qu'est-ce que vous voulez dire ?

Sylvia Müthel soupira, comme si elle s'apprêtait à expliquer quelque chose... d'inexplicable.

– Il ne quittait jamais sa loge et quand ça lui arrivait, c'était avec son masque sur la tête. Des rumeurs ont commencé à courir. Et puis, il y a eu ces odeurs bizarres...

– Quel genre d'odeurs ?

– Quelque chose d'organique et de ferreux, comme du sang. Un jour, un régisseur est allé y voir de plus près. Il a trouvé dans sa loge des bocaux remplis de sang, et aussi une espèce de purée d'organes.

– Des restes d'animaux ?

– C'est ce qu'a dit Fromm, oui. Il a répondu au directeur de production qu'il s'agissait des restes de son chat. Un chat qu'il adorait. Mais une autre fois, il a dit que c'était un lapin. Une autre fois encore, il a prétendu suivre un régime de viande crue. Un stagiaire a juré alors qu'il l'avait vu boire le sang du bocal...

Silence. Nouveau regard entre les deux visiteurs.

– Fromm, demanda Minna, où est-il maintenant ?

– Il est mort.

– Quand ?

– En 33 ou 34, je sais plus. Il s'est suicidé. Dans les studios, personne ne l'a regretté. Ce type-là était vraiment trop bizarre...

Encore un coup pour rien. À peine un suspect montrait-il le bout de son nez qu'un coup de bêche l'éliminait.
– Parlez-nous de Ruth, enchaîna Simon.
– C'était une bonne copine, fit la couturière. (Elle n'avait pas demandé comment l'artiste était morte, on ne posait plus ce genre de questions dans l'Allemagne nazie.) Une grande professionnelle et une chouette partenaire. Le cœur sur la main, toujours disponible.
– Sur le masque du Fantôme, que pouvez-vous nous dire ?
Müthel eut un nouveau mouvement d'épaules dans sa blouse – un flottement qui était déjà une réponse.
– Pas grand-chose. Ruth était spécialiste du trompe-l'œil, l'imitation des minéraux. Le loup était censé être en marbre, ou plutôt un genre de marbre, parce qu'il venait d'une autre planète, vous voyez le genre ? Je me souviens : Ruth avait peint avec soin les veinules qui affleuraient. L'illusion était parfaite. Vraiment du bon boulot.
– Ce masque, savez-vous où il est aujourd'hui ?
– Il a été détruit. Comme tous les accessoires d'un film quand le tournage est terminé.
Fromm mort, le masque disparu. Cet interrogatoire était une impasse. Pourtant, Simon ne pouvait s'empêcher d'imaginer cet acteur buveur de sang se promenant sur le plateau avec son moulage peint, biseauté comme la lame d'un couteau.
– Vous souvenez-vous de rapports particuliers entre Ruth Senestier et Edmund Fromm ? demanda-t-il.
– Oui.
Simon sursauta : il ne s'attendait pas à une réponse positive.
– Ruth l'avait pris en pitié. Sur le plateau, tout le monde l'évitait. C'était une sorte de cabale. Ruth ne marchait pas dans la combine. Elle était toujours disponible pour lui. Je me souviens, elle ne cessait de retaper son masque, d'en reprendre les détails... Patiemment, elle y peignait de nouvelles lignes de faux marbre, polissait un angle, en retouchait un autre...
Simon eut soudain une autre idée :

– Vous nous avez dit que vous tourniez dans le noir. Des membres de l'équipe s'endormaient-ils parfois ?
Pour la première fois, Sylvia Müthel sembla se dérider :
– On voit bien que vous ne connaissez pas le métier. Ça gueule tellement sur un plateau, il faudrait être sourd pour s'endormir.
– Mais personne ne prenait des pauses de temps en temps ?
– Où voulez-vous en venir ?
– Personne ne rêvait du monstre de l'espace ?
Pour le coup, elle éclata de rire :
– Je vous ai dit qu'on avait tous les jetons, mais pas que le Fantôme nous obsédait à ce point-là !

## 105.

Après l'interrogatoire du chauffeur de Greta, Beewen avait filé à l'hôpital de la Charité pour prendre des nouvelles de Dynamo. L'adjoint se remettait à vue d'œil. Il avait même trouvé la force de prononcer quelques blagues et de prodiguer des conseils. Des trucs du genre : « Surtout, fais-toi petit », ou : « Te mêle plus de cette putain d'affaire. » Dynamo, derrière ses airs de culbuto fanfaron, avait du bon sens : ils avaient joué, ils avaient perdu. Fin de la partie. Y retourner, c'était tout bonnement du suicide.

Beewen avait acquiescé pour la forme. Dynamo allait s'en sortir, c'était ça la bonne nouvelle. Non seulement il échapperait à la rétrogradation, mais sa blessure avait valeur de protection. Peut-être même prendrait-il du galon...

*Te mêle plus de cette putain d'affaire.* Il se retrouvait pourtant là, au deuxième étage du siège de la Gestapo, non loin de son ancien QG.

– Tu n'as plus rien à faire ici.

Il se retourna – l'Hauptsturmführer Grünwald, bien sûr...

Campé sur le seuil de son bureau comme une concierge sur le pas de sa loge.
— Je suis venu voir mes anciens collègues.
Grünwald se contenta de glousser. Avec sa poitrine creuse, ses moustaches huilées et ses cheveux plaqués couleur d'excréments, il ressemblait à un balai de chiottes.
— T'as plus d'amis, ici, Beewen. T'es persona non grata.
Beewen s'approcha. L'autre fit mine de renifler.
— Tu trouves pas que ça sent drôle, tout d'un coup ? Une espèce d'odeur de viande faisandée...
Il se pencha vers Beewen et murmura :
— Oh pardon... J'ai l'impression que tes nouvelles fonctions te suivent à la trace... T'as déjà l'haleine d'un chacal.
Beewen se recula et caressa l'idée de l'emplafonner, là, tout de suite, puis de l'accrocher à un portemanteau. Non. Hiérarchiquement, il ne pouvait pas tomber plus bas, mais tout de même, il serait mis aux arrêts et il avait mieux à faire.
— Laisse au moins mes anciens collègues en décider.
— Y a personne. Qu'est-ce que tu crois ? Peut-être qu'à ton époque, tout le monde se les roulait, mais sous mon commandement, l'enquête avance.
Beewen ouvrit la bouche pour lui répondre mais Grünwald fut plus rapide :
— C'est dommage, tu pourras même pas leur dire adieu.
— Adieu ?
— On va bientôt t'envoyer en Pologne, mon con, pour ramasser des brouettées de cadavres de Juifs. Ils vont avoir besoin là-bas de spécialistes comme toi.
Il cracha à ses pieds.
— Au fond, t'as jamais rien valu de plus.
Beewen sourit. À sa façon, Grünwald montrait un certain courage. Beewen devait peser le double de son poids et le bretteur n'avait aucune expérience ni de la violence ni de la rue. C'était un fonctionnaire dans l'âme, qui avait tété de la mine de crayon dès sa naissance. Mais Grünwald avait surtout confiance dans

la hiérarchie nazie. Beewen ne pouvait pas lever la main sur un de ses supérieurs. C'était tout simplement impossible.

Il fit un nouveau pas vers l'officier, l'autre recula (tout de même).

– En tout cas, chuchota-t-il, moi, je m'en suis sorti vivant. Ça ne sera pas le cas de tout le monde. Souviens-toi de Max Wiener.

– Eh bien ?

– Cette enquête est dangereuse, Grünwald. Elle condamne ceux qui s'en occupent.

Il vit la glotte de l'escrimeur sauter comme une pièce lancée pour un pile ou face. Franz pivota et le planta là, gardant les poings serrés, mais baissés.

– Au fait, Beewen...

Franz se retourna.

– Je suis désolé pour ton père. Mais il a pas dû beaucoup souffrir. Les vieux, ça prend comme du bois sec et...

Philip Grünwald n'acheva pas sa phrase.

Le poing de Beewen venait de lui briser net l'arête du nez, envoyant tout le paquet – mèche laquée, moustache, uniforme, bottes cirées – valdinguer dans le bureau verni de l'Hauptsturmführer.

## 106.

Il descendait le grand escalier central quand il croisa Alfred – c'était lui qu'il cherchait tout à l'heure. L'apercevant, le jeune officier eut un recul, sans doute craignait-il que Beewen lui vole encore ses clés ou lui soutire un service compromettant.

Franz l'attrapa par le col et l'emmena sous les marches de pierre, à l'abri des regards et des oreilles de la Gestapo.

– Où en est l'enquête ?

– Mais...

– T'as rejoint l'équipe de Grünwald, non ?
– Oui.
– Donc ?
– On en est nulle part. Grünwald a fait interroger des dizaines de témoins autour du lac Plötzen. Personne n'a rien vu.
– Comment justifie-t-il ces interrogatoires ?
– Enquête et recensement. Mais en général, quand on arrive, personne ne pose de questions.

Grünwald était donc moins stupide qu'il ne le pensait. Il avait usé du pouvoir de terreur de la Gestapo pour faire du porte-à-porte sans se soucier des conséquences. Après tout, la Geheime Staatspolizei fouinait partout, tout le temps.

– Quoi d'autre ?
– Grünwald fait aussi ratisser la zone où on a retrouvé Greta Fielitz. Il espère découvrir un objet, ou un indice...

L'Hauptsturmführer perdait son temps. Sur chaque scène de crime, on avait procédé à la même fouille, appelé le KTI pour couper les cheveux en quatre et faire des analyses tous azimuts. En vain.

– Et du côté des proches de Greta ?
– Plus difficile. Elle ne fréquentait que l'élite du pouvoir. Mais Himmler a donné carte blanche à Perninken, qui lui-même a ordonné à Grünwald de ne plus prendre de précautions. Nos officiers sont en train d'interroger tous ses amis, ses relations – et ça fait du monde.
– Le mari ?
– Il dit rien. Il est écrasé par le chagrin, paraît-il...

Beewen revoyait Günter Fielitz se dandiner sur sa balançoire, dans sa tenue de Marlene Dietrich... *Passons*. Grünwald dirigeait l'enquête comme une grande manœuvre et ratissait large. Pourquoi pas après tout ? Sa technique à lui, concentrée sur quelques faits, aidé seulement par deux civils, n'avait rien donné.

– C'est tout ?
– Non. L'Obergruppenführer s'est rendu deux fois aujourd'hui chez le Reichsführer.

Beewen n'en pouvait plus de tous ces grades à la con de la SS. L'information à retenir : malgré la guerre, malgré les innombrables dossiers qu'il «traitait», Himmler ne lâchait pas les Dames de l'Adlon – et Beewen le comprenait, quatre victimes de prestige, égorgées et éviscérées pour ainsi dire sous le nez de la dictature SS, ça faisait désordre.

Il regarda sa montre – quatorze heures. L'heure du ralliement. Il devait rejoindre les *Totengräber*.

– Je reviendrai te voir, fit-il à Alfred en lui serrant le bras.

Il traversa le hall de pierre et prit l'autre escalier, celui qui descendait dans les caves, les anciennes réserves des œuvres d'art qui étaient désormais compartimentées en geôles lugubres.

Beewen rejoignit le vestiaire où les rebuts des SS buvaient, bouffaient et pétaient tout en se racontant de sinistres anecdotes, mélangeant histoires de fesses et circonstances détaillées de telle ou telle exécution.

Justement, Kochmieder était en train d'expliquer une méthode de son cru pour escamoter des dépouilles. Le charognard en chef se voulait «inventeur». Il s'était déjà illustré, en juin 1933, en larguant des cadavres au fond de la rivière Dahme dans des sacs cousus et lestés qu'il avait confectionnés lui-même.

Maintenant, il imaginait de placer la tête du cadavre dans un coffrage en bois et d'y couler du ciment. Au bout de quelques minutes, on se retrouvait avec un corps dont le crâne pesait dans les cinq kilos.

– Foutez ça à la baille, ricanait-il, et vous verrez le résultat !

Les autres acquiesçaient, admiratifs devant tant d'ingéniosité.

Quand l'Untersturmführer aperçut Beewen qui essayait de la jouer discrète, il lui sauta sur le poil.

– Aujourd'hui, on varie un peu les plaisirs, prévint-il.

– C'est-à-dire ?

L'officier cradingue ouvrit les mains tel un magicien qui va faire apparaître un foulard ou une colombe.

– *Zigeuner!*

## 107.

Hitler détestait les Juifs. Mais il n'aimait pas beaucoup non plus les *Zigeuner* – les Tsiganes. Au départ, à l'époque de *Mein Kampf*, le Führer ne s'intéressait pas trop à ces nomades, mais au fil des années, les Gitans avaient su le convaincre qu'ils représentaient un des pires exemples d'ethnie marginale, asociale, dégénérée. Désormais, ils étaient dans le collimateur des nazis et tous les prétextes étaient bons pour les persécuter.

Les *Totengräber* roulaient maintenant dans leur camion à plateforme, celui du charnier de la veille, bringuebalant comme des sacs à patates dans l'odeur du sang et de la viande séchée. Heureusement, on avait retiré la bâche. Potsdam. Michendorf. Seddiner See. Bientôt, ils sillonnèrent une campagne gorgée de soleil et de chaleur. Ça sentait le foin coupé et les herbes brûlées.

Beewen s'était rencogné au bout de la plateforme et essayait de faire le vide. L'enquête. Le boulot. Le passé... Tout ça devait rester en dehors du périmètre de ses pensées. À moitié endormi, il préférait se laisser secouer par les cahots de la route en attendant de découvrir le programme.

– C'est quoi, l'histoire, aujourd'hui ? demanda-t-il enfin à son voisin.

– Des Tsiganes qu'ont joué aux cons.

– C'est-à-dire ?

– Y z'ont résisté pendant une rafle. Les SS ont abattu tous les hommes. (Poing fermé, l'homme tendit son index et leva son pouce, figurant une arme.) Pas de quartier !

– C'était quand ?

– Hier.

– Les cadavres sont restés là-bas pendant vingt-quatre heures ?

– Qu'est-ce ça peut foutre ? Y z'iront pas plus loin !

Le camion bifurqua dans un chemin de terre. Beewen éprouva une sinistre appréhension. Au fond de cette campagne magnifique, un cauchemar les attendait. Une bonne petite saloperie à la SS, vicieuse et répugnante.

Ils atteignirent une large clairière encadrée de sous-bois. Des buissons fleuris égayaient l'orée des futaies, de lourds parfums planaient, la moindre feuille semblait saturée de suc, de sève et de vie. Il songea à des pique-niques, des balades en barque, des après-midi en maillot de bain, à écouter des airs de jazz sur un gramophone. Autant de trucs qu'il n'avait jamais faits et qui n'étaient pas près d'être à l'ordre du jour.

Alors que le camion ballottait à se renverser dans les fossés, les choses se précisèrent. Des roulottes carbonisées exhalaient encore des vapeurs noirâtres dans l'air limpide. Un grand tas de chiffons semblait étalé dans le pré, puis, plus loin, tout contre les bois, se dressait un monticule de boue brune.

Encore quelques mètres et Beewen y vit plus clair. L'amas de tissus était en réalité un groupe de personnes – des femmes, des enfants, vêtus de hardes colorées – qui se tenaient à genoux, au coude à coude, à chanter, à beugler, à pleurer. Puis le tas de terre sombre s'avéra être un amoncellement de corps nus et putréfiés, gonflés par la chaleur, assaillis de toutes parts par des tourbillons de mouches.

Beewen plissa les yeux et put même apercevoir les têtes des morts, droites, penchées, encastrées les unes dans les autres comme dans un puzzle de pure terreur. Certaines souriaient, d'autres grimaçaient, les traits distendus par la boursouflure des chairs, par les germes qui grouillaient sous les muscles. La plupart étaient couvertes de mouches qui assombrissaient encore leur couleur de peau. On distinguait aussi les blessures : du bon boulot de SS, une balle dans la tempe ou dans le front, parfois dans la poitrine.

Le chœur tragique continuait et couvrait les rugissements du camion qui patinait dans la terre et les bouses de vache. Les soldats, debout sur la plateforme, s'accrochaient au garde-fou et observaient ces femmes qui s'égosillaient.

Leurs voix étaient à la fois bouleversantes et insupportables. Une espèce de tire-larmes qui vous écorchait le cœur et qui, sans qu'on puisse en expliquer la raison, vous faisait aussi du bien. Des voix rauques, étranglées, qui allaient vous chercher au fond de vous-même et vous arrachaient des émotions en forme de crachats sanglants.

Une femme debout, sans âge (cheveux noir intense, visage recouvert d'un filet de rides), jouait les solistes, lançant des mélopées au-dessus du chœur, alors que les autres femmes et les enfants se groupaient autour d'elle comme une tribu autour de son totem. Le plus surprenant était que cette chorale vêtue de haillons, aux multiples éclats d'or et d'argent, regardait droit dans les yeux les cadavres – les maris, les frères, les pères, dont les ventres gonflaient à vue d'œil et dont les joues, tirant sur le verdâtre, avaient déjà crevé, révélant des gencives pleines de fourmis.

Des fleurs en tresses avaient été disposées et dessinaient un arc de cercle autour du groupe.

– *Herrgott!* murmura son voisin. Qu'est-ce que c'est que ce bordel ?

Beewen ne répondit pas. On aurait dit une cérémonie sacrée, quelque chose d'effrayant, d'inexplicable, qui avait à voir avec des dieux anciens et des esprits invisibles.

Le camion s'arrêta, les fossoyeurs sautèrent à terre. Les soldats glissaient dans la boue noirâtre et avaient du mal à se tenir debout. Ils trouvèrent les SS chargés de surveiller ce petit monde.

– *Scheiße!* gueula l'un d'entre eux. Qu'est-ce que vous foutiez ? On est là depuis ce matin à respirer cette puanteur et à se farcir leur gueulante! On en peut plus!

Beewen avisa les tresses de fleurs.

– Vous les avez laissés tisser des couronnes ?

– Mais non, ducon. C'est leur métier. C'est des cueilleurs.

Comme tout paysan, Beewen craignait les Tsiganes. Il avait la tête saturée de légendes, de superstitions. Ces gens-là entretenaient des relations secrètes avec un monde occulte, puissant, inquiétant. On avait beau les chasser, les persécuter, c'étaient eux les plus forts.

— Pourquoi vous les avez tués ?

Le troufion haussa une épaule, son casque lui tomba sur les yeux. Beewen remarqua que son Mauser 98K n'était même pas armé.

— C'est pas nous, expliqua-t-il, c'est l'bataillon d'hier. Y refusaient de les suivre, j'sais pas quoi. D'toute façon, qu'y crèvent ici ou dans un camp, c'est pareil. Ça économise le transport.

— Les enfants et les femmes ?

— Marzahn.

Depuis les Jeux olympiques de 1936, le NSDAP avait fait le ménage. Tous les Tsiganes de la banlieue de Berlin avaient été transférés au camp de Marzahn, sur le plateau de Barnim, au nord-est de la vallée de la Sprée.

Franz remarqua dans ce chaos — les enfants qui pleuraient, les femmes qui chantaient, les fossoyeurs qui les frappaient à coups de pelle pour les faire taire — un détail d'une cruauté supplémentaire. Parmi les corps putrides, plusieurs hommes vivants étaient attachés aux cadavres. Beewen avait entendu parler de ce supplice qu'on pratiquait dans les KZ, une blague aux yeux des SS.

À la vue de ces hommes nus, ligotés à ces dépouilles, devenant eux-mêmes charognes par contamination, il sentit se lever en lui un vent mauvais. Tant de pratiques infectes, tant de cruautés inutiles, c'était vraiment pas possible...

Il lâcha sa pelle et sortit son couteau, un beau poignard nazi qu'il avait gardé du temps de sa gloire. En quelques pas, il se trouva près du charnier et coupa les liens d'un petit mec tout noir, pure concentration de muscles gansés de peau soyeuse, puis libéra un grand gaillard qui gémissait et un dernier qui avait l'air plus mort que vif.

Dans l'agitation, un gamin jaillit du chœur et se jeta dans les bras du grand gars. Pas besoin de parler le langage des *Zigeuner* pour piger que le père et le fils s'étaient retrouvés.

À cet instant, un *Totengräber* déboula en levant sa bêche, prêt à écraser le crâne du gamin. Beewen l'attrapa par le col et lui pointa sa lame sous la gorge. Stupéfait, le SS lâcha son outil dans la boue.

— Tire-toi. Va creuser ton trou et oublie-les, sinon je te jure que c'est toi que j'enterre.

L'homme ramassa sa pelle et s'enfuit.

Kochmieder, qui avait aperçu la scène de loin, hurla :

— Mollo, Beewen ! Tu fais plus la loi ici.

Franz attrapa un pantalon et une chemise parmi les frusques qui traînaient dans l'herbe et les balança au petit homme près de lui, sculpté dans du bois noir.

En s'habillant, le Tsigane se mit à jacter un jargon incompréhensible, dans lequel Beewen attrapait seulement des bribes de discours :

— Ma couille j'oublierai pas c'qu't'as fait là aujourd'hui mon cousin ces salopards mon copain ces trous-du-cul j't'l'dis ma couille y l'paieront un jour pour toutes leurs saloperies...

Il cracha par terre, pas loin des bottes de Beewen.

— Excuse-moi « ma couille », mais je comprends rien à ce que tu racontes.

— Pas grave cousin j'te dis là mon copain j'te revaudrai ça.

Beewen ne voyait pas comment ce bâton d'écorce, avec sa tête de gouape et son pantalon qui tire-bouchonnait sur ses pieds nus, en route pour un KZ quelconque, pourrait un jour lui retourner le moindre service. Pourtant, il sourit, et l'homme lui rendit son sourire — des dents en or brillaient au fond de ses gencives mauves.

Confusément, Beewen comprit que le Gitan disait vrai : il lui revaudrait ça.

## 108.

La chapelle de Kampen, dans le quartier de l'Alexanderplatz, était un édifice modeste en meulières noires. Pas de quoi se convertir mais un charme discret, apaisé, qui contrastait avec le fracas assourdissant des alentours.

Simon ne s'était pas vraiment expliqué mais il avait proposé à Minna d'aller à l'office de dix-huit heures. Minna s'était laissé convaincre.

Après leur visite à Sylvia Müthel, dans les studios de Babelsberg, ils avaient réussi un tour de force : se faire projeter *Der Geist des Weltraums* dans une des salles utilisées d'ordinaire pour visionner les rushes des films.

Simon plaçait de grands espoirs dans la découverte de ce film – il espérait sans doute y discerner une clé, un message, ou simplement une piste pour mieux comprendre l'obsession du tueur. Ils n'eurent droit qu'à un banal film de science-fiction. Scénario académique, acteurs sans charisme, décors en carton-pâte... Même le Fantôme paraissait inoffensif. À voir ce monstre de l'espace pénétrer dans son vaisseau à grand renfort d'ombres suggestives et d'accords dramatiques, on avait plutôt envie de rire.

Ils avaient décidé de tuer l'heure qu'il leur restait dans un petit café aux vitres dépolies, non loin de la chapelle de Kampen. Une nouvelle fois, ils avaient brassé toute l'histoire, revu chaque détail, élaboré encore et toujours des hypothèses – sans avancer d'un iota.

Il était temps maintenant d'aller assister à cette messe presque secrète, qui promettait de livrer un éclairage nouveau sur les Dames de l'Adlon – c'est en tout cas ce que lui avait vendu Simon, lui-même sous l'influence de l'une d'elles, une dénommée Magda Zamorsky.

En pénétrant dans la chapelle, Minna se sentit intimidée. Elle n'était pas habituée aux lieux de culte modestes. Ses parents, même lorsqu'ils voulaient exprimer leur humble condition de pécheurs protestants, optaient pour les grands monuments de la capitale : la cathédrale de Berlin, monstre à trois coupoles sur l'île aux Musées, le temple français de la Friedrichstadt ou encore l'église du Souvenir de l'empereur Guillaume, à l'entrée du Ku'damm... Du lourd, du massif, de l'allemand. Des édifices pompeux qui convenaient bien à la foi contradictoire des von Hassel, à la fois simple et hautaine, sobre et richissime.

Seuls, les premiers rangs étaient occupés et l'autel, au centre du chœur, brillait comme une crèche illuminée. Simon et Minna se glissèrent vers la droite et remontèrent les rangées de prie-Dieu jusqu'à trouver une place derrière une colonne de pierre.

Minna était déroutée par les fresques murales – chez les protestants, on n'aime pas trop se laisser distraire par de vaines représentations bibliques. Là, des anges s'envolaient vers la voûte noyée d'ombre, des saints fermaient les yeux en joignant les mains, le Christ portait sa croix, à demi effacé par l'usure des âges et des regards.

Elle tendit le cou pour apercevoir le prêtre qui officiait et eut du mal à croire ce qu'elle découvrait. Au-dessus du tabernacle, on avait tendu un drapeau à croix gammée et les runes de l'Ordre noir déchiraient le fond de l'abside, comme une double fissure permettant au Führer en personne de vous observer. Bien sûr, l'aigle du Reich était là, serres plantées dans le bois de l'autel. Il ne manquait plus que quelques dagues et des flambeaux pour se croire à une de ces cérémonies païennes dont raffolaient les nazis.

Tous les hommes, ou presque, étaient en uniforme. Des verts, des noirs, des gris. Il y avait longtemps que Minna ne cherchait plus à les distinguer. Les femmes appartenaient au monde de l'élégance. Elle n'avait jamais vu les Dames de l'Adlon mais elle était certaine que la plupart d'entre elles étaient membres du club. *Les plus belles femmes de Berlin...* Elles étaient là, tête baissée, paupières fermées, recueillies et silencieuses. Mais quel Dieu priaient-elles ?

– Tu les connais ? demanda Minna à voix basse.

D'un signe de tête, Simon confirma. Comme elle, il semblait subjugué par ces vêpres aux allures de messe noire.

– Mes frères, mes sœurs...

Le prêtre menait sa cérémonie sans sourciller, comme si ce décor sacrilège allait de soi. Ses paroles elles-mêmes mêlaient les citations bibliques et les maximes du Führer. « Syncrétisme » fut le mot qui vint à Minna, mais il ne s'agissait pas ici d'associer deux cultes, plutôt une religion et un credo politique, ce qui donnait un curieux mélange.

Minna revenait toujours aux femmes – sur fond de cierges et de croix, elles paraissaient en extase. Leur foi leur dessinait presque un anneau de lumière autour de la tête. Ce n'était plus du fanatisme, mais une exaltation d'initiés, une illumination de visionnaires.

Le temps du sermon était venu et l'officiant, d'une voix douce et calme, décrivait l'invasion de la Pologne dans une version christique où le Führer avait dû recourir à sa force surnaturelle pour répondre aux attaques vicieuses et sournoises de ces Slaves dégénérés :

– « Car nous n'avons pas à lutter contre la chair et le sang, mais contre les dominations, contre les autorités, contre les princes de ce monde des ténèbres, contre les esprits méchants dans les lieux célestes. »

Minna connaissait cet extrait de l'épître aux Éphésiens de Paul de Tarse et se demandait bien ce qu'il foutait là. Dans la bouche de ce prêtre, ces paroles semblaient exhorter les Allemands à marcher sur l'Europe et à détruire tout ce qui n'était pas aryen.

– Mes frères, prions ! ordonna-t-il en levant les bras.

Les paupières se baissèrent à nouveau comme des culasses s'arment dans un peloton d'exécution. On allait passer à l'attaque. On allait appeler le Seigneur de tous ses vœux – afin qu'Il n'oublie pas Son élu, Son instrument, et peut-être même, pourquoi pas, Son fils...

Effarée, Minna jeta un regard à Simon. Dans la pénombre chargée d'encens, elle put voir qu'il tirait la gueule. Il avait la tête du brigand floué, de l'arroseur arrosé. Lui qui, durant des années, avait joué au plus fin avec ses patientes s'était en réalité fait berner. En fait d'épouses effrayées ou de coquettes superficielles, les Dames de l'Adlon formaient les rangs des pasionarias les plus fanatiques du Führer.

Minna était moins surprise que le psychanalyste. Elle s'était toujours intéressée aux rapports que les Allemandes entretenaient avec le nazisme. En 1933, elles avaient voté en masse pour le NSDAP et la NS-Frauenschaft (Ligue des femmes nationales-socialistes), qui comptait en 1935 deux millions d'adhérentes, dépassait aujourd'hui les dix millions.

Par un mystère inexplicable, Hitler, avec son physique taciturne et sa moustache ridicule, avait réussi à les charmer, au même titre qu'une vedette de cinéma. Il avait beau éructer dans son micro, user d'une gestuelle outrancière, avoir l'air d'un dément bon à enfermer, il leur avait transmis une passion, un enthousiasme, un aveuglement qui ne faiblissaient pas. *Hitler, générateur électrique de ces dames.*

Minna n'était donc pas surprise qu'au plus haut de la société berlinoise on retrouve le même phénomène. Derrière leurs airs de grandes frivoles, ces Dames constituaient sans doute une secte exigeante, totalement dévouée au maître du Reich.

– On y va, non ? suggéra Simon.

– T'as raison, fit-elle en lui donnant un coup de coude. On a assez entendu de conneries pour aujourd'hui.

## 109.

De retour à la villa, Minna dénicha une carte de Berlin qu'elle déroula sur la longue table du salon, une pièce massive à rallonges, en bois de rose et palissandre. À l'aide de quelques livres, elle plaqua les coins du document. Ensuite, elle attrapa une poignée de pfennigs.

Elle avait décidé de reprendre toute l'histoire de zéro – *Ne me demandez pas pourquoi*. Les deux hommes – Simon, qui boudait toujours, et Beewen sortant de la douche – suivaient, plutôt blasés, son exposé.

– Le vendredi 4 août 1939, on découvre le corps de Susanne Bohnstengel ici, à la pointe de l'île aux Musées.

Elle posa une pièce à l'extrémité de l'île, juste à côté du Bode-Museum.

– Deux semaines plus tard, le samedi 19 août, on trouve celui de Margarete Pohl dans le parc Köllnischer, près de la fosse aux ours. Le site est proche de l'île aux Musées, ce qui a incité la Kripo à penser que le tueur affectionnait cette zone. Première fausse piste.

Elle plaça un autre pfennig au bord de la Sprée.

– Douze jours plus tard, celui de Leni Lorenz est aperçu par des promeneurs au nord-ouest du Tiergarten, près du château de Bellevue.

Simon craqua le premier :

– On sait tout ça par cœur. Où tu veux en venir ?

Minna l'ignora. Nouveau pfennig.

– Dimanche dernier, quatrième victime. Greta Fielitz. Assassinée au bord du lac Plötzen. Malgré l'affluence, le cadavre n'émerge qu'en milieu de journée.

Cette fois, ce fut Beewen qui intervint :

– On n'a rien de plus urgent à faire ?

– Non, fit-elle en posant un dernier pfennig sur la tache bleue qui représentait le point d'eau. Parce que le tueur suit une logique, et nous devons essayer de la comprendre.

Simon croisa les bras avec une sorte de férocité sarcastique.

– Très bien, on t'écoute.

– La première chose que nous pouvons remarquer, c'est que le rythme des homicides s'accélère. Ses crises de folie se rapprochent, ou bien le tueur se sent pressé par quelque chose, un événement extérieur.

– Comme quoi ?

– La guerre. La fin de l'été. Le cycle de la lune. La migration des oiseaux. Qu'est-ce que j'en sais ? Mais ce meurtrier se dépêche de finir l'œuvre qu'il s'est assignée...

– Admettons. Et alors ?

– L'autre fait, reprit-elle en éludant la question, c'est qu'il se débrouille toujours pour amener ses victimes près d'un fleuve ou d'un lac. Sans doute parce que l'eau appartient à son rituel meurtrier.

Simon leva le bras : la fièvre de l'enquête le gagnait de nouveau.

– C'est plus simple que ça. L'Homme de marbre est un nageur d'exception. Il tue près d'un point d'eau pour pouvoir fuir à la nage. C'est tout.

Minna se leva et se dirigea vers le bar, un meuble oriental aux parois laquées où serpentaient des dragons ou des orchidées. Elle fit coulisser la porte et servit d'office un verre de cognac à chacun. Les alcooliques, ou les drogués, appellent ça « partager », mais il s'agit toujours de corrompre, d'attirer les autres dans leur propre gouffre.

– Que pouvons-nous supposer sur cet assassin ? reprit-elle. Il connaît ses victimes. Il arrive facilement à les convaincre de le suivre jusqu'au lieu de son choix.

Beewen fit un geste de dénégation.

– La Kripo d'abord, puis la Gestapo ont enquêté sur tous les proches, toutes les relations des victimes, ça n'a rien donné.

– Peut-être que nous nous trompons. Peut-être que le meurtrier dispose d'un autre moyen de persuasion.
– Comme ?
– Un uniforme.
Franz répéta son geste, avec une nuance de fatigue.
– Une autre piste que nous avons creusée. L'officier nazi. La dague. Etc. Encore une impasse. Par ailleurs, je ne crois pas à un type en uniforme qui aurait « enlevé » ces femmes. D'abord, elles ne se seraient pas laissé faire. Ou bien il aurait fallu un Obergruppenführer pour les décider. Par ailleurs, elles se sont à chaque fois évaporées dans l'air, en toute discrétion. Ça ne colle pas avec des galons qui brillent et des bottes qui claquent.
Minna posa ses mains à plat sur la table.
– Très bien. L'autre grande question, c'est le masque. Pourquoi ce meurtrier porte-t-il un masque au moment de tuer ?
– On en a parlé mille fois, intervint Simon. Toi et moi, on a vu aujourd'hui le film et rien n'en est sorti. Cet homme est obsédé par ce masque, et aussi par les rêves, c'est tout ce qu'on peut dire. Il se considère lui-même comme un songe. Un songe meurtrier.
Beewen commenta avec mauvaise humeur :
– Pourquoi ressasser tout ça ? On sait que ce type est un malade, mais ça ne nous renseigne pas sur la manière de l'attraper.
Minna parut reprendre son souffle :
– Tout ce qui nous reste, c'est donc le Lebensborn.
– C'est-à-dire ?
– Il y a de fortes chances pour que Greta Fielitz se soit fait fertiliser à la clinique Zeherthofer. Pourquoi pas les autres ?
– Qu'est-ce que tu racontes ?
La psychiatre planta ses yeux noirs dans l'œil de cyclope de Beewen.
– Avec Simon, ce soir, nous avons assisté à une drôle de messe. Des illuminés nazis qui prient très fort pour que notre Führer gagne son espace vital.
– Je ne comprends pas.

– On peut supposer qu'en dépit des apparences, Susanne, Margarete, Leni et Greta aient appartenu à ces fanatiques. Pourquoi pas offrir un enfant à Hitler ?
– Admettons. Quel rapport avec leur assassinat ?
– Je ne sais pas, mais il faut fouiller du côté du Lebensborn.
– Aucune chance d'y pénétrer, coupa Beewen. Ce sont de vrais bunkers.
– J'ai un plan.
Beewen souffla. Simon soupira. Ils ne semblaient plus du tout partants pour un nouveau tour de manège à la von Hassel.
– Qu'à cela ne tienne, répliqua-t-elle face à leurs mines fermées, je me débrouillerai seule.
– C'est-à-dire ?
– Je vais faire comme les Dames de l'Adlon. Je vais demander à être fécondée dans cette clinique.
Beewen, faisant tourner son cognac entre ses paumes, marqua sa surprise :
– Et puis après ?
– Je pourrai accéder aux fichiers pour vérifier cette hypothèse et savoir si elles ont toutes fait appel à ce Lebensborn et qui étaient les pères des fœtus.
– Le lien avec les meurtres ?
– Peut-être s'agit-il du même... géniteur. Peut-être s'agit-il de l'assassin...
Simon frappa dans ses mains, comme s'il applaudissait à tant d'absurdités.
– De mieux en mieux ! Et pourquoi le géniteur serait-il le tueur ?
– C'est une autre de mes hypothèses.
– Pourquoi pas un médecin ? Un infirmier ? Ou le concierge pendant qu'on y est ?
– En tout cas, une fois sur place, je pourrai noter les noms, connaître les identités. Je...
– Les candidates du Lebensborn sont soumises à une sélection drastique, coupa Beewen.

– Et alors ?
– Je ne veux pas te vexer, Minna, mais tu n'as aucune chance d'être prise.
– Pourquoi ?
– Ils recherchent en priorité des femmes blondes et athlétiques. Vraiment pas ton profil.
– Tu oublies le principal, mon sang. J'ai beau être petite et brune, je suis une von Hassel. Ma généalogie est sans doute la plus pure de tout Berlin. Ma famille remonte au moins au XII$^e$ siècle et nous formons une souche aristocratique de premier ordre. Le Reich de mille ans ne peut refuser une telle candidature.

Ce fut au tour de Simon de sourire.

– Parlons-en de ton sang.

Il tendit le bras au-dessus de la table et lui ôta son verre des mains.

– Si tu veux vraiment tenter le coup, tu dois te mettre au régime sec. Tes veines sont saturées d'alcool. Tu ne dépasseras pas la première étape de l'examen.

Minna déglutit – pas la moindre salive.

– Tu t'en sens capable ? demanda Simon.
– Aucun problème.

## 110.

Simon avait décidé de rentrer chez lui à pied le long du Landwehrkanal, puis en suivant la Sprée jusqu'à la Potsdamer Platz – cinq kilomètres à marche forcée lui feraient du bien.

Ainsi, c'était encore la petite von Hassel qui avait emporté le morceau. Pleins feux sur le Lebensborn et son projet d'infiltration. Encore une façon de se rendre intéressante. Aucun intérêt pour le masque et pour le film *Der Geist des Weltraums*... Pourtant, c'était de ce côté qu'on dénicherait le tueur! Un homme déséquilibré – acteur, régisseur, machiniste, n'importe qui sur le plateau – avait été envoûté par ce masque. Huit ans plus tard, quand sa pulsion meurtrière était devenue irrésistible, il avait contacté Ruth Senestier et s'était préparé...

Alors qu'il croisait la Shell-Haus, un immeuble très récent dont la façade reproduisait l'ondulation d'une vague, il prit une résolution. Une fois de plus, il poursuivrait son enquête en solo – visiter les plateaux de tournage de Babelsberg, dénicher d'autres affiches, retrouver les noms des membres de l'équipe de *Der Geist des Weltraums*...

Il faisait encore mentalement la liste de toutes les démarches à effectuer quand il parvint dans sa rue. L'artère était le théâtre d'une agitation particulière – et en même temps familière dans le Berlin de 39.

On était en train de virer des Juifs.

Des meubles passaient par les fenêtres, des vitres éclataient, des tissus volaient... Des hommes en uniforme, mais aussi d'autres en civil, surveillaient les manœuvres, dans cette position caractéristique du maton, pieds écartés, mains dans le dos – on veillait à ce que l'expulsion soit exécutée dans les règles de l'art.

Quelques pas encore et il réalisa que c'était son propre immeuble qui était visé. Encore un cillement et il reconnut, parmi les débris sur le bitume, une console de Marcel Breuer, exactement le même modèle que celle qui ornait sa chambre, puis une table basse à double plateau, un lampadaire qu'il connaissait bien... Son propre mobilier!

Il se mit à courir tout en cherchant ses papiers dans sa veste.

– Holà, on passe pas.

Un gestapiste en civil se dressait devant lui.

– J'habite cet immeuble, balbutia Simon. (Il palpait ses poches, pas moyen de trouver ses papiers.) Vous êtes en train de vider mon appartement! Il doit y avoir une erreur!

Le nazi – col relevé, chapeau mou – se fendit d'un sourire.

– Y a toujours une erreur.

Enfin, Simon mit la main sur sa carte d'identité. Dans un ricanement, le policier le laissa passer. Au moment où il accédait à son porche, il dut faire un écart pour ne pas recevoir sur la tête ses cadres de Paul Klee.

Il monta les escaliers quatre à quatre et vit son tapis à motifs Kandinsky roulé filer au centre de la rampe pour atterrir au rez-de-chaussée.

Sur son seuil, soldats et policiers s'en donnaient à cœur joie. Ils arrachaient le papier peint, broyaient les chaises, lacéraient les tableaux. Cette vision le calma direct. Il se prit à imaginer son propre crâne sous les bottes de ces brutes.

Il pénétra dans son appartement dévasté et aborda un des hommes en civil le plus courtoisement possible. Il montra ses papiers, rappela qu'il avait des connaissances au sein du NSDAP et…

En guise de réponse, l'homme fouilla dans sa poche, y dénicha une feuille qu'il lui froissa entre les mains.

– T'es exproprié, connard. Garde le document en souvenir.

Simon balança la feuille dans un geste de rage et s'effondra d'un coup. Il se retrouva cul par terre, dos au mur. Il était secoué de tremblements impossibles à contrôler. Après les meubles et les tapis, c'était lui qui allait passer par la fenêtre.

L'homme – il puait l'ail, le cuir, le sang – se pencha et lui parla à l'oreille :

– On commence à en avoir marre des p'tits profiteurs comme toi. C'est la guerre, mon gars, et y a plus de place pour des gigolos de ton espèce. *Bastard!*

Simon eut une poussée de sueur qui le trempa en une seconde. Par une porte entrouverte, il vit son cabinet livré au chaos, son bureau renversé, ses dossiers répandus – les feuilles blanches volaient comme des plumes d'oiseau.

Bientôt, entre les galoches et les manteaux de cuir, il découvrit pire encore : les intrus avaient défoncé la porte de son réduit secret et saccageaient ses disques – tant d'années d'efforts, de recherches, d'indiscrétions… Son gramophone était en morceaux.

Le pavillon avait été aplati et dessinait un triangle ridicule sur le parquet.
Il fondit en larmes.
Personne n'y fit attention. La destruction, quand elle est effectuée avec conscience, est un boulot accaparant. Il s'essuya les yeux et avança à quatre pattes jusqu'au seuil de sa chambre : les salopards avaient crevé les placages des armoires, lacéré son précieux paravent mais, pour une raison inconnue, avaient négligé un objet dont ils ignoraient sans doute l'usage, sa «machine à lire les songes», au chevet de son lit.
Dans un sursaut, il se remit sur ses pieds et se précipita. Il débrancha la prise électrique, enroula le câble et les multiples fils reliés aux électrodes autour du corps central de l'engin puis quitta la pièce, l'appareil sous le bras.
Dans l'entrée, il tomba nez à nez avec le gestapiste d'en bas.
– Qui vous a donné l'ordre de faire ça ? hurla Simon, oubliant sa propre peur.
L'homme eut de nouveau un sourire qui ressemblait à une plaie infectée. Sans répondre, il se baissa pour ramasser la feuille que Simon avait jetée à terre quelques minutes auparavant. Il la déplia avec lenteur.
– Pour un toubib, t'es pas très observateur. C'est marqué dessus, sombre merde. «Ordre de l'Hauptsturmführer Grünwald».
L'homme aux moustaches effilées. Le nazi qui l'avait arrêté et lui avait promis les pires tourments. Pourquoi s'acharnait-il sur lui ?
Le gestapiste fit une boule avec le document et la lui enfonça dans la bouche. L'attrapant par les épaules, il le retourna et le poussa dans l'escalier d'un coup de pied dans le derrière.
Étouffant avec le papier au fond de la gorge, Simon se rattrapa comme il put à la rampe, glissa, s'étala dos aux marches jusqu'à l'étage inférieur, sa machine lui passant par-dessus la tête.
À moitié asphyxié, il recracha la boule de papier. Si jamais il se demandait combien il valait désormais sur le marché de Berlin, sa cote était toute trouvée : un coup de pompe dans le

cul et un ricanement en guise d'adieu. Pas même une exécution sommaire en pleine rue ni un aller simple en KZ...

Ça aurait été encore trop beau pour un avorton de son espèce.

## 111.

Il n'avait plus rien. Plus de cabinet, plus de maison, plus de patients. Dossiers envolés, enregistrements réduits à néant – et toutes les portes devant lui désormais fermées. Lui, Simon Kraus, qui avait tenu la dragée haute à tous les psychiatres de Berlin et avait possédé quelques-unes des plus belles femmes de la ville...

Depuis longtemps, il se demandait quel effet cela pouvait faire d'être un Juif en Allemagne, dans les années 30. Sa situation lui en donnait un goût assez clair – et amer. Une chute libre, sans la moindre main tendue ni la moindre prise rocheuse.

Cramponné à sa machine, il repartit vers la villa de Minna, le seul endroit de Berlin où il pouvait dormir. Trouver refuge chez une des plus célèbres familles aristocratiques allemandes, ce n'était pas si mal pour un paria dans son genre.

Remontant toujours le canal, il traversa une partie du Tiergarten et s'engagea dans l'Ost-West-Achse, immense avenue initiée par les nazis, vouée à accueillir des parades monstrueuses, bras tendu et pas de l'oie. Simon marchait toujours, à l'ombre des oriflammes à croix gammées et des colonnes blanches soutenant des aigles dorés.

Sa propre solitude et sa situation pathétique, au pied de ces potences sinistres, symboles arrogants d'une puissance qui était en bonne voie de tout écraser sur son passage, lui parurent presque comiques. Sa petitesse, son inconscience, son cynisme lui revenaient en pleine face – toutes ces années, il s'était cru victorieux alors qu'il n'était qu'en sursis...

Peut-être aurait-il dû envisager cette déchéance comme une grâce, l'opportunité d'être utile, d'identifier un assassin de femmes, de travailler à nouveau à l'hôpital...

Mais ce soir, qu'en avait-il à foutre ? Il lui semblait qu'une veine avait éclaté sous son crâne et que le sang se répandait lentement parmi les plis de son cerveau, encre noire engluant son esprit...

Il parvint à l'Opéra de Berlin que les nazis avaient baptisé «*Deutsche Oper*». Encore un pavé néo-quelque chose, agrandi et alourdi pour y vouer toujours un culte au pouvoir en place...

Simon s'orienta plein sud, se glissant dans le réseau des rues résidentielles où la villa de Minna se dressait. Enfin, il fut en vue du parc, feu nourri de frondaisons et de surfaces verdoyantes. Cette vision le rasséréna.

Il n'eut pas à sonner au portail – la grille était ouverte. Il remonta la pelouse noyée par la nuit. Il n'avait pas honte de revenir, pour ainsi dire nu, au bercail. Ce petit bonhomme en costume débraillé, mèches gominées de travers, vacillant de fatigue et d'hébétude, était peut-être l'image la plus exacte de ce qu'il était *vraiment*.

La porte d'entrée était verrouillée. Il sonna et la seule réponse qu'il obtint fut un cri horrible. Une sorte de hurlement aigu où la surprise et la colère se mêlaient. La voix d'une femme.

Le vantail s'ouvrit sur le visage décomposé de Beewen et Simon eut droit à un nouveau cri, dans une version plus nette et plus proche. Ça provenait des étages.

– On peut pas te laisser une heure sans que tu tortures les gens ?

– Tu tombes bien, répliqua Beewen. J'ai besoin d'un médecin.

Un nouveau cri. De la souffrance animale, on passait maintenant à la rage diabolique – quelque chose comme un démon qu'on aurait enfermé quelque part et qui aurait craché son impuissance.

Ils montèrent au premier et rejoignirent ce qui devait être la chambre de Minna. D'abord, il ne la reconnut pas. Elle se tordait sur son lit dans une chemise de nuit souillée. Son visage était métamorphosé. La peau n'avait plus de couleur. Ses yeux luisaient d'un éclat malade, infecté. Sa bouche était passée au mauve et semblait s'être agrandie.

– Dès que t'es parti, elle a voulu boire. J'ai réussi à la calmer. Puis elle s'est jetée sur le bar. On s'est battus. Elle a fait une crise de… une crise de je sais pas quoi au juste… Et je l'ai traînée jusqu'ici. Ça fait plusieurs heures que j'essaie de la maîtriser…

Delirium tremens. L'alcoolisme de Minna n'était pas une blague. Il ne pouvait quitter des yeux ses lèvres presque bleues, qui se gerçaient sous l'effet d'une soif indicible.

À l'hôpital, Simon Kraus avait souvent traité des alcooliques chroniques qui souffraient à la fois de cyrrhose et de démence. Un naufrage physique et mental dont il connaissait le compte à rebours.

Au train où allaient les choses, Minna allait voir toute la nuit des rats courir sur son traversin ou sentir des serpents se glisser sous sa chemise de nuit.

– Elle arrête pas de vomir. Elle a même fait sous elle.

Simon chercha la salle de bains. La pharmacie d'une défoncée comme Minna devait être remplie de drogues et de puissants psychotropes.

Delirium tremens. On ne savait pas trop l'expliquer mais l'alcool agissait comme un dépresseur sur le système nerveux. En l'arrêtant brutalement, on déclenchait en retour une hyperactivité du cerveau qui allait jusqu'au délire.

Comme il s'y attendait, l'armoire à pharmacie débordait de fioles, de flacons, de pilules. Un coup d'œil rapide aurait pu faire croire à une réserve de secours mais il ne s'agissait que de drogues. Cocaïne, morphine, haschich, opium, éther…

Simon repéra dans cette quincaillerie quelques produits efficaces mais comprit, avec un temps de retard, qu'il ne pourrait pas les donner à Minna. La moindre de ces substances laisserait une trace dans son sang et réduirait à néant tous ses efforts pour avoir l'air *clean*. Ils allaient devoir au contraire laisser dériver son cerveau toute la nuit – attendre que sa folie s'épuise d'elle-même jusqu'à l'anéantissement. Tout ce qu'il pouvait faire, c'était répondre à ses besoins physiologiques.

*En priorité, réhydrater l'organisme.* Dans une autre armoire, il finit par dénicher du potassium, du magnésium et quelques vitamines. Il trouva aussi des seringues, des cathéters, des flacons qui pourraient lui permettre d'improviser une perfusion.

Il retourna dans la chambre les bras chargés pour découvrir une Minna dont l'état s'était encore aggravé. La vitesse du processus était stupéfiante.

– Viens m'aider ! cria Beewen, alors que Minna faisait des bonds de cabri sur son lit.

Simon posa son barda, ôta sa veste et saisit les poignets de la jeune femme – son haleine, sa sueur, ses larmes, tout empestait l'alcool. Le poison exsudait par le moindre pore de sa peau. Le venin trempait ses draps, ses vêtements, ses cheveux.

Il avait du mal à la maintenir alors qu'entre deux hurlements, elle alternait insultes, supplications, gémissements. Cette intimité, non pas avec Minna, mais avec le monstre qu'elle dissimulait au fond d'elle-même, lui paraissait obscène.

Beewen revint avec des ceintures de peignoir, de robes, des sangles de valise... Il se mit en devoir d'attacher les poignets et les chevilles de Minna à la structure du lit. Enfin, Simon put la lâcher – elle était toujours secouée de spasmes.

La crise allait sans doute passer. Demain matin, Minna reprendrait ses esprits. Le combat avec l'abstinence commencerait... si elle s'y tenait. Simon n'était pas optimiste. Une fois passé l'examen au Lebensborn, il était sûr que la von Hassel se remettrait à picoler de plus belle.

*Son examen au Lebensborn...* Rien que ces mots lui paraissaient absurdes. Il ne pouvait imaginer cette petite brune décharnée s'introduire dans cette clinique cent pour cent aryenne et solliciter un géniteur comme on demande une ordonnance. Et ensuite ? Allait-elle devoir coucher avec un officier SS ? Tout ça pour fouiller deux-trois tiroirs dans un secrétariat médical ?

Simon regagna la salle de bains. Il se lava les mains, le visage et essaya d'effacer les souillures de vomi sur sa cravate – en vain. Ces gestes lui rappelèrent qu'il n'avait désormais plus qu'un costume, celui qu'il portait, et qu'il n'avait plus de domicile.

Il retourna dans la chambre et découvrit Beewen en train de passer une serviette éponge entre le matelas et le dos de Minna. À l'évidence, elle avait encore une fois uriné dans ses draps. Kraus priait pour qu'elle ne garde aucun souvenir de cette crise.

Elle s'était endormie. Simon attrapa une chaise face à une coiffeuse, la tourna et s'assit dessus. Alors seulement, il prit conscience du décor qui l'entourait.

C'était la chambre d'une jeune fille allemande – mais pas au sens classique du terme. Minna von Hassel, quelques années auparavant, n'avait rêvé ni de bals ni de princes charmants. Elle avait placardé ses murs d'affiches de spectacles obscurs, de films expressionnistes, de conférences sur la psychiatrie, la littérature française ou l'anarchie – toutes ces choses qui avaient encore cours avant 1933. Il repéra aussi des ouvrages de médecine, de philosophie, de poésie sur des étagères. Des affiches anciennes sur les murs, évoquant des manifestations des *Wandervögel* («Oiseaux migrateurs»), sorte de scouts bohèmes qui prônaient le retour à la nature et le pacifisme. Simon imaginait bien Minna adolescente rêvasser lors de ces randonnées, lisant le soir au coin du feu Rainer Maria Rilke ou Arthur Rimbaud.

Ses yeux revinrent se poser sur la jeune femme inerte. Elle avait un corps de gymnaste, petites cuisses de grenouille galbées et épaules larges et osseuses. D'un coup, il ne vit plus la femme sous-alimentée au teint livide, en chemise de nuit maculée, mais une gamine trop gâtée, gosse de riche protégée, en robe à volants et culotte bouffante, traversant le parc en courant.

La petite fille riait au bord d'un fleuve, alors que son père, ou sa mère, peu importe, lui saisissait les mains et la faisait tourner, tourner, au-dessus du soleil et de l'herbe vive. Soudain, on la lâchait, la petite fille ne riait plus, elle sombrait dans le

fleuve. Elle voyait sans comprendre, se débattant dans les eaux puissantes du nazisme, ses parents s'éloigner, cette promesse de bonheur éternel s'amenuiser...
La petite fille était maintenant une jeune femme cadavérique dans ses draps souillés. Elle était cette créature dérisoire, infusée d'alcool et de drogue, qui prétendait sauver les autres alors qu'elle ne pouvait se sauver elle-même...

## 112.

Tablettes de chocolat. Bretzels. Pain complet au levain. Morilles séchées. Cornichons marinés. Caviar de la Baltique. Huile de graines de courge. Conserves de chou rouge. Pots de confiture aux airelles. Miel de la Forêt-Noire...
Beewen n'en croyait pas ses yeux. Il venait de se réveiller et, en ouvrant au hasard un placard de la cuisine, il était tombé sur la caverne d'Ali Baba. Alors que l'Allemagne entrait en guerre et que la nourriture était déjà rationnée, il y avait là de quoi nourrir une armée de fines gueules plusieurs semaines...
Beewen avait perdu l'habitude de manger. Il n'avait pas de réchaud chez lui et le brouet qu'on leur servait à la Gestapo ressemblait à une vengeance des Juifs. Salivant à l'avance, il ouvrit avec précaution le pot de miel et en huma le parfum. Il eut l'impression que tout son système gustatif devenait aussi onctueux et fluide que cette substance ambrée.
– Je te dérange pas ?
Franz faillit lâcher son bocal. Minna se tenait derrière lui, douchée, récurée, habillée, les cheveux encore humides. Elle avait repris des couleurs – des petites joues rose tyrien qui lui donnaient l'air d'avoir fait l'amour toute la nuit.
Il désigna le contenu du placard dans un geste d'incrédulité.
– Sur quelle planète tu vis ?

– La planète de mes parents. Sers-toi. Te gêne pas. On me livre tous les jours.
– Et le rationnement ?
– Un mot inconnu chez les von Hassel.
Il considéra encore les étagères surchargées.
– Et tu bouffes tout ça ?
– Je n'y touche pas. Je ne mange que du liquide, tu le sais bien. C'est mon majordome qui récupère discrètement les livraisons, au bout de deux ou trois jours.
Elle s'avança vers la gazinière et fit chauffer de l'eau. À coups de petits gestes précis – elle était chez elle, pas de doute –, elle se mit à broyer des grains de café dans un moulin à l'ancienne.
– Comment tu te sens ?
– Vidée.
– Ça a été dur.
– Surtout pour moi.
Beewen ouvrait les tiroirs à la recherche d'une petite cuillère.
– Celui-là, fit-elle en désignant le plus éloigné.
Franz trouva ce qu'il cherchait et, sans plus attendre, goûta le miel. La violence de la douceur lui scia les pattes et le fit tomber sur une chaise. Maintenant, Minna manipulait une cafetière à dépression qui ressemblait à une machine d'alchimiste.
Lentement, elle leur servit deux tasses dont le parfum le ramena sans prévenir à une époque oubliée, celle de la ferme, du café de sa mère.
– En tout cas, dit-il d'une voix lubrifiée par le miel, tu n'as plus d'alcool dans le sang.
– Dans le sang, non. Mais dans la tête...
– Ça se verra pas à l'examen.
Elle tendit la main devant elle afin de vérifier qu'elle ne tremblait plus.
– J'espère.
– La suite des opérations, c'est quoi ?
– Je me fais belle et vous m'emmenez au Lebensborn.
– T'as rendez-vous ?

– Je mise sur une candidature spontanée.
– L'effet von Hassel, hein ?
– Exactement.
Beewen avait déjà vidé la moitié du bocal. La bouche anesthésiée, il contemplait Minna qui allumait une cigarette. Elle portait une sorte de pyjama chinois noir, sans doute en soie, rehaussé de motifs mordorés.
Franz ne savait plus ce qu'il éprouvait pour cette femme – ni même ce qu'il avait jamais éprouvé. Une chose était certaine : malgré tout ce qu'ils avaient traversé ensemble, il la respectait toujours comme une figurine sacrée.
– Où est Simon ?
– Il dort quelque part dans le salon.
– Je ne l'ai pas vu.
– Il doit se cacher sous les coussins d'un canapé, comme un caniche.
– Humour facile.
– Je crois bien que c'est tout ce qu'il nous reste.
En quelques mots, il lui expliqua que Simon s'était fait virer de son appartement. Ses biens avaient été confisqués. Il n'avait pu sauver qu'une curieuse machine et un costume déchiré. Il ajouta, pour se donner de l'importance (mais aussi parce que c'était vrai), que l'instigateur de cette opération, Philip Grünwald, était un rival et qu'il se vengeait de lui à travers Simon.
– Je n'ai plus d'institut, sourit Minna. Il n'a plus de cabinet et tu n'as plus de bureau...
– Nous avons l'enquête.
– La question est : y aura-t-il une vie après ça ?
La jeune femme n'attendit pas la réponse.
– Je vais me changer. On part à onze heures.
Elle le toisa une seconde – les doigts luisants de miel, il était encore en sous-vêtements souillés (il s'était écroulé de fatigue à l'aube et ne s'était même pas lavé).
– En haut de l'escalier, troisième porte à droite. La chambre de mon père. Tu connais le chemin. Tu pourras trouver un

nouveau costume à ta taille. Il y a aussi une salle de bains attenante. T'as intérêt à te décrasser. Tu pues à cinq mètres.

Beewen ouvrit la bouche mais la baronne le coupa :

– Et ne me dis pas qu'il s'agit de ma pisse et de mon vomi. Ce n'est pas une excuse recevable.

Le gestapiste referma avec soin le pot de miel.

– T'as des fringues pour Simon ? Lui non plus n'est pas sortable.

– Il y a la garde-robe de mon frère.

– T'as gardé ses fringues de môme ?

– Encore de l'humour de bas étage.

Beewen sourit – il était heureux que ni l'un ni l'autre n'aient évoqué le cauchemar de la nuit dernière.

– T'as raison. J'arrête.

Elle allait franchir le seuil de la cuisine quand il la rappela :

– Pour le Lebensborn, t'es sûre de ton coup ?

Sous ses cheveux courts, noirs comme un encrier d'écolier, elle lui offrit son rire le plus rose, mi-fraise des bois, mi-échangiste épanouie.

– Non, bien sûr.

## 113.

La clinique Zeherthofer se dressait au fond d'un parc soigneusement entretenu – des jardiniers en blouse grise y veillaient. Faméliques, livides, ils avaient l'air de sortir d'un camp de concentration. Quoi de plus discret que ces domestiques qu'on abattrait comme des chiens dans quelques semaines ?

Minna von Hassel n'avait pas rendez-vous mais elle franchit le premier portail sans difficulté – une consultation était ouverte chaque après-midi pour les candidates qui voulaient bien se soumettre à l'épreuve de la sélection.

Le lieu respectait le principe du chaud et du froid. Si le parc déployait ses merveilles verdoyantes, des soldats accompagnés de bergers allemands sillonnaient les allées. Et si la maternité se dessinait comme un havre de paix, un drapeau noir, frappé du double signe runique, flottait dans la lumière...

Elle traversa les jardins d'un pas sûr, ses semelles écrasant les gravillons comme autant d'insectes à la carapace craquante. Elle n'avait pas les idées claires et ne se souvenait plus de la nuit précédente. *Pas plus mal.* L'idée d'avoir vomi, pissé, hurlé, à moitié à poil, sous les yeux de Beewen et de Kraus n'avait rien d'enthousiasmant.

Le bâtiment était un bloc revêtu d'un crépi blanc avec de vagues airs de chalet, construit sans doute au XIX$^e$ siècle. Personne en faction. Aucun signe, pas le moindre panneau. Seul le drapeau noir, avec son double S austère, claquait dans le vent ensoleillé...

Minna s'arrêta pour contempler le parc ponctué d'arbres majestueux et de buissons savamment échevelés. La lumière y passait avec une sorte de générosité joyeuse. Ce chatoiement ne coulait pas entre les ombres, comme on dit dans les livres, mais frappait par aplats secs qui formaient de grands cadres de clarté fixant le jardin pour l'éternité.

À cet instant, au sommet d'une pente de gazon, elle vit apparaître une série de landaus poussés par des infirmières tout de blanc vêtues. La vision était saisissante : les nounous immaculées avançaient de front à la manière d'un bataillon de la Wehrmacht.

Malgré elle, Minna sourit : elle était arrivée à *Kinderland*, le pays des enfants.

Parmi le gazouillis des oiseaux, on distinguait des bribes de conversations entre les filles, des sonorités bien allemandes, gutturales et graves, mêlées de gloussements et d'exclamations.

– Qu'est-ce que vous cherchez ?

Une infirmière se tenait derrière elle. Tablier blanc, fichu clair, corsage à manches bouffantes : elle était vêtue comme les autres mais une autorité supérieure émanait d'elle.

– Je viens pour la consultation.

– Par ici.

L'infirmière tourna les talons et Minna lui emboîta le pas. Elle jeta par-dessus son épaule un dernier regard. Les landaus avaient disparu. Il ne restait plus que les déportés au visage hâve qui taillaient les haies avec des airs de mourants... Toujours le chaud et froid.

Vestibule. Tout de suite, elle fut frappée par l'atmosphère accueillante qui y régnait. Des murs blancs, un parquet ciré, un petit comptoir fleuri. On était là dans une vraie maternité qui ne sentait même pas le désinfectant ni les médicaments. Plutôt un mélange de lait, de galette, de fleurs épanouies.

Seule note inquiétante, les mots d'ordre en lettres gothiques encadrés au mur : AVOIR BEAUCOUP D'ENFANTS EST LE VRAI SENS DE LA VIE. CHAQUE FEMME ALLEMANDE DOIT DONNER UN ENFANT AU FÜHRER. FÉCONDITÉ EST LE MAÎTRE MOT...

– La salle d'attente est au fond du couloir.

Minna suivit sans broncher, prêtant un œil distrait aux autres tableaux – mère courant avec ses enfants sur fond de montagnes, *Mütter* en train d'allaiter ou de bercer son bébé avec des airs de pietà teutonne... Au fond du couloir, un portrait beaucoup moins réjouissant trônait : Hitler, le visage verrouillé par sa petite moustache, les bras croisés, comme appuyé sur ces trois mots, inscrits au-dessous :

    KINDER
    KÜCHE
    KIRCHE

Enfants, cuisine, église... La formule ne datait pas d'hier : on prétendait qu'elle était du Kaiser Guillaume II. Les nazis l'avaient reprise à leur compte, sans trop insister sur le dernier K, l'église. La Maison brune ne prisait pas particulièrement la religion, à moins bien sûr de considérer le Führer comme un dieu.

Dans la salle d'attente, elle se trouva un siège et considéra l'assistance. Un vrai bouquet de fleurs souriantes, printanières, gorgées de rosée et de pollen. Elles étaient toutes blondes, vigoureuses, avenantes. Des femmes nées sous le signe de l'énergie et de la bonhomie.

Avec sa gueule en bois gris et son regard anxieux, Minna faisait figure ici de déchet, de vilain petit canard. Elle se recroquevilla encore sur son siège et baissa les yeux, évitant le contact avec ce clan trop altier – ou laitier, elle ne savait plus.

– Vous en êtes à combien ?

Sa voisine lui adressait un franc sourire. Une blonde majestueuse au cou puissant et aux larges épaules sous une cape légère. Son ventre énorme évoquait une calebasse posée sur les volants de sa jupe.

– Je ne suis pas enceinte.

La femme leva les sourcils. Elle ressemblait à Brigitte Helm dans *Metropolis*. Des petits crans laqués lui peignaient les joues et Minna, qui avait décidément l'esprit mal placé, se dit qu'ils ressemblaient à des runes nazies.

– Non ? (Elle finit par glousser.) Vous venez juste faire une petite visite ?

Cette femme lui semblait gaie et gracile en dépit de son ventre proéminent. Quand elle riait, elle roucoulait, quand elle vous regardait, elle roulait des pupilles.

Minna choisit la provocation – au fond, son seul mode de communication :

– Je devance l'appel. Je suis venue pour me faire féconder.

Pas du tout décontenancée, l'autre laissa son sourire planer sur ses lèvres.

– On m'a dit qu'ils proposaient ce genre d'assistance, oui, fit-elle sur un ton complice, presque salace.

Elle partit d'un nouveau gloussement. Cette fille était vraiment sympathique, à condition bien sûr d'aimer les edelweiss aux épaules de catcheuse.

– Qu'est-ce qu'on ne ferait pas pour rendre service à Hitler ! ajouta Minna.

L'autre partit d'un nouveau rire mais la porte s'ouvrit. Une *Schwester* lui lança un regard sans équivoque : c'était son tour.

Elle se leva avec difficulté puis lança à l'intention de Minna :
– Bonne chance alors.
– À vous aussi.

Minna se retrouva face aux autres femmes enceintes, toutes parfumées et vêtues de robes aériennes. Elles n'avaient pas perdu un mot de la conversation mais, plus réservées, n'osaient pas relancer le dialogue.

*Tant mieux.* Minna n'était pas d'humeur. Elle ne pensait pas encore à l'alcool – mais l'idée même qu'elle n'y pensait pas signifiait que le poison était toujours là, lové au fond de son cerveau. Un désir, un vide qui ne cessait de se creuser, à la manière d'un curetage chirurgical.

Côté élégance, elle avait fait un effort. Une robe en lin, couleur crème, et un chapeau cloche en paille tressée à large bord. Des gants et un sac assortis, toujours dans un camaïeu de beige, ainsi que des sandales à lanières.

Sentant soudain monter le manque, ou la peur, elle songea à Simon et à Beewen qui patientaient dehors, à bonne distance de la clinique. Ils avaient promis de l'attendre, quelle que soit la durée de la consultation. Pour une raison inconnue, Franz avait sa journée de libre et Simon était désormais oisif par obligation.

Une crampe à l'estomac vint la mordre avec la fulgurance d'une vipère, une torsion d'écailles sinuant au fond de ses tripes. Elle s'agita sur son siège. Elle transpirait à grosses gouttes.

Elle aurait pu profiter de toute cette histoire pour arrêter enfin de boire. Mais elle n'était pas décidée. Elle avait au contraire longtemps lutté contre cette culpabilité des alcooliques qui n'est qu'une pression sociale de plus, une désapprobation bourgeoise. Elle buvait, c'était mal, mais justement, elle ne laisserait personne gâcher son plaisir. Quitte à pécher, autant le faire d'une manière pleine et entière.

Ses mains serraient l'anse de son sac. Il fallait qu'elle tienne.

Elle devait se concentrer sur ce tueur qui se cachait quelque part. Remonter sa trace jusqu'à ce Lebensborn...
– Fräulein, s'il vous plaît.
Elle réalisa qu'elle était seule dans la salle d'attente. C'était son tour.

## 114.

Elle suivit une nouvelle infirmière. Elles traversèrent encore une fois le vestibule puis montèrent un escalier. La clinique, à peine plus vaste que la villa von Hassel, inspirait confiance. Elle distillait une impression d'intimité, de confort, de simplicité – on restait en famille.
*Mémorise la topographie des lieux.* Le bureau administratif serait facile à trouver. Minna était certaine que le Lebensborn établissait une fiche par mère, avec ses particularités physiques, psychologiques, agrémentées, bien sûr, du nom du géniteur. Il suffisait de trouver ces classeurs...
Au premier étage, nouveau couloir. Par des portes entrouvertes, elle aperçut des lits en fer dissimulés par des paravents de toile plissée. Devant chacun d'eux, un berceau semblait attendre qu'on le remplisse. Au fond, des éviers, des carreaux de faïence, des tables à langer.
Tout était blanc et propre. Chaque chambre évoquait plutôt une pièce témoin servant d'illustration à quelque grand projet. Minna se dit qu'elle était peut-être devant une de ces « vitrines » que les nazis affectionnaient. Des échantillons irréprochables de plans dont la réalisation, par la suite, laissait franchement à désirer.
D'autres pièces étaient plus bruyantes. Ça geignait, ça couinait au fond des couffins, des nourrices s'agitaient, biberon à la main, sourire aux lèvres, comme toutes taillées dans le même

bloc de pure patience. Leurs silhouettes blanches croisaient le fer avec leurs ombres dans un duel très net, très aigu, en noir et blanc. On était loin là des histoires de l'oncle Gerhard, avec ses gouvernantes voleuses et ses morceaux de verre dans la bouillie. Plus que jamais, Minna se dit que Zeherthofer était une maternité pilote.

– Par ici, fit l'infirmière en ouvrant une nouvelle porte.

Minna pénétra dans un cabinet médical standard. Une table d'examen, une balance, une toise. Dans des armoires vitrées, des objets compliqués en bois ou en métal – a priori des instruments de mesure, mais avec des allures d'astrolabes et de cadrans solaires d'un autre temps.

Le médecin (ou simplement un « connaisseur de race ») l'attendait derrière son bureau. Un de ces experts capables de vous délivrer un certificat d'aryanité ou de vous expliquer que vos ancêtres germains dégringolaient directement des glaciers de l'Himalaya. Un savant, quoi.

Le bureaucrate, occupé à écrire soigneusement à la plume sur un cahier, leva les yeux – il était petit, voûté, moustachu. Planqué derrière ses différents tampons, encriers et autres parapheurs, il évoquait un animal aux aguets, avec quelque chose dans le regard de furtif, de menaçant.

Minna n'eut même pas le temps de s'asseoir. L'homme ricana au-dessus de son porte-plume, sans dissimuler son mépris.

– Vous pouvez rentrer chez vous, Fräulein. Pas la peine que nous perdions notre temps.

– Comment ça ?

Il se redressa et sourit, faisant remonter son lorgnon.

– Vous ne correspondez pas du tout au profil que nous recherchons.

Sans se démonter, Minna s'approcha tout en fouillant dans son sac, puis elle posa ses papiers d'identité sur le bureau.

Par curiosité, le petit rongeur les parcourut. Tout à coup, ses yeux parurent près de jaillir au-dessus de sa monture.

– Vous êtes la fille du baron von Hassel ?

– Sa nièce.
L'homme se leva d'un bond, tendant sa petite patte.
– Je suis le Sturmbannführer Peter Koch. Veuillez pardonner ce malentendu.
– Je peux passer l'examen ?
– Bien entendu.
– Que dois-je faire ?
– Eh bien... (Il désigna un paravent de toile à l'autre bout de la pièce.) Si vous voulez bien vous déshabiller, nous allons immédiatement procéder à l'examen...
En quelques gestes, Minna se débarrassa de sa robe et de son chapeau.
– Je garde mes dessous ? demanda-t-elle derrière la cloison de tissu.
– Bien sûr.
Elle devinait à la voix de l'homme qu'il était tout émoustillé. Une baronne. Une von Hassel. Ça le changeait de toutes ces campagnardes engrossées qui lui passaient entre les mains.
Minna sortit de sa cachette, croisant par réflexe les bras à la hauteur de ses seins. Elle ne portait plus que son soutien-gorge, sa culotte, l'ensemble couvert par un déshabillé en soie.
– Approchez.
Koch, une fois debout, était à peine plus grand qu'elle.
– Placez-vous sous la toise, s'il vous plaît.
Il tenait à la main un carnet et un crayon. Avec une blouse grise, il aurait fait un parfait vendeur de chez Wertheim, rayon bricolage. Elle s'exécuta et le « connaisseur de race » ne put réprimer une grimace en vérifiant sa taille. Minna dépassait à peine le mètre soixante, ce qui faisait un peu court pour une mère nordique.
Il la pesa, prit sa tension, l'ausculta, vérifia ses réflexes, palpa son ventre. Pour l'instant, l'examen clinique ne différait en rien d'une visite chez un généraliste.
– Asseyez-vous, s'il vous plaît.
Il lui désigna un siège près de la table d'examen et il ouvrit

une des armoires vitrées abritant ses instruments bizarres. Il choisit un pied à coulisse en métal, qui évoquait une sorte de toise horizontale.

— Je vais d'abord vous demander de signer cette décharge.

— De quoi s'agit-il ?

— Vous certifiez subir cet examen de votre plein gré.

Minna signa : elle n'avait ni le temps ni l'envie de lire le long formulaire. Tout ça n'était qu'une mascarade.

— Maintenant, ne bougez plus. Bien droite sur la chaise, s'il vous plaît.

Koch lui mesura patiemment la taille du crâne, la hauteur des pommettes, la profondeur des arcades, la courbe, la largeur et la hauteur du nez...

Pendant qu'il s'affairait avec son appareil en prenant des notes, Minna observait les gravures affichées sur les murs. Une reproduction de l'*Homme de Vitruve* de Léonard de Vinci, des esquisses anatomiques de femmes... Elle songea aux Dames de l'Adlon. Des candidates parfaites pour le Lebensborn. Des blondes athlétiques, à la beauté souveraine et aux courbes généreuses.

Enfin, Koch remisa son pied à coulisse et se plongea, toujours debout, dans son petit carnet. Il ressemblait maintenant à un carreleur griffonnant les mesures d'une cuisine.

— Depuis combien de temps êtes-vous enceinte ?

— Je ne suis pas enceinte.

— Pardon ?

— Je suis venue pour ça. Pour tomber enceinte.

Le petit homme s'approcha. Minna se souvenait des yeux du professeur Kirszenbaum qui semblaient flotter dans ses grandes lunettes. Ceux de son hôte étaient tout le contraire : petites, nerveuses, ses pupilles ne cessaient de s'activer derrière son lorgnon, comme des têtards prisonniers d'un bocal.

— Ce n'est pas parce que vous vous appelez von Hassel que vous pouvez venir vous moquer de...

– Je ne me moque pas. Je souhaite offrir un enfant à notre Führer. Et je compte sur vous pour me trouver un géniteur.

Il referma son armoire vitrée, l'air offusqué, et revint s'asseoir derrière son bureau.

– On vous a mal renseignée. Nos cliniques accueillent des femmes qui sont déjà enceintes. Ce sont des maternités, vous comprenez ?

– Pourrais-je au moins poser ma candidature ? Vous devriez en parler avec vos supérieurs. Je suis une von Hassel. Dans toute l'Allemagne, il n'y a pas dix familles d'une noblesse aussi élevée. Je suis venue vous offrir mon sang sur un plateau. Je crois que ça mérite réflexion.

Le Sturmbannführer Koch faisait tourner un crayon entre ses doigts, l'air préoccupé. Finalement, il empoigna fermement les accoudoirs de son fauteuil et se leva.

– Rhabillez-vous et venez avec moi.

## 115.

On la fit de nouveau patienter. Dans la même salle, auprès d'autres futures mamans, chacune exhibant son ballon avec un air de fierté béate – et même parfois d'arrogance.

Minna n'avait pas peur. Elle se félicitait au contraire d'être dans la place. Elle n'avait pas la moindre idée de ce qui allait se passer mais après ce repérage, elle obtiendrait un nouveau rendez-vous. Peut-être pourrait-elle cette fois se glisser dans le bureau de l'administration...

Elle songeait à Kraus et à Beewen qui l'attendaient toujours et cette seule pensée la rassérénait. Il ne pouvait rien lui arriver.

Elle réalisa alors qu'elle n'avait pas pensé à l'alcool depuis le début de l'examen. *Très bon, ça...*

Soudain, la porte s'ouvrit et le petit Koch réapparut.

– Cette infirmière va vous mener jusqu'à un autre pavillon, où vous pourrez expliquer la nature de vos... attentes.
– À qui ?
– Vous verrez bien.

Minna n'insista pas. Elle se rapprochait des responsables du Lebensborn. Des noms, des visages et, enfin, la liste des «géniteurs» de l'organisation.

Elles sortirent par l'arrière de la villa. Puis, plus rien. Le soleil, à force de blancheur, occultait tout. Éblouie, Minna plaça sa main en visière et, peu à peu, retrouva les côteaux verdoyants et les gardes à chiens.

Elle emboîta le pas à l'infirmière et s'enfonça dans un nouveau parc, un royaume ombré d'herbes et de cimes, où les buissons brun jade étaient aussi compacts que des rochers. Les oiseaux gazouillaient toujours, les insectes bourdonnaient, et elle se sentit prise d'un léger vertige. Une ivresse d'été, diaphane, verticale.

Nouvel édifice. Plus petit que la maternité, recouvert de lierre, il évoquait un pavillon de chasse ou une datcha à la sauce allemande. Le quartier général du chef ? Le département Fertilisation ? Ou encore un de ces bordels nazis qui étaient sur toutes les lèvres à Berlin ?

Des gloussements lui apportèrent un début de réponse... À droite, sur une terrasse abritée par des parasols, des hommes et des femmes pépiaient en buvant des boissons rafraîchissantes. Elles étaient vêtues de robes légères. Ils portaient des uniformes d'officiers SS. Elles semblaient surexcitées. Ils se rengorgeaient de leurs propres plaisanteries. Roucoulades. Citronnade. Ça fleurait bon les prémices avant l'accouplement...

Tout ce beau monde était blond. Non pas châtain clair ni jaune paille, mais quasi blanc sous le soleil. Les rires fusaient. Minna se dit qu'on leur avait aussi décoloré le cerveau...

– Fräulein...

Elles pénétrèrent dans le pavillon, où la fraîcheur l'enveloppa comme dans une grotte. Encore un vestibule, cette fois sans comptoir ni panneaux. Dans la pénombre, des tableaux

chatoyaient doucement. Des fauteuils de cuir roux leur donnaient la réplique. L'ensemble se fondait dans un clair-obscur cuivré.
— Par ici, s'il vous plaît.
Il n'était plus question de salle d'attente ni d'autres patientes. Elle allait rencontrer le responsable de cette fontaine de vie. Était-ce bien raisonnable de jouer sa carte à découvert ? Qu'on puisse à partir de cet instant l'identifier ? enquêter sur elle ? Minna n'avait plus le choix et son instinct la rassurait. Elle était en train de réussir la mission qu'elle s'était fixée : pénétrer au cœur du dispositif, s'infiltrer au sein de la machine...

Enfin, l'infirmière ouvrit une double porte dont le premier vantail était tapissé de cuir. Minna se retrouva face à la dernière personne à laquelle elle s'attendait. Quoique, à la réflexion, ce ne soit pas si surprenant...

Ernst Mengerhäusen se tenait au fond du bureau, au-delà d'une porte-fenêtre ouverte sur un balcon de plain-pied avec le jardin. Dans la pulvérulence du soleil, son profil se découpait comme une enseigne de fer forgé : un petit homme bedonnant à la chevelure rousse, fumant une pipe au long tuyau ourlé.

Une seconde plus tard, l'infirmière avait disparu, laissant Minna seule dans un bureau au mobilier verni très notaire du XIX$^e$ siècle, alors que le salopard fumait tranquillement le nez au vent.

Une idée la traversa : tuer le monstre sur-le-champ. Profiter de ce moment d'intimité pour éliminer définitivement cette ordure. Lui crever un œil avec un porte-plume ou lui planter un coupe-papier dans la gorge...

— Qu'est-ce que vous cherchez ? demanda-t-il en revenant dans le bureau et en refermant la porte-fenêtre, pipe au bec. Un scalpel ? Un pistolet ?

Il rit de bon cœur puis s'installa derrière son bureau. Il ressemblait à une de ces illustrations traditionnelles qu'on peut acheter dans les boutiques de souvenirs en Bavière. Il ne lui manquait que le *Lederhose*.

— Asseyez-vous, Fräulein von Hassel. Et ne soyez pas si

mélodramatique. Peut-être êtes-vous venue ici par esprit de vengeance, ou pour une tout autre raison. En tout cas, ça mérite bien une petite conversation.

Son corps lui parut perdre toute consistance et elle se laissa tomber sur la chaise.

– Je ne sais pas si vous avez fait des recherches pour me trouver mais vous êtes sans doute étonnée de me découvrir ici, dans un registre qui n'a rien à voir avec celui de nos premières rencontres.

Minna gardait le silence.

– Je peux vous retourner le compliment, ajouta-t-il en agitant vers elle sa longue pipe, comme s'il voulait la gronder gentiment.

Elle se souvint qu'il avait prétendu l'avoir sculptée dans un fémur de soldat français. « Je plaisante, bien sûr », avait-il ajouté. *Tu parles.*

– Je vais tout vous expliquer, poursuivit-il sur un ton conciliant, et j'attendrai la même attitude de votre part.

Minna craqua :

– Comment avez-vous pu foutre le feu à mon institut ?

– Chaque acte a ses conséquences.

– Quel acte ?

Il la regardait droit dans les yeux.

– Toute cette affaire vous dépasse, et me dépasse aussi. Il ne s'agit pas de nous, Fräulein. Il s'agit du Reich. Du Reich de mille ans, vous comprenez ?

– Je ne vois pas le rapport. Pourquoi avoir tué mes patients ?

Il se leva et se mit à marcher pensivement, les nuages de fumée liant ses pas.

– L'eugénisme est une idée très ancienne. Les États-Unis l'ont mise en pratique dès le début du siècle. (Il se tourna vers elle.) Vous savez, il y a deux sortes d'altruismes – celui qui agit à court terme, et l'autre, le vrai, qui raisonne sur le long terme. Il est facile de prendre en pitié des êtres difformes, fragiles, vulnérables. Mais les protéger, est-ce vraiment faire œuvre de charité, d'humanité ? Aimer son prochain, n'est-ce pas songer

à son avenir, faire en sorte que tous les humains marchent ensemble vers un bonheur assaini, sans faille ni défaut ?
  Minna avait les genoux serrés et les dents plus soudées encore.
  – Je connais vos foutaises sur les « semi-humains », les « avariés », les « bouches inutiles »..., parvint-elle à répondre. Vous gérez l'humanité comme un stock de denrées périssables.
  Il leva les bras en signe d'impuissance.
  – Vous me posez la question, je vous réponds.
  – Pourquoi les avoir fait brûler ?
  – En général, nous sommes pour la manière douce. Nous n'avons aucun intérêt à mener ce genre d'action spectaculaire. Mais encore une fois, vous nous aviez provoqués.
  – Moi ?
  – Votre émissaire, Beewen.
  Minna se mordit la lèvre.
  – N'ayez aucun regret, enchaîna-t-il. Vos patients étaient de toute façon en sursis. Nous avions prévu de tous les transférer, au plus vite, à Grafeneck.
  – Votre cynisme me laisse... sans voix.
  Il eut un petit rire, presque une toux, entre deux bouffées.
  – Allons, allons, nous parlons entre médecins. Notre plan est en marche. Il n'y a pas grand-chose que vous puissiez faire, sinon vous incliner. Pour vous montrer nos bonnes intentions, nous sommes en train d'entériner une version « accidentelle » de l'incendie de Brangbo. Vous ne serez pas inquiétée. Nous avons également écrit aux parents et aux proches de vos patients pour les prévenir.
  – Comment avez-vous eu leurs noms ?
  – Vos archives. Nous les avons récupérées avant... d'en finir. Nous ne sommes pas des brutes sans égards. Chaque famille doit être informée. Le peuple allemand ne sera jamais manipulé.
  Inutile d'essayer de parler avec cet homme, encore moins de s'émouvoir face à lui. C'était comme vouloir raisonner un bunker ou attendrir une mitrailleuse.

– Qu'est-ce que vous foutez ici ? lui balança-t-elle, brutalement excédée.

– Bonne question, sourit-il, que je vous retournerai tout à l'heure. Je ne vous apprendrai rien en vous rappelant que le nazisme n'est pas un programme politique mais un projet biologique. Notre Führer veut fortifier l'Allemagne, oui, mais il veut aussi fortifier l'Allemand. Notre peuple a un destin. Il était temps de lui permettre de l'incarner.

D'un geste distrait, il se mit à tapoter sa pipe sur un cendrier, puis entreprit de curer l'intérieur du foyer avec un scalpel.

– Ce programme a deux versants. L'un, malheureusement, est fondé sur l'élimination. Avant de renforcer un peuple, il faut bien l'écrémer, le purifier. Pour me faire comprendre, j'utilise toujours la métaphore de l'arbre. Le jardinier du dimanche pense aimer la nature en bichonnant le chêne qui trône au fond de sa petite parcelle de terrain. Mais le vrai jardinier sait bien, lui, qu'il ne faut pas hésiter à couper les branches abîmées, quitte à d'abord défigurer l'arbre afin de lui offrir une meilleure croissance.

Pendant que le petit bonhomme divaguait, Minna réfléchissait : les dossiers qui l'intéressaient – femmes fertilisées, géniteurs – se trouvaient ici ou dans un des bureaux voisins. Revenir. Fouiller. Trouver. Quand ? Cette nuit ?

– Parlez-moi plutôt de l'autre versant du programme, abrégea-t-elle.

Il posa sa pipe et ouvrit ses petites mains potelées.

– Mais nous y sommes !

– Les Lebensborn. Les fontaines de vie.

– Exactement. Il ne s'agit pas seulement d'améliorer les arbres existants, il faut en planter d'autres ! Beaucoup d'autres ! Nous nous sommes rencontrés, j'en ai bien peur, sur le versant le plus dur, le plus abrupt, et le moins bien compris, de notre programme, mais je suis heureux de vous recevoir aujourd'hui au sein de cette maternité qui représente l'avenir de notre race.

– Je n'ai vu qu'une vulgaire clinique pour filles-mères.

– Ne jouez pas les provocatrices. Vous avez parfaitement

compris ce qui est en jeu ici. Par nature, la femme allemande est fertile. Nous devons l'encourager encore, la stimuler, l'accompagner. Elle constitue, littéralement, la matrice de notre victoire.

Ce bureau était au rez-de-chaussée. Forcer la porte-fenêtre ne serait pas une grande affaire. Simon et Beewen auraient-ils le cran de la suivre jusque-là ? Aucun doute.

– Grâce à une propagande puissante et judicieuse, continuait le médecin, nous avons créé une vraie dynamique : les jeunes femmes enceintes affluent. Il n'est plus question d'amour, de mariage ou de baptême, ces fadaises bourgeoises. Il s'agit d'enfanter, un point c'est tout. De repeupler notre *Lebensraum* ! L'espace vital cher à notre Führer !

– Mais vous n'aidez pas toutes les femmes enceintes.

– Bien sûr que non. La sélection s'opère aussi à la source. Nous encourageons et aidons seulement les femmes nordiques. C'est ce que nous appelons la «procréation dirigée». Nous voulons une génération pur sang !

– Malheur aux petites brunes comme moi.

Un large sourire traversa son visage. Un coup de sabre dans une citrouille.

– Ne soyez pas modeste. Vous savez très bien que votre sang est plus précieux que tout.

– Si vous le dites.

– C'est vous qui l'avez dit à mon collègue, et vous avez raison. Mais ça ne répond pas à la question majeure : que faites-vous ici, vous ?

À cet instant, Minna comprit qu'il ne servait plus à rien de jouer à la nazie convaincue ou à la candidate à la maternité. Mengerhäusen ne goberait aucun de ces bobards. Ils avaient un passif ensemble et ce contentieux délimitait clairement leurs positions. Minna était beaucoup plus crédible en baronne infiltrée, prête à trancher la gorge de son ennemi, que dans le rôle d'une quelconque sympathisante du parti.

– Je suis venue par simple curiosité.

– Vous avez prétendu chercher un... géniteur.
– J'ai une tête à venir draguer dans vos repaires ?
Mengerhäusen gloussa et bourra de nouveau sa pipe. L'odeur du tabac des Balkans vint lui chatouiller les narines.
– Je me disais aussi..., fit-il pensivement. Mais pourquoi jouer ce rôle ?
– Parce que les Lebensborn ne me semblent pas spécialement ouverts aux visites.
Il carra son tuyau d'os entre ses dents.
– Mais vous avez tort ! Nous sommes heureux d'ouvrir nos portes aux curieux ! Surtout quand ils s'appellent von Hassel !
Minna était déconcertée – quels que soient ses mensonges, elle se retrouvait toujours face à cette bonne pomme joviale qui avait réponse à tout.
– Venez avec moi. Je voudrais vous présenter des amis.

## 116.

Une fois dehors, Mengerhäusen guida Minna vers le petit groupe qui sirotait des boissons fraîches sous un parasol. Elle avança avec hésitation, le soleil l'éblouissait au point qu'elle voyait des taches noires à chaque cillement.
– Mes amis ! claironna le médecin à l'intention des officiers SS et de leurs pouliches en tenue d'été. Je suis heureux de vous présenter la baronne Minna von Hassel.
Il y avait des années qu'on ne l'avait pas appelée ainsi. Vacillant dans la lumière, elle sourit timidement et accepta le siège qu'on lui proposait. Le mobilier de jardin était en fer forgé blanc et le matériau lui parut plus dur encore dans le scintillement de l'après-midi.
Remarquant que les brocs de citronnade étaient vides, Mengerhäusen se mit à aboyer sur un domestique qui se tenait

à proximité – encore un gars famélique vêtu d'un pyjama gris. Que foutait-elle là, nom de Dieu ? Elle ne comprenait plus rien.
Heureusement, ses hôtes ne faisaient pas trop attention à elle. Les hommes continuaient à badiner avec les jeunes femmes qui se tortillaient dans leurs robes transparentes comme des anguilles argentées dans une rivière.
Minna pouvait sentir les particules de désir planer dans l'air ensoleillé. Ces êtres si blonds qu'ils ressemblaient à des miroirs réflecteurs semblaient attirés les uns vers les autres par une puissance magnétique.
Elle devinait aussi la présence de Mengerhäusen dans son dos, qui veillait sur ses protégés comme un maître d'école souriant et débonnaire. Que cherchait-il ? Pourquoi l'avait-il imposée dans ce goûter saturé d'électricité sexuelle ? Voulait-il la convier à une partouze ?
La citronnade arriva. Minna se jeta dessus. Elle avait soif, elle était brûlante, et de nouveau, le besoin d'alcool, tout au fond d'elle-même, se tordit comme un infâme serpent. Elle se servit deux fois, sans même en proposer aux autres. Elle se sentait soûlée de soleil.
Fermant les yeux, elle laissa la fraîcheur descendre en elle et se consumer au contact de ses organes fiévreux. Les voix planaient au-dessus d'elle alors qu'elle ne parvenait même plus à saisir le sens des mots.
Elle se souvint soudain de Simon et de Beewen. Il fallait retrouver des forces, réussir à se lever et à prendre congé...
– Je sais ce que vous faites.
Elle sursauta et se retourna, s'accrochant de la main au dossier de sa chaise.
– Qu'est-ce que vous dites ?
Il était penché vers elle, mains dans le dos. Le professeur qui vous surprend, sournoisement, à tricher.
– Que croyez-vous, Fräulein ? Que je ne me suis pas renseigné sur vous ? Que je ne vous fais pas surveiller ?

Elle avait déjà la gorge de nouveau sèche. Elle ne parvint pas à répondre.

– Je vous aime bien, Minna. C'est pourquoi je vous préviens. Oubliez toute cette histoire. Oubliez Simon Kraus et Franz Beewen. Vous n'êtes pas de taille.

– Je... je ne comprends pas de quoi vous parlez.

Il eut un sourire qui ressemblait à un coup de serpe fauchant une gerbe de blé, puis il la contourna et remplit à nouveau son verre.

Minna était maintenant hypnotisée par le bord translucide du broc, le ruissellement de la citronnade, la masse éclatante du liquide qui débordait...

Elle empoigna le verre et but à longues goulées.

À cette seconde, tout bascula.

Elle vit le parasol blanc.

Le ciel bleu.

Puis plus rien.

# 117.

Quand elle reprit connaissance, tout était noir. Un noir dense, profond, absolu. Sa première sensation fut la migraine. Un vrai mal de chien. La deuxième, la chaleur. Celle, naturelle, de l'été. Mais cette chaleur l'étreignait, l'enveloppait au plus près, conspirait avec sa propre sueur pour l'asphyxier. Seigneur, elle était nue. La troisième sensation, effrayante, ce furent les liens. Poignets. Chevilles. De larges sangles en cuir. Elle était ligotée sur un lit.

Elle referma les yeux, ajoutant une épaisseur supplémentaire à l'obscurité. Elle essaya de reconstituer ses derniers instants lucides. Elle se revoyait sous le parasol – image trop blanche qui éclatait au fond de son cerveau douloureux –, souriant bêtement en buvant sa citronnade...

On l'avait droguée.

Comment avait-elle pu se faire avoir si facilement ? Elle s'était aventurée en territoire ennemi. Elle aurait dû rester sur ses gardes, faire attention à la moindre parole, au moindre geste. Au lieu de ça, elle avait accepté sans méfiance la première citronnade venue. Mieux, elle en avait bu jusqu'à plus soif. Sa vigilance était celle d'une enfant gâtée. Pas assez habituée à l'adversité, comptant toujours, même lointainement, sur son nom, sa fortune, pour la protéger...

Elle essaya de déglutir et réalisa qu'elle était morte de soif. Sa bouche lui semblait remplie de sciure. Tout son être aspirait à boire, même quelques gouttes, pour rompre avec cette aridité...

Elle s'efforçait, par la pensée, de suivre une certaine logique, mais ses réflexions ne cessaient d'être entrecoupées, comme hachées, par des images, des flashs, des coups de loupe trop violents. La pipe de Mengerhäusen. Le scalpel avec lequel il en grattait l'intérieur. Le broc étincelant de citronnade...

Pourquoi l'avait-on enfermée dans cette chambre (ses yeux, péniblement, s'habituaient à l'obscurité) ? Qu'allait-on lui faire ? Le profil de Mengerhäusen incitait à imaginer le pire : tortures, expérimentations médicales, viols (mais pas par lui, ni même par un autre homme – par des chiens, des reptiles, des machines animées).

Elle délirait. C'était peut-être une simple mise à l'épreuve. Mengerhäusen l'avait prise au mot. Il allait l'étudier afin de décider si elle était « apte au service ». Elle se souvint tout à coup de ses efforts (et de sa nuit d'horreur) pour offrir à ces salopards un sang digne de ce nom – or personne ne lui avait parlé d'analyse sanguine...

La peur revint. Dans le cénacle des cinglés nazis, aucun doute, Mengerhäusen était en bonne place. Convaincu des valeurs de l'Ordre noir, sans doute lui-même inspirateur de quelques idées abjectes, on pouvait tout craindre de sa part. Peut-être allait-il lui extraire les organes afin d'en analyser la couleur ou la nature... *Les viscères d'une von Hassel, des pièces de choix...* Peut-être allait-il la stériliser, ou au contraire la fertiliser à l'aide de techniques inédites. Peut-être...

La porte de la chambre s'ouvrit, libérant un large rai de lumière. Elle eut le temps de noter : une clarté jaunâtre, électrique. Il faisait donc nuit. Elle avait dormi plusieurs heures. L'ombre d'un homme se dessina, à contre-jour. Petit, trapu, chevelu – Mengerhäusen tel qu'en lui-même, effectuant sa visite du soir...

Il referma la porte et laissa sa voix prendre possession de l'obscurité :

– Vous avez eu tort, Fräulein. Grandement tort...

Impossible de répondre. Toujours la poussière au fond de la gorge.

– Cet après-midi, j'ai fait mine de vous prévenir, mais il était déjà trop tard.

Elle parvint à briser son propre silence :

– Trop tard pour quoi ?

– Pour renoncer, pour oublier, pour disparaître.

– De quoi parlez-vous ?

Elle entendit ses pas. Il tournait autour d'elle à la manière d'un prédateur nyctalope.

– J'aurais pu pardonner votre attitude à l'égard de notre programme.

– Votre... programme ?

– Arrêtez de faire l'imbécile. La *Gnadentod*, la « mort miséricordieuse ». Cette libération que nous préparons minutieusement et que nous allons offrir à tous ces malheureux...

Il s'arrêta et fit claquer sa langue. Soif, elle avait soif...

– Vous pensez être moderne mais vous appartenez au passé. La psychiatrie telle que vous la concevez n'a plus lieu d'exister. Cette erreur, j'aurais pu vous la pardonner. J'aurais même pu essayer de vous inculquer nos principes révolutionnaires... Mais ça ne vous a pas suffi, il a fallu que vous sortiez de vos prérogatives...

– Mais de quoi parlez-vous ?
Des pas. Sa voix, toute proche.
– Je vous parle des Dames de l'Adlon, Fräulein. Je vous parle de l'assassin du fleuve et du lac... Je vous parle de cette attaque intolérable dirigée contre les épouses de notre élite. Cette affaire-là est dangereuse. Beaucoup plus que vous ne le pensez. Vous vous êtes bêtement laissé enrôler par Beewen et ça, c'est inadmissible. Beewen n'est qu'un gestapiste borné, un chien tout juste bon à nous rapporter des indices... Mais vous, non, décidément, on ne peut pas vous laisser faire...

Ses pensées, au fond de son crâne, se tordaient comme des flammes. Elle ne comprenait plus rien. Ainsi donc, elle était attachée sur ce lit, prête au sacrifice, non pas à cause de l'incendie de Brangbo ni de son intrusion dans le Lebensborn, mais à cause de l'enquête ! Mon Dieu. Elle allait payer pour des informations qu'elle ne possédait même pas, au nom d'une vérité qu'elle ignorait...

Soudain, elle eut cette pensée en forme de déflagration – une explosion qui lui parut se dilater comme un hématome sous son crâne.

Mengerhäusen était l'Homme de marbre.

– J'ai décidé de vous prendre au mot, Fräulein...

– Je... j'ai soif..., parvint-elle à murmurer.

Il y eut une sorte de silence dans le silence. Mengerhäusen réfléchissait. Puis des pas encore. Elle distinguait mal sa silhouette (il ne portait plus sa blouse blanche), mais à l'évidence, il se déplaçait dans cette chambre comme en plein jour.

Tintements de verre. Glouglous de l'eau. Claquement du broc sur une desserte.

– Tenez.

Il lui glissa la main sous la nuque et lui releva la tête. Ce contact lui rappela celui d'un serpent et elle eut une convulsion. Un bref instant, elle crut le delirium tremens revenu.

Aussitôt, elle sentit la fraîcheur l'atteindre à la manière d'une grâce. Le miracle avait lieu. La sensation était si violente que l'eau froide lui parut fissurer ses lèvres. Avec le recul, elle se demandait comment elle avait pu tenir jusque-là... L'eau l'emplissait de joie, de sérénité, de gratitude. Il lui semblait qu'après un tel bonheur, elle pouvait mourir...

Mais la sensation stoppa net, ponctuée par le bruit du verre qui alla rejoindre la carafe sur une table. Minna ne craignait même plus d'être droguée à nouveau. Au contraire. Toute anesthésie aurait été la bienvenue. C'était la souffrance, avec tous les raffinements dont Mengerhäusen était capable, qu'elle redoutait.

Elle ne cessait de plisser les yeux pour mieux voir, pour discerner des formes, se repérer. Tout ce qu'elle distinguait, c'était la silhouette compacte et noire du médecin debout devant elle, les mains dans le dos.

– Je vous disais que je vous prenais au mot.
– Qu'est-ce... qu'est-ce que vous voulez dire ?
– Vous vouliez être fertilisée ? Nous allons vous y aider.
– Vous allez m'opérer ? parvint-elle à balbutier.

L'homme rit.

– Mais qu'allez-vous chercher ? Nous allons seulement favoriser une rencontre. Nous ne faisons jamais rien d'autre ici. Vous saviez qu'il s'agit d'un ancien pavillon de chasse ? Plutôt ironique comme circonstance, non ?

Minna ne parvenait pas à former la moindre pensée. Qu'est-ce que ça signifiait ? Elle allait être violée sur ce lit, entravée comme pour une opération de vivisection ? L'idée était presque supportable, comparée aux souffrances qu'elle avait imaginées.

– Vous êtes une von Hassel, reprit Mengerhäusen. Il vous faut le meilleur ! Mon choix s'est tout de suite porté sur un homme de grande confiance. Un géniteur avec lequel nous... collaborons régulièrement. Le sommet de l'élite, croyez-moi, à tous les points de vue...

– Vous ne pouvez pas me faire ça...

Elle entendit ses pas reculer vers la porte.

– Quand vous sentirez notre œuvre grandir au fond de votre ventre, vous viendrez me supplier, à genoux, de vous avorter,

ou peut-être même de vous tuer. Je verrai alors dans quelle disposition je serai.
– Non...
– Tout va bien se passer. Je n'ai eu que des... retours très positifs.
– Je vous dénoncerai. J'en référerai à...
– À qui au juste ? N'oubliez pas, vous êtes venue ici de votre plein gré. Vous avez même signé un affranchissement qui nous libère de toute responsabilité.

Minna n'eut pas le temps de répondre.

La porte s'était déjà ouverte puis refermée.

Alors que la lumière se dissipait sous ses paupières, Minna eut un nouvel espoir. Simon et Beewen allaient venir la délivrer. Des heures qu'ils attendaient, ils devaient être morts d'inquiétude. Ils devaient chercher un moyen de pénétrer dans cette résidence...

L'effet réconfortant de cette pensée ne dura pas. Déjà la soif revenait – et avec elle, l'angoisse. « Il vous faut le meilleur ! » « ... un homme de grande confiance »... Elle discernait la lourde ironie derrière ces mots. Sans doute avait-il choisi un SS violent, ou doté d'un membre disproportionné. Quelque chose qui allait la faire bien souffrir – et lui faire passer l'envie de se mêler des affaires des autres.

Ses pensées dévissèrent. Sur les murs qui l'entouraient, elle vit s'imprimer le contour plus sombre encore, plus dense, d'un animal... *Stier*. Taureau. *Zuchtbulle*. Taureau d'élevage. Elle était dans un labyrinthe et allait tomber sur le Minotaure. Elle était dans le puits d'une pyramide, acculée par Apis, le dieu égyptien à tête de taureau...

Elle se mit à rire... Elle devenait folle. Elle ne pouvait y croire. Elle...

La porte s'ouvrit. Une nouvelle fois, la lumière électrique se répandit dans la chambre en un large arc de cercle. L'homme resta immobile sur le seuil. Pas très grand, nu, sa silhouette sculpturale se découpait sur l'aplat jaune du couloir. Elle ne distinguait ni son sexe ni son visage mais il ressemblait, en

modèle réduit, à une de ces statues monumentales d'Arno Breker ou de Josef Thorak qui ornaient le Stade olympique de Berlin.
Pas un mot.
Pas un mouvement.
Le colosse observait sa proie en silence.
Minna se mit à paniquer. Son buste se tordait et se soulevait sans qu'elle parvienne à crier. Les jambes écartées formant avec son corps une croix de Saint-André, à vif, prête pour la saillie…
Lentement, l'homme se tourna et referma la porte. Retour à l'obscurité. Mais ce n'étaient plus les mêmes ténèbres. Désormais, toute la chambre était illuminée par une révélation. Dans son effroi, Minna avait eu le réflexe de jeter un regard à ses liens. Et malgré son affolement, elle avait remarqué un détail. Plus qu'un détail : sa planche de salut !
Ces sangles, elle les connaissait bien. On utilisait les mêmes à Brangbo. Des attaches de cuir à boucles de fer, impossibles à ouvrir sans les deux mains pour qui n'était pas familier de leur usage. Conçues pour les hôpitaux psychiatriques, baptisées *Walfisch*, du nom de leur inventeur, elles pouvaient se déverrouiller d'un seul geste, comme par magie, à condition de maîtriser le bon mouvement : un rapide va-et-vient, de droite à gauche, une sorte de Z dans l'espace. Cette astuce permettait de libérer le patient en urgence, lorsqu'il s'était blessé ou avait besoin d'un soin de réanimation par exemple…
Des sangles Walfisch. Le Seigneur ne l'avait pas abandonnée. Le temps que l'homme tourne la clé de la porte pour les enfermer, elle avait déjà fait sauter ses deux bracelets et tirait d'un coup sec sur les ceintures qui entravaient ses chevilles.
Dans le noir, l'homme ne vit pas ce qui se passait mais il se précipita, devinant la tentative d'évasion. En retour, Minna détendit ses jambes de toutes ses forces et heurta quelque chose de dur – sans doute son menton ou un autre os du visage.
Un bruit sourd, puis plus rien. Elle demeura immobile, oubliant de respirer. Pas le moindre frémissement. Avec

prudence, elle ramena ses jambes vers elle, pivota et posa les pieds sur le sol. Elle discernait maintenant le corps pâle allongé par terre. L'homme ne bougeait plus. Minna ne pouvait le croire. Impossible qu'elle l'ait tué d'un seul coup de pied.
Elle se leva. Dos au mur, elle marcha jusqu'à la porte. À tâtons, sans quitter des yeux le visiteur qui gisait par terre, elle tourna la clé et entrouvrit la porte.
Non pas pour voir dehors.
Mais pour éclairer l'intérieur.
L'homme avait la nuque à angle droit contre un radiateur en fonte. Une expression comique lui vint à l'esprit : «le coup du lapin». Elle eut envie de rire et se ressaisit. Elle ouvrit un peu plus la porte et se pencha vers sa victime. Ce n'était ni un monstre ni un taureau. Pas même un SS en érection costaud comme un Panzer et membré comme un étalon. Il s'agissait simplement du plus bel homme qu'elle ait jamais vu. Un visage éblouissant, irréel, comme détaché des contingences du temps et de l'espace.
Un visage qu'elle connaissait bien.
Comme toutes les Allemandes.
Kurt Steinhoff. *Kurt der Geliebte. Kurt die Sonne.* La star absolue de la UFA. Un acteur qui rayonnait sur les écrans de cinéma depuis vingt ans et qui avait traversé tous les bouleversements politiques sans coup férir. Un nom qui suffisait, à présent encore, à remplir les salles. Une vedette que même le pouvoir nazi avait adoubée…
Pas le temps pour l'instant de connecter des faits ou des idées. Maîtrisant sa surprise, elle lui prit le pouls et constata, avec soulagement, qu'il vivait encore. Elle l'avait simplement assommé. Encore un coup de pouce de Dieu, d'un ange gardien ou de la chance – tout ce qu'on voudra.
L'homme avait gardé sa montre. Vingt-deux heures trente. Elle songea à Kraus, à Beewen. L'attendaient-ils encore ?
Toujours nue, elle enjamba le corps et risqua un regard

dans le couloir. Personne. Pas l'ombre d'un aboiement ni d'un bruissement dans la nuit.

Une chance à saisir.

## 118.

D'abord, trouver des vêtements.

Elle remonta le couloir, plus silencieuse encore que le silence. Une buanderie. Draps. Taies. Tabliers... Elle enfila une blouse, ressortit, repéra, sur la gauche, la cage d'escalier – elle était au premier étage du pavillon.

Avant de s'enfuir, elle devait dénicher les fiches de Susanne Bohnstengel, Margarete Pohl, Leni Lorenz, Greta Fielitz – ces femmes s'étaient fait fertiliser ici, leurs dossiers se trouvaient forcément dans ce bâtiment.

Elle se souvint que Mengerhäusen l'avait reçue au rez-de-chaussée. Elle se décida pour l'escalier. Les Dames de l'Adlon avaient-elles eu droit elles aussi aux sangles et au noir absolu ? Certainement pas. C'était le régime de faveur pour les fouineuses, les indésirables...

En bas, la première porte révéla une chambre vide, la deuxième, une forme endormie sous un drap – une femme inséminée ? en attente ? C'était finalement Beewen, avec ses gros sabots, qui avait raison. Cette clinique était une sorte de maison close.

La troisième porte était verrouillée – il lui sembla reconnaître celle du bureau de Mengerhäusen. Elle constata, glacée, qu'il était situé juste en dessous de la pièce où elle avait été retenue prisonnière. Combien de couples étaient passés aux choses sérieuses au-dessus de sa tête ?

Elle se demandait déjà comment entrer en force – peut-être faire le tour du bâtiment et briser une vitre ? – quand elle essaya par acquit de conscience la porte adjacente. Ouverte. Un bureau nappé d'obscurité. Des surfaces vernies qui semblaient s'alanguir sous la lune. Armoires, classeurs, machine à écrire... Un secrétariat.

La nuit claire lui permettait de s'orienter. Elle commença par ouvrir les meubles de rangement, tomba sur toutes sortes de dossiers, mais pas celui qu'elle cherchait.

Tout en s'affairant, elle comprit pourquoi le *Stier* comptait la violer dans le noir. Kurt Steinhoff était une star. Il venait ici engrosser des jeunes filles incognito. On subissait sa saillie dans la plus extrême discrétion – même les postulantes ignoraient qui les avait inséminées. Des petites veinardes qui avaient pourtant eu droit à la semence du grand Kurt. Kurt le bien-aimé, Kurt le soleil... «Il vous faut le meilleur!» Le meilleur, oui, mais à condition de ne pas voir son visage.

Elle fouillait toujours, transpirant sous sa blouse. Des cahiers, des classeurs, des registres, et toujours pas la liste des mères porteuses. Elle ne pensait pas à Steinhoff qui allait finir par se réveiller. Ni aux sentinelles qui tournaient autour des bâtiments et dont il allait falloir tromper la vigilance. Elle ne pensait même plus à Simon et à Beewen. Elle avait maintenant les mains dans le charbon et elle ne quitterait pas cette pièce sans avoir trouvé ce qu'elle était venue chercher.

Soudain, un fait majeur lui traversa l'esprit, comme malgré elle : Kurt Steinhoff était le héros de *Der Geist des Weltraums*. Ça ne pouvait être un hasard. Les hasards, c'était pour les esprits conciliants, pas pour les petites baronnes à moitié nues, en manque d'alcool, à genoux dans un bureau sans lumière.

Exit Albert Hoffmann/Josef Krapp, l'assassin défiguré. Exit Edmund Fromm, l'acteur déséquilibré soupçonné de tous les vices. Exit même Mengerhäusen, qu'elle avait brièvement soupçonné. C'était maintenant Kurt Steinhoff qui tenait le premier rôle. Un homme qui avait joué dans le film des origines. Qui avait approché le masque. Un pur *Stier* lié au Lebensborn visité par Greta.

Une autre connexion ?

La voilà : elle venait de mettre la main sur la liste de noms des femmes récemment inséminées dans la clinique Zeherthofer. Elle n'eut pas à chercher longtemps pour trouver celui de Greta Fielitz, ainsi que ceux des autres victimes. Entre avril et mai 1939, elles étaient toutes passées par le pavillon du fond du parc. Leurs noms étaient là. Les dates aussi. Et, dans une colonne à l'extrême droite, le nom de leur partenaire, soigneusement écrit à la plume.

Chaque fois le même : KURT STEINHOFF.

De la convergence à la cohérence.

De la cohérence à l'évidence.

Kurt Steinhoff, le taureau de Zeherthofer.

Kurt Steinhoff, l'Homme au masque de marbre.

Kurt Steinhoff, l'assassin des Dames de l'Adlon.

Pour une raison inconnue, l'acteur/géniteur avait décidé de récupérer, de la plus violente des manières, ses propres œuvres – les fœtus. Pourquoi ? Pas le moment de méditer...

Elle arracha les pages du registre et s'enfuit par la même porte-fenêtre que celle du bureau de Mengerhäusen.

Sous ses pieds nus, la fraîcheur de l'herbe lui fit l'effet d'un baume divin.

# 119.

Simon avait passé la journée à faire le guet, coincé dans la Mercedes Mannheim WK10 de Minna garée au coin de la rue, avec vue imprenable sur le portail de la clinique – une éternité.

Beewen, lui, avait dû le quitter en début d'après-midi pour faire acte de présence à la Gestapo, puis il était revenu sur le coup de sept heures du soir. Toujours rien. Pas le moindre frémissement du côté du Lebensborn.

Durant ces heures interminables, Simon avait négocié avec sa propre angoisse, jouant au chat et à la souris avec ses idées noires, ses bouffées d'optimisme, ses plages d'incompréhension. *Que foutait-elle, nom de Dieu ?* Il était passé par tous les stades, avait envisagé tous les scénarios. Sonner au portail de la clinique. Jouer les chauffeurs inquiets. Escalader le mur et s'introduire dans le parc. La touffeur dans la bagnole était insupportable et il avait dû perdre deux litres de sueur à se dissoudre en pensées anxiogènes.

Heureusement, à aucun moment les sentinelles n'étaient venues rôder autour de la bagnole. Du reste, l'habitacle avait l'air vide – Simon dépassait à peine la hauteur du volant. Un simple véhicule garé en plein soleil.

Au retour de Beewen, ils avaient observé en silence la rue, le mur d'enclos, le porche qui s'enfonçaient dans les ténèbres du couvre-feu. Le paysage sombrait mais c'était eux qui coulaient.

Plusieurs fois, ils s'étaient décidés à sortir de la voiture et à s'approcher de la propriété. Rien. Pas un bruit. Pas même un aboiement – pourtant cette maternité d'un genre spécial était surveillée par des SS en bonne et due forme, avec fusil Mauser et bergers allemands à cran.

Soudain, à près de vingt-trois heures, Minna était apparue dans la rue, dégringolant du mur d'enceinte fesses à l'air, dans une blouse à moitié déchirée. Ils avaient couru tous les trois vers la Mercedes et Simon avait démarré pied au plancher.

Maintenant, ils savaient.

Minna leur avait tout raconté puis était partie se doucher. En revenant, elle avait ouvert une bouteille de cognac sans que ni l'un ni l'autre n'osent faire le moindre commentaire. Elle avait bien gagné le droit de se remonter. Arrêter de boire ? Vraiment ? *Pour prendre des résolutions, il faut avoir un avenir.*

Les deux hommes ne disaient rien. Ils éprouvaient ce qu'on appelle, en temps de guerre, le *Bläst*. L'effet de souffle. Un mélange de stupeur et d'effroi, qui pouvait être comparé aux chairs disloquées par l'onde de surpression d'une explosion.

C'étaient leurs certitudes qui venaient d'être balayées, dispersées, réduites en poussière...

– Qu'est-ce que t'en penses ? finit par demander Simon à Minna.

Les rôles respectifs étaient maintenant connus. Minna était la théoricienne de l'équipe. Simon en était le chercheur, l'alchimiste. Beewen, le pragmatique, l'esprit policier, celui qui essayait de garder la tête froide et calmait le jeu.

– Les Dames de l'Adlon, commença-t-elle, son verre à la main, ont toujours joué double jeu. En apparence, des femmes chics, belles et futiles, qui ne voyaient pas plus loin que le bord de leur chapeau. En réalité, des nazies convaincues, qui devaient espionner les hautes sphères du parti et rendre des comptes à la Gestapo – ou même, pourquoi pas, à la SD (Sicherheitsdienst), afin de nourrir les fameux *Stimmungsberichte*, les « rapports d'ambiance » qui donnent la température de l'opinion publique... Toutes mariées à des dignitaires ou des notables du monde nazi, elles auraient pu se contenter de ce rôle souterrain mais elles ont voulu faire plus. Elles ont décidé d'enfanter pour le Reich. Elles étaient bien placées pour savoir que les Lebensborn pouvaient aussi, le cas échéant, fournir un géniteur – le *Zuchtbulle*. Elles ont donc contacté Mengerhäusen.

– Elles le connaissaient ? demanda Beewen.

– Elles avaient dû le croiser dans une quelconque manifestation du NSDAP.

– Elles lui ont demandé de leur fournir un partenaire ?

– Pas n'importe lequel. Dans le milieu qu'elles fréquentaient, elles auraient pu trouver un amant sans difficulté. Les beaux officiers y sont légion. Elles auraient même pu, en tout cas pour certaines, faire un enfant avec leur mari. Mais le vrai service à Hitler consiste à donner un magnifique fleuron au Reich. Un pur enfant aryen, aux traits physiques et aux capacités intellectuelles spécifiques.

Simon prit la parole :

– Mengerhäusen a donc choisi cet acteur, Kurt Steinhoff.

– Exactement. Il est considéré en général comme l'homme le plus beau d'Allemagne.
– Ah bon ?

La question avait échappé à Beewen et on y décelait, curieusement, une pointe de jalousie. Ce bouseux ne devait pas aller souvent au cinéma et le monde des stars lui échappait totalement.

– Steinhoff a mis son sang au service de l'Allemagne. Pour Mengerhäusen, il est la pièce maîtresse de son élevage, son *Stier* numéro un.

Elle se tut quelques secondes, sans doute assaillie par ses propres souvenirs.

– Tu penses qu'il est le tueur ? relança Simon.
– Oui. Pour une raison inexplicable, il a voulu récupérer ses fœtus et détruire les femmes qu'il avait fécondées.
– D'où sors-tu cette conviction ?
– Du masque. Steinhoff est le seul élément qui relie les victimes avec le film *Der Geist des Weltraums*.
– Et alors ?
– Il a approché le masque. Il a dû l'essayer. Il a sans doute été… envoûté. Il connaissait Ruth Senestier. Huit ans après le tournage du *Fantôme*, quand il s'est senti prêt à tuer, il l'a sollicitée à nouveau. C'est l'Homme de marbre qui devait frapper.
– Pourquoi ?
– Pour l'instant, on ne peut que se lancer dans des conjectures, mais cette obsession est le mobile des meurtres. J'en ai la certitude. Cette nuit, quand il était face à moi, j'ai senti quelque chose.
– Quoi ?
– Un pur courant de sadisme et de cruauté. Steinhoff ne fertilise les oies blanches du Lebensborn ni par plaisir ni pour contribuer au Reich de mille ans. Il possède une autre raison d'agir, et cette raison est peut-être cette pulsion de cruauté. Dans un schéma qu'il s'est construit mentalement, il aime féconder des femmes, les laisser mûrir puis les assassiner pour leur arracher son bien… Quelque chose comme ça.

Simon devinait que Beewen ne suivait plus. Soudain, il eut une autre idée :
– Il y a peut-être plus simple. Un mobile beaucoup plus évident.
– On t'écoute.
– Le tueur pourrait être l'épouse de Steinhoff.
– Quoi ?
– Réfléchissez un peu. Pourquoi tuer ces femmes ? Pourquoi leur arracher leur bébé en gestation ? Par jalousie.
– Développe.
– On ne connaît pas la vie privée de Steinhoff. Renseignons-nous sur son épouse, s'il en a une, ou sur une éventuelle maîtresse. Pas besoin de lire les revues de cinéma pour imaginer que c'est un homme à femmes.
– Ou à hommes, ajouta Beewen, comme pour compliquer des hypothèses qui lui passaient au-dessus des oreilles.
– Ne nous embrouille pas, l'arrêta Simon. Une femme névrosée qui ne pourrait pas supporter l'idée que son mari aille faire des enfants ailleurs. Ça vaut le coup de creuser, non ?
Minna se servit un nouveau cognac.
– Peut-être, mais ça ne colle pas. J'ai vu l'Homme de marbre. Il était là, devant moi, avec sa dague étincelante. Ce n'était pas une femme. Une femme ne ferait pas ça...
Simon était d'accord. Lui aussi avait aperçu l'assassin. Pas si grand que ça, mais costaud et puissant. Rien à voir avec une femme. Le mobile ne faisait pas l'assassin et Steinhoff correspondait beaucoup plus au profil. Un homme hanté, portant le masque d'un de ses films, traquant les mères de ses propres enfants. Une sorte d'Ouranos qui aurait craint sa progéniture au point de la tuer dans l'œuf...
– Qu'est-ce que tu comptes faire ? demanda-t-il soudain à Minna.
– À propos de quoi ?
– Le Lebensborn. Mengerhäusen.
– Mais... je ne sais pas.

Beewen intervint :
— Si tu crois qu'il va laisser dans la nature quelqu'un qui a déjoué son piège et percé ses petits secrets, c'est que tu n'as pas compris le personnage.
— Il me suffit de penser à Brangbo pour prendre la mesure du bonhomme.
Minna avait eu un ton sec, péremptoire, où pointaient à la fois l'amertume, la tristesse et aussi une sorte de mépris – le mépris de la douleur.
Beewen dut le prendre ainsi car il répondit aussitôt, d'un ton plus dur encore :
— Je te rappelle qu'il y avait mon père dans l'incendie.
— C'est pas un concours, trancha Simon.
Il se tourna vers Minna.
— Beewen a raison, tu dois disparaître.
— Pas question.
— La première chose que va faire Mengerhäusen, c'est envoyer la Gestapo ici, et ensuite, s'il le faut, te traquer dans tout Berlin.
— Qu'est-ce qu'il peut me faire ?
— Te tuer, pour commencer. Ou t'envoyer en KZ. Ou te torturer dans les sous-sols du 8, Prinz-Albrecht-Straße. Un Mengerhäusen peut tout.
— Il n'osera pas toucher une von Hassel.
— L'aristocratie est une valeur, le nazisme est un pouvoir.
— Tu oublies mon oncle, qui dîne avec Hitler et Göring.
— On ne va pas discuter des heures, souffla Beewen. Tu dois te cacher, un point c'est tout.
Minna, comme à court d'arguments, les regarda l'un et l'autre puis sourit. Ses yeux noirs avaient pris une nuance mordorée qui rappelait celle des verres de cognac qu'elle s'envoyait.
— Je n'ai pas peur. Après tout, vous êtes là pour me protéger.
Les deux hommes lui rendirent son sourire et une osmose se mit à flotter dans la pièce, aussi lente et bleutée que la fumée de leurs cigarettes.

Simon reprit la parole pour ne pas laisser un quelconque sentimentalisme les gagner :
— En tout cas, si on admet que Steinhoff tue ses partenaires, ou qu'un quelconque assassin vise les femmes fécondées par lui, il est dommage que tu n'aies pas pu noter les noms de toutes celles qui sont passées dans son lit.
— Tu m'excuseras. C'est déjà un miracle que je sois tombée aussi vite sur le bon registre.
— Et un miracle que tu t'en sois tirée vivante, conclut Beewen.
Simon, placé tout à coup en minorité, acquiesça.
— Je comprends, fit-il avec une pointe de fatalisme. Mais si Steinhoff, assassin ou pas, a couché avec d'autres filles du Lebensborn, ce sont les prochaines de la liste...
Il nota que Minna piquait du nez, alors que Beewen s'enfonçait dans son fauteuil. Il était temps de dormir.
Pourtant, il ajouta encore :
— Une chose est sûre en tout cas, Mengerhäusen nous fait suivre. Notre enquête est son enquête. Il ne laissera pas ses *Mütter* se faire massacrer.
— Et alors ?
— C'est peut-être la seule bonne nouvelle de la soirée. Tant que nous n'aurons pas trouvé, il nous laissera en vie.

## 120.

Il n'y avait plus de temps à perdre. Dès le lendemain matin, ils décidèrent de retourner au Lebensborn. Non pas pour en enfoncer les portes ni pour menacer Mengerhäusen. Simplement pour surprendre, avec un peu de chance, une infirmière qui avait fini sa nuit.
À peine furent-ils postés, à sept heures du matin, qu'une infirmière franchit le portail. Ça faisait la balance avec la journée

de la veille, la plus longue de l'existence de Simon. Robe blanche, tablier à bavette, manchettes amovibles, coiffe empesée : elle portait encore l'uniforme des anges des fontaines de vie. Sur ses épaules, un simple gilet, comme pour renouer avec le monde des civils. La femme avançait dans leur direction.

La scène avait quelque chose de cinématographique. La voiture garée le long du trottoir, la silhouette progressant vers eux, cadrée par le pare-brise, la tension montant à chaque seconde...

– Cette fois, clama Beewen, on opte pour la méthode express. Pas de conneries psy ni de drogue à la mords-moi-le-nœud.

Simon n'était pas sûr de comprendre. Alors que la jeune femme – la trentaine, bien en chair, la taille ceinturée par son tablier – croisait la Mercedes, Beewen fit jaillir son mètre quatre-vingt-dix juste devant elle.

La Fräulein eut un recul. Elle allait crier quand le badge de la Gestapo lui cloua le bec.

– Monte dans la voiture.

– Mais pourquoi ? gémit l'infirmière, lançant un regard affolé vers l'habitacle et ses deux occupants.

– Monte. Fais pas d'histoires.

Quelques minutes plus tard, ils roulaient dans Berlin. La jeune femme ne cessait de s'agiter sur la banquette arrière, terrorisée par Beewen à ses côtés. Son souffle semblait emplir tout l'habitacle.

L'officier ne disait rien. Il laissait couler. Il savait que la peur se nourrit d'elle-même. Simon, tout en conduisant, parvenait à apercevoir le visage de la femme dans son rétroviseur. Ses yeux écarquillés semblaient s'agrandir au fil des secondes. Lui-même était en sueur. D'un revers de manche, il essuya ses paupières brûlantes.

Enfin, le gestapiste marmonna entre ses dents :

– Kurt Steinhoff. Dis-moi ce que tu sais.

– Je... je connais pas.

– Tu vas jamais au cinéma ?

– Non. Oui.

– Steinhoff, il vient souvent au Lebensborn ?

L'infirmière ne répondit pas. Beewen, avec un calme étrange, dégaina. Les yeux de la femme, toujours plus grands dans le rétroviseur.

– Kurt Steinhoff. La clinique. Je t'écoute.

Quand la femme prit la parole, sa voix était comme étouffée par la peur :

– Il vient parfois, oui.

– Parfois, quand ? Parfois, combien de fois par mois ?

– Deux ou trois fois... Je sais pas exactement. Quand il vient, on doit tous partir...

– Pourquoi ?

– C'est un secret. Personne doit savoir qu'il est un de nos *Stiere*.

– Mais tout le monde le sait.

– Oui.

– Prends à droite, ordonna Beewen à Simon.

Ils parvenaient au Tiergarten. Paupières engluées de sueur, cœur battant dans la nuque, Simon conduisait en mode réflexe. Ses mains jouaient à pierre-feuille-ciseaux sur le volant tant elles tremblaient.

– Arrête-toi.

Simon ne réagit pas. Minna, à la croisée d'un sentier qui s'enfonçait dans un sous-bois, attrapa le volant et fit braquer la Mercedes dans le chemin. Simon parvint à piloter la bagnole entre les nids-de-poule, les feuillages qui cinglaient le pare-brise et les branches qui rayaient les portières.

Enfin, il stoppa, puis cala.

Il y eut un silence, des gazouillis d'oiseaux, du soleil.

Et soudain, la voix de Beewen :

– Y doit bien rester une infirmière dans le pavillon, pour tout préparer.

– Une, oui.

– T'es déjà restée ?

– Oui.

– Comment ça s'passe ? Qui choisit les filles ?
– Je sais pas. Lui sans doute.
– Il les voit avant ? Il leur parle ?
– Non. Je sais pas.
– Ensuite ?
– Tout doit être éteint.
– C'est-à-dire ?
– Il ne vient que quand l'obscurité est totale.
– Pour ne pas être reconnu ?

L'infirmière ne répondit pas. Beewen fit monter une balle dans le canon. La femme hurla :
– Non !
– Parle.
– On dit... on dit que c'est lui qui veut ça. Il veut... intervenir... dans le noir.
– T'as pas répondu à ma question : pourquoi ?
– On dit... qu'il aime ça, violer les filles dans l'obscurité, les forcer alors qu'elles voient rien du tout...
– Lui non plus, il ne voit rien...
– Si... On dit...
– PARLE !

Elle passa à un débit précipité :
– On dit qu'il peut voir la nuit ! Qu'il récupère le sang des filles et qu'il le boit. On dit qu'il a des griffes au bout de la verge. On l'appelle le *Werwolf* ! Tout le monde en a peur !

Tout ce que Sylvia Müthel, la costumière des studios de Babelsberg, avait raconté à propos de l'acteur décédé Edmund Fromm concernait en réalité Kurt Steinhoff. On lui avait prêté ces rumeurs, ces légendes sinistres, parce qu'il avait déjà une mauvaise réputation et qu'il était celui qui portait le masque durant le tournage du film. Il était le *Geist*. Le Fantôme. Le méchant. Mais en vérité, c'était le héros, l'acteur phare, l'Apollon des plateaux, qui était le déviant, le pervers taré qui profitait de ses prérogatives pour abuser des femmes et satisfaire sa perversité.

Simon songea encore aux Dames de l'Adlon. Elles avaient donc vécu cette expérience traumatisante et ne lui avaient rien raconté. Elles avaient couché avec un loup-garou et ne lui en avaient pas dit un mot. Elles venaient lui conter quelques rêves à peine effrayants et avaient fait l'impasse sur ces viols. Pourquoi cette duplicité ? cette trahison ?

– Sors.
– Quoi ?
– Sors, je te dis.
– Qu'est-ce que vous allez me faire ?

Beewen ouvrit la portière, groupa son corps – la large Mercedes le lui permettait – et balança un violent coup de pied dans le flanc de la femme. Elle fut projetée dehors et parvint à retrouver son équilibre sans tomber.

Beewen sortit à son tour et la poussa vers les arbres. Ils marchaient sur le tapis de feuilles mortes comme deux marionnettes sur une scène de papier. L'infirmière n'osait plus crier. Elle avançait, à demi tournée vers son bourreau, puis elle pivota et recula sans pouvoir quitter des yeux Beewen, son Luger à la main.

– On peut pas faire ça, protesta Simon.
– Laisse, fit Minna en lui saisissant le bras – elle le retenait mais il eut aussi l'impression qu'elle s'accrochait à lui. Il bluffe.

L'infirmière finit par s'étaler contre une racine, son dos raclant le tronc d'un marronnier.

Simon se demanda soudain si Beewen et Minna avaient couché ensemble. Le gestapiste braqua son Luger sur la femme à terre, qui plongea sa tête dans ses mains. Il dit quelque chose mais ils étaient trop loin pour entendre.

Finalement, elle parvint à se relever et s'enfuit dans la forêt dans un remous de feuilles mortes. Beewen resta immobile. Minna lâcha le bras de Simon – il comprit qu'elle avait eu plus peur encore que lui.

## 121.

Sur le chemin du retour, Simon passa par son cabinet, près de la Leipziger Straße. Personne ne fit de commentaire. Porche. Escalier. Seuil. La porte brisée était entrouverte. Simon entra dans son appartement, qui lui fit l'effet d'un corps écorché. Ils avaient tout pris. Ils avaient volé sa radio, son gramophone, sa cafetière italienne. Ils avaient embarqué ses meubles, ses tapis, ses tableaux. Détruit ses notes, ses livres, ses disques.

Mais tout ça, il s'en foutait. Il fonça dans sa chambre et trouva l'armoire à sa place – trop lourde à déplacer. Il ouvrit les deux portes et comprit qu'il avait deviné juste.

Ils n'avaient pas touché à ses costumes.

Cette victoire reposait sur une humiliation. Ils n'avaient pas volé ses vêtements parce qu'ils étaient trop petits. À moins de vouloir habiller ses enfants en costume trois pièces et leur faire porter des homburgs à plume, cette partie du butin n'avait aucun intérêt.

Simon commença à les saisir par brassées et à les empiler sur le sol. À l'heure des privations, où on parlait déjà de rationner les tissus et les chaussures, son dressing était un trésor. Une mine dont il était le seul à pouvoir jouir. Un petit homme qui avait remis la main sur sa garde-robe de Lilliputien. C'était son monde à lui, un peu dérisoire, mais il y tenait.

Par la fenêtre, il appela Beewen et Minna :

– Venez m'aider !

Alors qu'il pliait soigneusement ses costumes, Simon était frappé par une vision, qui revenait claquer dans son esprit tel un battant de porte. Kurt Steinhoff, le phénix des plateaux, le *Stier* de ces dames, évoluant dans le noir – ses eaux profondes, naturelles –, nu, avec son masque de marbre et son sexe d'animal gorgé de sang, hérissé de pointes de fer ou de lames de rasoir.

Un mot lui traversa l'esprit : incube. Ce démon qui pénètre dans le sommeil des femmes pour les violer. Figure mythologique – sous l'Antiquité grecque, il s'apparentait au dieu Pan avec ses pieds de bouc et son dard en érection –, il était devenu au Moyen Âge l'amant des sorcières, le diable nocturne qui copule avec les femmes endormies...

Quand Minna et Beewen découvrirent les piles de vestes imitation tweed, de pulls en V à la mode tennis, de chemises col oxford, de chapeaux Trilby ou Borsalino, ils restèrent pantois.

Simon frappa dans ses mains.

– Allez, à nous trois, on peut tout embarquer en dix minutes !

Les complices s'exécutèrent sans renâcler. S'occuper les mains leur soulageait la tête. Mais il ne fallait pas traîner.

Le *Werwolf*, le loup-garou, les attendait.

## 122.

L'enquête reprenait, enfin, une mine normale.

Filature. Planque. Fouille.

De la pure Gestapo. Avec le témoignage de l'infirmière, le profil démoniaque de l'acteur se confirmait. Dans la catégorie « suspects », Kurt Steinhoff occupait désormais le haut de l'affiche. Il fallait maintenant ne plus le lâcher. Si le bellâtre était bien l'Homme de marbre, ils finiraient par le prendre en flagrant délit, ce qui vaudrait tous les aveux du monde.

De retour à la villa, ils s'étaient mis en quête de renseignements sur Steinhoff. D'abord, le localiser. Il avait visiblement survécu à son affrontement avec Minna : il était en tournage aux studios de Babelsberg. Une comédie légère, *Des roses sur le seuil*. Le cinéma était un monde en soi. Alors que la Seconde Guerre mondiale venait d'éclater, que la Pologne était à feu et à sang, que la France et l'Angleterre fourbissaient leurs armes, rien n'avait changé du côté des plateaux de la UFA : on continuait à rire au téléphone et à chanter au balcon.

Le plan de Beewen était simple, foncer chez l'acteur et retourner sa baraque. Minna l'avait calmé : on ne savait rien sur lui. Peut-être était-il marié et père de famille. Peut-être possédait-il un bataillon de serviteurs. Peut-être que ses voisins s'appelaient Himmler ou Göring et que sa rue était une annexe de la SS.

Les dents serrées, Beewen avait dû attendre que Minna moissonne des informations. Elle maniait le téléphone comme personne. Elle embobinait les opératrices et les enrôlait, pour ainsi dire, dans son enquête. Elle savait qui appeler, quoi dire, changer sa voix, se faire passer pour telle ou telle interlocutrice. Le téléphone, dont on se servait encore avec parcimonie, était entre ses mains à la fois un objet familier et une arme redoutable.

Pendant ce temps, le gestapiste rongeait son frein au fond d'un fauteuil, multipliant les cafés, alors que le nain cinglé rangeait ses costumes à l'étage, en sifflotant, dans une chambre que Minna lui avait allouée. Vraiment une maison de fous.

Vers seize heures, enfin, Minna leur proposa de faire le point. À force de coups de fil – Beewen était sidéré qu'elle ait pu constituer aussi vite un véritable dossier –, voilà ce qu'elle avait appris.

Kurt Steinhoff naît en Bavière en 1897. Famille bourgeoise. Scolarité classique, si ce n'est que la Grande Guerre retarde l'obtention de son *Abitur*. En 1918, il attaque des études de droit et intègre la troupe de théâtre de l'université Louis-et-Maximilien de Munich. Sa belle gueule fait le reste. On le remarque. On le sollicite. On le fait venir à Berlin. Sa carrière a la fluidité d'un cours d'eau volubile, qui se rit des obstacles et frémit au moindre rayon de soleil.

Steinhoff n'avait pas souffert de la prise de pouvoir des nazis. Au contraire, il était un sympathisant de la première heure. Quand tous les acteurs juifs, communistes, ou simplement non nazis avaient quitté l'Allemagne en vitesse, Kurt Steinhoff, lui, avait gagné son espace vital. À présent, il était l'un des acteurs berlinois les plus connus et le public, qui entretenait son insouciance comme on nourrit un vice, se ruait pour voir ses films, où tout le monde était joli, con et heureux à la fois. Ces longs métrages ne laissaient aucune trace, mais c'était justement cette absence de trace qui remplissait le vide de l'âme allemande. Cette légèreté assumée était le seul antidote que le peuple germanique avait trouvé pour oublier l'apocalypse annoncée.

Côté vie privée, ça devenait plus confus. Steinhoff avait été marié deux fois. D'abord en 1929, avec Lili Purzer, une actrice plus âgée que lui qui avait disparu avec le cinéma muet. Ensuite en 34, avec une maquilleuse du nom de Karin Kaufman, dont il avait divorcé quatre ans plus tard. Les tabloïds, qui suivaient sa vie à la loupe, n'avaient jamais donné aucune explication à ces divorces. D'ailleurs, tout le monde s'en réjouissait : Kurt était le fiancé de toutes les Allemandes. Il fallait qu'il soit libre !

– Où en est-il maintenant ? demanda Beewen qui s'impatientait.

– On lui prête beaucoup de liaisons mais aucun nom ne ressort plus qu'un autre.

– C'est tout ?

– C'est tout. Il vit seul dans une villa du quartier de Dahlem, à quelques blocs de Leni Riefenstahl… et d'ici. Sa vie privée est lisse comme un miroir. Lors des premières et des vernissages, il est toujours photographié au bras des plus belles actrices mais personne ne sait avec qui il passe ses nuits.

Simon commenta :

– C'est le genre d'existence en trompe-l'œil qu'affichent les homosexuels.

– Peut-être, dit Minna. Mais aucun fait ne corrobore cette hypothèse. Et surtout pas ses exploits à Zeherthofer.

Beewen se leva.

– De toute façon, on s'en fout. Ni sa vie publique ni sa vie privée, s'il en a une, ne nous intéressent. Ce qui doit nous préoccuper, c'est son existence secrète. Le versant loup-garou. Le côté fornicateur doublé d'un criminel…

– Qu'est-ce que tu proposes ? demanda Minna, un rien provocante.
– Il est en tournage ? Très bien. On fonce chez lui et on fouille dans...
– Il est dix-sept heures. Il va bientôt rentrer.
– Alors on planque devant sa maison. Avec un peu de chance, il ressortira ce soir et on pourra en profiter !

Minna et Simon se regardèrent – ils n'avaient pas l'air chauds mais ils n'étaient pas spécialistes. Beewen, lui, avait passé ces dix dernières années à remuer le linge sale du peuple berlinois.

– Je viens avec toi, décida Simon.

Il portait un pantalon beige à chevrons, un polo blanc à manches courtes et des brogues couleur caramel. Gominé de frais, il ressemblait à ces gigolos qui traînent près des courts de tennis de Charlottenbourg, en quête de bourgeoises mortes d'ennui.

Comment pouvait-on passer autant de temps à sa toilette ? Vraiment, ça le dépassait. Pourtant, confusément, Beewen pouvait envisager une telle sensibilité. Comme ces gens qui travaillent dans les parfums et qui, à la manière des animaux, sentent ce que vous ne sentez pas, réagissent à un monde qui vous est inaccessible.

Cette pensée lui fit penser à Kurt Steinhoff, qui se prétendait nyctalope.

L'infirmière ne pouvait avoir inventé ce détail : un acteur adulé qui y voyait la nuit comme en plein jour, un étalon qui fécondait ses partenaires en buvant leur sang, un homme nu qui hantait le pavillon du fond du parc...

– Tu nous prêtes ta voiture ? demanda-t-il à Minna.
– Pas de problème. Vérifiez l'essence. Il y a des bidons dans le garage.
– Très bien. De ton côté, n'oublie pas de tout verrouiller.
– Toujours ta crise de paranoïa ?
– Ne déconne pas, Minna. Je te répète que Mengerhäusen n'en restera pas là.

– Je suis une grande fille.
– Fais au moins ça pour moi. Tant que t'es seule dans cette baraque, prends ces précautions. C'est le minimum.
Elle vida encore son verre – on aurait dit une grosse bulle de miel – puis secoua la tête, exagérant sa capitulation :
– D'accord.
Beewen marcha vers le vestibule et se retourna vers Simon qui n'avait pas bougé.
– Une dernière chose, lui lança-t-il.
Simon, pieds solidement carrés, mains dans les poches, semblait prêt, dans son pantalon beige et son polo blanc, à jouer un set avec ces dames.
– Quoi ?
– Tu pourrais enfiler une tenue plus... discrète ?

## 123.

Encore une fois, ils étaient là, à attendre, dans la Mercedes Mannheim de Minna, non loin d'une propriété qui ressemblait beaucoup à la clinique Zeherthofer. Même mur d'enclos, mêmes frondaisons au-dessus de la façade, même portail aveugle – pas très engageant.
Ils avaient simplement changé de quartier mais la rue était tout aussi déserte, ponctuée de parcs et de demeures aussi mortes que des mausolées.
À peine postés, aux environs de dix-huit heures, ils virent arriver une Hansa-Automobil 1100 flambant neuve, portières rouges et calandre noire, conduite par un chauffeur. Steinhoff en sortit, accompagné de deux hommes à qui il serra chaleureusement la main.
Beewen tendit le regard. Dans le crépuscule miroitant, l'homme lui apparut tout en chrome : chevelure noire plaquée

à la cire, sourire de première fraîcheur, costume légèrement moiré qui semblait flamber dans les dorures de la tombée du jour. Kurt Steinhoff était l'Aryen parfait, un modèle dont Hitler ou Himmler, avant de s'endormir, devaient ruminer le potentiel – une promesse en marche.

L'homme n'était pas si grand que ça – un peu plus d'un mètre soixante-dix – mais il était massif, une carrure encore accentuée par son costume très épaulé.

Beewen observa encore l'animal. Il n'avait pas oublié sa soi-disant réputation de « plus bel homme d'Allemagne ». Et en effet, Steinhoff jouait dans la cour des princes. Quelque chose dans son regard, sous ses sourcils marqués, accrochait la lumière et vous la renvoyait enrichie, vibrante, comme un alcool au fond d'un verre. Beewen n'était pas expert en beauté masculine mais il devinait à quel point ces yeux bleus devaient faire chavirer les petits cœurs des secrétaires berlinoises.

Il lança un regard à Simon, qui se prenait lui aussi cette beauté en pleine gueule. Une véritable offense personnelle. Auprès des femmes, le psychiatre faisait son cinéma. Kurt Steinhoff *était* le cinéma.

Ils eurent pas mal de temps pour digérer cette brève apparition. Jusqu'à vingt-deux heures, rien ne bougea dans la villa. Du moins c'est ce qu'ils déduisaient : de leur poste d'observation, ils ne pouvaient apercevoir qu'une partie du rez-de-chaussée et du premier étage – des lumières étaient allumées mais pas une ombre aux fenêtres.

Enfin, le portail s'ouvrit et une Hanomag 2/10 jaillit du parc, tous phares éteints, puis braqua à gauche, dans la direction opposée des deux complices.

– Qu'est-ce qu'on fait ? On le suit ? demanda Simon.

– Non. On en profite pour fouiller la baraque. Vite ! Avant que la grille se referme.

Ils se mirent à courir, se glissant in extremis entre les battants de fer. Ils progressaient pliés en deux, semblant porter la lune sur leur dos. Un instant, ils restèrent ainsi, attentifs aux ombres et au silence. Pas d'aboiements de chien, pas de lumière aux fenêtres. Aucune trace de sentinelles ni de domestiques. Le moment ou jamais d'agir.

Ils avancèrent jusqu'à la demeure proprement dite. Le parc ne présentait aucune originalité : des haies taillées au cordeau, des arbres majestueux, dont les frondaisons se perdaient dans le ciel obscur comme des fumées noires...

La villa ne ressemblait pas à celle de Mina. C'était un long parallélépipède percé de nombreuses fenêtres. Pas d'ornements ni de fioritures sur la façade, et pourtant rien à voir avec le style que Minna appelait «Bauhaus». Beewen n'y connaissait rien en architecture mais il aurait mis sa main à couper que cette baraque était l'œuvre d'Albert Speer ou d'un de ses disciples. Du style nazi qui, même quand il s'agissait d'assembler des pierres, vous foutait les jetons.

Ils montèrent les marches du perron et accédèrent à la porte principale. Beewen remarqua que Simon était au moins aussi intéressé par ses faits et gestes que par la maison elle-même. Peut-être était-il excité par cette visite nocturne, ou par le privilège ambigu de voir un officier de la Gestapo dans ses œuvres.

Il sortit son passe. En général, quand la SS vient chez vous, elle frappe violemment à votre porte ou la défonce à grands coups de pompe. Mais il y avait une autre technique, qu'on connaissait moins : la méthode douce. La Gestapo savait aussi se faire discrète et pénétrer chez les gens incognito.

La serrure de Steinhoff ne posa pas de problème : la porte, ornée de motifs en fer forgé, était lourde mais la serrure standard. Ils découvrirent, sans surprise, un intérieur bourgeois déployé en grands espaces décorés de meubles vernis, d'un piano, de bibliothèques. Un portrait du Führer trônait dans la salle à manger et *Mein Kampf* était posé sur une table basse – sans doute à titre d'élément décoratif. Beewen ne connaissait personne qui ait réussi à finir ce livre.

D'instinct, il avait déjà compris qu'il ne trouverait rien ici : on était dans la vitrine de l'existence de Steinhoff. La face sud.

Celle de l'acteur et du sympathisant NSDAP. Ce qu'il cherchait, lui, c'était la face nord. Froide, ombreuse. L'angle mort de cette existence bidon.

Ils visitèrent les pièces – il y avait tellement de chambres d'amis qu'on se serait cru dans un hôtel – et fouillèrent armoires, commodes, secrétaires. Ils vérifièrent sous les lits, derrière les tableaux, au fond des tiroirs. Ils évoluaient dans un univers cossu qui donnait plutôt envie de s'assoupir. Tout était brun et mordoré. Les portes affichaient des marqueteries brillantes, les murs étaient lambrissés, les tapis épais comme des matelas et les rideaux lourds comme des couvertures.

Beewen regarda l'heure, vingt-trois heures trente. Pas l'ombre d'une dague nazie ni d'une collection de chaussures de femme. Encore moins d'un masque en faux marbre.

Il passa un œil entre les rideaux et découvrit le vaste parc qui se déployait à l'arrière de la maison, creusé en son centre par une piscine. Des chaises longues à rayures étaient alignées tout autour. Un coin salon se devinait dans l'obscurité, sous les arbres, avec balancelle, table de jardin et fauteuils assortis.

Beewen plissa les yeux et aperçut, plus au fond encore, un petit bloc de ciment qui devait faire office de vestiaire. Le gestapiste se sentit des fourmis dans les doigts.

– La petite baraque, murmura-t-il à l'intention de Simon. C'est là-bas que ça se passe.

## 124.

De près, le pavillon, d'une quarantaine de mètres carrés, ressemblait plutôt à une remise où entreposer le matériel de piscine. Un bloc de ciment brut, sans fenêtre, pas même revêtu de crépi, quelque chose de moche qu'on avait planqué sous les arbres pour ne pas offusquer le regard.

Les deux hommes se tenaient sur le seuil, conscients de jouer là leur dernière carte. L'odeur de chlore de la piscine aseptisait l'instant et couvrait même les parfums du jardin.

La serrure de la porte en fer était autrement solide et sophistiquée que celle de la maison principale. *C'est là que ça se passe*, se répéta Beewen en se prenant une suée. Au bout d'une vingtaine de minutes, à force de triturer le cylindre et les pênes, il parvint à la déverrouiller.

Ils se coulèrent à l'intérieur et s'y enfermèrent. À l'abri des murs aveugles, ils purent allumer leurs torches. Ce qu'ils découvrirent les prit à revers, pour ne pas dire plus.

Un laboratoire photo.

Des bacs à produits chimiques, une ampoule rouge suspendue au plafond, des clichés séchant sur un fil, des tirages un peu partout, étalés sur un comptoir et même par terre.

Les frissons de Beewen redoublèrent. Il était maintenant certain de découvrir des images de chaque meurtre, sous tous les angles. Des photos prises sur le vif, si on peut dire, dans l'intimité du sacrifice, avec plans rapprochés de ventres ouverts et d'entrejambes lacérés, blessures débordant du cadre et visages suppliciés en gros plan…

Sans hésiter, il tira sur le fil de l'ampoule. Une lueur rouge se répandit dans l'espace, aussi épaisse et liquide que les produits des bacs. Il repéra une autre source de lumière : des néons le long du mur, à hauteur d'homme. Il chercha le commutateur et déclencha une lumière blanche, beaucoup plus pratique pour fouiller en détail.

Il se tourna vers les clichés alignés sur le comptoir. Déception. Les photos ne montraient pas des cadavres mais au contraire des êtres bien vivants. Et même en pleine activité. Des corps en train de baiser, ou au stade des préliminaires, pelotages, doigtés et autres caresses, se roulant dans l'herbe, dans un enchevêtrement de membres, bouches accolées comme des sangsues.

Les deux hommes se penchèrent encore et comprirent mieux de quoi il s'agissait. Des couples clandestins qui s'en donnaient à cœur joie dans un parc, en pleine nuit. Des jupons relevés, des chemisiers ouverts, des pantalons baissés, des mains qui se promenaient parmi les herbes et les dentelles, des jambes entrelacées, des visages invisibles, comme noyés dans leur propre plaisir.

Beewen n'était pas surpris par ces scènes – tout le monde savait que les parcs de Berlin, la nuit venue, devenaient le théâtre de parties de jambes en l'air. En dépit des efforts de la SS, qui multipliait contrôles et patrouilles, l'instinct du sexe était plus fort que la peur : ça ramonait sec dans les buissons.

Mais pourquoi ces photos ? Beewen était surtout captivé par leur qualité. Ce n'étaient pas des clichés ordinaires. D'un éclat lunaire, ils offraient au regard un contraste blanchâtre, comme un négatif, mais dont les valeurs n'auraient pas été inversées. Les peaux étaient laiteuses, les yeux, quand on pouvait les apercevoir, étaient très noirs – des mydriases à l'encre nègre, dans lesquelles perçait parfois une touche blanche, comme une pointe d'épingle.

L'auteur de ces images utilisait une nouvelle pellicule dont Beewen avait entendu parler. La photographie infrarouge. Des films capables de capter la lumière au-delà, ou plutôt en deçà du spectre visible de rayonnement.

Il avait déjà vu de telles images, parce qu'il s'y connaissait un peu en photo et que la Gestapo s'était jetée sur cette nouvelle invention des laboratoires allemands en espérant pouvoir l'utiliser pour mieux espionner les « suspects » – c'est-à-dire les citoyens.

Beewen s'attarda sur les détails. Petites chaussures à brides. Genoux de soie tout ronds. Naissance d'un bas ou pinces d'un porte-jarretelles. Chapeau cloche oublié parmi les taillis. Ces créatures fantomatiques, comme éblouies parmi les herbes et les feuillages, étaient bien des Berlinoises. Mieux, des passantes ordinaires de la ville diurne, devenues feux follets de la vie nocturne.

Mais ces couples n'étaient pas seuls. Des hommes, cachés derrière les arbres, arpentant les buissons, observaient leurs ébats. Sur les photos, ils paraissaient surpris en flagrant délit de voyeurisme. Plus encore que ceux qui se vautraient dans la luxure, ils avaient l'air de spectres flottants, d'apparitions trop pâles pour être réelles. Des vicieux, des mateurs, des chasseurs, rôdant parmi les fourrés et traînant l'œil au détour d'un bosquet ou d'une futaie. Ils étaient là, concentrés, muets, tenus en respect par leur propre désir...

Beewen lança un regard à Simon, qui avait l'air lui aussi fasciné. Comme lui, Kraus était couvert de sueur – le réduit était une étuve. Sa nuque paraissait peinte au mercure, sa gorge et la naissance de sa poitrine évoquaient une armure de métal. Ces images semblaient avoir mis en transe le psychiatre – ce voyeurisme de revenant devait plaire au sondeur d'âmes qu'il était.

Les rumeurs sur Steinhoff lui revinrent en mémoire. Ces divagations n'étaient que des distorsions de la vérité. Le comédien n'était ni un vampire ni un loup-garou nyctalope. Juste un simple « mateur de mateurs ». Un vicieux qui aimait regarder ceux qui regardaient. Parfaitement équipé pour voir la nuit. Chaque soir, armé de ses appareils et pellicules dernier cri, il partait surprendre les couples illégitimes en mal d'hôtels et ceux qui s'astiquaient en les reluquant.

– Ces clichés ne nous disent rien sur les meurtres, dit Beewen d'une voix étouffée.

Ils repartirent pour une fouille en règle, retournant les tiroirs, les bacs, les classeurs, ouvrant chaque chemise kraft, passant à la loupe une infinité de négatifs, sans prendre la peine de ranger ce qu'ils bousculaient.

Rien.

Hormis ces partouzes nocturnes, sur fond de parcs berlinois et de branleurs à l'affût.

– Il existe forcément une autre planque...

Des photos de meurtres, c'était autrement dangereux et compromettant que ces clichés d'ébats sexuels au clair de lune.

Mais pas ici.

Ni dans la villa.

Où ?

Revenant aux clichés, Beewen remarqua certains détails qui lui donnèrent une autre idée. Sur quelques photos, des fragments de statues étaient visibles – celles de la Siegesallee (l'allée de la Victoire) du Tiergarten. Une artère de près d'un kilomètre qui traversait le parc du nord au sud, depuis la Königsplatz jusqu'à la Kemperplatz, ponctuée de statues gigantesques en marbre de Carrare : les empereurs, les margraves, les anciens rois de Brandebourg et de Prusse appartenant à la dynastie des Hohenzollern.

Or, tout récemment, ces statues avaient été dispersées dans le parc car Albert Speer avait de grands projets pour l'allée de la Victoire, qu'il fallait élargir pour accueillir des parades géantes.

Beewen connaissait le nouvel emplacement de chacune d'elles. C'était son secret : quand il doutait de son destin, il venait puiser auprès de ces sculptures un regain de force et d'espoir.

– On y va.

– Où ? demanda Simon, nageant dans sa propre transpiration.

Beewen écrasa son index dans l'angle d'un tirage où on apercevait Albert l'Ours, prince du Saint Empire romain germanique au XII$^e$ siècle.

# 125.

Ils accédèrent au Tiergarten par la Kemperplatz. En route, ils n'avaient pas desserré les dents, sonnés par leur découverte mais aussi déçus de ne pas avoir trouvé plus. Berlin était absolument noir. Pas de réverbères ni de lanternes et, à minuit passé, plus un seul passant muni de lampe à ampoule bleue.

Une nuit idéale pour soulever l'horreur.

Dans l'obscurité, l'allée de la Victoire ressemblait à un long ruban de nuit écorchée. Les statues avaient été disséminées aux alentours. Beewen, suivi par Simon, prit la direction de celles des photos. Il les devinait dans les ténèbres, titans musculeux portant sur leurs épaules le destin d'une race à part. Ils firent le tour de chaque statue, fourrageant dans les buissons, attentifs au moindre frémissement de feuilles...

D'abord un Othon I<sup>er</sup> de Brandebourg dans sa cotte de mailles, puis un empereur Sigismond avec son casque ailé et un Jean II appuyé sur son écu. En pure perte. C'est près de Frédéric I<sup>er</sup> de Brandebourg, en houppelande et chapeau à large bord, qu'ils tombèrent sur le premier couple en maraude. Il fallait tendre l'oreille car tout, absolument tout, se passait dans le noir.

Ils s'approchèrent. Cette expédition semblait les plonger, l'un comme l'autre, dans un état second. Ces baiseurs sans nom ni visage se roulant dans les fougères leur foutaient les jetons – ils en oubliaient presque le véritable objet de leurs recherches, Kurt Steinhoff et son appareil photo.

Soudain, Beewen s'arrêta : les amants étaient là, tout près. La femme, cuisses découvertes, pieds nus, le visage bu par un buisson feuillu, l'homme, sur elle, essayant maladroitement d'ôter son pantalon. Beewen fit un geste explicite à Simon : pas un bruit.

Steinhoff ne devait pas être bien loin. Aussitôt, deux autres couples apparurent sur la droite, en position tête-bêche, se suçant l'un l'autre, coincés au fond de grosses racines. Mais pas de photographe amateur...

Ils reprirent leur marche et découvrirent un quatrième couple dans une petite clairière, où les arbres penchés semblaient les protéger. Aussitôt Beewen distingua, non loin de là, un homme allongé qui rampait. Puis un autre, qui venait de se détacher d'un tronc et se déplaçait sans faire bouger la moindre branche. Le gestapiste plissa les yeux et scruta avec attention les taillis. Un visage en émergea, puis deux, puis trois...

Les voyeurs.

Ils étaient là, invisibles, silencieux, mais intensément vivants. Immobiles, ils semblaient à la fois à l'affût et dans un état proche de l'extase.

Nouveau geste de Beewen – *ne plus avancer*. Le chasseur se réveillait en lui. Pas le gestapiste qui enfonçait les portes à coups de pied mais le petit paysan qui avait appris à respirer avec la forêt, à s'immerger en elle.

Alors, il crut être victime d'une hallucination. Le couple qu'ils observaient se métamorphosait. Il lui poussait maintenant d'autres mains, d'autres pieds. Les corps se transformaient en un nid de serpents où les membres se multipliaient, se tordaient, s'enlaçaient.

Les voyeurs étaient entrés dans la danse.

S'approchant imperceptiblement, ils avaient d'abord glissé une main, puis une autre. Ils s'étaient ensuite risqués à quelques caresses avant de s'insérer carrément dans la mêlée, embrassant ce qui pouvait l'être, cherchant les zones érogènes comme on cherche de l'or dans la boue.

Le duo devenait partouze, la partouze devenait fouillis de corps, de bras, de jambes, le tout soulevé par un souffle interne, un ressac dilatant la mêlée, la faisant râler, miauler...

Beewen et Simon retenaient leur souffle, fascinés par cette scène surréaliste qui évoquait un animal protéiforme surpris au fond de la nuit des origines.

Un bruit les rappela à l'ordre.

L'obturateur d'un appareil photo. Steinhoff était là, tout près, à saisir ces instants cruciaux. Ils se courbèrent parmi les bosquets et attendirent un nouveau déclic qui leur permettrait de localiser le photographe. Quand le bruit retentit, le gestapiste eut aussitôt une idée plus claire de sa provenance – à quinze heures selon leur position. Tendant le cou, plissant les yeux, il aperçut enfin une silhouette derrière un appareil fixé sur un trépied. En vrai chasseur, l'homme portait une veste sombre et une cagoule qui lui dissimulait le visage.

D'un signe, Beewen indiqua la droite à Simon : en effectuant une large boucle, ils pouvaient le surprendre par-derrière. Marchant avec précaution, évitant de faire craquer la moindre brindille, ils parvinrent dans l'axe du photographe, à une dizaine de mètres dans son dos.

Ils pouvaient s'approcher encore pour l'empoigner, mais en prenant le risque d'être entendus. Au moindre signe d'alerte, Steinhoff décamperait dans les profondeurs du parc.

Beewen préféra la jouer Gestapo officelle. Il dégaina, le mit en joue et hurla :

– STEINHOFF !

Au moment où l'homme se retournait, des faisceaux lumineux s'allumèrent, pétrifiant les échangistes comme des biches dans les phares d'une bagnole. Steinhoff se cramponna à son appareil, à la manière d'un rapace sur sa proie, et ne bougea plus. Beewen le visait toujours, tout en essayant de distinguer qui se tenait derrière les lampes. Des voyeurs ? Des schupos ? Des SS ?

Il ne pouvait croire à un tel coup du sort : une descente d'uniformes, à l'instant même où ils allaient arrêter leur assassin !

Le temps qu'il soupèse ces pensées, l'immobilité céda la place à la panique. Les lampes s'agitèrent, amants et voyeurs se carapatèrent dans toutes les directions, des hurlements retentirent.

– T'as pris une arme ? demanda Beewen à Simon.
– Quelle arme ? Bien sûr que non.
– Attends-moi là. Ne bouge pas.
– Non. Je viens avec toi.

Ils s'élancèrent dans la direction de Steinhoff, alors que les arbres étaient hachurés par les rayons des torches. Il distinguait maintenant les uniformes – la Gestapo. Que foutaient-ils ici, nom de Dieu ? Avaient-ils décidé de mettre fin, justement ce soir-là, aux jeux nocturnes du Tiergarten ?

Autour d'eux, tout le monde se rhabillait, se prenait les pieds dans les vestes et les pantalons, enfilait à qui mieux mieux culottes et caleçons.

Aussi incroyable que cela puisse paraître, Steinhoff n'avait pas bougé. Il prenait le temps de remballer son matériel. Quelques pas encore. Beewen se trompait. Quand Steinhoff se redressa, il tenait un Luger à la main – il avait plutôt décidé de faire front, et de la manière la plus violente qui soit. Beewen ralentit, alors que Simon le dépassait – il n'avait sans doute pas vu le calibre.

Au même instant, des SS arrivèrent sur la droite, brandissant lampes et fusils. Tout ça allait virer au carnage. Simon n'était plus qu'à quelques mètres de Steinhoff, dont seul le regard de loup jaillissait de la cagoule – le Fantôme de l'espace, c'était bien lui, et il allait chèrement défendre sa peau.

Beewen s'élança pour retenir Simon au moment même où Steinhoff braquait la gueule de son Luger. Une détonation retentit. Simon tomba en arrière, entraînant Beewen dans sa chute. Une giclée de sang jaillit : la balle avait traversé la main du psychiatre, qui hurlait à se rompre les cordes vocales.

Le gestapiste se releva et cadra l'ennemi. Beewen versus Steinhoff, à trois mètres l'un de l'autre. Pas question de faire usage de son arme : il le voulait vivant. S'il réussissait ce coup, son départ pour la Pologne ne serait qu'une formalité.

Mais un avertissement retentit, tout proche, sur leur droite :
– Il est à moi !

Beewen reconnut la voix de Grünwald. Ce n'était pas une descente, ni même une patrouille impromptue. Son rival à la Gestapo n'avait jamais cessé de le suivre, devinant qu'il ne renoncerait pas à l'enquête. Quand il avait été averti que le *Totengräber* faisait le guet devant la villa de Steinhoff, il avait rameuté ses équipes et suivi l'acteur jusqu'au Tiergarten, se doutant qu'il aurait l'occasion d'opérer un coup de filet de première.

Le temps que Beewen réagisse, Grünwald était sur Steinhoff et lui lâchait une balle dans le ventre. Emporté par son élan, le SS chuta sur l'acteur. Les deux hommes roulèrent dans les herbes. Beewen ne pouvait tirer, risquant de toucher Grünwald

– cette perspective ne le gênait pas mais il avait assez d'emmerdes comme ça.

Les deux hommes se battaient dans l'obscurité, alors que d'autres gestapistes arrivaient déjà, pétrifiés à l'idée de blesser leur chef. Tout ce qu'ils pouvaient faire, c'était éclairer la scène avec leurs torches et compter les points.

Beewen revint vers Simon qui se tenait la main gauche en gémissant – perforée, ensanglantée, mais avec tous ses doigts. Il ôta sa veste pour lui fabriquer un pansement de fortune. De toute façon, c'était foutu : Grünwald allait arrêter Steinhoff et, même s'il y laissait la vie, les lauriers seraient pour ses troupes.

Quand il leva les yeux, ce fut pour voir les deux combattants au corps à corps. Grünwald parvint à se soustraire à l'emprise de Steinhoff et à le mettre en joue – il n'avait pas lâché son arme. Steinhoff, le ventre trempé de sang, se remit sur ses pieds. D'un geste, il arracha sa cagoule et mordit son adversaire au poignet.

Grünwald lâcha son Luger. Les SS mirent en joue Steinhoff, désormais à découvert, et crièrent une sommation. L'acteur ne semblait pas les entendre. D'une manière surréaliste, il était retourné à son trépied et essayait de plier son matériel. Grünwald ramassa son arme. Steinhoff se retourna et Beewen comprit qu'il s'était encore trompé. Alors que l'officier tirait, Steinhoff chargeait, pointant une épée qu'il venait de faire jaillir de son trépied.

Grünwald atteignit Steinhoff en plein visage. Steinhoff transperça Grünwald avec sa lame. Les deux adversaires s'écroulèrent, baignant dans leurs sangs mêlés sous les yeux des SS impuissants.

Beewen, tenant Simon dans ses bras comme un bébé, comprit que c'était la fin de l'affaire, et que cette fin n'incluait ni lui ni Kraus.

## 126.

Minna n'avait pas eu le temps de s'inquiéter. Ses retrouvailles avec son cognac préféré avaient occupé toute sa soirée. Dans l'allégresse, elle n'avait compté ni ses verres ni les heures et avait fini par s'effondrer – elle ne savait plus ni où ni quand.
Pour la réveiller, Beewen avait dû lui plonger la tête dans un bain glacé. Sans doute l'aurait-il bien laissée dormir mais il avait besoin d'elle. La main de Simon pissait le sang et il n'était pas question d'aller à l'hôpital.
Minna, en état de choc hypothermique, le cœur trépidant, avait repris ses esprits. Un simple coup d'œil avait suffi pour établir un diagnostic – d'ailleurs déjà acquis pour Simon. La balle avait traversé la paume de la main, déchirant les tissus et touchant une veine métacarpienne.
Encore tremblante, mais à peu près d'équerre, elle avait désinfecté et pansé la plaie. Alors seulement, elle avait écouté l'histoire. Kurt Steinhoff, l'acteur voyeur photographe. Le ballet nocturne des échangistes. La descente de la Gestapo. Les morts. La fuite en catimini.
Quand elle avait voulu ouvrir une nouvelle bouteille pour, disons, bénéficier d'une meilleure acuité d'esprit, Beewen avait simplement dit *Nein*. Dans ce «non» était compris le traitement maison qu'il réservait aux récalcitrants. Minna avait sagement renoncé, le gosier sec.
Il faut bien comprendre l'envie de boire des alcooliques. Ce n'est ni un désir ni une attirance – plutôt un juste retour des choses. Le poivrot appartient à l'alcool, au sens organique du terme. Les atomes peuvent établir entre eux des liaisons immatérielles, séparez-les, ils reviendront à cette connexion primordiale. Pour Minna, c'était pareil. D'une certaine façon, avant même de s'enfiler le premier verre, le matin, elle était *déjà* l'alcool. Sans cette substance, elle était incomplète. À

sec, elle allait contre sa nature. Ce magnétisme qui l'attachait irréversiblement au poison, elle l'éprouvait dès qu'elle ouvrait un œil. C'était pour ainsi dire l'essence de sa conscience.

Mais ses petits problèmes d'ivrogne ne pesaient pas lourd face à l'histoire de Beewen. Une nuit de Walpurgis version nazie au Tiergarten. Seigneur. Quand donc cela finirait-il ? Kurt Steinhoff abattu par un officier dont elle avait déjà oublié le nom – mais qu'elle avait déjà croisé à la Gestapo, elle s'en souvenait –, lui-même assassiné par le *Werwolf* des studios de Babelsberg...

Conclusion spectaculaire, qui ne pouvait que les frustrer. Steinhoff mort, ils n'obtiendraient jamais les réponses aux questions qu'ils se posaient encore. À commencer par la plus importante : était-il vraiment le tueur des Dames de l'Adlon ?

Les deux héros s'étaient endormis sur leurs canapés respectifs, enroulés dans le drap qui protégeait chaque sofa, et Minna, pensive, avait regardé le jour se lever. Méditations rouges, à la pulpe sanguine.

Steinhoff constituait un parfait candidat pour le rôle de l'assassin – à condition tout de même de forcer un peu les choses. Un photographe voyeur ne faisait pas un éventreur. Un taureau reproducteur n'était pas obligé d'éviscérer ses femelles. Un acteur égocentrique n'avait aucun intérêt à tuer dans l'œuf ses propres enfants (qu'il n'aurait d'ailleurs jamais eu à reconnaître).

Minna se prenait déjà à douter.

Restait sa réaction. Un simple voyeur ne sort pas un Luger lorsqu'il est sur le point de se faire arrêter – surtout un voyeur qui tutoie Himmler et invite Hitler en personne à ses premières. Le comédien avait d'autres choses à se reprocher, et sa réaction était la preuve d'une culpabilité plus grave.

Elle se laissa couler dans le sommeil en jouant avec ces idées, allongée sur une chaise longue dont les accoudoirs ressemblaient à des rames. Et elle, dans tout ça ?

Quand elle bascula dans l'état hypnagogique – moment à la fois délicieux et inquiétant où la conscience dévisse et se met à flirter avec l'absurdité –, elle emporta dans sa chute cette image ambrée : un puits aux parois chaudes et scintillantes qui ne cessaient de défiler, et qui n'était autre que son propre gosier doré à la feuille d'alcool.

## 127.

Après avoir dormi toute la journée de la veille, Simon Kraus se leva en ce samedi 9 septembre 1939 avec une seule idée en tête : acheter les journaux du matin pour voir à quelle sauce le ministère de la Propagande traitait les événements du Tiergarten. Selon Beewen, les éditions du vendredi soir n'en avaient pas parlé et il n'avait pas entendu un mot à la Gestapo sur la corrida du parc. À l'évidence, la SS préparait une version présentable de l'affrontement.

Au kiosque, Simon choisit des journaux relativement indépendants, comme le *Deutsche Allgemeine Zeitung* – très relativement, la liberté d'expression étant un mot banni du vocabulaire nazi –, mais au moins n'utilisaient-ils pas la langue de plomb de la propagande noire, un style si lourd que les pages semblaient vous peser entre les mains.

Au passage, il aperçut les titres triomphalistes de rigueur : la Wehrmacht ne cessait de progresser en Pologne, la conquête de Varsovie n'était qu'une question de jours – quant aux forces alliées, la France et la Grande-Bretagne, elles ne semblaient pas pressées d'entrer dans la danse.

Il attendit d'être à la villa pour ouvrir les pages traitant du Tiergarten. Il s'attendait à une version arrangée des faits, il eut droit carrément à une autre histoire. Des mots qui hurlaient le mensonge et l'injustice – et qu'il allait bien falloir avaler, papier et encre compris :

LE CÉLÈBRE ACTEUR KURT STEINHOFF
MEURT ACCIDENTELLEMENT.

KURT STEINHOFF ABATTU
PAR UNE SENTINELLE EN PLEIN COUVRE-FEU.

LA STAR KURT STEINHOFF
VICTIME D'UNE BALLE PERDUE...

La version officielle était donc que l'acteur, nul ne savait pourquoi, avait bravé le couvre-feu pour se rendre au Tiergarten. Ignorant les sommations des sentinelles, il avait succombé sous leurs balles.

Sur la mort de Grünwald, pas un mot. Sur l'affrontement entre un acteur armé d'un trépied-baïonnette et un Hauptsturmführer déchaîné, pas une ligne. Sur la descente de la Gestapo, lampes torches et fusils braqués, silence radio. Sur les partouzeurs et autres voyeurs du parc dérangés dans leurs ébats, aucune allusion. Quant à la présence d'un psychiatre sans domicile fixe et d'un gestapiste fossoyeur, c'était comme s'ils n'avaient jamais existé. L'histoire ne retiendrait ni leurs noms ni même leur participation à cette apothéose.

Ainsi s'achevait l'enquête sur les Dames de l'Adlon. On enterrait l'assassin de la manière la plus acceptable qui soit – un grand acteur victime de son imprudence –, et il serait toujours temps de trouver, plus tard, des explications aux décès de Susanne Bohnstengel, Margarete Pohl, Leni Lorenz, Greta Fielitz. Il n'y avait pas eu de tueur en série dans le Berlin de 1939. Et encore moins d'assassin pouvant être une star adulée doublée d'un voyeur.

Les apparences étaient sauves et l'Allemagne pouvait se consacrer à la seule affaire vraiment préoccupante du moment : l'invasion de la Pologne et la Deuxième Guerre mondiale qui s'amorçait.

Simon réalisa que tout était silencieux dans la villa. Minna devait sans doute dormir encore – elle n'avait pas dessoûlé depuis deux jours. Quant à Beewen, il était déjà parti au boulot avec sa pelle sur l'épaule, tel un ouvrier modèle.

Simon se prépara un café – Minna n'avait pas de cafetière italienne mais son matériel était tout à fait honorable. Pendant que l'eau bouillait, il contempla sa main gauche enserrée par le pansement. Il ne pouvait se convaincre qu'il avait agi en héros. Le courage physique, jusqu'à présent, n'était pas sa spécialité. Pourtant, il avait déjà affronté Josef Krapp à la *Mietskaserne* et n'avait pas hésité, le jour suivant, dans le métro berlinois, à suivre Beewen jusqu'au bout, sans craindre les balles ni un combat à l'arme blanche.

Il essaya de serrer son poing en signe de résolution : impossible. Ce n'était pas une part insoupçonnée de son caractère qui se révélait, c'était plutôt cette enquête et le soutien de ses comparses, Beewen, brave comme un soldat nazi, et Minna, totalement inconsciente, qui l'avaient poussé à se dépasser lui-même et à agir en héros.

Nouvelle pression de la main. Toujours douloureux, mais il cicatriserait vite. Pour les détériorations psychiques, ça serait une autre histoire. Au Tiergarten, il avait vu, pour ainsi dire, la balle jaillir du canon du Luger. En une fraction de seconde, la nuit, le sang, la détonation s'étaient résolus en une furieuse douleur à travers sa main. En le traînant à couvert des bosquets, Beewen lui avait, ni plus ni moins, sauvé la vie. Dans la pagaille générale, ils avaient pu s'enfuir et laisser la victoire aux gestapistes.

– Salut.

Peignoir de soie lie-de-vin, teint de vélin pâle, regard noir chatoyant façon Dalila, Minna se tenait dans l'embrasure de la porte. Une pure «Westique», comme les nazis appelaient les peuples méditerranéens qu'ils plaçaient à peine au-dessus des Juifs et des Noirs. Comment avait-elle pu espérer se glisser dans les rangs des mères nordiques ?

Il lui désigna les journaux ouverts sur la table de la cuisine.
– Lis. Tout est mal qui finit mal.

Minna les ignora et se dirigea vers la gazinière, où la cafetière à dépression ronronnait. Elle avait les gestes sûrs et le teint frais – pourtant, ça faisait quarante-huit heures qu'elle ne décuitait pas. Simon était surpris de son endurance : elle semblait avoir un sommeil de bébé.

Elle se servit un café épais et dense comme de l'encre puis, tasse en main, s'approcha de la table. Toujours debout, elle jeta enfin un regard rapide, comme on passe un doigt sur une vitre pour en vérifier la poussière, sur les «unes» du *Deutsche Allgemeine Zeitung* et des autres feuilles de chou.

– Ce n'est pas encore aujourd'hui que Beewen sera décoré par ses chefs.

– Au moins, il a survécu, à la différence de Max Wiener et de Philip Grünwald.

Minna eut une moue hautaine – visiblement, ces noms ne lui disaient rien. Elle but une gorgée et fit claquer sa langue en signe de résignation.

– On croyait qu'on avait tout perdu, fit-elle d'une voix voilée, mais il nous restait ça.

Elle tapotait les journaux de l'index.

– Maintenant, c'est officiel, on n'a plus rien.

Simon lui sourit et but à son tour une gorgée de café. Il s'accrochait, lui, à chaque sensation, y voyant le signe manifeste que la vie continuait.

La seule réplique qui lui vint fut :

– Je pourrais encore rester dormir chez toi quelques jours ?

# 128.

– La Gestapo est une organisation qui ne connaît pas la pitié.

*Sans blague...* Beewen se tenait au garde-à-vous face à l'Obergruppenführer Perninken qui, comme à son habitude, allait et venait, les mains dans le dos.

– Mais c'est une organisation juste.

Beewen ne voyait pas où il voulait en venir. Dès son arrivée chez les *Totengräber*, on lui avait signalé que l'Obergruppenführer l'attendait. Il avait grimpé quatre à quatre les escaliers dans son uniforme de fossoyeur, sans grade ni décoration. Il y avait dans sa dégaine nue une touche d'humilité chrétienne : «Je me tiens devant Toi pour T'offrir ma vie. Je me remets entre Tes mains...»

– J'ai ici un rapport détaillé sur ce qui s'est passé avant-hier soir au Tiergarten. Votre présence n'a échappé à personne. Qu'est-ce que vous foutiez là-bas ?

Beewen était presque soulagé : la veille, vendredi, dans les couloirs de la Gestapo, il y avait eu un flottement plus inquiétant encore que tout le reste. Personne n'évoquait le bordel de la nuit. Personne ne le regardait de travers. À croire qu'il ne s'était rien passé. Ou qu'il était déjà mort.

Maintenant, il n'était plus temps de mentir : il balança, en quelques mots brefs comme des gifles, l'histoire cachée du bain de sexe et de sang du Tiergarten.

– Vous avez donc poursuivi l'enquête malgré mes ordres ?
– Oui, Obergruppenführer.

Il avait l'impression de danser joyeusement au bord d'un précipice, lançant tour à tour un pied dans le vide, puis l'autre.

– Et vous avez la conviction que Kurt Steinhoff était l'homme que nous recherchions ?
– Oui, Obergruppenführer.

Perninken se tut quelques secondes. Arrestation. Déportation. Exécution. Ces mots tournoyaient au-dessus de lui comme des mouches nécrophages.

– Je vous félicite, fit enfin Perninken.

Surprise dans le petit bureau plombé de Perninken : les compliments y étaient rares. Surtout pour un acte de désobéissance. Mais il fallait se méfier, la Gestapo pratiquait la double détente. Les bonnes nouvelles pouvaient en cacher de mauvaises...

Mais l'Obergruppenführer persista :
— J'espère que vous avez vu juste et que cette déplaisante affaire est close.

Perninken était sincère — il souhaitait vraiment que Steinhoff ait été le viandard tant recherché. Il était satisfait que Beewen ait mis la main sur lui mais il se réjouissait aussi qu'il y soit parvenu sans percer le secret de l'acteur — que la SS protégeait. Ce que Max Wiener avait découvert et qui lui avait coûté la vie. *Quoi ?*

— Je vous demanderai de rédiger un rapport détaillé concernant ce versant de l'enquête. Vous ne le signerez pas. Vous n'y apparaîtrez à aucun moment. Je verrai pour ma part ce que je pourrai retenir de ces circonstances. De toute façon, le dossier restera confidentiel. Steinhoff ne manquera à personne, hormis quelques secrétaires frivoles, et nous avons désormais des affaires plus urgentes à régler.

— Obergruppenführer...

— Quoi ?

— Je ne sais pas quand je pourrai rédiger ce rapport. Ma mission auprès des *Totengräber*...

— Oubliez-les. Vous êtes réintégré dans notre service. Nous avons malheureusement perdu dans cette histoire un de nos plus précieux Hauptsturmführer. Il faut bien que nous le remplacions...

Beewen ne pouvait en croire ses oreilles. Les dégradations au 8, Prinz-Albrecht-Straße étaient légion mais les réintégrations n'existaient pas.

Tant qu'à faire, il poussa son avantage :

— Mon grade...

Perninken eut un geste d'humeur.

— Vous verrez ces détails avec le service administratif. Je vous répète que vous êtes réintégré, au même grade qu'auparavant. Rédigez-moi ce rapport et mettez-vous au boulot. Il y a une autre urgence.

Beewen était preneur : une affaire à boucler fissa, comme on

pousse de la poussière sous le tapis, et une nouvelle mission pour un Hauptsturmführer prêt à l'emploi.
— On m'a dit que vous aviez récemment pris la défense d'un *Zigeuner*...
Beewen ne s'attendait pas à cette sortie.
— Je n'ai pris la défense de personne, Obergruppenführer. J'ai tenté de remettre de l'ordre dans une opération qui virait au chaos. Le temps des soldats SS est précieux. Ils ont mieux à faire que de s'acharner sur des asociaux qui n'en valent pas la peine.
Nouveau geste de Perninken — moins agacé que pressé. Il balayait l'anecdote comme il aurait chassé un moustique indésirable.
— Nous avons de nouvelles consignes. En ces temps de guerre, nous devons assainir notre ville et ses environs. Nos rapports attestent que beaucoup trop de *Zigeuner* traînent encore sur les routes, notamment dans les terrains vagues aux portes de Berlin. Notre Führer veut que nous poursuivions et finissions le ménage que nous avions commencé lors des Jeux olympiques en 1936.
Beewen savait lire entre les lignes. La guerre changeait la donne : il ne s'agissait plus d'envoyer les Tsiganes dans des camps, plutôt de les éliminer au plus vite. Depuis 1933, le régime nazi avait les mains tachées de sang mais maintenant, on passait aux choses sérieuses.
— En quoi consiste ma mission, Obergruppenführer ?
— Débarrassez-moi de cette vermine. Et commencez ici, dans nos sous-sols. Les SS nous en ont livré une armada. Des ennemis de l'État qui pouvaient nous dire où se trouvaient leurs familles. Ils ont parlé, vous lirez les rapports, mais maintenant, je ne veux plus les voir dans nos murs ! (Il frappa le sol de son talon.) Ils grouillent là-dessous comme des rats.
Sa nouvelle mission n'était pas si éloignée des précédentes. Il s'agissait encore de faire disparaître des corps. Sauf que cette fois, ils étaient vivants. Mais pour le Reich de mille ans, c'était un détail insignifiant.

## 129.

À peine descendu au sous-sol, Beewen comprit que Perninken n'avait pas exagéré. Il régnait dans ces caves une vraie cohue. Les cellules regorgeaient de têtes hirsutes, les couloirs étaient bourrés d'hommes hagards à la peau sombre et aux pupilles de carbone. Les gestapistes étaient débordés. Ils gueulaient des ordres en allemand que personne ne semblait comprendre. Ils poussaient les rangs à coups de crosse, mais la meute refluait toujours.

Une telle opération lui rappelait ses années SA, quand il s'agissait de drainer et de maîtriser des foules en transe face au Führer. Il reconnut quelques visages du côté des SS et commença lui aussi à brailler des commandements, cette fois adressés aux gestapistes eux-mêmes. Il fit reculer les Tsiganes dans les cellules, quitte à les compresser jusqu'à l'asphyxie, et ordonna qu'on verrouille les portes sur ces étouffoirs.

Au bout d'une demi-heure, on y voyait plus clair. Les loqueteux étaient sous clé : *Zigeuner*, Manouches, Bohémiens, Sintis, Gitans, Kalderash... Ces noms, il les avait souvent entendus – dans sa campagne, on craignait les nomades comme la peste – sans trop savoir à quoi ça correspondait.

Au passage, il notait leurs différences : chapeaux à large bord pour certains, petits feutres en pointe pour d'autres... Quelques-uns portaient des bandanas, d'autres encore des barbes d'ermite ou des moustaches de maquignon... Mais tous partageaient un point commun : les plaies au visage. Les gestapistes n'y étaient pas allés de main morte. C'était une population tuméfiée, ensanglantée, qu'on refoulait dans les cellules – avec un peu de chance, certains crèveraient d'asphyxie et ça ferait plus de place dans les camions...

Quand il eut l'assurance que « l'opération suffocation » était bien lancée, il remonta au rez-de-chaussée et s'enquit des fourgons dont on pouvait disposer. Vraiment du boulot de manutention – il aurait pu tout aussi bien transporter des patates ou des cadavres. Mais à la Geheime Staatspolizei, on appelait ça de la « logistique ».

Quand il redescendit, les couloirs avaient retrouvé visage humain – si on pouvait dire. Quelques Tsiganes, sous les coups, s'étaient effondrés. D'autres, à genoux, priaient. Mais enfin, les corridors étaient plus ou moins évacués et on pouvait y circuler, à condition d'enjamber les récalcitrants et les morts.

Beewen avait prévu de faire ressortir tout ce beau monde, cellule par cellule, et de vérifier leur identité. Du boulot de manutention, oui, mais aussi de fonctionnaire appliqué.

Soudain, il repéra un visage connu. Toni. Le noiraud freluquet, la tresse de muscles qui avait été attachée aux cadavres en décomposition. Lui aussi affichait pas mal de plaies au visage mais il avait gardé cet air dur et chafouin qui avait déjà surpris Beewen lors de leur première rencontre.

– Qu'est-ce que tu fous là, toi ?
– Cousin je bouge. C'est ainsi ma couille les nomades c'est fait pour bouger.

Disant ces mots, il se mit à danser sur place, malgré ses chaînes aux poignets.

– Herr Hauptsturmführer !

Beewen se retourna et découvrit Alfred, son ancien secrétaire. Le jeune SS rajusta ses lunettes.

– On m'a dit que vous étiez... réintégré.
– Les nouvelles vont vite.
– On est à la Gestapo, non ? risqua le gamin, enhardi par sa propre excitation.
– Qu'est-ce que tu veux ?

Beewen avait du mal à croire que le môme poussait le zèle jusqu'à l'assister dans cette mission en sous-sol.

– Je voulais vous dire à quel point je suis heureux que vous soyez de retour et...
– C'est tout ? le coupa Beewen, agacé.

– Non. À propos de notre affaire...
– Quoi ?

Alfred lança un coup d'œil vers Toni qui se tenait toujours près d'eux, avec ses plaies et ses chaînes. Beewen lui répondit d'un signe explicite : parler devant un Tsigane ou devant une pile de briques, ça revenait au même.

– L'Hauptsturmführer Grünwald, reprit le secrétaire, a fait ratisser le lieu où le corps de Greta Fielitz a été découvert, au lac Plötzen.

– Vous avez retrouvé quelque chose ?

– Les chaussures de la victime.

Beewen digéra la nouvelle.

– Elles étaient enterrées. Au pied d'un arbre, à une dizaine de mètres du corps.

– C'est tout ?

– C'était mercredi. L'Hauptsturmführer Grünwald a aussitôt fait creuser les autres sites d'infraction. L'île aux Musées, le parc Köllnischer, le Tiergarten.

– ET ALORS ?

– À chaque fois, les gars ont exhumé les chaussures. Elles étaient enterrées à quelques mètres du cadavre. Je sais que l'enquête est close et que le meurtrier a été identifié, mais je voulais vous signaler ce fait et...

Beewen n'écoutait plus. Déjà, il cherchait à se convaincre que ce détail n'entrait pas en contradiction avec la thèse Kurt Steinhoff. Il n'y avait plus à tergiverser. Ils avaient débusqué l'assassin, compris (plus ou moins) son mobile, neutralisé la bête. *Fin de l'histoire.*

– C'est bon, c'est bon, fit Beewen d'une voix en papier de verre. Retourne à ton bureau. Tu me donneras des précisions là-haut.

Alfred claqua des talons, beugla son *Heil Hitler !* de service et disparut. Beewen resta seul avec ses doutes, dans ce couloir gémissant aux ombres nomades.

– Ton gars là ton assassin...

Beewen s'aperçut que Toni était toujours là, avec sa tête de faune calciné.
– Ta gueule, répliqua Franz. Je t'ai rien demandé.
– Mon copain j'sais pourquoi il enterre les chaussures des filles qu'il a trucidées...
Le gestapiste le dévisagea. Au point où il en était...
– Continue.
– Ma couille il leur retire leurs chaussures cousin pour qu'elles puissent pas revenir le hanter.
– Qu'est-ce que tu racontes ?
Adossé au mur, le col trempé de sueur, Beewen n'avait plus la force de s'offusquer ni de monter le ton.
– C't'un truc d'chez nous malin. On r'tire toujours leurs chaussures aux morts... pour qu'le *mulo*, y puisse pas revenir dans nos rêves. C'est l'rabouin mon copain... C'est la tradition... Ton tueur là ma couille, çui qu'a charcuté tes quat' bonnes femmes, c't'un gars d'chez nous, un voyageur...
Beewen éclata de rire. C'était la meilleure qu'il ait entendue. Le tueur était un Tsigane. C'était à se tordre, à hurler, à s'étouffer. Puis un rideau glacé vint s'abattre sur ses yeux. Noir. Rouge. Palpitant. Sur ce mur étaient écrits des mots tels que « chaussures », « rêve » ou encore « vengeance ».
L'idée de Toni *mon copain* sortait du chapeau comme un diable grimaçant de sa boîte mais après tout, l'hypothèse n'était pas plus absurde que toutes celles qu'ils avaient déjà envisagées.

# IV
# TRIANGLE NOIR

## 130.

C'était peut-être la fatigue, la lassitude, ou l'eau-de-vie qu'elle s'était déjà envoyée (Eduard, le majordome, veillait au ravitaillement), mais Minna ce soir-là n'était pas du tout prête à écouter les élucubrations de Beewen.

Jusqu'alors, c'était plutôt elle, avec son tueur défiguré, ou Simon, avec son assassin s'annonçant dans les rêves, qui s'étaient chargés de nourrir la chaudière à idées absurdes. Mais voilà que Beewen s'y mettait aussi, revenant de la Gestapo avec une nouvelle théorie fumeuse à propos de l'Homme de marbre.

– Attends, attends, l'avait aussitôt arrêté Minna, toute cette histoire ne s'est-elle pas réglée au fond du Tiergarten ? Kurt Steinhoff ne te plaît plus dans le rôle de l'assassin ?

Beewen avait des doutes, des interrogations, des états d'âme et il avait suffi d'une réflexion d'un prisonnier tsigane pour allumer chez lui une nouvelle conviction. Minna avait balayé d'un geste cette conversation stérile et ouvert une nouvelle bouteille.

Simon, de son côté, avait préféré ne pas s'en mêler. Dans cette affaire, il avait tout perdu. Il s'efforçait de faire bonne figure mais pour ce qui était de l'enquête, il estimait sans doute avoir assez donné. La nuit du Tiergarten, il avait tout de même failli y passer. Pas du tout prêt à repartir en guerre, le petit Kraus...

Beewen n'avait pas lâché : il avait énuméré toutes les questions restées sans réponse à propos de Steinhoff. Il avait souligné les impasses, les non-sens, les trous noirs de l'enquête. Aucun objet ou indice reliant l'acteur à la série de meurtres n'avait été retrouvé chez lui. Finalement, hormis le fait qu'il ait mis enceintes les quatre victimes, rien ne le rattachait à l'affaire de l'Adlon. Ils n'avaient même pas pu prouver que Steinhoff ait porté le masque de marbre...

Minna et Simon auraient pu admettre ces réserves – ils en avaient aussi –, mais de là à avaler cette histoire de Tsigane ! Pourquoi pas un Turc ou un Chinois ? En guise d'argument, Beewen ressassait une histoire de chaussures enterrées pour empêcher les morts de revenir hanter vos rêves...

Bien sûr, il avait déjà échafaudé un scénario. Un Gitan solitaire s'en était pris à ces femmes au nom d'une haine viscérale, assez légitime en vérité, pour tout ce qui respirait et pensait nazi.

Finalement, en dépit de tous ses efforts pour les convaincre, ni Minna ni Simon n'achetaient cette théorie. Ils n'achetaient plus rien d'ailleurs. *Das Maß ist voll.* Si Beewen voulait creuser encore le puits aux vérités, eh bien qu'il le fasse tout seul...

Par ailleurs, franchement, comment imaginer qu'un Tsigane crasseux et basané ait pu approcher ne serait-ce qu'une seule seconde une Dame de l'Adlon ? Comment supposer qu'un de ces crève-la-faim puant le crottin de cheval et le feu de bois, baragouinant à peine l'allemand, ait pu convaincre une femme comme Margarete Pohl ou Greta Fielitz de le suivre jusqu'au parc Köllnischer ou au lac Plötzen ?

Et si on voulait encore enfoncer le clou, par quel prodige aurait-il pu savoir que ces femmes étaient enceintes ? Quant à posséder des connaissances médicales suffisantes pour prélever leurs fœtus, on n'en parlait même pas...

Minna préférait encore aller dormir et retrouver ses nouveaux compagnons nocturnes – Kurt Steinhoff, musclé et nu, se tenant

sur le seuil de sa chambre, ou Ernst Mengerhäusen fumant sa pipe en os humain au pied de son lit.
On a les songes qu'on peut.

## 131.

Quand Simon ouvrit le *Deutsche Allgemeine Zeitung*, le mardi 12 septembre au matin, il découvrit les photos des funérailles du grand acteur Kurt Steinhoff. Impressionnant. Des milliers de femmes s'étaient réunies pour suivre le cortège funèbre et l'enterrement avait pris des allures de défilé comme les affectionnaient Hitler et sa clique.
Quelle ironie! Au fond, Simon n'était pas certain que Steinhoff ait été l'Homme de marbre mais il n'était pas non plus l'ange gominé que les femmes vénéraient. En tout cas pas seulement. Il était aussi un nazi aux aspirations tordues, fornicateur de première, *Zuchtbulle* de ces dames, et « pervers voyeur nyctalope de partouzeurs champêtres »...
Qu'elle soit vraie ou fausse, il aimait l'idée que Steinhoff soit souvent passé contempler l'affiche du *Fantôme de l'espace* dans la galerie des Tilleuls et qu'il ait pris le risque de s'introduire chez lui pour la récupérer. Sans parler de la poursuite au fond des égouts... *Toute une époque!*
Maintenant, Simon rêvassait dans son grand fauteuil, jouant au baron von Hassel dans la villa de Minna. Il commençait à y prendre goût. Il ne travaillait plus, avait tout perdu – sauf, tout de même, son compte en banque qui n'avait pu être « confisqué » par le pouvoir SS – et se sentait libre et léger.
*Chassez le naturel, il revient au galop.* Chez cette femme richissime, il avait l'impression de revivre sa jeunesse, lorsqu'il cherchait une mécène sur les parquets brillants des dancings et

qu'il se fabriquait lui-même sa gomina avec du sucre et de l'huile de ricin. D'une certaine façon, il était revenu à la case départ.

Il se servit un nouveau café. Il portait ce matin-là un polo de tennis et un pantalon blanc à plis rasoir. Il semblait prêt pour une virée du côté du Großer Wannsee.

Il n'éprouvait aucune nostalgie pour son cabinet, ni même pour ses précieux enregistrements. L'époque des analyses et du chantage était révolue. La guerre était là. Les patientes allaient se terrer dans leur nid. Il n'était plus temps de s'inquiéter de leurs rêves ni du régime hitlérien. C'étaient maintenant les bombes qui allaient scander le quotidien des Berlinois.

Et lui ? Eh bien, il était là, au chaud, auprès de Minna qui le tolérait. Avec ses costumes, ses derbys, son argent à la banque. Il était un nomade. Un parasite qui vivait sur le dos de la bête. De toute façon, la psychanalyse n'avait plus ici aucun avenir. En s'obstinant à pratiquer cette activité *entartete*, il aurait fini par être déporté. Il avait su s'arrêter à temps, voilà tout. Même si on l'y avait fortement aidé.

Ces derniers jours, en fouinant dans la villa, il avait déniché les cigares de papa von Hassel. De somptueux Habanos importés directement de Cuba. Il partit s'en chercher un, revint s'asseoir et écrasa lentement les feuilles près de son oreille. Délicate brisée sous ses doigts... Alors seulement, il alluma le barreau de chaise avec force flammes et fumée.

Franchement, on avait vu pire.

En vérité, il n'était pas si serein. Malgré lui, il vivait au rythme de ses souvenirs en forme de décharges électriques. Des images explosives qui le faisaient tressaillir comme on sursaute au moment de s'endormir, avec l'impression de chuter dans un trou.

Il se revoyait dans le labyrinthe de la *Mietskaserne* sous l'averse battante, en train de tirer sur un homme défiguré. Il se repassait la scène du métro – la tête de Josef Krapp fracassant la vitre de la voiture de l'U-Bahn avant d'être emportée par la rame qui arrivait en sens inverse. Il s'imaginait, lui, coulant dans l'eau de pluie des égouts débordants, à la poursuite de l'Homme de marbre. L'apnée, battement noir, palpitait encore en lui. Les ténèbres, la suffocation, la mort...

Mais ses flashs les plus violents, il les devait au Tiergarten. Cette nuit en forme d'orgie païenne, corps convulsés dans l'ombre, reptiles aux écailles luisantes agités par la puissance du désir... Et cet acteur loup-garou surpris dans sa chasse hallucinée... Enfin, son impulsion à lui d'attraper le tueur en solo, sans l'aide de personne. *N'importe quoi.*

Simon chassa ces images anxiogènes et se concentra sur le soleil qui éclaboussait les fenêtres du salon. Ce mois de septembre était étouffant, on y évoluait comme dans une serre géante. On ne respirait plus, on mûrissait, on pourrissait, au rythme des mauvaises nouvelles qui tombaient chaque jour.

La Pologne était d'ores et déjà écrasée. Les chevaux polonais n'avaient pas longtemps résisté aux chars allemands, et la conquête de Varsovie n'était plus qu'une question de jours. La Russie allait bientôt se joindre à la partie et rafler un bon morceau du pays. À l'ouest en revanche, rien à signaler. Après la déclaration de guerre de la France et de l'Angleterre, eh bien... *nichts*. À Berlin, l'homme de la rue commençait à parler de *Sitzkrieg* (guerre assise), par opposition à la *Blitzkrieg*, la fameuse guerre éclair...

Simon abandonna son journal et préféra reconsidérer, entre deux bouffées, la dernière hypothèse en date de Beewen. Un tueur tsigane. Une vengeance ethnique... Au fond, il n'avait pas d'opinion. Cette enquête avait fait voler son existence en éclats. Il en était encore à digérer ces événements et ces quelques semaines en forme de chaos... Il ignorait combien de temps durerait sa convalescence mentale. Combien de mois, d'années sans doute, prendrait l'assimilation de tels faits... Mais au fond, de ça aussi, il s'en foutait.

Ce qui lui importait, c'étaient ses rêves. De ce côté-là, il était revenu à ses premières amours. Il dormait bien, c'est-à-dire qu'il rêvait, beaucoup, mais ni de Josef Krapp et de son voile de tulle noir, ni de Kurt Steinhoff et de sa caméra meurtrière. Voilà qui

était passionnant. Ces événements d'une violence inouïe qui l'assaillaient au cours de la journée n'apparaissaient jamais côté nocturne. L'inconscient, dans toute sa complexité, n'utilisait pas ce matériau pour s'exprimer. Il avait mieux à faire. Il avait son propre langage, et c'était lui qui choisissait son vocabulaire : fragments de vie, détails insignifiants, saynètes symboliques...
– Simon.
Le psychanalyste sursauta, la cendre de son cigare tomba sur son polo.
– *Scheiße!*
Il se retourna dans son fauteuil et découvrit Minna, en peignoir.
– Y a quelqu'un pour toi.
– Pour moi?
Simon était déjà debout, se félicitant d'avoir soigné sa tenue. Il songea, subrepticement, à cette citation de Baudelaire : «Le dandy doit vivre et dormir devant un miroir.»
– Une femme, ajouta Minna en se dirigeant vers l'escalier. Elle va te plaire.
Une minute plus tard, il était sur le seuil, peigné, luisant, immaculé – prêt pour la mise à feu.
Celle qui se tenait devant lui était sans doute la dernière personne sur laquelle il aurait parié. Magda Zamorsky, lunettes noires et cheveux blancs. Irréelle à force de beauté.

# 132.

Ils marchaient maintenant dans les jardins de la villa. Une première pour Simon, qui avait horreur de tout ce qui était naturel. Ainsi, il n'avait jamais remarqué une orangerie au fond du parc, pas plus qu'il n'avait repéré les allées de lilas et d'hortensias

qui menaient à un petit lac. Les insectes tournoyaient, les oiseaux chantaient, tout respirait une joie indifférente qui lui glaçait les os.
– Comment tu m'as retrouvé ?
– C'est tout simple, je suis allée à ton cabinet. J'ai interrogé le concierge, qui, comme tous les *Blockleiter* à Berlin, avait des renseignements à vendre. J'ai pu obtenir l'immatriculation de la voiture dans laquelle tu as embarqué tes costumes.
– Et avec un simple numéro, tu trouves une adresse ?
Magda rit.
– Ça ne m'a demandé qu'un seul coup de fil !
Simon oubliait parfois qui était qui. Pour Magda Zamorsky, il n'était pas très compliqué d'obtenir de tels renseignements.

Il prit quelques secondes pour la regarder du coin de l'œil. Dans le soleil matinal, ses cheveux trop blonds semblaient s'effriter, se propager en fines paillettes. Ses lunettes noires masquaient ses yeux perle et ses curieux sourcils, bouleversés et bouleversants. Restait le bas du visage, d'une tendresse à faire fondre les cœurs de pierre.

Elle portait une robe claire, légère, oui, mais c'était tout ce qu'il pouvait en dire. Un modèle qui semblait lui avoir été soufflé par le soleil.
– C'est gentil de venir me voir.
Elle lui posa doucement la main sur l'épaule.
– T'as pris ta retraite ou quoi ?
– En tant que psychanalyste, mon temps était compté.
– Qu'est-ce que tu vas faire ?
– Aucune idée. Qui sait ? Je vais peut-être être mobilisé.
Cette seule idée le pétrifiait.

Sans s'arrêter de marcher, Magda fouilla dans son sac et attrapa une cigarette. Elle en proposa une à Simon, qui refusa. Il avait encore son cigare sur le cœur.

Aussitôt, il attrapa son briquet dans sa poche et alluma la Lucky Strike de Magda. Cette marque américaine n'était pas anodine : aucun conflit, aucune frontière ne pouvait entraver les goûts d'une Magda Zamorsky.

Durant une seconde, elle lui retint la main et observa son pansement.

– Qu'est-ce qui t'est arrivé ?

– Je me suis blessé en déménageant.

Elle se retourna et désigna la villa Bauhaus.

– Et comment tu as atterri ici ? Tu te débrouilles toujours comme un chef ! La baronne von Hassel, rien que ça !

Elle riait et tout se mélangeait dans l'instant : voix, chevelure, lumière...

– C'est une amie, fit Simon sur un ton d'excuse. Tu la connais ?

– De nom, seulement. On n'est pas de la même génération. Mais je l'ai aperçue en arrivant. Très belle !

*À côté de toi, elle fait figure de cafard sous une pierre*, faillit-il répondre, mais il parvint à se retenir.

Simon se demandait ce que cette beauté pouvait bien lui vouloir. Une visite étrange, et même inquiétante.

– Je suis venue te parler des Dames de l'Adlon, reprit-elle, comme si elle avait lu dans ses pensées.

– Vous faites toujours vos réunions ? demanda-t-il sur un ton innocent.

– Non. En tout cas, moi, je n'y vais plus.

– Moi non plus, dit-il, histoire de clore le sujet.

– Mais je m'intéresse à Susanne Bohnstengel et Margarete Pohl.

Simon sursauta. Ce genre de tuile devait survenir un jour ou l'autre. Mais maintenant, ce n'était plus son problème.

– J'ai une amie qui a passé tout le mois d'août à Sylt, continua-t-elle. Très mondaine...

– Et alors ?

– Elle n'a croisé ni l'une ni l'autre. Elles étaient censées séjourner là-bas, non ?

– Aucune idée.

– Quant à Leni, personne ne sait où elle est.

Simon ne répondit pas.

– Si on ajoute Greta...

Il s'enfonçait dans son silence comme un crabe dans sa coquille.
– Elles sont mortes, n'est-ce pas ?
Ils étaient parvenus devant la serre. Simon aperçut leurs deux silhouettes dans l'une des parois de verre trempé. Même à côté de cette femme qui ne devait pas mesurer plus d'un mètre soixante-dix, il avait l'air d'un nain.
– Comment tu peux imaginer ça ? répliqua-t-il pour gagner du temps.
– Depuis quelques années, on meurt facilement à Berlin... Elles sont mortes ou non ?
– Comment je le saurais ?
– Je me souviens que tu venais au club poser des questions à leur sujet. Tu menais une sorte d'enquête...
Simon avait la gorge si sèche que sa langue lui collait au palais.
– C'est même moi qui t'ai affranchi sur leurs véritables opinions politiques. Les vêpres de Kampen, tu te souviens ?
Le psychanalyste était en sueur. Son polo lui collait au dos comme une serpillière. Soudain, il en eut marre de toutes ces salades qui finalement ne rimaient plus à rien.
– Elles sont mortes, oui, asséna-t-il. Assassinées.
– Par qui ?
– J'en sais rien.
Premier mensonge. *À moins que...*
– Ce sont des meurtres crapuleux ou des éliminations politiques ?
– Je te dis que je n'en sais rien.
Deuxième mensonge.
– Ça a quelque chose à voir avec leurs grossesses ?
Simon lui lança un regard oblique. Magda savait décidément beaucoup de choses. D'où sortait-elle ces informations ? Avec sa peau diaphane, ses lunettes noires et ses lèvres garance, elle ressemblait à une pythie mystérieuse.
– Qu'est-ce que tu veux à la fin ? demanda-t-il avec irritation.
Elle lui posa de nouveau le bras sur l'épaule, mais ce n'était

plus un geste de camarade. Plutôt une caresse pleine d'empathie. Malgré ses verres opaques, il devinait la bienveillance dans ses yeux.

– Je suis curieuse, c'est tout, fit-elle en glissant finalement son bras sous le sien. Nous vivons dans un monde dangereux. Et la guerre ne va pas arranger les choses.

– Je ne sais rien, répéta-t-il avec obstination.

Elle posa la tête sur son épaule et parla à voix basse – il pouvait sentir son parfum s'épancher dans la lumière. Une fragrance intime, rêveuse, et terriblement sèche.

– Je voulais juste savoir si je devais avoir peur...

– Pourquoi ?

– Je fais aussi partie du club.

– Tu n'as rien à voir avec ces femmes.

– Parce que je ne suis pas enceinte ?

– Tu n'es pas nazie, non ?

Elle éclata de rire.

– Pour une Polonaise, ça serait vraiment une drôle d'idée.

Simon sauta sur l'occasion pour changer de sujet :

– Tu as des nouvelles de là-bas ? Je veux dire, de Pologne ?

– Les Allemands sont en train de détruire mon pays. Les massacres ont commencé. Ils avaient préparé des listes, tu sais ?

– De Juifs ?

– Pas seulement. Ils tuent les intellectuels, les religieux, tous ceux qui pourraient les empêcher de réduire le peuple polonais en esclavage.

Il se rendit compte, avec un temps de retard, qu'il se souciait comme d'une guigne de l'invasion de la Pologne. Il ne voyait dans le sacrifice de ce pays que le début des ennuis – des ennuis qui finiraient bien par souffler la terrasse du café Kranzler et chambouler le petit confort des Berlinois...

– Et ton départ ?

– Je ne sais pas. Les frontières sont fermées.

Kraus ne s'inquiétait pas pour elle. Quand on pèse des millions de marks, il y a toujours une solution.

Finalement, cette rencontre le décevait. Lorsqu'il avait découvert Magda dans l'encadrement de la porte, il s'était pris à rêver. La plus belle Dame de l'Adlon s'intéressait peut-être à lui. Son charme de porte-clés avait fini par la toucher, elle aussi.

– Ces femmes n'étaient pas celles que tu croyais.
– Tu me l'as déjà dit.
– Tu es allé à la chapelle de Kampen ?
– Oui.
– Tu sais donc de quoi je parle.
– Elles étaient fanatiques, d'accord.
– Plus que ça. Ou moins, je ne sais pas. C'étaient des... mauvaises personnes.

Il s'arrêta de marcher. Le bourdonnement des insectes se transformait en acouphènes, les odeurs végétales lui donnaient la nausée. Et le soleil... Une plaque de tôle blanche qui lui frappait le visage à le faire chanceler.

– Tu es venue me raconter quelque chose, déclara-t-il avec impatience, alors vas-y.

Elle prit son souffle, hésita – des petites manœuvres théâtrales.

– Susanne, par exemple. J'ai entendu sur elle une histoire... effrayante.
– Je t'écoute.

Magda reprit sa marche, l'entraînant par le bras vers l'ombre d'un grand chêne. *Bonne idée.*

– Il y a un an ou deux, son mari, Werner Bohnstengel, l'a emmenée visiter un camp de déportés – l'histoire ne dit pas lequel. Susanne a préparé un panier de nourriture pour les prisonniers. Elle a aussi emporté un petit pistolet. Tu sais, un Browning modèle 1906. Celui qu'on appelle le « pistolet des dames ».

Simon s'étonna :
– Une arme américaine ?
– Tu n'y connais rien, dit-elle sur un ton moqueur. Depuis des années, les Browning sont fabriqués par les Belges.

La chaleur, cette histoire de camp, les connaissances inattendues de Magda Zamorsky en matière d'armes à feu... Il se réfugia avec soulagement sous le grand arbre.

– Le couple a visité le camp, poursuivit Magda, les blocks des détenus, les cuisines, l'hôpital, la blanchisserie... Ils ont rencontré des prisonniers et Susanne a distribué ses victuailles. Une vraie petite fée. Elle avait même apporté des bonbons pour les enfants. En riant, elle a demandé à l'un d'eux de fermer les yeux et d'ouvrir la bouche. Quand le gamin s'est exécuté, elle lui a tiré une balle au fond de la gorge.

Il revit en un éclair le visage de Susanne Bohnstengel. Ses yeux en amande, presque mongols, ses pommettes hautes, et cette beauté qui semblait toujours vous toiser – vous renvoyer à votre impuissance, à votre banalité.

– Je n'y crois pas une seconde.

– C'est ce qu'on raconte.

– Tu es en train de m'expliquer que Susanne Bohnstengel a tué un enfant juste pour s'amuser ? Ça ne tient pas debout. Elle aurait été envoyée directement en prison.

Magda lui passa la main sur la joue.

– Tu es mignon. Tu n'as pas vraiment compris dans quel monde on vit. Ce qui se passe dans les camps reste dans les camps. C'est une zone de non-droit. Ou plutôt, de tous les droits. La vie n'y a plus aucune espèce de valeur. Tous les déportés sont condamnés.

Simon Kraus frissonnait maintenant, le corps à l'unisson avec le bruissement des cimes au-dessus de leurs têtes. Il s'était toujours cru le plus malin, celui qui couchait avec les plus belles femmes mariées de Berlin, qui cocufiait les hommes les plus puissants. Mais le cocu, c'était lui. Ces patientes étaient venues lui servir une vérité prémâchée, pauvres victimes de leurs rêves et de leurs craintes... *Von wegen !* Elles l'avaient berné, manipulé, roulé dans la farine, oui.

Des fanatiques nazies.

Des mères porteuses.

Et maintenant, des criminelles.
En tout cas, au moins l'une d'elles.
Susanne Bohnstengel, qui jaugeait le monde comme on évalue une femme de chambre à l'embauche, qui venait se plaindre de son mari indifférent et de ses rêves dérangeants...
– Mais... pourquoi aurait-elle fait ça ? reprit-il, toujours incrédule.
– Comme ça. Pour voir. Aujourd'hui, la ligne sacrée entre la vie et la mort a sauté, Simon. On peut tout expérimenter, sans crainte d'être jugé ni châtié.
Elle s'approcha de lui – maintenant, sa beauté n'était plus simplement un ravissement pour les yeux, c'était aussi un sort, un envoûtement, quelque chose qui vous brisait, vous broyait dans votre intégrité physique et morale.
– Nous sommes comme les enfants, lui dit-elle en appuyant une main sur l'arbre, tout près de son oreille. Nous devons accepter de perdre notre innocence.
Simon avait envie de lui arracher ses lunettes noires.
– Pourquoi tu me racontes ça ?
– Pour que tu ne pleures pas trop sur la tombe de Susanne.
Elle se recula, toujours dans la circonférence de l'ombre, et l'engloba de son regard laqué.
– Encore une fois, je sais que tu enquêtes sur ces meurtres. Tu n'as pas besoin de t'expliquer et d'ailleurs, je ne te demande rien. Mais je voulais que tu sois affranchi sur la véritable nature d'une des victimes. Les autres ne valaient pas mieux, crois-moi.
Elle recula encore et rejoignit la lumière. Contre toute attente, elle ôta ses lunettes de soleil. Ses paupières frémirent. Sous ses cils maquillés au mascara, ses iris décochaient des reflets d'ardoise. Elle enterrait toutes les Dames de l'Adlon, les mortes et les vivantes.
Simon ne comprenait rien. Cette visite matinale, cette beauté irréelle, cette histoire sinistre... Rien ne collait.
– Je reviendrai te voir, murmura-t-elle. Tu n'as pas l'air trop débordé. J'aurai d'autres histoires à te raconter.

Il la regarda partir, la bouche ensablée, oubliant même de lui dire au revoir. Sa silhouette paraissait soulever des vagues de vent d'été, amples comme des grands plis de Liberty.

Il demeura sous son chêne un bon moment. Que cherchait cette femme ? On aurait dit qu'elle voulait, par un moyen détourné, le relancer sur l'enquête.

## 133.

Peu importait comment on les appelait. Aux yeux de Beewen, les Tsiganes appartenaient à un genre à la fois unique et universel. Le genre voleurs de poules, cheveux crasseux, regards chafouins. Toute son enfance, il avait tremblé face à ces nomades mystérieux arpentant les routes dans leurs roulottes grinçantes.

Tout au fond de lui, il craignait encore ces sauvages aux ongles noirs, qui mangeaient des hérissons, mendiaient pour cacher leur richesse et enterraient leurs morts au bord des routes.

Le fait de se retrouver, au bout du chemin des Dames de l'Adlon, face à ses vieilles frayeurs, l'amusait plutôt. Il ne croyait pas vraiment à la piste des Tsiganes – il ne l'avait exposée la veille que pour provoquer Simon et Minna –, mais un petit quelque chose l'empêchait d'écarter tout à fait cette hypothèse. Quoi ? Il n'aurait su le dire. Peut-être, tout simplement, l'absence de preuves directes ou de mobile précis accusant Steinhoff.

Trop de questions demeuraient sans réponse : qu'en était-il de la dague nazie ? Où était le masque ? Pourquoi frapper toujours près de points d'eau ? Ou encore : pourquoi un *Stier* comme lui aurait-il voulu récupérer « ses » fœtus ? Au contraire, le comédien égocentrique aurait sans doute adoré voir grandir sa progéniture – des enfants parfaits, soigneusement élevés par le Reich…

Beewen, ce matin-là, se disait qu'il pouvait profiter d'un certain flottement dans son emploi du temps pour creuser la piste tsigane.

Il n'était plus un *Totengräber*, pas encore l'Hauptsturmführer chargé de multiples dossiers.

Il avait au moins une journée de libre...

Le camp de Marzahn était situé à l'ouest de Berlin. Plus vraiment la ville, pas encore la banlieue. En 1936, en prévision des Jeux olympiques, les chefs nazis avaient fait le ménage. D'un côté, on avait ordonné aux SA de remballer tous leurs panneaux et graffitis antisémites. De l'autre, on avait raflé dans les rues et sur les routes tout ce qui pouvait ressembler à un clochard ou à un nomade – ni une ni deux, des milliers de Tsiganes s'étaient retrouvés parqués à Marzahn.

Ils y étaient encore.

Même en tant que prisonniers, ils ne valaient pas le moindre effort : « leur » camp de concentration n'était qu'un terrain vague entouré de fils barbelés, à peine surveillé. Aucun bâtiment, pas d'infrastructures, pas l'ombre d'un hôpital ni le moindre bureau. On les avait simplement poussés là, c'est tout.

Jamais Beewen n'avait vu autant de roulottes et de tentes à la fois. On aurait dit une foire aux bestiaux, où seuls des hommes, et encore, pas de première fraîcheur, étaient à vendre. Les Tsiganes y semblaient claquemurés entre le ciel sale, brouillé encore par la fumée des braseros et des cheminées, et la terre, boueuse et poisseuse au point d'emprisonner les roues des caravanes et les pieds nus des enfants.

Beewen fit arrêter sa voiture à quelques centaines de mètres – avec ses galons, il avait récupéré chauffeur et Mercedes, mais pas la peine d'en rajouter dans la provocation (d'ailleurs, il s'était habillé en civil).

Au-delà des barbelés, il les aperçut. Il retrouvait les visages sombres de son enfance, les gueules de pleureuses qui l'avaient bouleversé quelques jours auparavant. Les gamins étaient nus. Les femmes, mèches de jais, fichu bigarré, cuisinaient au-dessus des foyers – leurs jupes ressemblaient à des chiffons en lambeaux. Les hommes, longue tignasse noire ou chevelure hirsute, étaient engloutis dans des pantalons dix fois trop grands et serrés dans des chemises cintrées qui leur moulaient la poitrine comme des danseuses. Il y avait aussi les chiens, si maigres que leur peau semblait avoir été cousue sur les os avec une grossière suture au niveau de l'échine.

Beewen faillit rebrousser chemin. Comment avait-il pu porter ses soupçons sur de tels pouilleux ? Mais il avait fait la route, Toni Serban était quelque part dans ce merdier (il avait vérifié dans les registres de transfert), autant aller jusqu'au bout.

Il franchit le portail sans difficulté, grâce à sa médaille de la Gestapo. Les gardiens semblaient eux aussi avoir été recrutés dans les basses-fosses SS. Des gars débraillés, balafrés, cuits par le soleil et l'alcool, qui semblaient attendre la relève en sommeillant.

Il prit la première allée. Des planches, des pneus, de la ferraille. Partout des ordures. Il régnait ici une atmosphère de lassitude et d'abandon pesante. Un camp de vaincus où on survivait sans illusions. Rien à voir avec ses souvenirs de môme : des campements où tout le monde gueulait, chantait, riait, où une espèce d'orgueil fanfaronnait sous la crasse et les hardes.

Il lâcha le nom de Toni auprès de quelques familles. On lui fit des gestes, on lui brailla des directives en romani, mais pas moyen de savoir si c'était pour l'orienter ou l'égarer.

Il suivit pendant un bon quart d'heure le réseau de planches qui vous évitait de vous enfoncer dans la tourbe, se perdit dans un labyrinthe de carrioles, de gueules tannées, de feux malades. Au passage, il remarquait des détails : les pièces d'or cousues dans les cheveux des femmes, les ornements gravés dans le bois des roulottes, les violons, les tambourins, les ours, tout ce bazar de saltimbanques désormais remisé au pied des charrettes.

– Hohoho cousin, qu'est-ce tu fous là ?

Beewen se retourna et se trouva face à Toni, avec ses yeux de schiste et sa gueule de chien enragé. Comme tous les hommes ici, son visage sombre donnait l'impression d'avoir été crayonné au fusain avec colère et amertume. Seule sa moustache lui conférait une certaine bonhomie – le temps de faire ami-ami avec les gadjé pour mieux les délester de leurs portefeuilles.

Mais c'était un nouveau Toni qui se tenait là – rien à voir avec le fil de plomb qu'on avait ligoté à des cadavres, ni non plus avec le tas de guenilles ensanglantées qu'il avait retrouvé à la Gestapo. C'était un Toni rhabillé de pied en cap – pantalon taille haute, foulard de gonzesse, couteau glissé dans la ceinture. Il avait fière allure, le Toni, dans sa chemise à motifs argentés.
– Je suis venu te poser quelques questions.
– Tu veux de la rakija ma couille ?
– Ça ira merci.
– Du café ?

Beewen acquiesça. Malgré lui, il considérait encore le décor envasé. Il avait l'impression de se trouver dans un delta de misère, où le découragement était partout et nulle part à la fois, dissous parmi les roulottes et les visages.
– On est pas bien installés là copain ?

Aucun moyen de savoir s'il plaisantait ou s'il pensait au contraire qu'ils s'en sortaient plutôt pas mal. Toni balança un coup d'œil – qui était un ordre – à une femme dont le visage ravagé de rides évoquait un foyer d'alluvions, une terre crevassée.
– En attendant l'café, j'vas t'faire visiter malin.

Beewen lui emboîta le pas. Toujours en équilibre sur les lattes de bois, ils se glissèrent entre deux roulottes. Il fallait enjamber les flaques qui brillaient comme des miroirs brisés, éviter les déchets et les vieux pneus qui jonchaient le parcours façon charognes.
– Ça, c'est les Lovara et les Tshurara, expliqua Toni. C'est nous quoi copain. On vend des ch'vaux, on les soigne, on est plus bons qui n'y faut. C'est pour ça qu'on a des roulottes ma couille. Les roulottes, c'est l'rabouin.

Bizarrement, les SS n'avaient pas réquisitionné leurs chevaux. Tout se passait comme si les Allemands avaient oublié ici ces familles depuis 1936.

Beewen se fendait d'un sourire à chaque salut. Pour des maquignons, les Lovara avaient de drôles d'allures. Costumes croisés lustrés par l'usure, pantalons à pinces, cols à larges revers.

Un dandysme de gangsters, avec des fulgurances de cran d'arrêt
– boucles d'oreilles, bagues, chaînes…
– Viens j'vas t'faire montrer aut'chose.
Ils s'éloignèrent de la zone des roulottes pour gagner une clairière couverte de tentes de grosse toile rapiécée à rayures noires et rouges.
– Ça, c'est les Kalderash.
Les hommes portaient cette fois de longues barbes et de petits chapeaux cloches. Leurs poitrines étaient couvertes de colliers. Les femmes arboraient toutes un fichu rouge et deux longues nattes brillantes qui évoquaient des chapelets de perles noires.
– Pourquoi ils ont les mains vertes ? demanda Beewen.
– C't'à cause du *zalzaro* copain, l'acide qu'y z'utilisent pour travailler l'métal. Les Kalderash, y sont tous chaudronniers. Y a pas de mystère ma couille. Le fer, le zinc, le cuivre, c'est eux. Viens, mon copain.
Ils quittèrent ce bivouac pour un parc de carrioles bâchées de toiles grisâtres. Les flancs des chariots étaient travaillés de lignes, de torsades, d'arabesques de style arabe. Enfin, c'est du moins comme ça que Beewen imaginait ce style… Toutes les femmes étaient vêtues de noir et les hommes, gueules d'écorce d'acacia, affichaient de lourdes moustaches sous leurs chapeaux à large bord.
– Les Sintis. Les Manouches s'tu préfères. Y viennent du sud. On comprend rien à c'qu'y jactent. Des vrais sauvages. Font jamais d'mariages, jamais. L'gars il enlève sa femme, tiens, pis c'est tout. Après ça, c'toujours la femme qui commande cousin… Des sauvages, j'te dis.
Beewen n'était pas venu ici pour se farcir l'inventaire des différentes castes du camp. Toni parut sentir que son invité en avait assez. Il lui tapa sur l'épaule et le fit repartir là d'où ils venaient. En chemin, le gestapiste risqua tout de même une question :
– Pourquoi il y a tant de femmes et d'enfants ?

Toni eut un bref éclat de rire, à peu près aussi gai qu'un coup de rapière dans le flanc d'un homme.

– Depuis l'année dernière, y z'arrêtent pas de venir chercher les hommes mon copain.

– Où vous emmènent-ils ?

– Dans des camps d'travail. Y disent que le travail, ça rend libre mon cousin. Une liberté comme ça, j'la leur laisse. Crever la gueule dans les cailloux, avec les os en échasses... (Il cracha dans la boue et se passa la manche sur sa bouche tordue de mépris.) Et un triangle noir sur la poitrine, laisse tomber.

C'était le signe choisi par les SS pour les marginaux, les asociaux. Beewen avait vu passer des ordres de transfert pour Oranienburg-Sachsenhausen. La formule n'offrait aucune ambiguïté : «élimination par le travail».

Près de la roulotte de Toni, un cercle s'était formé autour du feu. Un vieil homme enfoncé dans un fauteuil désossé, lui-même enlisé dans la glaise, suçait un sucre qu'il imbibait régulièrement d'alcool. Un autre actionnait un petit soufflet dont l'embout ravivait le foyer. Des mômes se chamaillaient autour d'une marmite, mangeant avec les mains puis s'essuyant les doigts sur leurs cheveux.

Beewen remarqua un détail qui l'attendrit : des adolescentes avaient trouvé des pigments on ne sait où et les appliquaient sur leurs ongles à l'aide de brins d'herbe séchée.

– Ici, c'est not' *kumpania*.

– C'est-à-dire ?

– Not' famille copain. Les frères les cousins les tontons, tout ça.

– Et avec les autres ? Les chaudronniers ? Les Manouches ? Pas de bagarres ?

– C'est l'rabouin mon copain. C'est l'rabouin...

– C'est quoi, le rabouin ?

Toni eut un geste de fakir, une espèce de déhanchement, avec les mains ouvertes et les yeux écarquillés.

– L'rabouin, c'est tous main dans la main. Les voyageurs,

on est tous frères cousin. C'est not' vie, c'est not' vérité : on est les hommes...

Il finit par s'installer sur un cageot renversé, fermant le cercle autour du brasero. Les gamins piaillaient toujours, le suceur de sucre s'endormait. Beewen chercha de quoi s'asseoir – pas moyen. Toni envoya un violent coup de pied au gars qui somnolait. Il roula dans la boue, se releva et s'en alla en grognant.

Beewen prit sa place dans le fauteuil, qui s'enfonça de vingt bons centimètres sous l'effet de son poids.

La femme au visage lacéré apparut, une cafetière à la main. Ses traits paraissaient gravés dans du cuir noir. Ses lèvres formaient une coupure dans sa face, ses yeux, frappés de khôl, y dessinaient deux trous profonds.

Elle lui servit du café turc dans un gobelet de laiton. Chacun de ses gestes produisait un cliquètement de féerie orientale. Boucles d'oreilles, colliers – et surtout pièces dorées, toujours, enfouies dans les cheveux.

Beewen était subjugué. Au fond de cette boue, de cette misère, surnageait encore ce goût pour tout ce qui brille. Il fallait que ça clinque, que ça claque. Leur goût du luxe, leur élégance, allait se réfugier dans ces objets dérisoires, à l'éclat libre – jusqu'aux dents en or –, contrastant violemment avec leur carapace brunâtre.

Des coquetteries de pie voleuse.

– Bon, fit Toni après avoir bu une lampée de jus, tes questions, c'est quoi ?


# 134.

– Quand un Tsigane tue, il retire toujours les chaussures à sa victime. C'est ce que tu m'as dit la dernière fois.

– P't'être qu'y a des Roms qui l'font pas mon copain, mais

les Lovara de c'côté-ci du Danube, c'est com'ça qu'y font. Pour pas qu'le fantôme, le *mulo* quoi, y puisse revenir dans leurs rêves.

Beewen tressaillit à ce dernier mot.

– Pourquoi les rêves ?

– Les rêves mon copain, c'est l'territoire des *mulos*. Quand quelqu'un meurt, il r'vient toujours quand on dort. C'est pour ça qu'on donne son nom à un p'tit. Comme ça y peut plus rev'nir. Mais si tu tues quelqu'un c'est pas pareil. Le coup du nom, ça marche pas. T'as plutôt intérêt à lui r'tirer ses godasses.

L'Homme de marbre. Lui, à l'inverse, s'annonçait aux victimes dans leurs songes. Un lien avec les Tsiganes ?

Beewen secoua la tête : il était en train de divaguer.

– Imagine un *Zigeuner* qui assassinerait des femmes de la haute bourgeoisie nazie, qu'est-ce que tu dirais ? demanda-t-il pourtant.

Toni cracha par terre.

– C'est sûr que j'irais pas pleurer sur leur tombe.

– D'accord, mais ce tueur, là, ce Tsigane, pourquoi ferait-il ça ?

Il n'eut aucune hésitation :

– Pour se venger mon copain.

– Se venger de quoi ?

Toni éclata de rire – il avait des dents éclatantes, des dents de guépard.

– Cousin t'as pas une p'tite idée ?

– Les nazis vous traitent comme des chiens, d'accord, mais pourquoi s'en prendre à des femmes ? Pourquoi ne pas essayer de tuer un dignitaire nazi ? Un responsable du Bureau de l'hygiène raciale par exemple ?

Toni se pencha et appuya ses avant-bras sur ses genoux. Il attrapa une brindille dans la bouillasse et la brandit vers Beewen.

– Ces femmes mon copain, p't'être qu'elles ont quelque chose qu'on nous a volé.

– Quoi ?

– Elles peuvent faire des enfants cousin.

Les handicapés, les malades héréditaires, les asociaux (qui dans l'esprit des chefs du NSDAP étaient atteints eux aussi d'une maladie congénitale), tous avaient été stérilisés.

Parmi eux, les *Zigeuner* étaient en tête de liste.

– Cousin, continua Toni, faut qu'tu comprennes quèqu'chose : on nous a tués, mais on nous a laissés vivre. On nous a ouvert le ventre, mais on est toujours là. Chaque jour, on doit revivre ça cousin, not' mort, not' sécheresse. Si t'empêches un Rom d'avoir des enfants mon copain, c'comme si tu lui coupais la route. Pas d'avenir mon copain, juste la mort chaque matin.

Les Dames de l'Adlon étaient enceintes quand elles avaient été assassinées. On leur avait arraché leur fœtus. Geste de rage, de fureur, de désespoir.

Du tac au tac, Beewen demanda :

– Tu sais nager ?

– Houlà non mon cousin. La flotte, c'est pour les poissons.

À cet instant, et à cet instant seulement, Beewen comprit pourquoi il tenait tant à revoir Toni. Le détail décisif lui était revenu comme un éclair.

– À la Gestapo, tu m'as dit : « Celui qu'a charcuté tes quat' bonnes femmes, c't'un gars d'chez nous… » Comment savais-tu qu'il y avait quatre victimes ?

Le sourire de Toni était comme une autre flamme parmi celles qui se tordaient sous le chaudron.

– Nous, les Roms, on sait plein de choses sur les gadjé, on…

La petite frappe n'acheva pas sa phrase : Beewen l'avait attrapé par le col de sa chemise, faisant sauter au passage plusieurs boutons.

– Te fous pas de ma gueule ! hurla-t-il en l'étranglant d'une seule main. Comment tu pouvais savoir ça ?

Toni se libéra de l'emprise de l'Allemand d'un geste fluide et sans appel. Une manière de poser les règles du jeu – d'égal à égal.

– Calme-toi mon cousin. On parle entre hommes, là.

Beewen fourra ses mains dans ses poches pour ne pas l'emplafonner.

– Écoute-moi bien, reprit le métèque. Cette vengeance, nous autres les voyageurs, y a pas à dire, on l'attend depuis des années. Y a pas d'pitié ma couille. Les nazis, faut qu'ils payent.

– Réponds à ma question : comment tu savais qu'il y a quatre victimes ?

Toni se recula sur son cageot, sourire aux lèvres, et ce fut comme s'il tirait dans ses filets son mystérieux savoir.

– PARLE !

Le Gitan revint près des flammes. Son visage dansait dans les reflets orange, alors que le soleil blanc lui cherchait les poux dans sa crinière noire.

– C'est tout simple mon copain. J'sais qui a tué tes poulettes.
– Te fous pas de ma gueule.
– Tu m'crois, tu m'crois pas mon copain. C'est toi qui vois.

Beewen réfléchit à mille tours-seconde. C'était un délire, une hallucination. Mais il ne pouvait pas passer à côté d'une telle possibilité, même infime.

– Je t'écoute, murmura-t-il, le souffle court.
– Qu'est-ce que tu m'donnes en échange ?
– De la bouffe, des vêtements, des...
– C'est toi maintenant qui te fous de ma gueule.

Le gestapiste explosa :
– Qu'est-ce que tu veux ? Du fric ?
– Fais-moi sortir d'ici.
– Quoi ?
– Fais-moi sortir d'ici mon copain et j'te dirai c'que j'sais.
– Et les tiens ? Tu vas les laisser là ?

Sourire de nacre.

– J'me débrouillerai. Lever l'camp mon copain, ça nous connaît.

– Tu peux sortir comme tu veux. Ce camp est à peine surveillé.
– Non. J'te parle de la grande porte malin, avec papiers et tout. J'veux pouvoir rejoindre les miens en Silésie.

– Je dois réfléchir.

Sans un mot de plus, Beewen repartit à grandes enjambées. C'était du moins son intention. En réalité, il pataugea lamentablement, essayant de ne pas perdre l'équilibre jusqu'aux planches qui menaient à la sortie du cloaque.

S'orientant vers le portail – il avait la tête lourde, bourdonnante –, il croisa un petit homme qui n'était ni un Gitan ni un SS. Sec comme une cacahuète, voûté comme une bête de somme, il portait sur son dos un sac qui semblait bien plus lourd que sa pauvre carcasse.

Beewen repéra aussitôt le col blanc qui lui cisaillait le cou. Un prêtre chez les Tsiganes ? Pourquoi pas. Ce site n'était ni un camp de travail ni un KZ.

– Pardon, mon père.

Il recula sur la planche jusqu'à trouver un promontoire un peu moins boueux et s'effaça pour laisser passer l'ecclésiastique.

– Merci, mon fils, proféra-t-il d'une voix de basse enrhumée.

– Qu'est-ce que vous leur apportez ? demanda Franz par curiosité.

Le prêtre rit, avec un air de modestie affectée qui agaça Beewen. À ses yeux, rien de plus faux cul qu'un homme d'Église, qui pardonnait tout et ne tolérait rien.

– Oh, trois fois rien. De la nourriture, des vêtements. (Il secoua la tête en signe de réprobation.) On les laisse ici dans le plus extrême dénuement.

– Vous les connaissez bien ?

– Qui ?

– Les Gitans.

– Je m'occupe d'eux depuis au moins vingt ans ! Sur les routes, sous les ponts, dans les friches, je les retrouve toujours.

Âgé d'une cinquantaine d'années, l'homme avait encore les cheveux très noirs, une vraie tignasse d'Apache. Il portait sur l'extrémité du nez de grosses lunettes qui semblaient tirer tout son visage vers l'avant, comme un attelage son chariot. Surtout, il avait un long cou d'autruche, incurvé, surmonté d'une glotte spectaculaire.

Beewen réfléchit. Sur Toni, il n'avait pas encore pris sa décision. Mais il ne laisserait pas en plan une telle piste. Il devait creuser, se rancarder sur ces Lovara.

Le curé était peut-être l'occasion d'en savoir plus, et tout de suite encore. Au point où il en était, il aurait pu se dire que c'était Dieu lui-même qui lui avait foutu ce radis noir sur son chemin.

D'un geste réflexe, il sortit sa carte de la Gestapo — pas envie de la jouer amicale.

– J'aurais quelques questions à vous poser.

Le prêtre secoua son dos pour désigner son lourd chargement.

– Ça peut attendre quelques heures ? Je dois maintenant livrer ce barda à mes amis.

«Mes amis»? Des moribonds à qui il refilait de temps en temps des vêtements troués et des vivres périmés ? En attendant de se gaver la panse dans son presbytère, à la santé du Petit Jésus ?

Beewen ravala sa mauvaise humeur et se força à sourire — il s'inclina même, comme si sa propre amertume capitulait.

– Bien sûr.

– Alors, venez me voir à ma paroisse en fin d'après-midi. L'église Heiligen Petrus, dans le quartier de Moabit.

## 135.

Même l'alcool finissait par la lasser. Ce goût écœurant de sucre et de fruit, cette brûlure qui ne brûlait plus rien, cette nausée qui lui remontait du fond de la gorge... Malade, elle se sentait anesthésiée par ces parfums trop riches, trop lourds. Quant aux joies de l'ivresse, n'en parlons même pas. Il y avait longtemps que Minna n'aspirait plus qu'à s'assommer, c'est tout. Ni gaie ni triste, elle cherchait l'absence, le détachement, une sorte de nirvana de caniveau.

Quand Beewen était rentré à la villa en fin d'après-midi, elle avait à peine compris ce qu'il racontait. Pressé, exalté, le SS leur intimait l'ordre de s'habiller : sa nouvelle piste avait gagné des points. Personne n'avait bougé. Simon prenait le soleil sur une chaise longue. Minna cuvait dans un canapé dont elle n'avait même pas ôté la housse.

Beewen s'était foutu en rogne et avait gueulé à travers toute la villa – les murs de béton armé et les espaces nus portaient bien les voix. Ils avaient fini par se bouger. Le gestapiste semblait galvanisé par son histoire de Gitans. Il avait balancé une veste à la tête de Simon et ordonné à Minna d'enfiler quelque chose de plus décent – elle était en maillot de bain.

Maintenant, ils se trouvaient au cœur du quartier ouvrier de Moabit, au pied d'une chapelle misérable. Lourde, trapue, délabrée, elle semblait sous scellés : les deux portes de l'entrée étaient solidarisées par de la grosse ficelle. Des mauvaises herbes s'étiolaient au pied des murs, des morceaux de carton colmataient les fenêtres en lieu et place des châssis de plomb et des traditionnels vitraux.

À elle seule, cette paroisse résumait l'indifférence, voire l'hostilité, que les nazis éprouvaient pour la foi chrétienne. Pas de place pour deux dieux sous le ciel de Berlin. Catholiques et protestants devaient suivre une seule règle pour survivre : ne pas faire trop de bruit. La fermer, par exemple, quand on stérilisait des Tsiganes ou qu'on éliminait des Juifs à tour de bras.

À l'intérieur, le naufrage continuait. Pas de lumière. Les prie-Dieu, de guingois, semblaient s'appuyer les uns contre les autres pour ne pas tomber. Les cierges étaient enfoncés dans des seaux de sable. Des échafaudages pourrissaient le long de murs suintants. Une odeur de plâtre et de salpêtre flottait dans la nef, comme si le temps, la lassitude, l'abandon avaient fini par se transformer en moisissures.

Minna repéra quelques ouailles – des femmes – qui priaient en silence. Cette chapelle n'avait pas besoin de fresques illustrant le chemin de Golgotha – elle était elle-même un chemin de croix, une agonie qui faisait peine à voir.

Surgissant de derrière l'autel, un prêtre vint à leur rencontre.

– Bon, plaisanta-t-il, ce n'est pas tout à fait la Ludwigkirche mais le Christ lui-même a toujours prêché l'humilité.

Minna sourit avec indulgence. Un claquement lui fit lever les yeux. Des pigeons, profitant de quelques trous dans la toiture, traversaient le chœur.

Beewen fit les présentations.

– Allons au presbytère, proposa le prêtre.

Ils remontèrent l'allée centrale. Sous le fond d'humidité, perçait un parfum d'encens. Ce détail rassura Minna. Depuis son enfance, elle était attachée à ce genre de fragrances brûlées – le réconfort d'une messe, d'un chant, d'un encensoir. Minna avait finalement une meilleure impression. La lumière fruitée du crépuscule, qui s'infiltrait par les failles de cette ruine, sauvait le décor. La nef baignait dans une clarté d'icône aussi mystérieuse qu'un trésor au fond d'un sépulcre.

Ils pénétrèrent dans une grande salle aux murs de chaux gris où une armoire de guingois et une table de ferme tenaient lieu de mobilier.

Le petit bonhomme les invita à s'asseoir autour de la table. Voûté comme un écolier sur sa copie, sec comme une cagette, il portait une soutane douteuse et des lunettes aussi grosses que des anneaux olympiques. Sa tête semblait avoir poussé au bout de son cou comme une fleur de cactus, et il tenait toujours ses mains réunies en une sorte d'esquisse de prière – ou bien comme quelqu'un qui se réjouit à l'idée d'un bon repas.

Minna s'interrogeait sur cette nouvelle «pièce maîtresse» de Beewen. Le SS n'avait pas voulu s'expliquer. Elle n'avait pas insisté : tout ce qu'elle constatait chez lui, c'était maintenant les signes d'une névrose obsessionnelle. Elle ne s'en formalisait pas, elle et Simon souffraient de la même.

– Je ne vous propose rien à boire, sourit le curé en s'installant au bout de la longue table. Je n'ai que du vin de messe, et encore, pas beaucoup.

À peine assis, Beewen attaqua bille en tête. Pas d'introduction ni de préambule. Juste une question qui avait l'air de sortir d'une espèce de tirage au sort maléfique :

– Savez-vous comment on stérilise les Tsiganes ?

## 136.

Le prêtre eut un léger tressaillement, puis sourit en baissant le visage. Lui non plus n'avait pas l'air porté sur les salamalecs.

– Les autorités allemandes ont les Tsiganes dans le collimateur depuis des lustres, et ce bien avant l'arrivée du nazisme. Déjà sous le règne de Guillaume II, ils étaient fichés. Des relevés anthropométriques étaient réalisés afin de recenser toutes les *kumpanias*, tous les nomades des routes germaniques... Ce premier projet de taxinomie préfigurait bien sûr un plan d'élimination. Ce sont les nazis qui sont passés à l'acte en entérinant les lois raciales de Nuremberg et même avant, en décrétant la loi sur la stérilisation forcée le 14 juillet 1933. Selon ce nouveau credo, il fallait stériliser les asociaux, les parasites de la société allemande. Empêcher cette vermine de se reproduire.

– Vous n'avez pas répondu à ma question, l'interrompit Beewen. Comment on les stérilise ?

– Les techniques chirurgicales les plus fréquentes sont la ligature des trompes chez la femme et celle du canal déférent chez l'homme, ce qu'on appelle une vasectomie. On enlève aussi parfois l'utérus. Tout ça est pratiqué dans des conditions ignobles. Aucune asepsie, des anesthésies grossières.

– D'autres méthodes sont-elles pratiquées ?

– Il y a des recherches, des expériences, oui. Un homme,

surtout, a travaillé sur ces projets. J'ai rencontré ce... médecin. J'ai voulu plaider la cause des Tsiganes auprès de lui mais...
– Comment s'appelle-t-il ?
– Mengerhäusen.
– Ernst Mengerhäusen ?
– Vous le connaissez ? C'est un chercheur très brillant mais son esprit s'est... dévoyé. Certains de ses travaux ont permis de faire de grands progrès dans le domaine de la fertilité, je crois. Mais c'est un nazi fanatique. Tout son savoir, il l'a retourné contre l'espèce humaine. C'est maintenant la stérilisation qui l'intéresse...

Ainsi, dans le tableau, le monstre rouquin était toujours là...
– Selon lui, poursuivit le prêtre, les interventions chirurgicales prennent trop de temps. Il a démontré que l'exposition prolongée aux rayons X ou au radium provoquait aussi la stérilité. Après avoir soumis des Gitanes à ce traitement, il les a tuées puis il a prélevé leurs ovaires pour les analyser. Les tissus brûlés étaient en effet détruits.
– Vous êtes sûr de ce que vous racontez ?
– Je le tiens d'un médecin qui a assisté à ce genre d'expériences. Mais la cruauté du protocole cadrerait avec le bonhomme. J'ai moi-même pu lire un de ses projets...
– Comment est-ce possible ?
– C'est assez incroyable, commenta le prêtre en marquant encore son incrédulité, mais en tant que spécialiste de ce peuple, on m'a demandé mon avis sur la faisabilité d'un... protocole. Les nazis ne doutent de rien.
– De quoi s'agissait-il ?

L'homme d'Église, qui débitait ces horreurs d'une voix nasale de basson, marqua un silence.
– Ce ne sont pas de bons souvenirs...
– S'il vous plaît, mon père. C'est important.

Il se redressa et prit une inspiration :
– Grâce aux rayons X, Mengerhäusen espérait stériliser des Gitans à la chaîne. Il avait dessiné les plans de comptoirs

administratifs spécialement équipés de valves d'irradiation. Les Tsiganes qui venaient remplir des documents ou répondre aux questions d'un fonctionnaire auraient été exposés, à leur insu, à de très forts rayonnements X. Selon lui, on pouvait ainsi stériliser jusqu'à deux cents personnes par jour. Avec vingt installations de ce type, jusqu'à quatre mille personnes par jour...

Minna digérait en silence ces paroles. La folie des cerveaux du Troisième Reich forçait une sorte d'admiration à rebours. Toujours plus bas, toujours plus sombre, telle était la devise du Reich.

– Ce projet, où en est-il ? relança Beewen.

– Je ne sais pas. On ne m'a pas tenu au courant. À l'époque, j'avais pris mon courage à deux mains pour m'opposer à de telles... manœuvres. Mais l'avis d'un prêtre ne compte pas. C'est sans doute ce qui m'a sauvé la vie.

Du coin de l'œil, Minna observait Beewen. Elle pouvait suivre le cheminement de sa pensée : plus la liste des atrocités infligées aux Gitans s'allongeait, plus, d'une certaine façon, un mobile se précisait, la vengeance.

– Selon vous, combien de Tsiganes ont-ils été opérés ?

– Difficile à dire. Des centaines. Des milliers peut-être... J'ai l'impression que le rythme est en train de ralentir.

– Pourquoi ?

– Plutôt que de les stériliser, les SS ont décidé de les éliminer, purement et simplement. Ce qui explique les transferts pour les camps de travail : ils veulent les tuer à la tâche. Par ailleurs, Mengerhäusen lui-même semble être passé à d'autres projets.

Beewen, Simon et Minna échangèrent un bref regard : ils connaissaient ces nouvelles « œuvres ». L'une s'appelait *Gnadentod* (mort accordée par pitié), l'autre Lebensborn (fontaine de vie). Voilà un scientifique qui ne chômait pas.

– Comment les Tsiganes ont-ils réagi face à cette politique de stérilisation ?

– Avec fatalisme, comme toujours.

– Mais encore ?

Le prêtre fit claquer sa langue comme on tourne la page d'un livre.
— Pour eux, fonder une famille est le sens de la vie. Empêchez-les d'avoir des enfants et vous les détruirez. Mes amis « opérés » m'ont souvent répété : « Nous sommes des arbres sans fruits », « Nous sommes vivants, mais nous sommes déjà morts »... Ils disent aussi : « Maison sans enfants, ciel sans étoiles. »
— Pensez-vous qu'une telle persécution pourrait provoquer une vendetta ?
— De la part des Tsiganes ? Bien sûr. Mais comment voulez-vous ? Et contre qui ?
— Mengerhäusen.
L'ecclésiastique nia de la tête.
— L'homme est proprement inaccessible. Surtout pour des *Zigeuner*.
Beewen semblait enregistrer les réponses, sans lâcher son idée fixe :
— Avez-vous assisté à des scènes qui auraient pu bouleverser un Gitan au point de le pousser à se venger ?
— Vous plaisantez ?
— J'ai l'air de plaisanter ?
Le prêtre laissa échapper un bref soupir.
— J'ai vu des femmes au ventre et au dos ravagés par les rayons. J'ai vu des hommes dont les parties génitales se gangrenaient au point de se détacher du scrotum. D'autres développer des péritonites, mourir dans des fièvres et des vomissements horribles. Je me souviens d'un village, près de Dresde, où Mengerhäusen avait installé sa « clinique ». Il expérimentait une nouvelle méthode : l'injection d'une substance caustique en vue d'obstruer les trompes de Fallope. Après l'opération, on laissait pourrir les « patientes » dans la cour pendant des jours. L'odeur était innommable. Ensuite, quand les survivantes étaient à peine cicatrisées, des soldats les violaient pour voir si elles pouvaient tomber enceintes. Les plaies se rouvraient, c'était... un carnage. Alors oui, ces scènes auraient pu motiver le projet

d'une vengeance. Mais encore une fois, un tel plan est hors de portée des Gitans.

– J'ai d'autres questions, mon père...

L'homme aux grosses lunettes regarda sa montre.

– Faites vite, les vêpres commencent à dix-huit heures.

– On m'a dit qu'un meurtrier tsigane aurait le réflexe d'ôter ses chaussures à sa victime.

– Ce n'est pas toujours vrai, mais les Tsiganes craignent que les morts, les *mulos*, reviennent les hanter dans leurs rêves. Retirer ses chaussures au mort, c'est, symboliquement, l'empêcher de revenir dans le monde des vivants.

– Cette croyance existe chez toutes les tribus ?

– Surtout chez les Lovara.

Simon se permit d'intervenir :

– Quel rôle occupent les rêves dans les superstitions des Tsiganes ?

La piste des Gitans était l'idée de Beewen, mais quand il s'agissait du monde onirique, Simon reprenait naturellement la main.

– Comment vous résumer des siècles de croyances ? Les Tsiganes possèdent une vision complexe des interactions entre le monde des vivants et celui des morts. Les rêves sont une passerelle entre ces deux univers.

– Avez-vous déjà entendu parler d'un assassin qui se manifesterait en rêve à ses victimes avant de frapper ?

– Oui. Quand un Gitan redoute une attaque par exemple, il peut arriver qu'il voie en rêve son agresseur. C'est une sorte de prémonition.

Simon balança un nouveau coup d'œil à ses compagnons. Les trois pensaient exactement la même chose à cet instant. Ils tenaient un mobile, la persécution des Tsiganes. Un mode opératoire – l'éventration, le vol des fœtus – qui désignait explicitement le motif de la vengeance, la stérilisation. C'était la loi du talion, le fameux « œil pour œil ».

Et voilà que le rôle des rêves ajoutait aux présomptions. La volonté du tueur d'apparaître dans les rêves de ses victimes, la précaution de leur ôter leurs chaussures, tout ça désignait un assassin nomade...

— Avez-vous jamais entendu parler d'un tueur tsigane qui s'en prendrait aux épouses de dignitaires nazis ? reprit Beewen.
— Jamais. L'idée est totalement irréaliste.
— Connaissez-vous des Gitans qui entretiennent avec le monde des gadjé des relations, disons, plus rapprochées ?
— Non.
— Ils ont parfois des contacts avec les femmes gadjé, non ? Par exemple pour leur dire la bonne aventure.
— Ce sont de brèves entrevues.
— Et les hommes ? Ils vendent des chevaux aux gadjé. Ils leur réparent leurs casseroles, ils...
— Encore une fois, ce sont des contacts épisodiques, où la méfiance prédomine des deux côtés. Aucun Tsigane ne peut avoir un commerce suivi avec un gadjo.

Beewen parut admettre, à regret, ce fait indiscutable.

— L'idée d'un Tsigane, enchaîna-t-il, qui posséderait des connaissances médicales vous paraît-elle plausible ?
— Vous vous moquez de moi.
— Et qui serait bon nageur ?
— Écoutez... je ne comprends pas vos questions. (L'homme regarda à nouveau sa montre.) Je dois préparer la messe.

Le prêtre fit mine de se lever mais Beewen l'attrapa par la manche.

— Dans le cadre d'une enquête, j'ai recueilli le témoignage d'un Tsigane. Ses informations sont... inattendues. Pensez-vous que je puisse le croire ?
— Non.
— Pourquoi ?
— Les Tsiganes mentent. Dieu m'en est témoin, tous ceux que j'ai connus n'ont jamais dit un mot de vrai aux gadjé. C'est leur culture.
— Ils se mentent entre eux ?

– Jamais. Ils suivent une ligne très stricte de ce point de vue-là. Mais les gadjé, c'est le monde extérieur. Ils ont le devoir de nous mentir pour que nous ne sachions jamais ce qui se passe chez eux.
– Le Tsigane dont je parle a été déplacé à Marzahn. Il s'appelle Toni. Vous le connaissez ?

Le prêtre éclata de rire puis adopta aussitôt une autre expression, sérieuse et contrite à la fois, l'air de dire : il ne faut pas se moquer du malheur d'autrui.
– Toni ? C'est le pire de tous.

## 137.

De retour à la villa, un orage éclata. Un bel orage de fin d'été, franc, sonore, faisant trembler les verres et les nerfs. Un bouleversement du ciel qui impliquait aussi un mouvement des profondeurs, quelque chose de sismique...

Après le travail des basses, l'irruption des aigus. La pluie, qui va, qui vient, au-dessus de vous, et au-dedans aussi. Ce qu'une telle rumeur a à vous dire, vous le savez déjà. C'est le murmure des origines, la voix de la mère sur l'oreiller, le bruissement de la vie, soudain matérialisé, qui court en vous aussi sûrement que le sang et les larmes.

Cette rumeur, Simon ne s'en lassait pas. Quand il était môme, il pouvait passer des heures à écouter la pluie frétiller sur les toits, les vitres, les voitures. Bon Dieu, il aimait ça. Ça lui remuait le sang. Ça l'électrisait comme une veille de Noël...

Cet orage tombait à pic – de quoi se laver l'esprit de toutes les atrocités que le prêtre leur avait racontées. Simon ne comprenait pas trop ce que cherchait Beewen mais avec lui, ça finissait toujours de la même façon : dans un bain de sang et de viscères.

Jetant un regard vers le parc détrempé, il eut une idée. Le lieu idéal pour savourer cette averse était l'orangerie qu'il avait repérée la veille, quand Magda était venue lui faire ses étranges confidences.

Il attrapa un cigare, une bouteille de riesling et trouva une cape de pluie dans le vestiaire – c'était l'avantage avec les riches, ils pensaient à tout. Ou plutôt, tout, le moindre objet, même le plus insignifiant, le moins utile, se rappelait à leur bon souvenir, comme quelques pfennigs sonnant au fond d'une poche.

Ainsi équipé, il traversa le parc – tout le paysage était hachuré par l'averse. Ce n'était pas du crayon, ni du fusain, encore moins de la sanguine, mais une mine translucide qui raturait sans répit et révélait la vraie nature du jardin, comme dans ces jeux d'enfants où il faut gratter une feuille opaque pour voir apparaître l'image – du vert, de l'eau, de la fraîcheur...

Des pelouses montait maintenant une fumée cristalline, une sorte de rumeur ivre, allègre, débordante, les flaques frémissaient, la surface des fontaines crépitait comme des billes sur du marbre...

Simon ralentit le pas. Il se souvint de l'averse qui l'avait réveillé, le matin où la radio avait annoncé l'invasion de la Pologne par l'Allemagne. Malgré tout, un bon souvenir. Une morsure intime qui lui avait donné l'impression d'une connexion profonde avec l'essence même de la vie – l'eau.

En dépit de sa cape, ses vêtements détrempés lui faisaient maintenant une seconde peau. Il se sentait lourd, mais aussi léger. Accablé, mais allègre. Son cigare était foutu. Seule, dans ses mains lustrées, la bouteille de riesling faisait front. Comme laquée par l'averse, elle semblait même plus dure, plus pleine, et totalement en accord avec l'instant.

Il trouva un chemin de grandes dalles posées sur le gazon qui menait au fond du jardin. Il avançait dans cette voie quand un coup de tonnerre retentit, au moment même où une lumière livide fixait tout le jardin.

Par un réflexe inexplicable, Simon tourna la tête de côté, vers le portail. C'est alors qu'il la vit : Magda Zamorsky, en robe blanche à larges carreaux noirs, serrée par deux ceintures lui remontant jusque sous les seins. Sur les épaules, une courte cape de mousseline ou quelque chose de ce genre, plus proche du soupir que du tissu. Sous son parapluie noir, elle paraissait complètement au sec. La proue d'un navire en plein naufrage, qui n'a pas encore sombré.

Simon courut vers elle, manquant de se ramasser plusieurs fois.

– Qu'est-ce que tu fais là ? demanda-t-il, en regrettant aussitôt son ton criard.

Mais il fallait lutter contre la pluie pour se faire entendre.

– Je suis venue te dire adieu ! répondit-elle, en hurlant elle aussi.

– Adieu ?

– J'ai une filière pour quitter l'Allemagne !

Simon ouvrit le portail, puis ordonna :

– Viens avec moi, tu vas m'expliquer ça !

Fidèle à sa première résolution, il emmena Magda, non pas dans la villa, mais dans l'orangerie. Plutôt une serre qu'un bâtiment en dur. La structure en fonte multipliait les parois vitrées qui paraissaient se disloquer sous la violence de l'averse. Ils se glissèrent à l'intérieur.

Presque aussitôt, ils furent submergés par la moiteur. La confrontation entre cette forêt exotique, toujours au chaud, et la fraîcheur soudaine de la pluie, avait provoqué une forte condensation. De surprise, ils éclatèrent de rire. Déjà, l'eau de pluie sur le visage de Simon se transformait en exhalaisons de sueur. On pouvait à peine respirer.

Magda trouva le rebord d'un pot de grès pour s'asseoir et sortit son paquet de Lucky Strike. Elle en proposa une à Simon qui, de ses doigts trempés, l'attrapa.

Ils réussirent à allumer leur cigarette et tirèrent plusieurs bouffées en silence. Vaincus, heureux, dégoulinants.

Simon ne prêtait aucune attention au décor – d'ailleurs, on ne voyait pas grand-chose. Il lui semblait vaguement qu'ils étaient entourés de cactus, de monstrueuses fleurs exotiques couleur de

sang frais ou de pelouse anglaise, d'arbres aux longues feuilles pendantes, aussi tristes et languides que des chants orientaux.
– Quand pars-tu ? demanda-t-il enfin.
– Après-demain.
– Ta filière, c'est quoi ?
– C'est un peu compliqué. Je dois passer par l'Autriche, la Hongrie, la Serbie, la Macédoine. Ensuite, je traverserai la Méditerranée pour accéder à l'Atlantique par le détroit de Gibraltar.
– Pour quelle destination finale ?
– États-Unis. C'était ma première idée.
Simon continuait à tirer sur sa cigarette. Cette soudaine intimité avec Magda le mettait mal à l'aise, comme s'il l'avait surprise en train de dormir par exemple, à respirer bruyamment et à suer des tempes. Quelque chose d'indiscret et de vaguement obscène.
– C'est gentil d'être venue me prévenir.
Magda haussa les épaules et esquissa une petite moue qui démontrait qu'elle n'en avait pas fini avec les minauderies des Dames de l'Adlon.
– En faisant mes valises, je me suis rendu compte que je n'avais pas tant d'amis à Berlin.
– Notre amitié aura été de courte durée.
– C'est un classique. À l'approche d'un départ, on noue souvent une relation de ce genre, en mode accéléré. On saute les étapes, pressé par l'échéance...
Les vitres étaient toujours fouettées par le déluge et la serre ressemblait de plus en plus à un hammam. Le silence s'étira durant quelques secondes et Simon, soupesant finalement cette soudaine intimité, la mit en doute : Magda Zamorsky était là pour une autre raison.
– Tu n'es pas venue me soutirer des informations, des fois, non ?
– Sur quoi ?
– Les disparues de l'Adlon.

– J'ai renoncé à comprendre. Tout ça est derrière moi.
Il vint une autre idée à Simon :
– À moins que tu ne sois là au contraire pour m'en donner.
– Ça t'intéresserait ?
– Pourquoi pas ?
Ils badinaient sous cette cloche étouffante remplie de vapeur et de courants d'air chaud. Simon apercevait à peine Madga. Il n'en captait que quelques fragments, de quoi reconstituer, mentalement, sa beauté.
– Que voudrais-tu savoir ?
– La dernière fois, tu m'as tranquillement annoncé que Susanne Bohnstengel avait tué un enfant. Qu'est-ce qu'ont fait les autres ?
Magda abandonna son siège et se mit à circuler parmi les plantes. Les feuilles, les pétales, les aiguilles prenaient des allures d'algues au fond de la mer.
– J'ai entendu dire que Leni Lorenz avait aussi, disons, ses petits travers.
– Par exemple ?
– Grâce à son mari, elle avait ses entrées un peu partout. À la Gestapo notamment.
– Et alors ?
Magda revint vers lui sourire aux lèvres. Elle avait chaussé ses lunettes noires, grises à force de buée.
– Elle aimait les interrogatoires, les séances de torture.
– Dans la salle ?
– Elle observait tout à travers un judas. Ils ont ce genre d'installation là-bas.
La respiration de Simon devenait de plus en plus lourde, entravée.
– Tu y es déjà allée ?
– Dieu m'en préserve.
– Donc, Leni Lorenz aimait voir les gens souffrir ?
Il se souvenait de leurs parties de jambes en l'air, de Leni

la Cinglée, divorcée d'un maquereau homosexuel, mariée à un vieillard à lorgnon. Une fille rieuse et tourmentée.

— On m'a même raconté qu'au son des cris et à la vue du sang, elle se caressait.

Simon déglutit. Après Susanne tueuse d'enfants, Leni la Sadique...

— Margarete Pohl, Greta Fielitz, quels étaient leurs vices ?

— Greta, le dimanche, aimait tirer au fusil, de son balcon, sur ses jardiniers, des déportés des camps. Tout ça en maillot de bain.

— Elle atteignait ses cibles ?

— L'histoire ne le précise pas. Quant à Margarete...

Simon n'écoutait plus. Il avait compris le message : les victimes de l'Adlon étaient des bourreaux. Des furies nazies, sadiques, criminelles, allant jusqu'à se remplir le ventre de folie hitlérienne avec ces embryons aryens, soi-disant parfaits.

Mais que cherchait au juste Magda ? Pourquoi prendre la peine de venir lui dire adieu ? de lui raconter ces histoires sordides ? Que savait-elle d'autre ? Elle paraissait vouloir, avant de disparaître pour de bon, le mettre sur la piste de « victimes coupables », ce qui l'engagerait peut-être sur une voie nouvelle.

Dans ce bain de vapeur, Simon ramollissait à vue d'œil.

— Tu avais autre chose à me dire ?

— Oui, murmura-t-elle en s'approchant encore. Je veux que mon petit Simon se préserve. Je veux le retrouver en parfait état de marche après la guerre.

— C'est tout ?

— C'est déjà pas mal, il me semble. Le pire est devant nous. Surtout pour ceux qui restent.

— Tu ne vas pas me proposer de partir avec toi quand même ?

— Pourquoi pas ?

Il se contenta de rire, comme un homme ivre qui ne tient plus la bride à ses émotions. Un goût de sève et de feuille hantait sa gorge. Il se sentait de plus en plus détendu, et même liquéfié : il ne réalisait plus ce qu'elle était en train de lui dire.

Magda disparut dans les volutes mais il s'en rendit compte trop tard. Il n'avait pas eu le temps de lui dire... Quoi au juste ? Surtout, il ne parvenait pas à répondre à cette question : avant de s'évanouir dans la buée, Magda l'avait-elle embrassé ou non ?

## 138.

C'était quitte ou double. Soit Toni lui avait raconté des craques pour essayer de se faire libérer, soit il possédait une véritable information à négocier. Toute la journée, le gestapiste avait soupesé les deux plateaux de cette balance. Le résultat, c'était qu'il ne pouvait pas passer à côté d'une telle promesse, même si les chances de se faire rouler dans la farine étaient à cent contre une.

Pour un Hauptsturmführer de la Gestapo, faire sortir un Toni de Marzahn n'était pas très compliqué. Il avait consacré sa fin d'après-midi à rédiger un ordre de transfert présentable, dûment signé et tamponné, ainsi que quelques autres documents qu'on lui demanderait peut-être – le SS est un fonctionnaire dans l'âme, il adore les formalités.

Il avait décidé d'opérer cette nuit même – un transfert pour raisons médicales. Son plan était simple : il utiliserait la Mercedes de Minna, son uniforme ferait autorité, ses papiers tamponnés lui serviraient de sésame. Comme maladie, Beewen avait choisi le typhus, qui ravageait les camps mais avait encore épargné Marzahn. Il savait que l'idée d'une épidémie terrifierait les gardiens et qu'ils s'empresseraient de lui refiler la patate chaude.

À vingt-deux heures, il roulait vers le camp de Marzahn, confiant. Et il avait raison : il ne rencontra aucune résistance de la part des sentinelles. Des coups de tampon, des « *Heil Hitler !* » distribués à l'aveugle, et un quart d'heure plus tard, Toni le contagieux était assis à ses côtés dans la Mercedes.

Beewen prit la direction de l'est et roula une demi-heure. Il dépassa Hönow puis Altlandsberg et s'enfonça encore dans la nuit tiède. Ils étaient maintenant au milieu de nulle part, avec pour seul repère la lumière des phares qui semblait courir après les ténèbres, sans jamais les rattraper. Partout aux alentours, des champs moissonnés, plats comme des idées sans lendemain.

Beewen, depuis leur départ de Marzahn, n'avait pas dit un mot. Ses doigts jouaient sur le volant, son excitation était à son comble – mais il ne voulait rien laisser paraître.

Toni, lui, exultait, et à voix haute encore. Il ne cessait de déblatérer dans son charabia mi-allemand, mi-on ne savait quoi. Il ne remerciait pas spécialement Beewen pour son intervention mais parlait plutôt de ses projets – partir vers la Silésie, rejoindre une autre *kumpania* à laquelle certains de ses cousins étaient liés. La plus grande partie de son discours était incompréhensible.

Beewen ne savait pas encore s'il allait le laisser fuir ou le tuer. Tout dépendait de ce qu'il allait lui dire. Il bifurqua dans un sentier jusqu'à un sous-bois, coupa le moteur et éteignit les phares. L'obscurité leur tomba dessus comme un toit goudronné puis, peu à peu, ils y virent plus clair.

Beewen dégaina son Luger, histoire de donner le ton.

– Je t'écoute, dit-il au petit homme qui ne cessait de ricaner. Qui a tué Susanne Bohnstengel, Margarete Pohl, Leni Lorenz, Greta Fielitz ?

Toni Serban n'eut pas une seconde d'hésitation :

– Mon copain c'est l'Nanosh, si j'mens, j'me prends une calotte !

– Qui ?

– L'Nanosh.

– C'est qui ?

– Mon cousin, chez nous, y a des *paramitshas* qui courent... Des légendes si tu veux... Mais c'est des légendes qui sont vraies...

– Qui est le Nanosh ?

– L'Nanosh, c'est comme vot' Messie copain. Y va v'nir nous sauver. Et pour commencer, nous venger malin... L'Nanosh mon cousin, il a un très grand pouvoir, un *draba*, qui...

Beewen empoigna Toni à la gorge.
- *Gottverdammt*, je t'ai pas libéré pour entendre ces conneries !
Le Gitan leva les mains et les agita comme des marionnettes.
- J'te jure malin ! C'est l'Nanosh ! On en parle dans tous les campements ! Le Nanosh est arrivé malin ! Le Nanosh nous venge ! Il vient dans les rêves puis il tue. C'est l'Nanosh ! C'est d'chez nous mon cousin ! C'est d'chez nous !
Beewen approcha son Luger du visage du Tsigane.
- Je vais te buter, mon salaud !
- L'Nanosh est avec nous ! hurla Toni. L'Nanosh, y nous garde !
Beewen fit monter une balle dans le canon de son calibre. L'instant se résumait à cette seule mécanique. Ses doigts, l'articulation à genouillère de l'arme, un simple enchaînement de déclics.
- J't'emmène mon cousin ! J't'emmène ! Y a quelqu'un qui connaît l'Nanosh ! J'te jure mon copain ! J'te jure !
Le gestapiste lui planta le canon dans le front.
- Qui ? QUI ?
- Une *drabarni* !
- Une quoi ?
- Une p'tite mère aux herbes ! Une sorcière quoi !
Son doigt sur la détente frémissait.
- J'te jure mon cousin ! Fais-moi confiance ! L'Nanosh, il est d'sa *kumpania* ! Rupa, c'est son nom, elle sait ! Elle pourra te dire !
Au fond d'un sous-bois, au milieu du néant, il n'y avait plus qu'à tirer et à enterrer le Gitan sous les feuilles, derrière un arbre.
Beewen désarma son Luger et s'entendit demander :
- Elle est où exactement, ta sorcière ?

## 139.

Quand Minna se réveilla, elle découvrit un nouveau monde. Beewen avait conduit toute la nuit. Il était passé encore une fois les prendre, elle et Simon, à la villa aux environs de minuit, sans s'expliquer. Ils s'étaient retrouvés dans la Mercedes avec un Tsigane qui s'agitait comme un têtard – le fameux Toni. Finalement, ils s'étaient tous endormis, dociles, comme trois petits ours dans un conte.

Maintenant, Berlin et ses terrains vagues semblaient loin. La nuit violette s'était peu à peu mise au rouge, puis à l'or, avant d'éclater dans une splendeur tout cuivre. Des flancs de colline couverts de chalets et de granges se déroulaient au sein de cette couleur incandescente, évoquant des toiles de Claude Monet ou de Maurice Denis. À mieux y regarder, les prés étaient brûlés et les fleurs déjà moribondes, mais l'ensemble dessinait de grands espaces mordorés qui prenaient le pas sur les détails.

Ce décor apaisé était d'autant plus étonnant que Minna s'attendait à tout autre chose. En roulant vers le sud-est (Toni répétait que la *drabarni* – une sorcière, si elle avait bien compris – voyageait dans les environs de Breslau, en Silésie), elle redoutait de tomber sur des troupes allemandes appuyant la campagne de Pologne. Elle imaginait des avions bourdonnants, des milliers de soldats faisant trembler les routes, des convois de blindés... Mais seule la paix les attendait. À mesure que le soleil se levait, la Mercedes Mannheim remontait le temps. Plus une voiture à moteur, seulement des chevaux, des carrioles qui toussaient dans la poussière.

La poussière... elle était partout. Ils roulaient sur des chemins de terre, secs comme des thébaïdes. Tout autour, les broussailles étaient poudreuses, les feuilles blanchies. Le monde s'effritait dans la lumière du soleil, à l'image de cette vérité qui ne cessait de leur échapper comme du sable entre leurs doigts...

Toni était intarissable. Il expliquait, dans un langage inintelligible, les us et coutumes des Tsiganes. Des confidences plutôt étonnantes : d'après ce qu'elle savait, les Gitans se taisaient toujours en présence des gadjé. Mais, comme Shéhérazade, Toni devait penser que tant qu'il parlerait, il aurait la vie sauve. Erreur stratégique, car Minna sentait Beewen bouillir derrière son volant. Il allait finir au contraire par lui mettre une balle dans la tête pour le faire taire.

Toni racontait maintenant que le monde tsigane était fondé sur la notion de pureté. Beaucoup de gestes, d'objets étaient impurs – *mahrime* – et il fallait absolument les éviter. Ainsi, impossible de se laver le bas du corps et le visage avec la même eau. *Mahrime*. Une assiette ayant touché la jupe d'une femme était bonne à jeter. *Mahrime*. Une femme, durant ses règles, ne pouvait pas approcher la communauté. *Mahrime*...

Minna était séduite par ses propos. Ce peuple nomade, crasseux, misérable, qui semblait sans foi ni loi, possédait en réalité une ligne très stricte, une table de lois exigeante.

Des Tsiganes avaient souvent travaillé pour ses parents. Ils étaient jardiniers, rétameurs, chaudronniers, palefreniers – et sédentarisés. Ils avaient beau faire, agir «*gajikanes*», ils avaient toujours quelque chose de négligé, un truc de travers – et surtout des coquetteries incompréhensibles : une boucle d'oreille, une cravate claire sur une chemise noire, un tatouage... Comme l'écrivait Jean Cocteau : «Et quand ce n'était plus la roulotte, c'était encore la roulotte...»

Aux environs de Breslau, Toni demanda à changer de place : il devait être près d'une fenêtre pour observer la route.

– Pourquoi ? demanda Beewen avec méfiance.

Toni expliqua qu'à ce stade, pour retrouver la *kumpania* de Rupa, il n'y avait plus que les *vurma* : des bouts de chiffon de couleurs vives accrochés à des branches d'arbre, très haut, pour que les gadjé ne les voient pas, des traces de feux de brindilles, des petites pierres empilées, des débris de céramique...

Minna faisait confiance à ce petit homme qui sentait à la

fois le tabac et le tilleul, la sueur et le chèvrefeuille. Toni avait maintenant sorti la tête dehors, nez au vent, et scrutait les cimes des arbres et les bords de la route.

Ils croisèrent des villages empoussiérés, des hameaux en ruine, des fermes qui avaient cuit tout l'été et semblaient près de s'effondrer. Des chiens, beaucoup de chiens. Du bétail docile, des paysans apathiques. Tout un monde rural qui tournait en rond, indifférent à la ville, à la guerre.

Minna avait conservé sa place près de la fenêtre, à l'opposé de Toni – paupières frémissantes, elle observait les plaines vallonnées qui glissaient à ses côtés, les pâtures sèches, les champs moissonnés, d'où jaillissait de temps à autre un noyer ou un châtaignier, comme les aiguilles d'un cadran solaire.

– Tourne à droite mon copain. Là, le sentier !

On pouvait presque entendre Beewen grincer des dents. Il semblait à chaque kilomètre regretter sa décision mais il était trop tard – ou trop tôt – pour renoncer. On allait bien voir ce que Rupa la sorcière avait à leur dire.

Soudain, ils aperçurent en contrebas des taches brunes, des chevaux, une rivière. Des morceaux d'écorce posés sur une feuille. Le chemin descendait, suivant la courbe d'un petit cirque de roches grises et d'arbres fauves déjà gagnés par la rouille de l'automne.

Bientôt, ils furent en bas, au plus près d'une rive sablonneuse couverte de bruyère. Les roulottes, que Toni appelait les « verdines », étaient stationnées en cercle, comme pour se protéger d'une éventuelle attaque. Au centre, les Gitans formaient un autre cercle autour d'un feu.

La Mercedes ne pouvait aller plus loin : ils la laissèrent de l'autre côté d'un pré qui les séparait du campement. À mesure qu'ils avançaient, trébuchant dans l'herbe, ils essayaient d'avoir l'air digne et amical (Beewen était toujours en uniforme noir). Peine perdue. Ce fut Toni qui joua les ambassadeurs, hurlant déjà à cent mètres du bivouac. Les enfants coururent à lui, les regards se tournèrent vers les gadjé – pas trop les bienvenus, à première vue.

Ils s'installèrent près du feu, où cuisaient des petits animaux bruns et luisants embrochés à la queue leu leu. Pas besoin d'être un spécialiste de la chasse pour reconnaître des hérissons. Enfant, lorsqu'on lui avait raconté que les Tsiganes se nourrissaient de ces animaux, Minna était partie pleurer dans sa chambre.

Surprenant son regard dégoûté, Toni lui donna un coup de coude.

– La meilleure saison cousine. Y sont bien gras avant l'hiver.

Elle s'assit dans le sable et éprouva une impression étrange. Dans ce cirque de gravier pâle qui sentait la bruyère et la luzerne, la *kumpania* symbolisait la liberté du voyage. La guerre ? Quelle guerre ?

Entre les doigts noirs, un samovar apparut : on allait tout de même leur offrir du thé, ou une infusion quelconque. Selon Toni, les Vana étaient des experts en herbes médicinales.

Toni se calma un peu. Les enfants retournèrent à leurs jeux. Minna remarqua quelques gamines à peine pubères et déjà enceintes. On but en silence, sous le soleil. Elle ferma les yeux. C'était une lumière d'automne qui chauffait encore, mais comme une fièvre, sans gaieté ni énergie.

Toni avait renoncé à jouer les intercesseurs et s'était allongé, une clope à la main, nez au vent. Il avait retrouvé son aisance, son assurance. On était chez lui. Le monde tsigane le protégeait. Mais rien ne se passait...

On attendait Son Altesse, sans doute prévenue de leur arrivée. Rupa la sorcière allait apparaître, avec les prérogatives dues à son rang, retard compris.

Un mouvement, une agitation. On se leva, on s'écarta. Les hommes, avec leurs têtes de bois sombre et leurs tignasses hirsutes, reculèrent. Les femmes, froufrous dorés, haillons lacérés, s'évaporèrent. Les enfants s'enfuirent.

Précédée par son champ de force, la *drabarni* apparut enfin. Pas du tout l'allure imaginée par Minna : une vieillarde sans âge ni dents, ridée comme une pomme cuite. Rupa Vana était une jeune femme au visage racé, avec des yeux en forme de plumes noires et une bouche gorgée de pulpe. Elle portait un foulard rouge placé très haut sur son crâne, faisant bouffer sa chevelure et lui dessinant une sorte de diadème écarlate.

Toni était déjà debout, au garde-à-vous. Il retrouva son bagou, enchaînant des phrases en romani sans même prendre le temps de respirer. Rupa ne lâchait pas des yeux les visiteurs. Son seul regard les rétrogradait au rang d'intrus indésirables.

Enfin, d'un geste, elle stoppa Toni dans son numéro de voltigeur et s'assit de l'autre côté du feu. Toujours sans un mot, elle glissa la main dans son corsage et en sortit une pipe longue comme une aiguille à tricoter. Nouvelle plongée, nouvelle prise : une blague à tabac en cuir.

Sans se presser, elle bourra sa pipe puis attrapa à main nue une braise du foyer avec laquelle elle alluma son tabac. Elle promena ensuite ses yeux de pierre noire sur les trois gadjé, tout en tirant des bouffées, les lèvres pincées.

Enfin, elle lâcha dans un allemand parfait, sans le moindre accent :

– Vous avez fait une longue route pour me voir. J'espère que vos questions valent le coup.

## 140.

Simon se sentait mal. Cet interminable voyage en voiture lui avait foutu la gerbe. Toute la nuit, ballotté comme un cageot, il avait fini par associer ces champs à perte de vue, qui se déroulaient comme une mer sous la lune, à son écœurement sans limite. Il n'en voyait pas le bout.

Maintenant, ils se retrouvaient parmi une bande de culs-terreux à boire une décoction d'orties ou quelque chose de ce genre, à la poursuite d'une légende. La seule bonne surprise était leur oracle. Vraiment belle. Une brune sauvage aux airs de coup de feu, qui lui faisait penser à Circé la magicienne. Mais pour le reste...

Ils étaient à la recherche du Nanosh, un croquemitaine tsigane censé venger ces familles persécutées, stérilisées, décimées... Et ce golem obscur se trouvait être justement l'Homme de marbre ? Un homme capable de prélever des fœtus sur des femmes inaccessibles, un tueur capable d'emmener ses victimes aux quatre coins de Berlin puis de s'enfuir à la nage ? Rien ne collait.

– C'est une affaire de *Kriss*, proféra Rupa.

Simon se concentra : il n'avait pas vraiment écouté depuis le début.

– *Kriss*, répéta bêtement Beewen, c'est quoi ?

– La loi, le jugement, le châtiment.

– Et le Nanosh, c'est votre bourreau ?

– Le juge et le bourreau, oui. Depuis des siècles, y a eu plusieurs Nanosh. Il se joue des gadjé, il les punit, et en même temps, il nous guide. C'est la *lixta*, la lumière.

Simon songeait à Moïse guidant les Hébreux réduits en esclavage chez les Égyptiens. Au Christ redonnant espoir aux Juifs sous le joug de l'Empire romain. Pas si étonnant que les Tsiganes se soient créé, eux aussi, un Sauveur.

– Un homme tue aujourd'hui à Berlin des épouses de personnalités nazies, reprit Beewen. Il les éventre pour voler leur fœtus. Le Nanosh pourrait-il agir aussi violemment ?

– Il est le seul juge. Ses actes reflètent les péchés des gadjé.

Un œil fermé, mâchoire carrée, Beewen semblait s'imprégner de ce monde souterrain, insoupçonnable, cinglé. Peut-être allait-il y trouver, enfin, l'assassin qu'il cherchait depuis des semaines. Peut-être allait-il y perdre la raison.

– Un homme agirait donc ainsi parce que les nazis vous ont stérilisés ?

– Je sais pas, gadjo. Et on parle pas d'un homme, là, on parle du Nanosh.

– D'accord. Mais c'est lui qui tue aujourd'hui, non ?

– C'est ce qui se dit parmi nous, oui.

– Comment êtes-vous au courant ?

– Le Nanosh est des nôtres. Il nous renseigne. Il nous transmet le message.
– De quelle façon ?
Elle eut un geste gracieux et indolent.
– La voix des Gitans est portée par le vent.
Beewen se passa la main sur le visage et reprit, une octave plus bas :
– Toni dit que vous connaissez le Nanosh.
– C'est vrai. Il vient de notre *kumpania*.
– Qui est-il ?
Un sourire s'épanouit sur ses lèvres généreuses.
– J'ai aucune raison de te répondre. La vengeance est en marche. Le Nanosh a défié le monde des nazis. Et les nazis sont à genoux. Tout ce qu'ils peuvent faire, c'est nous envoyer un homme en uniforme noir et deux médecins.
– Comment sais-tu que mes amis sont médecins ?
Nouveau sourire. Elle semblait jouer avec leurs esprits comme avec des billes de verre entre ses doigts agiles, les laissant, comme toute diseuse de bonne aventure digne de ce nom, mesurer son pouvoir.
Puis elle lâcha, l'œil narquois :
– C'est Toni qui me l'a dit.
Elle eut un rire de gorge, blanc et frais. Ce rire signifiait : « Ces gadjé, toujours aussi cons. »
Beewen crut bon de se justifier :
– Depuis le début des meurtres, on a suivi plusieurs chemins. On s'est perdus. Souvent. Mais on n'a jamais abandonné. Quelles que soient les atrocités commises par les nazis, il faut arrêter ces meurtres.
– Pourquoi ?
Pourquoi, en effet ? Les victimes étaient des gorgones nazies, des criminelles de guerre, alors que la guerre avait à peine commencé. L'idée même que les *Zigeuner*, les intouchables du Reich, au plus bas de l'échelle, puissent frapper aussi haut, aussi fort, à la tête

de la pyramide nazie, était stimulante, presque plaisante. *Auge um Auge, Zahn um Zahn*. Œil pour œil, dent pour dent...
Beewen n'avait que quelques secondes pour trouver une parade. Il déglutit – on pouvait voir sa glotte surnager au-dessus de son col –, puis il choisit de la jouer sur un autre plan :
– Si le Nanosh est bien l'assassin, on veut l'identifier avant qu'il ne se fasse tuer lui-même. Votre Messie ne doit pas finir sur la croix.
Cet argument parut porter. La *drabarni* se cambra et se passa la main dans les cheveux, repoussant cette épaisseur noire sous son diadème rouge.
– Le Nanosh est une femme.
Tout s'arrêta. Simon crut même avoir mal entendu. La foire aux aberrations était infinie.
Beewen :
– Tu peux me répéter ça ?
– Elle s'appelle Lena.
– Où est-elle ?
– Aucune idée.
– Tu m'as dit qu'elle appartenait à votre *kumpania*.
– Elle est partie il y a très longtemps.
– Partie où ? Avec qui ?
Rupa tira sur sa pipe, la bouche arquée. Comparé à cette révélation, tout ce qu'elle pourrait dire maintenant serait anecdotique.
– Avec les gadjé.
– Quoi ?
– Le Nanosh doit vivre avec les gadjé pour pouvoir les frapper au cœur. C'est son sacrifice. Il doit se salir les mains. Il doit devenir l'ennemi.
Simon se délectait de cette conversation dans une clairière de sable mauve comme un rêve, au bord d'une rivière roucoulante. Ils avaient rejoint le monde des songes...
– Comment s'appelle-t-elle ?

Beewen paraissait en état de transe, galvanisé par ces informations.
– Comment s'appelle-t-elle ? répéta-t-il plus fort.
– Je te l'ai déjà dit, Lena.
– Elle a gardé son prénom ?
– Non. Nous, on l'a donné à un nouveau-né quand elle est partie.
– Tu n'as pas la moindre idée de celui qu'elle porte maintenant ?
– Non. Elle vit maintenant dans le monde des gadjé. Le monde des riches. Elle nous venge, gadjo. On doit la laisser tranquille. Elle fait son œuvre.

Cette nouvelle piste, qui à bien des égards n'était qu'un long délire, était fascinante. Il fallait imaginer une Tsigane qui, physiquement, s'était totalement transformée. Il fallait avaler l'idée d'une bohémienne qui savait lire et écrire – et manger avec des couverts.

Mais comment Lena/Nanosh aurait-elle pu approcher les Dames de l'Adlon, l'élite de la société berlinoise ? Était-elle devenue domestique ? Leur avait-elle lu les lignes de la main ? Leur avait-elle vendu des sorts, des amulettes ?

Non. Simon sentait, et Beewen aussi sans doute, que Lena, en tant que gadjo, avait fait beaucoup mieux. Elle avait réussi à s'immiscer dans leurs rangs et à devenir l'égale de ces femmes riches et raffinées.

Rupa parut deviner leurs pensées – après tout, elle était voyante :
– Le Nanosh a un *draba*.
– Un pouvoir ?
– Oui. Il peut se rendre invisible.

Beewen rugit dans son col : trop, c'était trop. Il fit mine de se lever mais Rupa lui saisit le poignet. Ses doigts sombres, veinés de bleu, évoquaient une racine jaillie de terre.
– Écoute-moi, ordonna-t-elle, le Nanosh a une maladie.
– Quelle maladie ?
– Je ne peux pas en parler, c'est *mahrime*.
– Quel rapport avec son pouvoir ?

– Sa maladie *est* son pouvoir. C'est ça qui le rend invisible, tu comprends ?

Beewen avait sans doute envie de répondre « non ». Et Simon aurait bien fait la même chose. Mais le nazi ne voulait pas abandonner :

– Depuis des décennies, les Allemands vous recensent. Ils vous arrêtent, vous emprisonnent, vous obligent à vous identifier.

– C'est vrai.

– Les nazis ont utilisé des fiches pour vous localiser et vous déporter.

– C'est toi le nazi, c'est toi qui sais.

– Ta *kumpania* a-t-elle été recensée ?

– Plusieurs fois, gadjo. Sous le nom de Vana.

– À l'époque de Lena ?

Elle retrouva son sourire comme on enfile à nouveau une veste ou un gilet – l'air de l'automne se rafraîchissait et ces vieilles histoires ne la réchauffaient plus.

– Tu peux toujours essayer de la chercher de cette manière, mais ça ne te servira à rien. Lena n'est plus Lena.

Beewen se leva. Simon l'imita, Minna à sa suite. Les deux psychiatres n'avaient pas ouvert la bouche – après tout, le silence, ça les connaissait.

Il fallait laisser parler.

Il fallait que « ça » sorte.

Même si aujourd'hui, la vérité rimait avec impossible.


## 141.

Ils retrouvèrent Berlin à la nuit. Beewen avait roulé d'une traite, ne s'arrêtant que pour réquisitionner de l'essence quand ils en avaient besoin. Pas de pause, pas de repos. Il fallait gagner la capitale le plus vite possible. Ils avaient abandonné Toni chez les Vana. *Que Dieu lui vienne en aide.*

Désormais, une seule priorité : identifier le visage de Lena Vana. Depuis le début de l'histoire, ils n'avaient jamais envisagé sérieusement que le tueur puisse être une femme. Pourtant, cette hypothèse résolvait plusieurs énigmes. Comment l'assassin avait pu approcher les Dames de l'Adlon et les persuader de le suivre jusqu'au parc du Tiergarten ou au Köllnischer. Pourquoi, le jour des homicides, personne n'avait remarqué les victimes en compagnie d'un homme, quel qu'il soit.

Durant les dix heures qu'avait duré le retour, Beewen n'avait cessé de ruminer ces conjectures. L'Homme de marbre était une femme. Une créature mi-fantastique, mi-réelle, qui avait réussi à infiltrer l'élite nazie. Comment? Depuis quand? Sous quelle identité?

Tout ce qu'il avait, c'était un nom – Lena Vana –, sans doute recensé dans les années 20-30.

Il avait entendu parler du *Rassenhygienische und bevölkerungsbiologische Forschungsstelle* (Centre de recherche sur l'hygiène raciale et la biologie des populations), qu'on appelait RHF et qui était dirigé par le docteur Robert Ritter. Encore une fumisterie du Reich, un institut pseudo-scientifique qui avait débouché, comme d'habitude, sur des tombereaux de mensonges et de crimes.

Mais Ritter s'était livré à un recensement scrupuleux des Tsiganes d'Allemagne, envoyant ses équipes à travers le pays, vérifiant les registres des mairies, des commissariats, des églises, convoquant chaque famille de Gitans au poste de police le plus proche. Il avait lancé une taxinomie exhaustive des *Zigeuner*, consacrant à chacun d'eux une fiche – nom, casier judiciaire, empreintes digitales, photo anthropométrique, auxquels s'ajoutaient parfois des «mesures raciales».

Ces archives, qui s'étaient enrichies de celles de la Zigeunerzentrale (le Bureau central des affaires tsiganes, installé à Munich et qui se livrait au même recensement depuis la fin du XIXᵉ siècle), rassemblaient des informations sur plus de vingt mille personnes.

Dès son arrivée à Berlin, Beewen avait foncé à la Gestapo – à minuit, pas un rat dans le plus grand repaire de rats de la ville – et avait déniché en quelques minutes les informations qu'il cherchait. Les archives du RHF se trouvaient dans un bâtiment à part, à quelques pas du 8, Prinz-Albrecht-Straße.

La mission : retourner ces milliers de fiches jusqu'à trouver celle de Lena Vana. Même si elle avait changé de nom, ils découvriraient tout de même son visage et, qui sait, une information décisive qui leur permettrait de mettre la main sur elle.

Le centre d'archives, un simple bloc de béton, était tout récent. Coup de chance, l'archiviste en chef dormait sur place, dans un cagibi attenant à la grande salle des documents. L'homme, réveillé en pleine nuit, ne manifesta aucune mauvaise humeur. Au contraire. Il semblait heureux qu'on s'intéresse enfin à ces monceaux de paperasse, même à cette heure-là.

Les guidant à travers le bâtiment, il expliqua qu'on gardait ici toutes les archives concernant les *Untermenschen* (sous-hommes) : Juifs, Slaves, homosexuels, Tsiganes... Tout ce qui n'était pas aryen ni bon citoyen en Allemagne se trouvait fiché entre ces murs.

– Que cherchez-vous au juste ?
– Les fiches de recensement des *Zigeuner*, disons, entre 1920 et 1935.
– Pas de problème. Quelle région ?
– Breslau et ses alentours. Toute la province de Basse-Silésie.
– On y va ! fit l'archiviste en se frottant les paumes comme s'il voulait se réchauffer.

Ils sillonnèrent des allées d'étagères sous des néons laiteux abritant des remparts de dossiers, de classeurs, de cartons verrouillés derrière des grilles. Beewen s'attendait à devoir éplucher des murs de noms, de numéros jusqu'au petit matin, mais il n'était pas fort en calcul et son imagination lui jouait des tours.

Leur recherche concernait seulement quelques milliers de dossiers qui, en tout et pour tout, tenaient dans une dizaine de cartons format haut-de-forme. À eux trois, ils en auraient pour une heure.

L'archiviste leur apporta les boîtes sur une vaste table de travail.

– Voilà. Bon courage, Hauptsturmführer. Prévenez-moi quand vous aurez fini.

Ils se mirent au boulot, extirpant les piles de dossiers et les étudiant avec soin. Beewen ne voulait plus réfléchir. Encore un suspect. Encore des soupçons. Des faits qui collaient, d'autres qui ne collaient pas. Et surtout, un air de légende fantastique qui ne lui plaisait pas du tout.

Maintenant, ils en étaient à chercher une femme tsigane qui avait endossé, on ne savait comment, le rôle du Nanosh, puis s'était glissée dans la bonne société berlinoise afin de mieux en frapper le cœur. *Ben voyons.*

Cioban Levna
Luca Kendji
Rotar Plamen
Zidar Saip
Patakia Volkia
Komi Geza
Yalçin Dritta
Rus Khalil

Les noms n'étaient ni classés par ordre alphabétique, ni regroupés par famille ou *kumpania*. Il devait donc feuilleter tous les dossiers en espérant tomber sur le patronyme de Lena Vana.

Beewen prenait le temps d'observer les photos anthropométriques qui, la plupart du temps, accompagnaient les fiches. Pour la millième fois, il se répéta que toute cette histoire était absurde. Comment associer ces gueules basanées, ces visages rayés de cicatrices, de rides, de gerçures, aux Grâces du Club Wilhelm ? Même si leur beauté était une cuirasse mensongère, cachant des âmes noires et des cœurs cruels, elles restaient la crème de Berlin. Comment une femme venue de la boue de Silésie aurait-elle pu se hisser à leur hauteur ?

Beewen voyait défiler entre ses doigts ces gueules sombres, ces fichus moitié soleil, moitié haillons, ces boucles d'oreilles trop lourdes qui leur déformaient les lobes. De telles femmes n'avaient pas leur place à l'hôtel Adlon.

Même en imaginant...

Il s'arrêta net. Un portrait venait de jaillir d'une chemise avec la puissance de la foudre et l'autorité d'un miracle divin.

Avant même de lire son nom, Beewen sut que c'était elle. La *drabarni* avait dit : « Sa maladie est sa force. »

Cette maladie, il l'avait maintenant sous les yeux. Elle irradiait ces images à la manière d'une évidence et aussi d'une monstruosité. *Sa maladie est son pouvoir. C'est ça qui la rend invisible, tu comprends ?*

Il comprenait ce qu'avait voulu dire la sorcière. Le handicap de Lena Vana était bien un atout dans le monde nazi, et le meilleur moyen de devenir *transparente*.

Car Lena n'avait ni les cheveux noirs ni la peau brune.

Elle n'avait pas les yeux marron ni les sourcils broussailleux.

Lena Vana était albinos.

Même sur les photos, on devinait sa fragilité maladive. Sa peau était plus pâle que du papier vélin et ses cheveux si clairs qu'ils en semblaient blancs. On osait à peine regarder ce minois de porcelaine, de peur de le briser.

D'un coup, tout s'éclairait à la lumière de cette créature diaphane : Lena Vana, pure Tsigane, n'avait sans doute eu aucun mal à se fondre parmi les Dames de l'Adlon. Elle était aussi blonde que les Gorgones d'Unter den Linden. Aussi raffinée qu'une Margarete Pohl ou une Greta Fielitz.

Et beaucoup plus belle...

Cette créature – le Nanosh, la *lixta*, la « lumière », béni soit son nom – avait su devenir amie avec les Dames de l'Adlon et, le moment venu, les avait attirées dans son piège.

Quand Beewen parla, il ne reconnut pas sa voix :

– Je l'ai trouvée.
Simon, qui cherchait à ses côtés, s'approcha.
– Tu l'as déjà vue ? demanda le gestapiste.
En découvrant la photo, Simon devint plus blanc encore que l'adolescente albinos. Le sang parut se retirer d'un coup de son visage, comme brutalement aspiré par un siphon de sidération et d'effroi. Il parvint tout juste à balbutier :
– Je la connais, oui. Elle s'appelle Magda Zamorsky.

## 142.

En matière de belles baraques, Minna von Hassel s'y connaissait. Il y avait la villa Bauhaus où elle avait grandi, les résidences secondaires sur l'île de Sylt, dans la vallée de l'Elbe et sur les pentes du Großer Arber, ou encore le manoir de tonton Gerhard et les splendides demeures des familles «amies» des von Hassel. Mais elle n'avait jamais vu de résidence comme celle de Magda Zamorsky.
Un vrai château. Non pas une pièce montée comme les affectionnaient les monarques et aristocrates germaniques depuis la fin du XIX$^e$ siècle mais une forteresse massive, moellons serrés et créneaux carrés, tours abruptes et douves profondes... Un bastion aux airs de prison ou de place forte diffusant dans l'obscurité la couleur rouge de ses murs. Le «chez-soi» de Magda évoquait un vaisseau de sang roulant sur des flots de ténèbres.
Le bâtiment, au cœur du quartier de Dahlem (à quelques rues de la villa de Minna), s'élevait au fond d'un parc – pas très grand en revanche. Une sorte de jardin farouche où un étang venait lécher les remparts, les enveloppant comme une houppelande de joncs et de mousses.
Garés à l'extérieur des jardins, ils s'acheminèrent le long d'un chemin de gravier gris, presque luminescent sous la lune.

Le château dormait d'un sommeil de briques sombres. Seule une fenêtre était allumée, au premier étage. Les trois complices grimpèrent les marches qui menaient à la porte principale. Dans leur dos, une haie de pins semblait les observer avec une curiosité hostile. Quelque part, un animal nocturne poussa un cri qui ressemblait à un raclement de pelle sur le sol.

La porte n'était même pas verrouillée. Ils se coulèrent à l'intérieur. Malgré tout, ils caressaient l'espoir de surprendre l'ennemi. L'Homme de marbre. Le Nanosh. La délicate meurtrière aux cheveux blancs...

La brutalité qui caractérisait l'architecture du dehors s'atténuait ici... un peu. Comme chez tonton Gerhard, l'entrée était dallée de marbre et s'envolait, pour ainsi dire, le long d'un double escalier qui menait aux étages.

Des bagages jonchaient le sol. La princesse Zamorsky était sur le départ. Ils allaient emprunter un des deux escaliers quand Minna les arrêta d'un geste et leur désigna la double porte entrouverte du salon. Les deux hommes ne semblèrent pas comprendre. Sans un mot, Minna prit cette direction.

Sur la droite, des armures anciennes s'alignaient derrière les canapés et les tables. En face, des uniformes sur des mannequins de couture leur tenaient la dragée haute, multipliant pourpoints, vestes, sabres et épées... On aurait dit qu'une bataille se préparait entre toutes ces tenues guerrières, portées sans doute jadis par les aïeux de la dynastie Zamorsky.

Minna s'approcha et avisa les uniformes (malgré la pénombre, ils luttaient pour resplendir dans la grande salle morte). Elle n'y connaissait rien mais savait faire la différence entre un plastron d'arquebusier et une veste d'officier napoléonien. Elle remonta ainsi le temps jusqu'à un uniforme de Gruppenführer SS – sans doute qu'à ses heures perdues, le prince d'origine polonaise avait trouvé le temps de devenir général.

Minna vérifia aussitôt un détail et faillit hurler. Le fourreau, suspendu à son attache d'argent frappée d'aigles et de runes SS, était vide. Pas de dague en vue. Beewen et Simon, qui l'avaient suivie, lui firent signe de revenir. Mais quand elle leur désigna la ceinture de l'uniforme, ils restèrent à leur tour pétrifiés.

Ils y étaient. Ils y étaient vraiment. Au cœur de l'antre du tueur, dans son repaire insoupçonnable, ce bastion d'un autre temps qui protégeait une princesse solitaire.

Ils revinrent aux escaliers et montèrent en file indienne, sans faire le moindre bruit. Le couloir de l'étage n'offrait aucune surprise : un tissu rouge sombre courait le long des murs ornés d'armes anciennes et de têtes d'animaux naturalisées. Dans ce décor funeste, qui ressemblait au rêve sanglant d'un chasseur, des portes de bois verni se dressaient comme des sentinelles.

Aucune difficulté pour trouver les appartements de Magda Zamorsky : une seule porte laissait échapper un rai de lumière. Ils avancèrent et se regardèrent – pour un peu, ils auraient frappé et attendu qu'on leur dise d'entrer.

Mais on n'en était plus là. Plus du tout.

D'une main ferme, Beewen (en bon nazi, il avait gardé ses gants de cuir) saisit la poignée et la tourna. En une seconde, ils furent tous les trois dans la chambre, presque surpris par la lumière indirecte, mais violente, qui y régnait. Un éclairage dur qui aiguisait chaque détail, à la manière d'une lampe d'autopsie : papier peint fleuri, coiffeuse Art déco, tapis épais aux motifs roses. Une chambre d'adolescente.

La princesse, ou la Tsigane, au choix, se tenait assise sur son lit, en chemise de nuit et gros pull, genoux repliés sous le menton. Deux lampes de chevet, de part et d'autre du large lit, l'éclairaient pleinement, comme des projecteurs de cinéma.

Elle tenait serré contre elle un oreiller et pleurait à chaudes larmes. Son visage ruisselait de lumière, comme celui d'une sculpture de marbre blanc sous la pluie.

Un détail prêtait à sourire, et même à s'attendrir : elle portait de grosses chaussettes d'homme.

– Je me demandais si vous arriveriez avant mon départ...

Simon avança d'un pas, comme s'il prenait maintenant l'initiative. Minna ignorait ce qui s'était passé entre eux mais

elle les avait aperçus la veille dans la serre du parc, baignant dans la buée. Simon avait aimé, ou failli aimer, cette passagère des songes, cette furie à la dague effilée.
– Magda..., murmura-t-il.
Elle l'arrêta d'un geste de princesse capricieuse, puis s'essuya le visage contre l'oreiller.
– Je m'appelle Lena, renifla-t-elle. Lena Vana. Magda Zamorsky, c'est le prénom et le nom que m'a donnés Papi.
Simon hocha la tête : il semblait à la fois croire et ne pas croire à ce moment.
– Qui est Papi ? demanda-t-il d'un ton qui ressemblait à un écho.
– Stanislaw, minauda Magda en enroulant une de ses mèches blanches autour de son doigt, prince de la Maison Zamorsky. Magnat de la *szlachta* polonaise. Héritier direct, dit-on, des Sarmates, peuple scythe de l'Antiquité. Papi, quoi. Mon aimé. Mon mari.
Simon toussa, manière de s'éclaircir la voix ou de se réveiller du cauchemar.
– Pourquoi tu l'appelais ainsi ?
– Cinquante-deux ans de différence d'âge, ça te dit quelque chose, mon p'tit Simon ?
– L'histoire, Lena, répondit-il. On veut toute l'histoire, et n'oublie rien, je t'en conjure. Ce n'est pas un jugement. C'est ta dernière chance de porter ta parole jusqu'aux humains.

# 143.

– Je suis née d'une feuille et d'un souffle, commença-t-elle d'une voix distante, presque distraite, d'un glissement de terrain et d'un grincement de carriole. Je suis née tsigane, lovara. Je suis née près de Krzeszów, au bord d'une rivière, dans le bassin de

Kamienna Góra, en Basse-Silésie. Mon père vendait des chevaux, ma mère cueillait du *lipa*, du *laïka*, du *chipka*... Dans votre langue, on dit : tilleul, camomille, cornouille... Personne n'a jamais parlé de ma... différence, mais on me regardait toujours avec crainte ou admiration. Très vite, on m'a appelée la *lixta*, la lumière, et j'ai su que j'étais promise à devenir une *drabarni* solaire, une sorcière blanche...

Simon, debout face au lit, contemplait cette Allemande magnifique qu'il avait rencontrée parmi d'autres Allemandes magnifiques. Une telle beauté chez les Tsiganes ? C'était unique, en effet...

Lena n'était pas blonde, elle était blanche. Sa peau n'était pas pâle, elle était transparente. Comme près de se déchirer, laissant voir un délicat réseau de veines sur les tempes, les joues, le front. Ses yeux n'étaient pas seulement bleus, mais incrustés d'éclats gris qui rappelaient une poignée de diamants étincelants.

– Un jour, le prince Zamorsky est venu chasser sur nos terres. Les siennes en réalité. Cette activité était sa passion. Il aurait pris en chasse ses propres gamins s'ils s'étaient enfuis dans la forêt. Mais Papi n'avait pas d'enfants. Il n'avait que ses chiens. Une meute implacable qu'il lâchait sur ses proies. Quand il a découvert notre *kumpania*, ça lui a semblé divertissant de traquer ces moricauds apeurés. Il y a eu des morts. Beaucoup. Mon père et ma mère, notamment. Et je ne parle pas d'éliminations propres et nettes au fusil, je parle de corps déchiquetés par les chiens, de cerveaux rendus fous par la peur... Je parle de familles réduites à l'état de viscères déployés dans l'herbe fraîche.

« Le prince Zamorsky s'est vite lassé de ce nouveau gibier, pas assez rapide, trop prévisible. Il allait repousser ceux qui avaient survécu en dehors de ses terres quand il a vu la lumière. Une enfant qui brillait d'une pâleur de lait parmi tous ces nègres, un fragment de miroir. Moi. Il m'a d'abord violée, j'avais douze ans, puis il m'a aimée, j'avais toujours douze ans. Il m'a donné un autre nom et m'a enfermée dans son château, ici même, à Dahlem. C'était comme une histoire de gadjé, ce genre de contes que vous racontez à vos gamins pour leur foutre les jetons ou les faire rêver, je ne sais pas. Moi, je le vivais chaque jour et je n'avais pas peur. J'étais morte depuis la première chasse, depuis la mort de mes parents.

« Papi m'a appris un tas de choses – à commencer par la langue allemande. Il a engagé des précepteurs, des maîtres, des entraîneurs. J'ai reçu une éducation d'élite. Et la nuit, j'avais droit à ses sales pattes aux ongles noirs. Parfois, on voyageait. C'étaient alors les musées, les restaurants, puis, la nuit, toujours ses râles de mammifère vieillissant. Je ne lui en ai jamais voulu. Je le plaignais au contraire. C'était un pauvre bonhomme âgé, esclave de ses désirs, toutes ces puissances sombres qui refusaient de s'éteindre en lui. Ce corps... Seigneur. Une sorte d'enveloppe flasque d'où saillaient des os, comme si, sous ses chairs avachies, son squelette piaffait déjà...

« Mon calvaire n'a pas duré longtemps. Passé mon quinzième anniversaire, il n'était déjà plus foutu de coucher avec moi. Il en aimait seulement l'idée. Il aimait me voir nue, me caresser et, les jours de grande forme, me faire jouir – mais lui, Seigneur Dieu... Ses seules parties dures étaient ses côtes ou ses mâchoires...

Simon mémorisait chaque parole. Il disséquait les origines du mal, comme dans une psychanalyse fulgurante. Il surprenait aussi, en écho à ces mots, de multiples altérations dans le physique de Magda. Des reflets de coquille d'œuf dans les cheveux, un éclat gris, presque une taie, sur un de ses yeux, une carnation anémique, malsaine... Tout ce qu'il avait trouvé si pur, indicible – et répondant à une perfection inaccessible –, semblait maintenant relever de la maladie. Toute cette blondeur se résumait à un déficit de mélanine, une tare physiologique. Cette grâce n'était que difformité de la nature.

– J'étais très forte en sport. Tennis, équitation, et surtout natation. L'année de mes dix-sept ans, je ne suis pas passée loin de la sélection nationale... Papi m'exhibait partout. Il était très fier. Il me présentait comme une petite-nièce de Breslau qu'il avait prise sous son aile. En réalité, on était déjà mariés.

Je jouais le jeu. Je n'avais pas le choix. Mais pas une seconde, sous ma peau blanche et mes cheveux blonds, sous mon nouveau nom et mon éducation allemande, je n'ai oublié qui j'étais. Une Tsigane du Kamienna Góra, une Lovara qui, avant même de savoir parler, montait déjà à cheval.

« Ma jeunesse n'a été qu'une maladie – et je ne parle pas de mon albinisme. Je ne parle pas non plus des besoins sexuels de mon pauvre Papi. Je parle de cette imposture, de ce mensonge permanent. À l'université – j'avais choisi médecine –, dans les clubs de sport, dans les soirées, tout le monde louait ma blondeur, ma beauté. Mais c'était comme s'il était question de quelqu'un d'autre. Au fond de moi, je restais une Tsigane, illettrée, nomade. Je n'avais qu'une obsession : retrouver ma vraie famille, réveiller mon sang noir palpitant sous cette pâleur qui était une usurpation. J'ai finalement sombré dans la dépression. J'ai arrêté les études, le sport, ma vie mondaine. Je me suis scarifiée. J'ai cessé de me nourrir. J'ai tenté de me suicider. Pour me distraire, Papi me projetait des films : *Asphalte*, *Der weiße Dämon*, *Der blaue Engel*, *Viktor und Viktoria*, *Der Geist des Weltraums*... Celui-ci me rendait folle. J'étais terrifiée, et en même temps fascinée par cette créature de l'espace...

« Quand on est en dépression, l'esprit se fixe sur des détails qui se dilatent au point de remplir tout votre cerveau. Le masque du Fantôme a joué ce rôle. Je me suis convaincue que si je pouvais posséder ce visage, je guérirais de mes souffrances. En devenant le "*Geist*", je trouverais enfin une cohérence à mon errance... Je suis allée aux studios de Babelsberg, j'ai appris que le masque avait été détruit. Je connaissais Kurt Steinhoff. Il m'a donné le nom et l'adresse de l'artiste qui l'avait fabriqué. J'ai rencontré Ruth Senestier et je lui ai proposé beaucoup d'argent pour qu'elle me reproduise le masque. Mes Reichsmarks ne l'intéressaient pas. Elle voulait autre chose. J'avais couché tant de fois avec un vieux prince à la bite décatie, pourquoi pas avec une femme ? Ruth est devenue dingue de moi. Elle a moulé mon visage puis elle a créé, par galvanoplastie, un masque en cuivre. La réplique exacte de celui du film. Enfin, elle l'a peint pour lui donner un rendu de marbre. Quand elle me l'a donné, je l'ai injuriée et je me suis enfuie.

« Ensuite, Papi est mort. Pneumonie foudroyante. On était en 1937. Il avait tué mes parents, il m'avait violée, asservie, détruite, mais il était ma seule famille. Sans lui, je n'étais plus rien. Je me suis recluse dans la salle de cinéma et j'ai visionné, encore et encore, *Le Fantôme de l'espace*. La nuit, je sortais avec mon masque et je tuais les chiens de Papi. Ces chiens qui avaient dévoré mes parents. Je les mangeais crus, je buvais leur sang, je me sentais revivre. Avec un tel régime, je suis tombée malade. On m'a hospitalisée, on m'a alimentée par perfusion. Quand je suis rentrée au château, des hommes m'ont expliqué que j'héritais de l'entière fortune de Papi. J'étais devenue la femme la plus riche de Berlin mais je m'en moquais. Durant mon hospitalisation, j'avais perdu mon masque. Je ne pouvais plus me protéger…

« Je suis retournée voir Ruth Senestier pour qu'elle m'en fabrique un nouveau. Elle a refusé. Nous nous sommes battues. Je hais les gouines. J'ai cru que j'allais sombrer à nouveau. Alors, je me suis souvenue des miens, les Tsiganes de Silésie. Je devais retrouver ma *kumpania*, mes frères gitans sauraient m'aider. Ils m'ont accueillie comme si j'avais été la Vierge noire. Tout le monde me croyait morte. Je me suis installée auprès d'eux. Une princesse polonaise, une reine de Berlin, réfugiée auprès d'éleveurs de chevaux, vivant à ciel ouvert. Ces retrouvailles avec les Vana m'ont sauvée. Je me suis reconstituée. J'ai ramassé les débris de mon âme et je les ai réassemblés. En vérité, ma paix était illusoire. La nuit, des visions revenaient me torturer, mes parents déchiquetés, les chasses de Papi qui avaient rendu fous les miens… Avant d'être enlevée, j'avais vu cette scène épouvantable : un de mes frères tentant de traverser un lac pour échapper aux chasseurs. Papi l'avait suivi en barque et l'avait poignardé, dans le cou, dans le dos, alors qu'il ne savait même pas nager…

« J'étais de retour chez les Vana et tout ça remontait, me submergeait. Mais il y avait quelque chose d'autre… Autour de moi, les femmes évoquaient à voix basse un secret. On ne traitait plus les enfants comme avant. Parfois, ils étaient choyés, d'autres fois repoussés, sans raison. Les hommes se figeaient dans leur silence. Leurs visages, mon Dieu, ressemblaient à des pièges à loups qui se seraient refermés sur une souffrance insondable. Il y avait ici une grande blessure. Je la sentais battre sans en connaître la nature ni l'origine.

« C'est Rupa qui m'a tout raconté. Les Vana avaient été stérilisés de force deux ans plus tôt. Ils avaient été parmi les premières victimes de la campagne d'hygiène raciale. On avait expérimenté sur eux des méthodes, des techniques qui dépassaient l'imaginable. Les langues se sont déliées. Les opérations quasiment à vif, les ovaires arrachés, les aiguilles enfoncées dans le vagin, les castrations... Le hurlement des femmes qui appelaient leur mère quand on leur injectait de la soude caustique... L'histoire d'un de nos frères qui, après avoir été opéré sous péridurale, encore allongé sur la table d'opération, avait vu le médecin exhiber devant ses collègues son testicule sanglant, tout juste prélevé. La *drabarni* ne m'a pas laissé le temps de m'affliger. Elle m'a révélé ma vraie nature. J'étais le Nanosh, la seule capable, sinon de sauver les miens, au moins de les venger. J'étais blonde, j'étais riche, j'étais allemande. Je pouvais m'insérer dans les rangs des assassins et les tuer à mon tour – à commencer par celui qui avait dirigé les opérations, un petit homme rouquin, jovial et affable, d'une cruauté sans limite... Je n'ai eu aucun mal à mettre un nom sur ce monstre, Ernst Mengerhäusen. Je l'avais déjà croisé dans les cocktails nazis. Il était là, à portée de main, je pouvais le tuer au moment de mon choix. Mais j'ai découvert que lui-même avait un plan : créer des enfants aryens selon ses propres critères. J'ai compris que je tenais là une meilleure vengeance. Il nous avait détruits, j'allais détruire sa lignée...

« La suite, vous la connaissez. J'ai commencé à fréquenter les Dames de l'Adlon, j'ai joué les mondaines, j'ai identifié celles qui participaient au programme du médecin, Susanne Bohnstengel et les autres... En enquêtant sur elles, je me suis rendu compte qu'elles ne valaient pas mieux que Mengerhäusen lui-même... J'ai décidé de les tuer, de réduire à néant cette génération d'enfants aryens, ces créatures soi-disant supérieures... Je ne me suis jamais résolue à éliminer Mengerhäusen lui-même, je voulais qu'il souffre, qu'il voie son plan s'effondrer, ses "enfants" disparaître...

« Il me fallait agir dans les règles. Après tout, j'étais le Nanosh, l'ange exterminateur. Or le Nanosh, avant d'agir, visite ses victimes dans leurs rêves, il évolue entre la réalité et les songes... J'ai commencé à lire des parutions scientifiques sur l'univers onirique. Le plus drôle, c'est que ce sont les tiennes, Simon, qui m'ont mise sur la voie. Dans ton étude sur les cycles du sommeil, tu expliquais qu'il suffit de montrer quelque chose à un dormeur durant son sommeil profond pour qu'il l'intègre dans ses songes... J'ai décidé d'apparaître en rêve à mes victimes avant de les tuer. Mais il fallait que le Nanosh ait une allure terrifiante, inoubliable. J'ai tout de suite pensé au masque. À mes yeux, il bouclait la boucle.

« Je suis retournée voir Ruth et j'ai dû coucher encore avec elle. Finalement, elle m'a fabriqué un nouveau masque. Je voulais lui laisser la vie sauve mais j'ai compris qu'elle allait parler. J'ai dû la tuer aussi...

« Le reste a finalement été très simple. Il m'a suffi d'utiliser la dague de Papi. Les Dames de l'Adlon n'ont opposé aucune résistance. Elles étaient en confiance. Nous nous sommes faites discrètes, ça les amusait beaucoup, je leur promettais de leur livrer un secret... Après les avoir sacrifiées, je me déshabillais et je rentrais à la nage. Durant cette période, plusieurs fois, j'ai croisé Mengerhäusen. Moi seule lisais sur son visage sa détresse : son projet de longue date, mûri au fond de son Lebensborn, était détruit par un tueur insaisissable contre lequel il ne pouvait rien...

Il y eut un long silence. Ils étaient enfin parvenus au pied de l'arbre de vérité et ils semblaient attendre encore que la foudre vienne les frapper. À moins qu'ils ne soient déjà foudroyés.

Ce fut Simon qui brisa le silence – Simon qui, fidèle à ses obsessions, aspirait à connaître tous les détails :

– Et l'affiche ?
– L'affiche ?
– Dans la galerie des Tilleuls. Celle que j'ai achetée et que tu m'as volée.

Magda gloussa :
– C'était presque pour te faire plaisir. C'est vrai que je suis venue souvent admirer cette image... Mais à la fin de l'été, je n'en étais plus là. Le Fantôme de l'espace, c'était moi.
– Pourquoi me l'avoir volée ?
– Je suis surtout venue te provoquer, pénétrer tes rêves. Mais le petit Simon a du ressort. Il a fallu que tu me poursuives jusque dans les égouts. Un de mes meilleurs souvenirs.
– Et les vêpres, pourquoi m'as-tu conseillé d'y aller ?
– Parce que vous pataugiez dans cette enquête. Je vous observais... Je vous ai vus traquer ce bonhomme défiguré... Vous n'avez jamais compris la grandeur de ma vengeance. Depuis le départ, il vous manquait un élément crucial : les victimes étaient elles-mêmes des bourreaux. Il fallait que tu voies de tes propres yeux cette messe et ces paroissiens fanatiques...
– Pourquoi, ces derniers jours, tes visites ?
– Pour les mêmes raisons. Vous vous étiez encore fourvoyés avec Kurt Steinhoff, qui avait un bon profil, je dois l'admettre. Mais vous ne compreniez toujours pas l'essence des meurtres : une vengeance. Je devais te mettre sur la voie du mobile. Des Gorgones prêtes à engendrer des monstres. Mengerhäusen qui comptait sur la beauté des *Mütter*, mais aussi sur leur âme corrompue pour préparer l'avenir du Reich, sa future génération...

Soudain, Beewen parut en avoir marre :
– Tout est fini, Magda. Nous allons t'emmener au...

Elle éclata de rire. Son rire, totalement blanc, seyait particulièrement à son physique décoloré et aux lampes de chevet trop vives. Elle paraissait prête à disparaître sous leurs yeux dans un éclair de magnésium.
– Mais vous ne pouvez rien contre moi ! Je suis déjà morte depuis longtemps !

– Ça ne t'empêchera pas de répondre de tes crimes.

Ces mots solennels étaient dérisoires dans cette chambre de jeune fille saturée de folie criminelle.

Lena/Magda chuchota d'une voix boudeuse – elle enroulait toujours ses boucles autour de son index :

– De toute façon, vous arrivez trop tôt.

– Trop tôt ? répéta Simon.

– Je n'ai pas fini mon travail.

– Tu veux dire...

– Il reste une mère, oui. Le projet de Mengerhäusen comprenait cinq *Mütter*. La dernière est encore en vie.

– Qui est-ce ?

Magda glissa sa main sous l'oreiller qu'elle serrait toujours contre son ventre. L'instant d'après, elle tenait une dague nazie. Un reflet courut sur l'acier comme une goutte de mercure.

– Moi.

Avant que Simon ait pu esquisser le moindre geste, Magda s'enfonça jusqu'à la garde la lame entre les cuisses. Une giclée de sang jaillit entre ses jambes, inondant aussitôt les couvertures du lit. Simon attrapa l'oreiller pour tenter d'enrayer l'hémorragie mais Magda bloqua son geste.

– Non.

Les yeux mi-clos (Simon pouvait distinguer chacun de ses cils trop blonds), elle lui murmura :

– Tu dois chercher encore, Petit Poucet... Vous n'avez rien compris au sens profond de l'histoire. Seule comptait « l'opération Europa »...

Simon essuya le sang qu'il avait dans les yeux et constata que Magda Zamorsky, jadis Lena Vana, était morte. Il passa encore le revers de sa manche sur ses paupières et réalisa que ce n'était plus du sang qui obstruait sa vue, mais des larmes.

# V
OST

## 144.

En novembre 1942, perdu dans le haut Caucase, Franz Beewen n'aurait su dire comment il en était arrivé là. C'était si loin... *Souvenirs*. L'enquête sur les Dames de l'Adlon en mode mineur (personne n'avait jamais su la vérité). La guerre en mode majeur, balayant tout sur son passage. L'Obergruppenführer Perninken, finalement assez réglo pour lui offrir de prendre les armes – non pas d'intégrer la Waffen-SS (il ne voulait plus entendre parler des SS), mais de rejoindre la véritable armée allemande, la Wehrmacht. Il lui avait même fait gagner du galon : c'est en tant qu'Oberstleutnant – lieutenant-colonel – que Franz avait intégré la *Heer*.

À l'époque, Beewen n'était pas entré dans les détails – loin de là –, mais il avait soufflé à son supérieur :

– Je vous certifie que Magda Zamorsky sera la dernière victime de cette affaire.

Au ton de sa voix, l'Obergruppenführer avait compris que cette fois, c'était la bonne.

– Et le meurtrier ?

– Il s'est éteint avec elle.

Dossier clos. Au fond, ni Perninken ni même, au-dessus de lui, les Himmler et compagnie ne tenaient à connaître les détails.

Ils avaient d'autres chats à fouetter et, dans la tourmente de la guerre, ils n'en étaient plus à une exécution près. L'important était que de tels assassinats ne se reproduisent plus.

Franz était aussitôt parti sur le front polonais, puis aux Pays-Bas. Des noms, des cartes, des batailles. Il avait enfin sa guerre. Pourtant, la cohérence de son destin lui avait échappé. Il voulait se battre contre les Français ? Les *Schangels* étaient si minables qu'ils avaient perdu la guerre sans même la commencer. Il voulait venger son père ? Le vieux était mort asphyxié par des gaz allemands. Même sa haine avait pris du plomb dans l'aile. L'enquête sur les Dames de l'Adlon l'avait initié à d'autres valeurs.

L'amitié d'abord. Minna et Simon lui manquaient. Maintenant, il pouvait le dire : pas un jour depuis l'été 39 n'était passé sans qu'il pense à eux. L'intelligence ensuite. L'enquête avait suivi tant de méandres… Beewen avait pris goût à la réflexion. Même s'il s'était toujours efforcé de coller aux faits, il avait apprécié cette part laissée à la gamberge. Après tout, il valait peut-être mieux que les coups de matraque qui avaient constitué son quotidien depuis l'adolescence.

Sur les champs de bataille, il était devenu stratège, parlait d'égal à égal avec sa hiérarchie, proposait des solutions… Il jouissait de voir ensuite ses idées mises en œuvre. Pour les officiers, la guerre est une abstraction, un jeu de manigances et de paris payés sur le terrain… par d'autres.

Beewen rajusta son uniforme, s'observa dans le miroir sale, puis enfila un long manteau de cuir noir à col de fourrure. Il sortit de sa casemate. Le jour n'était pas encore levé. Depuis le seuil, il posa un regard distrait sur le décor sinistre qui l'entourait. Ses hommes dormaient sous l'averse, protégés par des bâches qui formaient des poches d'eau au-dessus des corps. Le crépitement dans ces vasques, le ronflement des hommes, le feulement du vent, à chaque détail son bruit… On avait rendu ces gars à leur état d'origine – celui de bêtes, ou même, avant encore, de magma putride. Cette nuit-là, une seule chose comptait : ne pas avoir froid. Les soldats s'agglutinaient les uns contre les autres, jusqu'à ce que le sang de chacun réchauffe la fine pellicule de pluie qui les reliait entre eux.

L'Oberstleutnant n'avait aucune sympathie pour ses hommes – une bande de cons, dociles jusqu'à la mort. Mais enfin, il avait fini par être touché par toute cette souffrance, cette misère. Les soldats allemands étaient les salauds – il n'y avait pas à y revenir. C'étaient eux qui avaient provoqué la guerre, eux qui avaient bouleversé l'ordre du monde, eux qui avaient attaqué, pillé, détruit. Pugnaces et courageux, ou lâches et sadiques, ils étaient de toute façon la lie du monde, et la terre se refermerait sur eux, aucun doute.

Mais les troufions qu'il avait sous ses ordres ne ressemblaient pas à des salauds. Des blessés, des désespérés, des malades... Sous leurs casques, il voyait des visages verdâtres (dysenterie), jaunes (hépatite) ou velus (allez savoir pourquoi, les carences alimentaires faisaient pousser les poils). Ces gars-là n'étaient que de la chair à obus, et aucun ne rentrerait vivant chez lui.

L'Oberstleutnant ne savait pas vraiment où ils se trouvaient. Le contact avec l'état-major était rompu. Les cartes ne s'accordaient pas entre elles. Quant à leur propre sens de l'orientation... Les Russes avaient fini par être leur seul repère. Beewen leur était presque reconnaissant d'être toujours là, à attaquer, à mourir, à renaître. L'ennemi soviétique constituait la seule chose sur laquelle ils pouvaient compter.

Pour le reste... Rien que les noms les plongeaient dans l'effarement. Maïkop. Krasnodar. Naltchik. Mozdok... À Maïkop, l'été dernier, ils avaient remporté la victoire, mais alors qu'ils pensaient mettre la main sur des puits de pétrole, ceux-ci s'étaient avérés sabotés. Ils avaient continué d'avancer parmi les montagnes noires, les peuples barbares, pendant que l'hiver marchait à leur rencontre.

Il y avait encore des optimistes pour dire que l'Allemagne dominait toute l'Europe, de la France à la Volga, du cercle polaire arctique en Norvège jusqu'aux déserts d'Afrique du Nord. C'était vrai. Le Reich de mille ans avait conquis un espace vital inouï, digne de ses ambitions, mais des signes ne trompaient pas. Les fissures dans le tableau se multipliaient, et Beewen flairait depuis longtemps l'odeur de la défaite.

Au nord, à Stalingrad, les hommes de la 6ᵉ armée allemande s'étaient fourvoyés dans un combat au corps à corps, en pleine ville, qui allait les engloutir. L'hiver aidant, les troupes soviétiques se refermeraient sur eux comme les glaces du lac Peïpous sur les chevaliers Teutoniques, au XIIIᵉ siècle.

Malgré la désinformation – il était interdit d'en parler –, on savait aussi que les Alliés, à plus de six mille kilomètres de là, avaient ouvert un nouveau front en Afrique du Nord. Là aussi, la défaite était certaine. Les neiges de Russie, les déserts du Maroc... L'Allemagne n'avait pas seulement les Alliés contre elle, mais aussi la nature.

Et puis, il y avait eux : la première et la quatrième Panzerarmee (armée blindée), les chercheurs d'or noir, les conquérants des champs de pétrole, perdus dans le néant. Après les victoires de l'été, l'automne les avait vus s'enliser dans la boue glacée du Caucase. Début novembre, ils avaient conquis Naltchik, puis avaient poussé jusqu'à Vladikavkaz, dernière étape avant d'atteindre Grozny. Mais les Russes les avaient alors repoussés et ils étaient maintenant à l'arrêt, dispersés, paumés, indécis...

Les ordres d'en haut étaient toujours les mêmes : avancer ! Facile à dire le nez sur une carte, au chaud dans un quartier général. Ici, parmi ces montagnes inconnues, dans un froid à fendre la caillasse, il n'y avait plus rien à faire. Même les Russes ne montaient plus au front : ils les laissaient simplement crever de froid.

En Ukraine, Beewen avait déjà affronté le blizzard. Un souffle capable de vous arracher votre fusil des mains ou de vous péter un bras si vous vous risquiez à le sortir de votre manteau pour allumer une cigarette. Mais là, dans ces corridors montagneux, c'était pire encore. Le vent se concentrait pour soulever les

Panzer et renverser les fourgons, décoller les rochers et déraciner les arbres.

Beewen déambulait toujours parmi ses hommes. Au-delà des crêtes montagneuses, les bombardements semblaient redoubler mais il aurait été bien en peine de dire qui, là-bas, tirait sur qui. La pluie ruisselait sur la visière de sa casquette, le ciel noir se fermait au-dessus et il n'y avait que ces lumières lointaines, les lumières de la mort, pour lui rappeler qu'ils étaient parvenus au bout de l'espoir.

En vérité, durant ces trois années, une pensée – une obsession – ne l'avait jamais quitté. Les Dames de l'Adlon. Ils avaient résolu l'affaire, aucun doute là-dessus. Magda Zamorsky, la Tsigane aux cheveux blancs, était l'Homme de marbre. Ils avaient obtenu ses aveux. Ils avaient saisi son mobile, sa méthode, sa rage. Ils l'avaient même, bien malgré eux, anéantie.

Restaient ses derniers mots : « Vous n'avez rien compris... Seule comptait l'opération Europa... » Ces quelques syllabes n'avaient jamais cessé de le hanter. Qu'avait voulu dire Magda ? Chez les nazis, les plans d'attaque et les stratégies militaires portaient toujours des noms grotesques. Opération Barbarossa. Opération Fall Blau. Opération Edelweiss... Mais une opération Europa, il n'en avait jamais entendu parler. Cela concernait-il la France ? la Scandinavie ? la Grèce ? d'autres pays encore ? Ou bien s'agissait-il d'un projet global ?

La vraie question était ailleurs. Quel lien pouvait-il exister entre une manœuvre militaire d'envergure et la mort de quatre – cinq, si on comptait Magda – Berlinoises ? Il y avait là une différence d'échelle qui ne collait pas. Un décalage entre les plans mégalomaniaques d'Hitler et l'assassinat de quelques candidates à la maternité.

En trois années de conflit, il avait tout encaissé dans l'ordre de l'horreur et de la douleur – de ce côté-là, il était plus blindé qu'un Panzerkampfwagen. En revanche, ces mots lui faisaient toujours mal : l'opération Europa...

Et voilà qu'hier, alors qu'ils s'éloignaient de Vladikavkaz, ils étaient tombés, par hasard, sur un autre régiment de la 4. Panzerarmee. Les officiers s'étaient entendus sur les manœuvres à suivre puis ils avaient dîné – un grand mot : les ravitaillements n'arrivaient plus.

C'est à ce moment-là, au hasard des anecdotes échangées, que Beewen avait attrapé une information inespérée. Une donnée qui allait lui permettre, même ici, au cœur du grand néant, de reprendre l'enquête sur les Dames de l'Adlon...

Enfin, il aperçut la voiture. Il avait demandé un véhicule discret, standard – un de ces engins militaires qu'on croisait par centaines sur les routes du Caucase ou d'Ukraine. Une VW 82 Kübelwagen ou « voiture baquet », couleur kaki, mais tellement constellée de boue qu'elle affichait une sorte de non-couleur, entre brun marécage et gris *feldgrau*. Parfait.

Suivant ses directives, on avait installé à l'arrière des bidons de carburant et calé une mitrailleuse au pied du siège passager. Il avait également exigé qu'on renforce la capote et qu'on colmate les portières pour éviter que le vent glacé ne le transforme en statue de glace avant d'arriver.

Son officier d'ordonnance jaillit de l'ombre.

– Oberstleutnant, tout est prêt.

Pour la forme, Beewen vérifia les essieux et le différentiel autobloquant – cette bagnole trapue était ce qu'on faisait de mieux pour tenir la route, même quand le chemin se résumait à une traînée de boue ou à rien du tout.

– Oberstleutnant...

– Quoi ?

Son aide de camp était un jeune gars de Munich tout rouge, à la peau si fine qu'on pouvait compter les gerçures sur ses joues.

– Si je peux me permettre, ce n'est pas votre rôle de porter ce...

– Ne t'en fais pas. J'ai donné des consignes. Le commandement sera assuré en mon absence.

Beewen s'était tout de même fendu d'un mensonge – un message urgent à porter à d'autres troupes, dans d'autres lieux.

Il allait quitter toute cette merde et la question ne se posait même pas de savoir s'il allait revenir. Déserteur, sans doute. Lâche, tout le monde l'était. Mais lui avait toujours la même excuse : son enquête.

L'aide de camp le gratifia d'un salut sec. Ce pauvre gars semblait plus fragile qu'un verre à pied. D'après la moyenne établie par Beewen, il n'avait plus qu'un jour ou deux à vivre.

Franz grimpa dans la VW 82 et attrapa le volant. Sa sensation immédiate fut qu'il saisissait la barre d'un petit navire prêt à essuyer toutes les tempêtes, pour atteindre le bout de l'horizon, le bord du soleil.

Il démarra et se fondit dans les ténèbres. Il avait réussi à dissimuler à son ordonnance son excitation. Il pouvait maintenant exulter, seul dans la nuit, en route pour un périple de plus de huit cents kilomètres. Une traversée du front en solitaire.

Il accéléra, dérapant dans les congères, chassant dans les flaques de boue. Il se sentait invincible. Il possédait un trésor – quelque chose qui brillait dans l'obscurité. Une information capitale qui valait tous les braseros du monde pour se réchauffer le cœur.

## 145.

– Éclats d'obus. Volet costal sur fracture de trois côtes successives avec ouverture cutanée en regard...
– Je prends, dit Minna.
– Éclats d'obus. Fracture ouverte de l'os frontal avec lésion du scalp hémorragique...
– On laisse tomber.

Le médecin se pencha et brisa en deux la plaque d'identité que le soldat portait autour du cou. Une partie restait en place, au bout de la chaîne, l'autre servirait à enregistrer le décès. Le visage du blessé n'était qu'un amas sanglant et le toubib, un jeune Roumain du nom de Constantin, eut du mal à décoller le petit morceau de zinc de cette bouillie visqueuse.

Minna reprit sa marche. Les soldats étaient allongés dans la boue, certains sur une civière, d'autres à même le sol, au pied de l'église orthodoxe à moitié détruite qui leur servait d'hôpital – disons plutôt de refuge.

Chaque fois qu'un nouveau convoi de blessés arrivait, la jeune femme, emmitouflée dans une houppelande de la Wehrmacht, se livrait à cette sinistre revue des troupes. Toute opération chirurgicale de plus d'une heure était proscrite.

– Membre inférieur déchiqueté sous le genou.

– Je prends.

Par prudence, elle l'amputerait au-dessus de l'articulation. L'intervention ne prendrait qu'une trentaine de minutes. D'ailleurs, elle la filerait au Roumain, qui progressait plus vite dans l'art de la scie à métaux que dans celui de la compassion.

– Disjonction de l'ensemble du massif facial, reprit-il avec son accent de terrassier. Fracture bilatérale des os maxillaires, des zygomatiques, des planchers des orbites.

Aujourd'hui encore, le spectacle de certaines plaies la révulsait. Ce visage coupé en deux... À hauteur du front, le crâne partait en arrière, alors que les arcades avançaient à la manière d'un tiroir resté ouvert.

– On oublie.

Elle se penchait vers le blessé suivant quand elle entendit le bruit de la plaque dans le petit bassin en fer-blanc. Ces agonisants devaient se contenter de ce cliquètement en guise de glas.

– Disjonction de la symphyse pubienne ouverte hémorragique...

Minna ne prit même pas la peine de regarder le corps : l'entrejambe n'était qu'un bain de sang et de viscères. Une opération de sauvetage aurait pu être tentée, mais dans un hôpital digne de ce nom. Pas dans une église en ruine où les mesures d'asepsie se réduisaient à zéro et où on opérait sans anesthésie.

– On oublie.

Elle s'arrêta un instant pour reprendre son souffle. Le jour était à peine levé. L'obscurité semblait s'accrocher à chaque détail, refusant de passer la main. On était le lundi 23 novembre 1942. Minna le savait parce qu'elle conservait toujours dans sa poche un petit calendrier à feuilleter – une sorte de carnet édité par la marque de bière Löwenbräu. Son seul lien avec le temps qui passait, avec la rotation de la Terre. Ici, dans ce vertige d'entrailles à recoudre et d'os à cisailler, les jours tournaient à la manière d'un vortex, vous entraînant au fond de la folie ou de la mort – au choix.

Minna n'était pas entrée en guerre. C'était la guerre qui était entrée en elle. Sans trop savoir comment, la psychiatre s'était retrouvée mobilisée en Belgique, en août 1940, un an après l'affaire des Dames de l'Adlon, puis au Danemark. Un boulot plutôt tranquille – elle se contentait de soigner les blessés légers et d'assurer une veille médicale auprès des armées. Puis, fin 41, on l'avait envoyée sur le front de l'Est.

Alors, elle avait découvert la médecine de guerre, la vraie – chirurgie sauvage, boucherie quotidienne sans moyens ni asepsie. Elle avait d'abord assisté les praticiens dans leur étripage à la chaîne, puis, peu à peu, avait pris le relais. Amputations d'abord, puis chirurgie viscérale.

Minna était devenue praticienne, poussée chaque jour par l'urgence des convois sanglants. Tout juste parvenait-elle, le soir, à potasser des livres afin de poursuivre sa formation. Chirurgie orthopédique, viscérale, respiratoire, maxillo-faciale... Toute la journée, toute la nuit, Minna opérait, coupait, charcutait, recousait. Elle apprenait le métier en sauvant des vies – et en en perdant. Il n'y avait pas à tergiverser. C'était elle ou personne.

On l'avait d'abord envoyée à Smolensk, puis à Dnipropetrovsk, jusqu'à ce qu'elle atterrisse là, dans les faubourgs de Stalingrad, où elle opérait les blessés sur l'autel du chœur. Alors qu'elle pataugeait dans l'hémoglobine, elle remerciait mentalement le groupe générateur qui couvrait les hurlements des patients avec son moteur et les odeurs de viande crue avec ses effluves de benzine.

Elle opérait des poitrines enfoncées comme des portes, des visages arrachés, des abdomens bouillonnants de jus, des viscères qui jaillissaient comme des tuyaux blanchâtres. Toute référence à l'être humain aurait été une erreur – et même une faiblesse. Il fallait s'accrocher aux modèles, aux schémas – de l'organisme humain considéré comme une mécanique – et essayer de s'y retrouver dans la bouillie écarlate et fibreuse qu'on lui livrait. C'était tout.

Autre faute à ne pas commettre : essayer de comprendre et d'évaluer la situation militaire. Mensonges, rumeurs, malentendus régnaient en maîtres et il était impossible de faire la part des choses. D'après ce qu'elle avait tout de même capté, Hitler, après un premier échec face à Moscou, s'était rabattu sur la Volga et le Caucase. Tout en envoyant ses troupes en direction des champs pétroliers des régions de Bakou et de Grozny, il avait décidé d'attaquer en même temps Stalingrad, afin de couper l'axe nord-sud de ravitaillement des Russes. Ce qui devait être une formalité s'était transformé en cauchemar pour les soldats, fourvoyés tout l'été dans des combats de rue inextricables.

Minna possédait un seul baromètre pour évaluer ces manœuvres complexes et souvent confuses, l'afflux des blessés. À juger comment ils déferlaient ces derniers temps, débordant largement les capacités du centre de soins, les armées allemandes seraient bientôt complètement décimées à Stalingrad. On parlait à voix basse de repli, de défaite, de débâcle...

– Section de l'artère carotide au niveau cervical par débris d'explosion toujours en place...

Minna eut une brutale montée de colère :

– Pourquoi on me présente des gars dans un état pareil ? Combien de fois je dois le répéter ? On perd du temps, là ! Il faudrait six heures pour tenter quoi que ce soit avec ça ! C'est du gâchis, *Scheiße* ! On passe !

Elle se frotta le front avec l'avant-bras – elle portait toujours ses gants de chirurgien croûtés d'hémoglobine –, alors que l'EK (*Erkennungsmarke*, la plaque d'identité) tintait derrière elle.

– Impacts de balles multiples au niveau de l'abdomen avec probable atteinte hémorragique de la rate et du foie...

Peut-être par contrecoup, peut-être par lassitude, elle décida de le prendre, même si l'opération exigeait au moins deux heures.

– Fracture vertébrale cervicale due à une explosion. Sans doute tassement des vertèbres C5, C6 ou C7... Pneumothorax sur blast. Paralysie totale à craindre et asphyxie en marche...

– On passe.

Elle ne songeait jamais à Berlin, ou alors rarement. Le nom même de cette ville lui était devenu étranger. Minna était comme enterrée vivante dans ce bourbier. Pas de passé ni d'avenir. Juste l'étouffement du présent.

D'ailleurs, il n'y avait pas grand-chose à se remémorer. La mort de Magda Zamorsky avait été sobrement annoncée. Minna n'avait pas dessoûlé. Elle était taraudée par cette dernière image : Magda, jambes écartées, parmi les draps et la courtepointe trempés de sang. Ils l'avaient abandonnée là, faisant comme s'ils n'étaient jamais venus, comme s'ils n'avaient jamais entendu la vérité sur l'affaire, comme si tout ça n'avait jamais existé...

Durant des semaines, Minna n'avait plus bougé. Beewen était parti au front comme on part pour une traversée à la nage. Simon, qui n'avait plus ni domicile ni cabinet, acceptait des missions dans des asiles et des dispensaires, toujours plus à l'est.

En tant que psychiatre, la baronne von Hassel était finie. Son univers n'avait plus aucun sens. Elle avait perdu la foi dans sa profession et n'avait plus le profil requis pour cette spécialité – on cherchait plutôt des bourreaux, des exécuteurs. Aussi, quand on lui avait proposé de rejoindre le front en tant que médecin non spécialiste, n'avait-elle pas hésité une seconde. Autant se rendre utile et, accessoirement, essayer de moins boire.

Le soir, quand elle pouvait enfin s'accorder quelques heures de sommeil, elle se repassait l'histoire de Magda Zamorsky, la petite Tsigane qui avait assumé son rôle de messie sauvage pour toute une communauté, la femme héroïque qui avait été jusqu'à se faire engrosser par un pervers nazi pour assouvir sa vengeance. Et puis, il y avait ces phrases : « Vous n'avez rien compris... Seule comptait l'opération Europa... »

Durant les trois années suivantes, Minna avait cherché à élucider ces mots à la lumière des manœuvres militaires du Reich. Jamais elle n'avait entendu parler d'une opération Europa...

– Docteur...

Elle sursauta : la revue des blessés était terminée. En réalité, elle n'était jamais achevée, mais Minna avait ramassé de quoi s'occuper pour les cinq ou six prochaines heures.

– Il faut commencer.

– Préparez tout. J'arrive.

Elle se décida à aller boire un café – elle n'avait rien avalé depuis la veille. Elle pénétrait dans l'église quand une voix inconnue l'interpella :

– Bonjour, Minna.

Elle se retourna et eut un moment d'hésitation. Parmi les brancardiers, les estropiés, les infirmiers qui allaient et venaient, un grand homme en manteau de cuir couvert de boue se tenait devant elle. Il portait des lunettes de moto relevées sur sa casquette et tout son visage était blanc et noir, comme s'il avait traversé alternativement des couches de cendre et de neige.

– Tu me reconnais pas ?

Non, elle ne le reconnaissait pas. Puis, soudain, comme on parvient à désensabler une lourde ancre au fond de la mer, elle mit un nom sur ce visage. Franz Beewen. C'était bien sa tête au carré, son œil fermé, ses traits d'athlète olympique. Son physique de colosse, qui paraissait toujours déplacé à Berlin, prenait ici toute sa mesure. Beewen, dans le maelström de la guerre, avait trouvé sa juste place.

Elle avança sans dire un mot. Le gestapiste lui souriait – mais c'était un sourire lointain, comme séparé par trois années de violences et d'horreurs. Elle s'y connaissait maintenant assez en

grades et en uniformes pour remarquer qu'il ne portait plus
– on apercevait son col galonné sous le manteau – la tenue de la
Waffen-SS mais celle de la Deutsches Heer, l'armée d'infanterie
de la Wehrmacht.

Presque aussitôt (ça n'avait aucun rapport et sa naïveté la
stupéfiait toujours), elle se prit à imaginer que le Koloss avait
traversé les fronts, les combats, les lignes ennemies pour lui
déclarer son amour. Il n'avait jamais cessé de penser à elle et,
par-delà les bombes et les morts, il l'avait retrouvée, elle, sa
bien-aimée. Il avait déserté son régiment, arpenté les champs de
bataille, écumé les hôpitaux, pour la rejoindre et la demander
en mariage.

Mais Beewen ôta sa casquette et, avec sa chevelure aussi
dorée qu'une viennoiserie et son regard brûlant (le contour de
ses paupières était comme rougi à l'eau de mer), il lui murmura
simplement, un rire dans la gorge :
– J'ai retrouvé Mengerhäusen !

## 146.

– C'est la nuit qu'ils viennent.
– Où ?
– Dans mes rêves.
– Des hommes ?
– Non. Des femmes, des enfants, plutôt.
– Qui sont-ils ?
– Ceux qu'j'ai tués, voyez ? J'les reconnais...
*Einsatzgruppen.*
Quand Simon Kraus avait été mobilisé à Vinnytsia, en Ukraine,
il ne connaissait même pas ce nom. *Groupes d'intervention.* Quel
genre d'interventions ? Naïvement, il avait pensé qu'il s'agissait
de troupes spéciales, des commandos chargés de missions

spécifiques. En un sens, c'était le cas, mais ces hommes ne combattaient pas. Leur mission était d'abattre des civils désarmés. Dans des proportions inimaginables.

Ces groupes SS progressaient dans le sillage des troupes de la Wehrmacht et tuaient tout ce qui bougeait. Les Juifs en priorité, mais aussi pas mal de paysans et leurs familles – des soi-disant partisans, ou complices de partisans. De toute façon, ils étaient slaves. Pas besoin de sous-races dans le nouvel espace vital de l'Allemagne...

– Que se passe-t-il alors ? reprit Simon.

– J'les tue de nouveau, voyez ? D'la même manière que la première fois...

– C'est-à-dire ?

Simon Kraus posait la question pour la forme : il avait déjà entendu des centaines de fois ce genre d'histoire. Le SS, les yeux hors de la tête, ne parvenait pas à maîtriser ses tics nerveux. Il bredouillait plus qu'il ne parlait. À peine vingt-cinq ans, des pupilles d'ange, une gueule d'amour qu'on aurait passée à la suie...

– On leur fait creuser une fosse d'une vingtaine de mètres de long..., reprit-il. Ensuite, on leur ordonne de se déshabiller et de descendre dans le trou, voyez ? Y doivent s'allonger sur l'ventre les uns près des autres, bien serrés...

– Pourquoi ?

– Pour économiser d'la place, voyez ? Avant, on les abattait au bord de la fosse mais y tombaient n'importe comment... Maintenant, y s'allongent proprement... On tire et on fait venir une autre fournée... On leur demande... Enfin, la même chose quoi...

Simon écoutait ces exterminateurs décrire leurs actes innommables et devait se convaincre qu'il s'agissait de ses patients. D'autres détails suivraient. Ces gars venaient ici se confesser, vider leur sac. Mais Simon n'était pas un prêtre : il ne comprenait ni ne pardonnait. Pas de grâce pour ces assassins.

– Dans mon rêve, continuait le type, les morts reviennent. Y sont couverts de cendre et de chaux. On en verse dans la fosse pour qu'ça pue pas trop, voyez ?

L'homme ne cessait de tressauter sur son siège. Il avait glissé ses mains sous ses cuisses pour les empêcher de trembler mais pour les haussements d'épaules, rien à faire : il semblait monté sur ressorts.

Les «blessés psychiques» que traitait Simon étaient d'un genre particulier. Ces traumatisés étaient sous le choc de leurs propres exactions. Dès 1940, les autorités SS avaient remarqué l'apparition de ces troubles et avaient décidé d'envoyer des psychiatres sur place pour les soigner. Pas par charité ni par bienveillance, la machine nazie était étrangère à ce genre de notions. Mais parce que ces gars-là ne pouvaient plus assurer la cadence qui leur était demandée.

C'était peut-être le pire aspect de sa mission : Kraus savait qu'à mesure qu'il diagnostiquait ces tueurs brisés et qu'il rédigeait des rapports à l'intention de sa hiérarchie, il incitait le pouvoir SS à passer à la vitesse supérieure.

Les nazis réfléchissaient à d'autres méthodes d'élimination, plus expéditives. La machine allait prendre le relais de l'homme, décidément trop lent, trop vulnérable. Le temps de l'artisanat était fini. Et Simon contribuait à cette évolution... Il était celui qui constatait les failles, les faiblesses du système.

Il n'avait pas d'informations sûres mais on parlait maintenant de gazage, inspiré des techniques déjà utilisées pour se débarrasser des malades mentaux et des handicapés. Monoxyde de carbone, acide cyanhydrique... Les camps de concentration s'équipaient. Le cap industriel était franchi.

Simon ne parvenait plus à dormir – il avalait à lui seul autant de tranquillisants que ses patients. Il avait l'impression de flotter dans ce non-monde à la manière d'une conscience incertaine, susceptible de disparaître à tout instant.

L'hôpital psychiatrique dans lequel on l'avait installé était inconcevable. Les Waffen-SS avaient fusillé tous ses occupants – des malades mentaux pour lesquels on avait creusé une fosse commune, derrière l'établissement – afin de faire de la place pour les « collègues en difficulté »...

Le site ne disposait d'aucun moyen moderne ni même d'équipements élémentaires – l'électricité était générée par un groupe, les fenêtres cassées étaient colmatées avec des planches. La nourriture, on n'en parlait même pas, et l'eau, froide et croupie, s'écoulait des douches en un maigre filet.

Au moins, son bureau disposait d'un poêle à bois. Simon passait le plus clair de son temps entre ces quatre murs, près de cette source de chaleur. Il recevait là ses patients, pratiquant l'hypnose ou prescrivant des calmants, y prenait ses repas et dormait sur sa table d'examen.

Parfois, il avait une pensée pour Minna von Hassel et ne pouvait s'empêcher de rire face à l'ironie de sa situation. Lui qui se moquait d'elle et de son institut délabré de Brangbo, il ne valait guère mieux aujourd'hui.

Quand il sortait, le froid le pétrifiait instantanément et il mettait des heures à récupérer l'usage de ses doigts. Il avait l'impression que tout le monde avait déserté cette ville maudite.

Sauf les chiens.

Encore un détail qui l'affligeait – pas de bon SS sans son clébard. Or on avait accordé à ces tueurs déprimés, en guise de réconfort, d'emmener leurs cabots avec eux. Il y en avait tellement qu'on avait dû construire un chenil à côté de l'hôpital. Ils gueulaient toute la journée et leurs aboiements rageurs se mêlaient aux témoignages insoutenables de leurs maîtres.

– Vous m'écoutez, docteur ?

Simon sursauta. Il avait perdu le fil depuis un bon moment.

– Bien sûr. Continuez.

Au début, il n'avait pas cru ces histoires. Des granges pleines à craquer de femmes et d'enfants, qu'on aspergeait d'essence avant d'y mettre le feu. Des hommes qu'on pendait en plaçant le nœud sous le menton pour qu'ils meurent plus lentement. Des morts, et parfois seulement des blessés, qu'on brassait à la pelleteuse, tranchant des bras, des jambes, avant de les déverser dans des cratères. Des blindés qui roulaient sur des monceaux de cadavres, des bébés qu'on jetait par les fenêtres des trains...

Simon était au bord de vomir à chaque séance ou de frapper ces assassins pantelants – c'était déjà arrivé. Le plus pénible était de surprendre, sous la carapace du tueur, des vestiges d'humanité. Certains, malgré des milliers de morts à leur actif, s'émouvaient de chevaux déchiquetés par des obus. D'autres se justifiaient avec la prime de douze marks et la double ration que ce boulot leur assurait. D'autres encore, effrayés d'avoir à payer pour leurs crimes, se mettaient à déterrer leurs propres charniers pour y foutre le feu.

Malgré lui, Simon prenait des notes. Il restait un homme de science, fasciné par Thanatos dans sa version la plus dure, la plus brute. La pulsion de mort agissait, pour ainsi dire, *à travers* ces soldats hébétés, simples instruments d'une puissance qui les dépassait.

Le soir, sur sa couchette trop dure, Simon noircissait des pages. Il projetait d'écrire un livre, des mémoires en forme d'analyse du mal. Mais il n'était pas dupe : s'il échafaudait de grandes hypothèses, c'était en réalité pour ne pas flancher. Ces atrocités finiraient par avoir sa peau à lui aussi. Il allait se foutre en l'air – aucune raison de perdurer dans un tel univers de destruction et de cruauté.

Quand il éteignait sa lampe-tempête, c'était une autre lumière qui s'allumait. Les Dames de l'Adlon réapparaissaient. Susanne Bohnstengel. Margarete Pohl. Leni Lorenz. Greta Fielitz. Et bien sûr Magda Zamorsky. Des victimes qui s'étaient révélées être aussi des monstres. Des monstres et des mères. Les jouets d'un plan parfait visant à produire une quintessence du sang germanique.

Simon se repassait toute l'histoire et ordonnait chaque élément, inlassablement. Il n'y avait pas de problème. Tout était limpide, logique, consommé.

Pourtant, restaient ces dernières phrases de Magda : « Vous n'avez rien compris... Seule comptait l'opération Europa. »

Quand il y songeait, Simon, comme Minna et Beewen sans doute, éprouvait l'insoutenable sensation d'être passé à côté de toute l'affaire. Un sens caché existait et ils ne l'avaient pas élucidé.

L'opération Europa resterait un mystère, une énigme jamais résolue.

Un bruit étouffé le ramena à la réalité. Son patient, secoué de spasmes, venait de tomber de sa chaise, se brûlant au passage contre le poêle. Sans hésiter, Simon le tira par le col et l'écarta de la paroi ardente. Il frappa violemment à sa propre porte. Même s'il n'était pas enfermé, il avait acquis, au fil des mois, ce geste de prisonnier. D'une certaine façon, il n'était rien d'autre. Un détenu dans une geôle de six cent mille kilomètres carrés. L'Ukraine.

Un infirmier arriva – en réalité un simple SS en blouse blanche – et Simon lui désigna le patient qui convulsait toujours, la bave aux lèvres.

– Emmène-moi ça dehors. Tu lui feras une injection de Luminal à ma santé.

L'homme s'exécuta, traînant le malade comme un sac de pommes de terre. Simon referma la porte et s'effondra sur sa chaise. Il sombra dans la contemplation de son poêle, serré dans son manteau militaire. Il ne portait plus que ça et des bottes fourrées. On était loin de ses costumes à surpiqûres, des homburgs à gamsbart et des derbys à semelles compensées...

On frappa à la porte.

Il eut un sursaut d'humeur. Si c'était encore un de ces assassins dégénérés... Il ouvrit rageusement et découvrit, stupéfait, les dernières personnes qu'il s'attendait à voir débarquer.

Franz Beewen, en manteau de cuir et lunettes d'aviateur, plus aryen qu'un colosse d'Arno Breker. Minna von Hassel, engloutie dans une vareuse, avec toujours cette beauté pâle et languide pointant de son col.

Durant un bref instant, il chercha quoi dire, puis il tomba dans leurs bras et fondit en larmes.

## 147.

Pour rejoindre Minna, Beewen avait dû parcourir huit cents kilomètres – ça lui avait pris trois jours. Ensuite, ils avaient filé tous les deux vers Vinnytsia. Quatre jours et demi de plus avaient été nécessaires. Maintenant, ils roulaient en direction de la Pologne et, selon ses calculs, leur expédition allait durer encore trois jours. Peut-être plus. La neige avait commencé à tomber aux environs de Lviv et, depuis le dimanche 29 novembre, ils roulaient beaucoup plus lentement.

Pourtant, l'un dans l'autre, Beewen était satisfait du périple. Couvrir de telles distances, sur de telles routes, en hiver et en période de guerre, tenait vraiment de la prouesse. Oui, il éprouvait un orgueil un peu dérisoire de chauffeur de camion. Sa VW 82 Kübelwagen tenait le choc. Il avait épuisé ses réserves de carburant mais son grade d'Oberstleutnant lui garantissait un ravitaillement partout où il allait.

Durant le voyage vers Vinnytsia, Minna et lui avaient peu parlé – l'enfer des routes, le raffut du moteur tenaient lieu de conversation. Surtout, Beewen ne voulait pas répéter deux fois ce qu'il avait à dire. On attendrait Simon.

En ce dimanche enneigé, alors que depuis deux jours ils conduisaient chacun à leur tour (quand l'un prenait le volant, les deux autres dormaient), il se décida à l'ouvrir – et pas qu'un peu.

Un soir de novembre, un officier avait débarqué dans son campement et lui avait raconté sa visite dans un nouveau KZ situé près de Czestochowa. Une sorte d'unité pilote qui prétendait expérimenter de nouvelles méthodes d'extermination tout en se consacrant à des recherches médicales. Le nom du responsable du site avait fait bondir Beewen, Ernst Mengerhäusen, devenu Gruppenführer.

Franz n'avait pas réfléchi : le soir même, il avait fait préparer un véhicule en vue d'une visite au seul homme qui savait peut-être ce qu'était « l'opération Europa ». Mais pas question de s'y rendre seul. Il lui fallait d'abord aller chercher ses complices pour qu'ils découvrent ensemble l'ultime vérité.

– Comment tu nous as retrouvés ? demanda Minna.

– J'ai encore un pied à la Gestapo. J'ai toujours gardé un œil sur vous.

Beewen était heureux de les revoir. Il n'avait plus les idées très claires et son cerveau était comme brûlé par ces années de guerre, mais enfin, dans ce torrent de merde qu'était devenue sa pensée, une nuance de joie se dessinait.

Surtout, ce qui l'avait galvanisé, c'était que Minna et Simon, au seul nom de Mengerhäusen, l'avaient suivi sans poser la moindre question. Quitter ainsi leur poste était dangereux – ils pourraient être accusés de désertion, de défaitisme. Mais ils n'avaient pas hésité : comme Beewen, ces deux-là n'avaient jamais oublié les Dames de l'Adlon et ils gardaient toujours sur l'estomac l'énigme de l'opération Europa.

Après cette première salve d'explications, Beewen se tut. Il aurait pu aussi raconter ce qu'il avait vu durant sa traversée de l'Ukraine ou même pendant ses affectations, ces dernières années, mais à quoi bon ? Il ignorait ce que Minna et Simon avaient vécu mais il était sûr qu'ils avaient eu eux aussi leur compte.

Ce soir-là, Beewen leur proposa de camper dans un sous-bois. Ils refusèrent : ils préféraient se relayer et rouler toute la nuit (il leur restait quatre cents kilomètres à parcourir et, la neige ne cessant de les ralentir, il fallait encore compter vingt-quatre heures de route).

Heureux de leur détermination, il décida de garder le volant et de leur donner d'autres détails sur leur destination.

– À Czestochowa, tout est observé : l'infection, la douleur, la mort... C'est là-bas qu'on teste l'efficacité des chambres à gaz. Elles sont équipées d'une glace sans tain afin de chronométrer l'agonie des prisonniers.

Beewen, les yeux fixés sur la route (qui se résumait à une traînée noire bordée de congères), parlait d'une voix monocorde.

Il préférait finalement ne rien leur épargner pour qu'ils soient prêts à encaisser ce qui les attendait. Ils n'auraient pas de deuxième chance.

– Le camp se targue aussi d'être un laboratoire de recherche. Très particulières, les recherches. On inocule des maladies à des sujets sains, on mutile des prisonniers afin d'observer les effets de différents traitements ou de suivre simplement l'évolution des plaies. Certaines expériences portent sur des matières toxiques, notamment pétrolières, qu'on applique sur la peau des cobayes ou qu'on leur injecte dans les organes. On m'a parlé aussi de brûlures au phosphore, d'expérimentations sur l'absorption d'eau de mer ou la résistance au froid... Personne ne survit à de tels régimes. Les corps encore chauds sont aussitôt autopsiés, dépecés, écorchés, puis envoyés dans des facultés de médecine ou dans un musée secret du Reich consacré aux squelettes. Quand on manque de corps, des prisonniers sont éliminés d'une piqûre de phénol dans le cœur. Pour Mengerhäusen, cette réserve de matériel humain est une opportunité unique. La science doit s'affranchir de toute morale, et bien sûr de toute pitié.

Beewen parlait ainsi pour s'éprouver lui-même. Il jouait au dur mais il n'avait jamais pénétré dans un camp d'extermination et il n'avait aucune idée de la manière dont il réagirait.

Le lundi 30 novembre, aux environs de seize heures, ils parvinrent aux abords de Czestochowa. D'après ce que Beewen savait, c'était une ville-sanctuaire abritant une Vierge noire, un lieu de pèlerinage d'habitude très fréquenté. Mais il était un peu tard pour prier, et les Polonais étaient trop occupés à survivre...

Ils évitèrent l'agglomération, demandèrent leur chemin et se retrouvèrent bientôt sur un sentier gorgé de boue et de flaques. La nuit tombait et tout ce qu'on pouvait apercevoir, au pied d'un coteau blanc, c'était des bâtiments sans étage, alignés au cordeau, qui paraissaient s'imprégner des lourds flocons du crépuscule, façon pain perdu.

– C'est moi qui parle, prévint simplement Beewen.

## 148.

Pas de drapeau nazi ni de tête de mort. Aucun signe particulier. De plus près, pourtant, le camp d'extermination livrait toute sa puissance lugubre. Au-delà de la clôture de fils barbelés électrifiés, haute de plus de trois mètres, et des miradors d'où pointait une mitrailleuse, on distinguait une trentaine de bâtiments de briques – Beewen avait parlé d'un camp de taille réduite, Minna se demandait comment étaient les autres... – qui s'échelonnaient en deux rangées symétriques. On aurait dit une usine de chaussures ou une laiterie, une activité qui ne nécessitait ni machines gigantesques ni hangars spacieux.

Beewen descendit de voiture et parlementa avec les sentinelles devant le poste de garde. Leurs paroles produisaient au-dessus de leurs têtes une sorte de nacelle de buée. Minna suivit du regard la clôture ponctuée de réverbères qui montait avec le terrain et se perdait dans la nuit. On aurait dit une guirlande de Noël, avec quelque chose de festif, de féerique. Minna était totalement désorientée.

Beewen montrait maintenant ses papiers – sans doute des faux qu'il avait bricolés avant de partir –, les soldats acquiesçaient. D'une certaine façon, tous les papiers que pouvait produire Beewen étaient vrais, puisque lui-même était authentique.

Les portes s'ouvrirent, les plantons s'écartèrent. La VW 82 Kübelwagen se coula à l'intérieur du camp enneigé. L'artère centrale était bien déblayée et ils roulèrent plusieurs centaines de mètres sans dire un mot. La route évoquait une longue fissure noire dans un lac gelé.

Tout était désert. Pas âme qui vive dans cette ville rouge et blanche, à l'exception de gardes qui marchaient fusil à l'épaule, maîtrisant des chiens-loups haletants.

Avec une curiosité malsaine, Minna observait de tous ses yeux, cherchant à repérer des détenus, des morts peut-être. Elle éprouvait, physiquement, la sensation de pénétrer au cœur du mal et elle en voulait pour son argent. Mais tout était clos et endormi.

Une nouvelle fois, Beewen descendit pour interroger un garde. Leur face-à-face semblait saupoudré de mercure. Une gangue de cristal les enveloppait.

Minna baissa les yeux et vit, par la portière restée ouverte, que la neige ici avait des reflets argentés – pas seulement des reflets, elle était, véritablement, moirée. En se penchant, elle se rendit compte qu'elle était incrustée de fines particules. Des cendres.

Alors seulement, elle réalisa qu'une odeur étrange, à la fois nouvelle et familière, pénétrait dans l'habitacle. Par-dessus son col relevé, elle lança un regard épouvanté à Simon, qui le lui rendit au centuple.

L'odeur de la viande cuite.

La viande humaine.

– Les bureaux de Mengerhäusen sont au fond, annonça Beewen en remontant à bord.

Ils suivirent à nouveau la route principale. À travers le pare-brise, le froid donnait une étrange luminescence à chaque détail : stalactites aux extrémités des toits, vitres opaques lançant des reflets d'argent, empreintes bleutées des pas des vigiles…

Dans ce décor spectral, l'obscurité peinait à s'imposer. Toutes ces surfaces blanches semblaient repousser la nuit, la maintenir en respect, comme si la craie avait enfin gagné contre le tableau noir.

Bientôt, ils atteignirent un pavillon arborant un drapeau à croix gammée et un autre à signes runiques – les premiers qu'ils voyaient depuis leur arrivée. La bâtisse était cernée de fils barbelés, un camp dans le camp, et toute son allure, lourde, trapue, trahissait le pouvoir administratif. C'était dans ce coffre-fort que les décisions étaient prises, que le droit de vie ou de mort s'appliquait.

Troisième sortie pour Beewen. Il y avait ici plus de gardes, plus de chiens – comme si les détenus les plus dangereux étaient

finalement ces hommes décisionnaires. Cette fois, l'Oberstleutnant suivit un des soldats à l'intérieur de l'édifice.
– Il est à l'annexe, fit-il en revenant.
– C'est quoi l'annexe ?
– Je sais pas. C'est comme ça qu'ils désignent un ensemble de bâtiments dans les bois, là-haut. Les quartiers privés de Mengerhäusen.
Ils parvinrent à l'extrémité du camp. Minna était déçue. Ils n'avaient rien vu. Czestochowa ressemblait à une prison abandonnée.
Nouveau barrage. Une cahute, deux soldats, encore des chiens... Cette fois, Beewen se contenta d'ouvrir sa vitre et s'adressa aux SS en criant. Il n'eut même pas besoin de montrer ses papiers – la barrière se leva dans un silence de ouate.
Nouveau chemin, marqué par des sapins lourds de flocons. Plus haut, les petits sous-bois évoquaient des mousses gorgées d'eau ou des joncs noirs plantés au bord d'un étang invisible.
Encore une clôture. Cette fois, Beewen s'arrêta et coupa le moteur.
– Ça doit être là-bas, murmura-t-il comme si on pouvait l'entendre. Vous êtes prêts ?
En guise de réponse, Simon et Minna sortirent dans un même geste leur Luger. Beewen parut satisfait. Ensemble, ils armèrent leurs pistolets puis descendirent du véhicule et se dirigèrent vers le portail. Pas de garde. Pas de casemate. Sur la droite pourtant, à l'intérieur de l'enceinte, un homme fumait, de dos, appuyé contre l'un des pylônes de la clôture, juste en dessous d'un isolateur électrique.
Beewen alluma sa torche. L'homme se retourna et baissa l'écharpe qui lui dissimulait le visage. Malgré la chapka, malgré la laine qui lui barrait le menton, Minna le reconnut aussitôt : Hans Wirth, le garde du corps personnel de Mengerhäusen, le sinistre tueur de la SD.
Sur son visage, elle lut que lui aussi les avait reconnus. Ils

étaient bien emmitouflés mais ils étaient trois – et c'était toujours le même trio.

Les épaules couvertes de neige, les jambes enfouies jusqu'aux genoux, Wirth les contempla à travers les fils barbelés. Il portait toujours ses petites lunettes, tout embuées par la vapeur produite par sa respiration.

– Qu'est-ce que vous foutez ici ? fit-il en descendant encore son écharpe.

Il souriait à pleines dents.

– À ton avis ?

Wirth s'extirpa de la neige et longea les fils barbelés jusqu'au portail, dont il déverrouilla le lourd cadenas. Tout en manœuvrant, il ne cessait de leur lancer des regards amusés. Il semblait heureux de les retrouver. Un rendez-vous sans cesse reporté, une mise à mort toujours ajournée...

Il ouvrit le portail en grand, forçant la neige, afin de les laisser entrer. Il était habillé à la russe : manteau bordé de loup, bottes fourrées, chapka de cuir et de fourrure, gants de peau.

– Vous êtes venus jusqu'ici pour le voir ? Bel effort, mes canards !

Il s'esclaffa, laissant échapper des bouillons de vapeur. Il donnait l'impression de fumer son rire.

– Mais vous arrivez trop tard, fit-il d'un ton faussement désolé. Y a plus rien à voir... Tout est déjà fermé et...

Wirth n'acheva pas sa phrase – Beewen lui avait planté la lame de son couteau dans la gorge. Aussitôt, sa main gantée fut submergée d'un sang framboise qui semblait heureux de retrouver sa liberté. Une liesse écarlate. Wirth riait aussi, mais le rire ne bougeait plus, figé, bien net aux commissures. Derrière les lunettes perlées de buée, ses yeux humides brillaient d'un éclat incrédule.

Tout en maintenant sa lame, Beewen, de l'autre main, agrippait Wirth par les revers du manteau. De loin, on aurait pu croire à des retrouvailles, ou à une altercation. Une affaire d'hommes en tout cas, peut-être amicale, peut-être hostile – mais rien de dangereux.

Minna baissa les yeux : elle était fascinée par le sang qui éclaboussait la neige et fumait, donnant l'impression que la surface duveteuse dissimulait un cratère brûlant.

Enfin, Beewen lança un regard à droite et à gauche – pas de sentinelles, pas de témoins à l'horizon – et relâcha son étreinte. Wirth tomba à genoux. Puis en avant, le visage planté dans la neige comme dans un moule. On avait le masque mortuaire qu'on pouvait.

Beewen ne fit aucun commentaire. Il se contenta de pincer de deux doigts sa lame ensanglantée et d'en faire gicler les traces rouges. Un geste de boucher, à la fois calme et déterminé, mais qui avait valeur d'avertissement : tout ce qui respirait dans le coin allait subir le même traitement.

149.

Ils avancèrent vers la première bâtisse, suivant un petit sentier délimité par des pierres. Sous sa carapace de manteau, de capuche, de gants et d'écharpe, Simon ruminait la même pensée, une pensée rouge comme le sang de Wirth sur la neige : ils étaient là non seulement pour arracher les derniers fragments de la vérité, mais aussi pour éliminer les derniers acteurs de l'affaire.

D'enquêteurs, ils étaient passés au rôle d'exterminateurs.

Rien de très choquant en Pologne, en 1942.

Décor impassible. Pas un bruit, pas un souffle. Même le temps semblait s'être fixé comme une flûte de givre sur une branche. Seuls, ils marchaient dans la neige, s'enfonçant jusqu'aux mollets, rembourrés comme des matelas, agiles comme des bibendums. Les Cavaliers de l'Apocalypse, dans une version lourde et calfeutrée.

Des lampes au sodium éclairaient les seuils des bâtisses mais aucune fenêtre n'était allumée. Le site entier semblait à l'abandon. Pour l'heure, le seul point positif était que l'odeur insoutenable – celle qui l'avait rendu malade tout à l'heure – avait reculé. On respirait mieux : il flottait même ici un parfum d'écorce humide et de résine fraîche.

Beewen s'approcha du premier bâtiment, sur la gauche, et fit jouer la poignée de la porte : ouvert. Il s'avança dans l'ombre et, presque aussitôt, un halo jaunâtre jaillit autour de lui – il venait de rallumer sa torche.

Simon et Minna le rejoignirent au moment où il activait un commutateur. Des ampoules nues jetèrent une lumière crue sur la salle, qui évoquait un bain public mais sans faïence ni serviettes. Des murs de briques, des bassins rectangulaires en ciment remplis d'une eau noire sur laquelle flottaient des blocs de glace. Une rangée d'éviers contre le mur. Des robinets nickelés. Au sol, des flaques d'eau...

On aurait dit un hammam à la russe, mais privé de chaleur et de vapeur. Simon s'y sentait même frigorifié comme lorsqu'il était môme, à la messe, et qu'il devait tremper les doigts dans le bénitier de marbre.

Ils avancèrent. La lumière trop directe ajoutait encore à la dureté clinique de l'ensemble. Des tuyaux abandonnés sur le sol évoquaient des lances à incendie. Des tables de dissection, sur lesquelles étaient disposées d'étranges combinaisons en caoutchouc, ressemblaient à des autels païens.

Au moment où Simon se disait que le tour du propriétaire serait peut-être supportable, un simple coup d'œil réduisit cet espoir à néant. Derrière une colonne, une série d'étagères supportaient des bocaux. Leur contenu lui rappela ses années de fac et ses cours d'anatomie, mais il n'était pas sûr de tout identifier : foies, vésicules biliaires, calculs rénaux, ovaires... Un collectionneur s'en donnait ici à cœur joie.

Surtout, il y avait des yeux. Remplissant plusieurs flacons, serrés dans le formol comme des cerises dans de l'eau-de-vie, ils semblaient les observer tout en murmurant d'effroyables histoires d'énucléations à la petite cuillère...

D'ailleurs, sur un petit chariot chromé, Simon découvrit des instruments qu'il n'avait jamais vus nulle part – à l'évidence des créations maison. Des crochets à la pointe retroussée, des lames incurvées, des pinces aux extrémités en dents de scie...

Ils revinrent sur leurs pas. Ils n'avaient rien appris, sinon que toute notion d'humanité, d'intégrité physique ou de morale avait disparu ici. Dans ce camp, les hommes et les femmes ne valaient pas plus cher que des lapins de laboratoire, sans doute moins.

Le bâtiment suivant, plus petit, avait des airs de cabanon. Cette fois, les fenêtres, colmatées avec des tissus, dissimulaient une source lumineuse. Peut-être des prisonniers à l'intérieur...

La porte était verrouillée avec une chaîne et un cadenas. D'un coup de crosse, Beewen en eut raison. Ils entrèrent et découvrirent des prisonniers prostrés autour d'un brasero. Pas des silhouettes en costume de toile, non. Des curiosités plutôt, portant des vêtements civils. *Après la collection organique, la collection... humaine.*

À la vue de la casquette galonnée de Beewen, deux jumelles âgées d'une dizaine d'années, en robe noire et chaussettes blanches, se levèrent d'un bond et se mirent à danser à l'unisson, comme deux petites poupées mécaniques. Plus loin, une famille de nains – leur ressemblance était frappante – se groupa comme pour former un front commun. Ils semblaient prêts à mourir, mais certainement pas à se débiner.

Le long des murs, des hommes torse nu, atteints de cachexie, ne réagissaient plus. Leurs poitrines osseuses, aiguës, exhibaient des plaies sombres qui exsudaient une sorte de pus noirâtre. Les mots de Beewen : les expériences de Czestochowa impliquaient des hydrocarbures.

Au fond de la pièce, des femmes accroupies, couvertes de pansements. Simon fut pris de nausée. Tous ces êtres qui avaient, d'une certaine façon, la chance de survivre étaient de simples sujets d'expérience pour Mengerhäusen.

Où était-il ? Sans se concerter, ils décidèrent de sortir et de rejoindre le bâtiment le plus élevé sur le coteau. Un bureau qui surplombait toutes ces horreurs était bien dans le style du rouquin dégénéré.

Quand ils virent de la fumée sortir de la cheminée, ils se dirent qu'ils touchaient au but. Ahanant à chaque pas, crachant de la buée en veux-tu, en voilà, ils progressèrent, s'enfonçant dans l'épaisseur cotonneuse qui crissait sous leurs pas.

Soudain, leurs bottes produisirent un bruit singulier, plus sec, plus... riche, comme s'ils butaient contre des cailloux. Beewen éclaira le sol. Un crâne, un fémur, des côtes... Sous la neige, le chemin semblait tapissé d'ossements humains, ou simplement de vestiges tombés d'un chariot ou d'une brouette.

Simon eut un frisson, presque une convulsion. Toutes les histoires des *Einsatzgruppen* lui revenaient en tête – c'était le même cauchemar, quoique sous une forme différente. Beewen avait parlé d'« unité scientifique », mais le site donnait plutôt l'impression d'un village d'artisanat, dont le seul et unique objectif était la mort sous toutes ses formes, dans ses cruautés les plus variées.

Ils pénétrèrent sans difficulté dans le bloc et comprirent leur erreur : ce n'était pas le bureau de Mengerhäusen. Aucun bureau au monde ne pouvait avoir cette gueule-là. Ils venaient plutôt d'entrer dans l'antre de la sorcière d'*Hänsel et Gretel*, les bonbons et le pain d'épice en moins.

Une grande pièce plongée dans la pénombre, éclairée par des feux sous des chaudrons noirs. Tout de suite, l'odeur les prit à la gorge, rendant leur respiration douloureuse, âcre et sèche. Du temps de sa jeunesse, quand il multipliait les petits boulots, Simon avait travaillé dans une tannerie. Il n'avait pas tenu trois jours, à cause des exhalaisons fétides. C'était la même puanteur ici.

Pas besoin de chercher bien loin une explication. Les murs, qui semblaient lambrissés de rondins, étaient en réalité tapissés de cadavres décapités, nus, couleur de cire, entassés les uns sur les autres, et même encastrés. Ils étaient d'une maigreur stupéfiante. L'humanité réduite à des os et un peu de peau.

Beewen trébucha contre une bassine de bois. Des têtes rasées roulèrent sur le sol. Elles avaient été tranchées net à la base du cou. Simon se força à les regarder. Ces visages avaient les traits plissés, des yeux bridés, comme des Mongols. Les bouches au contraire paraissaient disloquées, les dents – quand il en restait – près de tomber. Quant aux yeux… ils semblaient gélifiés par une cuisson mystérieuse.

Ils s'approchèrent d'une cuve dans laquelle bouillonnait un liquide épais. Un couvercle en dissimulait à moitié la surface. Beewen, de sa main gantée, l'écarta. Sans se concerter, ils se penchèrent. Qui sait ? Peut-être auraient-ils un jour à témoigner… Des torses fendus, des membres tranchés, des fragments non identifiés surnageaient là-dedans. Leur peau flottait, à moitié décollée – c'était sans doute le but recherché.

Depuis longtemps, tous les camps militaires bruissaient de rumeurs horrifiques : des fabriques de savon à base de graisse humaine, des objets, des vêtements confectionnés en peau humaine, des récits d'épouvante que, même chez les nazis, on avait du mal à croire.

Ils évoluaient de plain-pied dans ces rumeurs. Des briques de savon grumeleux étaient entreposées sur un pupitre, à côté de moules maculés de la même substance séchée. Les yeux hors de la tête, Simon observait cette matière inimaginable. *Qui pouvait se laver avec du savon humain ?*

– Partons, fit Beewen d'une voix méconnaissable. Y a rien pour nous ici.

Simon remarqua, dans un coin, des tables de coupe, comme on en trouve dans les ateliers de confection, sur lesquelles traînaient de longs morceaux de tissu beige ainsi que des patrons, avec leurs dessins en pointillés. À côté des tables, des machines à coudre, des aiguilles épaisses, des bobines de fil…

Il accéléra le pas et rejoignit les autres. L'air frais lui fit du bien. Ce qu'ils venaient de voir dans ces bâtisses n'existait pas, pas

au sens humain du terme : c'était quelque chose d'étranger, une rupture face au sentiment universel d'humanité. Il n'y avait pas à se scandaliser ni à comprendre – ça provenait d'ailleurs, d'une autre planète, un autre espace-temps où l'empathie naturelle avait été effacée, ou n'avait jamais existé.
– Là-haut, dit Beewen en tendant l'index.
Simon leva les yeux et aperçut, dissimulée par les arbres, une bâtisse en bois. Une sorte de datcha russe. Les fenêtres y étaient allumées et de la fumée s'échappait de la cheminée. L'ensemble évoquait un havre de paix, un refuge dans la tempête.
Cette fois, aucun doute : le bureau personnel d'Ernst Mengerhäusen.

150.

– Bienvenue dans mon humble demeure !
Sous sa blouse blanche, Mengerhäusen était habillé comme un boyard – mais un boyard du dimanche, prêt pour jardiner ou nourrir ses chiens. Vareuse de marin en laine bleue, pantalon de toile, bottes bordées de fourrure.
Toujours jovial, il n'avait montré aucune surprise en découvrant ses trois visiteurs.
Le refuge du médecin valait le coup d'œil : un chalet au mobilier de bois brut, décoré avec des tapis de fourrure et des têtes d'ours naturalisées aux murs. Au centre, trônait un poêle ronronnant qui donnait envie de tendre les mains. L'abri confortable d'un bûcheron à la retraite.
Mais on ne se refaisait pas : sur une étagère, derrière son bureau, des bocaux abritaient des formes organiques flottant dans du formol.
– Je ne peux qu'admirer votre ténacité, commenta Mengerhäusen comme s'il les attendait depuis toujours. Trois ans après, vous

en êtes encore là, à chercher des réponses ! En d'autres temps, une telle curiosité vous aurait coûté la vie mais aujourd'hui... (Il eut un soupir désolé.) C'est un paradoxe, mais maintenant que l'existence ne vaut plus rien, on a plus de chances de la conserver, de passer entre les gouttes...

Les visiteurs gardaient le silence, aussi immobiles que les cadavres qu'ils venaient de contempler. Leur hôte leur proposa de s'asseoir – il y avait des fauteuils rudimentaires couverts de peaux de bêtes –, mais ils préféraient rester debout, comme des pendus attendent leur corde, au pied du gibet.

– Vous avez l'air frigorifiés, remarqua Mengerhäusen. Je vais vous servir du café.

Le petit homme s'orienta vers le poêle de fonte émaillée – une cafetière y était conservée au chaud. Tasses, cuillères, sucre. Le médecin procédait posément, sans trembler ni manifester la moindre crainte. Sa chevelure était toujours aussi épaisse, aussi fougueuse. On l'aurait dite flambée au cognac.

Aussi surréaliste que cela puisse paraître, quand il leur tendit à chacun une tasse, les visiteurs ôtèrent leurs gants et l'acceptèrent. Au-delà de toute colère, tout dégoût ou toute considération éthique, ils crevaient de froid – et un café chaud, bon sang, c'était tout ce dont ils avaient besoin.

Beewen but le sien d'un trait et ne sentit même pas la brûlure dans sa gorge. Quelques secondes plus tard, pourtant, la chaleur se répandit dans sa poitrine. Il songeait à Wirth qu'il venait d'égorger – son sang poissait encore sa manche. Il songeait à la graisse humaine, à la peau tannée, aux organes flottant dans leur jus...

– Pour moi, toute cette affaire appartient au passé, fit l'obstétricien en se rasseyant derrière son bureau. Je me suis construit une tanière ici. Je poursuis mes recherches loin de la guerre et de Berlin... Je suis devenu un ermite.

S'il avait eu une hache sous la main, Beewen l'aurait bien fendu en deux avant de jeter les morceaux aux chiens. Mais ça aurait été une faute tactique. Il était venu chercher la vérité et il ne voulait pas en perdre une miette.

L'autre continuait à divaguer tout en sortant sa pipe :
— Je ne sais pas où cette guerre va nous mener et je préfère ne pas y penser. Dans mon coin, modestement, je travaille à des recherches qui permettront au Troisième Reich, au peuple germanique, et à l'ensemble de l'humanité, de vivre mieux, plus heureux et en meilleure santé...
La voix du rouquin agissait comme un baume. Et cette datcha feutrée, avec son odeur de sapin, avait quelque chose d'étrangement rassurant. Comme si, au bout de l'enfer, il y avait cette niche tiède, chaleureuse, où un type replet en costume de marin fumait une longue pipe en os humain.
— On n'est pas venus écouter tes conneries de savant fou, coupa Beewen.
— Très bien, répondit Mengerhäusen. Vous avez des questions ?
Beewen avança d'un pas. Il n'en avait qu'une :
— Qu'est-ce que l'opération Europa ? Quel est le lien avec les Dames de l'Adlon ?
— Qui vous a parlé de ça ?
— Magda Zamorsky.
— Cette chère Magda... Elle aura été notre ennemie la plus redoutable.
Ils se regardèrent. Mengerhäusen savait donc tout. Il bourrait tranquillement sa pipe. Ses gestes étaient souples, apaisés. Il aurait fait un grand-père aux petits oignons.
— Tu sais comment fonctionne le Reich, non ? demanda-t-il en fixant Beewen.
L'Oberstleutnant ne répondit pas. Mengerhäusen se leva de nouveau. Il attrapa une feuille sur son bureau — sans doute une liste de condamnés ou de patients à traiter — et en fit un tortillon qu'il plongea dans le poêle.
À l'aide de ce petit flambeau, il alluma son tabac, avec force nuages et *pop-pop-pop*.
— L'Olympe des nazis, c'est le Reichsleitung, reprit-il. Avec, tout en haut de la pyramide, les Reichsleiter, les gouverneurs du Reich. Ils sont quinze, parfois dix-huit. Ce sont nos dieux

à nous. Les pontifes du régime... Ils siègent, décident, nous regardent...

Il fit quelques pas en tirant sur sa pipe.

— On pourrait les comparer aux divinités antiques. Au-dessus d'eux, bien sûr, il y a Jupiter, le roi des dieux, notre Führer bien-aimé. Ensuite, Pluton, le dieu des enfers, c'est Heinrich Himmler. Tu viens de la SS, je n'ai pas besoin de t'expliquer l'association. Pour le rôle d'Apollon, le dieu de la poésie, eh bien, je choisirais Joseph Goebbels. Ne ris pas : bien qu'il n'ait pas le physique de l'emploi, c'est notre maître des mots. Pour Mercure, le messager, je verrais bien Martin Bormann, chef de la chancellerie du parti, et pour Janus, la divinité aux deux visages, Rudolf Hess, le traître, le déserteur, serait parfait.

Beewen perdait patience :

— Où tu veux en venir ?

Mengerhäusen hocha sa tête auréolée d'un nuage de fumée.

— Vous avez dû réfléchir pendant des mois, que dis-je, pendant des années, à ces deux simples mots : « opération Europa » ! À quelle opération militaire correspondaient ces syllabes ? En quoi les Dames de l'Adlon pouvaient être liées à un quelconque raid de la Wehrmacht ?

Il faisait toujours claquer ses lèvres sur le bec de sa pipe. *Pop-pop-pop...*

— Eh bien, c'est simple, enchaîna-t-il sur le ton du professeur qui livre enfin une réponse à ses élèves. Il ne s'agit pas de ce genre de manœuvres, pas du tout, et ce nom ne fait pas référence au continent mais au personnage.

— Quel personnage ?

— Europe, la figure mythologique.

Bien sûr, ça ne disait rien à Beewen, mais il était certain que ses compagnons, ces enfoirés d'intellectuels, voyaient très bien, eux, de qui il s'agissait.

— Cette histoire est l'une des plus connues des légendes antiques, daigna expliquer Mengerhäusen. Un jour, Europe, fille d'Agénor, roi de Tyr, fut remarquée par Jupiter...

Beewen n'était pas là pour suivre un cours. Ses doigts trouvèrent dans sa poche le manche de son poignard. Il dut résister pour ne pas le saisir.

– Jupiter donc, continuait le médecin, est frappé par la beauté d'Europe, assise sur le rivage. Pour ne pas l'effrayer, il se transforme en un magnifique taureau et se couche à ses pieds. D'abord craintive, Europe s'approche de l'animal puis monte sur son dos. Aussitôt, le taureau se relève et pénètre dans les flots jusqu'à disparaître à l'horizon. La légende raconte que plus tard, le couple parvient en Crète et s'unit. De cette union entre un dieu et une mortelle naîtront trois enfants divins, dont Minos le célèbre roi de Crète.

Beewen parvint à desserrer les dents pour dire :
– Je comprends toujours pas où tu veux en venir.
– L'opération Europa suit le même plan : unir nos dieux à des humaines...
– Quoi ?
– Les dieux ont les mêmes besoins que les hommes. Et ils veulent être sûrs de leur pérennité, c'est-à-dire de leur descendance. Aujourd'hui, nous avons notre Führer visionnaire et ses Reichsleiter, mais demain ? Dans cinquante ans ? Qui gouvernera le Reich de mille ans ? Des successeurs politiques ? Des intrigants qui se pousseront à force de manigances ? Non, non, non, pour les Germains, le sang prime sur toute autre valeur !

Beewen commençait à entrevoir de quoi parlait Mengerhäusen et il était pris d'un vertige. Il lança un bref coup d'œil à Simon et Minna. Pas besoin d'être télépathe pour deviner qu'ils étaient dans le même état que lui.

– De vrais héritiers, poursuivit Mengerhäusen, voilà ce dont le Führer et les Reichsleiter ont besoin. Des enfants parfaits pour assurer la continuité du pouvoir. Des enfants au sang supérieur, nés des flancs d'Aryennes sans défaut, élevés dans l'esprit le plus pur du Reich.

Il y eut un silence. Beewen, Minna et Simon étaient toujours debout, mais une chiquenaude les aurait fait tomber.

Opération Europa.

Unir des dieux et des mortelles, comme Jupiter s'était uni à Europe. C'est-à-dire, dans le langage nazi, offrir aux gouvernants de l'Allemagne de pures beautés germaniques à fertiliser. *Les Dames de l'Adlon.*

– Kurt Steinhoff n'a pas fécondé Leni Lorenz et les autres ? demanda Minna.

– Non. Il était notre prête-nom, si vous voulez. Notre prête-sexe (il rit de sa propre blague). Vous pensez vraiment que pour produire des enfants parfaits, nous aurions choisi ce gommeux vicieux, qui ne vivait que pour photographier des partouzes en plein air ? Soyons sérieux.

– Comment ça s'est passé ?

– Comme pour toi, cingla Mengerhäusen. Dans le noir total. Toutes ces rumeurs que nous avons colportées sur la tendance de Steinhoff à se prendre pour un loup, à se croire nyctalope, c'étaient des foutaises. Les maîtres du Reich sont venus, l'un après l'autre, à la clinique Zeherthofer pour faire leur devoir. Personne ne les a vus. Personne ne connaissait notre secret.

Beewen, avec sa délicatesse proverbiale, demanda :

– Qui a couché avec qui ?

Mengerhäusen s'arrêta, pipe au bec, mains dans le dos, et planta ses yeux rieurs dans ceux de Beewen.

– Vous avez bien conscience que vous ne sortirez pas vivants de ce camp ?

– Réponds.

– Que ces révélations vous mèneront directement dans nos fours ?

– RÉPONDS !

Le médecin soupira, puis reprit ses déambulations, tête baissée.

– Susanne Bohnstengel a été fécondée par Martin Bormann, notre Mercure, le 2 avril 1939. Margarete Pohl par Joseph Goebbels, Apollon, le 17 avril 1939. Leni Lorenz, par Rudolf Hess, alias Janus, le 4 mai, et Greta Fielitz par Heinrich Himmler, le dieu des enfers, le 6 mai…

– Elles le savaient ?
– Non. Elles ont toujours cru avoir été fécondées par Kurt Steinhoff. Elles n'ont jamais su qu'elles étaient nos élues, nos promises... Celles par qui le Reich de mille ans allait survivre dans toute sa grandeur.
Beewen voulait des faits, simplement des faits.
– Elles étaient endormies ?
– Non, mais encore une fois, tout s'est passé dans l'obscurité absolue.
Il posa la question finale, tout en pressentant sa réponse :
– Et Magda Zamorsky ?
– Magda était la plus belle. Elle était notre Europe, la princesse que le roi des dieux avait remarquée, la seule digne de porter sa progéniture sacrée... Notre Führer l'a fécondée le 10 juin 1939. Ce qui restera une date historique. Telle est l'ironie de l'histoire : notre plus belle promise, celle à qui nous avons confié la plus noble des tâches, est celle qui nous a trahis.
Beewen, au cours de l'enquête, avait appris à imaginer, scénariser, extrapoler. Mais cette fois, ses capacités d'abstraction étaient dépassées. Tout ce qu'il trouva à ajouter fut :
– Tu nous as dit que les Reichsleiter étaient quinze...
– Nous avons entamé l'opération avec les cinq principaux personnages de l'Olympe, les dieux majeurs...
Soudain, Simon s'immisça dans la partie :
– Ce projet, c'est toi qui l'as imaginé ?
– Du cent pour cent Mengerhäusen ! gloussa le médecin. Je me souviens d'avoir proposé ce plan au Führer, un soir de décembre 1938, dans sa résidence du Berghof, à Obersalzberg. Les autres Rechsleiter, ceux à qui je pensais justement, étaient présents. Goebbels et Himmler ont tout de suite été emballés. Hess n'a rien compris et Bormann s'est permis une blague sur sa femme, qui encourageait ses infidélités...
– Et... Hitler ?
Le professeur eut une grimace ambiguë, mi-contrariée, mi-espiègle.

– Notre Führer n'a jamais été à l'aise sur ce sujet. Des mauvaises langues prétendent même qu'Eva Braun est une couverture pour cacher... (Il rit.) Eh bien, justement, le fait qu'il n'y a rien à cacher !
– Mais il a accepté de coucher avec Magda Zamorsky.
– Il a compris la nécessité de l'opération, oui. Les dieux nazis doivent engendrer leur propre descendance. Des héritiers dont la beauté et l'intelligence dépasseront tout ce que nous avons connu. Notre Führer avait déjà remarqué la Polonaise lors d'une réunion des Dames de l'Adlon. Comme Jupiter séduit par Europe, il était sous son charme...

Un silence sceptique se referma sur ces dernières paroles. Difficile d'adhérer à une histoire de coup de foudre et de premier regard au sein de l'Ordre noir.

Mengerhäusen dut sentir que son public fléchissait.
– Ne vous méprenez pas, avertit-il en haussant le ton. Les dieux du Reich ont dépassé le stade de l'amour et ce genre de mièvreries. La plupart ont des femmes, des enfants, oui, des histoires d'amour même, mais tout ça relève de l'humain, du mesquin. Rien à voir avec le *Tausendjähriges Reich* !

Il brandit sa pipe dans un geste théâtral.
– Notre Reich l'exige : il faut prévoir des descendants d'exception, nés de l'union du génie et de la beauté, de l'inspiration et de la perfection aryennes ! Souvenez-vous des mots de Hess : « Le national-socialisme n'est que l'application de la biologie. » Pour gouverner l'avenir, il faut respecter les principes fondamentaux de la Race !

Minna posa une nouvelle question – le calme de sa voix rendait ridicule l'exaltation du rouquin :
– Après l'accouchement, que se serait-il passé ?
– Nous aurions offert une éducation d'exception à ces enfants. Une formation de prince, selon les valeurs du Reich. Nous...
– Et maintenant ? l'interrompit Beewen. Les Dames de l'Adlon sont mortes, les fœtus ont été volés, votre projet a été réduit à néant et la guerre fait rage...

Ces quelques mots semblèrent battre Mengerhäusen sur son propre terrain. Il baissa la tête à la manière d'un petit taureau qui capitule et passa derrière son bureau.

Inexplicablement, il posa la main avec tendresse sur un des bocaux qui contenaient des fibres organiques.

– Nous recommencerons...

Beewen eut une révélation. Désignant les flacons de verre, il murmura :

– Ce sont les...

– Fœtus ? Bien sûr. Des vestiges sacrés. Les pièces maîtresses de l'archéologie de notre Reich.

– Comment les as-tu récupérés ? Chez Magda ?

– Magda Zamorsky n'a rien à voir là-dedans. Comment aurait-elle pu voler ces embryons ? Elle n'aurait pas trouvé un poumon dans une cage thoracique. Non, chaque fois, Koenig, le légiste, m'a prévenu, et c'est moi qui suis venu opérer ces pauvres femmes, avant les autopsies... Nous devions conserver ces précieuses traces d'une descendance sacrée.

Durant des semaines, ils avaient cherché un voleur de fœtus, un homme possédant des connaissances chirurgicales. Le crime s'était en réalité déroulé en deux étapes. Une éventration sous le signe de la vengeance pour Magda. Une intervention patiente et méticuleuse pour Mengerhäusen.

Malgré eux, les trois visiteurs eurent un recul. Le non-sens circulait donc à plein. Dans ce camp de la terreur, un homme, au sommet d'une colline enneigée, chérissait des fœtus de quelques semaines pendant que des centaines de milliers de vies étaient en train d'être détruites.

Beewen glissa la main sous son manteau de cuir : ce tourbillon de pure folie lui paraissait le moment idéal pour en finir.

## 151.

Minna von Hassel en était convaincue, la puissance de la folie est sans limite. Elle puise sa force dans l'esprit humain, qui lui-même est infini. Pour cette raison, elle aimait cet épilogue. Du pur et grand délire nazi qui, jusqu'au bout, demeurait sidérant.

Pourtant, elle restait encore sur sa faim. Des questions. Des liens. Des détails. Il fallait qu'elle sache.

– Comment Magda Zamorsky a-t-elle appris la vérité ?

– Aucune idée. L'union s'est passée dans l'obscurité la plus totale. (Il ricana.) C'est peut-être la moustache de notre Führer qui a semé le doute dans son esprit...

Simon prit la parole :

– Tout au long de l'enquête, vous nous avez suivis ?

– Cette enquête posait un problème fondamental : il fallait trouver l'assassin sans découvrir la nature de son mobile. Nous devions stimuler les enquêteurs tout en les freinant. Au fond, tous ceux qui se sont approchés de l'affaire étaient condamnés...

– Comme Max Wiener ? intervint Beewen.

– Un bon flic. Un peu trop, même. Il a eu cette idée d'interroger les bonniches de Susanne et de Margarete et il a découvert qu'elles étaient enceintes. Ensuite, il est allé rôder autour du Lebensborn... Nous l'avons stoppé avant qu'il ne soit trop tard...

– Et nous ? intervint Minna. Quel sort nous était réservé ?

– Nous avions prévu de vous éliminer mais nous avions toujours l'espoir que vous trouveriez quelque chose. Après Steinhoff, nous avons décidé d'en finir. On s'est alors aperçus que vous vous entêtiez à poursuivre l'enquête. Chez les Tsiganes ? Encore plus absurde que le reste, mais après tout...

– Et cette mise en scène au Lebensborn, à quoi ça rimait ?

– Je voulais te donner une leçon, tout en te persuadant que Steinhoff était bien notre géniteur.

Simon prit le relais :
— C'est toi qui as envoyé ces femmes à mon cabinet ?
— Il fallait brouiller les pistes. Nous voulions convaincre les hautes sphères que les Dames de l'Adlon n'étaient pas de bonnes nazies.
— Je ne vois pas le rapport.
— Mais tu es le psychanalyste le plus bavard de Berlin ! Vous voulez ébruiter une rumeur ? Sonnez chez Simon Kraus.
— Je n'ai pas inventé l'Homme de marbre.
— C'est vrai. Susanne, Margarete, Leni étaient terrifiées par ces rêves. Elles pensaient qu'elles avaient franchi une ligne. Que leur grossesse était une malédiction... L'Homme de marbre incarnait une sorte de jugement... divin.

Minna voulut savoir comment Mengerhäusen avait deviné la culpabilité de Magda Zamorsky. Après tout, la cinquième Dame de l'Adlon s'était suicidée et personne n'avait jamais révélé la vérité.

— C'est tout simple, répliqua Mengerhäusen. Lors de son autopsie, Koenig a découvert qu'elle était albinos. En fouillant chez elle, nous avons trouvé des objets appartenant à la culture tsigane. J'ai fait le lien avec votre enquête sur les *Zigeuner*.

Simon reprit la parole :
— Pourquoi nous avoir épargnés ?
— C'est la guerre qui vous a sauvés. Aujourd'hui, vous êtes dispersés à l'Est, avec une espérance de vie limitée. Et qui vous écouterait de toute façon ?
— En tout cas, conclut Minna, Magda a réduit votre opération à néant.
— C'est vrai..., admit l'obstétricien. Mais nos dieux sont toujours vivants... Quand la guerre sera finie...
— Vous ne survivrez pas.

Mengerhäusen conserva le silence. Depuis un moment, il avait abandonné ses bocaux et se tenait près d'une des fenêtres. Il leur tournait le dos et semblait chercher quelque chose au-dehors — il avait même, d'un coup de patte, effacé la buée sur la vitre.

Quelques secondes passèrent puis il se retourna.
– Tout ça n'a plus d'importance. Il est temps d'appeler Wirth.
– Cette fois, il ne viendra pas, glissa Beewen.
– Pourquoi donc ?
– Parce que je l'ai tué.

Mengerhäusen leva un sourcil – une première fausse note, peut-être, dans cette partition chaleureuse qu'il écrivait au fond de son cabanon. Dans un autre temps, un autre lieu, le gynécologue aurait sans doute ouvert un tiroir et brandi un calibre – mais on était dans une datcha de rondins et le bureau du chef était une simple table de bois, sans tiroir ni planque.

Sans perdre contenance, il se rassit dans son fauteuil en bois, attrapa un scalpel et gratta le fond de son foyer pour en extirper le tabac brûlé.

– Le Reich est un grand vaisseau, murmura-t-il, et j'ai bien l'impression qu'il commence à prendre l'eau de toutes parts.

– Tu m'ôtes les mots de la bouche, fit Beewen. Ici ou ailleurs, vous allez tous crever.

– Nous, peut-être, mais le mouvement est lancé. La conquête de notre espace vital est en marche. Tout ce que j'ai fait, je l'ai fait pour cette cause : nous avons dû éliminer, nous avons dû procréer. Il ne peut pas y avoir de la place pour tout le monde.

Beewen dégaina son Luger.

– J'ai une bonne nouvelle : une place va bientôt se libérer.

Découvrant l'arme, le toubib abandonna sa pipe et ses cendres. S'enfonçant dans son fauteuil, il allongea paresseusement les jambes sous la table, un sourire accroché à sa face de cochon en porcelaine.

Minna l'avait souvent remarqué : les déments peuvent être très courageux. Ils n'ont aucun mérite, ils ne croient pas à la réalité.

Nouant ses petites mains potelées, le médecin murmura :

– Si vous tirez, tout le camp sera alarmé par la détonation.

– On est pas obligés de faire du bruit.

Le colosse de cuir s'approcha, attrapa Mengerhäusen par les cheveux et lui fourra son Luger au fond de la bouche. Il fit feu deux fois. Les détonations furent étouffées par la trachée, qui joua le rôle de silencieux... naturel.

Minna vit, de ses yeux vit, les premières vertèbres du toubib sauter de sa nuque et rebondir sur le sol comme un jeu d'osselets.

Dans un roman peut-être, ou dans un film, les héros auraient renversé le poêle incandescent et foutu le feu à la datcha, histoire de purifier l'antre du mal. Ils se contentèrent de refermer le col de leur manteau et de refaire le chemin qu'ils avaient pris deux heures auparavant.

## 152.

Ils redescendirent la pente en direction de l'enclos de barbelés. Étaient-ils des justiciers ou des meurtriers ? Simon n'en savait rien. Auraient-ils dû témoigner ? Maintenant ? Après la guerre ? Pour l'heure, dans un monde où les criminels faisaient la loi, aucune chance de les juger ni de les punir.

L'enlèvement d'Europe. L'Olympe des divinités. L'accouplement obscène des Reichsleiter et des Dames de l'Adlon, des dieux et de simples mortelles... Ils évoluaient désormais dans une nouvelle mythologie, glacée, horrifique – celle du nazisme, de la destruction du monde par une poignée de déments qui se prenaient pour des démiurges.

Ils repassèrent devant la fabrique de savon, la cabane aux jumelles, le hammam aux yeux-cerises... C'était comme un rappel des faits. *Légitime défense.* Ils avaient tué Mengerhäusen en état de légitime défense. C'est toute l'humanité qui était agressée.

Leurs pas crissaient dans la neige. Ils enjambèrent le corps de Wirth sous son linceul de flocons, rouvrirent le portail et montèrent dans la VW. Au barrage du camp principal, Beewen soumit à nouveau ses papiers. Aucun problème. Ils reprirent l'artère centrale. Les gardiens qu'ils croisaient, fusil à l'épaule, ne leur accordaient pas un regard.

La neige avait repris, légère, distraite, soporifique. Le camp paraissait rembourré de plumes, comme calfeutré pour éviter les chocs. Les réverbères traçaient des flaques jaunes sur le sol immaculé. Les silhouettes des sentinelles passaient de temps à autre dans ces halos, sciant la blancheur du sol avec une netteté de rasoir.

Simon venait d'apercevoir une scène curieuse, à l'arrière d'un des bâtiments. Sous un projecteur, une trentaine d'enfants, surveillés par deux SS, faisaient la queue devant une toise. Chacun grelottait et l'idée même de procéder à ces mesures en pleine nuit, par ce froid glacial, était une cruauté supplémentaire.

*Le dernier arrivage de la journée...* Sans un mot, Simon descendit de la VW et s'approcha. L'un après l'autre, les enfants se plaçaient sous la barre de bois. Ceux qui l'atteignaient étaient poussés à droite, les autres à gauche. Traduction : les gamins assez grands pour travailler avaient la vie sauve, les autres passeraient à la chambre à gaz.

À cet instant précis, Simon comprit que la docilité avec laquelle il s'était laissé porter par les événements était révolue. Cette scène, banale entre toutes dans un camp d'extermination, venait d'opérer en lui un déclic. La goutte qui faisait déborder un vase d'acide, pourtant déjà rempli depuis des lustres.

Un des enfants, ne dépassant pas un mètre vingt, avait deviné que sa petite taille le condamnait : discrètement, il se haussait sur la pointe des pieds pour essayer d'effleurer le curseur de bois.

Le garde, d'un coup de pompe dans le cul, l'envoya rejoindre les plus petits – ceux qui allaient griller cette nuit même.

Simon eut un haut-le-cœur. Cette tentative désespérée de l'enfant, aux yeux d'un homme qui, toute sa vie, avait essayé de tricher sous la toise, était tout simplement intolérable. Il rejoignit à grandes enjambées le soldat SS.

– Je peux te parler une minute ?
– Qu'est-ce qu'il y a ?

– Viens avec moi.

L'homme avait l'air complètement bourré. Simon le poussa amicalement au-delà de l'angle du bâtiment, à l'abri des regards.

– Le petit, là, le dernier, je te l'achète.

L'homme se mit à ricaner à la manière d'un veau, si les veaux savent rire.

– Ça marche pas comme ça ici.

– Donne ton prix. Je te paye et je l'emmène. Ni vu ni connu.

Simon se sentait bouillir. Son visage était cramoisi, ses oreilles le brûlaient, le bord de son écharpe lui semblait près de s'enflammer.

– Cinq cents Reichsmarks.

Ça ne rimait à rien. La vie d'un enfant n'a pas de prix. Simon fouilla dans la gibecière qu'il portait en bandoulière. Il savait qu'il n'avait pas grand-chose – cent Reichsmarks tout au plus.

– J'ai le fric dans ma voiture.

Le soldat l'attrapa par la manche, observa ses vêtements. Il paraissait subitement dégrisé.

– *Nein*, fit-il en armant son fusil.

– *Nein ?* répéta Simon. Laisse-moi chercher encore.

Il plongea sa main dans la gibecière, en sortit son Luger armé et tira une balle dans le front de la sentinelle.

Quand il se retourna, il vit que l'autre garde se précipitait tout en essayant de faire monter une balle dans son canon. Surgissant sur sa gauche, Beewen le faucha avec sa lame, le clouant pour ainsi dire à la nuit. L'homme, durant une fraction de seconde, eut les deux jambes en l'air, le buste droit, puis il s'affaissa dans un bruit d'édredon. Un trait de sang jaillit à la verticale de sa gorge. Beewen appuya sur la plaie avec sa botte jusqu'à retourner le corps dans la neige.

Simon revint vers le groupe d'enfants et prit la main de son protégé. Ils coururent vers la VW.

Au bout de quelques mètres, il s'arrêta.

Impossible d'abandonner les autres...

Au même moment, un bruit de moteur retentit, plus grave,

plus lourd. Simon lâcha la main du gosse et saisit à nouveau son Luger, mais alors, il aperçut, au-delà des cercles lumineux, un camion de marque Borgward qui tremblait sur ses roues, comme grelottant dans la nuit.

Simon plissa les yeux et remarqua deux faits essentiels. D'abord, ce camion était doté d'une plateforme couverte d'une bâche – idéale pour y cacher une trentaine de mouflets. Ensuite, c'était Minna qui manœuvrait derrière l'énorme volant.

Aussi aberrant que ça puisse paraître, ils n'eurent aucun mal à sortir du camp avec leur chargement tapi sous la toile. La barrière se releva et Beewen se fendit seulement d'un rapide «Heil Hitler!» aux sentinelles pétrifiées par le froid.

La route noire, la route blanche.

Pas un mot dans la cabine, pas un bruit sur la plateforme.

Simon était heureux, et son bonheur était si dur, si compressé, qu'il avait l'impression d'avoir avalé une pierre. Un silex tranchant qui lui blessait les entrailles mais dont la beauté irradiait au fond de son ventre.

Ils avaient sauvé quelques enfants. Une goutte de sang dans un océan d'hémoglobine. Mais au moins, cette nuit-là, la toise avait perdu. La taille n'avait pas été une raison de mourir. Et cette idée suffisait, pour le moment, à l'emplir totalement, absolument, de sérénité.

Minna avait pris la direction de l'est.

Où allaient-ils? Qu'allaient-ils faire? La Pologne n'était plus qu'une terre écorchée crachant ses cadavres et ses rivières de sang sous l'effet de séismes incontrôlables. L'Ukraine et la Biélorussie idem. Quant à la Russie, elle était en train de produire le plus grand nombre de macchabées que l'histoire des guerres humaines ait jamais comptés.

Simon s'enfonça dans son siège, entre Minna et Beewen, la tête immergée au sein de son col de fourrure. La chaleur de son propre corps lui montait au visage. Les cahots de la route le berçaient. Tout ça ressemblait à un rêve, à la fébrilité d'un premier amour.

Trois assassins à l'avant. Trente enfants à l'arrière. Un convoi improbable, perdu au milieu de nulle part.

Simon sentit son corps se dédoubler et s'envoler hors de l'habitacle. Il vit le Borgward rouler en solitaire sur le chemin encadré de congères puis distingua les forêts sombres, les étendues immaculées, les coteaux piquetés de sous-bois épars.

Bientôt, le camion ne fut plus qu'un point minuscule. Un atome insignifiant dans un grand désert blanc. Un électron qui ne pouvait plus arrêter sa course insensée. Une particule qui contenait, sinon la promesse, du moins le rêve d'un avenir meilleur.

DU MÊME AUTEUR

*Aux Éditions Albin Michel*

LE VOL DES CIGOGNES, 1994
LES RIVIÈRES POURPRES, 1998
LE CONCILE DE PIERRE, 2000
L'EMPIRE DES LOUPS, 2003
LA LIGNE NOIRE, 2004
LE SERMENT DES LIMBES, 2007
MISERERE, 2008
LA FORÊT DES MÂNES, 2009
LE PASSAGER, 2011
KAÏKEN, 2012
LONTANO, 2015
CONGO REQUIEM, 2016
LA TERRE DES MORTS, 2018
LA DERNIÈRE CHASSE, 2019
LE JOUR DES CENDRES, 2020

*Composition : IGS-CP*
*Impression : CPI Firmin Didot en octobre 2021*
*Éditions Albin Michel*
*22, rue Huyghens, 75014 Paris*
*www.albin-michel.fr*
*ISBN : 978-2-226-43943-7*
*N° d'édition : 23303/03 – N° d'impression : 166714*
*Dépôt légal : septembre 2021*
*Imprimé en France*